LOVING FRANK

Nancy Horan est écrivain et journaliste. *Loving Frank*, son premier roman, a reçu le prix de la meilleure fiction historique (prix Fenimore Cooper). Elle vit en famille sur l'île de Puget dans l'État de Washington, où elle vient de déménager après avoir quitté Oak Park dans l'Illinois, où elle avait vécu une bonne partie de sa vie.

NANCY HORAN

Loving Frank

ROMAN TRADUIT DE L'ANGLAIS (ÉTATS-UNIS)
PAR VIRGINIE BUHL

BUCHET CHASTEL

Titre original :

LOVING FRANK
Publié par Random House, 2008.

ISBN : 978-2-253-13349-0 – 1re publication LGF

Pour Kevin

« On ne vit qu'une fois en ce monde. »
Johann Wolfgang von Goethe

Première partie

C'est Edwin qui voulait faire construire une nouvelle maison. Je m'accommodais de la vieille demeure de style XVIIIe *anglais qui donnait sur Oak Park Avenue. Elle était pleine d'objets de mon enfance, elle m'apaisait après toutes ces années passées loin de Chicago. Mais Ed était obsédé par l'idée de vivre dans une construction moderne. Je me demande s'il repense à cette époque aujourd'hui et s'il est conscient que c'est lui qui aspirait tant à posséder une maison bien à lui.*

Quand nous revînmes de notre lune de miel à l'automne 1899, nous nous installâmes dans la maison où j'avais grandi, par égard pour mon père ; depuis qu'il était veuf, il ne s'était jamais habitué à vivre seul. À trente ans, après des années d'études, de solitude et d'indépendance, je dînais désormais chaque soir avec mon mari, mon père et mes sœurs Jessie et Lizzie qui passaient souvent nous rendre visite. Papa travaillait toujours comme gérant des ateliers de réparation de la Chicago & North Western.

Un jour, peu de temps après qu'Edwin et moi avions emménagé, mon père est rentré du travail et s'est couché en chien de fusil sur son lit pour ne plus jamais se relever. À soixante-douze ans il n'était plus un jeune homme mais il nous avait toujours paru éternel à mes sœurs et à moi.

La brutalité de sa disparition nous bouleversa, mais j'ignorais alors que le pire restait à venir. Un an plus tard, Jessie mourut en donnant naissance à une petite fille.

Comment décrire le chagrin de cette année 1901 ? Je l'ai traversée dans un état d'hébétude tel que je ne me la rappelle que par bribes. Quand il apparut clairement que le mari de Jessie aurait beaucoup de mal à s'occuper de l'enfant, qu'il avait prénommée Jessica comme ma sœur, Ed, Lizzie et moi accueillîmes notre nièce à la maison. J'étais la seule à ne pas travailler, il m'incomba donc de prendre soin d'elle. Le bébé fit naître une joie inattendue dans cette vieille demeure assombrie par le deuil.

Elle était chargée de souvenirs qui auraient dû me peser. Mais j'avais bien trop à faire. L'année suivante, Ed et moi eûmes notre propre enfant, John, qui commença à marcher très tôt. Nous n'avions pas de nourrice à l'époque, seulement une gouvernante à temps partiel. Et le soir, j'étais trop fourbue pour tenir un livre ouvert.

Depuis trois ans que j'étais mariée, être madame Edwin Cheney ne me semblait guère difficile. Ed était gentil et se plaignait rarement – il y mettait un point d'honneur. Dans les premiers temps de notre mariage, il rentrait tôt presque chaque soir pour trouver le salon occupé par les filles Borthwick et paraissait sincèrement content de nous voir. Ce n'est pas un homme fruste, il tire au contraire plaisir de choses simples : les cigares cubains, le trajet matinal en tramway avec les autres hommes, réparer son automobile.

La seule chose qu'Edwin n'a jamais réussi à supporter, c'est le désordre, malgré tous les efforts qu'il dut déployer dans ce sens pendant les années passées à Oak Park. Son univers s'organise autour des surfaces de certains meubles : le matin, ses papiers l'attendent bien en ordre sur son bureau, au travail ; il a son petit placard dans lequel il range sa sacoche et ses clés en rentrant à la maison ; enfin, il y a la table du dîner : son plus cher désir est d'y trouver un rôti et ses proches, assis à l'attendre.

Je pense que c'est l'ordre, ou plutôt son absence, qui a fini par le pousser à vouloir à tout prix une nouvelle maison. Je m'efforçais de tout garder propre et rangé, mais on ne peut pas changer grand-chose dans une demeure ancienne et sombre, aux fenêtres définitivement fermées par les couches de peinture et aux chambranles systématiquement surchargés de fioritures, surtout lorsque le rembourrage de crin des meubles renferme deux décennies d'une poussière impossible à déloger.

Edwin se mit donc tranquillement en campagne. Il commença par m'emmener chez Arthur Heurtley et sa femme. Arthur et lui prenaient le tramway ensemble le matin. À peu près tous les habitants d'Oak Park se débrouillaient pour passer devant la nouvelle maison des Heurtley sur Forest Avenue. C'était soit une scandaleuse aberration, soit une œuvre de génie, selon ce que vous inspirait son architecte Frank Lloyd Wright. Une « maison-prairie », disaient certains à propos des assises de briques étroites et allongées qui y couraient à l'horizontale comme les lignes des plaines de l'Illinois.

Quand je la vis pour la première fois, la maison des Heurtley m'apparut comme une grosse boîte rectangulaire. Mais une fois à l'intérieur, j'eus l'impression de respirer. Tout n'était qu'espace, chaque pièce s'ouvrait sur la suivante, les poutres naturelles et les boiseries couleur écorce luisaient doucement et une lumière divine filtrait à travers les vitraux verts et rouges. Le lieu dégageait une atmosphère sacrée qui rappelait une chapelle de campagne.

Comme l'ingénieur qu'il était, Edwin percevait quelque chose de plus entre ces murs. Il se régalait de l'harmonie produite par les systèmes rationnels : les tiroirs encastrés, les chaises et les tables aux lignes épurées, fabriqués sur mesure pour ces pièces, tous des meubles fonctionnels. Aucun objet superflu en vue. Edwin ressortit de la maison en sifflotant.

« Comment pourrions-nous nous offrir une maison pareille ? demandai-je dès que nous fûmes hors de portée de voix.

— La nôtre n'aura pas besoin d'être aussi grande, dit-il. Et nous sommes plus à l'aise que tu ne le crois. »

Edwin était alors président de Wagner Electric. Pendant que je changeais des couches tout en essayant de trouver le temps pour une promenade, Edwin s'était employé à gravir méthodiquement les échelons jusqu'à la direction de l'entreprise.

« Je connais la femme de Frank Wright », avouai-je. Hésitant à encourager Edwin dans ses projets, je n'avais pas mentionné ce fait. « Elle fait partie du même comité que moi pour la décoration intérieure au club. »

Dès lors, sa campagne s'intensifia. À partir de ce jour-là, lui qui n'était pas du genre à exiger me talonna aussi assidûment qu'il m'avait courtisée. Persistance, persistance, persistance. S'il avait vécu au temps des croisades, c'est l'inscription qu'on aurait lue sur la bannière qu'il emportait à la bataille.

Son entêtement, voilà ce qui m'avait persuadée, à l'usure, de l'épouser.

Nous nous étions rencontrés à l'université d'Ann Arbor, mais je l'avais oublié depuis des années. Un beau jour, il se présenta à la pension de famille où je logeais, à Port Huron. Il avait le don de parler de tout et de rien, et un rire contagieux. Il ne lui fallut pas longtemps pour se gagner la sympathie des pensionnaires de Mrs Sanborn sur la 7e Rue. Quand, à mon grand dam, il prit l'habitude de venir tous les vendredis soir, ma logeuse et sa petite famille de locataires – dont Mattie Chadbourne, ma camarade de chambre à l'université – quittèrent le salon pour laisser notre relation s'épanouir.

Je dirigeais alors la bibliothèque publique et j'étais souvent assez fatiguée à la fin de la journée quand Edwin venait me rendre visite. Un soir, pour meubler un silence gênant, je lui parlai d'une employée qui semblait invariablement maussade malgré mes efforts pour l'encourager.

« Dis-lui que le bonheur est une affaire d'entraînement, conseilla-t-il. Il lui suffirait de faire comme si elle était heureuse pour le devenir. » Ce jour-là, ces paroles retinrent mon attention. Edwin n'avait pas la fibre littéraire et n'était pas particulièrement philosophe ; ses points forts différaient des miens. C'était un homme bien. Et un homme d'action.

Pendant toutes mes années à Port Huron, où je fus professeur au lycée puis bibliothécaire, je passais mes journées à idéaliser mon travail : j'étais au service de la connaissance, un médecin de l'âme qui dispensait les livres comme des remèdes à ses élèves et à ses lecteurs. Pourtant, chaque soir, je me retrouvais à l'étroit au milieu des piles de papiers qui encombraient ma chambre : une longue dissertation inachevée sur l'individualisme dans le Mouvement pour les droits des femmes, la traduction jamais publiée d'un essayiste français du XVIIIe siècle qui m'avait hantée pendant un temps, des piles de livres aux pages marquées par des coupures de journaux, des enveloppes, des crayons, des cartes postales ou des peignes. Malgré de grandes périodes d'activité, je semblais bien incapable de rédiger un article publiable pour un magazine, sans parler du livre que je rêvais d'écrire un jour.

Je vivais à Port Huron depuis six ans. Autour de moi, mes amies se mariaient. Ce jour-là, en contemplant Ed Cheney assis en face de moi dans ce salon, je me dis : à vivre ensemble, peut-être nos différences de caractère vont-elles s'estomper ?

Je suppose que j'ai accepté l'idée d'une nouvelle maison comme j'avais consenti à épouser cet homme au front un peu dégarni, qui s'obstinait à faire le trajet de Chicago à Port Huron pour me demander en mariage. Au bout d'un moment, je me suis simplement jetée à l'eau.

Dans les premiers temps de notre vie commune, l'ordre n'était pas la seule chose à laquelle aspirait Edwin. Il avait envie d'une maison où nous pourrions recevoir. Peut-être était-ce dû aux trop longues années passées dans la maison de ses parents austères ou à la tristesse qui flottait encore dans les pièces de ma demeure familiale, mais il rêvait d'un endroit plein de jeunes gens et de divertissements. J'imagine qu'il voyait déjà ses amis de la chorale universitaire assis en demi-cercle dans le salon en train de chanter I Love You Truly. *Toujours est-il que les choses allèrent très vite dès lors que Catherine Wright nous obtint un rendez-vous à l'atelier de Frank.*

Personne ne pouvait résister au charme de Frank Lloyd Wright. Edwin n'y fit pas exception. Moi non plus. Nous nous retrouvâmes dans la pièce octogonale et lumineuse qui jouxtait leur maison en compagnie de celui que tout Oak Park appelait l'enfant terrible[1] *de l'architecture ou, comme l'avait surnommé un membre du club, le « tyran du bon goût ». Et il nous écoutait, nous ! Recevions-nous*

1. En français dans le texte. (*N.d.T.*)

des amis ? Quelle sorte de musique appréciions-nous ? Aimais-je jardiner ?

Frank Lloyd Wright paraissait environ trente-cinq ans, à peu près mon âge, et il était très séduisant : cheveux bruns ondulés, front haut, regard intelligent. On le disait excentrique, et je suppose qu'il l'était puisqu'un arbre immense poussait au beau milieu de sa maison. Mais il était aussi tour à tour incroyablement drôle et extrêmement sérieux. Je me rappelle que deux de ses enfants jouaient sur la mezzanine à lancer des avions en papier sur les tables à dessin. Plusieurs hommes étaient penchés sur leurs plans, mais sa plus proche collaboratrice était une architecte – une femme ! – Marion Mahony. Frank resta tranquillement assis là, à crayonner ses esquisses au milieu de toute cette activité, sans paraître remarquer la pagaille venue d'en haut.

À la fin de l'après-midi, nous avions un croquis à main levée à rapporter chez nous : une maison à deux niveaux, similaire à celle des Heurtley mais à plus petite échelle. Nous vivrions à l'étage dans une salle à manger, un salon et une bibliothèque, des pièces toutes largement ouvertes les unes sur les autres ; un âtre immense se dresserait en son cœur et tout autour des banquettes sous les fenêtres pourraient accueillir une foule de personnes. À l'avant de la maison, d'immenses baies ornées de vitraux donneraient sur une grande terrasse entourée d'un mur de brique qui ménagerait l'intimité et rendrait impossible de voir dedans depuis le trottoir. Mais de l'intérieur et à l'étage nous aurions une belle perspective sur le monde alentour ; on aurait l'impression d'être dans la nature car Frank Wright avait organisé la maison autour des arbres qui poussaient sur le terrain. De petites chambres seraient nichées à l'arrière et à l'étage inférieur où ma sœur Lizzie aurait son appartement.

Après cette visite, Edwin n'eut plus besoin de me tarauder. Je me mis en devoir de travailler avec Frank qui semblait enchanté par mes timides suggestions. Sur le chantier d'East Avenue, mon petit John calé sur la hanche, je découvris les secrets des toits en porte-à-faux et la beauté bien orchestrée des bandes de vitraux sertis de plomb qu'il appelait des « stores lumineux ». Je ne tardai pas à faire partie de l'équipe. Je passai des heures à imaginer différents jardins avec Walter Griffin, un paysagiste de l'atelier. Quand nous emménageâmes dans la « maison du bonheur » ainsi que Frank l'avait baptisée dès le premier jour, nous considérions les Wright comme nos amis.

Je me rappelle la vieille demeure de mes parents à Oak Park. Je garde un souvenir si vivace du soir où Ed et moi nous nous y étions mariés. Mes sœurs avaient rempli le salon de fleurs jaunes et bleues, aux couleurs de l'université du Michigan. Des joueurs de mandoline exécutèrent la marche nuptiale de Lohengrin. *Mattie, ma meilleure amie, était ma demoiselle d'honneur, et je me souviens d'avoir pensé qu'elle était plus jolie que moi ce soir-là. J'étais bien trop nerveuse, je transpirais sous ma robe de soie. Edwin, en revanche, était égal à lui-même. Une fois la cérémonie terminée, il m'attira dans un coin et me promit de toujours me soutenir. « Tiens mon amour pour acquis, me dit-il, et je ferai de même. »*

Pourquoi n'ai-je pas noté ses paroles ce jour-là ? Quand je les contemple aujourd'hui, elles me font l'effet d'une catastrophe annoncée.

Une fois couché sur le papier, le monde m'apparaît toujours plus clairement. Si je peux assembler le puzzle du passé grâce aux journaux intimes, aux lettres et aux pensées griffonnées qui encombrent ma mémoire et ma bibliothèque, peut-être serai-je capable d'expliquer ce qui est arrivé. Peut-être les multiples existences qui ont été les miennes au cours de ces sept dernières années s'agenceront-elles pour former un ensemble logique et cohérent sur la page. Peut-être saurai-je raconter mon histoire d'une manière qui soit utile à quelqu'un.

Mamah Bouton Borthwick
Août 1914

1

1907

Mamah s'approcha tout doucement de la Studebaker et posa la main en biais sur la manivelle. Elle avait démarré la voiture une centaine de fois, mais dès que ses doigts se refermaient sur la poignée, elle entendait la voix d'Edwin : « Sors bien le pouce, sinon un simple retour de manivelle peut te l'arracher net. » Elle tournait la poignée comme une folle à présent, pourtant aucun toussotement ne montait du capot. Foulant la neige durcie qui craquait sous ses pieds, elle rejoignit le côté passager, vérifia l'allumage et l'accélérateur puis retourna actionner la manivelle. Toujours rien. Quelques flocons de neige taquins se jouèrent du rebord de son chapeau et voletèrent sur son visage. Elle étudia le ciel et quitta la maison à pied pour se rendre à la bibliothèque.

C'était une journée glaciale de la fin du mois de mars qui avait transformé Chicago Avenue en un torrent de neige à moitié fondue. Mamah navigua entre les tas de crottin de cheval fumant en soulevant bien haut l'ourlet de son manteau noir. Trois pâtés d'immeubles plus loin vers l'ouest, sur Oak Park Avenue, elle bondit sur le trottoir en bois et se hâta vers le sud tandis que la neige humide tombait toujours plus fort.

Quand elle arriva à la bibliothèque, ses orteils étaient gelés et son manteau presque blanc. Elle gravit l'escalier au pas de course et s'arrêta devant la porte de la salle de conférence pour reprendre son souffle. Derrière, une assemblée de femmes écoutait attentivement la présidente de l'Association des femmes du XIXe siècle lire son préambule.

« Y a-t-il une seule d'entre nous qui ne soit pas confrontée – presque chaque jour – à un dilemme concernant la décoration de sa maison ? » La présidente lança un regard par-dessus ses lunettes. « Ou, si je puis le dire, concernant sa propre personne ? » Encore à bout de souffle, Mamah se glissa dans un siège du dernier rang et se débarrassa prestement de son vêtement. Tout autour d'elle, les manteaux de fourrure mouillés, posés sur les dossiers des chaises, dégageaient une légère odeur de camphre. « Je n'ai pas besoin de présenter notre invité d'aujourd'hui… »

Alors, Mamah s'aperçut qu'un silence se propageait des derniers rangs jusqu'aux premiers : une silhouette masculine dont la cape noire claquait comme une voile longeait l'allée centrale d'un pas leste. Mamah vit l'homme jeter sa cape puis son chapeau à larges bords sur une chaise à côté du lutrin.

« L'art de la décoration moderne est le burlesque du beau, aussi pitoyable que dispendieux. » La voix de Frank Lloyd Wright résonna dans l'immense auditorium. Mamah se dévissa le cou pour voir autour et devant elle par-dessus la forêt de chapeaux qui s'agitaient tant et plus. D'un mouvement impulsif, elle s'assit sur son manteau pour jouir d'une meilleure vue.

« La culture d'un homme se mesure à sa capacité à apprécier les choses, dit-il. Nous sommes ce que nous apprécions, rien de plus. »

Elle percevait quelque chose de différent chez lui. Ses cheveux étaient plus courts. Avait-il maigri ? Elle examina sa veste Norfolk cintrée et serrée à la taille par une ceinture. Non, il avait l'air robuste, comme toujours. Son regard espiègle éclairait son visage à la fois grave et poupin.

« Nous vivons aujourd'hui sous un monceau d'objets morts, expliquait-il. Des enveloppes qui n'ont plus d'âme. Mais nous leur sommes dévoués, nous nous efforçons d'en tirer plaisir, de croire qu'elles n'ont pas perdu de leur charme. »

Frank descendit de l'estrade et vint se poster tout près du premier rang. Les mains désormais ouvertes et mobiles, il parlait d'une voix si douce qu'il semblait s'adresser à des enfants. Elle connaissait si bien son message. Il l'avait exprimé presque dans les mêmes termes lorsqu'elle l'avait rencontré à son atelier. Décorer ne consiste pas à rendre l'apparence extérieure plus jolie, expliquait-il. Il s'agit ici de mesure, de proportions et d'harmonie qui doivent toutes ensemble viser au repos de l'œil.

Le mot « repos » flotta dans la salle tandis que Frank contemplait ses auditrices. Il avait l'air de les jauger du regard, comme un pasteur.

« Des chapeaux ornés de fleurs et d'oiseaux… », reprit-il. Mamah ressentit une sorte de plaisir coupable en comprenant qu'il reprenait sa démonstration : il allait les punir pour leur manque de goût avant de sauver leur âme.

Elle promena ses regards sur les panaches et autres nœuds qui oscillaient devant elle, puis ses yeux se posèrent sur un ersatz d'oiseau accroché au ruban d'un chapeau. Elle se pencha et se tourna à demi, cherchant à apercevoir les visages des femmes assises devant elle.

Elle entendit Frank parler d'« imitations » et de « contrefaçons » et le silence retomba sur la salle.

Un radiateur se mit à vibrer. Quelqu'un toussa. Puis deux mains se mirent à applaudir et, l'instant d'après, une centaine d'autres firent monter un tonnerre d'applaudissements qui remplit la salle tout entière.

Mamah étouffa un éclat de rire. Frank Lloyd Wright était en train de les convertir – toutes jusqu'à la dernière ou presque – sous ses yeux. Pour autant qu'elle pût en juger, cinq minutes plus tôt elles auraient tout aussi bien commencé à le huer. À présent, il régnait dans l'auditorium une atmosphère de rassemblement pour le renouveau de la foi. Elles embrassaient cette nouvelle religion et jetaient leurs béquilles à terre. Chacune se figurait que les remarques désobligeantes de l'orateur visaient les autres. Elle imagina ces femmes se précipitant chez elles pour débarrasser leurs fauteuils trop rebondis de leurs têtières et remplir leurs vases des dernières herbes folles qui pointaient encore, moribondes, dans la neige.

Mamah se leva. Lentement, elle s'emmitoufla dans son manteau, enfila ses gants étroits en peau de chevreau, coinça des mèches de cheveux bruns ondulés sous les bords de son chapeau de feutre humide. Elle avait une vue dégagée sur Frank qui contemplait son auditoire avec un sourire radieux. Elle s'attarda au dernier rang – une veine palpitant sur sa gorge – sans quitter ses yeux du regard, dans l'espoir qu'ils finissent par croiser les siens. Elle lui fit un grand sourire et crut déceler un signe de reconnaissance, une certaine douceur sur ses lèvres souriantes, mais elle en douta aussitôt.

Frank gesticulait en direction du premier rang et la chevelure rousse bien familière de Catherine Wright se détacha du public. Catherine s'avança et alla se poster à côté de son mari, le visage couvert de taches de rousseur et rayonnant. Frank avait passé le bras autour de sa taille.

Mamah se laissa tomber sur sa chaise. Soudain, elle mourait de chaud sous son manteau.

À côté d'elle, une vieille femme se leva. « Quelles âneries, grommela-t-elle, en se glissant devant Mamah. Encore un petit bonimenteur sous un grand chapeau. »

Quelques minutes plus tard, dans l'entrée, Frank était entouré d'un groupe de femmes. Mamah suivit mollement la foule qui se dirigeait à pas lents vers l'escalier.

« *May-mah !* » lança-t-il quand il l'aperçut. Il se fraya un chemin jusqu'à elle. « Comment allez-vous, chère amie ? » Il s'empara de sa main droite et l'attira doucement dans un coin à l'écart de la foule.

« Nous allions vous appeler, dit-elle. Edwin n'arrête pas de demander quand nous nous attaquons à ce garage. »

Il contempla son visage. « Serez-vous à la maison demain ? Disons onze heures ?

— Oui. Malheureusement, Ed n'y sera pas. Mais nous pourrons en parler tous les deux. »

Un sourire illumina soudain le visage de Frank. Elle le sentit serrer ses mains dans les siennes. « Nos causeries m'ont manqué », murmura-t-il.

Elle baissa les yeux. « À moi aussi. »

Elle était sur le chemin du retour quand la neige s'arrêta de tomber. Mamah s'immobilisa sur le trottoir pour regarder la maison. Sertis dans les vitraux, de minuscules carrés iridescents scintillaient sous le soleil de cette fin d'après-midi. Elle se rappela s'être tenue à cet endroit précis trois ans plus tôt à l'occasion de la journée portes ouvertes qu'Ed et elle avaient organisée peu après avoir emménagé. Les femmes étaient allées s'asseoir au pied du mur qui abritait la terrasse ; tournées vers la rue, elles interpellaient leurs enfants et leurs visages reflétaient la lumière comme une rangée de lunes. Ce jour-là, Mamah avait été frappée par la silhouette basse et tout en longueur de sa maison, aussi petite qu'un radeau à côté du paquebot victorien qui la jouxtait. Mais combien spectaculaire avec sa « bannière en feuille d'érable » qui flottait entre les battants de la porte d'entrée et la foule de gens agglutinée tout autour !

Edwin l'avait vue debout sur le trottoir et était venu passer son bras autour de ses épaules. « Nous nous sommes offert la maison du bonheur, pas vrai ? » avait-il dit. Son visage rayonnait ce jour-là, exultant de la fierté et de l'enthousiasme nés d'un nouveau départ. Mamah, quant à elle, avait l'impression que cette pendaison de crémaillère marquait la fin d'une période extraordinaire.

« Alors vous êtes allée prendre le frais sous une tempête de neige ? » La voix de leur nurse réveilla Mamah, allongée sur le divan du salon, les pieds sur l'accoudoir arrondi.

« Oui, Louise. Oui, marmonna-t-elle.

— Voulez-vous un grog pour le rhume que vous êtes sur le point d'attraper ?

— J'en prendrai un. Où est John ?

— Chez les voisins avec Ellis. Je vais le chercher.

— Dites-lui de venir me voir quand il sera rentré. Et allumez les lumières, voulez-vous ? »

Louise était lente et lourde bien qu'elle ne fût guère plus âgée que Mamah. Elle travaillait chez eux depuis que John avait un an – une jeune Irlandaise sans enfant qui s'occupait de ceux des autres. Elle éclaira les appliques en verre coloré et sortit d'un pas pesant.

Quand elle referma les yeux, Mamah grimaça en se revoyant quelques heures plus tôt. Elle avait agi comme une folle : elle avait actionné la manivelle à s'en faire mal au bras et s'était précipitée à pied dans la neige et le verglas pour apercevoir Frank, comme si sa vie en dépendait.

Un jour, alors qu'il lui apprenait à démarrer la voiture, Edwin lui avait raconté l'histoire d'un type qui s'était penché trop près de la poignée. La manivelle lui avait brisé le maxillaire et il était mort des suites d'une infection.

Mamah se redressa brusquement et secoua la tête comme si elle avait de l'eau dans l'oreille. *Demain j'appellerai Frank pour annuler.*

Mais, quelques instants plus tard, elle riait d'elle-même. *Seigneur ! Il ne s'agit que d'un garage !*

2

Au réveil, Mamah entendit Edwin faire ses ablutions quotidiennes : tintement de son blaireau sur le bol en porcelaine, choc sourd d'un col que l'on posait sur la commode. Le petit clac des boutons de manchettes. En ce samedi matin, il avait prévu de faire l'aller-retour jusqu'à Milwaukee dans la journée. Dans quelques minutes, il aurait passé la porte avec son chapeau melon et sa mallette.

Ensuite, elle entendit les pieds nus de John qui trottinait dans le couloir.

« Mamaaaan ! » cria-t-il en bondissant sur le lit ; son petit corps fluet retomba mollement sur elle.

Elle fit semblant de dormir et plaqua brusquement le petit lutin sur le dos pour le chatouiller jusqu'à ce qu'il n'en puisse plus. « Quel est le mot magique ? »

John continuait de piailler comme un fou.

« Quel est le mot magique ?

— J'ai oublié !

— Indice, dit-elle. C'est un légume. »

Il poussa un gémissement. « On ne peut pas en choisir un autre ? »

Mamah réfléchit un instant. « Bon, d'accord. Pirate. »

John parut surpris. « Il me plaît, celui-là.

— Tout le monde aime les pirates, intervint Edwin, même s'ils sont très méchants. »

Il les embrassa sur la tête. « À ce soir vers huit heures, si tout va bien. »

Elle se leva, enfila une robe de chambre et alla prendre Martha dans son berceau ; debout, agrippée aux barreaux, le bébé faisait de petits bonds en babillant. Mamah changea sa couche avant de la poser par terre. La petite fille saisit les pouces de sa mère et longea le couloir d'un pas hésitant jusqu'au salon. À cette époque de l'année, les fenêtres orientées à l'ouest et les lourdes boiseries contribuaient à assombrir la pièce. Mamah aiguilla sa fille vers la bibliothèque contiguë où le soleil entrait à flots par une fenêtre qui donnait au sud. Là, elle s'arrêta, debout dans la lumière. La chaleur était une source de joie en elle-même pour Mamah. Parfois, quand le soleil tombait sur son visage exactement comme cela, elle avait l'impression que sa peau possédait une mémoire propre. Elle remontait le temps jusqu'à ses cinq ans et contemplait l'été par la fenêtre de la ferme où elle était née, dans l'Iowa.

Doux Jésus, qu'elle aimait le soleil ! L'hiver passé avait été le plus sombre et le plus engourdissant qu'elle se rappelait avoir vécu. On était au début d'avril mais rien n'annonçait le printemps. Le mois devrait suivre son cours morne et détrempé jusqu'à son terme. À vrai dire, elle pouvait tout à fait se contenter d'un rayon de soleil et rester assise là, réfléchir à la journée qui commençait et faire des projets. Peut-être accomplirait-elle quelque chose de concret, pour une fois.

Lizzie était attablée dans la salle à manger, encore en robe de chambre, les cheveux détachés sur les épaules, elle lisait son journal. « Grands soldes chez Field's aujourd'hui, annonça-t-elle à sa sœur.

— Personne n'est mort ? » Mamah souleva Martha et la déposa dans sa chaise haute.

« Eh bien, en fait, tu sais, la Femme Chat ? Celle qui habite sur Elmwood ? Elle est morte. »

Après avoir installé Martha, Mamah fit un câlin à sa nièce Jessica qui mangeait des céréales à côté de John. Elle aimait le répit des samedis où les enfants passaient la matinée en pantoufles et en vêtements de nuit, sans domestique et avec Lizzie qui faisait la lecture des pages nécrologiques au petit déjeuner.

« Comment était le discours de l'homme à la cape, hier ? demanda cette dernière.

— Oh, tu connais Frank. Il les a toutes conquises. » Mamah se mit à rire. Sa sœur inventait des surnoms aux gens qu'elle trouvait amusants. Avec ses traits délicats et ses cheveux châtain foncé, Lizzie avait le même joli minois que Jessie autrefois. Mais, alors que Jessie était la meneuse de la fratrie et une incorrigible optimiste, Lizzie quant à elle avait la langue acérée et la plaisanterie facile. « Tu es impitoyable, tu sais. Qui se douterait que la gentille institutrice de CP d'Irving School est aussi mauvaise langue que la moufette est malodorante ? »

Lizzie baissa son journal et tourna un regard limpide vers John. « Je crois que ta maman vient de me traiter de moufette. » Pris d'un fou rire, le petit garçon aux yeux sombres se plia en deux. « Tu veux quelque chose de chez Field's ? demanda Lizzie à Mamah.

— Nous aurions bien besoin de nouveaux draps pour les lits de John et de Jessica, dit Mamah en nouant une serviette autour du cou de Martha. Mais je ne peux pas y aller. J'ai quelque chose. »

Louise sortit de la cuisine en s'essuyant les mains à

un torchon. « Je pourrais y emmener les enfants, proposa-t-elle.

— Vous n'êtes même pas censée travailler aujourd'hui, la sermonna Mamah.

— Et qu'est-ce que j'aurais fait ? » Louise planta ses poings sur les hanches. « Un p'tit tour à la piscine ?

— Vous ne pourrez pas prendre la poussette avec cette gadoue. »

Oubliant leurs céréales, les aînés des enfants levèrent les yeux de leur bol. Il y avait de l'aventure dans l'air.

« Je viens aussi, décréta Lizzie, nous porterons Martha à tour de rôle.

— Tu devrais y aller en voiture si elle veut bien démarrer, Liz. Attends, je vais voir si je peux la mettre en marche.

— Bon, d'accord. Je serai habillée dans dix minutes. Et vous autres ? »

En un instant, John et Jessica se levèrent pour disparaître dans le couloir.

3

Quand la maison fut désertée, Mamah alla se faire couler un bain. Assise sur le rebord de la baignoire, elle fixa le plafond, furieuse contre elle-même. *Pourquoi diable ai-je invité Frank Wright ici ?*

Il y avait environ six mois qu'Edwin et elle étaient allés au théâtre en compagnie de Frank et de Catherine. Pendant un certain temps, après la construction de la maison, ils avaient fréquenté les Wright assez régulièrement, une fois par mois peut-être. À présent, une distance amicale s'était installée. La réputation de Frank s'était considérablement accrue depuis les premiers temps où ils étaient venus le consulter pour leur maison. Depuis lors, elle et Frank n'avaient plus eu aucun échange personnel.

Pourtant, pendant les travaux, partis d'un simple détail architectural, leurs échanges s'étaient maintes fois transformés en longues discussions. Aujourd'hui, Mamah gardait un souvenir enchanteur de ces six mois de collaboration. Frank Lloyd Wright avait stimulé son esprit comme personne. Au début, ils avaient des conversations intellectuelles. Ils débattaient de Ruskin, de Thoreau, d'Emerson, de Nietzsche. Mamah lui avait parlé de sa passion pour Goethe. Et c'est avec le plus grand respect qu'il avait évoqué les années où il avait travaillé pour Louis Sullivan, le grand architecte qu'il appelait « *Lieber Meister* », cher maître.

Ils s'étaient mis à se fréquenter comme deux êtres à part, ils plaisantaient à propos de « *Saints' Rest*[1] », nom que les flèches de ses églises et l'absence de tavernes avaient valu à Oak Park. Dans le quartier, il était évident que les gens percevaient Frank comme un artiste non conformiste. Il était fasciné de voir qu'elle se considérait elle aussi comme marginale.

« J'imagine que je ressemble un peu au tronc d'un cactus, lui avait-elle expliqué un jour. J'absorbe une certaine quantité de culture et de sociabilité au contact de mes amis, puis je me replie sur moi-même et j'en vis pendant un certain temps, jusqu'à ce que j'aie de nouveau soif. Il n'est pas bon d'entretenir une telle autarcie, une sorte d'exil volontaire, en fait. Cela vous rend différente. »

Tout opposait leurs longues discussions et les échanges qu'elle avait avec Edwin. Lorsqu'elle se mit à réserver certaines réflexions à Frank – des pensées qu'elle n'aurait jamais partagées avec son mari –, elle comprit qu'ils étaient désormais trop proches.

Entre-temps, les deux couples étaient devenus bons amis. Quand elle avait senti qu'elle jouait avec le feu, la construction de la maison était presque achevée. Elle s'était alors tournée vers Catherine et avait cultivé leur amitié.

C'est à la pendaison de crémaillère que Mamah avait proposé à Catherine de donner une conférence sur Goethe avec elle à l'Association des femmes du XIXe siècle. À présent, elle s'expliquait sa propre manœuvre.

---

1. Le Repos des Saints. (*N.d.T.*)

Sans même s'en apercevoir, elle avait utilisé Catherine comme un rempart contre Frank.

En se plongeant dans l'eau du bain, Mamah se rappela l'une de ses dernières rencontres avec lui. Ce souvenir, elle l'avait rangé dans un jardin secret qu'elle avait souvent parcouru au cours des deux années précédentes. C'était en 1904. La maison était presque terminée, Edwin, John et elle y vivaient déjà. Accaparé par le chantier de l'église unitarienne Unity Temple, Frank était bien trop occupé pour passer régler les derniers petits détails relatifs à leur maison. Pourtant, il s'était présenté chez eux un beau matin, avait déposé des plans sur la table et déclaré : « Nous avons deux ou trois choses à mettre au point. »

Terrifiée à l'idée qu'il puisse lui déclarer ses sentiments, elle avait levé sur lui un regard innocent.

« Pour commencer, où diable avez-vous pu pêcher un prénom pareil ? »

Mamah avait éclaté de rire. « Étrange, n'est-ce pas ? En fait, je m'appelle Martha, mais ma grand-mère m'a surnommée Mamah quand j'étais toute petite. Je pense qu'elle a choisi ce petit nom pour ses consonances françaises. Elle était française, voyez-vous, elle descendait de Philippe de Valois, marquis de Villette – un officier décoré de l'ordre militaire royal de Saint-Machin ou quelque chose dans ce genre.

— Est-ce de là que vous vient votre don pour les langues ?

— C'est ainsi qu'il est né. Elle insistait pour que nous parlions français à la maison quand elle venait nous rendre visite. » Mamah avait alors sauté sur ses pieds. « Voulez-vous la voir en robe de bal ? Je viens justement de tomber sur une photo d'elle dans un des cartons. » Elle était allée dans la chambre où les déménageurs avaient laissé ses affaires pour en revenir avec un carton qu'elle avait déposé sur la table de la salle à manger.

Frank était parti d'un grand rire en voyant le portrait. Dans le studio d'un photographe d'antan, une Marie Villette Lameraux aux traits fins posait devant une toile de fond peinte représentant le mont Olympe ; sa silhouette pittoresque et enfantine était encadrée de guirlandes festonnées depuis les tresses enroulées en macarons sur ses oreilles jusqu'aux multiples nœuds, rubans et rosettes qui couvraient sa jupe. Elle contemplait l'objectif d'un air lugubre.

Le sourire aux lèvres, Frank se leva pour scruter le contenu du carton. « Qu'y a-t-il d'autre là-dedans ?

— Oh, une partie de mes vieilleries. Des papiers… »

Il se rassit et la regarda : « Racontez, je veux tout savoir. »

Racontez, je veux tout savoir. Il aurait tout aussi bien pu dire : *Enlevez votre robe*.

L'un après l'autre, elle avait sorti tous les objets de la boîte. Elle lui avait montré son mémoire de maîtrise et la photographie de sa remise de diplôme. Elle lui avait parlé des années qu'elle avait passées à Port Huron comme professeur d'anglais et de français au lycée, avec Mattie, son amie de l'université. Elle lui avait montré des photos de sa famille, devant leur demeure d'Oak Park Avenue.

« Ce doit être vous, là.

— Mm-mmh. Voici ma sœur Jessie. C'était l'aînée. » En désignant la jeune adolescente qui souriait du haut de ses seize ans, Mamah sentit une tristesse familière lui serrer le cœur. « Et Lizzie. Elle n'a guère changé, n'est-ce pas ? La deuxième des trois sœurs. »

Frank avait reporté son attention sur la fillette aux

cheveux noirs qui prenait la pose avec une si belle assurance, un maillet de croquet dans une main, une jambe crânement croisée devant l'autre. « Quel âge aviez-vous ?

— Douze ans.

— Quel cran pour une petite fille !

— Oui, je pense que c'était mon âge d'or. J'étais plus intelligente que je ne l'avais jamais été jusqu'alors ou ne le suis depuis. Rien n'était en demi-teintes. J'idolâtrais mon père. J'aimais follement mon chien. J'adorais lire. »

Mamah contempla la photo de famille. Les voir elle et ses sœurs vêtues de chemisiers à col marin fit resurgir un autre souvenir. « Nous étions très turbulentes, en fait. Vous savez, mon père était féru de naturalisme. C'était sa passion, bien plus que les chemins de fer. En été, il nous emmenait à la chasse aux fossiles au bord d'un fleuve asséché près de Kankakee. À l'ère préhistorique, il s'y trouvait une mer aux eaux peu profondes. Mon père nous avait appris à observer très attentivement et mon acuité visuelle – de près en tout cas – s'est beaucoup développée. Rien ne me rendait aussi heureuse que de rester à plat ventre dans le lit du fleuve pendant des heures et des heures à chercher les infimes motifs de coquillages fossilisés dans la roche. Mon père emmenait toujours un marteau. Et quand je brisais un rocher qui semblait prometteur pour y découvrir les empreintes laissées par des animaux qui avaient vécu cinq cents millions d'années plus tôt – eh bien, c'était comme si j'ouvrais les portes d'un univers tout entier pour y plonger tête la première. » Mamah s'était mise à rire : « Ma mère se faisait un sang d'encre. »

Frank avait eu l'air surpris. « Pourquoi ?

— Parce qu'elle préférait communier avec Dieu, assise sur le deuxième banc de l'église épiscopalienne de la Grâce. Voir ses filles donner des coups de marteau dans des rochers la rendait nerveuse. Les trilobites, Darwin et les discours de mon père sur "l'animal humain" ne lui inspiraient aucune confiance. Et puis elle me trouvait bien trop… rêveuse, je suppose, ou influençable. Je me rappelle qu'à peu près à cette époque mon père a rapporté un télescope à la maison. C'était une bonne machine et il était tout excité de nous montrer comment elle fonctionnait. Ce soir-là, nous sommes tous sortis ; Jessie et Lizzie ont pu regarder les premières dans l'objectif. Elles étaient abasourdies par le nombre d'étoiles qu'il leur était possible de voir. Mais, après avoir longuement observé le ciel, ma mère dit à mon père : "Ne montre pas cela à Mamah. Ça va la chavirer." »

Frank l'avait contemplée, pensif.

« Peu de temps après, ma mère m'a reprise en main. Finies les journées passées à casser les cailloux : les cours de danse ont commencé. Mais, à ce stade, j'étais déjà une fille un peu à part qui ne s'intéressait pas vraiment à ce qui préoccupait la plupart des autres. Je suis devenue assez introvertie, une sorte de rat de bibliothèque, je dirais. »

Mamah avait été transportée par l'attention de Frank, et un peu honteuse d'en avoir tant dit sur elle-même. Pourtant, elle avait continué à sortir des souvenirs du carton. « Encore une initiative éducative de ma mère », avait-elle expliqué en lui montrant les petits recueils de textes avec lesquels elle avait commencé à apprendre l'allemand. Ensuite, elle lui avait tendu son acte de naissance.

Il l'avait porté à la lumière. « 19 juin 1869, avait-il lu. Intéressant. Je suis né le 8 juin de la même année. »

À n'importe quel autre moment, cette remarque

n'aurait rien eu d'exceptionnel, mais cette après-midi-là, alors qu'ils étaient assis dans la salle à manger de la nouvelle maison qu'ils avaient conçue ensemble, la coïncidence frappa Mamah tant elle semblait prédestinée. Elle n'était ni superstitieuse ni particulièrement pieuse, cela lui sembla pourtant une sorte de preuve qu'ils devaient se rencontrer, que le destin les avait jetés au monde au même moment et presque au même endroit dans un but bien précis.

En regardant la photo de sa remise de diplôme, il avait dit avec tristesse : « Je me demande à quoi aurait ressemblé ma vie si j'avais fait la connaissance de cette jeune femme il y a vingt ans. Découvrir quelqu'un d'aussi… » Il s'était interrompu. « Je n'étais qu'un gamin quand j'ai épousé Catherine : à peine vingt et un ans. Et elle n'en avait que dix-huit. On n'aurait jamais dû nous autoriser à nous marier, à vrai dire. Maintenant… » Il avait regardé ailleurs, poussé un profond soupir.

Quand il s'était retourné vers elle, son visage était plein de tendresse. Il lui avait pris la main. « Vous êtes la femme la plus adorable que j'aie rencontrée », avait-il dit en se penchant pour poser un baiser sur sa joue.

Elle avait laissé ses lèvres rencontrer sa peau quelques secondes avant de reculer.

Il était revenu trois jours de suite après cela. Sous le prétexte – bien futile – de montrer à Mamah d'autres garages qu'il avait construits. Ni Lizzie ni Edwin n'avaient paru se méfier.

Le premier matin, par une journée lumineuse, il l'avait conduite jusqu'à la prairie qui se trouvait tout au nord de l'État. Ils étaient sortis de voiture pour aller fouler les hautes herbes. Frank avait coupé l'épi d'une pousse qui ressemblait à du blé. « Je n'étais pas un chercheur de fossiles, lui dit-il.

— Qu'étiez-vous donc ?

— Oh, à peu près la même chose. Quand j'étais petit, l'été, je travaillais à la ferme de mon oncle dans le Wisconsin. À la fin de la journée, si je n'étais pas épuisé – il me faisait trimer dur –, j'allais explorer les collines. Je disséquais toutes choses pour voir comment elles étaient faites : les fleurs, les plantes comme celle-ci...

— Et vous tombiez dedans tête la première ? »

Il avait souri. « Oui. J'ai commencé par les fleurs, naturellement, parce qu'elles sont si fascinantes. Mais ensuite j'ai compris que la tige conduit inévitablement à la feuille et à la corolle. Qu'importe la plante que j'observais. La structure était toujours solide et les éléments essentiels du schéma s'y retrouvaient invariablement : proportions, échelle, idée d'ensemble. Mais attention, je n'étais qu'un gamin qui s'amusait à tout décortiquer en ce temps-là.

— Vous avez toujours su que vous vouliez devenir architecte ?

— Absolument. D'aussi loin qu'il m'en souvienne. L'idée de construire des abris qui donnent l'impression de vivre en plein air m'est venue plus tard. Mais l'instinct – le goût de l'architecture – a grandi en moi au cours de ces expéditions dans les collines. Alors, quand je suis allé étudier à l'université, j'ai été très enthousiasmé par toutes ces idées sur l'architecture organique, fondées sur la façon dont la nature réalise ses propres constructions. Mais personne ne voulait discuter d'architecture en ces termes. Il n'était question que de fenêtres palladiennes et de colonnes corinthiennes. Si bien que j'ai arrêté mes études.

— C'est ainsi que vous êtes venu à Chicago.

— Oui. Je suis entré en apprentissage chez Silsbee à dix-neuf ans et j'ai intégré l'atelier de Sullivan un an plus tard. »

Une forte brise couchait les herbes et les fleurs vers l'est.

« Vous êtes tombé entre de bonnes mains.

— Ne vous ai-je pas raconté une partie de cette histoire pendant que nous travaillions sur les plans de la maison ?

— Si, mais pas toute.

— Eh bien, Sullivan était un professeur extraordinaire et je suis devenu le prolongement de sa pensée créatrice. Il parlait sans cesse de construire des bâtiments *américains*. Quand je l'ai quitté pour commencer à travailler à mon compte, j'étais bien décidé à me lancer dans quelque chose de nouveau – des maisons qui évoquent cette prairie et non pas l'idée qu'un quelconque duc français se faisait des conventions architecturales. »

Mamah avait écarté les mèches de cheveux que le vent avait collées sur ses lèvres. « Vous n'avez jamais envisagé de construire autre chose que des maisons ?

— Je n'imaginais rien de plus noble que de bâtir une belle demeure. C'est toujours le cas. »

Il avait esquissé un geste vers l'horizon où un ciel dégagé bordait la plaine herbeuse à perte de vue. « En fin de compte, j'ai succombé au charme de cette ligne-là. C'était si simple : un immense bloc bleu posé sur un bloc de prairie dorée et le trait si paisible qui s'étend à l'infini entre ciel et terre. Moi qui m'étais gavé de formes depuis l'enfance, j'ai rencontré une simple ligne qui exprimait tant de choses sur cette terre. »

Mamah avait regardé les mains de Frank. Chaque fois qu'il parlait d'architecture, elles étaient à l'unisson : elles évoluaient avec grâce, le pouce et l'index formaient des angles droits, la paume évoquait des surfaces planes.

« Bien sûr, l'horizon n'est pas parfaitement rectiligne mais, de toute façon, mon objectif n'était pas de l'imiter. Je voulais en extraire le principe abstrait, l'essence. Quand je me suis mis à dessiner des maisons faites de plans horizontaux empilés les uns sur les autres – tous parallèles à la prairie, comme pour la vôtre –, elles m'ont enfin semblé avoir une assise solide et appartenir vraiment à cette terre. » Frank lui avait lancé un rapide coup d'œil. « Je vous ennuie ?

— Pas du tout. En fait vous venez de me rappeler ma petite enfance. Nous vivions dans l'Iowa, à une époque où tout n'était encore que prairies, avait répondu Mamah. Mon père me prenait sur ses épaules pour que je puisse voir l'immensité du paysage et il me parlait des fleurs sauvages, des herbes et des nuages. Il avait baptisé les confins du ciel "la lisière céleste". »

Frank avait souri. « L'expression me plaît. » Il était resté silencieux un moment.

« Vous parliez d'architecture organique, avait-elle dit.

— C'est la seule qui ait un sens à mes yeux. Je ne veux plus rien faire d'autre à présent.

— Alors vous n'avez pas le choix. En fait, c'est votre destinée. »

Il était parti d'un grand rire et l'avait enlacée. « Vous savez ce qui est fantastique chez vous, Mamah ? Vous comprenez des choses qui échappent totalement aux autres. Les gens me trouvent sentimental à faire l'éloge de la prairie parce qu'elle a presque entièrement disparu. Mais ce n'est pas ce que je recherche. »

Gênée, elle s'était dégagée de son étreinte. *Et moi, qu'est-ce que je cherche ?* s'était-elle demandé. *Je cours à la catastrophe en restant ici dans ce champ avec vous.*

Ils s'étaient écartés l'un de l'autre. Le vent semblait s'être un peu calmé.

« Excusez-moi, finit-il par dire. C'est un tel soulagement de parler. C'est si facile avec vous. À vrai dire, je mène une existence plutôt abrutissante à la maison. J'adore mes enfants, mais… » Il avait haussé les épaules. « Ils ne sont pas toute ma vie comme pour Catherine. Elle s'investit de tout son être dans leur éducation. Et moi dans l'architecture. Je sais, je me réfugie dans le travail. Mais Catherine et moi nous trouvons dans une impasse. Nous sommes trop enlisés pour nous en sortir. »

Ramenez-moi à la maison, avait pensé Mamah. Ils avaient quitté le terrain sûr de l'architecture. « Les gens changent avec le temps, avait-elle dit. Je pense que cela arrive à beaucoup de couples mariés. »

Frank avait attendu la suite.

« Ce n'est pas mon cas cependant, avait-elle poursuivi. J'étais assez mûre… trop mûre. Ma raison l'a emporté sur mon cœur. » Elle avait baissé les yeux, honteuse d'avoir trahi Edwin par ces paroles. « Ed est un homme vraiment bien. Nous sommes juste mal assortis. » Elle ne lui avait pas avoué ce qu'elle ressentait ces derniers temps : chaque fois que son mari entrait dans la pièce où elle se trouvait, elle avait l'impression d'étouffer.

Le troisième jour, ils avaient franchi le pas. Il y avait eu des caresses furtives suivies de longs silences.

Le lendemain matin, Mamah s'était réveillée le cœur

au bord des lèvres et elle avait su presque immédiatement pourquoi. Elle avait appelé le bureau de Frank et laissé un message à sa secrétaire : « Mrs Cheney ne sera pas en mesure de vous voir aujourd'hui. »

Quand il s'était présenté chez elle sans annoncer sa venue le mardi suivant, c'est sans ouvrir la porte à moustiquaire qu'elle lui avait dit ne plus vouloir le revoir. Debout sur le perron, il avait eu l'air frappé par la foudre.

La paume sur le grillage qui les séparait, elle avait levé le menton bien haut pour empêcher les larmes de couler : « Frank, avait-elle dit avec une joie forcée dans la voix. Je viens juste de m'en apercevoir, Ed et moi allons avoir un bébé. »

Mamah interrompit sa rêverie, sortit de la baignoire et retourna dans la chambre à coucher où elle contempla l'armoire, le regard vide.

Nos causeries m'ont manqué. Avait-il dit cela à d'autres femmes ? Au cours des deux années qui s'étaient écoulées depuis qu'elle lui avait annoncé sa grossesse, elle l'avait vu plusieurs fois en ville, au volant de sa Stoddard-Dayton, une passagère toujours différente à ses côtés. Les gens surnommaient sa voiture « le diable jaune » non seulement pour sa couleur et la vitesse à laquelle elle roulait, mais aussi, soupçonnait Mamah, parce que Frank se fichait des ragots. Il était humiliant de penser qu'il pût la considérer comme ces autres femmes, clientes potentielles ou autres.

En levant les yeux sur l'horloge, elle s'aperçut qu'il ne lui restait qu'une demi-heure avant l'arrivée de Frank. Elle choisit une robe noire et une ceinture blanche, fourragea dans sa boîte à bijoux pour y trouver la fine chaîne en or ornée d'une unique grosse perle. En se brossant les cheveux qu'elle noua en chignon, elle se pencha tout près du miroir pour étudier son visage. Elle savait qu'elle le faisait trop souvent ces temps-ci ; elle cherchait des preuves supplémentaires, s'il en fallait, qu'elle avait presque trente-neuf ans.

Enfant gracile, elle s'était trouvé des traits étranges : un cou long comme une perche, une mâchoire carrée et disproportionnée, de larges pommettes haut perchées qui lui avaient valu le surnom de « tête de mort » à l'école. Ses lunettes en écaille avaient masqué les yeux verts que son père trouvait jolis. Seuls ses sourcils arqués auraient pu être acceptables s'ils ne l'exaspéraient pas tant à trahir toutes ses émotions. « Tu es en colère », disait souvent sa mère en contemplant la ligne sombre qui agitait son front.

Vers l'âge de dix-huit ans, elle avait enfin pleinement habité ce visage. Ses bras et ses jambes maladroits étaient devenus souples et elle s'était surprise à évoluer dans le monde avec une aisance nouvelle. Les garçons qui la taquinaient jadis se mirent soudain à lui rendre visite.

À présent, les cheveux relevés, elle aimait son long cou avec cette perle nichée dans le creux entre ses clavicules. Elle appliqua une touche d'eau de Cologne sur son poignet, enleva ses lunettes et referma la porte de la chambre.

4

« Où sont-ils tous passés ? » demanda Frank, à peine eut-il franchi le seuil de la maison. Il tendit à Mamah le rouleau de dessins qu'il portait sous le bras et enleva sa longue écharpe de soie.

« Lizzie et Louise ont emmené les enfants chez Marshall Field's. » Gênée, elle attendait qu'il lui donne son manteau, assez proche de lui pour sentir le parfum de sa crème à raser. Il n'était pas plus grand qu'elle et leurs yeux se trouvaient à la même hauteur : son regard, toujours si direct, était impossible à éviter. Le visage rougi par le froid, il paraissait rayonnant.

« Ah, Field's ! dit-il en inspirant avec une sérénité feinte, le temple de la civilisation.

— Tout est affaire de goût avec vous, n'est-ce pas ? le taquina-t-elle alors qu'elle le faisait entrer dans la salle à manger.

— Eh bien... » Il écarquilla les yeux en apercevant un sirupeux bouquet d'œillets sur le buffet. Elle les avait achetés dans une serre.

« Je sais. Vous préféreriez un bouquet de vieilles branches mortes. Mais j'aime ces fleurs.

— Tant mieux.

— Ne me prenez pas de haut, Frank Wright, dit-elle à moitié sérieuse. Je ne suis pas la femme d'un client qui se laissera habiller par vos soins. » Elle n'avait pas trouvé les mots justes mais il comprit ce qu'elle voulait dire. Elle n'était pas de ces épouses qui l'autorisaient – et contre rémunération ! – à dessiner les motifs de leur porcelaine, de leur linge de maison, voire de leurs robes pour être en harmonie avec une maison Wright. Elle n'avait pas l'intention de se laisser dire qu'elle ne pouvait pas mettre de fleurs roses sur sa cheminée.

« Je ne vous ai jamais considérée comme la femme d'un client. Pas une seule seconde. »

Déjà, pensa-t-elle. Elle s'assit à la table et lissa les dessins pour les aplatir. « Où en étions-nous donc, quand nous avons abandonné ce projet ? Cela fait bien longtemps. »

Il choisit la chaise qui lui faisait face. « Nous parlions de choses authentiques. » Soudain, il y eut un semblant de tendu dans sa voix. « Celles qui m'ont aidé à ne pas devenir fou pendant un temps. Ou l'aviez-vous oublié ?

— Non.

— Vous rappelez-vous la première fois que vous êtes passée me voir à l'atelier ? Vous veniez de visiter la maison d'Arthur Heurtley. Vous citiez Goethe. Vous compariez sa prose à la "musique suspendue".

— C'est vrai. Dans cette maison, j'ai tout simplement eu envie de danser d'un bout à l'autre de la visite. »

Frank secoua la tête. « Comment vous décrire l'impression que vous m'avez faite ? Je me trouvais soudain devant cette belle femme, si douée et à l'aise avec les mots, qui comprenait si bien… Dites-moi une chose, Mamah. Pendant ces longues heures que nous avons passées ensemble, étais-je le seul à m'en émerveiller ? »

Elle contempla ses mains posées sur ses genoux. « Non.

— Ce n'était donc pas le fruit de mon imagination ? »

Mamah le regarda. *Si vite*, pensa-t-elle. *Je redeviens si vite de l'argile entre tes mains*. Elle hésita, serra les lèvres. « Vous rappelez-vous ma troisième visite à l'atelier ?

— La troisième ?

— Moi, je me la rappelle, dit-elle. C'est votre secrétaire qui m'a fait entrer. J'étais en avance à ce rendez-vous matinal, il devait être huit heures et demie du matin. Un grand feu brûlait déjà dans l'âtre. Vous étiez sur la mezzanine en train de bavarder avec cet artiste…

— Dickie Bock.

— Oui. » Mamah prit le temps d'inspirer. « Il était là-haut tout à sa sculpture. Je me souviens que vous ne m'avez pas vue parce que j'étais dans le coin opposé. Puis Marion est entrée, mais elle ne m'a pas remarquée, elle non plus. Je devais être dans l'ombre. » Mamah sourit au souvenir du plaisir qu'elle avait eu à suivre le déroulement de cette matinée à l'atelier.

« Marion était si élégante, dit-elle. Elle portait un lourd manteau et un turban à motifs cachemire. Je le revois encore. En l'apercevant, vous lui avez dit : "Qu'est-ce que c'est que cette chose sur ta tête ?" J'ai eu envie de m'esclaffer, mais je me suis retenue parce qu'elle a d'abord paru blessée. "Ça ne te plaît pas ?" a-t-elle demandé.

« Vous vous êtes approché de la rambarde et vous l'avez taquinée : "Si, sur la tête d'un magicien", lui avez-vous répondu. Et, du tac au tac, elle vous a rétorqué : "Mais je suis une magicienne." »

Frank partit d'un grand éclat de rire.

« Vous rappelez-vous ce que vous avez fait à ce moment-là ? »

Il répondit par un haussement d'épaules.

« Vous avez levé les mains comme pour vous rendre. »

Frank souriait à présent. « Elle pense accomplir des miracles pour moi.

— Y arrive-t-elle ?

— Grâce à elle, je suis toujours sur le qui-vive. Elle a le sens de la repartie.

— Eh bien, laissez-moi vous dire une chose. Ce jour-là vous n'imaginez même pas à quel point j'aurais voulu être Marion Mahony. J'avais envie de commencer chaque journée en vous faisant rire de bon cœur. » *Et voilà, je n'ai pas pu m'en empêcher*, pensa-t-elle en sentant ses yeux s'embuer. « Être assise à vos côtés, lever les yeux sur un homme occupé à sculpter..., sentir l'énergie créatrice envahir la pièce... Ce jour-là à l'atelier, j'aspirais à être une personne sur laquelle vous pourriez vous reposer absolument. À vrai dire, j'y aspire toujours. »

Frank tendit la main et lui caressa le front, puis la joue. Son index effleura la perle qu'elle portait au cou.

Mamah sentit son cœur s'emballer. « Tombez-vous toujours amoureux de vos clientes ?

— Cela m'est arrivé une seule fois, répondit-il. Une seule. »

Frank se leva, lui prit la main et la conduisit jusqu'au canapé du salon où il l'allongea doucement. Ils y restèrent un moment côte à côte, elle avait posé la tête sur sa poitrine, puis les mains de Frank se remirent en mouvement. Ses poignets craquèrent quand il déboutonna la robe chemisier de Mamah et posa les lèvres sur sa poitrine. Elle sentit un courant électrique parcourir son corps, tendre son bassin. Ses mains le cherchaient, se débattaient frénétiquement avec ses vêtements. En quelques instants, toute l'étendue de la peau nue de Frank caressait celle de Mamah et, sans un mot, ils trouvèrent un rythme commun.

5

Ce fut l'été de tous les risques.

Pour chaque rendez-vous soigneusement planifié, il y avait une visite impromptue. Mamah entendait frapper à la porte et trouvait Frank debout sur le seuil en bras de chemise comme s'il était simplement passé régler un petit détail.

La plupart du temps, Louise et les enfants étaient à la maison. Ces jours-là, il s'agenouillait pour jouer avec les petits, portait John et Martha et leurs camarades de jeux sur son dos ; pendant ce temps, assise sur la banquette à la fenêtre de la bibliothèque, Mamah tripotait sa jupe dont elle ne chiffonnait le tissu que pour ensuite le lisser. Elle se demandait si Louise devinait sa nervosité, si les étincelles qui lui couraient à fleur de peau comme des feux follets se voyaient.

« Tu as l'air radieux », dit Mamah une après-midi alors que Frank passait la porte. Il avait le pas allègre et le regard pétillant. Son visage et ses avant-bras étaient dorés par les longues heures passées sur des chantiers. Debout dans la bibliothèque, il promena ses regards sur les autres pièces.

« Ils sont à Forest Park, dit-elle. Tous partis au parc d'attractions. Il y a environ une heure. »

Frank jeta ses dessins sur la banquette, passa les bras autour de sa taille et la fit virevolter dans la minuscule bibliothèque comme s'ils étaient dans une salle de bal.

« Frank ! » protesta-t-elle en riant. Elle se sentait exposée à la vue de tous, les fenêtres étaient ouvertes et sans rideaux. Un jour, après un dîner entre amis, elle était allée s'asseoir près de la baie vitrée avec une invitée, elles avaient bu du vin et fumé des cigarettes. En levant les yeux, elle avait aperçu les filles Belknap qui la regardaient de leur chambre, dans la maison d'à côté, et elle s'était vraiment sentie espionnée. Quelqu'un se trouvait-il là-haut en ce moment ? Comment le savoir ? Elle essaya de conduire Frank dans une pièce à l'arrière, mais il l'attira sur le parquet et ce fut trop tard. Ils firent l'amour dans une frénésie de bruits étouffés.

Ensuite, pendant quelques brefs instants, elle resta allongée la tête au creux de son épaule, à guetter les bruits de pas sur le trottoir. Les rayons du soleil rasaient le toit de la maison voisine et lui brûlaient les jambes.

« Ce sera vraiment le garage le plus fantastique de tout Oak Park, dit Frank en lui caressant les cheveux, mais il ne sera peut-être pas terminé avant des années. »

Elle était effrayée de se sentir si vulnérable. Mais l'idée même de mettre fin à leur aventure se dissipait à l'instant où ils se retrouvaient dans la même pièce. Frank Lloyd Wright était une force vitale. Partout où il allait, il semblait remplir l'espace d'une énergie vibrante tout à la fois spirituelle, sexuelle et intellectuelle.

Et, miracle, c'était elle qu'il désirait.

Quand elle se regardait dans la glace, elle découvrait une femme au visage rosi par le désir. Par le fait même d'être désirée. Seigneur, quel narcotique ! Elle ne s'était plus sentie aussi puissante depuis ses vingt ans quand, étudiante, elle multipliait les conquêtes.

« Laisse sonner le téléphone une fois, raccroche et je te rappellerai », lui avait dit Frank. Elle le fit à une ou deux reprises. Isabelle, l'assistante de ce dernier, décrochait et Mamah ne tarda pas à perdre son sang-froid. Elle décida d'attendre qu'il la contacte ; ce qui faillit la tuer.

Plus tard au cours de cet été-là, quand Frank installa ses bureaux au centre-ville dans le Fine Arts Building, leurs rendez-vous galants s'en trouvèrent facilités. Saisissant le prétexte d'un cours organisé le mercredi après-midi, Mamah quittait la maison. Elle montait dans le train pour Chicago, rejoignait Michigan Avenue à pied, prenait l'ascenseur jusqu'au dixième étage. Un jour qu'elle longeait le couloir en toute hâte en espérant ne rencontrer personne, la porte située en face de celle de Frank s'ouvrit et elle aperçut Lorado Taft au travail dans son atelier. Mamah savait que ce célèbre sculpteur était un vieil ami de Frank et de Catherine. Ce jour-là, il avait levé les yeux de son travail et croisé son regard avec un sourire troublant et entendu. Brûlante de honte, Mamah s'était glissée dans le bureau de son amant pour s'effondrer sur une chaise, pliée en deux, le visage sur les genoux. Après cela, elle s'était mise à porter un grand bonnet et drapait une écharpe autour de sa tête ; elle la nouait autour de son cou comme si elle descendait tout juste de voiture.

Une autre fois, en sortant de l'ascenseur, elle aperçut un de ses voisins, un ancien client de Frank, debout devant la porte du bureau : il prenait congé. La tête baissée pour dissimuler son visage, elle emprunta l'escalier qui menait à l'étage inférieur. Là, entre deux étages, elle attendit tandis qu'un adepte de Paderewski massacrait un concerto pour piano. D'une autre pièce lui parvenait la voix d'un professeur qui détaillait des pas de danse classique sur fond de glissements de chaussons.

Quant à son cœur, il battait la chamade lorsqu'elle retourna au dixième étage. Une fois qu'elle fut à l'abri dans son bureau, il ferma la porte à clé et baissa les stores. Ils reprirent le fil de leur semblant de vie commune et s'ouvrirent l'un à l'autre dans la pénombre.

Ils aimaient se retrouver à l'extérieur, dans le monde, pour s'en imprégner ensemble. Au début de l'été, alors qu'ils prenaient encore toutes sortes de précautions, ils s'étaient arrangés pour arriver séparément dans un cinéma du centre-ville où l'on jouait un film avec Tom Mix. Assise à quelques rangées de lui, elle entendait le rire grave de Frank résonner à tout bout de champ et cela lui déclenchait des fous rires. Il partit le premier. Ils avaient décidé qu'elle marcherait jusqu'au coin de la rue et qu'il passerait l'y prendre. Quand elle se retrouva sur le trottoir, elle remarqua qu'un vendeur entreprenant avait installé un étalage de chapeaux de cow-boys devant le cinéma. Elle s'arrêta et, sur un coup de tête, en acheta un à larges bords en cuir fauve.

« Celui-là, c'est un Stetson de V. I. P., m'dame, le meilleur ! avait déclaré l'homme. Ça veut dire "Vacher Impérial des Plaines". »

Elle avait ri. « Parfait.

— Ça vous fera plus cher, prévint-il. Il est à douze dollars.

— Je le prends », dit-elle en lui glissant l'argent dans la main.

Quelques instants plus tard, après avoir ralenti dans sa voiture jaune, Frank n'avait pu dissimuler son enthousiasme. Il avait coiffé le chapeau avant de les conduire jusqu'à un tout petit restaurant allemand, au nord de la ville. Il avait une allure folle dans sa blouse d'artiste qui lui descendait jusqu'aux talons et ses hautes bottes, avec son Stetson et ses lunettes d'aviateur.

Quand ils furent installés dans une alcôve, elle comprit qu'il avait envie de revivre chaque scène du film. Elle s'amusa de ce grand enfant qui se tordait de rire, assis à côté de son grand chapeau, au souvenir des desperados tombant de cheval quand Tom Mix leur donnait la chasse.

Parfois, ils s'échappaient à la campagne dans la voiture jaune qui avalait les routes pleines d'ornières à une vitesse terrifiante. Ils s'arrêtaient en chemin pour acheter ce que l'on vendait à l'étalage : fraises ou cantaloups. Frank gardait dans la voiture une couverture qu'il déployait pour enlever ses chaussures et faire prendre le frais à ses orteils. « Dieu que c'est bon ! » disait-il chaque fois qu'il ôtait ses chaussettes.

Il adorait Walt Whitman. Allongé sur le ventre, il lisait *Feuilles d'herbe* à Mamah. Mais il y avait aussi de longs moments où ils restaient assis côte à côte, sans rien dire. Il leur aurait suffi de fredonner, pensait souvent Mamah, pour être au diapason l'un de l'autre.

Un jour, après le déjeuner, Frank alla se laver les mains dans un fossé, tout près de l'endroit où ils s'étaient installés, puis il sortit de la voiture un carton à dessins plein d'estampes japonaises. Il les étala soigneusement sur la couverture.

« Celles-ci sont d'Hiroshige, dit-il en désignant trois d'entre elles. Des images du monde flottant. »

Mamah examina l'estampe d'une courtisane qui s'éventait. « Je n'ai jamais compris ce que ça signifiait "le monde flottant".

— Ces images représentent des gens ordinaires qui vivent dans l'instant présent : ils vont au théâtre, font l'amour. Ils flottent comme des feuilles mortes sur un fleuve sans se soucier de l'argent ou du lendemain.

« Je les ai achetés au Japon », reprit-il en sortant deux paysages du carton à dessins. Mamah se rappelait les récits qu'avait faits Catherine Wright de ce voyage au Japon. Elle avait raconté que, chaque matin, Frank sortait coiffé d'un chapeau de paille comme un autochtone pour s'enfoncer dans les ruelles de Kyoto avec un interprète, à la recherche d'estampes.

« La nature est tout pour les Japonais, expliqua-t-il. Quand ils font construire une maison, elle doit faire face au jardin.

— Je savais que l'art japonais t'avait inspiré, dit-elle. Mais je n'avais pas pris la mesure de cette influence. » Elle crut le voir tiquer. « Ce mot te déplaît, c'est ça ?

— À vrai dire, je le déteste. Les snobs du monde des beaux-arts – les intellectuels – l'utilisent.

— Pardon.

— Ne t'excuse pas. Mais j'aimerais que tu comprennes. Personne ne m'a influencé. Pourquoi devrais-je copier les Japonais, les Aztèques ou d'autres alors que je peux créer quelque chose de beau par moi-même ? Tout vient de là. » Il se tapota la tempe. « Et de la nature.

— Je le sais bien », répondit-elle. Elle n'aimait pas se sentir réprimandée par Frank. « C'était un mot malheureux, voilà tout. » Elle reporta son attention sur les estampes. « J'adore celle-là. » Elle étudia attentivement l'image de la courtisane qui lisait allongée sur un lit. « Eh bien, elle est à toi. »

Ce jour-là, elle rentra chez elle ivre de joie avec son estampe. Elle la glissa entre les pages d'un grand album d'images qu'Edwin n'ouvrirait jamais.

Quand Catherine invita Mamah et Edwin à dîner au début du mois d'août, Mamah fut bien obligée d'y aller. Elle n'avait pas vu Catherine depuis des semaines. Après dîner, les hommes se réunirent dans l'atelier et les femmes s'installèrent au salon. Elles discutèrent des nouvelles du club, de leurs enfants et des livres qu'elles lisaient. À un moment, Catherine se leva pour aller prendre un ouvrage sur l'étagère, de l'autre côté de la pièce.

« Et celui-ci, en as-tu déjà entendu parler ? » demanda-t-elle. Elle tenait un exemplaire de *The House Beautiful*. « Tu connais le révérend Garnett, n'est-ce pas ? Frank a illustré les essais de cet ouvrage. Cela doit remonter à 1896, fit-elle, pensive. C'était notre bible à l'époque. »

Catherine feuilleta le livre en évoquant l'année où Frank avait fait construire leur maison, au début de leur mariage. « Il voulait qu'on grave un proverbe au-dessus de chaque porte. Je lui ai dit : "Un seul." Ne me demande pas comment j'ai eu le cran de lui tenir tête – tu connais Frank – mais ça a marché. Nous étions jeunes et amoureux et il a bien voulu m'écouter. »

Mamah leva les yeux sur les mots familiers au-dessus de l'âtre : LA VIE EST VÉRITÉ.

« Comment as-tu rencontré Frank ? demanda-t-elle sans y penser, aussitôt horrifiée par sa curiosité malsaine.

— À un bal costumé organisé par l'église de son oncle Jenk, dans le quartier de South Side, répondit Catherine, à deux pas de celui où j'ai grandi. » Un sourire éclaira son visage à ce souvenir. « Nous étions tous déguisés en personnages des *Misérables*. Frank portait un costume d'officier avec épaulettes et sabre. J'étais censée ressembler à une soubrette française. Nous dansions un quadrille écossais, je suppose, parce que tout le monde changeait de partenaire. Nous nous sommes tout simplement rentrés dedans et nous sommes tombés à la renverse. »

Catherine feuilleta les pages du livre jusqu'à la dernière partie. « Le révérend Garnett cite un poème intitulé « Être ensemble », il est vraiment magnifique. Il est écrit par une femme qui n'a vécu que onze années auprès de son mari avant qu'il ne meure. C'est d'un triste, tu ne trouves pas ? Tiens, lis-le. Je vais chercher le dessert. »

Mamah posa le livre ouvert sur ses genoux. Elle se voyait comme si elle était une autre : assise dans le fauteuil où elle avait pris place si souvent. La pièce n'avait pas changé. Catherine non plus. C'était elle, Mamah, qui était devenue une femme capable de repérer les défauts de l'intérieur de son amant au premier coup d'œil.

Elle voyait à présent qu'il n'y avait presque pas trace de Catherine dans la décoration de cette maison : Frank en avait pensé chaque détail, de la frise en stuc qui ornait le plafond – motifs de rois et de géants mythologiques qui se livraient bataille – jusqu'aux tentures de velours vert mousse de part et d'autre de la cheminée. Quant à l'agitation qui régnait dans la maison, les entrées et les sorties des enfants à la recherche de leur mère, quant aux bruits mêmes de la maisonnée, ils ne laissaient en revanche aucun doute sur l'identité de la maîtresse des cérémonies.

Mamah parcourut le poème jusqu'au dernier vers.

Ensemble accueillir le déroulement solennel de la vie,
Ensemble posséder un même joyeux idéal,
Ensemble rire, ensemble souffrir,
Mus par une pensée commune : l'amour de l'autre,
Et par un espoir commun : sous le ciel d'un monde neuf,
Nous aventurer toujours plus loin et marcher ensemble.

« Foutaises ! » murmura-t-elle pour elle-même.

Pourtant, quand Catherine arriva avec le dessert, Mamah se sentait nauséeuse et elle poussa Edwin vers la porte en invoquant un malaise.

Au petit matin, elle sortit de son lit et alla dans la cuisine chercher un biscuit sec pour calmer ses aigreurs d'estomac. Quand elle ouvrit le placard, un petit papillon de nuit brun s'en échappa. Elle savait ce que cela signifiait. Si elle ne se débarrassait pas de la farine, du riz et des céréales stockés dans le placard et si elle attendait l'arrivée de la femme de ménage, mercredi, cette dernière trouverait une vingtaine de papillons de nuit accrochés la tête en bas sous les étagères. Elle souleva un sac de grain après l'autre à la lumière de l'ampoule pour détecter la présence de larves minuscules et jeta tout ce qui semblait suspect dans une grosse poubelle. Pour finir, elle fit place nette dans le placard et alla remplir une bassine d'eau bouillante et d'ammoniaque.

Comment les choses en sont-elles arrivées là ? se demanda-t-elle en lessivant. Elle s'était toujours considérée comme quelqu'un de profondément moral. Pas une prude, loin de là, mais une femme bien. Honorable. Elle ne se permettait pas de souligner les passages d'un livre de bibliothèque, ne laissait pas le boucher se tromper en lui rendant sa monnaie. Comment avait-elle réussi à se convaincre que commettre l'adultère avec le mari d'une amie n'avait rien de répréhensible ?

Le lendemain matin, Mamah ouvrit son journal intime pour la première fois depuis l'hiver précédent. En feuilletant l'épais carnet, elle comprit pourquoi Lizzie et Edwin s'étaient tant inquiétés à son sujet. Pendant la plus grande partie du mois de février, elle était simplement restée assise dans son lit, immobile et hébétée, à regarder les stalactites accrochées aux avant-toits derrière sa fenêtre.

Ce jour-là, en parcourant son journal, Mamah reconnut ses aspirations confuses dans une citation qu'elle avait notée au cours des lectures qui avaient occupé cet hiver interminable.

« Être mère ne suffit pas : même une huître peut être mère. » Charlotte Perkins Gilman.

Car d'aussi loin qu'il lui en souvînt, Mamah avait toujours ressenti un manque sans pourtant arriver à le préciser. Elle avait meublé ce vide avec toutes sortes de choses – livres, réunions de l'association, militantisme pour le droit de vote, cours –, mais rien ne l'avait comblée.

À l'université, pendant un certain temps, puis à Port Huron, elle avait nourri de grandes ambitions. Elle aurait voulu devenir un écrivain mémorable ou traduire des œuvres majeures. Mais les années avaient passé. Mamah approchait de la trentaine quand Edwin avait fini par gagner son cœur. Le jour où elle l'avait épousé, elle avait enterré tous ses rêves.

Elle était revenue à Oak Park mener une vie de femme mariée ; comme les autres, elle avait eu des enfants qu'elle avait vraiment désirés : ils étaient la principale raison de son mariage avec Ed. Mais, à présent qu'ils avaient une nourrice, elle avait repris son ancienne habitude de se replier sur elle-même, de s'isoler pour lire ou étudier. Quand elle sortait de sa solitude pour se jeter dans les mondanités, tout le monde semblait ravi de la voir. Elle s'entendait parfois qualifier de « femme de tête ». Une cérébrale en d'autres termes. Mais on la décrivait aussi comme une personne « adorable ».

À l'Association des femmes du XIXe siècle, il lui était arrivé de lancer une idée incendiaire à l'occasion d'une conversation. « Si les nourrices sont payées pour leurs services, pourquoi les femmes au foyer ne le seraient-elles pas ? » Ou encore : « Charlotte Perkins Gilman affirme que les ouvrières auraient pu avoir une carrière digne de ce nom si elles avaient vécu dans une collectivité avec des cuisines communes, des cuisiniers rémunérés et des gouvernantes pour leurs enfants. »

Les femmes l'appréciaient malgré ses provocations. Elles considéraient toute personne ayant une activité intellectuelle comme excentrique, mais, après tout, Mamah était l'épouse d'Ed Cheney, un homme bien sous tous rapports. Peut-être estimaient-elles simplement qu'elle ne pensait pas ce qu'elle disait : en effet, qu'avait-elle fait à part parler ?

Tout au long de ce sombre hiver, elle s'était adressé toutes sortes de remontrances – tantôt elle se reprochait d'être une mauvaise mère et tantôt de n'être qu'une mère pour ses enfants.

Regarde Jane Addams, avait-elle écrit pour elle-même, *et Emma Goldman. Regarde Grace Trout ; toutes ces femmes parfaitement ordinaires se battent contre la législature de l'Illinois pour obtenir le droit de vote. Qu'est-ce que tu attends ?*

Chaque semaine, à intervalles réguliers, Louise avait emmené le bébé voir sa maman comme si de rien n'était. En mars, Mamah avait commencé à sortir de sa mélancolie. L'une de ses premières échappées avait été motivée par l'allocution de Frank au club.

En relisant son journal, elle se demanda s'il avait perçu sa vulnérabilité aussi clairement qu'elle la voyait aujourd'hui. *Étais-je simplement un fruit sur une branche basse : facile à cueillir ?*

Quand elle le revit, elle lui posa franchement la question. Ils étaient assis dans sa voiture jaune qu'il avait garée dans une rue secondaire de South Side.

« Mamah, cet amour merveilleux qui vient tout juste de naître, ne le flétris pas avec ce genre de discussion. Tu ne crois pas que c'est mal, tout de même ?

— Ne me pose pas cette question. Demande-moi si je suis heureuse.

— Je connais déjà la réponse. »

Elle se sentait habitée par une joie qui envahissait sa vie tout entière. L'odeur suave de bébé que dégageait Martha, ses doigts minuscules, presque translucides, la stupéfiaient. Elle pouvait passer des après-midi entières à jouer à cache-cache avec John et son ami Ellis, le petit voisin, et rester tapie derrière les buissons dans la cour de devant pendant qu'ils la cherchaient partout. Mamah se surprit à faire des gâteaux, à embarquer une bonne partie des enfants du voisinage dans sa voiture, à apporter à manger à des gens qu'elle savait malades ou accaparés par des nouveau-nés. Un jour, Lizzie lui avait lu un fait divers : un petit livreur avait été blessé dans la collision entre son cheval et une voiture. Mamah avait réussi à se procurer l'adresse du garçon pour lui faire remettre une enveloppe contenant vingt dollars.

Edwin fut profondément soulagé par le changement qui s'était opéré en elle. Il déclarait qu'elle était plus belle que jamais. Quand il posa la main sur sa hanche, au lit, elle ne se détourna pas. Elle le laissa prendre son plaisir et pensa à autre chose.

Au début de l'été, elle s'était dit : *Ça ne durera pas, c'est impossible. Neuf enfants à nous deux, sans parler de Catherine et d'Edwin*. Mamah savait qu'elle n'abandonnerait jamais ses enfants. Mais vivre un amour parfait et purement égoïste pendant quelque temps… qui en pâtirait si personne ne l'apprenait ? *On ne vit qu'une fois en ce bas monde.*

À la fin de l'été pourtant, elle avoua la vérité à Frank. Elle l'aimait de chaque parcelle de son être. Tout en lui la ravissait : ses éclats de rire irrépressibles, ses yeux pétillant de joie qui semblaient presque toujours égayés par la plus amusante des plaisanteries, sa présence à toute heure du jour. Elle adorait la façon dont il lui effleurait impulsivement la joue du dos de la main, quand elle s'y attendait le moins.

Il lui donnait l'impression d'être vivante et adulée. Il arrivait rarement à leurs rendez-vous sans quelque menue surprise. Il brandissait son poing fermé bien haut quand elle tendait la main et lui ordonnait de fermer les yeux. En les ouvrant, elle pouvait trouver un chocolat enveloppé dans du papier d'aluminium ou un fragment d'aile d'oiseau, petit os terminé par un treillis de cartilages qui initiait une conversation sur l'aérodynamique.

Elle aimait la versatilité intellectuelle de Frank ; lui qui passait ses journées à assembler des formes géométriques, il savait aussi s'exprimer par écrit avec une certaine verve et jouer du piano avec autant de brio que de sentiment. Quant à son âme extraordinaire, il suffisait de contempler les maisons qu'il concevait pour la voir exposée aux yeux du monde.

Mamah s'aperçut qu'elle l'aimait exactement pour les traits de caractère qui faisaient tiquer les autres. Il n'avait pas peur de dire ce qu'il pensait. C'était aussi un véritable excentrique chez qui elle retrouvait les frasques qu'elle en était venue à admirer chez son propre père. Une personne aussi sensible que Frank à l'harmonie de la nature, aussi encline à réfléchir en dehors des sentiers battus, ne se soumettrait pas si facilement aux contraintes sociales. Autrefois, le père de Mamah était sensible à l'équilibre du milieu, lui aussi. Il s'intéressait plus aux mœurs des guêpes qu'à la vie politique d'Oak Park. Il se souciait comme d'une guigne de ce que pensaient les voisins et élevait des chèvres dans la cour de leur pavillon résidentiel. Un « libre-penseur », comme il disait à propos d'autres non-conformistes invétérés, et il avait encouragé la même indépendance d'esprit chez ses enfants.

Frank était de ceux-là. Ses yeux, ses oreilles et son cœur bien aiguisés savaient dénicher la vérité là où les autres ne la cherchaient pas. En cela, et à bien d'autres égards, Mamah avait l'impression d'être son âme sœur.

Sous les sombres pensées de l'hiver dernier, elle inscrivit une nouvelle date dans son journal :

20 août 1907

Je me tenais sur le rivage, à regarder la vie s'écouler. J'ai envie de nager dans le fleuve. J'ai envie de me sentir portée par le courant.

6

1908

« Il se passe quelque chose de bizarre par ici », déclara Lizzie. Par une splendide matinée d'octobre, un samedi, elle se tenait devant le fourneau et regardait les bords d'un œuf se ratatiner, dentelle brune dans la graisse du bacon.

Mamah leva les yeux de son journal. « Qu'est-ce que tu veux dire ? » demanda-t-elle, l'estomac soudain noué.

« C'est à la page 3, je crois. Des hommes qui font du porte-à-porte en prétendant vendre du beurre laitier. Ici même à Oak Park. Tu as lu l'article ? »

Les épaules de Mamah se détendirent. « Non.

— Il faudra prévenir Louise quand elle viendra lundi, qu'elle ne leur ouvre pas.

— Qu'est-ce que tu fais aujourd'hui ?

— J'emmène Jessica au cinéma, répondit Lizzie en retournant l'œuf.

— Tu es un amour, Liz. » Ils s'étaient tous attachés à leur petite-nièce après la mort de Jessie, mais c'était Lizzie qui jouait le rôle de la maman.

« Tu veux venir ?

— Non. Je dois aller à l'université cette après-midi. »

Mamah mentit sans même ciller. Tromper les autres lui était facile, presque une routine. Frank l'attendrait dans son bureau, il aurait peut-être acheté des fleurs ou fait monter du thé et des sandwichs d'un restaurant.

« Robert Herrick donne une série de conférences sur la Nouvelle Femme, dit-elle à Lizzie. Edwin emmène les enfants au zoo. »

« Catherine est au courant », lui annonça Frank. Ils étaient allongés sur le tapis. Mamah entendait un violoniste faire ses gammes quelque part.

Elle se redressa et le regarda. Il avait les yeux fermés. « Voilà pourquoi tu es si peu loquace.

— Elle refuse de dire comment elle a su.

— Que lui as-tu dit ?

— La vérité. Et j'ai demandé le divorce. »

Mamah lui prit la main et la serra. *Cela devait arriver.* Elle attrapa son caraco abandonné par terre.

« Ne te lève pas encore, dit-il. Reste ici avec moi. »

La pièce était claire et fraîche. Elle prit une couverture de déménagement pliée sur une caisse près d'elle et s'en couvrit entièrement. Elle sentait la chair de poule lui courir sur les bras et les jambes.

« Catherine restera discrète, dit-il sombrement. Elle est trop fière pour en parler à quiconque. »

Mamah imagina l'épouse de Frank en train de sangloter. De jeter *The House Beautiful* à la tête de son mari. De monter à une échelle, armée d'un marteau, pour réduire en miettes les adorables bas-reliefs du salon. Elle était glacée à l'idée de ce que Catherine aurait envie de lui faire, à elle qu'elle avait considérée comme son amie.

Mamah eut envie de rentrer sous terre en pensant à cette trahison. *Mais je n'ai pas volé Frank*, se raisonna-t-elle. Son couple allait mal depuis si longtemps, peut-être même était-il devenu intime avec d'autres femmes avant elle. Elle ne l'avait jamais questionné parce qu'elle ne voulait pas savoir. Mais sur le moment, cette possibilité lui procura un étrange soulagement.

« Je vais tout dire à Edwin. »

Au cours des deux mois précédents, Frank et elle avaient envisagé ensemble de mettre leurs proches au courant et de demander le divorce. Ils aspiraient l'un comme l'autre à ne plus vivre dans le mensonge. Les gens divorçaient à présent, cela n'avait plus rien d'inouï. Au restaurant, en promenade sur les rives du lac Michigan, en sillonnant la campagne dans la voiture, ils avaient envisagé diverses possibilités : ils pourraient habiter Chicago et elle trouverait le moyen de vivre avec ses enfants. Si Edwin et Catherine acceptaient…

Elle avait répété le discours qu'elle tiendrait à Edwin une douzaine de fois. Mais maintenant que le moment était venu, elle s'aperçut qu'elle tremblait à cette idée.

Se lever et s'affairer lui permit de se sentir plus résolue. Elle s'habilla puis s'assit au bord du bureau en se frottant les bras. « D'une certaine façon, je suis soulagée », dit-elle au bout d'un instant. Elle releva sa chevelure sombre en chignon. « Nous n'aurons plus à jouer cette comédie. »

Frank restait allongé, les yeux clos, à se masser les tempes. Il finit par se relever et, l'air solennel, enfila lentement ses vêtements. Il avait un dos de jeune homme avec ses épaules peu musclées mais larges pour sa frêle carrure et aussi fermes que celles d'un bon nageur.

« Catherine demande un an pour voir si nous pouvons recoller les morceaux. Si cela ne marche pas, elle m'accorde le divorce. »

Mamah ouvrit de grands yeux.

« Je sais. Je sais. C'est absurde.

— Qu'as-tu répondu ?

— J'ai dit oui. »

Mamah sursauta. « Mais nous étions d'accord, quand cela arriverait…

— Oui, nous étions d'accord, Mame. Tu sais ce que je ressens face à cette situation. Mais Catherine… » Il haussa les épaules et secoua la tête. « Elle n'en démord pas. C'est toute sa vie qu'elle défend. Que puis-je faire sinon attendre l'inéluctable ? »

Mamah se surprit à secouer la tête, partagée entre la colère et la confusion. Frank lui passa un bras autour de la taille et attira sa tête au creux de son épaule, de l'autre main. De longues minutes s'écoulèrent ainsi tandis qu'un gouffre de silence se creusait entre eux.

Durant les heures interminables qui suivirent cette après-midi dans l'immeuble des Beaux-Arts, Mamah resta en suspens dans la maison d'East Avenue, attendant un appel téléphonique, un billet, quelque chose. Mais rien ne vint.

Elle se mit à faire des promenades en voiture pour aller voir les chantiers de Frank dans l'espoir de l'apercevoir. Quand elle apprit qu'il avait enfin concrétisé le projet de construction d'une grande demeure dans le quartier de Hyde Park, elle s'y rendit, se gara et attendit. Après avoir passé quatre heures à guetter son auto jaune, elle abandonna et retourna à Oak Park.

Par deux fois, alors qu'ils rentraient d'un concert à l'Opéra à plus de minuit, Edwin et Mamah étaient passés devant la maison des Wright, sur Forest Avenue.

Chaque fois, l'atelier baignait dans une lumière éclatante. *Il s'est plongé dans son travail*, avait-elle pensé.

Comme les semaines passaient sans lui apporter de nouvelles, la perplexité de Mamah grandit. Elle n'avait rien exigé de Frank la dernière fois qu'ils s'étaient parlés et il ne lui avait rien promis. Bien à contrecœur, elle admirait qu'il honorât la promesse faite à Catherine ; il pourrait la quitter avec un semblant d'intégrité. Mais, à d'autres moments, l'incertitude rendait Mamah complètement folle. *Comment peut-il garder ses distances*, se demandait-elle, *quand je peux à peine me retenir de faire irruption dans son atelier ? Comment peut-il tenir sa parole ?*

Parfois, elle avait les idées si embrouillées qu'elle ne parvenait à se concentrer sur rien. Elle trouvait John, son fils, debout devant elle, qui répétait patiemment « Maman… Maman… Maman… » en tirant sur sa robe pour attirer son attention et lui dire quelque chose. Alors, quand elle sortait de sa torpeur et découvrait ce petit garçon fluet aux yeux verts, prise de remords, elle le serrait dans ses bras.

Il n'empêche, elle n'arrivait pas à regretter ce que Frank et elle avaient fait. C'était l'amour le plus vrai qu'elle eût connu avec un homme. Mais où en était leur relation à présent ? De plus en plus souvent, aux heures calmes de la journée, une crainte se précisait : *Il est retourné auprès de Catherine.*

Près d'un an plus tôt, elle avait accepté de faire un exposé sur *La Mégère apprivoisée* à l'Association des femmes du XIXe siècle. Comme décembre approchait, elle se demanda ce qui lui avait pris de choisir cette pièce-là.

C'était l'époque où je vivais dangereusement, pensa-t-elle. Celle où, imbue d'elle-même, outrée par les limites que la société imposait aux femmes, persuadée du bien-fondé de son aventure avec Frank, elle défiait presque le monde de découvrir son secret. À présent, elle passait le plus clair de son temps terrée chez elle.

Un an plus tôt, quand elle avait choisi le discours de Kate sur l'obéissance d'une femme à son époux, elle s'était imaginé une lecture flamboyante et ironique, suivie d'une dissertation sur l'évolution du rôle des femmes. Aujourd'hui, en lisant le vers « *Ton mari est ton seigneur, ta vie, ton gardien* », elle avait envie d'être en Chine, à Budapest, en Afrique, n'importe où sauf à Oak Park dans l'Illinois.

Le jour venu, elle lut le texte comme elle l'avait prévu au départ – sur un ton très ironique – et faillit s'évanouir de soulagement en entendant les rires approbateurs de son auditoire. Comme un mince fil électrique qui la sous-tendait, un reste de courage la soutint jusqu'à la fin de son exposé. Catherine brillait par son absence, mais la mère de Frank était venue. En apercevant le visage sévère d'Anna Wright dans le public, Mamah se demanda si elle savait. Ou si quelqu'un d'autre était au courant.

Au final, ce supplice lui permit de franchir un cap. Elle retourna aux deux cours de l'université de Chicago qu'elle avait commencé à suivre à l'automne, tous deux dispensés par Robert Herrick : un séminaire sur la littérature et un atelier d'écriture romanesque. Elle se plongea dans les romans de Herrick, alla aux cours et se lança à corps perdu dans l'écriture.

L'absence de Frank la rongeait toujours mais un autre malaise concurrençait le manque. Comment avait-elle pu être aussi disposée à demander le divorce que Frank l'était à accorder une année de sursis à sa femme ? Elle se réjouit de ne pas avoir dit la vérité à Edwin.

Le 1er janvier 1909, au réveil, elle trouva son époux debout près du lit dans son pyjama rayé ; il n'avait qu'un fin duvet tout ébouriffé autour de ses oreilles. On aurait dit des plumes. Il se pencha sur elle et lui posa un baiser sur le front : « Bonne année, ma chérie. »

Mamah se redressa et se frotta les yeux. « Bonne année », dit-elle, toute groggy.

Il lui mit un petit paquet entre les mains. « Je n'ai pas pu résister à la tentation. »

En l'ouvrant, elle découvrit une broche en or en forme de chouette avec deux rubis à la place des yeux.

Quelques années plus tôt, il lui avait offert une chaîne avec un pendentif en argent qui représentait le même animal. « Pour mon intello », disait le carton. Elle avait commis l'erreur de se montrer enthousiaste et d'autres présents similaires avaient suivi – une descente de lit au crochet, une horloge sculptée –, toujours accompagnés d'un message sentimental.

Il en savait autant sur le contenu des livres qu'elle lisait que Mamah sur le fonctionnement des transformateurs électriques. Pourtant, il se sentait manifestement exalté à l'idée d'avoir une intellectuelle pour épouse. Quand ils recevaient à dîner, il orientait parfois la conversation pour lui laisser gracieusement la parole, qu'elle défende l'une des causes qui lui étaient chères. Si les convives se mettaient à parler littérature, il la contemplait avec bienveillance, le menton sur le poing, pendant qu'elle parlait. Un jour, comme un invité le taquinait sur son silence alors qu'on discutait d'une pièce d'Ibsen, Edwin avait haussé les épaules avec la modestie qui le caractérisait : « Dans cette maison, c'est Mamah qui se consacre à Mr Ibsen. Moi, je m'occupe de la voiture.

— Il vous adore, avait déclaré sa voisine de table à Mamah ce soir-là. Vous êtes la plus heureuse des femmes. »

« Merci Ed », dit Mamah en refermant le couvercle de la petite boîte. Elle s'étira.

« C'est l'odeur des saucisses que je sens ?

— Oui. Il y a aussi des œufs. Et de la purée de pamplemousse avec du sucre brun.

— Où sont les enfants ?

— Au sous-sol avec Lizzie.

— Très bien. Je me lève », dit-elle.

Mamah quitta son lit, s'emmitoufla dans une robe de chambre et alla au salon.

« Martha ! Johnny ! Jessica ! appelait Edwin depuis la cuisine.

— On arrive », lança John d'en bas.

Mamah étreignit Martha qui faisait joyeusement ses premiers pas dans la pièce, puis elle installa la petite fille aux joues rouges dans sa chaise haute. John entra après sa sœur, suivi de Jessica qui s'assit et attendit patiemment que le brouhaha cesse. Du haut de ses huit ans, celle qui n'avait jamais connu sa mère était l'image même du calme et le portrait de Jessie – c'en était presque troublant.

Ni Louise ni la cuisinière ne travaillaient et Lizzie devait retrouver des amis à l'église. Mamah était ravie qu'ils restent seuls tous les cinq. Après le petit déjeuner viendraient les bains, les jeux et ensuite il faudrait songer au dîner. Cela rythmerait la journée. Il y en avait eu tant de destructurées ces dernières semaines.

Elle ne croyait pas aux bonnes résolutions du premier de l'An et n'avait plus vraiment prié depuis bien longtemps. Mais elle se sentit reconnaissante d'être assise à cette table. *Tout ira bien*, pensa-t-elle.

Dans l'après-midi, tandis que Martha faisait sa sieste et que John jouait chez les voisins, Mamah put souffler un peu en étudiant le calendrier des expositions et conférences dans l'*Oak Leaves*. Quand elle lut ALLOCUTION DE WRIGHT SUR L'ART DE LA MÉCANIQUE, tout son corps frissonna. Elle parcourut toute la colonne pour découvrir où aurait lieu la conférence. Ensuite elle se leva, tout agitée. *Bon sang, Frank ! Je ne peux même pas lire le journal.*

Elle sentit le brouillard familier noyer de nouveau toutes ses pensées.

7

1909

12 avril 1909
Très chère Mamah,

Ici, nous avons survécu à un autre hiver même si tout est encore gelé et je m'arrondis de nouveau. Je sais que je suis bien trop vieille pour faire sauter un nouvel enfant sur mes genoux. Mais me voici enceinte (et heureuse de l'être), la naissance est prévue pour fin septembre. Je ne me réjouis pas de passer l'été cloîtrée à la maison cependant, car Alden est presque tout le temps parti. Comment ai-je pu oublier ce petit détail lorsque j'ai accepté d'épouser un ingénieur des mines ?

Alors voilà, j'ai pensé à toi. Pourquoi ne viendrais-tu pas me rendre visite avec les enfants ? Boulder est absolument magnifique en été. On peut faire des excursions en train pour aller cueillir des fleurs sauvages dans la montagne et écouter toutes sortes de conférences passionnantes à l'université d'été de Chautauqua. Tu y serais comme un poisson dans l'eau. Ce serait un tel plaisir de pouvoir bavarder : nous avons tant de choses à nous raconter. Dis-moi oui ! Je ferai tout pour que tu t'amuses bien.

Transmets mes amitiés à Edwin et demande-lui par-

don par avance si je lui vole son épouse pour quelques semaines. Mieux encore, dis-lui de venir. Bises à tous.

Mattie

Mamah arriva sur place la première. Elle engagea la Studebaker sur l'unique route qui desservait les terrains à bâtir, à moins de deux kilomètres au nord de la ville. Frank et elle s'y étaient retrouvés deux fois au printemps précédent. La route était étonnamment sèche pour un mois d'avril.

Elle longea les lampadaires installés au début de l'été, un an plus tôt, mais qui n'étaient jamais allumés. Les réverbères attendaient les maisons, leurs habitants et leurs pelouses.

« Tu vas à l'université ? » lui avait demandé Edwin le matin même. Il prenait toutes sortes de précautions oratoires ces temps-ci car elle avait vite fait de prendre la mouche.

« Non.

— Moi qui croyais que tu adorais ces cours. »

Elle soupira. L'idée de prendre le métro aérien pour aller dans le quartier de Hyde Park écouter une conférence de deux heures l'emplissait de lassitude – elle était bien loin de l'enthousiasme du début.

« Herrick m'ennuie, dit-elle. Comment trouves-tu ton pamplemousse ?

— Parfait.

— Le travail ?

— Wagner Electric est toujours debout.

— Je suis désolée, Edwin, je ne t'ai pas posé la moindre question à ce sujet. Je sais que tu as mené des négociations de contrats et je n'ai pas…

— Ce n'est pas grave. »

Mamah regarda par la fenêtre de la salle à manger. « C'est juste que… il fait tellement gris en ce moment.

— Pas aujourd'hui. Tu devrais aller prendre le soleil. Il fait un temps splendide dehors. » Il lui posa un petit baiser sur la joue et partit.

Un peu plus tard, en recevant la lettre de Mattie, Mamah avait été enchantée. Elle avait cherché les horaires de train dans le journal, même s'il devait se passer encore un mois avant qu'elle puisse partir. Vers deux heures, alors qu'elle venait de s'asseoir à son secrétaire pour écrire à son amie, Louise avait doucement frappé à la porte.

« Mr Wright est là, m'dame. Avec un autre homme. »

Mamah avait senti le stylo trembler dans sa main. Au salon, elle avait trouvé Frank et un inconnu en train de contempler la série de fenêtres à vitraux qui couraient sur l'aile ouest de la pièce. Une vague de colère l'avait submergée.

« L'horizontale est la ligne de la vie domestique, bien sûr », expliquait Frank.

Mamah se racla la gorge et les deux hommes se tournèrent vers elle.

« Mrs Cheney, dit Frank avec une élégante courbette. Veuillez nous pardonner cette intrusion. Voici Mr Kuno Francke, un spécialiste d'architecture qui vient d'Allemagne. »

Francke s'inclina bien bas et lui baisa la main.

« Mr Francke est venu aux États-Unis pour voir mon œuvre. Je l'ai déjà traîné dans trois autres maisons. Verriez-vous un inconvénient à ce que je lui fasse visiter la vôtre ?

— Pas du tout. » Mamah lança un regard furieux à Frank pendant que l'invité contemplait le plafond.

« Mrs Cheney parle l'allemand couramment.

— Vraiment ? demanda l'étranger avec un fort accent. Pardonnez-moi de massacrer votre langue, mais je dois pratiquer. J'essaie de convaincre votre architecte qu'il gâche son talent en Amérique. L'avant-garde de l'architecture allemande s'est entichée des constructions américaines modernes. Mais ils ne connaissent pas Mr Wright que je considère comme un précurseur. Il aurait tout intérêt à travailler en Allemagne à l'heure qu'il est.

— Ma foi, je n'imagine pas meilleur endroit pour lui, dit Mamah. Maintenant si vous voulez bien m'excuser, j'allais m'habiller pour sortir. »

Comme elle se dirigeait vers le couloir, Frank la rattrapa en toute hâte. « Retrouve-moi dans les champs ce soir. Neuf heures. Tu viendras ? »

Sans lui répondre, elle se glissa dans sa chambre et ferma la porte.

Brisez mon cœur, Dieu tout-puissant. Frappez-moi de paralysie. Je vous en prie !

En route vers la prairie, au nord de la ville, elle se surprit à prier en vers. Elle regarda autour d'elle, s'attendant presque à voir jaillir un éclair. Mais rien ne bougea dans le ciel obscur.

À ce qu'elle pouvait voir dans la nuit, aucune fondation n'avait été creusée depuis leur dernier rendez-vous. Le champ était intact, délimité par quelques routes et divisé en parcelles rectangulaires.

Mamah repensa au moment où elle avait quitté la maison.

« À ce soir », avait-elle lancé à Edwin. Elle portait une robe toute simple, ni quelconque ni jolie : une robe pour un premier rendez-vous.

« Sors et amuse-toi ! » avait-il crié.

Assise seule dans sa voiture, au milieu d'un champ plongé dans les ténèbres, elle attendit. Elle savait à quoi ressemblait la prairie de jour : des herbages plantés d'arbres à perte de vue. L'année précédente, au crépuscule, Frank et elle avaient osé s'y allonger. Étonnamment, ils s'y étaient sentis en sécurité, cachés dans la savane jaune maïs, enveloppés de l'odeur de la terre tout autour d'eux. Mais ce soir-là, à la lueur d'une lune décroissante, Mamah ne distinguait que les silhouettes des chênes à gros fruits qui étendaient leurs bras fantomatiques sur le ciel nocturne.

Il était neuf heures et Frank n'avait pas paru. Elle songeait à repartir lorsqu'elle vit les phares d'une voiture qui s'engageait sur la route de la zone constructible. Une vague glacée d'excitation la submergea et elle prit une couverture sur le siège arrière.

Et si ce n'était pas Frank ? Et si l'agent immobilier avait décidé de venir dans le champ pour une raison ou pour une autre ? Comment expliquerait-elle sa présence, assise là dans le noir ? Elle ouvrit sa portière et, quittant le siège du conducteur, alla se cacher derrière sa voiture, emmitouflée dans la couverture.

Brisez mon cœur ! Fustigez-le !

Le véhicule s'arrêta à environ six mètres de l'endroit où elle se tenait. Elle jeta un coup d'œil furtif derrière l'aile de sa voiture et vit Frank bondir de la sienne pour courir vers elle. Mamah sortit de sa cachette.

Frank ne lui dit pas un mot, il se contenta de s'accrocher à elle et de la bercer d'avant en arrière.

Ils allèrent s'asseoir dans la Studebaker et contemplèrent les champs alentour. Les yeux de Mamah s'étaient accoutumés à l'obscurité. Dans la pénombre, elle distinguait les jeunes pousses vertes qui pointaient dans la tige sèche et cassante des herbes.

« Tu es absolument ravissante.

— Chut.

— Je pense ce que je dis.

— N'essaie pas de me faire du charme.

— Je croyais que tu avais compris.

— Tu aurais pu me donner des nouvelles, Frank. J'ai vécu un enfer.

— J'avais envie de venir te retrouver. Il ne s'est pas passé un jour… »

Mamah sentit quelque chose céder en elle. Elle lui prit la main et caressa ses contours familiers.

« Elle ne se conformera pas à notre accord, dit-il. Elle s'est enfermée dans sa propre logique. Sais-tu à quoi elle passe ses journées ? À remplir un carnet de poèmes sentimentaux sur la paternité et à y coller des mèches de cheveux des enfants. Nous faisons chambre à part depuis plus d'un an, mais elle ne veut toujours pas entendre parler de divorce.

— Tout cela est si triste. »

Frank se tut. Quand il reprit la parole, sa voix était chargée de désespoir. « Henry Ford est venu à l'atelier cette semaine. Lundi. » Il regarda par la fenêtre de la portière.

« Ça a été un désastre.

— Pourquoi ? Que s'est-il passé ?

— Il avait organisé une réunion de travail pour une maison de campagne. Quand il est arrivé, j'ai tout bonnement… je n'ai pas réussi à manifester le moindre enthousiasme. »

Elle observa son profil qui se découpait dans la pénombre.

« Ce n'est pas la seule commande que j'ai perdue dernièrement. Je me tape la tête contre les murs. Je ne peux tout simplement pas continuer à vivre cette vie-là. J'ai ce terrible sentiment de fatalité, l'impression que je vais passer le restant de mes jours à produire des maisons à Oak Park jusqu'à ce que je m'écroule sur ma table à dessin. » Il poussa un soupir morne et se mit à tapoter sur le volant. « Étrange, n'est-ce pas ? Un personnage de la stature d'Henry Ford se présente à mon atelier – enfin un signe de reconnaissance après toutes ces années – et cela ne représente presque rien à mes yeux.

— Je comprends.

— Tu sais ce qu'on construira un jour dans ce champ ? De petites maisons toutes carrées blanchies au stuc qu'un pauvre imbécile baptisera les "maisons de la prairie". Avec leurs "fenêtres de style Frank Lloyd achetées à bas prix dans quelque vitrerie bon marché de Chicago". Quelle ironie, n'est-ce pas ? » Quand il tourna les yeux vers elle, elle lut un sentiment nouveau dans son regard, un air peiné et offensé. « Je suis un paria dans cette ville depuis que j'y ai emménagé, et voilà que j'ai des imitateurs ! Ils s'imaginent qu'il s'agit simplement de se débarrasser des fioritures, comme les adeptes de modes plus modernes. Ces canailles n'ont même pas l'intelligence de voler les bonnes idées.

— Les clients qui ont de la jugeote paieront le prix de l'authenticité, Frank.

— Tu sais ce qui me tracasse ? » Il lui passa les doigts dans les cheveux. « J'ai envie de ta présence à mes côtés, Mame. J'ai envie de vivre et de voir le monde, comme quand j'avais vingt ans. J'ai l'impression d'avoir à peine vécu. J'ai besoin de partir quelque temps loin d'ici : une sorte d'aventure spirituelle... » Il se tut comme s'il réfléchissait. « Kuno Francke n'est pas le seul Allemand à m'avoir sollicité. Il y a un imprimeur à Berlin, un certain Ernst Wasmuth. Il édite des livres d'art de très bonne qualité et il est persuadé que nous pourrions gagner beaucoup d'argent en publiant une monographie de mon œuvre. Ce serait une profession de foi architecturale. Cela devrait générer des commandes. Je n'en suis pas sûr. Mais j'ai évoqué avec lui la possibilité d'aller en Allemagne au mois d'août.

— Personne ne construit de maisons comme les tiennes, Frank. Une rétrospective te vaudra à coup sûr une réputation internationale, dit-elle. Il faut que tu y ailles. C'est la prochaine étape dans ta carrière.

— Tu ne comprends pas. Préparer les traductions représentera un travail colossal. Je pourrais rester parti un an. »

Elle sentit une vague de chagrin la submerger. Elle croisa les bras et enfonça les ongles dans sa peau.

« Viens avec moi, Mamah. Tu adores Berlin, tu me l'as dit toi-même. Prends des vacances : certaines femmes vont faire un tour de l'Europe. Appelle ça comme tu voudras. Restes-y quelques mois, le temps de nous retrouver. Nous pourrions essayer de vivre ensemble et voir si cela marche.

— Si seulement c'était aussi simple. » Elle secoua la tête. « En un sens, c'est plus simple pour toi que Catherine sache la vérité. J'ai failli en parler à Edwin, mais, comme tu ne me contactais pas, j'y ai renoncé. » Mamah sentit des larmes chaudes et salées lui couler sur les joues et dans la bouche. « J'ai cru que tu ne voulais plus de moi.

— Mamah… », dit Frank. Il l'attira vers lui.

« Nous sommes deux dans cette histoire, reprit-elle. Ne vois-tu donc pas à quel point c'est impossible ? Je ne peux pas reprendre là où nous nous étions arrêtés, recommencer à me cacher. Cela me pèse trop. » Elle s'agita sur le siège en cuir, mal à l'aise. « Je vais séjourner quelque temps dans le Colorado avec des amis, Mattie et Alden Brown. Mattie doit accoucher en septembre et elle a besoin de compagnie. J'irai avec les enfants dès que John aura terminé son année scolaire. »

Frank la regarda, abasourdi. « N'y va pas.

— Si.

— Mon Dieu. » Il soupira. « Écoute, j'attendrai jusqu'au mois de septembre si je suis sûr que… »

Mamah secoua la tête. « J'ai besoin de partir, moi aussi, Frank, de m'éloigner d'Edwin et d'Oak Park. Et de toi. J'ai besoin de faire la part des choses. » Elle s'essuya les yeux et haussa les épaules. « Je dois trouver ma voie. »

Au bout de quelques minutes, Mamah le regarda remonter en voiture, l'air désespéré ; il attendit qu'elle ait allumé ses phares et qu'elle s'éloigne sur la route. Elle avait fait le bon choix, le choix le plus difficile. Pourtant cela ne lui procura pas le moindre soulagement.

8

Mamah et Edwin levèrent les yeux au même moment en entendant les coups de marteau. Le soleil de juin brillait déjà de tous ses feux à huit heures du matin et le sol en béton de la véranda était tiède sous les pieds de Mamah. Une haute échelle était appuyée contre la maison des Belknap. Un charpentier assemblait soigneusement à clin des planches dans l'embrasure d'une fenêtre du deuxième étage.

« Quelle drôle d'idée ! dit Edwin en se débarrassant de sa veste de costume qu'il jeta sur son bras. C'est la fenêtre d'un cabinet de toilette attenant à une chambre, non ? Pourquoi diable veulent-ils la condamner ?

— Je n'en sais rien », dit Mamah en se mordillant un doigt.

Il haussa les épaules. « Les gens sont bizarres. Une fenêtre en parfait état, même si elle donne sur un cabinet. » Il l'embrassa sur le front et sortit dans la rue.

Elle s'avachit sur la terrasse. Un pivert tambourina sur un tronc d'arbre quelque part en contrepoint des coups de marteau. Elle remarqua que de minuscules plants de sureau avaient germé dans son parterre de fleurs, ensemencé par les graines de l'arbre des voisins. Elle se baissa et les arracha d'un coup sec.

J'aimerais que tu sois cruel, Edwin, pensa-t-elle. *J'aimerais que tu sois sournois, paresseux ou égoïste. Tout sauf gentil.*

Mamah regarda la fenêtre et se demanda ce que les filles du voisin avaient vu l'été dernier. Les caresses de Frank, un baiser ou pire encore ? Et pourquoi les Belknap ne condamnaient-ils la fenêtre qu'aujourd'hui ? Elle s'imagina les fillettes occupées à espionner pendant tout l'hiver dans l'espoir de surprendre d'autres ébats. Avaient-elles été prises sur le fait par leur mère et forcées d'avouer leur petit jeu ?

Plus que trois jours avant qu'elle ne prenne le train pour Boulder. Trois jours. Mais elle savait clairement ce qu'elle devait faire à présent. *Ce soir, quand Edwin rentrera à la maison, je lui dirai la vérité. Avant que quelqu'un d'autre ne s'en charge.*

Sa sœur Lizzie apparut à l'angle de la maison, elle était sur le départ. Elle s'arrêta en apercevant le visage de Mamah. « Ça va ? Tu as l'air malade.

— Non.

— Qu'est-ce que tu as encore ? Tu n'es pas bien ?

— Tu as une minute pour parler ? »

Le regard de Lizzie passa de l'échelle à la fenêtre condamnée. Quand elle se retourna vers Mamah, elle avait l'air aussi coupable que si c'était elle qui avait été surprise en train de mentir. « Bien sûr, Mame. » Posant son cartable, elle s'assit sur la terrasse.

« Je ne suis pas malade, Liz, mais on ne peut pas dire que je vais bien. Il y a une chose... » Mamah se reprit et recommença du début : « Ed et moi ne sommes plus très heureux depuis quelque temps. Sans doute l'as-tu remarqué. »

Lizzie sortit des cigarettes de son sac. Elle en tendit une à Mamah, lui donna du feu et s'en alluma une sans se presser. « Il s'agit tout simplement de Frank Wright, n'est-ce pas ?

— Donc tu savais. » Mamah leva les yeux sur le visage de Lizzie mais ne put rien y lire. Il était aussi neutre qu'un œuf d'albâtre. « Edwin est au courant lui aussi ?

— Je ne vois pas très bien comment il aurait pu passer à côté, dit Lizzie d'un ton détaché. Mais je suppose que c'est possible. »

L'estomac noué, Mamah regarda fixement le dallage de la terrasse. « J'ai oublié qui j'étais, Liz. »

Sa sœur tira une grande bouffée de fumée. « Tout le monde commet des erreurs. Tu peux tout arranger.

— Non. Tu sais, cela ne se résume pas à Frank. J'ai épousé Edwin et peu à peu… » Elle haussa les épaules. « Au moment où je te parle, j'ai l'impression que si je reste dans cette maison, si je persiste plus longtemps à vouloir sauver les apparences, ce qui reste de moi-même va étouffer. »

Lizzie la regarda dans les yeux. « Frank Wright n'arrange rien à l'affaire.

— Mais si. Frank m'a rappelé celle que j'étais autrefois. Je peux *parler* avec lui, Liz. Je n'ai jamais vraiment pu discuter avec Ed. » Mamah eut un rire triste. « Je me dis parfois que si notre couple a duré aussi longtemps c'est parce que tu entretiens la conversation pendant le dîner. » Elle essuya une larme du revers du poignet.

« Pars te changer les idées, Mamah. » Lizzie lui tapota l'épaule. « Laisse-moi les enfants si tu veux prendre un peu de vacances.

— Non, j'ai envie de les emmener et ils se réjouissent beaucoup de ce voyage. Merci quand même Lizzie.

— Je pense que tu verras les choses différemment

avec un peu de recul. » Lizzie écrasa sa cigarette et alla déposer le mégot dans la poubelle derrière la maison. Quand elle revint, elle passa la main dans les cheveux défaits de Mamah. « Je vais faire un tour en ville », dit-elle, une note de tristesse dans la voix.

Mamah suivit sa sœur du regard. Quand cette dernière eut disparu dans la rue, elle contempla le parterre de fleurs qui bordait le perron de la véranda. Lizzie et elle l'avaient planté ensemble au printemps dernier. Mamah avait repiqué des boutures offertes par un voisin – roses trémières, penstemons, rhubarbe à grosses feuilles. Lizzie était allée acheter des plants d'alysse qui formaient un tapis odorant de fleurs blanches sous les géants tapageurs de Mamah : sa sœur avait ainsi réussi à unifier cet incroyable patchwork végétal en y apportant une touche de douceur.

L'alysse était à l'image de Lizzie, si pure. Elle œuvrait toujours dans l'ombre au bon fonctionnement de tout. Son aînée de trois ans seulement, elle avait toujours paru avoir une génération d'avance sur Mamah. Elle était réservée, distinguée, avec la même grâce détachée que Jessie, leur grande sœur.

Toutes deux étaient les idoles de Mamah quand elle était petite. Plus âgées, elles avaient partagé le même univers jusqu'au jour où Jessie était morte en couches. Ensuite, quand Mamah et Edwin avaient décidé d'élever le bébé de Jessie, les deux sœurs avaient fait cause commune. Le sous-sol de la nouvelle maison où Frank avait prévu d'installer un garage s'était transformé en appartement pour Lizzie.

Les gens déploraient, incrédules, qu'elle ne se soit jamais mariée. Ils se demandaient tout haut s'il y avait un ver dans cette belle pomme, un cœur aigri par un amour de jeunesse, peut-être ? Mamah savait ce qu'il en était.

Les prétendants n'avaient pas manqué mais Lizzie leur préférait son indépendance. Le hasard lui avait donné une famille. Quel besoin avait-elle d'un mari ? Institutrice à l'école élémentaire Irving, elle aimait partir au travail chaque matin et rentrer chez elle fumer autant de cigarettes qu'il lui plaisait sans avoir à s'en excuser auprès de quiconque. Elle se chargeait – et plus souvent qu'à son tour – de l'éducation de la petite Jessie. Quand sa sœur avait disparu, Lizzie avait repris toutes les fonctions de cette dernière : elle organisait les vacances, composait les albums de famille, se souvenait des noms de leurs grands-tantes, perpétuait l'histoire et les traditions ancestrales des Borthwick.

John, Martha et Jessie n'auraient pu rêver tante plus fantastique. Mais la vie de famille se déroulait au premier étage. Sans mot dire, elle les avait tous habitués à respecter son intimité. Ses appartements du sous-sol étaient sacro-saints : on ne s'y rendait que sur invitation.

À Noël, Mamah adorait pénétrer dans l'univers de sa sœur. Chaque centimètre carré de l'appartement disparaissait sous les rubans, le papier cadeau et les paquets en cours de confection ou déjà prêts. Lizzie était d'une générosité sans bornes. Elle avait en grande partie financé les études de Mamah avec son maigre salaire – et elle en était fière ! Mais elle n'était pas de ceux qui réclament leur dû à grands cris, même si elle n'appréciait pas d'être moins bien payée que ses collègues masculins. Elle n'avait jamais fait partie des militantes pour le suffrage féminin, bien qu'elle soutînt leur cause de tout cœur. Elle gardait ses opinions pour elle-même.

Non, Lizzie préférait mener une existence discrète,

s'affairait avec bonne humeur, toujours prompte à s'esquiver si sa sensibilité délicate lui indiquait que la conversation prenait un tour intime ou désagréable. Elle vivait avec Edwin et Mamah depuis les débuts de leur mariage ou presque. Pour la première fois, il apparut à Mamah que d'autres épouses auraient pu trouver cela lassant. Mais la situation ne lui avait jamais pesé. Tout le monde adorait Lizzie, surtout les enfants. Edwin lui témoignait une grande déférence et elle le lui rendait bien.

C'est elle qui aurait dû épouser Edwin, pensa Mamah. *Lizzie aurait fait une excellente compagne pour lui.*

Elle rentra dans la maison écrire une courte lettre à Mattie.

Bonne nouvelle. J'ai décidé de rester plus de deux semaines. Penses-tu pouvoir nous trouver une pension de famille, aux enfants et à moi ? Si nous passons l'été à Boulder, je refuse de t'imposer notre présence pendant tout notre séjour. Peux-tu faire cela pour nous, chère Mattie ? Nous sommes très impatients de te voir.

Affectueusement,
Mamah

9

Edwin était debout sur le quai de la gare, dans une bande de lumière chargée de poussière. Vêtu d'un léger costume d'été, comme tous les autres hommes, il semblait pourtant sur le point d'exploser. Son visage cramoisi ruisselait de sueur. Il serrait et desserrait les poings. Quittant Mamah du regard, il contempla le quai où les porteurs soulevaient valises et enfants pour les déposer sur les marches argentées du train de la Rocky Mountain Limited. Adossé à un poteau, à quelques mètres d'eux, John observait ses parents.

« Je te demande pardon, Ed », murmura Mamah. Elle portait Martha dont la tête moite reposait sur son épaule. « Quelques mois de séparation m'aideront à y voir plus clair.

— Pourquoi nous fais-tu cela ? » grommela-t-il.

Mamah se détourna, il continua cependant de parler en adressant ses chuchotements furieux à sa nuque. « Crois-tu être la première à succomber à cet imbécile ? Mais pour l'amour de Dieu, reprends tes esprits !

— S'il te plaît, Ed. J'ai besoin de temps.

— S'il va te rejoindre là-bas, Dieu m'en est témoin, je... »

Un train siffla. Les derniers passagers montaient à bord. Elle lui mit Martha dans les bras le temps d'un au revoir, regarda Edwin se détendre complètement quand il l'embrassa. Il appela John et se pencha pour lui donner un baiser.

Quand ils arrivèrent à leurs sièges, le train roulait déjà. Les enfants se penchèrent à la fenêtre et agitèrent la main. Retenant son chapeau d'une main tandis qu'il levait l'autre dans un signe d'adieu muet, Edwin rétrécit puis disparut tandis qu'ils s'éloignaient.

Martha ne tenait pas en place dans le compartiment pendant que le train quittait la ville à grand fracas et longeait les parcs à bestiaux, les longs hangars devant lesquels des hommes en tabliers tiraient sur leurs cigarettes. Mamah montra à sa fille un chien couché à l'ombre, sous l'auvent d'une épicerie, une enseigne de coiffeur que le vent faisait tourner et toute chose susceptible de l'intéresser ; quand ils traversèrent les derniers faubourgs de la ville, les poteaux télégraphiques firent place à des granges affaissées, flanquées de meules de paille, à des ravins boisés et aux champs de foin de petites exploitations agricoles où, debout près du linge qui séchait, leurs jupes gonflées par le vent, la main en visière, des femmes les regardaient passer. Martha cessa peu à peu de s'agiter et Mamah se laissa aller sur son siège, épuisée.

Une demi-heure après avoir quitté la ville, elle était déjà hantée par le geste d'adieu d'Edwin. La semaine dernière, elle avait brisé le cœur de ce si bon mari, un acte cruel que rien n'effacerait. Elle repensait sans cesse au moment où elle lui avait tout dit. Le choc avait failli le faire tomber à la renverse, comme un soldat qui reçoit un coup de canon dans le ventre. Il s'était effondré sur leur lit en la regardant, incrédule.

Au cours des heures qui avaient suivi, quand il s'était remis à parler, il l'avait assaillie de questions pour essayer de reconstituer le puzzle. Comment une telle chose avait-elle pu se produire ? Cela lui semblait inconcevable.

Ni Mamah ni Edwin n'avaient dormi cette nuit-là. Ils avaient parlé – s'étaient disputés – jusqu'à minuit, puis, furibond, il s'était approché du bar où il avait pris une bouteille avant de sortir de la maison par la porte latérale. Quand elle était allée prendre une couverture dans la chambre vers trois heures du matin, elle avait vu la lueur de son cigare osciller dans la nuit.

Le lendemain matin, ils s'étaient assis l'un en face de l'autre dans la cour pour parler sans être dérangés. Les enfants étaient encore à la maison mais Louise avait tout de suite flairé que l'ambiance avait radicalement changé et s'apprêtait à les emmener au parc.

Mamah allait mieux que lui, ce matin-là. Elle avait trouvé le courage de prendre un bain, de mettre une robe chemisier toute fraîche et des boucles d'oreilles. Edwin était assis dans la chaise de jardin qu'il avait occupée toute la nuit, ses larges épaules arrondies, le dos voûté, les coudes sur les genoux. Les lacets d'une de ses chaussures étaient défaits. Des mégots de Préféridas écrasés jonchaient le sol autour de sa chaise, leurs feuilles réduites en bouillie.

De temps en temps, il se tamponnait les yeux avec un mouchoir. Elle ne l'avait jamais vu pleurer, pas une seule fois en dix ans de mariage, et voilà qu'il éclatait en sanglots par intervalles.

« Tu étais amoureuse de moi à l'époque, j'en suis sûr », avait-il dit.

Derrière lui, par la fenêtre ouverte de leur chambre, Mamah voyait la gouvernante changer les draps. Elle avait serré les lèvres.

« À l'université, avait-il poursuivi, je savais que j'étais le grand maladroit et toi… tu étais tout simplement belle à couper le souffle. Je te revois debout sur les marches en train de bavarder avec une autre jolie fille… » Il avait secoué la tête. « Et tu sais quoi ? Après toutes ces années, quand j'ai retrouvé ta trace à Port Huron, j'ai vraiment cru que nous prenions un nouveau départ. Je me suis dit que je t'aidais à sortir de ce trou perdu. J'avais envie de t'emmener en ville et de t'offrir tout ce que tu méritais. »

Edwin l'avait regardée dans les yeux. « Tu te rappelles tout au début de notre mariage ? Je m'étais fait arracher deux molaires et, quand je suis rentré à la maison, je me suis allongé sur le canapé. J'ai posé la tête sur tes genoux et tu m'as fait la lecture : tu m'as lu un livre entier ! C'est l'un des plus beaux moments de ma vie. »

Mamah était restée silencieuse. S'ils avaient été aussi complices qu'autrefois, elle aurait pu plaisanter : « Tu étais sous morphine ! » Au lieu de cela, elle se força à respirer régulièrement et à endurer ces souvenirs. Elle lui devait bien cela, et plus encore.

« Je n'arrive jamais à me rappeler le titre du livre, poursuivit-il, mais je me souviens qu'il racontait l'histoire d'un couple qui vivait sur une île, seul. Ils avaient construit leur maison et cultivaient leur propre nourriture. Tu as dit que tu avais envie de vivre ça avec moi un jour. » Ses yeux s'étaient de nouveau embués. « Je ne t'ai pas apporté ce que tu espérais, c'est ça ? » avait-il demandé avec un geste du côté de la maison.

Mamah avait regardé ses mains, jointes sur ses genoux comme celles d'une pénitente. Elle les avait écartées. « C'est simplement arrivé, Ed. Ce n'est pas ta faute. »

Par la fenêtre de la chambre de Martha, on entendait les échos d'un rire sot et strident.

En face d'elle, Edwin s'était baissé pour renouer les lacets de sa chaussure. Les quelques mèches de cheveux qu'il rabattait toujours sur son crâne vulnérable avaient soudain paru absurdes à Mamah : on aurait dit les cordes d'un banjo. L'espace d'un instant, elle avait eu envie de poser la tête de son mari sur ses genoux et de la caresser. Mais, quand il s'était redressé, il l'avait toisée d'un air malveillant.

« Tu peux les emmener dans le Colorado, avait-il dit. Mais ne t'imagine pas une seconde que tu pourras un jour en avoir la garde. »

Dans l'Illinois, des sillons de maïs se déployaient en éventail depuis l'horizon comme autant de rayons verdoyants sur une roue qui ne cessait de tourner. À l'ouest de Chicago, sur des hectares et des hectares de plaines cultivées, la terre n'était séparée du ciel que par un trait de crayon parfaitement droit.

« Et maintenant, les Rocheuses », avait-elle murmuré.

John tenait Martha pour lui éviter de tomber pendant qu'elle restait le nez collé à la fenêtre. Il se montrait encore plus gentil que d'habitude avec sa sœur. Mamah était persuadée qu'il avait tout deviné de la crise que ses parents avaient traversée au cours de la semaine précédente. À sept ans, John était le petit garçon le plus sensible et le plus intuitif qu'elle connaissait. Il avait commencé par être un bébé observateur. Prudent, réservé. À six mois, assis sur ses genoux, une extravagante touffe de boucles brunes perchée sur son petit crâne chauve, il se contentait de regarder autour de lui. Elle se rappela le jour où elle s'était cassé la cheville en tombant de bicyclette. John avait quatre ans à l'époque. En entrant dans sa chambre, il l'avait trouvée au lit, le pied bandé et surélevé par une poulie. Il était resté sur le seuil avec une expression affligée, il avait simplement dit : « Ça me fait mal. »

Elle tendit la main et la passa dans le dos de son petit garçon. « Grand-père était cheminot, tu sais.

— Tu dis toujours ça, répondit-il. Mais qu'est-ce qu'il faisait ?

— Eh bien, il n'a pas toujours été cheminot. D'abord il était architecte, il dessinait des maisons et, plus tard, des wagons. » Mamah retrouva son entrain et prit un ton enjoué. « Mais quand les chemins de fer de la Chicago & North Western sont arrivés jusqu'à Boone, il s'est fait embaucher par la compagnie. C'était un excellent bricoleur et il est devenu très fort pour réparer les trains. Très vite, on lui a confié la responsabilité de tous les réparateurs de trains de la North Western.

— C'est pour ça que vous êtes partis de l'Iowa ?

— Je crois. Mon père a commencé à travailler pour les chemins de fer un peu avant ma naissance. Et j'avais six ans quand nous avons déménagé. Il était peut-être déjà responsable en chef à ce moment-là.

— C'était comment Boone ?

— Nous habitions une maison à la campagne. C'est là-bas que je suis née. Je me rappelle que nous élevions des poulets ; je devais souvent sortir en attraper un pour le dîner. J'utilisais une longue tige de fer que je recourbais pour accrocher ses pattes. C'était une ferme où nous pouvions courir librement. Nous capturions et dépecions des mocassins à tête cuivrée – avec l'aide de papa, bien sûr. Nous n'avions pas peur de la nature, tu vois, parce que nous étions un peu sauvages, nous aussi. Mon père avait décrété que nous pouvions élever tous les animaux que nous trouvions. Une nuit, une souris a eu des petits – de minuscules choses toutes roses – et elle est repartie. Alors nous les avons nourris avec un compte-gouttes et nous avons essayé de les apprivoiser, mais ils se sont sauvés à leur tour. Ma sœur adorait les énormes chenilles à cornes qu'on trouve sur les tomates – mon Dieu, qu'elles étaient laides ! Mais elle les avait adoptées. Nous avons eu une moufette nommée Petunia pendant quelque temps, mais elle ne faisait pas l'affaire comme animal de compagnie.

« J'avais l'impression qu'il se passait tout le temps des choses incroyables dans cette ferme. Quelqu'un criait : "Venez voir !" et tout le monde accourait. On découvrait une tortue occupée à pondre ses œufs, un serpent qui muait ou le plus gros crapaud jamais pris.

— Raconte encore !

— Eh bien, un jour ou deux avant que nous ne quittions Boone, j'ai glissé un morceau de papier sous une latte disjointe du parquet, dans ma chambre. J'y avais écrit : "Je m'appelle Mamah. J'espère que tu es une fille." J'avais aussi inscrit mon nom, mon prénom et indiqué mon âge.

— Tu crois qu'elle l'a trouvé ?

— Oh, je ne sais même pas si c'est une petite fille qui est venue s'installer chez nous. Mais je le souhaitais de tout mon cœur. J'avais envie que quelqu'un sache que j'avais habité dans cette maison. J'espérais qu'une autre fillette contemplerait le chemin qui coupe à travers champ en pensant : *"Peut-être que Mamah a pris ce chemin."* Et ensuite, peut-être qu'elle irait s'y promener et découvrirait ce que j'y avais laissé.

— Qu'est-ce que tu y as laissé ?

— C'est un secret.

— Oh, non ! » grogna-t-il.

Mamah se mit à rire. « Mais je vais te le dire ! J'avais traîné un vieux bout de tapis tressé et une chaise dans le champ. Nous sommes partis en août et les herbes étaient hautes – plus grandes que moi. Personne ne pouvait voir ce tapis et cette chaise à moins de s'aventurer jusque là-bas. Mais si on tombait dessus, et si on s'asseyait, on se retrouvait dans l'intimité d'une vraie petite chambre. En poussant, l'herbe avait dressé des murs tout autour.

— Pourquoi tu as fait ça ?

— Je ne sais pas. Pourquoi les enfants se fabriquent-ils toujours des cabanes ? À toi de me le dire. »

John réfléchit à la question. « Parce que nous aimons avoir des endroits secrets que notre meilleur ami est le seul à connaître.

— Bien sûr, dit-elle. Je l'avais presque oublié. »

Chaque fois qu'elle montait dans un train, Mamah pensait à son père. Il avait passé quarante ans à maintenir le matériel roulant de la North Western en état de marche et à faire circuler simultanément des milliers de paires de roues sur un vaste réseau ferré, trois cent soixante-cinq jours par an. Sa mort brutale avait pris tout le monde par surprise. La compagnie de chemins de fer tout entière était venue à son enterrement, depuis le président jusqu'aux réparateurs qu'il avait eus sous ses ordres, sans oublier une demi-douzaine de porteurs affectés aux voitures Pullman.

Depuis son plus jeune âge, Mamah savait que son père était un homme solide et fiable. Il faisait grand cas de ces qualités et les avait reconnues en Edwin quand ce dernier était venu chez eux. Non contents d'être devenus membres de la même famille, Ed et son père s'étaient liés d'amitié. Que penserait Marcus Borthwick de cette fâcheuse histoire s'il était encore vivant ?

Elle imagina soudain sa sœur et son époux délaissé dans la maison vide d'East Avenue. *Prendront-ils encore leurs repas ensemble ?*

Quand elle sentit les larmes monter, elle se força à revisiter le passé une nouvelle fois, à revivre le jour de ses douze ans où, l'école à peine terminée, assise à la fenêtre d'un train, elle humait l'odeur du blé à plein nez ; à l'époque, le sifflet d'un train suffisait à accélérer son pouls : il évoquait de brèves rencontres et des steaks grésillant sur la vaisselle en porcelaine épaisse du wagon-restaurant. Aujourd'hui, elle ne demandait qu'une chose : que ce sifflet l'aide à oublier le chaos qu'elle avait laissé derrière elle à Oak Park.

Elle repensa à la publicité pour la Rock Island Line qui lui avait sauté aux yeux un matin, un jour après avoir reçu la lettre de Mattie. Sur l'illustration, une jeune femme pensive, à demi allongée, le menton dans la main, regardait par la fenêtre d'un compartiment les montagnes et les gros cumulus blancs.

Des vacances sur les hauts plateaux du continent, disait l'annonce. *Les idées nouvelles qu'elles vous inspireront et le regain de vigueur dont vous ressentirez les effets pendant le restant de l'année valent largement le prix de ce voyage.*

Dehors, Mamah aperçut un massif de bouleaux qui miroitaient, dorés, dans la lumière de cette fin d'après-midi. *Si quelqu'un a jamais eu besoin de se changer les idées*, pensa-t-elle, *c'est bien moi.*

Martha était encore agitée mais refusait la sieste. John sortit une petite corde de sa poche et, pour lui faire plaisir, se prêta à un jeu de ficelle. Quand elle s'en lassa, elle s'inventa son propre divertissement. Elle se mit à bousculer John jusqu'à ce qu'il se lève. Il roula des yeux furibonds.

À présent, Martha poussait les jambes de Mamah. « Debout, maman, insistait-elle. Lève-toi.

— Non, je ne bougerai pas, Martha, répondit Mamah. Ces sièges ne sont pas qu'à toi.

— Lève-toi ! » Martha s'était mise à hurler.

Stoïque, Mamah resta assise tandis que sa fille de trois ans se jetait à ses pieds et se roulait par terre en gémissant dans sa robe jaune.

« John, lui chuchota Mamah au creux de l'oreille. Laisse-la faire. Elle va se fatiguer et puis ce sera fini. »

John sourit, ravi d'être l'enfant sage.

Martha continua à geindre jusqu'à ce que son petit corps soit secoué par des sanglots secs.

« Tu veux venir t'asseoir, Martha ? » demanda Mamah.

Elle grimpa sur le siège et posa la tête sur les genoux de sa mère. Mamah avait les yeux brûlants, elle ferma les paupières.

Quand Martha se réveilla, Mamah emmena les enfants jusqu'à la locomotive où le mécanicien tira sur le sifflet du train rien que pour eux. À l'heure du dîner, Martha se plaignit d'avoir mal au ventre et se remit à pleurer. Mamah se retira dans leur compartiment avec la fillette et laissa John jouer au morpion avec un petit garçon de son âge à la table du souper.

Dans le wagon-couchette, Martha gémissait de douleur. Mamah fouilla dans ses souvenirs pour essayer de se rappeler les heures qui avaient précédé leur départ. Était-elle allée aux toilettes avant qu'ils ne quittent la maison ? Mamah n'y avait pas prêté attention. Seule Louise le saurait car Martha refusait de le dire. Mamah la porta jusqu'aux cabinets. Le loquet de la porte ne cessait de s'ouvrir et de se refermer tandis que le train oscillait sur les rails. En voyant le trou noir et malodorant sous le siège en bois, la petite fille se mit à hurler.

Que ferait Louise ?

« Cela t'aidera à aller mieux, ma douce », dit Mamah en s'accroupissant ; elle bloqua la porte avec un pied tout en soutenant Martha qui avait peur de tomber. Elle n'essaya même pas de pousser.

« Je te donnerai un bonbon. Tu veux ? »

Martha se contenta de crier de plus belle en s'accrochant à sa mère, terrifiée. Quand elle se mit à geindre, Mamah renonça et la ramena au lit.

En arrivant dans le Nebraska, elle se sentit trahie par le message romantique de la publicité. Elle pensa au titre d'une autre réclame : LE COLORADO FERA DE VOUS UN HOMME NEUF. En quittant Chicago elle avait nourri l'espoir secret que la même magie opérait sur les femmes.

Dans le train qui se balançait d'un côté et de l'autre, les enfants dormirent pendant toute la traversée des Grandes Plaines si mornes. Jeune, Mamah avait elle aussi sombré dans ce même sommeil de plomb, ballottée et bercée par les cahots, les oscillations et le vacarme du train endormi. Aujourd'hui, ils l'empêchaient de s'assoupir. Mamah songea à repartir à zéro, à prendre le chemin du retour dès le lendemain matin. En imaginant le joyeux petit déjeuner qu'ils prendraient tous ensemble, elle fut enfin saisie par la torpeur et tout devint noir.

10

Changement à Denver : le train de la Rock Island Line laissa place à celui de l'Union Pacific à destination de Boulder.

« On y sera bientôt là où on va ? demanda Martha d'un air malheureux quand ils montèrent à bord.

— Oh, très bientôt », dit Mamah en l'aidant à escalader les marches du train.

Elle et les enfants eurent l'impression d'être des pachas dans les larges fauteuils en peluche de l'autorail flambant neuf, aux formes effilées. Martha consentit à utiliser les toilettes. John ouvrit l'une des fenêtres ovales et resta assis, le sourire aux lèvres et les cheveux dans le vent.

À la gare de Boulder, une foule de gens se pressait sur le quai. Mamah n'était pas sûre de reconnaître Alden Brown. Elle ne l'avait pas vu depuis sept ans, depuis qu'il avait épousé Mattie. Soudain, un homme qui portait un petit bouc, vêtu d'un élégant costume, poussa un cri de muletier puis les étouffa à force d'accolades.

« Vous n'êtes pas les seules célébrités à arriver aujourd'hui », dit Alden à Mamah tandis qu'ils se frayaient un chemin dans la foule. Il souleva Martha pour l'asseoir sur ses épaules. « Le train du révérend Billy Sunday devrait entrer en gare d'ici quelques instants, fit-il avec un clin d'œil. On reste dans les parages ? »

Mamah éclata de rire. « Surtout pas ! »

Une fois dehors, il entassa leurs bagages dans sa voiture. Mamah l'observa pendant qu'il conduisait sur la route en pente : il ressemblait plus à un banquier qu'à un ingénieur des mines.

À l'époque, Mamah avait pensé que Mattie était folle d'épouser cet homme plus jeune qu'elle, qui semblait ne rien faire comme il fallait. Alden Brown s'était habitué à vivre dans une des cahutes construites au bord d'un chemin de terre, à deux pas de la dernière mine pour laquelle il avait travaillé, plutôt que dans une ville dotée de rues pavées et d'un bureau de poste. Mattie était allée à Paris et à New York ; elle adorait le théâtre. Elle avait trente-deux ans lorsqu'ils s'étaient mariés : elle aurait dû savoir ce qu'elle faisait. Comment donc allait-elle pouvoir vivre aux côtés d'un homme pareil ?

Il y a quelques années, Mattie avait envoyé à Mamah une photo de son mari et d'elle devant leur maison, à Boulder. C'était un joli bungalow en bois au toit couvert de bardeaux dans une rue bordée de belles maisons neuves. Cela avait apaisé les craintes de Mamah. À présent, la voiture roulait vers cette même maison, sur Mapleton Street. Un petit garçon et une fillette aux cheveux blond filasse se trouvaient sur la véranda et s'élancèrent dans la rue à leur rencontre.

« Mattie est en haut, dit Alden. Elle a reçu ordre du docteur de se reposer toutes les après-midi. » Il déchargea les bagages. « Montez la voir. Elle est tout excitée. »

Mamah monta l'escalier quatre à quatre et trouva son amie assise bien droite dans son lit, un sourire penaud sur les lèvres. Elle se passa les mains sur le ventre avant de les lever dans un geste qui disait « Qu'est-ce que j'y peux ?

— Mattie, dit Mamah en la voyant. Tu as l'air…

— Un air de Lucrèce après le viol, c'est ça ?

— Eh bien, tu commences vraiment à… t'arrondir. »

Mattie s'adossa à ses oreillers, désappointée.

« Pauvre Mattie. » Mamah plissa le front dans une expression compatissante. Puis elle se surprit à pouffer et l'instant d'après toutes deux riaient aux larmes.

« Arrête, je vais mouiller le lit, piailla Mattie.

— Bon, très bien, au travail. J'ai apporté le remède qu'il te faut. » Mamah fouilla dans son bagage à main et en sortit une boîte de chocolats.

« Comment as-tu fait ?

— Eh bien, le plus facile a été de persuader l'employé du wagon-restaurant de les conserver sur un lit de glace. Tu n'imagines pas combien de fois j'ai failli les utiliser pour amadouer les enfants. »

La porte grinça et Linden, le fils de Mattie, passa la tête par l'entrebâillement.

« Viens, mon cœur », dit Mattie.

Il entra sur la pointe des pieds, suivi de sa sœur Anne, John et Martha sur leurs talons.

Mamah prit sa fille sur ses genoux. « Je te présente ton homonyme, Mattie. Mademoiselle Martha Cheney. »

Mattie lui offrit un sourire radieux. « Quel âge as-tu ?

— Trois ans », répondit Martha. Sur sa tête, une

houppe de cheveux bruns était retenue par un ruban blanc.

« Eh bien, quelle grande fille ! Et tu es le portrait vivant de ta maman, en plus ressemblant.

— La nature a égalisé les scores, dit Mamah. J'élève un autre moi.

— Quant à toi, jeune homme, tu es tout le portrait de ton père.

— Je sais, rétorqua John.

— Alors tu dois avoir horreur du chocolat.

— Non ! » John ouvrit de grands yeux. « J'adore ça.

— Ah, il y a donc un peu de ta maman en toi ? » Mattie ouvrit la boîte, bascula les jambes hors du lit et se leva pour offrir des chocolats à moitié fondus à tout le monde. Quand ils se furent tous servis, elle se laissa tomber dans un fauteuil près du lit.

« Jessica n'était pas du voyage ?

— Elle passe quelques semaines chez les parents de son père.

— Linden, tu veux bien montrer à John et à Martha où ils dormiront ce soir ? »

Quand les enfants eurent détalé, Mamah prit autre chose dans son sac, un livre.

« Encore un remède, annonça-t-elle. Je l'ai acheté pour son titre : *L'Ermite et la Femme sauvage,* d'Edith Wharton. Il m'a fait penser à toi.

— De nous deux, c'était toi la sauvage, si je me souviens bien. Dois-je en déduire que je suis l'ermite ? »

Elle prit le livre. « Des nouvelles… Parfait. J'ai un mal fou à me concentrer.

— Je te les lirai.

— Oh, Mamah ! Tu ne vas peut-être pas me croire, mais je sais encore lire !

— Je suis là pour t'aider.

— D'accord. Et tu vas le faire, par ta simple présence. Je ne suis pas infirme ; nous pourrons aller nous promener. Mais je dors beaucoup. J'ai besoin de distractions.

— Je pensais à des excursions en montagne.

— Il y a un million de choses à faire ici. Je veux que tu sortes et que tu en profites. Ma gouvernante peut s'occuper des enfants. »

Le lendemain matin, quand elle ouvrit les yeux, Mamah fut soulagée de se trouver seule dans la chambre d'amis de Mattie et d'Alden. La pièce était toute blanche, des murs aux draps en passant par les meubles peints. La seule touche de couleur provenait de la fenêtre en face du lit : c'était la teinte cuivrée des fers à repasser tout cabossés.

Elle s'aperçut qu'elle se sentait chez elle au milieu de ces collines. Leurs reliefs reflétaient son paysage intérieur, pour le meilleur et pour le pire. La promesse qui se cachait juste derrière la crête l'attirait. On était bien loin des immenses prairies de l'Illinois et de l'Iowa où tout ce que l'on voyait à perte de vue s'offrait au regard dès le premier coup d'œil.

Au terme de sa première journée, la vie à Boulder s'était révélée à la hauteur de ses espérances. La fillette et le petit garçon de Mattie étaient plus proches de Martha par l'âge, mais John jouait avec eux comme s'il avait de nouveau trois et non pas sept ans. Quand elle entendit partir la voiture d'Alden, Mamah descendit au rez-de-chaussée.

Qu'importe l'endroit où vivait Mattie, se dit-elle, que ce fût une pension de famille ou une belle maison, son amie avait l'art de disposer une branche de fougère, d'accrocher ses paysages encadrés et de créer alors une atmosphère à la fois simple et accueillante que Mamah lui enviait.

Sur le palier intermédiaire de l'escalier, elle s'arrêta pour examiner deux photos qu'elle n'avait pas remarquées la veille. Elle prit tout d'abord ces tableaux lugubres pour des peintures en noir et blanc. Sur l'un des deux, une montagne couverte d'une neige étincelante projetait une lumière surnaturelle qui contrastait avec le premier plan, plongé dans l'ombre, où l'on distinguait vaguement une mule qui paissait. Mamah emporta la photo dans la salle à manger. « Qu'est-ce que c'est que ça ?

— Pas même un bonjour ? » Ses cheveux blonds tirés en arrière, le visage couvert de taches de rousseur, Mattie mangeait une tartine de pain grillé. Il en était toujours allé ainsi entre elles ; elles reprenaient sans effort le fil d'une conversation laissée en suspens depuis très longtemps. Elles se réservaient leurs remarques les plus profondes, pendant des années parfois.

Je crois que j'ai quitté Edwin, eut envie de lui confier Mamah. *J'aime un autre homme*. Au lieu de cela, elle dit : « Bonjour, Mattie. Maintenant, raconte-moi ce tableau.

— Cela s'appelle de la peinture lumineuse. J'en faisais avant que nous venions nous installer ici. Quand je vivais à New York, j'étudiais la photographie avec un artiste qui utilisait cette technique. Une fois la photo tirée, on la peint à l'aide d'une mixture gluante composée de gomme arabique et de dichromate de potassium. Une épaisse couche de ce mélange donnera ce grain à la photo, ce côté irréel. » Mattie soupira. « J'adore photographier des paysages, mais je n'en ai plus eu l'occasion depuis la naissance de Linden.

— Pourquoi ?

— Pas le temps, je suppose. “Trop occupée à choyer mes petits chéris”, comme dit Alden. Tu les trouves trop gâtés ?

— Tes enfants ? Pas du tout. » Mamah leva la photo à la lumière. « Mais ça, c'est vraiment magnifique, Mattie ! J'ai envie d'aller voir cet endroit.

— Ce n'est pas loin d'ici. Je t'y emmènerai un de ces jours.

— Il faut que tu trouves le moyen de te remettre à la photographie. Tu as un don.

— Merci.

— C'est un aveu de pure jalousie. J'aimerais tant avoir une activité artistique à moi, quelque chose qui me permette de m'évader.

— Tu ne traduis rien ?

— Non, pas ces temps-ci.

— Mais tu joues un rôle actif dans ton club. »

Mamah écarquilla les yeux. « Je fabrique des décorations en origami pour la Saint-Valentin !

— Allez, arrête ! La dernière fois que tu m'as écrit, tu préparais une lecture. *La Mégère apprivoisée*, non ?

— Oui, pour une assemblée de femmes qui ne pensaient qu'à leur déjeuner. L'aboutissement de longues années d'études universitaires, n'est-ce pas ? Sans oublier l'essai consacré à Goethe que j'ai rédigé l'an dernier avec Catherine Wright.

— Ton amie la femme de l'architecte. C'est bien ça ?

— Elle-même. »

Voilà, c'était la première miette. Mamah savait qu'elle continuerait à en semer jusqu'à ce qu'il y en ait une montagne entre elles. Alors, elle finirait sans doute par tout avouer, car elle n'avait jamais rien su cacher à Mattie. Mais elle n'avait jamais gardé un secret aussi accablant. *Je pourrais perdre l'amie à laquelle je tiens le plus.*

Cette nuit-là, allongée seule dans la petite chambre blanche, elle imagina les questions de Mattie. *Comment les choses en sont-elles arrivées là ?* Elle enchaînait les explications dans sa tête, mais tout cela sonnait faux.

Parce que c'est ainsi, Mattie. Parce que certaines choses sont inéluctables.

11

« Quand cela a-t-il commencé ? »

Mattie était assise sur son lit. Depuis quelques minutes, elle questionnait calmement Mamah. Edwin savait-il ? La femme de Frank était-elle au courant ? Mises à part les frisettes blondes qui s'échappaient de ses barrettes, elle était le calme incarné.

Mattie n'était pas facilement choquée. La foudre l'avait frappée si souvent qu'à l'âge de dix ans plus rien ne l'étonnait. Elle n'avait que deux ans à la mort de sa mère. Ensuite, elle avait perdu un de ses frères, puis une sœur, et était restée avec un frère, une belle-mère et un père qui semblait s'offusquer aussi rarement que sa fille. À l'université, Mamah avait passé une bonne partie de son temps à essayer de scandaliser sa compagne de chambre.

Elle désirait tout le contraire aujourd'hui. Elle faisait les cent pas devant le mur en reprenant inlassablement le fil de son histoire. « Notre amitié s'est transformée en amour, voilà tout. Il venait discuter des plans de la maison et nous nous surprenions à parler de tout autre chose, de tout et de n'importe quoi. Il a tant de passions : la pédagogie, la littérature, l'architecture, la musique. Il adore Bach.

— Je l'aurais parié. » Mattie cligna des yeux.

« Engager la conversation avec lui était facile et il se livrait volontiers. Son père est mort quelques semaines avant qu'il ne commence à construire notre maison. Un jour, il a évoqué sa disparition en passant, mais il ne semblait pas affecté. Ils n'étaient pas très proches : son père avait abandonné sa famille quand Frank avait six ou sept ans. Pourtant, je crois que ce décès lui a donné à réfléchir parce qu'il s'est mis à me parler beaucoup plus après cela.

— De quoi… ?

— De son enfance, des étés qu'il passait à la ferme de son oncle, dans l'ouest du Wisconsin, en fait. C'est là-bas qu'il a appris à aimer la prairie et les collines, et qu'il a décidé de devenir architecte. Et il m'a parlé de son mariage avec Catherine. Les choses allaient mal depuis longtemps. Ils se sont tout simplement éloignés l'un de l'autre : elle s'est consacrée exclusivement aux enfants et lui à son travail. Voilà tout. Je me suis mise à lui parler, moi aussi. »

Mamah continuait d'arpenter la pièce, revivant à voix haute le jour où elle avait ressorti le carton de souvenirs, environ cinq ans plus tôt. Quand elle regarda Mattie, elle la vit froncer le nez.

« Tu l'as séduit avec tes petits manuels d'allemand ?

— Non, non, il s'est encore passé deux ans avant que… » Mamah s'effondra dans le fauteuil et enfouit son visage dans les draps, au bord du lit. « Oh, seigneur, Mattie ! Dans quel pétrin me suis-je mise ? »

Mattie lâcha un sifflement. « Un beau pétrin !

— Succomber a été si facile, reprit Mamah en secouant la tête. Frank a une âme magnifique. Il est si… » Elle sourit pour elle-même. « Il est d'une douceur incroyable, tout en étant très viril et intrépide. Certains le trouvent affreusement égoïste. Il est pourtant très intelligent et déteste la fausse modestie. Avec moi, en tout cas, il se montre très humble. Et modeste. » Mamah sonda les traits impassibles de son amie. Rien. « C'est un visionnaire, Mattie, et un jour il sera célèbre pour avoir développé une architecture purement américaine. Il refuse de bâtir les bicoques en stuc qu'il a en horreur, même pour les acheteurs les plus riches. Il sélectionne ses clients autant qu'ils le choisissent. »

Mattie leva les sourcils. « Ah, je vois comment il opère, dit-elle. Il te donne l'impression d'être très intelligente si tu as recours à ses services.

— Ce n'est pas de la flatterie, Mattie. Il découvre qui tu es, comme n'importe quel bon architecte. Tes habitudes, tes goûts. Il t'analyse et t'initie. C'est tout un processus. Bientôt, tu commences à porter un regard neuf sur le monde. »

Mattie avait l'air sceptique.

« Je sais que tout cela t'apparaît comme un tissu d'insanités, mais en vérité, il te montre à quel point tu peux améliorer ta vie. Ta façon d'être. On ne peut pas discuter d'architecture avec Frank Wright sans finir par parler de la nature. Il dit que la nature est le corps de Dieu, que nous ne serons jamais aussi proches de Celui qui a créé cette vie. » Les mains de Mamah esquissaient des lignes dans le vide. « Certaines de ses maisons ressemblent plus à des arbres qu'à des boîtes. Il fait poser les avant-toits en porte-à-faux pour qu'ils s'étendent comme de grands rameaux. Il va jusqu'à décaler les terrasses par rapport aux maisons de la même façon, tu imagines ? Ses murs sont de vastes baies et portes vitrées, avec des vitraux absolument splendides aux motifs de fleurs des champs stylisées. Tout ce verre te donne l'impression de vivre en liberté dans la nature et non pas coupé d'elle. »

Elle se releva et se remit à marcher en faisant de grands gestes. « J'aimerais que tu puisses entrer dans l'une de ses maisons. Il aime cacher la porte d'entrée pour qu'on la cherche. Il te conduit à l'intérieur et te mène de surprise en surprise. Il appelle ça le "chemin des découvertes". »

Mamah se tut, happée par le souvenir de la première fois où Edwin et elle s'étaient rendus dans l'atelier de Frank. Il les attendait sur le perron où une plaque en pierre gravée à l'eau-forte, fixée au mur, annonçait : FRANK LLOYD WRIGHT, ARCHITECTE ; des oiseaux en pierre aux allures de cigognes montaient la garde de part et d'autre d'un portique encastré. Sur la droite, une petite porte donnait sur un vestibule sombre et bas de plafond aux murs en stuc couleur d'or bruni et dont la voûte en vitraux laissait passer des rais de lumière tamisée jaune et verte. La tête d'Ed touchait presque la paroi en verre. Frank avait souri en le voyant lever la main pour la toucher.

« Pourquoi est-ce si bas ? avait demandé Edwin.

— Suspense avant la surprise, avait annoncé Frank. Cela ménage l'intimité. Enfin, pour qu'une personne d'un mètre soixante-quinze s'y sente à l'aise.

— C'est votre taille ?

— Prérogative de l'artiste », avait commenté Frank en souriant.

Au sortir du vestibule, quand ils avaient débouché sur le bureau, à l'avant de la maison des Wright, Mamah avait été frappée par l'abondance soudaine d'espace et de lumière, la « surprise » à laquelle il avait fait allusion. En entrant dans l'atelier dont les murs s'élevaient sur deux étages, avec une mezzanine retenue par des chaînes en fer, elle avait su qu'ils allaient embaucher Frank Wright pour dessiner leur maison.

Mamah revint à l'instant présent : elle regardait par la fenêtre. « Si tu voyais une de ses maisons, dit-elle à Mattie en reprenant le fil de son histoire, tu ne rirais pas en l'entendant dire que l'âtre est une sorte d'autel de la famille. C'est le cœur de celle-ci.

— C'est le cœur de son dilemme, marmonna Mattie. Il a jeté ses valeurs par ses fenêtres stylisées.

— Je devine quelle impression cela te fait. Et je vois la part de séduction de cette théorie. Si j'apprécie l'œuvre de Frank Lloyd Wright, cela fait de moi une personne importante. Je ne suis pas complètement stupide. J'ai vu les femmes dont le cœur se met à battre la chamade quand il entre dans une pièce. Il excite tout autant les hommes. Il a le don de vous mettre en ébullition.

— Ne confondrais-tu pas l'homme et son œuvre ?

— Je suis certaine que non. »

La voix de Mattie se fit hésitante et elle se mit à jouer avec la dentelle de son drap. « Depuis combien de temps êtes-vous…

— Intimes ? » Mamah détourna les yeux. Quand elle croisa de nouveau le regard de son amie, elle y lut une question. « Martha est la fille d'Edwin, Mattie. » Mamah sentit qu'elle avait le visage en feu.

« Pardon, Mame. Je ne veux pas te rendre les choses encore plus pénibles. »

La chambre lui parut fraîche quand elle y revint avec une assiette de soupe.

« C'est gênant, dit Mattie, je connais si bien Edwin.

— Je sais. C'est horrible. Tu me hais ?

— Non, mais tu me fais terriblement peur. Depuis toujours d'ailleurs.

— Pourquoi ?

— J'avais l'impression que tu n'avais peur de rien à l'université, toujours à te lancer dans de longs débats, sur le suffrage des femmes entre autres. J'étais trop occupée à me chercher un mari pour discuter avec mes prétendants. Mais tu ne semblais pas t'en soucier.

— Ce n'est pas que je me fichais du mariage. J'aimais bien les garçons.

— Tu les aimais bien ? Chaque semaine tu t'entichais d'un nouvel étudiant !

— Seulement à l'université. Pas à Port Huron. Mes perspectives de mariage s'étaient considérablement réduites à l'époque, si tu t'en souviens. Mais oui, j'aimais attirer l'attention des garçons à la faculté. Pas toi ? C'était si agréable !

— Oh, moi je cherchais quelqu'un de solide à l'époque. Mais toi, tu aspirais à autre chose.

— Eh bien, peux-tu me le reprocher aujourd'hui ? C'est merveilleux de se sentir désirée. Cela procure une sensation de pouvoir, en fait. »

Mattie tourna lentement sa cuiller dans sa soupe. « Tu ne vois donc pas ce qui est arrivé ? Tu avais envie d'être de nouveau amoureuse. Tu avais envie qu'un inconnu te regarde dans les yeux et te donne l'impression d'être le seul sur terre à vraiment te comprendre.

— J'aime cet homme plus profondément que je ne l'ai jamais cru possible. Il m'aime. Son mariage n'a plus de sens depuis des années. »

Mattie plissa les yeux : « Tu as quitté Edwin ?

— Je ne sais pas.

— Es-tu venue t'installer à Boulder sans rien en dire à personne, mon amie ? C'est pour ça que tu m'as demandé de te trouver une pension ? »

Mamah secoua la tête d'un air malheureux. « Je n'en

sais rien. Tout ce que je sais, c'est que je suis ici et que j'ai besoin d'y voir clair. On peut obtenir le divorce après deux ans de séparation. Je pourrais peut-être trouver du travail.

— Que se passera-t-il si tu quittes Edwin et que cet homme reste avec sa famille ? »

Mamah s'adossa à son siège et croisa les bras. « Eh bien, au moins je vivrai honnêtement. »

Mattie reposa sa cuiller. « Et les enfants ?

— C'est la question…

— Combien en a-t-il ?

— Six. »

Mattie se laissa retomber sur son oreiller. « Tu as entamé la procédure ?

— Non !

— Pourtant tu m'en as tout l'air. Les femmes font parfois des choses incroyables. Tu as lu ces histoires dans le journal ? Une femme abandonne sa famille pour devenir missionnaire, une autre abat son mari dans un accès de rage.

— Je n'avais envisagé ni l'un ni l'autre. »

Mattie se tut.

« De plus en plus de gens divorcent de nos jours, dit Mamah au bout d'un moment. Cela n'est en rien impossible.

— Non, en effet. Mais si tu trouves tes perspectives limitées à présent, imagine ce que ce sera quand tu auras divorcé. Et, en admettant que tu y parviennes, qui peut dire si tu l'aimeras encore dans un an ? Tu pourrais te retrouver très malheureuse et sans tes enfants.

— Certaines femmes obtiennent la garde de leurs enfants quand elles divorcent. Edwin est furieux à l'heure qu'il est, mais avec le temps… »

Mattie bascula ses jambes hors du lit et se leva. Elle vint poser ses mains sur les épaules de Mamah. « Interroge-toi et prends le temps de réfléchir à la situation. Va te promener. Participe à des activités ici. Dans quelques semaines, tu te diras : "Qu'est-ce qui m'est passé par la tête ?"

— Mais je n'aime pas Edwin !

— Et le devoir dans tout cela ? Et l'honneur ? » Mattie se mit à secouer Mamah. « Je te connais. Tu ne détruirais pas deux familles, Mame. Tu ne pourrais pas vivre avec cela. »

12

Après avoir passé une semaine chez les Brown, Mamah et les enfants allèrent s'installer dans la pension de famille dirigée par l'organiste de l'église de Mattie. Dans la maison en brique coiffée d'un toit en bardeaux, la petite chambre dont ils disposaient était exiguë et sa lucarne n'offrait qu'une vue tronquée sur les montagnes. Il n'empêche, Mamah trouvait bien des avantages à ce logement. Il était juste en face de la bibliothèque Canergie, sur Pine Street, à trois pâtés d'immeubles de chez Mattie et à quelques minutes des boutiques de Pearl Street.

Marie Brigham était une veuve bien charpentée, mais sans charme : un réseau de veines rouges partait de son nez et se répandait sur ses joues comme un faisceau de ruisselets. Cette survivante était une propriétaire de pension de famille tout à fait typique. Mrs Brigham s'affairait avec un entrain très pragmatique, changeait la literie et préparait le petit déjeuner comme si elle avait choisi ce commerce, comme s'il n'était pas le seul qui s'offrît à une veuve.

Un bon café noir était servi chaque jour à sept heures et, la plupart du temps, Mamah et les enfants étaient déjà attablés dans la cuisine de si bon matin.

« L'été, c'est la meilleure saison à Boulder. Cela ne

fait aucun doute. » Marie s'essuya le front sur sa manche. « Il y a l'excursion annuelle jusqu'au mont Ward en petit train. » Elle fit un clin d'œil à John. « Il s'arrête toujours pour permettre aux passagers de descendre faire une bataille de boules de neige.

— On peut y aller ? demanda le petit garçon.

— Et comment ! répondit Mamah.

— Le cirque arrivera en ville dans deux semaines. L'école a un programme d'activités d'été. Et, à la bibliothèque, Clara Savory lit des histoires aux enfants pendant une heure chaque jour. Les petits peuvent quasiment… »

Marie laissa sa phrase en suspens. Elle décrocha une poêle en fonte suspendue au-dessus des brûleurs du fourneau en fredonnant.

« Il y a une chose dont il faut se méfier à Boulder, tout de même, reprit-elle une minute plus tard. L'endroit est infesté de tuberculeux. Ils viennent ici pour le bon air mais ils apportent la phtisie dans leurs bagages. Les habitants de Boulder s'amusent à faire comme si ce n'était pas un problème. Ce serait mauvais pour le commerce, vous voyez. Mais moi, je préviens mes pensionnaires. » Elle coupa d'épaisses tranches de bacon qu'elle fit tomber dans la poêle. « On peut l'attraper rien qu'en marchant dans leurs crachats. »

John, inquiet de nature, se pencha pour examiner la semelle de ses souliers.

« C'est pourquoi tous mes pensionnaires doivent laisser leurs chaussures dans la véranda. »

Mamah et les enfants s'étaient scrupuleusement conformés à cette directive. Même entourée de gens malades, elle se sentait soulagée de ne pas être à Oak Park. Le matin, ils parcouraient les trottoirs dallés pour explorer la ville en regardant bien où ils mettaient les pieds. L'air lumineux du Colorado semblait en effet très sain en été. Mamah repensa à Chicago : comme chaque été, les ouvriers devaient verser de l'huile dans les rues pour écraser les nuages de poussière. Comparé au ciel bleu de Boulder, Chicago ressemblait à une mine de charbon.

Mamah se donna jusqu'en juillet pour réfléchir. Mais bien d'autres choses l'accaparèrent. La troisième semaine de leur séjour, John dut s'aliter à cause d'un mal de gorge et d'un rhume. À force d'être mouché, il avait la lèvre supérieure tout irritée.

« J'espère que je n'ai pas la fièvre du nez », dit-il. Il était allongé sur son lit de camp à côté de celui que sa mère partageait avec Martha. « Si on boit trop de soda à la salsepareille quand on a cette fièvre-là, on peut mourir. »

Mamah étouffa un éclat de rire. « Où as-tu entendu une chose pareille ?

— C'est Mrs Brigham qui l'a dit. »

Elle posa la main sur son front. « Tu sais, parfois les gens disent des choses qui ne sont pas tout à fait vraies. Même les grands. La fièvre du nez, ça n'existe pas, mon cœur. »

Elle se promit de leur permettre de fréquenter des petits camarades. Ils avaient besoin d'autres amis que Linden et Anne, les enfants de Mattie. Quelques jours plus tard, elle les inscrivit au centre de plein air de Mapleton School quelques matinées par semaine. Puis elle traversa la rue pour se rendre à la bibliothèque où elle trouva Clara Savory harassée de travail.

« Auriez-vous besoin d'une employée bénévole ? Je pourrais peut-être m'occuper du fichier des emprunts, suggéra Mamah.

— Je vous en serais éternellement reconnaissante,

répondit Clara. Je n'ai pas une minute à consacrer au nouveau système de classification. »

Mamah se mit à travailler à la bibliothèque deux matinées par semaine ; elle y passait une heure ou deux à en organiser la collection. Parfois, elle remplaçait Clara comme conteuse et assurait l'heure de lecture aux enfants.

L'après-midi, les enfants sur ses talons, Mamah allait rendre visite à Mattie. Elle ne manquait jamais de ralentir en passant devant un certain bungalow sur Mapleton Street. Les jardinières qui ornaient ses fenêtres débordaient de pavots orange et elle se surprit à imaginer Martha et John en train de se prélasser sur les larges marches du perron.

« Regarde dans le journal », dit Mattie à Mamah une après-midi, alors qu'ils venaient d'arriver. Elle était assise dans un lourd fauteuil en chêne et cuir, au salon. « Tout le programme du cirque y est détaillé aujourd'hui. »

Martha et John détalèrent, à la recherche de Linden et d'Anne, tandis que Mamah alla chercher le journal dans la cuisine. Elle avait proposé d'emmener tous les enfants au défilé et au spectacle prévu sous le grand chapiteau dès le lendemain. Tous étaient absolument enchantés par ce projet, sauf Mamah qui n'avait dit à personne qu'elle avait horreur du cirque. Enfin, pas le cirque dans son ensemble, seulement les clowns et leur gaieté factice. Et puis les éléphants lui faisaient pitié.

« Mattie, t'ai-je dit à quel point ce journal est lamentable ?

— Le *Daily Camera* ?

— Depuis que je suis ici, quel que soit le sujet

abordé, l'éditorial donne la parole à Billy Sunday[1]. En fait, c'est un de ses partisans qui rédige le papier. Vraiment. Ils publient un démenti en haut de la page, mais c'est un de ses disciples qui lui fait de la publicité.

— Oh, je sais, c'est terrible, acquiesça Mattie. Nous sommes de vrais péquenauds à Boulder.

— Écoute un peu ce gros titre, poursuivit Mamah, incrédule, "La danse est une forme de débauche sexuelle !" Il faut que je lise ça. Voyons… apparemment le révérend Sunday a rencontré une femme dans un de ses revivals, dans le New Jersey. Oh, attends, cela devient très bon : "Elle avait des cheveux aile de corbeau, nous rapporte le révérend Sunday, le nez grec, de très grands yeux bruns, un visage ovale, le teint olivâtre et de longs doigts effilés – le genre de créature sur laquelle tout le monde se retournerait, la plus jolie fille que j'aie jamais vue à part ma femme."

— Il appelle sa femme "Ma". C'est mignon, tu ne trouves pas ? intercéda Mattie.

— "Ma" Sunday n'est pas si bête, fit Mamah en riant. Elle l'accompagne dans tous ses déplacements. Pour s'assurer qu'il garde sa braguette bien fermée.

— Elle doit savoir qu'il a un faible pour les doigts effilés. »

Mamah poursuivit sa lecture sur un ton lascif : « "Elle adorait le péché. Je l'ai trouvée à genoux, en larmes, et je lui ai demandé : 'Qu'avez-vous ?' 'J'adore faire tout ce que vous condamnez', a-t-elle répondu. 'Êtes-vous adultère ?' 'Oh, non, non !' 'Vous ne buvez

---

1. Ancien joueur de base-ball qui se convertit en 1887 puis fut ordonné pasteur de l'Église presbytérienne en 1903. Il se mit alors à prêcher une foi pure et une morale stricte dans de grandes assemblées revivalistes très populaires. (*N.d.T.*)

pas de whisky tout de même ?' 'Oh, non !' 'De quoi s'agit-il dans ce cas ?' 'Eh bien, soupira-t-elle, j'adore danser.'" »

Mattie ne put s'empêcher de rire. « On sait déjà que ça va mal se terminer. »

Mamah lut en diagonale jusqu'au bas de l'article. « Et voilà, nous y sommes. Apparemment elle était allée danser, elle a suivi un homme marié dont la femme n'était pas à la maison et on l'a retrouvée morte chez lui parce qu'il avait raccordé le flexible du fourneau à un tuyau d'arrosage.

— Pas très malin de sa part, je dirais.

— C'est tout ce prêchi-prêcha sur les "pécheurs entre les mains d'un Dieu courroucé" que je ne supporte pas, dit Mamah. Nous en rions, mais certains lecteurs croient vraiment ce qui est écrit dans ce journal.

— Bon, ça suffit. Donne-le-moi. »

Mamah le tendit à Mattie.

« Soldes chez Crittenden : deux rouleaux de papier toilette White Rose pour quinze cents. Voilà en quoi je crois. Chez Wilson Hardware, on organise un concours de rébus rien que pour les petites filles. » Mattie tourna la page. « Hum !… On dirait que le programme culturel de Chautauqua a été conçu spécialement pour toi. On peut écouter des chants d'opéra au Victrola en regardant des photographies stéréoscopiques des artistes. Fantastique, non ?

— Je ne sais pas.

— Ah, voilà : "Les anciens de l'université du Michigan organisent un banquet en plein air et une partie de baignade à Colorado Springs samedi. L'excursion est organisée conjointement par le club de Rocky Mountains et la ligue des anciennes étudiantes de l'Université." »

Mattie reposa le journal et regarda Mamah. « Tu vois, tu n'as aucune excuse pour rester ici à te morfondre.

— On ne peut pas dire que je me sois morfondue, si ?

— Eh bien, au vu des circonstances, cela aurait pu être pire. Ce que je veux dire, c'est que tu te comportes comme tu l'as toujours fait, ma chérie. Tu rumines trop. Sors et lance-toi dans une nouvelle activité. Tu peux laisser les enfants ici quand tu veux.

— D'accord, dit Mamah. D'accord. »

13

En juillet, les lettres d'Edwin commencèrent à arriver à la pension. Écrites sur du papier à en-tête de Wagner Electric, elles disaient toutes la même chose : « Je t'aime. Je te pardonne. Notre amour est plus fort que tout. »

Alden, le mari de Mattie, revint à la maison juste après le 4 juillet avec des feux d'artifice achetés à San Francisco. Le 6 juillet, il organisa sa petite fête de l'Indépendance en pleine rue où il propulsa des chandelles romaines et des étoiles jaunes scintillantes qui sifflaient comme des loriots. Les enfants sautaient sur la pelouse en poussant des cris de joie tandis que les voisins se répandaient en acclamations exubérantes. Mamah s'aperçut qu'Alden jouissait d'une aura romantique à Boulder où il passait pour une sorte de fringant chercheur d'or, pour autant que cela existât.

Pendant la semaine qu'il passa chez lui, Mamah dîna en compagnie du couple. Un soir, alors que Mattie s'était péniblement traînée jusqu'à son lit, Alden lui proposa de prendre un verre de vin dans le bureau.

« Un tout petit fond », concéda Mamah.

Alden continua d'alimenter la conversation en la régalant d'anecdotes sur les personnages hauts en couleur qu'il avait côtoyés à Jamestown et dans d'autres villes minières.

« La Colombie ! s'écria-t-il après quelques whiskys. Voilà notre nouvelle frontière.

— L'Amérique du Sud, vraiment ?

— Tout à fait. C'est là-bas que les gens comme moi doivent aller travailler maintenant.

— En avez-vous parlé à Mattie ?

— Pas encore, fit-il en riant. Elle a d'autres projets. »

Mamah vit qu'il parlait sérieusement et comprit soudain que leur vie conjugale n'était peut-être pas aussi simple qu'il y paraissait.

« Alden a la voix qui porte quand il a bu, dit Mattie le lendemain. Ne t'inquiète pas. Il ne va pas se précipiter en Colombie. Il ne supporterait pas de rester loin de nous aussi longtemps. »

Elle paraissait énorme ce matin-là, avec un ventre gros comme une montagne.

« Je ne vois même plus mes pieds ! gémit-elle.

— Moi si. Ils sont bien gonflés eux aussi.

— Ils enflent à chaque grossesse, soupira Mattie. Rappelle-toi, à l'époque, à Port Huron : nous nous étions juré de finir vieilles filles et professeurs plutôt que femmes au foyer.

— On a failli y arriver. Je crois que tu as tenu plus longtemps que moi.

— C'était indépendant de ma volonté. Dès qu'Alden a commencé à s'intéresser à moi, je l'ai pratiquement assommé et traîné jusque chez moi par les cheveux comme une femme des cavernes ! »

Mamah éclata de rire. « Je pense qu'Alden s'en est très bien tiré. » Elle repensa à son propre mariage.

« C'est triste que ma mère n'ait pas vécu assez longtemps pour me voir en robe blanche : c'était son plus cher désir. À la fin de sa vie, elle regrettait de nous avoir envoyées à l'université, Lizzie, Jessie et moi, parce que aucune de nous trois n'était encore mariée quand elle a commencé à décliner.

— Elle avait sans doute envie de vous voir installées, dit Mattie. De vous savoir toutes en sécurité. Je la connaissais, ta mère. Elle était fière de vous.

— Oh, au début, je pense que oui. Elle souhaitait nous donner toutes les chances qu'elle n'avait pas eues. Mais tu veux que je te dise la vérité ? Je crois qu'au fond elle espérait qu'en étant cultivées nous ferions toutes de beaux mariages. Au lieu de cela, nous nous sommes mises à travailler et elle a été déçue en fin de compte, c'est certain. » Mamah hocha la tête, l'air pensif. « Elle a fini par croire qu'à cause de nos études nous étions inadaptées au mariage. Et parfois j'en viens à penser qu'elle avait raison.

— Tu es devenue assez pessimiste sur ce sujet.

— Eh bien, à l'époque, je croyais que le monde allait changer. Mais regarde-nous. Nous sommes en 1909. Jamais je n'aurais imaginé que nous n'aurions toujours pas le droit de vote à l'heure qu'il est.

— Ces choses-là prennent du temps.

— Je suis fatiguée de tout cela, dit Mamah. Le débat ne porte que sur le droit de vote. Cela devrait aller de soi. Il reste tant d'autres libertés à conquérir. Mais les femmes sont en partie responsables de cette situation. Nous organisons des dîners mondains et nous confectionnons des fleurs en papier crépon. Nous sommes trop nombreuses à manquer d'ambition.

— Tu trouves que ma vie manque d'ambition ? »

Prise de court par cette question, Mamah répondit : « Non, Mattie. Tu accomplis des choses importantes dans cette ville. Tu sais bien de quoi je parle. »

Cette après-midi-là, Mamah conduisit Mattie en ville chez un marchand de fruits qu'elle aimait bien.

« Alors, comment étaient les hordes de lecteurs à la bibliothèque aujourd'hui ? demanda son amie.

— Pleines d'entrain.

— Clara Savory est adorable, non ?

— Elle l'était jusqu'à ce que je laisse échapper que j'ai une maîtrise. Elle se montre un peu moins amicale depuis.

— Tu l'intimides ?

— Elle n'a aucune véritable formation, tu sais. Je ne lui ai jamais dit que j'avais dirigé la bibliothèque de Port Huron et bien sûr, je m'en remets toujours à son jugement. Mais il m'arrive d'avoir la réponse à des questions qui la dépassent et ça la met mal à l'aise. Aujourd'hui, juste avant que je ne parte, elle m'a dit de but en blanc : "Je travaille de huit heures du matin à dix heures du soir. Pour huit dollars par mois. Avec un logement de fonction qui se réduit à une chambre dans une pension de famille."

— Hum.

— Je ne lui ai pas parlé de ma situation. Cela se voit tellement que je suis à la dérive ?

— Peu importe ce que pense Clara Savory. Ce que tu as en tête m'intéresse davantage. » Le regard de Mattie exigeait une réponse.

« Je suppose que j'essaie la vie à Boulder. Pour voir si elle me convient.

— Tu songes sérieusement à quitter Edwin, n'est-ce pas ?

— Oui. Mais chaque fois que j'envisage de repartir à zéro ici, je me heurte aux dures réalités de l'existence. » Mamah trouva un endroit où se garer et coupa le moteur.

« Dans le meilleur des cas, voici ce qui se passera. Mettons qu'Edwin m'accorde le divorce et que par miracle il me laisse la garde des enfants. Qu'il nous permette de nous installer à mille cinq cents kilomètres de Chicago et qu'il aille jusqu'à nous allouer une pension. Il n'empêche que je serai déconsidérée, même à Boulder. Dès lors que je ne serai plus une femme mariée en visite mais une divorcée, même mon emploi bénévole sera menacé. Personne ne veut d'une Hester Prynne comme conteuse à la bibliothèque de la ville.

— Oh, tu exagères ! Boulder n'est pas si arriéré. »

Mamah aida Mattie à descendre de voiture et la prit par le bras pour aller jusqu'à l'étal du marchand de fruits. « Sinon, poursuivit Mamah, imaginons qu'Edwin me permette de garder les enfants et les entretienne, eux, mais pas moi. Dans ce cas, je serais obligée de travailler car mon patrimoine familial ne me tiendrait qu'un an, et encore, si j'arrivais à le faire durer. Il va sans dire que je ne serais plus invitée à prendre le thé chez toutes tes connaissances. Que gagnerais-je comme bibliothécaire ? Dix dollars par mois au mieux ? C'est ce que je dépensais pour un chapeau. »

Elles se frayèrent un chemin dans la foule qui se pressait devant l'étal.

« Primo, dit Mattie, tu gagnerais bien plus que cela. Deuzio, tu ne serais pas réduite à travailler dans une bibliothèque. Et tertio, tu pourrais envisager d'acheter des chapeaux moins chers. » Mattie se pencha vers Mamah. « Il y a une chose que je ne t'ai pas encore dite, chuchota-t-elle. La dame qui dirige le département de langue et littérature allemandes de l'université du Colorado, Mary Rippon, il paraît qu'elle prend sa retraite. » Mattie posa son panier. « J'hésitais à t'en parler, mais si tu penses sérieusement à t'installer ici, tu devrais postuler. Cela ne pouvait pas tomber mieux et personne ne serait aussi qualifié que toi. Alden et moi connaissons le président de l'université. » Mattie parlait plus vite, avec enthousiasme. « Et tu n'es pas divorcée, pas encore. Tu pourrais dire que ton mari te rejoindra plus tard, et au bout d'un certain temps, si les choses ne s'arrangent pas avec Edwin, eh bien, cela n'aura plus d'importance. Tu seras devenue indispensable. »

Sous l'auvent du marchand de primeurs, les deux femmes échangèrent un regard. Un brouhaha s'éleva : les clientes se servaient en melons et tomates tout en bavardant. Derrière Mattie, Boulder s'étendait dans la vallée et sur les collines, offrant ses perspectives à Mamah : toutes ses boutiques, ses écoles, ses habitants et ses reliefs escarpés ne demandaient qu'à être découverts.

« Mais tu devrais y aller dès aujourd'hui, reprit Mattie tandis qu'elles retournaient à la voiture. C'est une chance qui ne se représentera pas. »

Elles reprirent le chemin de la maison et Mattie regarda distraitement par la fenêtre jusqu'à ce qu'elles s'engagent dans l'allée.

« Une femme peut s'en sortir seule ici, dit-elle. Ce n'est pas facile. Il y en a partout à Boulder qui mènent leur barque. Cela dit, si le poste de Mary Rippon est certes un des meilleurs, elle a beaucoup de travail. Et quasiment pas de vie personnelle.

« Soit dit en passant, Alden se tue à la tâche. Je ne crois pas que la vie soit plus facile pour les hommes dans la région. Tout le monde travaille dur. Je ne me souviens même pas de la dernière fois où j'ai fait des fleurs en papier crépon.

— Oh, Mattie ! Tu sais bien que je ne voulais pas…

— C'est juste que… Parfois Mamah, je trouve que tu as eu une existence privilégiée depuis que tu as épousé Edwin. »

Piquée au vif, Mamah regarda ses chaussures.

Mattie lui tapota le coude. « Vivre ici aiderait n'importe qui à relativiser. »

La semaine suivante, Mamah s'acheta une robe et une veste sur Pearl Street pour avoir une tenue convenable au cas où elle décrocherait un entretien à l'université. Mattie avait envoyé une lettre et elles attendaient la réponse. Dans la chaleur étouffante d'août, Mamah gravit la pente de Mapleton Street à pied avec sa nouvelle robe, impatiente de la montrer à son amie. Mais quand elle arriva à la maison, la gouvernante lui tendit une enveloppe gaufrée portant le logo de Frank, un carré rouge, qui lui avait été adressée c/o Mrs Alden Brown. Mamah alla la lire sur la véranda.

Mamah,

À la suite de notre dernière conversation, c'est avec une certaine appréhension que je t'écris. L'absence de lettres de ta part joue clairement en ma défaveur, mais je crois que tes sentiments pour moi sont toujours les mêmes. Certaines choses sont restées en suspens la dernière fois que nous nous sommes vus et j'espère aujourd'hui dissiper tout malentendu.

J'ai consacré tant d'énergie à me défaire des liens qui me retiennent ici que je n'ai peut-être pas semblé plei-

nement conscient de ta situation ni de tes hautes exigences spirituelles et intellectuelles. De fait, je n'ai jamais pensé que tu devais me « suivre » en Europe. Il n'est pas dans mes intentions de te séduire et de te pousser à te « libérer ». De toute manière, tu n'as pas cessé de me répéter que personne ne pouvait t'accorder ta liberté. C'est une qualité qui t'est intrinsèque, un mode de vie que tu t'es choisi.

Tu m'as parlé de ton désir de découvrir le talent personnel qui ferait chanter ton cœur. Si c'est l'écriture, comme tu l'as suggéré par le passé, peut-être pourras-tu trouver l'inspiration en Europe ? Accepterais-tu de me rejoindre pour un mois ou deux, non pas pour me suivre mais pour chercher la vérité à mes côtés, dans ta propre quête spirituelle ?

J'ai prévu de m'installer à Berlin le temps de terminer les illustrations pour le portfolio de Wasmuth et de m'assurer que la qualité d'impression en est acceptable. J'estime que le séjour pourrait durer entre neuf mois et un an. Je compte quitter Chicago d'ici à fin septembre ou début octobre. Tu connais mes sentiments. J'ai décidé d'agir et résolu de vivre en accord avec moi-même, que je divorce ou non.

Mon espoir le plus cher est que tu m'accompagnes. Je ne demande qu'à attendre que ton amie ait accouché pour que tu puisses me rejoindre.

Si tu décides de ne pas le faire, je ne te jugerai pas et n'en déduirai pas que tu as tourné le dos à ta liberté. Je te respecte trop pour cela.

Je t'en prie, envoie-moi de tes nouvelles. Je pense à toi à chaque heure du jour.

Frank

Mamah caressa l'épais papier, le huma. Elle glissa la lettre sous sa ceinture en coton et la garda contre elle toute la journée.

À partir de ce jour, la voix de Frank ne la quitta plus. Le vendredi, elle se rendit au bureau de poste et lui envoya un télégramme.

ACCOUCHEMENT PRÉVU POUR LE 25 SEPTEMBRE. M.B.B.

14

« Bientôt », dit Mamah lorsque John lui demanda quand ils rentreraient à la maison. Le petit garçon était souvent agité, il s'ennuyait sans camarades de jeux depuis que les enfants de Mattie étaient retournés en classe. Mamah emprunta des manuels à l'école Mapleton et le fit travailler tous les matins.

Martha et John avaient changé pendant l'été, presque du jour au lendemain. Mamah se réjouit d'avoir pu passer du temps seule avec eux. Elle avait redécouvert l'agréable intimité de l'heure du bain et des repas, rituels qu'elle avait délégués à Louise depuis des années. Les petits pieds de Martha, parfaites miniatures de ceux de Mamah, n'étaient plus des petons de bébé. À force de jouer dehors sans chaussures, elle avait la plante plus épaisse.

John avait toujours ressemblé à Edwin, mais il marchait désormais les jambes un peu arquées et son allure rappelait celle du père de Mamah. Il était devenu bagarreur et jouait parfois les petits durs. Le soir, cependant, il redevenait le petit garçon qu'il était depuis qu'il savait parler. Il se glissait dans le lit que sa maman partageait avec Martha et la tirait par la manche. Un signal entre eux pour réclamer une histoire. Et les histoires commençaient toutes de la même façon.

« Il était une fois un petit garçon qui s'appelait John, un cheval qui s'appelait Ruben et un chien qui s'appelait Tootie. » Au début, quand il avait trois ou quatre ans, leurs aventures étaient simples. Au fil du temps, elles étaient devenues de plus en plus fantastiques, s'étaient peuplées de capitaines de navires, de sultans et de chevaux qui s'emballaient. Mais, à la fin, John parvenait toujours à sauver la situation. Un soir à Boulder, quand il apparut clairement que Martha commençait à comprendre ces récits, Mamah avait ajouté « et une petite fille qui s'appelait Martha.

— Nooon ! » avait protesté John d'un ton geignard. L'arrivée de sa sœur dans le monde imaginaire qu'il partageait avec sa maman représentait une intrusion à ses yeux. Après cela, elle se mit à raconter une deuxième histoire rien que pour Martha.

Les enfants avaient peut-être les nerfs à vif eux aussi, se dit-elle. Dans ses dernières lettres, Edwin exigeait qu'elle lui indique quand elle renverrait John à l'école et quand elle avait l'intention de rentrer à la maison. Par deux fois, elle s'était assise pour lui répondre sans parvenir à écrire une ligne. Elle pensait avoir pris sa décision, mais elle n'en était pas tout à fait sûre. La tension montait depuis des semaines et, ces derniers temps, elle changeait d'avis à chaque instant. Comme si elle attendait de voir la tournure que prendraient les événements, elle aussi.

Une brève missive de Frank arriva le 20 septembre.

J'ai trouvé un associé qui ne me posera aucun problème pour reprendre l'atelier et le travail en cours. Ces dernières semaines ont été une véritable course pour rassembler les dessins que je présenterai à Wasmuth. Marion Mahony restera ici le temps d'achever les esquisses qui doivent m'être envoyées en Allemagne. Je serai au Piazza Hotel de New York le 23. Je t'en prie, écris-moi. Je suis prêt à t'attendre.

Mattie oscillait lentement sur la balançoire en face de Mamah. Elle avait le teint blafard et l'air très sérieux. « À quoi penses-tu ? » demanda-t-elle.

Mamah ne voulait pas l'agiter pour l'instant.

« Dis-le-moi, insista son amie.

— Tu dois bien t'en douter. » Mamah plongea tête la première. « Ce n'est pas en restant ici que je saurai si j'ai fait le bon choix. Il faut que j'essaie de vivre avec lui, là-bas, ne serait-ce que pour un temps. Tu es heureuse en mariage, toi. Tu as bien distribué tes cartes et du premier coup. Pas moi. Et je devrais terminer la partie avec celles que j'ai, dans l'amertume et le regret ? Consciente que j'aurais pu connaître un bonheur inouï avec le seul homme que j'aime comme je n'ai jamais aimé ? »

Mattie eut l'air exténué. « Tu as pris ta décision.

— Oui. »

Un vent brûlant souleva des tourbillons de poussière dans la cour.

« Quand pars-tu ?

— Quand je te saurai hors de danger.

— Combien de temps resteras-tu en Europe ?

— Un ou deux mois. Je demanderai à Edwin de venir chercher les enfants. »

Mattie se tamponna le cou avec un mouchoir. « Tu peux les installer à la maison en attendant son arrivée. La mère d'Alden sera là pour aider la gouvernante.

— Cela sera l'affaire d'un ou deux jours. »

Son amie acquiesça.

« Merci, Mattie. Merci. »

Le 23 septembre, un jeudi matin, Mattie commença à avoir des contractions. Alden, qui était rentré à la maison la semaine précédente, vint lui tenir la main. Mamah se souvint d'avoir souffert ainsi pendant une semaine avant d'accoucher de Martha, mais la mère d'Alden, qui passait chaque jour voir comment allait sa belle-fille, déclara que le bébé naîtrait dans la journée.

« Je suis si impatiente d'en avoir fini, grogna Mattie dès qu'Alden eut quitté la chambre. C'est bien la dernière fois que je me laisse mettre dans cet état. »

Mamah épongea son amie et l'aida à changer de chemise de nuit. Elle était difficile à déplacer. Mamah s'inquiéta de voir que tout son corps avait enflé. Ces dernières semaines, sa peau était devenue rosâtre et maculée de petites taches blanches, comme une tranche de salami. La moindre pression du pouce sur son bras laissait une empreinte livide.

Au cours des deux dernières semaines, Mamah s'était préparée à ce moment en découpant des carrés de gaze, en rassemblant des draps et une chemise de nuit propres, une bouillotte, des tubes et un thermomètre. Pour avoir vécu cette épreuve deux fois et assisté à une demi-douzaine d'autres naissances, elle savait parfaitement à quoi s'attendre. Mais elle avait également vu sa sœur Jessie se vider de son sang. Quand les gémissements de Mattie s'amplifièrent, le médecin se présenta chez les Brown et Mamah alla au salon attendre avec Alden. Par la fenêtre, on voyait scintiller les feuilles d'érable, toutes dorées dans le couchant automnal.

À neuf heures ce soir-là, Mattie donna raison à sa belle-mère. « Vous vous êtes donné une fille », annonça le docteur quand il vint chercher Alden. Mamah resta en bas, soulagée, tandis qu'Alden se précipitait au chevet de sa femme. Elle se balança dans son fauteuil en se rappelant la naissance de John et son propre émerveillement face à ce miracle de la vie ordinaire. Edwin et elle avaient ri de joie en admirant les petites mains veinées de bleu et les ongles minuscules du bébé.

La naissance de Martha avait été différente. Son nouveau-né emmailloté sur le ventre, Mamah avait attendu qu'Edwin quitte la chambre pour commencer à l'allaiter. Cette fois-ci, elle n'avait pas eu envie de partager ce moment avec lui. Elle avait savouré seule le plaisir de compter les doigts et les orteils de sa petite fille, de caresser son crâne minuscule. Il n'aurait pas compris ce qu'elle ressentait ce jour-là. Elle ne le savait pas elle-même.

« Alden veut l'appeler Mary. Tu ne trouves pas ça trop banal ? » Allongée sur son lit, Mattie donnait le sein à son nouveau-né.

« Laisse-le choisir. Nous l'appellerons par son vrai nom. » Mamah sourit. « Vous êtes magnifiques, toutes les deux. C'est fou ce qu'elle te ressemble. » Le cœur soudain serré, elle se mit en devoir de plier les petits habits pour ne pas pleurer.

Mattie la regarda. « Tu as annoncé ton départ à Edwin ?

— Je dois lui envoyer un télégramme aujourd'hui. »

Les yeux bruns de Mattie s'attardèrent sur le visage de Mamah. « Donc, tu pars lundi.

— Lundi. » Mamah inspira un grand coup. « J'amènerai les enfants dimanche. Nous dormirons dans la chambre d'amis ce soir-là, si tu n'y vois pas d'inconvénient.

— D'accord.

— Je pense qu'Edwin arrivera dans les deux jours qui suivront. Tu es sûre que ta gouvernante et la mère d'Alden sauront faire face ?

— Oui. Les enfants ne sont pas un problème.

— Je suis désolée de troubler la quiétude de ton foyer, surtout en ce moment. Je n'ai jamais eu l'intention de t'associer à tout ça. »

Mattie regardait de nouveau son nourrisson qu'elle changea de sein. « Je n'ai rien à ajouter à quoi tu n'aies déjà réfléchi, Mamah. » Elle taquina doucement les lèvres du bébé pour lui faire prendre son téton. « Il y a l'art et la manière de tourner la question dans tous les sens, de l'envisager sous toutes ses facettes et, te connaissant, je sais que tu l'as fait mille et une fois. » Elle leva les yeux. « Vas-y. Vois s'il est dit que tu dois vivre avec cet homme. Et si tu le trouves toujours aussi fascinant en chemise de nuit dans deux mois qu'aujourd'hui, reviens et prends les mesures qui s'imposent. Montre-toi juste avec Edwin et les enfants. Donne-toi le temps qu'il faudra pour divorcer dignement. »

Mamah se pencha et baisa le front de la petite fille, puis posa sa joue contre celle de Mattie. « Bénie sois-tu », murmura-t-elle.

Le dimanche matin, Mamah descendit Mapleton Street et s'engagea dans Water Street. Arrivée à la gare, elle se dirigea vers le guichet de la Western Union.

« Votre mari sera bientôt là », déclara l'employé. Mamah comprit soudain qu'il s'adressait à elle. « Mercredi », ajouta-t-il joyeusement en lui tendant le télégramme d'Edwin.

Elle sentit la rage monter en elle. Il était probablement impossible de ne pas lire les télégrammes. Mais on était tout de même censé respecter la correspondance privée des gens !

« Je dois en envoyer un autre. » Elle prit un formulaire sur le comptoir et le remplit. « Frank Lloyd Wright, Piazza Hotel, New York : “Partirai demain. M. B. B.”»

L'employé s'empara du papier et lut le message. Il prit le crayon qu'il portait derrière l'oreille et se gratta la tête. Puis il se retourna vers elle, l'air perplexe.

Elle le toisa d'un regard froid. « Vous avez une question ?

— Non, m'dame », dit-il. Il se retourna vers le télégraphe.

Le visage en feu, Mamah attendit qu'il envoie son message. Il se mit à transcrire les mots en points et en tirets irrévocables.

Quand il eut terminé, Mamah traversa le hall pour aller acheter un billet de train au guichet de la compagnie des chemins de fer.

De retour dans la chambre d'amis de Mattie, elle rédigea une lettre pour Edwin qu'elle glissa dans le tiroir du secrétaire.

« Papa viendra la semaine prochaine », annonça-t-elle aux enfants en les préparant à se mettre au lit.

Martha leva les bras pour qu'on lui enfile sa chemise de nuit. « Je veux rentrer à la maison, dit-elle d'un ton geignard.

— Il va être tout étonné de voir comme tu as grandi, Martha. Et toi aussi, Johnny. » Mamah se mit à parler plus lentement : « Maintenant, écoutez-moi bien. Demain, je vais partir en voyage en Europe. Vous allez rester chez les Brown jusqu'à ce que papa arrive, d'ici à quelques jours. Je vais prendre un peu de vacances. »

John éclata en sanglots. « Mais je croyais qu'on était déjà en vacances. »

Le cœur de Mamah se serra. « Des vacances pour moi toute seule, dit-elle en s'efforçant de garder son calme. Louise, Papa et tante Lizzie s'occuperont bien de vous pendant que je serai partie. Grand-mère aussi est là-bas en ce moment. Oh, qu'elle va être contente de vous revoir ! »

John s'accrocha à elle en pleurnichant. Elle lui caressa le dos et le prit dans ses bras. « Je sais que ça a été dur pour toi, mon cœur, de rester si longtemps loin de papa et d'Oak Park. Mais, dans quelques jours, tu seras de retour à l'école et tu retrouveras tes amis. Et je reviendrai bientôt. »

Mamah s'allongea sur le lit, serra leurs petits corps recroquevillés contre elle et écouta les pleurs de John laisser place à un léger ronflement.

À l'aube, engourdie par le manque de sommeil, elle se leva pour rassembler ses affaires. En faisant le moins de bruit possible, trébuchant dans la pénombre du petit matin, elle décida à la hâte quels vêtements laisser dans l'armoire et fourra les autres pêle-mêle dans son sac. Elle ouvrit le secrétaire et en sortit la lettre cachetée qu'elle posa à côté des chaussures de Martha, bien en évidence sur la table de chevet. Après avoir jeté un regard en arrière pour s'assurer que les enfants dormaient encore, Mamah quitta furtivement la chambre.

Deuxième partie

15

« Qu'est-ce que tu fais ? » interrogea Frank en ouvrant les yeux.

Mamah s'était un peu écartée de la chaleur de son corps allongé près d'elle. En essayant de ne pas le réveiller, la tête dans la main, elle s'était mise à écrire dans son journal. « Tu savais que tu riais dans ton sommeil ? lui demanda-t-elle.

— Une qualité de plus », dit-il d'une voix pâteuse.

Au cours de la nuit, ils avaient cessé de s'enlacer et fini par s'endormir. Quand elle s'était réveillée et tournée vers Frank, elle l'avait trouvé dans la position qu'il avait prise chaque nuit depuis le début de leur voyage : allongé de tout son long sur le dos, sans oreiller, la tête légèrement penchée en arrière et la main droite sur la poitrine comme s'il avait fait serment d'allégeance au sommeil.

Rien ne lui semblait plus intime que de dormir avec quelqu'un. Avant de se retrouver à New York pour entamer leur traversée, elle et Frank n'avaient jamais passé toute une nuit ensemble. Le premier matin, sur le bateau, elle s'était réveillée la première et n'avait pu s'empêcher de le dévorer des yeux : ses paupières palpitantes, sa poitrine qui se soulevait et retombait au rythme de son souffle si léger. Son front, son nez et son menton se découpaient dans la lumière pâle ; devant ce masque étrange et immobile, elle avait été prise de panique. *Est-ce que je connais vraiment cet homme ?* À cet instant, un sourire fugace s'était dessiné sur les lèvres de Frank et son visage lui était redevenu familier. Il venait même de rire dans son sommeil.

Comme nous sommes différents ! se dit Mamah. Ce matin-là au réveil, elle s'était retrouvée au bord du lit, roulée en boule dans un amas de couvertures et d'oreillers, tournant le dos à son amant. Elle s'était levée sans bruit, avait enfilé une chemise de nuit propre, s'était brossé les cheveux et avait pris son journal intime avant de revenir se glisser sous les couvertures.

Il l'observait à présent. « Qu'est-ce que tu fais ? » répéta-t-il.

Elle sourit. « Oh, je repensais simplement à ce magnifique théâtre de marionnettes que tu as dessiné l'année dernière. » Mamah regretta aussitôt ses paroles. Frank avait fabriqué ce théâtre pour son fils cadet. Elle posa la main sur son épaule.

« Je suis désolée.

— Ce n'est pas grave.

— J'essayais de me rappeler l'inscription que tu y avais ajoutée. À propos des instants qui précèdent le réveil. »

Il leva la tête. « *Poursuivre le voyage tout en restant celui qui se réveille...*

— *...et celui qui rêve*, acheva-t-elle. C'est ça. J'adore cette idée. » Elle fit courir son crayon sur le papier puis reposa la tête sur l'oreiller. Le navire tanguait sur l'océan houleux et les berçait d'avant en arrière. Sous les couvertures, dans les lueurs roses qui filtraient par le hublot, Mamah se sentait à l'abri. Elle n'avait pas envie de se lever, de s'habiller, d'entendre le son des cloches et des bruits de pas, ni de saluer les passagers qui se promenaient sur le pont.

Ils étaient restés ainsi, pelotonnés l'un contre l'autre, tous les matins depuis le début du voyage pour prolonger le charme paisible que procure le sommeil. Vers neuf heures, cependant, Frank commençait à avoir mal au cœur et ils allaient se réfugier dans la salle à manger où ils déjeunaient à une table isolée.

Frank avait fait preuve de la plus grande délicatesse avec elle depuis qu'ils étaient tombés dans les bras l'un de l'autre à New York. Au début, rien de tout cela n'avait semblé vraiment réel à Mamah. Maintenant, au bout de six jours, l'impression d'irréalité avait laissé place à une sorte de ballet fait de gestes de sollicitude et parfois de faux pas. Avant qu'ils prennent la mer, elle avait considéré leur voyage comme une sorte de test. Comment peut-on vraiment se connaître tant qu'on n'a pas vécu ensemble ? Mais elle s'apercevait qu'elle n'avait pas envie de dévoiler certaines choses. Elle se surprit à se mettre furtivement un peu de rouge aux joues et sur les lèvres quand Frank n'était pas dans la cabine.

Ces rituels de beauté étaient plus faciles à cacher que les sautes d'humeur qui la prenaient au dépourvu. Repenser à John, bouleversé par son départ, était une source de remords perpétuelle. Ce souvenir avait assailli Mamah un soir où elle dansait sur une valse de Schubert avec Frank. Accablée de chagrin, elle avait posé le visage sur sa poitrine. Quand elle lui avait avoué ses états d'âme, Frank s'était montré à la hauteur de la situation : il avait su lui prodiguer des paroles apaisantes. Pour autant, vers le milieu de la traversée, il exigea gentiment qu'elle se consacre à lui.

« Écoute, dit-il un jour, en levant les yeux de son

livre. Louise s'occupera des enfants. Et Edwin connaît la vérité.

— Je sais, je sais. Simplement il m'arrive de penser que nous aurions dû…

— Oublions les impératifs moraux. » Il posa la main sur les siennes. « Ne gaspille pas ces précieux instants, Mame. Cinq ans que nous parlons de passer du temps seuls, toi et moi. Détends-toi. Je t'en prie. Reste avec moi. »

Quand ils se retrouvèrent dans leur cabine, Mamah ferma les yeux pendant qu'ils faisaient l'amour. Dans ces moments, l'oubli libérait son esprit et elle éprouvait la joie d'avoir enfin Frank tout à elle.

Un peu plus tard, ils s'habillèrent chaudement et s'enveloppèrent la tête et les épaules dans des couvertures pour aller se promener sur le pont. Leur souffle formait de petits nuages blancs et les trois grandes cheminées crachaient une fumée noire au-dessus d'eux. Le moteur du navire vrombissait et les vagues qui s'écrasaient sur la coque à l'avant du bateau rendaient la conversation difficile.

« Je n'ai même pas froid, cria-t-il.

— Que dis-tu ?

— Pas froid. Et toi ?

— Non plus », mentit-elle.

Il la vit grelotter sous les couvertures. « Ouvre tes pores, Mamah ! » Il se mit à rire.

« Je la préfère au chaud, ma liberté », lança-t-elle en le prenant par la main pour l'entraîner à l'intérieur.

À l'heure du dîner ils n'avaient d'autre choix que de parler à leurs voisins de table. Mamah fut soulagée d'avoir un élégant Français à sa gauche. Frank eut la malchance de se trouver assis entre Mamah et une dame volubile originaire de Kansas City.

« Alors, vous avez laissé votre couvée à la maison ? l'entendit-elle dire. George et moi sommes allés faire un tour d'Europe quand nos filles avaient neuf et dix ans.

— Ah vraiment ? marmonna Frank en coupant son steak.

— Oh, c'était la meilleure chose à faire. N'est-ce pas, George ? » La femme donna une claque sur le genou de son mari. « Combien d'enfants avez-vous, mes tourtereaux ?

— Neuf, répondit Frank.

— Neuf ! » La femme se laissa aller en arrière sur sa chaise. « Doux Jésus ! En tout cas, votre épouse a gardé la ligne. »

Écarlate, Mamah se tourna vers monsieur… Bonnier, peut-être ? – critique de films américains.

« Madame Wright, disait-il, pourquoi vos journaux jettent-ils l'anathème sur les cigarettes et les déshabillés qui apparaissent dans vos films ? » Il s'adressa alors à toute la tablée. « Pour un peuple qui prétend être libre et ouvert d'esprit, vous autres Américains êtes si puritains !

— Vous n'avez pas tort, dit Frank en levant son verre. Je bois à ce que nos deux pays font de mieux. Aux westerns, poursuivit-il en se tournant vers ses compagnons, et à la lingerie française. »

Tous partirent d'un grand éclat de rire.

« Oh, quel coquin ! s'écria la dame de Kansas City en gloussant. Je les reconnais au premier coup d'œil. » Elle donna une autre claque sur le genou de son mari. « Pas vrai, George ? »

Plus tard dans la soirée, quand l'orchestre se mit à jouer, Frank fit tournoyer Mamah dans une valse joyeuse et insouciante.

« Oublie un peu ce que pensent les gens », lui avait-il dit lorsqu'ils avaient embarqué à New York. À présent que la traversée tirait à sa fin, elle sentait qu'elle commençait à moins s'en soucier.

Cette nuit-là, elle rêva qu'elle volait. Elle se vit les bras déployés, traversant le ciel comme un oiseau. Une petite trappe s'ouvrit dans sa poitrine et de petites silhouettes colorées s'en échappèrent pour atterrir dans les champs enneigés tout en bas.

16

Mamah et Frank étaient épuisés de leur voyage en train depuis Paris. Ils se frayèrent lentement un chemin hors de la gare et débouchèrent dans la lumière blafarde de Berlin. « *Eine Gepäckdroschke bitte* », dit Mamah au porteur qui alla chercher un fiacre à l'arrière duquel il entassa leurs six sacs et le grand carton à dessins que Frank avait gardé près de lui pendant la plus grande partie de leur périple. À présent, leur véhicule longeait l'Unter den Linden, passait sous la porte de Brandebourg, et le conducteur leur montra leur hôtel qui se dressait à quelque distance, comme une forteresse montant la garde sur l'immense avenue.

Frank avait gardé leur lieu de résidence secret jusqu'à ce qu'ils montent en voiture. C'est alors qu'il avait annoncé : « À l'hôtel Adlon. » Que de mystères de sa part ! Il adorait ménager ses effets. « C'est un endroit nouveau », se contentait-il de dire. Mamah aimait ces secrets et ces petites surprises.

Avec ses deux cent cinquante chambres, l'Adlon était aussi somptueux qu'un palais bavarois. Dès qu'ils sortirent du taxi, ils furent entraînés dans le hall par des portiers aux épaulettes dorées qui se mirent à leur parler anglais. Mamah se sentait débraillée après cette journée de train, mais Frank l'escorta dans l'entrée comme s'ils étaient un couple royal en visite.

Elle n'avait jamais vu une telle opulence. Pendant que Frank se présentait à la réception, elle promena ses regards sur le tapis rouge du grand escalier de marbre qui menait à la galerie de médaillons où se dressaient des déesses en plâtre souriantes. Nulle cloche ne tintait : le guichet des portiers était muni d'un système d'ampoules clignotantes. Des grooms se faufilaient en silence entre les jupes et les bagages des nouveaux arrivants. De petits groupes d'hommes et de femmes assis sur des banquettes en mohair vert fumaient et bavardaient en italien, en français ou en russe.

Le regard de Mamah fut attiré par une silhouette exotique assise juste en face d'elle. La femme était jeune et très belle avec son teint olivâtre et ses cheveux noirs bouclés. Elle portait une robe sur laquelle elle avait drapé des écharpes transparentes rouges et jaunes et elle adressait d'apaisantes paroles en espagnol à un perroquet juché sur son épaule. Personne ne la dévisageait comme on l'aurait fait en Amérique, où elle serait passée pour une curiosité au même titre que la femme à barbe. Ici, elle n'était guère que le personnage secondaire d'une immense tapisserie.

« Tout l'hôtel a été conçu par Herr Adlon, leur expliqua le jeune valet qui les escorta jusqu'à l'ascenseur. Tout, jusqu'aux serviettes de toilette. Même ceci, ajouta-t-il en effleurant les soutaches en volute de ses manchettes. Il a le souci du détail.

— Un homme de caractère », déclara Frank.

Au troisième étage, l'employé ouvrit la porte de leur suite. Mamah entra la première et eut le souffle coupé par les meubles à dorures et les immenses baies palladiennes.

Frank la suivit et regarda autour de lui : « Notre quartier général ! » Il lui adressa un grand sourire, l'œil pétillant de malice.

Le valet leur fit visiter chaque pièce en leur montrant le fonctionnement des robinets et des cordons pour ouvrir les rideaux. Le lit aux montants de bois sculpté était monumental. À son extrémité, le jeune homme déploya deux tréteaux à bagages.

« Vous voulez bien ouvrir la fenêtre ? » demanda Frank. L'employé s'exécuta. L'air froid et les bruits de la circulation envahirent la chambre.

Frank déposa un pourboire dans la paume du valet. Quand ce dernier eut quitté la suite, Frank commença à se tordre de rire. « Seigneur ! Les dorures à elles seules sont incroyablement drôles, dit-il, les larmes aux yeux.

— C'est un peu chargé, dit Mamah, mais j'aime assez. » Elle alla faire un brin de toilette et, quand elle revint dans le salon, elle y trouva Frank occupé à réaménager la pièce. Il avait déjà rapproché de la fenêtre plusieurs chaises et un petit guéridon en or mouluré.

« Mais que fais-tu ?

— Je rends cet endroit habitable. »

Amusée, elle le regarda grimper sur le dossier d'un canapé pour décrocher l'immense portrait d'une dame en jupe à crinoline et perruque blanche.

« Adieu, Marie-Antoinette. Qu'on te coupe la tête ! » Il transporta le lourd tableau jusque dans le couloir où il l'appuya contre le mur. Deux autres peintures aux cadres sculptés et dorés suivirent le même chemin. Les bras croisés, Frank examinait les rideaux.

« Tu n'oserais pas, murmura Mamah en le voyant s'approcher pour en tâter l'épais velours.

— Oh, j'oserais si je le pouvais. Il fait tellement sombre ici. Mais ils sont trop hauts pour être décrochés. »

Il monta sur un fauteuil en brocart. Prenant l'étoffe dans ses bras, il en replia chaque pan sur lui-même pour former d'énormes nœuds suspendus à un mètre cinquante du sol. « Tu veux bien me passer une canne, ma chère ? »

Mamah alla en chercher une dans un coin et la lui tendit. Elle s'esclaffa à son tour.

Frank prit le bâton et le plaça sous le nœud qu'il souleva pour aller caler le paquet de tissu sur le petit auvent de la cantonnière, au-dessus de la fenêtre.

« Bravo ! » s'écria-t-elle.

Frank répéta l'opération avec l'autre rideau. Juché sur le fauteuil, éclairé à contre-jour par le soleil, il se mit à lorgner le lustre en cristal suspendu au milieu du salon.

« Ne fais pas cela ! l'exhorta-t-elle en riant. Tu vas te tuer. Et alors, pour l'avoir, tu l'auras, ton aventure spirituelle. »

Frank redescendit. « Je n'ai pas encore terminé », dit-il. Il tira le lourd canapé qui se trouvait contre le mur et le tourna vers la fenêtre. Ils s'y effondrèrent côte à côte et regardèrent les lumières de la ville s'allumer à la tombée de la nuit.

« Bienvenue chez nous, Mamah, lui dit-il en passant le bras autour de ses épaules. Quel étrange endroit ! »

Le lendemain matin, elle resta couchée en silence à côté d'un Frank encore endormi. Elle adorait sa bonne odeur de savon, sa lèvre inférieure, pleine et parfaitement immobile, ses ongles immaculés et taillés en demi-lunes. Elle se sentait autant en sécurité ici avec lui que sur le paquebot.

Cette première journée entière à Berlin, ils la passèrent à sillonner les rues de la ville ensemble. Sans carte ni itinéraire. Frank disait préférer découvrir une ville au gré des déambulations. Pourtant, quand ils se retrouvèrent devant une galerie d'art sur Kurfürstendamm, Mamah le soupçonna d'avoir tout comploté depuis le début. À l'intérieur, ils trouvèrent de magnifiques gravures.

Frank fut séduit par une planche représentant un homme à cheval qui traversait un bouquet d'arbres touffus. *Waldritt*, murmura-t-il en lisant le titre inscrit au crayon. Qu'est-ce que cela signifie ?

— Promenade en forêt », répondit-elle. Dans un rayon de soleil ocre, le cavalier débouchait sur une clairière. « Il s'agit sans doute d'un chevalier à la poursuite du Graal », dit-elle après avoir traduit les quelques lignes de texte qui accompagnaient la gravure.

— Eh bien, dans ce cas, c'est décidé », conclut Frank. Un sourire penaud sur les lèvres, il acheta le dessin.

Le jour suivant, il partit tôt à son premier rendez-vous avec Wasmuth.

« Je vais avoir une longue journée aujourd'hui, lui lança-t-il en passant la porte. Sors t'amuser de ton côté. »

Mamah réprima son envie d'aller arpenter les rues. Elle consacra sa matinée à défaire ses bagages et à agencer les quelques vêtements qu'elle avait emportés en petites piles impeccables. Elle voulait bien commencer son séjour.

Elle choisit une robe en laine toute simple dans l'armoire et enfila sagement des chaussures adaptées pour aller marcher. À midi, elle prit l'ascenseur jusqu'au rez-de-chaussée et on lui indiqua une place dans la salle à manger.

« Puis-je vous recommander la bouillabaisse ? lui suggéra le serveur qui s'approcha d'elle. Vous n'en trouverez nulle part ailleurs à Berlin. »

Mamah hésita. « De la bouillabaisse ?

— Une soupe de fruits de mer inventée par notre chef spécialement pour le Kaiser. » Le serveur se pencha comme pour lui indiquer quelque chose sur le menu. « Regardez, par là-bas, madame, dit-il. C'est Guillaume II en personne. »

À l'autre bout de la pièce, un groupe d'officiers bavardaient avec animation autour d'une table. Le plus décoré de tous était manifestement le Kaiser qui pérorait tandis que les autres hochaient la tête.

« On raconte qu'il change d'uniforme cinq ou six fois par jour », lui chuchota le serveur.

En attendant sa soupe, Mamah examina les autres clients. Plusieurs femmes – épouses de diplomates et d'hommes d'affaires, sans doute – déjeunaient seules, assises devant les tables et leurs nappes blanches alignées près de hautes fenêtres semblables à celles de sa suite. Les bruits des couverts en argent sur la vaisselle en porcelaine résonnaient dans la salle immense. Sous les fresques d'inspiration raphaélique qui ornaient le plafond, ces dames balançaient leurs chapeaux qui ressemblaient à d'immenses paniers à fruits plantés au sommet de leurs têtes. Avec leurs tailles étroitement sanglées et leurs poitrines mises en valeur par les corsets cintrés, elles ressemblaient à des figurines de porcelaine, une tasse de thé à la main.

Quand son plat arriva, Mamah trouva le bouillon safrané de la bouillabaisse succulent et dévora les moules et le homard aussi vite que la bienséance le permettait ; entre deux bouchées, elle souriait de cette situation merveilleusement incongrue : elle déjeunait seule à Berlin, vêtue comme une quakeresse et vivait une folle histoire d'amour. Le tout, assise à quelques mètres de Guillaume II !

À cet instant, Mamah aurait tellement voulu avoir Mattie ou Lizzie à ses côtés, rien que pour rire un peu ! Se moquer haut et fort de l'absurdité de la situation. Elle espéra qu'un jour elles lui pardonneraient et qu'elles pourraient de nouveau s'amuser ensemble de tout et de rien.

17

2 novembre 1909

Frank est nerveux le matin ces jours-ci. Il a beaucoup investi pour rendre ce séjour profitable. Il voudrait être détendu mais il n'y arrive pas. Son travail le rend plus heureux que ces négociations. En plus de la grande monographie qui rassemble les dessins en perspective de toutes ses constructions, Wasmuth publiera une rétrospective photographique de l'ensemble de son œuvre. Ce Sonderheft *sera un petit format mais volumineux, d'au moins cent dix pages. Frank travaille donc à deux projets et se fait du souci car il doit trouver de nouveaux bailleurs de fonds.*

Hier je l'ai accompagné aux bureaux de Wasmuth. Immenses et assez impressionnants. J'étais loin d'imaginer que cent cinquante personnes travaillaient sous ses ordres. Frank se sent important quand il va là-bas, mais l'endroit m'a déplu. Trop de paraître.

Chaque jour, l'heure qui suivait le départ de Frank était un cap difficile à passer. Au cours de cette première semaine à Berlin, des voix – celle de Mattie, celle d'Edwin – la hantaient, lui adressant des remontrances pendant qu'elle s'habillait et enfilait ses bas. Elle se précipitait dans la rue où ces paroles étaient noyées dans le flot des conversations des passants allemands.

Mamah adoptait le rythme des autres gens qui se pressaient dans le Tiergarten. Elle avait déjà visité Berlin, avec Edwin, à l'occasion de sa lune de miel. En y revenant cette fois-ci, elle s'était attendue à ressentir une émotion, un serrement de cœur. Mais la ville n'abritait nul fantôme d'Edwin. De leur séjour, elle se rappelait seulement qu'ils s'étaient aventurés dans un petit rayon autour de leur hôtel de façon à toujours pouvoir revenir y faire un petit somme après quelques heures passées à déjeuner et à courir les musées.

Cette fois-ci, son petit guide *Baedeker* à la main, elle se mit en devoir d'explorer tous les jours un nouveau quartier de Berlin. C'était une ville immense et très étendue qui lui rappelait Chicago car elle foisonnait de Polonais, de Hongrois, de Russes, de Scandinaves, d'Autrichiens, d'Italiens, de Français et de Japonais. Mamah empruntait le Stadtbahn quand elle y était contrainte mais préférait marcher, farfouiller dans les boutiques et les galeries d'art entre deux destinations officielles : le Palais royal, l'Arsenal, le Reichstag.

Elle se lassa rapidement de ces guerriers montés sur des chevaux en bronze tout en muscles. Elle ignorait ce qu'elle cherchait, mais elle aspirait à quelque chose d'authentique. En coudoyant la foule des acheteurs, elle écoutait leurs conversations, curieuse des petits drames des Berlinois qui l'entouraient. Elle était abasourdie par l'incroyable assortiment de langues qu'elle entendait partout : un Italien jetait des mots d'argot anglais à un boucher allemand, tandis qu'un Russe furieux lançait des imprécations en français à un chauffeur de taxi allemand.

Elle marchait jusqu'à ce que ses pieds crient grâce puis se rendait dans des cafés fréquentés par des artistes qui ne juraient que par le mot « Modernisme ». À moins qu'elle ne se perde dans quelque librairie qui ne manquait jamais de se trouver au coin de la rue. Là, elle reposait ses jambes en lisant les journaux.

C'est ainsi qu'une après-midi, en levant les yeux, elle aperçut un petit volume au dos duquel était imprimé le nom de « Goethe ». Elle l'attrapa puis se laissa tomber sur un banc. Sous la couverture en cuir usée, le bord des pages était maculé de taches noires de moisissure ; pour autant, le texte restait lisible. « Hymne à la nature[1] », annonçait la page de titre. Mamah avait étudié Goethe à l'université et continué à lire ses œuvres par la suite de son côté. Pourtant, elle ne connaissait pas celle-ci, qui se révéla être un long poème. La date figurant sur la couverture était 1783.

« Est-ce une édition originale ? demanda Mamah en s'approchant du libraire.

— Je ne crois pas.

— Je vous en propose trois marks. »

L'homme fronça les sourcils. « Ce n'est peut-être pas un livre insignifiant. » Il le prit et le retourna entre ses grosses mains boudinées. « Douze », dit-il.

Elle le lui reprit et l'examina. Il fit de même. Ils marchandèrent âprement. Pour finir, elle lui en donna dix marks.

Une fois le livre enveloppé dans du papier kraft et bien à l'abri dans son sac, Mamah se hâta de rentrer

1. L'auteur de ce poème est en réalité Georg Christoph Tobler, un poète suisse proche de Goethe.

à l'hôtel Adlon. Dès que Frank fut de retour, elle s'empressa de lui montrer sa trouvaille.

« Il est très ancien, dit-elle d'une voix haletante. Il a plus de cent ans.

— Cela se sent rien qu'à l'odeur. » Il détacha les pages qui étaient collées ensemble.

« Je suis sûre qu'il n'a pas été traduit en anglais. » Elle le regarda dans les yeux.

« Ne ris pas, mais j'ai l'impression que j'étais destinée à le trouver.

— Peut-être.

— Et si nous le traduisions ensemble ? Nous pourrions le faire éditer en anglais pour la première fois ? »

Frank eut l'air sceptique. « Tout mon vocabulaire se résume à *nein* et *ja*.

— Ce n'est pas vrai. Tu connais *Guten Morgen* !

— *Ja*.

— Peu importe. Je te proposerai une traduction littérale et nous réfléchirons ensemble à la meilleure formulation anglaise. Le plus important, c'est que tu saches bien écrire dans ta propre langue. Il se trouve que tu as des prédispositions littéraires. Et ce poème parle de la nature.

— Ce n'est que cela la traduction ?

— Eh bien, à mon avis, c'est une sorte d'alchimie. Il est très utile de comprendre la culture du pays d'origine et celle de la langue d'arrivée.

— Mais il s'agit d'un poème.

— Exactement. Ce qui augmente la difficulté du travail. Idéalement, tu devrais être un Dryden, assis là à traduire la poésie des vers grecs en bel anglais. Mais ce n'est pas le cas. Nous allons chercher à rendre l'esprit qui souffle dans ce poème.

— J'adorerais cela.

— À présent, la mise en garde, le taquina-t-elle. Il faut être modeste car personne ne considérera jamais cette œuvre comme la tienne, bien sûr. Le traducteur n'est que le passeur. » Elle le regarda par-dessus ses lunettes. « Sauras-tu être un passeur ?

— Voilà que tu crées des difficultés !

— Et si nous nous y mettions après le dîner ?

— Mmh, fit-il, je ne peux pas ce soir. » Il prit un ton enjoué. « J'ai une autre idée, même toi tu préféreras la suivre.

— Laquelle ? Dis-le-moi, tout de suite. Qu'est-ce que c'est ?

— Wasmuth et sa femme ont deux places de trop pour l'Opéra. Ils nous ont invités à les accompagner et ensuite nous irons au Kempinski. Nous sommes attendus à l'Opéra national dans quarante-cinq minutes environ.

— Toi, aller à l'Opéra ?

— Les affaires sont les affaires », répondit-il en roulant les yeux.

Mamah poussa un cri de joie et virevolta dans la pièce en esquissant des mouvements de danse. « Quel opéra joue-t-on ? » lui lança-t-elle en enfilant rapidement sa robe de soirée bleu marine. Elle n'entendit pas la réponse. Elle noua un ruban orné d'un jais autour de son cou.

« Tu es éblouissante », déclara Frank quand elle réapparut.

Dans le couloir de l'hôtel, un homme chauve vêtu d'un manteau aux revers doublés de vison attendait l'ascenseur. Quand la cabine arriva à leur étage, l'homme ouvrit la porte grillagée et s'inclina légèrement pour laisser passer Mamah et Frank. Elle sentit son eau de Cologne et son regard sur eux.

À quoi ressemblons-nous ? se demanda-t-elle. *À un couple marié, à deux moitiés ? Peut-il deviner que nous sommes amants ?*

Dans le hall, on se retourna sur eux. Elle savait qu'elle était belle, mais l'Adlon regorgeait de femmes sublimes. C'était Frank que les gens pensaient reconnaître sans y parvenir tout à fait. Il n'était pas grand mais, avec son élégante cape noire, ses tempes grisonnantes et son port distingué, il éclipsait et écrasait les autres hommes. Il avait de l'allure, dans ses bottes en cuir à talons et coiffé de son large chapeau de feutre.

Ils sortirent de l'hôtel au moment où la fine pluie glacée cessait de tomber. Mamah sentit sa peau fourmiller dans l'atmosphère électrique de Pariser Platz.

« Quel opéra joue-t-on, tu disais ? demanda-t-elle.

— Le *Méphistophélès* de Boito. Avec Chaliapine dans le rôle principal. »

Ils longèrent un pâté d'immeubles en silence. *Mais à quoi pense-t-il ?* se demanda-t-elle.

« Wasmuth est au courant ?

— De notre situation ? Non. Nous avons uniquement parlé affaires. »

Mamah composa son visage. *Je peux affronter cela*, se dit-elle.

« Je ne prendrai plus d'engagements mondains en notre nom, promit Frank qui devina sa déception. Je pensais simplement que ce serait une occasion pour toi de comprendre ce que Wasmuth a derrière la tête. On me traduit ce qu'il dit, mais je crois que beaucoup de choses m'échappent. »

À l'Opéra, on les conduisit à leurs places, situées à l'avant du premier balcon. Ernst Wasmuth, un homme replet et souriant, à moustache brune incurvée, sauta sur ses pieds et baisa la main de Mamah. Il leur présenta son épouse, petite souris discrète à côté d'un mari qui ressemblait à un gros chat du Cheshire. Mamah prit place dans le fauteuil au bout de la rangée tandis que Frank s'asseyait à côté de Wasmuth.

Quand on baissa les lumières, Mamah se retourna pour regarder le public. Les épaules et la gorge blanches de ces dames vêtues de velours, de soie et de plumes, luisaient doucement dans la pénombre. Certaines agitaient des éventails devant leur poitrine, comme de petites ailes. Les hommes se penchaient en avant, leurs chemises d'un blanc éclatant apparaissant sous leurs vestes noires.

Elle n'avait jamais vu *Méphistophélès*, mais elle savait qu'il s'agissait d'une variante du conte de Faust, une histoire interprétée sous forme d'opéra, de pièce de théâtre, et dont elle avait traduit des extraits à l'université. Elle regrettait de ne pas avoir rebroussé chemin. Cette soirée à l'Opéra n'était pas une bonne idée.

Quand le rideau se leva enfin, la vaste formation vocale – au moins cent choristes – était déjà sur scène. En toges blanches, ce chœur céleste entonna « *Ave Signor !* » « Salut, ô Seigneur ! » Anges, pénitents et petits chérubins aux épaules et aux bras couverts de plumes blanches jusqu'au bout des doigts se pressaient sur scène ; leurs voix s'élevèrent en un « *Ave !* » retentissant.

Mamah eut l'impression de se trouver dans une immense cathédrale et de sentir son âme s'élever, portée par les voix douloureusement belles des enfants.

Puis, sans crier gare, Méphistophélès s'avança au milieu d'eux. À demi drapé dans une cape rouge, il dominait tous les autres ; torse nu, menaçant, Chaliapine faisait jouer les muscles de ses bras pour exhiber sa force.

« Connais-tu Faust ? chanta le chœur mystique.

— Le fou le plus bizarre que j'aie rencontré, tonna Méphistophélès. Une inépuisable faim de savoir le rend misérable. » Le diable rejeta la tête en arrière et lâcha un rire méprisant. « Quelle faible créature ! Pour un peu, je n'aurais pas le cœur de le tenter. »

À voix basse, Mamah traduisit les premières strophes à Frank. Puis, penchée en avant, elle écouta Méphistophélès assurer à Dieu qu'il corromprait l'âme du professeur.

« *E Sia.* » « Soit », chanta le chœur céleste.

Au beau milieu d'une fête de village, entouré de beaux jeunes gens qui s'amusaient, Faust apparut comme le vieil érudit fatigué que l'on retrouvait dans toutes les versions de la légende. Un ténor ventripotent interprétait ce rôle. Quel Faust ! Sa voix fournissait un formidable contrepoint à la basse profonde et retentissante de Méphistophélès.

Oui, il se laissa acheter, sans grande difficulté. Presque sans protester. Mamah ne savait que trop bien ce qui le tenterait, et le ténor le chanta de manière poignante.

Si tu me donnes
Une heure de repos
En laquelle s'acquitte mon âme ;
Si tu montres à ma pensée obscure
Ce que je suis et ce qu'est le monde ;
S'il arrive que je dise à l'instant qui fuit
Reste ! Tu es si beau !
Alors que je meure
Et m'engloutisse l'enfer.

Mamah jeta un coup d'œil à Frank. Ses traits si séduisants et son front étaient éclairés, tout comme les autres visages derrière eux.

« *Arrestati, sei bello.* » « Reste, tu es si beau ! »

Mamah se mit à pleurer. Elle tamponna ses joues ruisselantes et se moucha. Elle connaissait la suite. Elle savait que Faust, rajeuni à la suite de son pacte avec le diable, aimerait et séduirait Marguerite, une jeune paysanne, puis l'abandonnerait pour suivre Méphistophélès dans une nouvelle aventure. Elle savait aussi qu'à son retour Faust trouverait la jeune fille en prison pour avoir empoisonné sa mère à l'aide d'une potion qu'il lui avait lui-même fournie. « Trois gouttes seulement, lui avait-il assuré, la plongeront dans un sommeil profond et paisible ; ainsi serons-nous seuls. » Mais la mère de Marguerite n'y survit pas. En l'absence de son amant, Marguerite est gagnée par la folie et noie son bébé – l'enfant de Faust.

Comment ai-je pu imaginer que je pourrais affronter cela ? se demanda Mamah, furieuse de s'être mise dans cette situation. La folie de Marguerite lui glaça les sangs et cette célèbre légende lui fit soudain l'effet d'un coup de poing dans le sternum. Ces derniers jours, seule avec ses pensées, elle avait craint qu'une forme de démence ne la guette, tapie derrière le cercle d'or qu'elle et Frank avaient tracé autour d'eux.

Et pourtant… Ni elle ni personne n'avait le droit de condamner Faust. Un Faust si avide d'un peu de bonheur qu'il était prêt à vendre son âme pour pouvoir dire : *Oui, l'espace d'un instant, j'ai été vraiment vivant.*

Mamah s'enfonça dans son fauteuil pour essayer de cacher ses larmes.

L'opéra touchait à sa fin, Faust tombait de nouveau amoureux, de la belle Hélène de Troie cette fois-ci, car Méphistophélès lui avait fait remonter le temps jusqu'à l'époque de la Grèce antique. Mamah s'essuya les yeux en écoutant le ténor chanter : « *Ogni mia fibra, E'pos-*

seduta dall'amor. » « Chaque fibre de mon être est livrée à l'amour. »

Elle posa sa main sur celle de Frank. Il avait les yeux fermés et sa tête se balançait au rythme de la musique. Comment lui en vouloir ? Le programme était rédigé en italien et en allemand. Il n'en comprenait pas un traître mot. Après tout, c'était elle qui nourrissait un intérêt obsessionnel pour Goethe.

Frank appuya un instant sa tête sur l'épaule de Mamah. Il fredonnait, bien loin de soupçonner son désarroi.

Le Kempinksi était bondé de mélomanes venus sabler le champagne et déguster des huîtres après l'Opéra. L'euphorie régnait dans la salle où, tout autour d'elle, les gens parlaient de Boito et de Chaliapine. Brillant ! Magnifique ! Une soirée inoubliable ! Le mal de tête de Mamah commença à s'estomper.

L'épouse de Wasmuth semblait enhardie par cette soirée réussie.

« Vous avez les yeux gonflés, dit-elle en prenant la main de Mamah. J'ai été très émue, moi aussi, ma chère, poursuivit-elle d'un ton un peu trop intime. Mrs Wright, voulez-vous dire à votre mari que mon époux considère comme un privilège de travailler avec un tel génie ? »

La colère que Mamah avait ressentie à l'Opéra resurgit inexplicablement et l'étrangla. Le sang battait à ses tempes tandis qu'elle traduisait le compliment à Frank.

Ce dernier s'inclina gracieusement vers Frau Wasmuth puis, adossé à son siège, prit le temps de réfléchir avant de répondre. « Dis-lui qu'un génie n'est guère qu'un homme qui voit la nature et a l'audace de suivre ses principes. »

Mamah se retourna vers l'épouse de Wasmuth et lui parla à voix basse. Cette dernière s'empourpra du cou à la racine des cheveux, soudain aussi cramoisie que son verre de porto. Elle se leva et s'entretint en privé avec son mari. En quelques mots, Wasmuth les pria d'excuser sa femme : ils devaient rentrer.

« Elle est souffrante ? s'enquit Frank.

— Oui, répondit Wasmuth en demandant l'addition. Oui. Nous devons partir. Je vous verrai demain.

— Bizarre, commenta Frank quand ils furent sortis. J'ai dit quelque chose de mal ? J'aurais dû retourner le compliment, je suppose… débiter quelque baliverne.

— Non, mon chéri, dit-elle en l'embrassant sur le front. C'est ma faute. Je lui ai dit que je n'étais pas Mrs Wright. »

18

« Hymne à la nature »

Ô Nature !

Elle nous encercle et nous englobe, nous ne pouvons ni nous en déprendre ni pénétrer ses secrets plus avant.

Ils étaient assis sur le canapé en face de la fenêtre, le petit livre de Goethe entre eux. Mamah posa le doigt sur la troisième ligne du poème puis griffonna sur un papier placé sur ses genoux.

« *Sans demander ni prévenir*…, lut-elle.

— Sacrément tiré par les cheveux, commenta Frank en se grattant la tête. Et si nous disions : *Sans nous y inviter, à l'improviste* ?

— Ça sonne mieux. » Elle inscrivit la correction au-dessus de la ligne et enchaîna sur le vers suivant. « *Dans sa danse giratoire elle nous soulève, nous entraîne et nous fait tourbillonner encore et encore, jusqu'à ce que, épuisés, nous tombions d'entre ses bras.* »

Frank jeta un coup d'œil au papier qu'elle tenait. « *Giratoire* est un peu fort, tu ne crois pas ? Il évoque un derviche tourneur, ton vers. À mon avis, cette idée de danser avec la vie… c'est plus doux, plus proche d'une valse. »

Mamah réfléchit en se tapotant la bouche avec son crayon.

« Ne mets pas de plomb sur tes lèvres », la sermonna-t-il.

Elle inscrivit quelques mots, en raya d'autres. « Que penses-tu de cela ? dit-elle une minute plus tard. *Sans nous y avoir invités et sans crier gare, elle nous entraîne dans sa ronde et nous virevoltons à son bras jusqu'à l'épuisement.* »

D'une caresse, il lui remit une longue mèche de cheveux bruns derrière l'oreille. « Très joli », déclara-t-il.

Ce matin-là, Mamah accompagna Frank au bureau. Ernst Wasmuth parut agacé de l'avoir comme interprète maintenant qu'il savait qui elle était – ou ce qu'elle était. Il se retrouvait, bien malgré lui, impliqué dans leur aventure. Il fit tout de même preuve de la courtoisie la plus élémentaire et de sollicitude : Mamah était une femme séduisante. Mais Wasmuth était un homme d'affaires avant tout. À l'évidence, il lui était difficile de négocier avec fermeté, et encore moins avec âpreté, par son intermédiaire. Herr Dorn, son associé, participait aux pourparlers et ne s'embarrassait visiblement pas de tels scrupules.

Mamah et Frank demandaient neuf mille marks à la livraison des quatre mille exemplaires du projet de moindre envergure, le recueil de photographies. L'ouvrage grand format rassemblant les dessins en perspective de Frank serait imprimé plus tard : cinq cents exemplaires pour les États-Unis et cinq cents pour le marché européen. Ils discutèrent indéfiniment du nombre de pages, de la taille des caractères et des droits de douane à l'exportation.

« Nous voilà riches, chuchota Mamah à Frank en ressortant du bureau de l'éditeur.

— Que penses-tu de Dorn ?

— Je ne lui fais pas entièrement confiance. Pas encore. »

Au passage, ils s'arrêtèrent à la réception où du courrier attendait Frank. Mamah aperçut le petit tas de lettres préparé à son intention sur le comptoir. Au sommet de la pile se trouvait une carte postale qui représentait Unity Temple.

« Avez-vous du courrier pour Mrs Cheney, Mamah Cheney ? » demanda-t-elle à la réceptionniste de Wasmuth.

L'employée ressemblait à tant d'autres Allemandes qu'elle avait vues dans la rue : col orné d'un petit nœud et lunettes minuscules.

« Il en est arrivé, répondit-elle.

— Je voudrais le récupérer », dit Mamah.

La standardiste eut l'air troublée, son regard passa de Mamah à Frank. « Oh, mon Dieu ! s'exclama-t-elle en faisant défiler les enveloppes dans le panier. On l'a peut-être renvoyé.

— C'est ma faute, dit Frank. J'ai oublié de les prévenir. Je n'y ai pas pensé. »

Mamah imagina un Edwin décomposé, une lettre portant la mention « retour à l'expéditeur » à la main. Elle lui avait donné l'adresse des bureaux de Wasmuth sur Markgrafenstrasse.

L'employée retourna au service courrier, Frank sur ses talons. Mamah retourna la carte postale de Unity Temple sur la pile de Frank.

20 octobre 1909

Très cher,

Tu nous manques, aux enfants et à moi. Nous espérons que tu es en bonne santé et que ton travail avance bien.

Ta femme qui t'aime,
Catherine L. Wright

En levant les yeux, elle vit Frank et la réceptionniste revenir vers elle. Frank avait toujours l'air chagriné.

« Je suis désolée, Mrs Wright, dit l'employée. Votre amie Mrs Cheney séjourne avec vous à Berlin ?

— Oui. »

Elle lui tendit deux lettres, une d'Edwin et une de Lizzie.

« Un homme est venu il y a à peine deux jours, il a demandé où il pouvait trouver Mrs Cheney. Je lui ai dit que nous avions son courrier mais que nous ne savions pas qui c'était. Je n'avais pas compris qu'elle était ici avec vous.

— Un homme ? » Mamah sentit sa gorge se nouer. « À quoi ressemblait-il ? »

L'employée fixa le mur, le temps de rassembler ses souvenirs. « Il portait un grand pardessus, il était quasiment chauve, à part quelques cheveux bruns ici, dit-elle en indiquant ses tempes. Il parlait anglais. C'était un Américain, je crois. » Elle se tut, regarda d'abord Frank puis Mamah. « Il a aussi demandé à voir Mr Wright. »

Mamah et Frank s'éloignèrent et sortirent dans le hall où ils s'adossèrent au mur.

« Edwin, dit Frank.

— Ce ne peut être que lui. » Mamah leva sur lui des yeux écarquillés. « Il est certainement à Berlin.

— Seigneur ! marmonna Frank en se frottant le front du dos de la main. Écoute, ne rentre pas à l'hôtel sans moi. Tu avais décidé de visiter la ville, c'est ça ? Passe le reste de la journée comme tu l'avais prévu et retrouve-moi ici. » D'un signe de tête, il indiqua la réception. « Pendant ce temps, je vais essayer de savoir si elle lui a dit à quel hôtel nous sommes descendus. » Il lui prit les mains. « S'il est ici, nous l'affronterons ensemble. Je ne veux pas te laisser seule dans cette épreuve.

— Il ne me ferait pas le moindre mal, tu le sais. Ni à toi. Tu connais Edwin. C'est un homme doux, au fond ; il ne lèverait jamais la main sur toi, je ne le crois pas. » Elle secoua la tête. « Il est désespéré mais j'ai peine à croire qu'il ait fait le voyage jusqu'ici.

— Ouvre-la », dit Frank en indiquant la lettre qu'elle tenait à la main.

À cet instant, Wasmuth sortit de la salle d'attente. « Frank, les autres sont arrivés. Vous êtes prêt ?

— Va, dit Mamah. Je te retrouve ce soir : à l'hôtel, pas ici. » Elle lui serra le bras. « Tout ira bien. »

Ses lettres dans son sac, elle se dirigea vers la gare. La ligne qui allait au Charlottenburg était tellement bondée qu'elle dut rester debout, la main sur une colonne. Devant elle, un vieil homme piquait du nez, se réveillait en sursaut, s'assoupissait de nouveau et ainsi de suite pendant tout le trajet. Mamah scruta les gens autour d'elle dans le wagon et les passants dans la rue pour apercevoir le visage d'Edwin.

La veille, en préparant ses visites de la journée, elle avait trouvé le Café des Westens dans son guide *Baedeker*. On disait que les intellectuels y tenaient salon.

Elle avait prévu d'y passer une heure à manger tranquillement une soupe et du gros pain en écoutant les conversations des tables voisines.

À dix heures du matin, l'établissement était plein d'hommes penchés sur leur café, leurs visages étaient chargés d'une intensité peu commune. Mamah chercha un endroit intime pour ouvrir sa lettre. En face d'elle, sur une cabine téléphonique rouge, trônait un buste de Guillaume II plutôt comique. Elle s'approcha d'une table située à proximité. À part une femme à l'allure excentrique, coiffée d'un fez en lambswool, qui lisait un livre, ce coin du restaurant était vide.

Mamah commanda une tasse de thé puis sortit les deux lettres de son sac et déchira l'enveloppe de celle d'Edwin.

Mamah,

Je regrette de ne pas pouvoir te parler de vive voix. Je t'en prie, épargne ma dignité et ne montre pas cette lettre à ton amant.

Comme j'aimerais voir ton visage ! Peut-être me révélerait-il quelle force a pu te pousser à abandonner Martha et John à Boulder dans des circonstances pareilles. Je n'arrive toujours pas à comprendre cette décision, Mamah. Elle te ressemble tellement peu, je suis forcé d'en déduire que tu es en grand désarroi. Plus que de la colère, tu m'inspires la plus vive inquiétude. Frank Wright est un menteur invétéré et je crains que tu ne voies pas qu'il a pris le contrôle de ton esprit. Je n'arrive pas à me persuader que tu sois à l'origine de ces choix. Sinon, comment pourrais-je m'expliquer tout cela ?

Martha, John et Jessie te croient en vacances. Louise,

Lizzie et mère ont repris le flambeau, mais aucune d'elles ne peut te remplacer. Tu manques aux enfants. Je te supplie de nous revenir. Je ferai tout ce qu'il faudra pour que nous redevenions une famille.

Je n'ai pas cessé de t'aimer.

Edwin

Mamah poussa un profond soupir. Il avait posté la lettre à Oak Park le 23 octobre. On était en novembre… Quel jour ? Le 10. Cela lui avait laissé le temps de prendre un train pour New York, puis un bateau pour l'Europe. Que faisait-il en ce moment ? Écumait-il les hôtels pour la retrouver ? Ni Frank ni elle n'avaient dit à personne où ils étaient descendus. Sauf à Wasmuth.

Mamah déplia le dessin de Martha qu'Edwin avait joint à la lettre : la silhouette d'une femme, dessinée au crayon de couleur, qui agitait sa main depuis un bateau.

Elle examina l'écriture de Lizzie sur l'autre enveloppe. *Cette pilule-là aussi va être dure à avaler*, se dit-elle. Elle laissa la lettre encore cachetée sur la table et se mit à observer la femme assise non loin d'elle. Elle avait des allures de bohémienne et jouait avec son collier de perles tout en lisant. Chaussée de bottes, elle avait posé un pied sur le barreau d'une chaise devant elle.

Mamah but quelques gorgées de thé puis ouvrit la lettre de Lizzie.

Mamah,

C'est le cœur lourd que je t'écris et pour plusieurs raisons, surtout à cause de la terrible nouvelle qu'il m'incombe de t'annoncer. Mattie est morte. Nous l'avons appris hier par une lettre d'Alden. Son cœur a dû commencer à montrer des signes de faiblesse juste après ton départ. Quand Edwin est arrivé à Boulder, ils avaient déjà demandé à Lincoln, le frère de Mattie, de quitter l'Iowa...

Non, pensa-t-elle. C'est un canular.

Elle imagina Lizzie et Edwin assis l'un en face de l'autre à la table de la salle à manger, discutant jusque tard dans la nuit. Occupés à concocter une histoire à dormir debout dans le seul but de la faire rentrer à la maison. Mus par l'amour et le désespoir, sans doute, mais de là à inventer une chose pareille... Et maintenant Edwin, qui errait quelque part dans Berlin.

Son corps se mit à trembler des pieds à la tête. *Mattie allait parfaitement bien*. Le bord d'une coupure de journal dépassait de l'enveloppe. Mamah la sortit et lut la date soulignée au crayon. Le 15 octobre. Elle parcourut rapidement la colonne, les phrases l'aidèrent à accepter la réalité.

MRS ALDEN BROWN

« Avec la disparition de Mrs Alden H. Brown hier, Boulder a perdu une figure locale de grande valeur au nombre de ses citoyennes les plus civiques... installée à Boulder depuis le printemps 1902... sa personnalité hors du commun et sa brillante carrière intellectuelle... mère et épouse dévouée... sa grandeur d'âme... n'avait jamais abrité une pensée mesquine ou égoïste... Université du Michigan... professeur dans divers lycées de Port Huron… un choc pour toute la ville, une santé apparemment florissante qui ne laissait nullement présager la fin aussi brutale d'une existence consacrée aux autres… insuffisance cardiaque et pulmonaire… Service religieux au 404, Mapleton Street… Funérailles à Vinton, Iowa. »

Un gémissement s'échappa de la bouche de Mamah. Elle enfouit sa tête dans ses mains. La liseuse de la table voisine se leva et s'approcha d'elle.

« Je peux vous aider ? demanda-t-elle, son visage à quelques centimètres du sien.

— Non, personne n'y peut plus rien, bredouilla Mamah, en larmes. Mon amie est morte. »

19

Frank était assis par terre en tailleur dans la chambre d'hôtel, il notait des choses pour lui-même sur des petits cartons blancs. Deux rangées de quatre dessins chacune, envoyées par Marion Mahony et qu'il venait de recevoir, étaient étalées devant lui. Devinant la présence de Mamah à côté de lui, il leva les yeux.

« Tu sors ?

— Oui, mais pas longtemps.

— Très bien, dit-il en se relevant. Très bien.

— Tu as besoin de quelque chose ?

— Non, j'irai apporter ces dessins à Wasmuth tout à l'heure. Je mangerai dehors. » Il se releva pour l'enlacer dans son manteau de laine. « Comment ça va aujourd'hui ?

— Je mets un pied devant l'autre. » Elle parvint à esquisser un pâle sourire.

Il posa son pouce en biais entre les sourcils de Mamah puis lissa doucement les plis qui s'y dessinaient. « J'aimerais que tu acceptes d'en parler. »

Elle haussa tristement les épaules.

Il prit le châle brun qui la couvrait pour le lui nouer autour du cou. « Il fait froid dehors. »

Elle traversa Pariser Platz et rejoignit Unter den Linden. Ce nom lui apparut soudain comme une sinistre plaisanterie tandis qu'elle longeait le boulevard vers l'est, sous les arbres dénudés et un rideau de pluie glaciale qui tombait à l'oblique. Arrivée devant l'aquarium, elle pressa le pas et détourna la tête pour cacher son visage gonflé quand elle croisa le regard hautain d'une femme qui s'abritait sous son parapluie, devant le Grand Hôtel de Rome. Quand elle aperçut le dôme cuivré de l'église Sainte-Edwige, elle sentit quelque chose se détendre en elle. À l'intérieur, de vieilles femmes drapées dans de lourds châles noirs égrenaient leurs chapelets. Dans la semi-obscurité, Mamah retrouva l'odeur de cire qu'elle était venue chercher, celle des cierges votifs qui se consumaient dans leurs godets.

Mamah cherchait désespérément à s'entretenir seule à seule avec Mattie depuis trois jours déjà, depuis que la femme du café l'avait mise dans un taxi. Heureusement, Frank s'était trouvé à l'hôtel pour l'accueillir et essayer de la consoler. Il ne demandait qu'à l'écouter pendant des heures, mais il ne connaissait pas Mattie. Comment pouvait-il prendre la mesure de cette tragédie ? De toute façon, déverser son trop-plein de chagrin sur lui aurait été injuste. Leur chambre d'hôtel exsudait déjà l'inquiétude. Le projet de livre avançait trop lentement. Les lettres de Catherine et de la mère de Frank arrivaient continuellement au bureau de Wasmuth. Et il y avait le spectre d'Edwin qui pouvait frapper à la porte à tout moment et causer Dieu sait quel mélodrame. S'il était vraiment à Berlin.

Jusqu'à présent, leur séjour n'avait certainement rien du voyage spirituel que Frank avait évoqué six mois plus tôt. Il ne ressemblait pas non plus à celui que Mamah avait imaginé. En montant à bord du train pour New York, elle s'était attendue à se sentir soulagée : la vie à laquelle elle avait tant aspiré et réfléchi avait enfin commencé, lumière au bout du tunnel de l'indécision.

Pour l'heure, Mamah n'était sûre que d'une chose : elle aspirait à passer quelques heures seule dans un endroit calme. Frank travaillait sur une table à dessin improvisée devant l'immense fenêtre de leur chambre. Et où qu'il soit, il occupait tout l'espace.

Mamah avait besoin de faire ses adieux à Mattie, de parvenir à *accepter* cet au revoir d'une façon ou d'une autre. Mais il n'y avait aucun corps immobile à toucher. Les joues de son amie n'étaient pas roses quand Mamah l'avait quittée. Mais elle n'avait pas le teint cireux non plus.

Pendant trois jours, Mamah avait tenté d'imaginer les scénarios possibles. *Insuffisance cardiaque et pulmonaire*. Qu'est-ce que cela signifiait ? Les journaux n'écrivaient jamais : « Hier, une femme s'est vidée de son sang en accouchant. » Mattie était affaiblie après la naissance de sa fille, mais il en allait souvent ainsi. Mamah n'avait-elle pas remarqué que son amie déclinait ? Était-elle trop absorbée par sa propre personne pour s'en rendre compte ?

Pour la centième fois, elle s'adressa des remontrances. *Si j'avais été là-bas, je serais allée à Denver chercher un meilleur médecin. J'aurais pu la sauver.*

C'était inutile désormais. Inutile. Elle avait besoin de penser à Mattie en faisant abstraction de tout le reste sans laisser son écœurante culpabilité envelopper chaque souvenir d'un voile grisâtre. Elle avait envie de rendre hommage à l'existence de son amie, ne fût-ce qu'en pensée.

Plongée dans ses souvenirs, en plein midi, dans une cathédrale déserte, Mamah rit et pleura tour à tour dans son écharpe. *En tout cas, Mattie, tes cheveux ne ressem-*

blaient à rien, je peux bien l'avouer maintenant ! Mamah se rappela toutes les fois où son amie essayait de démêler son épaisse crinière pour la nouer avec élégance. « Pourquoi faut-il toujours que quelqu'un dise "Oh, il y a du vent dehors ?" dès que j'entre quelque part ? » avait-elle gémi un jour.

Mamah se rappela l'été qui avait suivi leur dernière année à l'université. Toutes deux avaient décroché un poste de professeur à Port Huron et déménagé leurs affaires dans l'unique pension de famille de la petite ville. En ce mois de juin, sur un coup de tête, elles s'étaient rendues à une réunion de l'association locale pour le suffrage féminin dans l'espoir d'y nouer de nouvelles amitiés. Quand elles arrivèrent, une femme distribuait des tracts : « Venez dans le Colorado et aidez-nous à faire voter le Projet de Loi pour le Suffrage féminin ! » Mamah se rappelait encore une phrase du texte : « Il faut montrer patte blanche pour voter, rares sont les élus admis à la grande moisson électorale. » À la fin de la soirée, elles s'étaient engagées à participer à une campagne de conversion, appâtées par la possibilité d'entendre leurs héroïnes : des figures telles qu'Elizabeth Cady Stanton, Carrie Chapman Catt et même Frederick Douglass devaient prononcer des allocutions. Après un mois d'examens de fin d'année, la perspective de nouvelles aventures était des plus séduisantes, elle aussi. Au bout de quelques semaines, elles s'étaient retrouvées à faire la tournée des maisons de Denver pour faire circuler des pamphlets.

Les organisatrices de la campagne les avaient logées dans l'appartement d'une bénévole. Cette veuve de trente-six ans prénommée Adeline travaillait comme couturière à l'usine pour nourrir ses trois enfants. Le premier soir, Mattie et Mamah avaient mangé du pain rassis et bu un café lavasse, debout autour d'une table car il n'y avait pas assez de chaises. Le lendemain et les jours suivants, elles avaient sillonné les rues des quartiers les plus pauvres de la ville, frappé aux portes des misérables cahutes pour y distribuer leurs tracts. Même dans les pires taudis, elles avaient été accueillies par des gens généralement favorables au droit de vote féminin.

Mais une après-midi, dans une rue bordée de tavernes, elles se retrouvèrent face à un cafetier très remonté. Il avait déboulé de son bar en agitant un torchon blanc pour les faire déguerpir. « Dégagez ! » leur avait-il hurlé. Mamah et Mattie restèrent interdites sous le choc. Mamah se dit soudain que ni l'une ni l'autre n'avaient encore jamais été sommées de « dégager ». L'homme s'était mis à brailler encore plus fort : « Qu'est-ce que c'est que ces étrangères qui viennent nous emmerder ! » Des hommes avaient traversé la rue, histoire de rigoler un peu. Mamah et Mattie n'avaient pas tardé à se retrouver encerclées par un groupe d'hommes hostiles.

« D'où vous venez, mes petites dames ? » avait demandé un des hommes les mieux habillés. Tous empestaient la bière et la sueur.

Mamah avait levé la tête avec un air de défi. « Du Michigan.

— Vous en avez fait du chemin, dites donc ! » Un ivrogne avait craché son chicot de tabac par terre à quelques centimètres des chaussures de Mamah.

« On dirait que les femmes qui font le plus de grabuge, c'est celles qu'ont pas d'hommes pour les garder à la maison », avait repris le premier en levant les sourcils, « et pour les contenter ». Hilarité générale des badauds.

« Monsieur, avait commencé Mamah, mais l'homme avait poursuivi, le doigt pointé sur son nez.

— Et n'allez pas me chanter le couplet du droit de chaque contribuable à la représentation politique, jeune dame. Une femme sur cent paie des impôts.

— Monsieur, avait dit Mamah, vous apportez de l'eau à mon moulin. C'est bien le signe que peu de femmes trouvent des emplois décents.

— Pfff ! » avait fait l'homme avec un geste de dénigrement.

Jusqu'à ce moment-là, Mattie était restée pétrifiée au milieu de la foule. Aussi guindée qu'une épouse de pasteur avec ses gants blancs et son petit chapeau de paille, elle s'était mise à tourner lentement sur elle-même pour tous les regarder dans les yeux. « Messieurs, vous travaillez tous dur, cela se voit. » Du haut de ses vingt et un ans, elle parlait d'une voix douce et claire. « Vous aimez vos femmes et vos enfants, j'en suis sûre. Y en a-t-il parmi vous qui ont songé au destin de leur famille s'ils venaient à mourir ? Voulez-vous laisser vos femmes démunies, qu'on les range dans la même classe politique que les demeurés, les criminels et les aliénés ? Voulez-vous que vos épouses travaillent pour moins d'argent qu'un homme alors qu'elles devront nourrir vos enfants ? Regardez ce petit, là-bas. » D'un signe de la tête, elle indiqua un garçon qui paraissait huit ans et passait la serpillière dans un bar, de l'autre côté de la rue. Tous se retournèrent pour le regarder. « Voulez-vous que vos enfants se retrouvent forcés de travailler à l'âge tendre, comme celui-là ? »

Les hommes avaient grommelé avant de se disperser et Mamah avait contemplé sa douce amie, bouche bée.

Tu n'as fait que dire la vérité, Mattie. La vérité selon ton cœur.

Mamah n'avait quasiment pas dit un mot depuis qu'elle avait lu la lettre de Lizzie. Pendant trois jours, elle n'avait cessé de penser à ce qui avait pu se passer dans la maison de Mapleton Street. Elle imaginait John et Martha, conscients que la situation était grave, terrorisés sans doute, attendant sous le toit d'une mourante que leur père vienne les chercher et les ramène chez eux. Elle pria pour que la gouvernante ait eu l'intelligence de faire jouer les enfants dehors. Mais qu'avaient-ils vu et entendu malgré tout ?

Elle imaginait le corps de Mattie exposé dans le salon où la cohorte des voisins venait contempler ses mains pâles et déposer des lys tachetés sur sa poitrine. Il devait y avoir des gâteaux de deuil sur la longue table de la salle à manger et du crêpe pour recouvrir les miroirs. La mère d'Alden avait certainement veillé à ce que l'on fasse tout à l'ancienne. Mattie avait horreur des enterrements, mais qui s'en souciait ?

Elle se représentait Alden, éperdu de douleur, désorienté, endurant la foule venue lui serrer la main et dire : « Elle est plus heureuse là où elle est. »

Un mensonge pour ceux qui restent, n'est-ce pas Mattie ? Où pourrais-tu être plus heureuse que dans la chaleur de ton corps, bien vivant ?

Rien n'avait permis de soupçonner une défaillance cardiaque. Mattie avait une constitution plus solide et une volonté de vivre plus forte que personne d'autre. Quand elle avait embrassé son amie pour prendre congé, son visage de rouquine n'était marqué que par la joie sous son halo hirsute de cheveux blonds et frisés. Mattie allaitait son bébé en souriant béatement.

Au cours de la nuit précédente, Mamah s'était tournée et retournée dans son lit, agitée par des rêves. Elle y voyait le corps d'une femme dans une chemise de nuit propre, allongée comme endormie. Mamah se vit elle-même : elle s'asseyait au bord du lit et tendait la main vers le bras de son amie. Ou était-ce celui de sa sœur ? Elle s'était réveillée alors qu'elle touchait sa peau froide.

Elle repensa à l'heure qui avait suivi l'agonie de Jessie : elle était allée s'asseoir une dernière fois près de sa sœur. Les relents désagréables d'eau de Javel et de cire de bougie flottaient dans la chambre. À cette époque, Mamah savait déjà à quoi ressemblait la mort. Elle avait vu le corps sans vie de sa mère, elle l'avait touché, comme celui de sa sœur, et elle se doutait bien que la dépouille de Mattie ne devait pas être bien différente. Quand Jessie était morte, on aurait dit que son âme s'était brusquement volatilisée, ne laissant derrière elle qu'une enveloppe inutile, une pauvre chose guère plus sacrée qu'une vieille valise.

À la mort de sa sœur, Mamah avait été choquée par la métamorphose instantanée et radicale d'une chair bien vivante en dépouille inerte. Celle qui l'avait habitée, essence subtile faite de tendresse, d'humour, de loyauté absolue et d'intelligence, s'était tout simplement évaporée.

Mamah savait ce qu'était le deuil. Elle allait souffrir et pleurer Mattie, comme elle avait souffert et pleuré Jessie et puis, un beau matin, elle se réveillerait heureuse. Elle reprendrait sa vie là où elle l'avait laissée. Dans un an, la précieuse amie qu'elle regrettait si profondément aurait quitté ses pensées quotidiennes. Dans deux ans, il lui serait difficile de se représenter le nez ou la bouche de Mattie sans avoir une photo d'elle sous les yeux. De toutes les vérités si cruelles que la mort vous réservait, celle-là lui semblait être la plus dure.

Mamah se releva et se hâta de sortir de l'église.

En fin d'après-midi, Frank et elle allèrent flâner sur Unter den Linden. Il avait cessé de pleuvoir. Mamah ressentit une douleur poignante en apercevant deux petits garçons qui devaient avoir l'âge de John jouer aux boxeurs devant une pharmacie. Elle s'arrêta pour regarder ces fluettes miniatures de Jack Johnson se donner des coups pour de rire et prendre la pose, l'air crâne.

« La vie continue, dit-elle comme ils poursuivaient leur promenade. Tous ceux qui ont un jour perdu quelqu'un en viennent à penser cela. C'est si étrange, pourtant. C'est toujours une surprise de voir les gens reprendre le cours de leur existence. »

Frank la tenait par le coude, la guidant dans l'une ou l'autre direction pour aller regarder quelque vitrine.

« Je me souviens, juste après la mort de Jessie, lui raconta Mamah. J'étais à un pique-nique organisé par l'église et il y avait une course en sac. Je regardais tous ces gens qui sautillaient frénétiquement à cloche-pied. Ils riaient mais ils mettaient toute leur énergie à gagner cette épreuve. Je me rappelle avoir pensé : *Ne savent-ils donc pas qu'ils vont mourir ?* »

Frank la regarda dans les yeux. « Que voudrait-elle que tu fasses ?

— Mattie ?

— Oui.

— Elle voudrait que je rentre tout de suite à la maison, répondit Mamah en regardant la rue. Je sais, ce n'est pas la réponse que tu espérais. »

Il la prit dans ses bras pour la consoler. Ils se trouvaient devant la vitrine d'un modiste, J. Bister, où des écharpes colorées étaient étalées sous les présentoirs à chapeaux.

« Entrons une minute », dit-il.

Il demanda au vendeur d'aller chercher une écharpe rouge dans la devanture et l'enroula autour des épaules de Mamah.

« Elle a quelque chose d'espagnol, dit-elle, comme les châles des montreuses de perroquets. » Elle consulta l'étiquette et secoua la tête en lisant le prix : « Trop cher.

— Elle te va à merveille, objecta-t-il, et il se trouve que tu en as besoin. » Il tendit vingt-cinq marks au commerçant. « Porte-la, Mamah, tu veux bien ? Pour me faire plaisir. »

20

« De combien de temps penses-tu avoir besoin pour plier bagage ? »

Frank lui posa la question à brûle-pourpoint. Il était agité depuis son retour dans la chambre d'hôtel qu'il n'avait cessé d'arpenter comme s'il y avait perdu quelque chose.

Mamah leva les yeux de son livre, effrayée par le regard fiévreux qu'il braquait sur elle en attendant sa réponse.

« Tout de suite ? »

Frank poussa un soupir. « Ce n'est pas Edwin qui nous cherchait dans les bureaux de Wasmuth.

— Comment cela ?

— Tu sais, la lettre que j'ai reçue de ma mère ? Le jour où tu as appris la disparition de Mattie. Je ne pouvais pas t'en parler sur le moment. » Il se pencha sur elle, les poings enfoncés dans les poches de son manteau. « Un journaliste est venu fouiner à Oak Park. Il pose des questions, écoute les ragots. Je pense que le *Tribune* a mis son correspondant de Berlin sur le coup. À mon avis, c'est lui qui est venu poser des questions sur nous chez Wasmuth.

— Ils lui ont dit où nous sommes descendus ?

— La réceptionniste prétend qu'elle ne lui a donné

aucun renseignement. Mais je ne la crois pas. Il paraît que le journaliste est revenu hier. »

La panique enfla comme une montgolfière dans la poitrine de Mamah.

« Il faut quitter cet hôtel. Nous trouver un autre logement. Tout de suite. »

Elle se leva et mit ses chaussures. « J'ai repéré de petits hôtels à Wilmersdorf. » Elle savait maîtriser sa voix malgré la peur et elle parlait calmement à présent. « Je vais prendre le tramway, je suis sûre que je peux nous trouver quelque chose.

— Ils n'auront pas grand-chose à écrire, Catherine refuse de leur parler.

— Ils sont allés chez toi ?

— Oui, et chez ma mère. »

Quand elle revint, Frank avait déjà rassemblé ses affaires. Il l'aida à jeter ses vêtements pêle-mêle dans ses valises. Pendant qu'il réglait la note, Mamah se dirigea vers la banquette du bar où un groupe de jeunes dandys buvaient et riaient. Pour éviter de se faire remarquer, elle se glissa dans un fauteuil non loin d'autres femmes. Ces messieurs étaient pleins d'entrain. Elle reconnut l'un d'eux, l'homme au manteau de vison qu'elle avait rencontré quelques fois dans l'ascenseur. Tout au bout de la banquette, un autre client tirait sur sa cigarette puis rejetait la tête en arrière et faisait des ronds de fumée pour amuser ses compagnons. Elle remarqua ses chaussures bon marché et tape-à-l'œil. *Des reporters*, pensa-t-elle.

« Inutile de faire suivre le courrier, annonça Frank d'une voix forte à la réception. Nous partons pour le Japon. »

Dans le taxi, Frank sentit la rage monter en lui. « Je vais avertir Wasmuth. Chauffeur, dit-il soudain en se dévissant le cou, au 35, Markgrafenstrasse. » Il se mit à parler tout seul d'un ton animé. « S'il veut que ce contrat aboutisse, il va falloir qu'il dise à ses employés de tenir leur langue. »

Mamah attendit dans le taxi pendant que Frank entrait dans les bureaux de l'éditeur. Quand il en ressortit, il portait deux grands cartons à dessins et une liasse de courrier.

« Que s'est-il passé ? » demanda-t-elle. Frank s'était absenté un bon quart d'heure. « Tu as vu Wasmuth ?

— Non, répondit-il. Il n'était pas là. »

Elle avait choisi un hôtel résidentiel dans un des faubourgs ouest de la ville ; on y louait les chambres à la nuit. C'était le dernier endroit où on viendrait les chercher, pensait-elle. Ils traînèrent leurs valises jusqu'au deuxième étage.

« Je ne peux pas travailler dans ces conditions », dit Frank en tirant à grand-peine le dernier sac dans l'escalier. Une fois dans la chambre, il se laissa lourdement tomber dans un fauteuil près d'une table. « Que me reste-t-il ? Quelques mois pour accomplir un miracle et j'en ai déjà perdu près d'un.

— C'est un logement temporaire. Je trouverai mieux demain matin. » Elle parlait de sa voix la plus courageuse.

Il prit une lettre de sa mère dans sa poche et déchira l'enveloppe avec son ongle.

« Comment ai-je pu m'imaginer que j'allais leur échapper ? »

Mamah s'allongea sur le lit sans quitter son manteau,

bras et jambes étendus. Dans quelques minutes, elle allait se relever et se montrer forte. Elle saurait l'apaiser une fois de plus en dépit de ses propres angoisses. Ses muscles étaient tout endoloris d'avoir porté les bagages. Elle était épuisée et en connaissait la cause : la tension nerveuse ne leur avait laissé aucun répit depuis le début du voyage.

Elle entendit un bruit de plâtre fracassé et se redressa en sursaut.

« Bon sang ! » explosa Frank.

En se penchant, elle vit le trou béant que le pied de Frank avait fait dans le mur ; on apercevait le revêtement isolant entre les montants. Désemparée, Mamah s'élança vers lui. Il se laissa retomber dans son fauteuil et enfouit son visage dans ses mains. Son regard alla de sa tête courbée à une lettre posée sur la table à côté d'une coupure de journal.

Quand elle s'avança prudemment pour y jeter un œil, les mots *Chicago Sunday Tribune* se précisèrent. C'était la une du numéro du 7 novembre.

ILS ABANDONNENT LEURS FAMILLES
POUR S'ENFUIR EN EUROPE

L'ARCHITECTE FRANK LLOYD WRIGHT
ET MRS EDWIN CHENEY D'OAK PARK
CRÉENT LA STUPEUR CHEZ LEURS AMIS.

L'ÉPOUSE DÉLAISSÉE RESTE LOYALE
À SON MARI

CETTE FEMME L'A VAMPIRISÉ, A-T-ELLE DÉCLARÉ,
IL REVIENDRA DÈS QU'IL LE POURRA.
LE CONJOINT DE MRS CHENEY
N'A PAS SOUHAITÉ S'EXPRIMER.

Mamah porta la main à ses lèvres en lisant le premier paragraphe :

> « Une épouse qui conserve toute sa loyauté à son mari, parti avec une autre [...], deux foyers abandonnés où les enfants jouent près de la cheminée et la fuite irresponsable de deux amants en Allemagne, voici les grandes lignes d'un imbroglio amoureux inédit dans l'histoire pourtant tumultueuse des passions humaines. »

Elle poussa un cri en apercevant la photo : dans le coin en haut à droite, son propre visage occupait près d'un quart de la page 7 du journal. Elle était surmontée d'un gros titre : LA FEMME QUI S'EST ENFUIE AVEC L'ARCHITECTE. C'était le portrait qu'elle avait fait réaliser pour les bans de son mariage. Il portait une inscription : MRS E. H. CHENEY.

Elle serra les lèvres, mais les cris continuaient à s'échapper de sa poitrine et se pressaient dans sa gorge, comme la plainte d'un animal blessé.

21

« Je ne pourrai jamais retourner aux États-Unis après cela. » Mamah avait tant pleuré que son visage était bouffi.

« Mais si et tu le feras. Toute cette affaire sera bientôt oubliée.

— Non, dit-elle, c'est mon arrêt de mort.

— Ce que tu dis n'a pas de sens. »

Sur ces mots, Frank quitta l'hôtel et revint avec de la soupe et une bouteille de vin achetés dans un restaurant tout proche. Mamah ne mangea pas. Elle se contenta de regarder les arbres dénudés par la fenêtre en buvant le vin. Au bout d'un certain temps, il l'aida à se redresser et la mit au lit. Quand il sortit de la chambre, elle se releva pour aller chercher un flacon de sirop contre la toux dans sa valise. Elle en avala et cacha la bouteille sous le matelas.

Le lendemain matin, quand elle se réveilla, Frank était parti. Mamah se leva et alla guetter ses pas à la porte de leur chambre. Puis elle retourna à la table et relut les coupures de journaux.

LA FOI DE MRS WRIGHT RESTE INÉBRANLÉE

« Je reste de tout cœur avec lui, a déclaré Mrs Wright à un reporter du *Tribune* hier. Il reviendra dès qu'il le pourra. La foi que je place en Frank Wright dépasse peut-être l'entendement pour certains, mais personne ne le connaît aussi bien que moi. Dans cette affaire, il ne s'est en fait rendu coupable d'aucun véritable méfait. Il est aussi innocent que moi [...].

« Cette aventure ressemble à n'importe quel adultère ignoble et vulgaire. Mais rien de tout cela ne correspond à Frank Wright. C'est un homme honnête et sincère. Je le connais. Croyez-moi, je le connais bien. Je me suis battue à ses côtés. Je reste de tout cœur avec lui. Je suis persuadée qu'il reviendra. Quand ? Je l'ignore. Le moment venu, il prendra une résolution vis-à-vis de lui-même. »

Mamah imaginait très bien Catherine sur le seuil de sa porte, ses cheveux blond vénitien relevés en un volumineux chignon. C'était une belle femme à l'allure très digne.

« Nul ne peut espérer saisir la situation dans toute sa complexité. Pour commencer, sachez que je n'ai aucunement l'intention de demander le divorce ou de recourir à l'arbitrage des tribunaux : je reste solidaire de mon époux au moment où je vous parle. Je suis sa femme. Il aime tendrement ses enfants et il se soucie beaucoup de leur bien-être. Il reviendra vivre auprès d'eux, affrontera le scandale et en ressortira vainqueur. Qu'importe les épreuves qu'on me fera endurer, je suis prête à y faire face : ma place est ici, dans sa maison. »

Frank s'était trompé : Catherine avait fini par parler. Mamah imaginait le journaliste qui lui disait : « C'est l'occasion de donner votre version des faits. » Elle lut l'article jusqu'au bout et la souffrance de Catherine lui sauta aux yeux à chaque ligne.

« Toute sa vie a été un combat. Le jeune architecte qui est arrivé à Chicago a dû livrer bataille contre tous les principes établis dans le domaine de l'architecture. Et il s'est battu, année après année, il a surmonté des obstacles qui auraient eu raison d'un homme moins exceptionnel. (...) Il a remporté des victoires extraordinaires. Aujourd'hui, il livre un autre combat et je sais qu'il le gagnera. Je me suis battue à son côté et cette lutte m'a transformée. Je suis née dans une bonne famille. Cela mis à part, celle que je suis aujourd'hui doit tout à l'exemple de son mari. (...) Certains d'entre nous méritent moins de libertés morales que d'autres. »

Mamah alla chercher le flacon de sirop contre la toux et en but quelques lampées. Son regard tomba sur le titre en petits caractères qu'elle avait aperçu la veille, juste avant de se jeter sur son lit, terrassée par le désespoir.

« Nous avons six enfants. Notre fils aîné a dix-neuf ans et il est revenu de l'université pour les vacances. Ils vénèrent leur père et adorent leur mère. Si seulement je pouvais les protéger en ce moment, tout le reste m'importerait bien peu. Je n'ai aucune déclaration à faire au sujet de Mrs Cheney. Je me suis efforcée de l'éloigner de mes pensées chaque fois que j'ai réfléchi à cette affaire. Elle représente simplement une force contre laquelle nous devons lutter. J'ai toujours eu l'impression qu'elle et moi appartenions à deux espèces différentes. Il s'agit simplement d'une femme vampire, comme on en rencontre parfois. »

Mamah se remit au lit. La mortification était plus douloureuse que tout ce qu'elle avait pu ressentir ou imaginer.

Catherine. Edwin. Lizzie. À quelles infamies avaient-ils été exposés ? Elle imagina l'humiliation d'Edwin, décrit comme un mari cocu. Et Lizzie, qui s'était toujours efforcée de passer inaperçue, quelle torture pour elle ! Un gros titre disait simplement : LA SŒUR DE MRS CHENEY S'OCCUPE DES ENFANTS.

Elle pensait surtout à John. Martha ne devait pas comprendre, mais John avait sans doute saisi la gravité de la situation et en souffrait certainement.

Les aiguilles de l'horloge indiquaient bientôt neuf heures. Mamah compta ses tic-tac en attendant que le médicament apaise la terrible douleur qu'elle ressentait dans la poitrine. Elle remercia Dieu que ses parents soient morts, surtout sa mère.

Elle repensa au jour où elle avait acheté le sirop contre la toux. Assise dans l'église Sainte-Edwige, elle avait pris un prospectus sur le banc et lu les informations sur la patronne de ce temple. C'était une sainte qui avait porté le cilice et dormi à même le sol – des mortifications ordinaires. Mais Edwige avait aussi ses petites manies : elle s'entourait de mendiants pour voyager – treize, toujours treize –, qui lui demandaient simplement de leur laver les pieds à la fin de chaque journée. Edwige eut la chance de tomber sur un lépreux qui lui permit de baiser ses ulcères.

Une folle, avait pensé Mamah ce jour-là. À présent, elle embrasserait volontiers les plaies d'un lépreux si cela pouvait effacer les gros titres du journal.

Elle prit la coupure où apparaissait sa photo.

CHENEY PREND LA DÉFENSE
DE SA FEMME ADULTÈRE

À OAK PARK, LE MARI NE REPROCHE RIEN
À CELLE QUI S'EST ENFUIE AVEC FRANK L. WRIGHT.

DES TÉLÉGRAMMES POUR ARRÊTER
LES AMANTS EN FUITE

Leurs amis espèrent intercepter les « âmes sœurs »
en route pour le Japon.

Nouveau rebondissement dans les aventures rocambolesques des Wright-Cheney. Hier : le mari...

Ils avaient tendu une embuscade à Edwin chez Wagner Electric.

« On a donné le mauvais rôle à Mrs Cheney dans cette affaire, c'est injuste, a-t-il déclaré. Ceux de ses amis qui comprennent la situation savent qu'elle ne mérite pas les reproches qui lui ont été faits. (...) Nous souhaiterions tous que la presse cesse d'en parler. Quant à la procédure de divorce ou toute autre mesure que je pourrais envisager, je n'ai rien à déclarer à ce sujet. »

Edwin, pensa-t-elle. *Ce fidèle Edwin.*

« Des amis ont affirmé que Mr Cheney soupçonnait une liaison avec Mr Wright depuis plus d'un an, mais la situation familiale était telle qu'une rupture pure et simple aurait été source de commérages. Aussi a-t-il choisi de se taire. Mrs Cheney était connue pour être une femme très colérique, capricieuse et extrêmement sentimentale. Diplômée d'Ann Arbor, elle avait un fort penchant littéraire. Sa sœur institutrice habite chez les Cheney. Ils ont une gouvernante qui s'occupe de leurs deux enfants. Il semblerait que Mrs Cheney ne leur ait jamais consacré beaucoup de temps. »

Mamah s'allongea de tout son long sur le lit. *Il semblerait que Mrs Cheney ne leur ait jamais consacré beaucoup de temps.*

Des images de Martha flottèrent devant ses yeux clos. Elle la revit à neuf mois avec ses petits pieds potelés. La petite fille grimpait sur le corps de sa mère comme on gravit une montagne. Un peton fermement calé sur la hanche de Mamah, elle se hissait sur son ventre en s'agrippant à sa chemise de nuit. Une fois arrivée en haut, elle rampait en lui labourant la poitrine jusqu'à ce que leurs visages soient à la même hauteur. Ces yeux d'un bleu saisissant. Leurs éclats de rire. L'odeur du talc.

La charnière d'une porte grinça et la tira de sa torpeur.

« Tu ne peux pas te terrer ici jusqu'à la fin des temps. » Debout près du lit, Frank semblait plein de vie, presque de bonne humeur.

« Quelqu'un nous espionnait.

— La Méduse a parlé. » Frank lui avait apporté à manger, encore un bol de soupe.

« Mange ça. Nous parlerons quand tu auras quelque chose dans l'estomac. »

Mamah prit le bol et avala le bouillon. « Tout est perdu. » Sa propre voix lui parut lointaine et assourdie.

« Tu avales tes mots. Contente-toi de manger pour le moment. » Frank prit la bouteille vide de sirop contre la toux et la jeta dans la corbeille à papiers. « Tout ça va se tasser, Mamah. Dans quelques semaines, tu pourras rentrer tranquillement en Amérique si tu le souhaites et toute cette affaire sera oubliée. Ces articles avaient déjà dix jours quand ils nous sont parvenus.

— Qu'allons-nous faire ?

— Vivre notre vie. Nous devrons peut-être quitter Berlin, mais j'ai l'intention de terminer la monographie. » Il était d'un calme impressionnant. « Tu ne croyais pas que j'allais m'avouer vaincu aussi facilement ? »

Mamah se remit à pleurer.

« Plus de larmes. Allez, on se lève. » Il lui glissa les mains sous les bras et elle se laissa mollement tirer hors du lit. Puis il l'aida à se rendre dans la salle de bains. « Ça va aller ? »

Elle hocha la tête. Il ressortit et ferma doucement la porte.

Mamah agrippa le lavabo et se regarda dans le miroir. *J'ai l'air d'une folle*, pensa-t-elle.

Elle s'assit sur le rebord de la baignoire, ouvrit le robinet et regarda l'eau couler, couler encore. Quand elle fut près de déborder, elle y plongea un bras pour laisser s'écouler le trop-plein ; sa peau en ressortit toute rose. Elle enleva sa chemise de nuit et entra dans le bain, heureuse de le trouver brûlant. Elle s'enfonça dans l'eau qu'elle laissa envahir sa bouche ouverte et lui chatouiller les narines.

Inspire !

C'est alors que la porte s'ouvrit, Frank apparut tel un spectre dans la vapeur, une serviette et un peignoir à la main.

« Allez, viens ma chérie. » Il la hissa hors de la baignoire. « Nous allons te remettre sur pied. »

Le lendemain matin, elle se leva alors qu'il dormait encore et alla prendre une coupure de journal sur la table. La lire lui mettrait de nouveau le cœur à vif, mais elle ne put s'en empêcher. L'article faisait référence à un sermon prononcé au lendemain de la parution du premier gros titre.

LE PASTEUR RÉPROUVE LES FOLLES PASSIONS

« Le révérend Frederick E. Hoskins a parlé des folles passions hier soir à l'église congrégationaliste des Pèlerins. Il a évoqué la femme qui se lasse d'un mari industrieux et de sa vie de famille. »

Mamah se rappelait bien Hoskins pour l'avoir vu la seule fois où elle s'était rendue à l'église des pèlerins. Il lui était apparu comme un personnage pompeux, à la Billy Sunday ; il se trouvait spirituel mais n'était en fait qu'un homme aigri et guindé. Pourtant, tout autour d'elle, les gens avaient semblé réellement émus par ses paroles.

> « Elle essaie de se persuader qu'elle comprend toutes les sornettes que l'on raconte à la tribune de son club : il faut vivre pleinement, trouver sa "sphère". Un valet de cœur entre en scène. Ensemble, ils commencent à s'imaginer qu'ils se comprennent parfaitement et se le disent. Ils échangent de longs regards en silence et poussent de profonds soupirs comme de vieilles poules en train de couver leurs œufs. Que de choses merveilleuses ils découvrent ensemble ! Comme le monde paraît différent quand chacun le regarde avec les yeux de l'autre ! Ils passent des semaines puis des mois à échanger des mièvreries de ce genre, jusqu'au jour où ils se retrouvent en train de barboter dans cette même fange où tant d'autres ont sombré avant eux. »

Mamah poussa un gémissement. Aucun doute, cet article parlait d'elle.

Quand Frank la surprit en train de le lire, il le lui arracha des mains et le chiffonna. « Mamah, dit-il, je t'en prie, ne t'inflige pas ça. » Il la prit fermement par les épaules. « Je t'en prie.

— Tu ne vois donc pas que c'est sans espoir ?

— Tu ne dois pas renoncer ! » Il s'éloigna, furieux, en agitant les bras. C'était la première fois qu'il dirigeait sa colère contre elle. Elle était intimidée. « C'est maintenant que j'ai besoin de toi. Le moment est venu de montrer qui tu es. »

Elle le regarda, tout ébranlée. « Les enfants, dit-elle. Ils vont les détourner de moi.

— On ne perd pas ses enfants parce qu'un imbécile écrit un article ni parce qu'un pasteur fait de grands discours sur l'amour. Une semaine peut-elle effacer ce que tu représentes pour eux depuis qu'ils sont nés ? Je n'arrive pas à croire que ce soit moi qui te le rappelle. À toi ! As-tu oublié ce que tu m'as dit toi-même ? On ne garde pas ses enfants en renonçant à sa propre vie. Tu avais dit : "Ils comprendront. Si tu es malheureux, tu feras germer le malheur en eux. Et un jour, ils te le reprocheront." Je t'ai crue ce jour-là.

— Je parlais de ma propre mère. Elle s'est toujours dévouée aux autres plutôt qu'à… jamais je n'aurais imaginé…

— Je sais à quel point tu souffres. Écoute, les gens traversent des épreuves terribles. La famille de ma mère a connu des années de persécution avant de venir s'installer aux États-Unis. Tu sais l'effet que cela a eu sur eux ? En fait, ça les a rendus plus forts. Je t'ai déjà parlé de leur devise familiale : *La vérité envers et contre tous*. Il faut en avoir essuyé des revers pour finir par voir les choses de cette façon.

« J'ai toujours été différent. En tant que père, dans mes affaires. Je ne me suis jamais conformé à des normes sociales. Et tu sais quoi ? Je n'en ai aucune envie. »

Frank semblait écouter une voix intérieure. Il n'y avait ni arrogance ni fanfaronnade en lui. Il était l'homme éclairé et intrépide dont elle était tombée amoureuse.

« Ce scandale signifie-t-il que nous devons nous plier à leurs règles ? Que nous devons penser : *Nous ne valons rien, nous ne méritons pas d'être heureux* ? » Il la regarda bien en face. « Je ne crois pas que nous soyons mauvais, Mamah. Je souffre quand je me rappelle mes enfants. Et même Catherine. Mais cela ne veut pas dire que je vais renoncer maintenant.

« Nous allons quitter Berlin. Wasmuth s'organise pour que je puisse travailler à Florence. En attendant, nous irons à Paris. Une grande ville anonyme. Ensuite, l'Italie. Wasmuth dit qu'on peut y vivre incognito. »

Il s'approcha du lit et l'aida à se lever. « Allons petit-déjeuner.

— Ils vont nous reconnaître.

— Qui ça ? De toute manière, je m'en fiche. »

Au restaurant, Frank avait retrouvé le sourire. « Donnez-nous ce que vous avez de meilleur », dit-il au serveur qui vint prendre la commande. Frank choisit toutes les spécialités signalées dans le menu. Le jeune employé revint avec des céréales, des fromages, des petits pains et une assiette de fines tranches de charcuterie persillée.

« Nous pourrons commencer par une escale à Potsdam. J'ai envie de visiter cette ville. Ensuite nous continuerons en train jusqu'au Rhin. Le temps n'est pas idéal mais Dorn nous conseille la croisière. Donc, nous irons de Cologne à Coblence en bateau. Je voudrais faire un crochet par Darmstadt pour voir Olbrich si possible. J'ai entendu dire que son œuvre mérite le détour. Puis nous irons à Paris. » Frank s'attaqua à son petit déjeuner avec entrain.

Elle le regarda, incrédule. Il parlait de quitter Berlin comme s'ils partaient en vacances.

Frank leva son verre de jus d'orange comme pour porter un toast. « *La vérité envers et contre tous*, dit-il d'un ton grave avant de boire à grands traits. Une devise bien utile, tu ne trouves pas ? »

22

Nancy, 1er décembre 1909

Impossible d'avaler quoi que ce soit, Frank pense que c'est la grippe. Mais je sais qu'il n'en est rien. C'est l'effet du désespoir. Il dit que nous continuerons vers Paris dès que j'irai mieux. Ensuite nous pourrons décider de ce que chacun fera. Mais j'ai l'impression que je n'irai jamais mieux.

La mère de Frank a écrit dans sa lettre que la jeune Catherine avait été renvoyée du lycée à cause du « scandale ». Frank est dans une colère noire. Il est profondément blessé par toutes ces insanités mais une force en lui, solide comme un roc, l'aide à aller de l'avant. Il peut se réfugier dans son travail.

Je suis restée éveillée toute la nuit, folle d'inquiétude pour les enfants. Oh, je voudrais simplement pouvoir rentrer et les serrer dans mes bras ! Comme j'aimerais que rien de tout cela ne soit arrivé. Je prie pour que Louise tienne bon. Elle est leur meilleure gardienne.

À chaque jour suffit sa peine, je m'étonne d'avoir si vite perdu courage.

« Quelle horreur ! grommela Frank. Une architecture sentimentale et dégénérée ! Qu'est-ce qui ne va pas chez eux ? » Après avoir dîné en silence, ils arpentaient les rues de Nancy pour voir des maisons de style Art nouveau. Ils se trouvaient à présent devant une demeure à la façade très chargée dont les fenêtres incurvées rappelaient à Mamah les paupières mi-closes de quelque gnome.

Un couple qui passait par là s'arrêta pour voir ce que Frank regardait en donnant des coups de canne indignés sur le trottoir. Il leur désigna la maison : « Une crotte de chien ! » lâcha-t-il avec mépris et en anglais.

L'homme leva les yeux sur la façade, incrédule, puis dévisagea de nouveau Frank. Manifestement, sa compagne avait compris : elle remonta son col et repartit en entraînant son mari.

Mamah se réjouit de la laideur de cette maison : elle permettait à un Frank outré de donner libre cours à sa colère. Autrefois, lorsque Frank se plantait devant quelque demeure cossue de Chicago et déclarait qu'elle ne valait pas un clou, Mamah avait envie de rentrer sous terre. Ce genre de honte lui semblait d'un autre âge.

Elle se remit à marcher et il la suivit en balayant la rue du regard comme s'il la défiait de lui infliger un nouvel outrage visuel. Mamah aperçut un prospectus sur le côté d'un kiosque à journaux. Les mots « Ellen Key » figuraient en gros caractères au sommet du tract. Ce nom lui était familier ; quelques années plus tôt, elle avait lu un ouvrage de la féministe suédoise mais son titre lui échappait.

Mamah s'empara de l'annonce. « Ellen Key donnera une conférence ici mercredi soir.

— Qui est-ce ?

— Une figure importante du Mouvement des femmes en Europe. Voyons cela. Elle parlera de… » Mamah se mit à traduire en suivant avec le doigt et en remuant les lèvres. « La moralité au féminin, l'amour libre, le droit au divorce et un nouveau code du mariage.

— Elle doit savoir que nous sommes à Nancy ! »

Mamah esquissa un pâle sourire. « Je vais essayer de trouver un de ses livres. »

Dans une librairie toute proche de l'hôtel, elle tomba justement sur *De l'amour et du mariage*. Les éditions française, anglaise et allemande étaient rangées côte à côte. En les parcourant, Mamah put constater que le style était aussi touffu dans les trois langues.

Elle retrouva Frank au rayon des livres d'art. « Le texte est très dense, plutôt abstrait, universitaire, dit-elle. Mais écoute ceci. »

Frank s'adossa au rayonnage le plus proche et baissa la tête, concentré, tandis que Mamah lui faisait lecture de la version anglaise.

« Le grand amour, comme le génie, ne relève jamais du devoir : l'un et l'autre sont l'heureux cadeau que l'existence réserve à quelques élus. Le même principe moral vaut pour celui qui aime plus d'une fois et pour celui qui n'aime qu'une fois : celui de la régénération vitale. Celui qui aime de nouveau entend couler la source qui s'était tarie, sent la sève monter dans les branches mortes et voit renaître les forces créatrices de la vie ; celui qui se voit de nouveau porté vers la bonté et la vérité, vers la douceur et la générosité, pour qui l'amour neuf est source de force autant que d'ivresse et qui y puise une nourriture spirituelle autant que le plaisir des sens – celui-là a le droit de vivre cette expérience. »

En relevant la tête, elle vit que Frank la regardait.

« Est-ce que je te l'avais dit ? demanda-t-il, de la tendresse plein les yeux.

— Quoi donc ?

— Quand je t'ai rencontrée, j'ai eu l'impression de découvrir un havre où penser était de nouveau possible. Avant de te connaître, je m'imaginais ne pouvoir prendre mon essor devant ma table à dessin que pour me retrouver invariablement prisonnier de mon mariage. Tu m'as donné des ailes, j'ai pu concevoir une existence plus vaste. Tu m'as donné envie d'être un homme meilleur. Un meilleur artiste. » Il glissa sa main entre celles de Mamah. « Quel triste personnage je serais si cela n'était jamais arrivé !

— Merci. » Elle porta la main de Frank à son visage et la passa sur ses lèvres.

« Quelle édition vas-tu choisir ?

— La version anglaise, je suppose. Tu me l'offres ?

— Oui. »

À l'hôtel, elle passa des heures à lire *De l'amour et du mariage* dans leur chambre. Elle y retrouvait tant d'idées auxquelles elle croyait. Dès les premières pages du livre, elle sentit qu'Ellen Key ne se laissait pas facilement cataloguer. Contrairement aux autres féministes, elle ne se donnait même pas la peine de revendiquer le droit de vote ; elle estimait qu'il devait revenir aux femmes sans qu'il soit besoin d'en discourir. Elle n'était ni une Emma Goldman, ni une féministe socialiste comme Charlotte Perkins Gilman, ni une agitatrice à la manière d'Emmeline Pankhurst. Elle n'avait rien non plus d'une missionnaire subversive telle Jane Addams. Ellen Key s'imposait comme une penseuse totalement à part.

Mamah fut séduite par son style posé et logique quoiqu'un peu décousu. La philosophe avançait un argument pour y revenir cinquante pages plus loin, certaine que les lecteurs étaient ceux qu'elle souhaitait convaincre. On se trouvait contraint de suivre son cheminement intellectuel pas à pas tandis qu'elle balayait l'une après l'autre toutes les objections à ses idées radicales, si bien qu'arrivé au terme de son raisonnement, on se rangeait forcément à son opinion.

Mamah lut ses démonstrations nourries d'évolutionnisme, d'histoire de l'Église, de sociologie, d'anthropologie, de coutumes populaires suédoises, de critiques de George Sand et d'autres romanciers. Au cours de cette longue après-midi et de la nuit qu'elle passa à dévorer *De l'amour et du mariage*, elle eut parfois l'impression de voguer sur une forte houle. Au moment où elle atteignait la crête d'un argument, elle basculait au creux du suivant.

« C'est drôle, dit-elle quand Frank revint avec le dîner. Cette femme est tout à la fois conservatrice et incroyablement radicale.

— Comment est-ce possible ? » demanda-t-il en dressant un pique-nique à même le sol. Il était sorti acheter une baguette, du jambon et un morceau de fromage qu'il disposait sur le papier d'emballage du boucher. Assis en tailleur par terre, il ressemblait à un jeune homme avec ses cheveux bruns qu'il portait un peu plus longs qu'à l'accoutumée depuis leur arrivée en Europe.

« Eh bien, dit Mamah, pensive, d'une part elle affirme que, par nature, les femmes sont faites pour élever des enfants mais, ensuite, elle démontre qu'elles devraient être payées pour accomplir ce travail essentiel à la société. Ce qui me plaît, c'est l'idée qu'une femme doit être libre de rechercher son épanouissement personnel. Depuis toujours, l'individualisme est quasiment absent des débats au sein du Mouvement des femmes.

Et voici une féministe qui s'attaque à la question fondamentale de notre essence et de notre avenir.

— Tu as l'air d'aller beaucoup mieux.

— Merci, mon amour. Je me sens mieux, c'est vrai. Sans doute parce que ce livre me dit exactement ce que j'ai besoin d'entendre en ce moment.

— Par exemple ?

— Ellen Key dit que, dès que l'amour disparaît, le mariage perd tout caractère sacré. Mais si l'amour vrai, le grand amour, naît hors du mariage, il est sacré et mérite le respect. Elle affirme que chaque nouveau couple doit prouver qu'en vivant ensemble il enrichit non seulement sa propre existence mais le genre humain tout entier. Tiens, écoute : *Seule la cohabitation peut décider de la moralité d'une union.* »

Frank coupait le pain en tranches à l'aide d'un petit couteau. « Tu veux dire que nous œuvrons pour le bien de l'humanité ?

— Oui, c'est vrai, sa pensée est pétrie d'eugénisme. Elle soutient que, si on développe une culture de l'amour, la race humaine accédera à un degré de civilisation supérieur où les lois qui régissent le mariage et le divorce seront obsolètes.

— Il nous suffit donc de tenir encore un millénaire ou deux et tout devrait s'arranger.

— Voici un passage qui te plaira. Il existe déjà des gens – essentiellement des artistes – capables de mener une existence libre et honnête. Écoute : *Sans amour "criminel", les œuvres d'art qui constituent notre patrimoine mondial seraient (...) non seulement beaucoup moins nombreuses mais considérablement plus pauvres.* En fait, les artistes ont le devoir de montrer aux autres comment mener une vie intègre. »

Leurs regards se croisèrent. « Frank, je veux rester ici pour aller écouter cette femme.

— Tu crois que cela t'aiderait ?

— À me sentir mieux ? Je ne sais pas si cela durera très longtemps. » Elle haussa les épaules. « Peut-être.

— Tu penses que je pourrais partir le premier pour rencontrer le contact de Wasmuth à Paris ?

— Je peux me débrouiller seule. »

Frank eut l'air sceptique.

« Vraiment, lui assura-t-elle. Je te rejoindrai dans quelques jours. Envoie-moi simplement un télégramme quand tu auras trouvé un hôtel. Je t'y retrouverai. »

Mamah poursuivit sa lecture jusque tard dans la nuit pendant que Frank dormait à côté d'elle. Parfois, elle tombait sur une phrase si saisissante de vérité qu'elle avait envie de le réveiller. Mais elle ne put s'arracher à ce livre, pas même le temps de lui en parler. Elle aurait des heures et des jours entiers pour le faire. Arrivée au chapitre qui traitait de la liberté de divorcer, elle eut l'impression qu'Ellen Key l'avait interviewée : pourquoi place-t-on le cœur brisé de l'époux délaissé au-dessus de celui ou de ceux qui doivent infliger une telle douleur, faute de périr eux-mêmes ?

Mamah posa son livre un peu avant l'aube. Le seul bruit qui lui parvenait à travers les murs du petit hôtel était le grincement des pins derrière leur fenêtre. Dans l'obscurité, elle entendait ces géants aux branches enneigées se balancer imperceptiblement dans le vent. Elle enfouit sa tête sous les couvertures.

Edwin ignorait où elle se trouvait. Sa propre sœur ne le savait pas. Elle avait disparu dans une région de l'Europe à laquelle personne n'aurait songé. Elle se sentit soulagée. C'était comme si Mamah Cheney, la femme en perdition dont parlaient les journaux, avait cessé d'exister. Pour la première fois depuis des jours, elle ne s'endormit pas en pleurant.

23

D'une voix assourdie, Ellen Key s'adressa aux premiers rangs de la salle. Massive, elle ressemblait à une grand-mère avec ses cheveux gris et fins, sa raie au milieu et son petit chignon. Elle portait une robe ample qui tombait de ses épaules rondes comme une chasuble.

Mamah contemplait cette femme aux allures de nonne derrière son lutrin : chose incroyable, la conférencière parlait d'amour et d'érotisme. Elle essaya d'imaginer la jeune femme amoureuse au teint frais qu'elle avait été. Mais rien chez Ellen Key ne laissait penser qu'elle avait pu perdre la tête un jour, et certainement pas pour un homme.

« L'amour est moral même sans mariage légal. » La voix d'Ellen Key s'éleva, couvrant le bruissement des jupes. « Mais le mariage sans amour est immoral. »

Mamah sentit fourmiller la peau de ses bras tandis qu'elle se penchait en avant.

« Un mariage consommé sans amour réciproque, la vie maritale qui perdure sans amour mutuel ne contribuent à la dignité ni de l'homme ni de la femme. C'est au contraire une contrefaçon criminelle des valeurs les plus sacrées de l'existence.

« Dans le nouvel ordre moral, la seule chose échangée entre mari et femme sera un amour librement consenti, que ni l'un ni l'autre ne pourront jamais exiger comme un dû. De telles revendications ne sont qu'une grossière survivance des périodes les plus reculées de notre histoire. »

Le cerveau en ébullition, Mamah tendait l'oreille pour entendre chaque phrase. *Si je pouvais aller m'asseoir sur ce siège, au premier rang*, pensa-t-elle. Autour d'elle, les femmes semblaient attentives, mais leurs visages ne reflétaient pas l'exaltation qui était la sienne. Était-elle la seule à se sentir happée par les paroles d'Ellen Key et sa ferveur ridicule exposée aux regards de tous ? Mamah se leva, prit son sac et son manteau puis enjamba les genoux de ses voisines. Elle eut l'impression qu'une force prodigieuse la poussait vers l'avant de l'auditorium où elle alla occuper le siège vide du premier rang.

« Le nouvel ordre moral a deux types d'adversaires, poursuivit Ellen Key. Le premier est celui qui adhère à la morale conventionnelle et recherche un “amour pur” dépourvu de sensualité. Ces gens-là collent des feuilles de vigne sur l'art moderne et censurent la littérature érotique. »

Des rires en cascade s'élevèrent dans le public.

« Quant aux autres, ceux qui prétendent être bohèmes, se jettent à corps perdu dans des liaisons éphémères qu'ils décrivent à tort comme de l'“amour libre”. Ceux-là ignorent tout de la véritable dévotion amoureuse. »

La voix d'Ellen Key était exactement celle que Mamah avait entendue en lisant son livre la veille. Cette femme dégageait le même genre d'intelligence éclairée que Mamah prêtait aux swâmis ou aux moines. Elle alliait sagesse et empathie.

« Je veux vous parler aujourd'hui de l'amour le plus noble : celui qui unit l'intellect et l'érotisme. Quand les deux amants n'aspirent qu'à devenir un seul et même être, à s'accorder une liberté absolue et à s'épanouir ensemble, nous avons alors affaire à la forme d'amour la plus belle que puissent partager un homme et une femme du même milieu moral et intellectuel.

« Connaître un tel amour, c'est se sentir dédoublé. Un tel sentiment affranchit et enrichit une personnalité, nous inspire des actes nobles et des œuvres de génie. Quand ce grand amour survient – et cela n'arrive qu'une fois dans une vie – il l'emporte légitimement sur tout autre sentiment. L'amour parfait impose ses droits sur une existence. »

Mamah eut soudain l'impression qu'un calme immense s'était emparé d'elle. Son corps tout entier était inondé de chaleur. D'amour. Les gros titres racoleurs qui l'avaient révulsée semblèrent s'éloigner tandis qu'elle écoutait Ellen Key. Elle se sentait en présence de quelque chose de plus grand, de plus important que son insignifiante mortification publique.

Que quelqu'un comprenne – défende ! – ses inclinations les plus profondes en ce moment même lui semblait être le cadeau de quelque esprit bienveillant.

Quand Ellen Key termina sa conférence, ses auditrices se pressèrent autour de l'estrade et s'entretinrent longuement avec elle. Très calme, Mamah resta dans son fauteuil. Elle savait qu'elle attendrait aussi longtemps qu'il le faudrait. Quand la dernière femme fut partie, la conférencière la regarda droit dans les yeux.

« Allez-y, dites ce que vous avez à dire. »

Mamah se leva et s'approcha d'elle. Les yeux débordant de larmes, elle prit une de ses mains dans les siennes. Son « merci » lui sembla tellement fade.

« Venez, dit Ellen Key en lui tapotant le dos comme une mère. Il me reste une heure avant de prendre le train. Allons boire un petit thé. »

24

« Vous donne-t-il du plaisir ? »

Mamah suivait des yeux les cuillerées de sucre que sa compagne suédoise versait dans la tasse.

« Frank Lloyd. Vous donne-t-il…

— Oui. Mais bien sûr il y a beaucoup plus que cela.

— Comme toujours. Mais c'est une des qualités qui font un homme. En prend-il le temps ?

— Oui.

— Bien. »

Elles étaient allées à pied de la salle de conférences à la gare. Le temps de parcourir quatre pâtés de maisons, Mamah lui avait ouvert son cœur pour inspection. Elle avait démêlé l'écheveau complexe de son histoire, en commençant par Frank. Et après Frank, Edwin, John, Martha, Jessica. Les amis plus ou moins proches. Elle avait même parlé de Catherine Wright. Autant de liens qui la rattachaient à un endroit appelé Oak Park, au fin fond des États-Unis.

La célèbre philosophe suédoise farfouillait dans son sac. Elle en sortit une boîte de thé et en saupoudra la théière posée sur la table. « C'est bon pour les sinus », expliqua-t-elle. Au café de la gare, les lumières n'étaient pas encore allumées et Mamah distinguait à peine les traits d'Ellen Key dans la pénombre.

« Vous aimez cet homme ?

— De tout mon être.

— Et sa femme refuse de lui accorder le divorce. L'avez-vous demandé à votre mari ?

— Pas encore.

— Qu'est-ce qui vous retient ?

— Le doute. Si j'"abandonnais" Edwin, je ne pourrais pas garder les enfants. Mais cela n'a plus d'importance. Le meilleur avocat du monde ne peut plus rien pour moi maintenant. »

Ellen Key se redressa sur sa chaise, son imposante poitrine faisait comme un oreiller entre elle et le bord de la table. « Je n'ai jamais été mère mais je suis née de parents qui se sont aimés passionnément jusqu'à leur dernier souffle. Ils étaient pleins de joie et s'intéressaient à tout. Le plaisir que chacun trouvait dans la présence de l'autre a nourri ma jeune âme. Tout le monde a le droit de connaître cela, vous ne pensez pas ? Les gens qui ne vivent que pour leur progéniture font de piètres compagnons pour celle-ci. » Elle avala son thé d'un seul trait. « Mais comprenez-moi bien. Tout est beaucoup plus délicat dans un divorce s'il y a des enfants.

— Aujourd'hui, vous avez parlé du grand amour, dit Mamah. Celui qui l'emporte sur tous les autres. Et vous avez parlé des femmes…

— Les grandes inspiratrices[1]. » Ellen Key se tamponna les lèvres avec une serviette. « Devenir la muse d'un artiste constitue une voie bien noble. Vous êtes la sienne ?

— Pas vraiment, répondit Mamah, pensive. Frank

1. En français dans le texte. (*N.d.T.*)

puise son inspiration en lui-même. Quant à savoir si j'ai envie de le soutenir, oui, bien sûr. Il est comme nous tous, il a terriblement besoin de tendresse. » Mamah sourit. « Mais il a déjà une muse. La nature.

— Je vous connais depuis une heure. Autorisez-moi à prendre quelque latitude. Manifestement, Frank n'est pas le seul à avoir entrepris une quête spirituelle. Vous recherchez quelque chose, vous aussi. De quoi peut-il bien s'agir ? »

Mamah ne dit rien.

« Pardonnez ma franchise, mais quitter un époux ennuyeux pour un homme stimulant, ça n'est intéressant qu'un certain temps. Ensuite, vous vous retrouvez à votre point de départ : il vous manque toujours quelque chose. Mieux vaut découvrir votre propre voie, ce qui fera votre force. Manifestement, vous êtes une femme instruite. Qu'est-ce qui vous attire ?

— Je ne sais pas très bien, dit Mamah. Autrefois, je pensais que c'était l'écriture.

— Qu'écrivez-vous ?

— Des observations. Des essais. Des nouvelles parfois. De petites phrases que je note dans mon carnet aussi, des citations et d'autres passages qui m'inspirent. »

Ellen tapa sur la table à faire trembler les tasses. « Donc vous devez écrire. Un projet plus ambitieux que ces fragments. »

Mamah regarda par la fenêtre. Une pluie battante s'était mise à tomber et les passants se pressaient dans la rue en se faisant un parapluie de leurs journaux. « Quand je suis partie, dit-elle, j'étais complètement inconsciente. Je m'imaginais que si je venais vivre quelque temps en Europe avec Frank et si cela marchait, si nous y arrivions, je saurais quoi faire ensuite. » Elle secoua la tête. « Jamais je n'aurais cru que cela provoquerait une telle avalanche de catastrophes. »

Ellen lui tapota la main. « Que se passerait-il si vous retourniez aux États-Unis ? Si vous affrontiez la situation ?

— Je pourrais le faire, dit-elle d'une voix résignée. Je pourrais y retourner. Je serais la traînée bafouée… je ne sais pas.

— Vous avez encore besoin de temps. » Ellen jeta un coup d'œil à sa montre puis demanda l'addition. « Votre voyage s'est transformé en humiliation publique. Cela ne change rien à votre besoin initial de découvrir qui vous êtes et où vous voulez aller. Attendez que les choses se tassent. Accordez-vous un ou deux mois de plus.

— Mais je m'inquiète pour les enfants. Et je vais bientôt manquer d'argent. Edwin ne m'en enverra certainement pas.

— Et Frank ?

— Il ne parle pas beaucoup d'argent. Mais je crois qu'il en a tout juste assez pour subvenir à ses propres besoins en attendant la publication de ses livres.

— Les enfants sont toujours le cœur du problème. » Ellen se leva et jeta son manteau sur ses épaules. « Mais, à mon avis, vous devez vous assurer une indépendance financière avant de vous lancer dans de nouveaux projets. »

Mamah se mordit la joue. « Je pourrais traduire vos livres. »

Ellen Key quitta son sac des yeux. « Mais j'ai un traducteur à Londres !

— Je sais. J'ai lu *De l'amour et du mariage* en anglais. Le texte manque d'âme. »

Ellen s'immobilisa et son air indigné fit place à la curiosité. « Ah bon ?

— J'en ai lu des extraits à Frank. Il a trouvé que cette traduction détruisait toute la poésie de votre écriture. Elle est trop anglaise, trop guindée. » Mamah attendit sans oser respirer.

Ellen eut l'air amusée. « Vous parlez parfaitement l'allemand. Et puis ?

— Le français, l'italien et l'espagnol. J'ai aussi étudié le grec et le latin. J'ai fait une maîtrise de langues.

— Et le suédois ?

— Personne ne comprend vos idées aussi bien que moi. Personne ne pourrait aussi bien vous traduire pour un public américain.

— Et le suédois dans tout cela ?

— J'en ai une connaissance limitée. J'en ai appris les rudiments d'une domestique qui travaillait à la pension où je logeais quand j'enseignais dans le Michigan. Mais je pourrais le maîtriser… en un rien de temps. »

Ellen se pencha vers elle. « Où allez-vous ?

— À Paris et ensuite en Italie, je crois. »

Ellen regarda de nouveau sa montre. « Vous voulez bien m'accompagner jusqu'au portillon ? »

Mamah prit son sac et la suivit hors du café.

« Vous savez, dit Ellen, vous apparaissez à un tournant intéressant de ma vie, Mamah. J'ai terminé ma tournée de conférences. Dans quelques semaines, j'aurai soixante ans. Mes pieds gonflent dès que je reste debout devant mon pupitre et, en général, il me faut une heure le matin avant de pouvoir bouger mes jambes et mes doigts. Je suis lasse de cette vie de nomade.

« Et puis je me fais construire une maison. L'année dernière, le gouvernement suédois m'a offert un terrain situé sur un parc national. À proximité d'un lac qui ressemble au lac Majeur. Je n'ai plus vraiment de chez moi depuis que j'ai quitté la maison de mes parents il y a vingt ans. J'ai passé le plus clair de mon temps ces dernières années à voyager pour donner des conférences. J'ai laissé un peu de moi à chacun et il ne m'en reste pas grand-chose. Quand ma maison sera construite, j'ai l'intention d'y habiter.

— Magnifique, commenta Mamah.

— Vous voyez où je veux en venir ? Mon travail n'est pas terminé mais mon corps se sent à la retraite. Je sais depuis un certain temps que l'Amérique constitue l'étape suivante. La femme américaine est prête à entendre ce que j'ai à dire.

— J'ai des liens étroits avec le Mouvement des femmes, dit Mamah essoufflée. Je le soutiens de tout mon cœur depuis mes dix-huit ans. Je comprends la femme américaine. Je saurai faire d'excellentes traductions de vos œuvres. Et je pourrai les diffuser. »

Elles s'arrêtèrent au portillon tandis que la foule les contournait pour s'engouffrer sur le quai. Ellen sortit de son sac des exemplaires imprimés des trois essais qui devaient être rassemblés sous un seul titre : *La Morale au féminin*.

« Traduisez-les et envoyez-les moi. Si votre travail me plaît, je pourrai envisager de faire de vous ma traductrice américaine. »

Mamah l'enlaça impulsivement.

« Mais vous devez accepter une condition. J'ai déjà appris votre langue. Vous devrez maîtriser le suédois si vous voulez devenir ma traductrice attitrée. »

Le cœur de Mamah battait la chamade. « Oui, bien sûr.

— L'université de Leipzig a un très bon programme d'enseignement des langues. Je peux vous verser un salaire en attendant que vous soyez à même de traduire à un bon rythme. De quoi manger au moins. » Ellen Key inscrivit son nom sur un bout de papier. « Tenez, dit-elle, envoyez-moi votre traduction. Et informez-moi de vos projets. »

25

1910

T'ATTENDS AU PIAZZA DES CHAMPS-ÉLYSÉES, CHAMBRE 15
F. L. W. 19 JANV. 1910

Le message laconique de Frank se lisait comme un aveu : il était malheureux sans elle. Mamah s'accorderait encore une journée entière avant d'aller le rejoindre, vendredi. Il lui manquait aussi mais elle n'avait aucune envie de quitter Nancy. En traduisant les essais d'Ellen dans sa chambre d'hôtel, elle avait trouvé plus qu'une tranquillité d'esprit. Elle s'était découvert une nouvelle âme couchée sur le papier.

Tout en travaillant, Mamah pensait de temps en temps à son père. Pendant les mois où Edwin et elle avaient partagé l'ancienne maison avec lui, il avait pris l'habitude d'aller s'asseoir dans son bureau pour lire le Nouveau Testament, ce qu'il ne s'était jamais donné la peine de faire du vivant de sa femme. Il lui arrivait parfois de sortir de son repaire enfumé en pantoufles : il hochait la tête en parlant tout seul. Mamah s'était mise à faire la même chose dans sa chambre d'hôtel.

Ce matin-là, elle avait essayé de rédiger une lettre de

remerciements pour Ellen Key. Elle voulait lui dire qu'elle la comprenait parfaitement. Qu'elle diffuserait ses idées en Amérique par pure gratitude, quel que soit son salaire. Pourtant chacun des mots qu'elle écrivait lui semblait mal choisi. Elle raya la phrase « Vous m'avez sauvé la vie » qui risquait d'effaroucher la philosophe.

Le vendredi matin, Mamah se dirigea vers la gare sous une bruine glacée qui faisait fondre le manteau de neige sur la chaussée.

« Vous allez à Paris ? lui demanda un homme tandis qu'elle se rangeait dans la file d'attente.

— Oui.

— Impossible. Aucun train n'y part : il y a une inondation. Une partie de la ville est sous les eaux à l'heure qu'il est. Toutes les gares sont fermées.

— Mais j'ai reçu un télégramme mercredi… »

L'homme haussa les épaules. « La crue a été très soudaine. La Seine a envahi le métropolitain, il n'y a plus d'électricité. Tous les transports sont perturbés. Ils ne veulent même pas nous donner une idée de la date à laquelle les trains circuleront de nouveau.

— Vous connaissez le Piazza sur les Champs-Élysées ?

— Oui, répondit-il. Il est tout neuf. » Puis il secoua la tête. « Il n'est pas loin de la Seine. »

Dans la rue, un jeune vendeur de journaux proposait son édition du jour : INONDATIONS ! en gros titre. Terrée dans sa chambre d'hôtel, Mamah n'avait entendu parler de rien.

Frank est plein de ressources, pensa-t-elle ; *ce n'est pas une inondation qui va le tracasser*. Tous deux avaient assisté maintes fois aux crues du fleuve Des Plaines près d'Oak Park. S'il était tourmenté, ce serait du fait de la solitude et parce que son travail subissait de nouveaux retards.

En l'absence de télégraphes et de trains, Mamah n'avait pas le choix. Elle attendrait la décrue à Nancy en continuant à traduire. Elle retourna à l'hôtel et défit ses bagages.

Mercredi matin, des torrents de pluie s'abattirent sur les trottoirs de Paris. Cinq jours s'étaient écoulés depuis le début de l'inondation et le ciel ne faisait plus barrage. Au petit déjeuner, elle croisa le regard d'un homme d'affaires qui tenait un journal et qui lut la question dans ses yeux. Il secoua la tête. « Le niveau continue à monter, dit-il. Il y a des morts. »

Mamah acheta un journal et alla s'asseoir dans le hall de l'hôtel pour examiner la petite carte en première page : le cours sinueux de la Seine remontait du sud-est et décrivait une boucle autour de la ville. La situation s'était considérablement détériorée. Les sous-sols du Louvre étaient sous les eaux. Sur une photo, la gare d'Orsay ressemblait à une piscine et ses locomotives à des navires échoués.

Serais-je complètement anesthésiée ? Mamah se trouvait étrangement insensible au sort de Frank. Une confiance nouvelle et surprenante s'était emparée d'elle.

L'atmosphère paisible de Nancy l'avait saisie par surprise. En quelques jours, elle eut l'impression d'avoir pris du recul et d'être capable de porter un regard extérieur sur sa situation. Il lui arrivait même d'imaginer que toutes les personnes concernées – Edwin, Catherine, les enfants – seraient un jour heureuses.

Il lui semblait monstrueusement égoïste de comparer ses humiliations publiques aux malheurs des Parisiens aux abois. Pourtant, l'allégorie du déluge venait tout naturellement à l'esprit de qui cherchait à mettre les choses en perspective.

Le 30 janvier, les journaux annoncèrent la fin du siège. Les Parisiens célébraient le retour du soleil en se promenant en canot. Puis on apprit que les trains allaient de nouveau circuler. Mamah se précipita à la gare pour acheter son billet.

Sur le quai, au milieu de la cohue de gens et de bagages, elle serrait une petite valise sous son bras. À l'intérieur se trouvaient ses traductions manuscrites de *La Morale au féminin*, de *La Femme de demain* et de *La Femme conventionnelle*. Elle ressentait un farouche instinct de protection, très proche, imaginait-elle, de celui que devait éprouver Frank quand il transportait son carton à dessins : comme un coursier chargé de transmettre un projet politique qui va changer le monde.

À une allure d'escargot, le train passa par Frouard, Commercy, Bar-le-Duc et Vitry-le-François avant de s'arrêter quatre heures à Châlons-sur-Marne. Mamah descendit acheter à manger à un marchand ambulant qui avait posté sa charrette près de la gare puis retourna à sa place et s'endormit. Quand elle se réveilla, le train était presque à Paris. En traversant les faubourgs est, Mamah aperçut de petits villages abîmés par les eaux, des canots amarrés aux barrières des jardins et des échelles posées contre les fenêtres, au deuxième étage des maisons.

Une vague de panique balaya le train où les passagers quittaient leur place pour mieux voir le désastre. « Jésus-Christ ! s'exclama en français une vieille femme, assise non loin de Mamah. Les morts ont été arrachés à leurs tombes. »

Mais la sérénité que Mamah avait retrouvée à Nancy ne la quittait plus. Par sa fenêtre, sous le soleil qui perçait au milieu des nuages, les scènes extérieures se dessinaient avec une extrême netteté. Elle avait une impression de lucidité accrue comme si elle voyait tout, y compris elle-même, de loin. *Que nous sommes insignifiants, nous autres humains !* pensa-t-elle. *Nous nous démenons pour essayer de dresser des remparts contre la mort. Tous ces efforts pour nous protéger de l'incertitude en nous imposant des codes de conduite et une débauche d'activité inutile.*

Comme tout cela semblait ridicule alors que la vie elle-même était si brève, si précieuse ! Ne pas vivre en accord avec soi-même apparaissait comme une façon bien lâche de gaspiller son temps sur cette terre. Malgré tous les ennuis que l'existence lui avait infligés, Mamah estimait qu'elle lui avait fait don de cadeaux extraordinaires. Martha et John pour commencer. Ensuite, tout à fait par hasard et au mauvais moment, un autre amour, à la fois érotique et enrichissant, lui avait été offert. Chérir Frank, accepter ce présent, c'était choisir la vie.

Mais comment réconcilier ses deux grands amours ? En regardant par la fenêtre, elle essaya d'imaginer le jour où, à l'avenir, elle expliquerait à ses enfants la vérité qu'elle venait de comprendre. Elle devrait attendre qu'ils aient atteint l'âge adulte. Mais elle pensait qu'ils sauraient voir autre chose dans sa décision de quitter leur père qu'un acte cruel et égoïste destiné à faire leur malheur. Au contraire, ce choix était motivé par l'amour de la vie.

Mamah se rappela un vers de l'« Hymne à la nature » : *Elle transforme chacun de ses dons en bienfait.*

Elle saurait transformer ce désastre en bienfait pour les enfants. Elle était persuadée que le jour viendrait où leurs cœurs seraient dilatés par l'amour dont ils seraient entourés. D'autres parents divorçaient et se remariaient ; ce n'était pas la fin du monde. Martha et John se retrouveraient peut-être mieux lotis en fin de compte, avec quatre parents heureux.

Toute son existence lui parut soudain cohérente. Travailler pour Ellen Key était une preuve supplémentaire qu'un élan vital poussait en elle comme une plante se déploie et cherche la lumière. Chaque mot qu'elle traduisait la portait un peu plus vers l'amour et la vie.

Les plaisanteries échangées à voix haute laissèrent place à des murmures quand le train entra dans la ville. Mamah aperçut un cadran qui indiquait 10 heures 50. Puis un autre et encore un autre. Toutes les horloges publiques de Paris s'étaient arrêtées en même temps à l'heure où le fleuve avait rendu tout horaire inutile. Cette anomalie dans le paysage la tira de sa rêverie.

« Au Piazza des Champs-Élysées ! dit-elle quand elle trouva un taxi. Faites vite, s'il vous plaît. »

À l'hôtel, elle laissa tous ses bagages, sauf la petite valise, dans le hall détrempé et malodorant puis gravit l'escalier quatre à quatre jusqu'au troisième étage. Son lourd manteau se prenait dans ses jambes, aussi s'arrêta-t-elle pour l'enlever. Arrivée devant la chambre 15, elle frappa et attendit.

La porte s'ouvrit sur Frank, pas rasé, qui scruta le couloir obscur.

Elle poussa un soupir de soulagement en le voyant. « Merci, merci !

— Ma-mah ! » En riant, il la prit dans ses bras et la serra si fort qu'il la souleva de terre. « Quelle merveilleuse apparition !

— Je serais venue plus tôt si j'avais pu.

— J'ai échappé au pire. J'étais à la campagne au moment où la Seine a submergé les sacs de sable. Je ne suis rentré qu'aujourd'hui. » Il l'entraîna dans la chambre. « Fais attention où tu marches. »

Sur la pointe des pieds, ils se frayèrent un chemin entre les croquis étalés par terre. Frank utilisait son carton à dessins comme table sur le tapis. Une miche de pain sec à moitié entamée était posée sur la commode à côté d'un trognon de pomme et d'une carafe d'eau. Ils s'assirent sur le lit.

« Je savais que tu t'en sortirais, dit-elle, mais, en approchant de Paris, la panique ambiante m'a gagnée…

— Je suis sain et sauf. Tout va bien. » Il lui passa le bras autour des épaules.

« … et je me suis dit, *que ferais-je s'il lui arrivait quelque chose ?* Ma vie serait finie.

— Mais tu trembles, dit-il. Là, allonge-toi. » Il tira une couverture sur elle.

Mamah se laissa aller sur les oreillers et sentit la tension refluer en elle. La lumière qui filtrait à travers le remplage de la fenêtre projetait des ombres sur le papier peint gris orné d'urnes et de guirlandes de vignes. Elle fut frappée par le silence de la ville. En bas sur le trottoir, on n'entendait ni cheval ni voiture, pas même un éclat de voix.

Elle avait tant de choses à raconter à Frank mais rien ne pressait. Elle l'enlaça et remonta sa chemise pour glisser ses mains sur sa peau brûlante. Elle déplaça lentement ses paumes sur sa poitrine, chercha le cœur à tâtons sous les côtes et le sentit battre sous ses doigts. Elle embrassa son cou et son torse, explora son corps sans retenue, avec gratitude. Comme s'ils étaient les premiers amants du monde et que leur étreinte rendît les mots inutiles.

« Je meurs de faim ! » Frank était réveillé, il s'habillait. Elle tendit la main pour qu'il l'aide à se lever. Comme ils s'apprêtaient à sortir, il prit sa cape et posa crânement un béret sur sa tête.

« Tu as une allure folle, dit-elle un peu désorientée.

— J'ai découvert un chapelier place Vendôme, lui raconta-t-il. Il fait des merveilles. »

Dans la rue, le soleil rasant teintait d'or les façades et les visages. Mamah s'adressa à un passant qui lui indiqua où ils trouveraient un café ouvert. Ils parcoururent huit ou neuf pâtés de maisons avant de tomber sur le petit débit de boissons aux murs carrelés d'une blancheur étincelante. Seule une odeur de Javel rappelait que les eaux boueuses l'avaient envahi quelques jours plus tôt.

Le café était bondé de clients qui dînaient en bavardant allègrement. « Des œufs, annonça le serveur. C'est tout ce que nous avons. Ça vous va ?

— Oui. Des omelettes, ce serait formidable », répondit-elle.

Quand le vin arriva, Frank fit tinter son verre contre le sien. « À l'Italie, dit-il. Si nous partons demain, nous pourrons y être vendredi. »

Mamah s'affaissa sur son siège.

Il lui prit la main. « Tu es fatiguée, c'est ça ? Nous nous mettrons en route après-demain. »

En voyant passer une omelette sur un plateau, elle s'aperçut qu'elle avait l'estomac dans les talons. Elle ne put se résoudre à lui parler de Leipzig tout de suite ; il avait l'air si heureux. Elle lui soumettrait l'idée le lendemain.

Pendant qu'ils buvaient leur bouteille de vin, Frank la régala des récits de ses rencontres parisiennes et Mamah lui parla avec enthousiasme de ce qu'elle venait de traduire.

En rentrant à l'hôtel, ils empruntèrent la rue qui longeait la Seine.

« J'ai un peu la tête qui tourne », avoua-t-elle. Frank la tira par le coude et lui fit éviter un trou béant à l'endroit où la chaussée s'était effondrée.

« Tous les Français sont comme toi à l'heure qu'il est, dit-il. Ça passera inaperçu. »

Un feu d'essence éclairait la berge du fleuve : des ouvriers s'efforçaient de déloger un embarcadère en bois coincé sous un pont.

« Tout est arrangé pour mon atelier à Florence. Lloyd viendra m'aider pour les dessins. Il y aura aussi un jeune collègue architecte de Salt Lake City qui a déjà travaillé pour moi, Taylor Woolley. Je n'aurai pas trop de deux assistants.

— Je croyais que Catherine n'autoriserait jamais Lloyd à arrêter ses études ? Qu'il ne devrait jamais vivre sous le même toit que moi ?

— Je l'ai convaincue en lui promettant que tu ne croiserais pas son chemin. Je leur trouverai une chambre indépendante, à Taylor et à lui. Séparée de la nôtre. Ils sont jeunes, ils auront envie d'explorer Florence de leur côté.

— Donc tu as eu des nouvelles d'Oak Park. »

Frank s'arrêta, les yeux plissés, pour scruter l'autre berge du fleuve. « Je ne veux même pas y penser », dit-il.

De retour à l'hôtel, il lui indiqua quelque chose sur la commode. « Il y a une lettre pour toi. Wasmuth l'a fait suivre. » Frank prit soin de le lui annoncer sur le même ton neutre et prudent qu'elle aurait adopté avec lui. Mamah traversa la pièce d'un pas hésitant et regarda l'enveloppe de loin. Le logo Wagner Electric d'Edwin était imprimé en haut à gauche. Elle devina ce que contenait ce courrier. *Comment as-tu pu ? Reprends tes esprits !*

Frank s'affairait bruyamment, il rassemblait les bagages de Mamah dans un coin de la chambre en prenant soin de ne pas la regarder. Elle comprit qu'il cherchait à la ménager par délicatesse. C'était la première lettre qu'elle recevait depuis les coupures de journaux et il lui accordait toute l'intimité possible. Elle décacheta l'enveloppe avec l'ongle du pouce puis la reposa.

« Je la lirai demain », déclara-t-elle.

Au réveil, Mamah sentit qu'elle avait la mâchoire toute crispée. Elle avait dormi les dents serrées, toute la nuit peut-être. Elle se glissa hors du lit pendant que Frank se reposait encore puis sortit la lettre d'Edwin de l'enveloppe. Ses mots eurent l'effet escompté : la maison d'East Avenue lui apparut avec une netteté douloureuse. La vieille mère d'Edwin vivait désormais avec eux et les aidait comme elle le pouvait. Lizzie tenait bon et secondait Louise auprès de Martha et de John. La gouvernante avait courageusement chassé les journalistes qui s'étaient présentés le jour de Noël. À la fin de sa missive, Edwin ajouta que la petite Jessie les quitterait pour aller vivre chez les Pitkins, dans sa famille paternelle.

La mâchoire tout endolorie, Mamah posa la tête sur le bureau.

Au bout d'un moment, elle se releva pour prendre un bain, enfila une robe et sortit chercher à manger. Dans la rue, elle essaya de retrouver le calme et l'assurance qui l'habitaient la veille. Quand elle revint avec du pain et du café, elle prit un stylo et se mit à écrire à Edwin.

« Quelle heure est-il ? marmonna Frank dans le lit.

— Neuf heures.

— Humm. » Il se redressa et s'étira. « Il y a un train pour Milan à midi. Si c'est bien l'odeur du café que je sens, je peux être prêt dans une heure. »

Elle ne répondit pas.

« Chérie ? »

Elle se jeta à l'eau : « Frank, je ne t'accompagnerai pas en Italie.

— Qu'est-ce que tu veux dire ? » Il se leva et enfila une robe de chambre.

« Enfin… je te rejoindrai plus tard. Je dois aller étudier le suédois à l'université de Leipzig.

— Comment ça ? demanda-t-il d'une voix rauque.

— Ellen dit qu'elle a appris ma langue et que je dois apprendre la sienne. »

Debout près du lit, Frank la contemplait, interloqué, en nouant la ceinture de son peignoir. « Pendant combien de temps ?

— Deux mois. Peut-être trois.

— Trois mois ?

— Si je maîtrise bien le suédois, Ellen dit… »

Soudain, Frank se mit à agiter les mains. « Mais bon Dieu ! Ellen dit ceci. Ellen dit cela. Comment est-il possible qu'une femme que tu connais depuis trois semaines soit devenue plus importante que moi ?

— Ce n'est pas vrai, Frank. Si tu comprenais vraiment ce qu'elle représente…

— Ne me fais pas ça, Mamah ! » Il arpentait la pièce, furieux. « Pourquoi ne pourrais-tu pas étudier le suédois en Italie ?

— Cela ira beaucoup plus vite si je suis les cours à Leipzig.

— Mais que diable nous arrive-t-il ? » D'un geste rageur, il sortit une chemise de l'armoire. « As-tu oublié pourquoi tu avais décidé de venir en Europe ? »

Elle enfonça l'ongle de son pouce dans son poing serré. « Pas une seconde.

— Alors, pourquoi envisages-tu une chose pareille ?

— J'ai besoin de mener à bien mon propre projet.

— Pour l'amour de Dieu, Mamah, ne complique pas la situation. Elle l'est déjà assez. »

Elle se leva et s'approcha de la fenêtre. En bas, des hommes enlevaient les sacs de sable entassés devant un bâtiment. « Te rappelles-tu en quels termes tu avais décrit notre voyage en Europe ? demanda-t-elle. Tu parlais de se mettre en accord avec soi-même. Dois-je en déduire que ces paroles ne s'appliquaient qu'à toi ?

— Ne déforme pas mes propos. » Frank jeta sa brosse sur la coiffeuse, ce qui fit sursauter Mamah. En se retournant pour le regarder, elle découvrit son visage rouge de colère. Frank lui apparut soudain comme un étranger : elle ne l'avait jamais vu si énervé contre elle.

Elle inspira et leva le menton. « C'est très important pour moi, Frank. Et j'ai un besoin urgent de travailler.

— Balivernes ! lâcha-t-il d'une voix pleine de sarcasme. Tu n'as pas besoin de travailler.

— Oh, je vois, répondit-elle avec amertume. Tu te montres sous ton vrai jour. Pendant tout ce temps, chaque fois que je parlais de me réapproprier ma vie, tu faisais simplement semblant d'être d'accord. En fait, ce que tu veux, c'est une femme qui ne se consacre qu'à toi. »

Il se dirigea vers la salle de bains dont il claqua la porte derrière lui. Pendant une ou deux minutes, elle l'entendit se battre avec les objets, faire tomber son rasoir et jurer.

Quand il ressortit, il était habillé et avait retrouvé son calme. Il vint s'asseoir près d'elle sur le lit. « Je n'ai pas envie de me disputer avec toi, dit-il. Mais je me suis senti abandonné. Tu ne peux pas imaginer à quel point j'étais déprimé ici, malgré les apparences. Et voilà que tu m'annonces que tu repars. On dirait que tu cherches à échapper à cette situation.

— Ce n'est pas cela.

— Sérieusement, Mamah, si tu n'es pas physiquement à mes côtés en Italie, tes détracteurs te le reprocheront. Si nous ne vivons pas ensemble, sommes-nous vraiment des amants ? »

Mamah tressaillit. Cette idée ne l'avait même pas effleurée. Ce n'était pas tout à fait faux, mais elle ne voulait pas y penser pour l'instant. « Arrête, Frank, supplia-t-elle d'une voix douce. Écoute-moi, s'il te plaît. Ellen m'a fait l'offre suivante. Elle a accepté de me choisir comme traductrice anglaise officielle à la condition que j'apprenne le suédois et que j'en aie une maîtrise courante. Je peux encore traduire deux de ses livres de l'allemand mais, pour les autres, il faudra que je connaisse bien le suédois pour éviter que ses textes ne soient encore délayés. Je trouve que c'est une proposition honnête. Elle implique que je suive des cours de suédois à l'université de Leipzig dès maintenant et je pourrais peut-être y enseigner un peu l'anglais. Tu n'as qu'à aller t'installer à Florence et commencer à travailler sur ta monographie. En juin, je viendrai te rejoindre en Italie pour tout l'été. » Elle prit le visage de Frank entre ses mains. « Je t'aime tant. Je t'aime assez pour accepter d'être séparée de toi. Tu es un homme extraordinaire, Frank Wright. Je pourrais facilement me perdre dans ton univers sans jamais me créer ma propre sphère d'activité. Mais qu'est-ce que cela nous apporterait ? Nous nous ennuierions tous les deux à mourir. »

Frank eut un faible sourire. Il prit les mains de Mamah dans les siennes.

« Est-ce trop te demander ? Dis-le-moi, Frank. Parce que toute ma vie durant j'ai eu l'impression de ne jamais m'être montrée assez exigeante, que ce soit en amour, sur le plan professionnel ou vis-à-vis de moi-même. À part ces deux dernières semaines, où j'ai enfin pu avoir une véritable activité intellectuelle. »

Il soupira. « Ai-je vraiment le choix ?

— Tu pourras passer deux mois avec Lloyd sans avoir à t'inquiéter de ma présence. Et je ne serai pas trop loin de Berlin. Je pourrai y aller et te représenter comme agent auprès de Wasmuth pendant que tu seras en Italie.

— Ce n'est pas la panacée, ce projet, dit-il, comme s'il n'avait pas entendu sa dernière remarque.

— Que veux-tu dire ?

— Ne va pas t'imaginer qu'Ellen Key peut changer quoi que ce soit à ce que les journaux de Chicago disent de nous. Ses livres n'éclaireront jamais l'esprit étroit de ceux qui se repaissent de ces insanités et en croient chaque mot.

— Comment le sais-tu ? Tu ne les as jamais lus.

— Non, c'est vrai. Je n'en sais que ce que tu m'as dit. Mais je vois bien que sa pensée a une emprise irrésistible sur toi. Tu es toute pardonnée. Je suis séduit, moi aussi. Tout ce que je dis, c'est que je ne veux pas perdre la femme délicieuse dont je suis fou à cause d'une théorie féministe. Reste fidèle à Mamah Borthwick. C'est tout. »

Frank se leva et s'activa sans entrain dans la chambre, il rangeait ses affaires en ruminant ses pensées. Mamah alla s'installer dans un fauteuil et ferma les yeux. Elle avait la main droite en feu sur ses genoux. Pendant deux semaines, elle avait copié et recopié ses traductions jusqu'à en avoir les doigts gourds. En fait, tout son corps était endolori sans qu'elle comprît pourquoi, mais elle avait toujours les idées claires. Elle savait ce qu'elle devait faire. Écrire à Edwin dès aujourd'hui et demander officiellement le divorce. Elle enverrait également une lettre à Lizzie pour solliciter encore un peu son aide auprès des enfants.

Rédiger un petit mot pour Martha serait facile. Mais que dire à un petit garçon de huit ans ?

Mamah prit du papier à lettres dans sa valise et alla s'asseoir devant le secrétaire. Elle contempla longuement la feuille avant de commencer à écrire.

Cher John,

Je suis à Paris maintenant. Sais-tu qu'il y a eu une grande inondation ici ? Dans certains quartiers, l'eau du fleuve a atteint le deuxième étage des immeubles. Je n'étais pas ici au plus fort de la crue, mais on m'a raconté que les gens se déplaçaient en bateau dans les rues. Le niveau de l'eau a baissé et le soleil brille maintenant. Les gens sourient de nouveau dehors.

J'espère que tu as le sourire toi aussi, mon chéri. Tu me manques terriblement. J'ai l'impression qu'à chaque coin de rue quelque chose me fait penser à toi. Il y a tant de choses qui te plairaient et un jour je t'emmènerai ici pour que tu les voies de tes propres yeux.

Cela me rendrait si heureuse d'être avec Martha et toi. Je reviendrai à Oak Park mais pas tout de suite. Pendant quelques mois, je vais retourner à l'école, comme toi. J'ai l'intention d'apprendre le suédois à l'université pour traduire des livres. Ce sera mon nouveau travail.

Tout ira bien, mon petit John. Je sais que ton papa, tante Lizzie et Louise s'occupent bien de toi. Ne crois pas que je ne t'aime pas ou que tu as fait quelque chose de mal. Tu es un petit garçon très sage et courageux, mon chéri. Tu es le meilleur fils qu'on puisse avoir. Sois gentil avec ta petite sœur. Je sais que je peux compter sur toi pour ça.

Ta maman qui t'aime

26

À Leipzig, Mamah avait deux fois l'âge des autres étudiants. Assise bien droite, elle inscrivait avec application les locutions suédoises dans un carnet pendant que, tout autour d'elle, ses jeunes condisciples se prélassaient sur leur siège, enivrés par l'approche du printemps et par la promesse des bières qu'ils boiraient le soir même.

Son professeur, un cinquantenaire exubérant, était une connaissance d'Ellen Key. Pendant ses cours, il s'adressait tout particulièrement à la femme brune assise au premier rang, ravi que quelqu'un réponde à ses questions.

Mamah se rendit deux fois à Berlin pour rencontrer Wasmuth, veiller à l'avancement de l'impression de la monographie et en rendre compte à Frank. Le reste du temps, elle menait une existence tranquille à Leipzig où elle ne s'accorda que de rares plaisirs. Elle tirait surtout satisfaction de son aisance grandissante en suédois.

À la fin de mai, alors qu'elle s'apprêtait à partir pour l'Italie, elle reçut une lettre d'Ellen qui l'invitait à venir lui rendre visite dans sa nouvelle maison, au bord du lac Vättern. Mamah composa prudemment un télégramme où elle sollicitait encore une fois l'indulgence de Frank.

Prends tout ton temps, répondit-il. Quelques jours plus tard, elle était en route.

Quand elle arriva à Alvastra, un vieux monsieur l'attendait ; il parlait un suédois inintelligible, empêché qu'il était par une énorme chique de tabac coincée dans sa joue. Il emmena Mamah en carriole jusqu'à la maison d'Ellen qui surplombait le lac Vättern, puis la fit entrer et la laissa dans un couloir aux murs blancs, au sol en brique avec des portes fraîchement peintes en rouge de chaque côté. Sous le plafond courait une frise, une guirlande verte dessinée au pochoir. Au-dessus de l'entrée, les mots MEMENTO VIVERE étaient inscrits à la peinture rouge : « N'oubliez pas de vivre. »

À cet instant, Mamah faillit être renversée par un saint-bernard qui déboula en aboyant du fond du couloir. « Je l'ai appelé Wild, dit Ellen Key qui trouva Mamah en train de s'essuyer les mains sur sa jupe. Très affectueux mais trop expansif. » Elle la serra chaleureusement dans ses bras. « Bienvenue à Strand. Venez signer mon livre d'or. Vous serez une des premières. »

Comment une femme avait-elle pu concevoir seule une maison pareille ? Au cours des cinq jours qui suivirent, Mamah s'émerveilla de cet exploit. Elle n'avait pas lu son livre *La Beauté pour tous*, mais, dans chaque pièce, elle percevait son principe esthétique de la « lumière bienfaisante ». Les meubles gustaviens étaient peints en gris perle. Chaque fenêtre de la maison était ouverte à la brise de ce mois de juin. De tous côtés, des objets simples issus de l'artisanat populaire s'offraient aux regards.

« Pourquoi avez-vous appelé votre maison Strand ?

demanda Mamah à Ellen quand la jeune gouvernante eut apporté le thé.

— Venez par ici. » Ellen ramena Mamah dans le couloir et lui montra une carte encadrée de la région de Vättern. Elle était surmontée d'une inscription peinte en lettres bleues et blanches : DÄR LIVETS HAV OSS GETT EN STRAND.

« "Le rivage où la vie nous a portés", traduisit Mamah.

— Cela vous est venu tout naturellement, remarqua Ellen. Vous avez beaucoup travaillé, n'est-ce pas ? »

« Voici mon paisible rivage », dit-elle un peu plus tard. Elles étaient assises sur un banc au bord du lac ; un portique circulaire avait été érigé sur une digue de rochers juste au-dessus du niveau de l'eau. Wild était couché aux pieds d'Ellen. « C'est si beau ici, surtout le matin. » Elle se tut et réfléchit. « Non, surtout la nuit, quand il y a des étoiles. Enfin, vous verrez. Je suis venue m'asseoir ici ces derniers temps et je me suis dit que j'aimerais léguer Strand après ma mort. Je suis en train de coucher cela par écrit dans un testament. Cet endroit sera un havre destiné au repos des femmes actives. Elles pourront venir y prendre des vacances. »

Mamah sourit. « Suis-je la première ?

— Je suppose. » L'idée plaisait à Ellen. « Cela n'a pas été facile pour vous, hein ? »

En entendant cette question, Mamah ferma les yeux.

« Venez, ma chère, dit Ellen. Allons nager. »

Elles enfilèrent des maillots de bain noirs et amples avant de se baigner dans le lac Vättern. Mamah fit la planche et contempla les formations nuageuses. De temps à autre, elle voyait Ellen plonger sous l'eau, le dos arrondi, pour réapparaître quelques secondes plus tard à quelques mètres de là ; sa tête jaillissait à la surface aussi luisante que celle d'un phoque.

« S'il vous plaît, Ellen Key, lança-t-elle à son amie, ne parlez plus de testament. Je veux que vous viviez ici pour toujours.

— Je ferai de mon mieux », répondit l'autre.

Pendant les quatre jours suivants, les petites attentions si féminines d'Ellen lui allèrent droit au cœur. Chaque matin, Gerda, l'employée de maison, lui apportait son petit déjeuner au lit sur un plateau garni d'un bouquet de fleurs. Les draps embaumaient comme si on les avait repassés avec du lilas.

Au cours des longues heures qu'elles passèrent ensemble à discuter de sujets aussi nombreux que variés, Mamah observa le visage d'Ellen. Cette dernière était sereine ici, moins dogmatique. À vrai dire, elle avait tout d'une mère. Mamah se demanda quels malheurs elle avait connus au cours de son existence. Pourquoi finissait-elle ses jours seule dans cette maison ? Le professeur de suédois de Leipzig avait fait allusion à un homme marié qui avait compté dans sa vie pendant des années mais qui n'avait pas réussi à quitter sa femme. Mamah mourait d'envie de lui demander si c'était vrai, mais elle tint sa langue. À cet égard, Ellen Key ressemblait à sa sœur Lizzie. Foncièrement bonne, elle tenait pourtant la plupart des gens à distance.

Il n'empêche, Mamah voyait que sa visite faisait plaisir à Ellen. À sa surprise, elle découvrit aussi que la grande philosophe était un peu vaniteuse. Un jour, celle-ci lui montra la reproduction, découpée dans un magazine, du portrait officiel qu'un artiste norvégien avait fait d'elle.

« Le trouvez-vous ressemblant ? » demanda-t-elle.

Mamah examina le tableau. « Il vous a peinte comme une visionnaire, c'est cela ? Une sorte de grande prêtresse. C'est un joli portrait. »

Le visage d'Ellen s'épanouit en un large sourire.

« Mais ces rideaux, reprit Mamah, taquine, en désignant deux tentures abstraites relevées de part et d'autre du tableau. Vous ne pourriez pas le convaincre de les enlever ? Mon Dieu, ils pendent comme deux gros paquets de chaque côté de votre visage ! »

Elle lui lança un regard offensé, puis éclata de rire. « J'aime les gens qui disent ce qu'ils pensent. »

En fin de journée, Mamah descendit jusqu'au lac en laissant les fougères sèches lui caresser les chevilles. Elle s'assit en tailleur par terre sous le portique pour écouter le clapotis des vaguelettes contre les rochers en contrebas. Elle avait envie d'une maison à elle un peu comme celle-là. Jusqu'à ce jour, elle n'avait eu qu'une idée abstraite de celle qu'elle partagerait avec Frank, mais désormais elle pouvait l'imaginer avec plus de précision. Leur havre de paix se trouverait à la campagne, au bord de l'eau, mais aussi proche d'une ville que Strand l'était de Stockholm. Ce serait une maison que les invités garderaient en mémoire pour ses petits conforts. Frank en ferait un miracle d'espace et de lumière. Et Mamah s'efforcerait d'y recréer l'atmosphère qui régnait à Strand.

Les deux femmes passaient leurs matinées à discuter dans le bureau d'Ellen. Mamah supposait que les lettres empilées sur le secrétaire avaient été envoyées par l'une ou l'autre des personnalités en vue avec lesquelles elle correspondait. Assise dans la pièce inondée de soleil, tandis qu'une brise venue du lac faisait frissonner les feuilles de hêtre au dehors, elle fut soudain frappée par l'honneur qu'il y avait à compter parmi les premières personnes invitées à Strand. Comme c'était étrange de se retrouver en face d'une femme que ses compatriotes considéraient comme l'égale d'Ibsen et de Strindberg !

Accrochées au mur au-dessus de son bureau, les photos des amis célèbres – Rilke, Bjørnson – alternaient avec les scènes de la vie de famille qu'Ellen devait à son ami peintre Carl Larsson. Mamah essaya d'imaginer quel présent pourrait enorgueillir cette maison au même titre que les objets personnels déjà rassemblés par son amie. Soudain, elle eut une idée. Elle demanderait à Frank une de ses chères estampes d'Hiroshige et l'enverrait à Ellen.

« Les femmes ont besoin de développer leur personnalité profonde », disait Ellen. Elles discutaient depuis des heures des démarches que pourrait faire Mamah en vue de publier les essais d'Ellen dans *The American Magazine*, des coupes éditoriales que les différents articles pourraient subir et de la meilleure façon d'atteindre les lectrices américaines.

« Il est difficile de dire quel accueil recevra *La Morale au féminin* quand il paraîtra aux États-Unis, dit Mamah. Le Mouvement des femmes américain se concentre sur le droit de vote et sur l'égalité des salaires. »

Gerda entra dans le bureau pour y déposer leur dîner : côte de bœuf et pommes de terre.

« Affranchir les femmes des conventions, voilà ce pour quoi elles devaient lutter, dit Ellen d'un ton passionné. À quoi sert d'être émancipée pour une femme à peine éduquée qui n'aura pas le courage d'agir ?

— Mais beaucoup de femmes… », commença Mamah.

Ellen ignora l'objection ou ne l'entendit pas. « Depuis toujours, on enseigne la témérité aux hommes. » Elle mordit dans sa côte de bœuf à pleines dents. « En revanche, le rôle qui revient aux femmes est celui de gardiennes de la mémoire et des traditions. Nous sommes devenues conservatrices par excellence. Oh, je suppose que nous y avons gagné en flexibilité, car nous avons appris à voir les choses sous différents angles. Mais nous l'avons payé au prix fort. Cela nous a empêchées d'atteindre des sommets ! Et la plupart des femmes se contentent de répéter les opinions et les jugements d'autrui comme s'ils étaient les leurs. C'est dangereux ! » Elle agita l'os qu'elle venait de ronger. « Les femmes ont besoin de comprendre la théorie de l'évolution, la philosophie, l'art. Elles ont besoin d'élargir leurs connaissances et non plus de s'employer à détruire la réputation de leurs semblables.

— C'est votre combat personnel, dit doucement Mamah.

— On me qualifie de licencieuse, j'essuie toutes sortes d'attaques sordides. » Le visage charnu et fier d'Ellen eut soudain l'air fatigué. Les profondes rides qu'elle avait aux coins de la bouche lui dessinèrent un rictus amer de vieux vétéran. « C'est une stratégie très efficace : bafouez l'honneur d'une penseuse et vous détruirez ses idées. J'ai dû me montrer extrêmement prudente tout au long de ma vie. »

Gerda vint débarrasser les assiettes puis leur apporta de généreuses tranches de gâteau. L'attitude d'Ellen changea du tout au tout. « Oh ! » fit-elle en joignant les mains comme une petite fille devant cette sucrerie inespérée. Tout en mangeant du bout des dents, Mamah regarda son amie savourer son dessert avec délectation et faire la chasse aux miettes dans son assiette.

Elle ressentit un élan de compassion pour Ellen qui finirait sa vie seule. Elle se creusa l'esprit à la recherche d'une parole gentille. « Vous me faites penser à Frank », dit-elle.

Son amie leva les sourcils. Elle se laissa aller en arrière sur sa chaise.

« Vous avez l'un et l'autre bâti votre réputation sur vos conceptions esthétiques de la maison. Vous semblez tous deux avoir grand plaisir à inscrire des proverbes sur vos murs, poursuivit Mamah, taquine. Et vous êtes tous les deux de vraies têtes de mules. »

Le rire chaleureux d'Ellen Key emplit la pièce. « Il faudra que je rencontre cet homme. »

Le lendemain matin, devant la porte d'entrée, alors que Mamah s'apprêtait à partir, Ellen la serra dans ses bras. « Vous savez, vous étiez toute nouée en arrivant ici, dit-elle. Maintenez le cap, ma chère enfant. Mais ménagez-vous tout de même. »

Mamah monta dans la carriole.

« Et faites-vous photographier, lui lança Ellen en agitant la main. Je veux votre portrait dans mon bureau. »

27

À Fiesole, la cloche du couvent qui faisait face à Villino Belvedere carillonnait l'heure quand Mamah entra dans le jardin. Cela faisait partie des bruits matinaux auxquels elle commençait à s'habituer. Le pas sonore des chevaux sur le pavé, le choc assourdi des plateaux que l'on posait sur une table à quelques portes de là et le martèlement tout proche d'une enclume signifiaient que la journée avait démarré. De l'appartement qui se trouvait de l'autre côté de la maison lui parvenaient les premières notes d'un violoncelliste russe et d'un violoniste qui passaient toutes leurs matinées à répéter.

Frank était allongé sur une chaise de jardin, les yeux fermés, le visage offert au soleil. « Encore une journée parfaite », dit-il en l'entendant approcher.

Que le village soit noyé dans le brouillard ou écrasé de soleil, il prononçait les mêmes paroles chaque matin depuis qu'elle l'avait rejoint. Tout lui plaisait dans cette petite ville construite à flanc de coteau.

« Tu ne travailles pas aujourd'hui ? demanda-t-elle.

— Quelques heures seulement.

— Allons visiter des jardins d'autrefois. Qu'en dis-tu ?

— Ne les avons-nous pas tous vus ?

— Nous ne sommes pas encore allés à la Villa Medici. Estero dit qu'elle est vide en ce moment et elle connaît le jardinier. » Estero, l'Italienne aux traits doux qui leur faisait la cuisine, n'avait que des amis à Fiesole, tous plus disposés les uns que les autres à venir en aide au charmant couple d'Américains.

« C'est loin ?

— Nous pouvons y aller à pied. Je vais voir si elle peut nous y faire entrer.

— À onze heures », lui lança-t-il en descendant l'escalier qui menait au niveau inférieur de la maison où il avait son atelier.

Les journées s'organisaient aussi simplement que cela, rythmées par le lever du soleil et le repas de midi. Dès huit heures et demie, ils se trouvaient chacun à leur poste, même s'il arrivait à Mamah de se glisser dans l'atelier pour regarder Frank et Taylor Woolley tremper leurs plumes de corbeau dans l'encre et esquisser des dessins délicats sur leurs minces feuilles de papier.

Quant à elle, elle travaillait dans le plus petit des deux jardins de la maison, abritée par une charmille chargée de roses jaunes qui poussaient tout autour de la terrasse. Assise à la table de jardin ronde installée près du mur qui la séparait d'un vertigineux à-pic, elle avait vue sur les toits de tuile rouge de Florence.

Elle prenait son temps pour traduire *De l'amour et de l'éthique*. Elle jouait avec les expressions, consultait son dictionnaire, écrivait et réécrivait ses phrases. Elle voulait faire honneur à cette œuvre et trouver les mots justes. Et quand elle y parvenait, quand, filtrée par son esprit, la version allemande de la sagesse d'Ellen se retrouvait distillée en phrases anglaises aussi élégantes que convaincantes, Mamah éprouvait une sensation proche de l'extase.

Elle vivait dehors aussi souvent que possible ; certains matins, elle abandonnait sa traduction pour gravir la Via San Francesco jusqu'à l'antique église et jusqu'au monastère, au sommet de la colline. Ce n'était qu'une destination parmi des dizaines d'autres mais toutes ses promenades dans les prés parsemés de coquelicots l'amenaient au même point culminant : Mamah trouvait un endroit où s'asseoir pour contempler les coteaux jusqu'à ce qu'un calme proche de la stupeur s'empare d'elle. Quand les longues heures passées au soleil firent apparaître des auréoles bronzées sur son dos et sa poitrine, elle s'acheta un chapeau avec des bords plus larges.

« Mamah des collines ! » C'est en ces termes que Frank la salua un beau matin qu'elle sortait dans le jardin, son grand chapeau de promenade sur la tête. À compter de ce jour, il ne lui donna plus d'autre surnom.

En ce mois de juin, l'arrivée de Mamah à Fiesole avait coïncidé avec le retour de Taylor Woolley. Lui et Lloyd, le fils de Frank, avaient collaboré à la monographie, de la fin de l'hiver au début du printemps, d'abord à Florence puis à Fiesole où Frank avait loué Villino Belvedere à une Anglaise qui possédait plusieurs maisons et appartements dans la petite ville. Quand Lloyd et Taylor eurent presque achevé leurs dessins, Frank leur octroya une belle somme avant de les envoyer visiter l'Europe. À la fin de leur grand tour, Lloyd était rentré à Chicago (*sans doute pour l'éviter*, pensait-elle), mais Taylor était revenu travailler à Fiesole.

Mamah avait découvert en Taylor le plus doux et le plus discret des hommes. Ce jeune mormon de vingt-six ans était mince et boiteux. Malgré les quinze années qui les séparaient, Mamah trouva en lui le compagnon idéal de ses promenades dans les collines.

Ils prenaient souvent le tram tous les trois pour aller flâner dans les somptueuses cathédrales de Florence. Ils passèrent des journées entières dans la Galerie des Offices à contempler les statues de Donatello et de Michel-Ange, les tableaux de la Vierge du Duecento et des portraits de cardinaux en habit de pourpre sur fond de paysages toscans. Ils se laissaient tomber sur les bancs du musée et rejetaient la tête en arrière, contraints d'admirer les plafonds dorés et peuplés d'angelots ; puis ils repartaient, épuisés et rassasiés par tant de merveilles.

Taylor avait un petit appareil photo qu'il braquait rarement sur les églises de Florence. Il préférait photographier d'en haut la vaste mosaïque de la ville, multitude de rectangles bordés de cyprès. Il était fasciné par les anciennes voies romaines et les maisons accrochées à des collines si raides que les escaliers ressemblaient à des échelles. Parfois, Mamah l'accompagnait à la découverte des précipices les plus spectaculaires, autour de Villino Belvedere, d'où il immortalisait la ville en contrebas.

Une après-midi, il l'emmena jusqu'à un promontoire et lui apprit à manipuler l'appareil photo. De leur point de vue, Florence semblait baignée dans un fleuve blanc dont les volutes changeantes révélaient tantôt une rue, tantôt un grand immeuble avant de noyer la ville tout entière. Taylor et Mamah l'examinèrent chacun à son tour dans le viseur en attendant que le brouillard se dissipe et découvre une villa qu'ils avaient remarquée quelques instants plus tôt. La vaste demeure se dressait de temps à autre comme une île sur une mer de brume.

« Laissez-moi faire une photo de vous », dit Mamah. Taylor prit patiemment la pose sur un mur de pierre tandis qu'elle faisait sa mise au point. Pendant toute leur promenade, ils n'avaient cessé de parler de leur enfance. Mamah remarqua que Taylor avait soigneusement évité d'évoquer son passé le plus proche. Il ne lui proposa pas non plus de la prendre en photo.

Un matin, alors que la chaleur commençait déjà à monter, Frank et Mamah franchirent la lourde porte verte de Villino Belvedere avec, dans un sac à dos, le déjeuner que leur avait préparé Estero. À présent, les habitants du village s'étaient habitués à les voir sillonner main dans la main les routes millénaires des environs, lui avec sa canne sous le bras et elle coiffée de son chapeau à larges bords. À midi, ils étaient à la Villa Medici, dans le plus haut des jardins en terrasses.

C'était une demeure imposante bâtie à la gloire d'un autre âge, flanquée d'une longue pergola chargée de rosiers côté collines et dont l'autre façade offrait une vue dégagée sur l'Arno dont le cours sinueux traversait Florence. Le jardin en terrasses était le premier des trois étages verdoyants qui descendaient à flanc de coteau. À l'extérieur, aucun escalier central ne permettait de passer directement de l'un à l'autre. On accédait à chaque terrasse par la maison ou par de petits sentiers latéraux.

« Les jardins en disent long sur une civilisation, tu ne trouves pas ? » demanda Mamah, essoufflée. Elle pensait à voix haute. « Ils donnent à voir ce qui comptait pour les gens. »

Pendant qu'elle parlait, Frank resta à portée de voix mais ne répondit pas. Elle devina qu'il était ailleurs, absorbé par les plans et les espaces. Elle avait appris à le laisser tranquille dans ces moments-là.

Il emprunta les petites allées en gravier pour monter jusqu'à la villa et en redescendre, arpenter les différentes chambres végétales qui l'entouraient et examiner la demeure de loin. Le revêtement extérieur prenait une teinte dorée. De près, pourtant, les murs semblaient sur le point de s'écrouler.

La maison était vide et le jardinier insista pour qu'ils déjeunent sous la pergola.

« Tu vois ces arbres ? dit Mamah en indiquant deux cyprès qui encadraient le paysage vallonné. Ils ont été plantés là à dessein, et s'élèvent tels des points d'exclamation, comme pour dire "Regardez ça ! Quelle perspective !" »

Frank scrutait les collines en face d'eux. « Humm. Je regardais ces maisonnettes à flanc de coteau. Elles s'insèrent aussi naturellement dans le site que les arbres et les rochers.

— C'est typique, dit Mamah, je m'extasie sur cette magnifique maison et ses jardins et tu admires les huttes en terre.

— J'ai vu le jardin, sourit Frank. Il me rappelle le Japon. »

Elle fit semblant de lui jeter un regard courroucé. « Moi qui t'avais emmené ici en pensant que tu regarderais ces jardins en terrasses. Que tu t'assiérais sous une pergola comme celle-là pour m'expliquer que l'étagement favorise la continuité entre la maison et la nature. J'étais assez fière d'avoir organisé cette petite sortie.

— Tu avais tout manigancé, hein ?

— Oui, je croyais que tu allais t'exclamer : "Mamah, c'est ici que j'ai envie de vivre avec toi pour toujours ! Je vais te construire une villa sur cette colline, là-bas."

Alors, je me serais pâmée d'aise. Et toi, tu me dis que ça te rappelle le Japon ! »

Il se mit à rire. « Je songeais à autre chose. J'observais la façon dont on cultive la terre par ici. Et cela m'a fait penser aux fermiers japonais qui étagent leurs cultures en terrasses superbement alignées, comme celles-ci. En promenant ses regards autour de sa belle maison, c'est la main de l'homme sur la terre que l'on distingue.

— Pas la nature à l'état sauvage ? N'est-ce pas ce que veut voir Frank Lloyd Wright ?

— J'aime les terres vierges, oui. Mais…

— Mais l'homme fait partie de la nature, dit-elle.

— Oui, comme tout ce qui vit. Ces motifs que nous dessinons en cultivant et en utilisant la terre, ils correspondent à des images ancestrales, en fait enracinées dans notre psyché, je pense, si bien que nous les considérons naturellement comme belles. À l'origine, le fermier ne sème pas ses cultures pour faire de l'art. Son approche est pragmatique. Il agence ses parcelles en fonction des contours de son champ. Mais la terre parvient à imposer sa dynamique propre, à pousser l'agriculteur à créer de magnifiques sillons ondulés dans ses champs de blé en Ombrie ou à quadriller son lopin dans une autre région. En se conformant aux volontés de la terre, on peut construire une maison en symbiose avec elle.

— Comment te sens-tu ici ?

— Je pense que ces jardins ont été conçus par un amoureux de l'architecture plutôt que par un paysagiste. Mais j'admire cet endroit… dans une certaine mesure.

— Je parlais de l'Italie. Comment tu t'y sens ?

— Tu ne l'as pas deviné ? On ne peut qu'en éprouver la magie. Les collines…

— Laisse-moi deviner. Elles te rappellent le Wisconsin.

— Oui. » Il haussa les épaules en souriant. « Beaucoup. »

Le lendemain, ils prirent le tramway qui descendait jusqu'à Florence par la route bordée de pins odorants. Arrivés en ville, ils décidèrent de renoncer aux musées pour gravir la butte qui menait à la Piazzale Michelangelo. Frank fit passer Mamah devant Villino Fortuna, la première maison qu'il avait louée en arrivant à Florence.

« On mourait de froid ici, raconta-t-il. Lloyd, Taylor et moi devions nous réchauffer les mains au-dessus d'un feu rien que pour nous dégourdir les doigts. » Il s'était écoulé à peine trois ou quatre mois depuis qu'il y avait vécu, mais il en fit un tel tableau qu'on aurait pu croire que cela remontait à bien plus longtemps. Frank avait ce don. Il savait transformer une circonstance fortuite en véritable légende.

Arrivés non loin du sommet, ils se reposèrent sur un banc près d'une petite église. Frank se releva et s'approcha de l'édifice pour regarder des ouvriers qui en teignaient le revêtement avec de l'ocre. La porte était entourée de jasmin au travers duquel Mamah parvint à lire les mots gravés dans la pierre.

« Il y a une inscription au-dessus de la porte, lança-t-elle à Frank. *Haec est porta coeli.* »

Un homme hâlé qui avait noué un grand mouchoir autour de son front leva les yeux de son ouvrage pour essayer de comprendre leur conversation.

« Mon latin est rouillé, répondit Frank de loin. Qu'est-ce que ça veut dire ? Que nous irons tous en enfer ?

— Non, non ! s'écria-t-elle. "Ceci est la porte du paradis." »

Ils étaient trop fatigués pour retourner à Fiesole l'après-midi même, aussi prirent-ils une chambre dans une auberge, à deux pas de la Piazza della Repubblica. Ils dînèrent dans un café qui donnait sur la place en regardant déambuler les premiers flâneurs de la soirée. Un couple d'élégants se promenait avec allure ; un vieil homme poussait une charrette pleine de gravats au pas de charge, le bruit de ses roues ricochait sur les murs des bâtiments alentour. Non loin d'eux, penchés au-dessus d'une petite table, deux autres voyageurs conversaient à voix basse.

« Prenez votre temps, madame, et profitez de la vue, recommanda le serveur quand Mamah lui annonça qu'ils n'étaient pas encore prêts à commander. C'est le moment de la journée que je préfère.

— Vous travaillez ici depuis longtemps ?

— *Si signora*. Douze ans que je suis employé dans cet hôtel. Je ne m'en lasse pas. J'ai un petit logement, une chambre à deux pas d'ici, dit-il. Je n'ai pas besoin de plus. La place, c'est le salon des Italiens. C'est ici que je reçois mes amis.

— Vous n'êtes jamais allé à l'étranger ?

— Non. Pourquoi y aller ? Le monde entier vient me rendre visite, ici, sur la place. »

Mamah éclata de rire et traduisit la conversation à Frank.

« Maintenant, demande à ce monsieur si je peux lui acheter cette nappe blanche parce que j'ai l'intention de dessiner dessus. »

Le serveur haussa les épaules. « *Non c'è problema.* »

Mamah leur commanda une soupe.

« Prie-le d'attendre avant de l'apporter, tu veux ? » Frank écarta les verres. Dans un petit sac, il prit un crayon bleu qu'il venait d'acheter pour compléter une collection qu'il avait commencée à Berlin. Il le tailla prestement avec un petit couteau qu'il portait dans sa poche de poitrine puis il traça une ligne irrégulière et ondulée sur laquelle il nicha plusieurs rectangles. Il dessinait à l'envers pour permettre à Mamah de reconnaître aisément les formes géométriques d'une maison bâtie à flanc de coteau. De nouvelles lignes courbes apparurent, qui figuraient un fleuve et d'autres montagnes.

« La Villa Medici est construite sur trois niveaux, n'est-ce pas ? » demanda-t-elle.

Frank continua de dessiner, ajoutant des arbres, des routes. Il couvrit une colline d'un patchwork de jardins. « Ce n'est pas la Villa Medici, répondit-il.

— Oh, fit Mamah en suivant du doigt une ligne sinueuse au bas du dessin, je croyais que c'était l'Arno.

— Tu n'es pas loin, dit-il. C'est un cours d'eau, mais pas l'Arno. C'est le fleuve Wisconsin. »

Elle se pencha sur le croquis.

« Il y a une colline où j'allais souvent me promener quand j'étais petit, raconta-t-il, près de la propriété de mon grand-père et de l'école de mes tantes. C'était un lieu magique pour moi à l'époque. En été, quand je travaillais à la ferme de mon oncle, j'allais m'isoler là-haut, je m'asseyais et je restais là à contempler la cime des arbres. Cette colline est vaste et arrondie comme un crâne. J'ai envie de bâtir une maison à quelque distance de son sommet, Mamah. Notre maison. »

Mamah sentit son cœur se serrer.

« Je n'arrête pas de rêver de cette maison, poursuivit-il. Je l'imagine nichée à flanc de coteau avec ses deux ailes qui enserrent la colline. Taillée dans le calcaire dont regorge le sol du Wisconsin, elle ressemblera elle aussi à un gros affleurement rocheux. Il y aura une cour comme celle que nous avons vue à la Villa Medici. Tu y seras entourée de jardins, Mamah. Tu passeras d'une chambre à une terrasse arborée sans même t'en apercevoir. »

Dans ses yeux brillait un enthousiasme proche de la ferveur. « J'ai envie d'y cultiver la terre, reprit-il. Je veux couvrir les collines environnantes d'arbres fruitiers. Laisse-toi aller juste un instant à imaginer le parfum d'une centaine de pommiers ! Tu les sens ? Et des légumes, des tonnes de légumes ! Nous cultiverons notre potager, nos plantations dessineront des rubans sur les vallons. »

Mamah le regardait tristement.

« Je ne suis pas fou, Mamah. C'est réalisable. J'ai déjà écrit à ma mère pour lui en parler.

— Ah bon ?

— Je pense qu'elle serait prête à m'acheter ce terrain. Personne ne se doutera de rien jusqu'à ce que la maison soit construite.

— Tu ne m'as jamais dit que tu…

— Nous pourrons y vivre en paix. Je dirigerai mon cabinet d'architecte à distance, avec un petit bureau à Chicago peut-être. Toi, tu pourras traduire, jardiner, faire ce que tu aimes. La région est essentiellement peuplée de fermiers, c'est vrai, mais nous trouverons le moyen d'avoir une vie culturelle à Spring Green. Nous y attirerons le monde entier.

— Ma place n'est pas en Amérique pour l'instant, dit-elle. Pas même dans le Wisconsin. De toute façon, j'ai chassé tout ça de mon esprit. Je t'en prie, Frank, nous sommes en Italie…

— Écoute, dit-il, ma famille vit dans cette vallée depuis trois générations. Ça compte : on nous respectera. C'est un endroit isolé et à seulement trois heures en train de Chicago. Nos enfants pourront venir nous y rendre visite. »

Mamah suivit des yeux les pigeons qui descendaient en piqué sur la place. « Je sais que tu adores le Wisconsin, Frank. Mais… » Elle se redressa et le regarda dans les yeux. « Pour moi, commença-t-elle, tu veux bien nous construire une maison ici ? Mes enfants pourraient venir y séjourner pendant une partie de l'année. Et les tiens pourraient peut-être y passer l'autre.

— Mamah. » Frank lui caressa la main d'un geste tendre. « Tu rêves. Je ne me sens pas plus chez moi en Italie que… »

Mamah retira sa main. « Et Oak Park, est-ce chez moi ? Et le Wisconsin ? Je ne suis plus chez moi nulle part. L'Italie est anonyme au moins. »

Le serveur s'approcha de la table avec deux grands bols de soupe. Il regarda le dessin, lança un regard hésitant à Mamah et à Frank, et attendit. Frank finit par l'inviter à déposer son fardeau sur la table ; les bols recouvrirent le croquis.

28

À Villino Belvedere, les fins de soirées étaient toutes consacrées aux livres. Parfois, Frank faisait la lecture à Mamah puis discutait de certains passages avec elle.

« *De toute éternité, la couleur bleue*, lut-il un soir dans un essai de Ruskin, *a été élue source de plaisir par le Créateur.* » Ils débattirent sans fin pour savoir lequel était le plus beau : le bleu azur, le bleu de cobalt, le bleu barbeau ou celui de la Méditerranée ? Ils discutèrent aussi des nuances subtiles entre les différents rouges orangés : blond vénitien, rouge de Chine ou ocre des Cherokee.

Si la traduction avait bien avancé ce jour-là, Frank avait droit à des morceaux choisis de *De l'amour et de l'éthique*. Mais ils évitaient désormais de parler du Wisconsin et de la maison sur la colline.

Un matin où il faisait particulièrement chaud, Mamah entra dans l'atelier de fortune pour prendre le frais. Frank l'avait meublé très simplement d'objets qui lui plaisaient : une écharpe en laine jetée sur une table, elle-même surmontée d'un pot ventru en céramique vernissée et plein de branchages, des dessins d'architecte punaisés sur le papier peint à fleurs, une petite étagère où s'alignaient des vases italiens sans prétentions. Taylor et lui travaillaient en silence, chacun à sa table.

Elle s'approcha de Frank et posa la main sur son épaule pour jeter un coup d'œil à ce qu'il dessinait.

« Eh bien, tu m'as pris sur le fait », dit-il.

Elle éclata de rire. « Que faisais-tu donc ?

— Regarde. »

Il travaillait à deux dessins juxtaposés sur la même page, l'un au-dessus de l'autre.

« Mais c'est ma maison », dit-elle en regardant celui du haut. Les feuillages très ouvragés de Marion Mahony s'enroulaient autour des coins de la feuille et envahissaient le mur de la terrasse. C'était le dessin qui les avait conquis, Edwin et elle, en 1903, quand ils avaient découvert le style architectural de Frank.

Mamah étudia l'esquisse du bas. Elle représentait une maison rectiligne avec une terrasse dont les murs épais se dressaient fièrement à flanc de coteau. Les caractères crayonnés sous le croquis annonçaient : VILLA DE L'ARTISTE.

« Je veux réunir ces deux illustrations sur une seule et même pierre lithographique, dit-il.

— Pourquoi ?

— Parce que je les ai conçues pour toi. »

Elle pencha la tête sur le côté, perplexe, puis contempla de nouveau l'image du bas.

Taylor se leva et s'étira. « Je crois que je vais faire une pause », annonça-t-il, puis il sortit dans le jardin.

« Celle d'en bas est une simple étude, expliqua Frank. J'explorais les possibilités de construire une maison sur une colline de Toscane… une maison en symbiose avec la nature.

— Tu as dessiné une maison pour Fiesole ?

— Oui.

— Oh, Frank ! s'écria-t-elle. Je l'adore ! C'est un jardin clos ? »

Il hocha la tête.

Elle se jeta dans ses bras. « L'idée n'a rien de choquant. Non, vraiment. Nous ne serions pas les premiers à vivre quelque temps à l'étranger. » Elle le serra très fort. « Au moment où je te parle, toutes les villas environnantes abritent des expatriés. Pense à tous les artistes qui ont trouvé refuge dans cette région : Shelley, Proust, Ruskin. »

Elle emporta le dessin à la fenêtre pour l'examiner à la lumière. « Il est magnifique. Magnifique. » En se retournant vers lui, elle vit qu'il la regardait. « Imagine un peu, Frank. Nous ne serions pas des bêtes curieuses ici. Et travailler un temps en Europe pourrait se révéler très bénéfique pour ta carrière. Une fois la monographie achevée, les clients viendront de toute l'Europe frapper à ta porte.

— Nous verrons », répondit-il, évasif.

Elle se tut plutôt que d'insister.

Mais, après cela, ses flâneries dans les coteaux eurent un but. Frank n'avait rien promis. Il n'empêche, juillet tirait à sa fin et il avait presque terminé son travail. Depuis le départ, il avait projeté de retourner à Chicago en septembre ou en octobre. S'ils restaient en Italie, ils devraient se trouver rapidement un endroit où vivre. S'en construire un, peut-être.

Un vendredi matin, pendant que Frank était allé en ville récupérer le courrier et faire quelques courses, elle partit pour sa promenade habituelle ; un carnet à dessins sous le bras, elle gravit la Via Verdi, bien décidée à repérer les terrains à bâtir sur les collines les plus éloignées.

« *Buon giorno* ! lui lança Taylor Woolley en sautillant pour compenser sa claudication. Je ne savais pas que vous dessiniez, ajouta-t-il en arrivant à sa hauteur.

— Oh, je crayonne pour ne pas oublier certaines choses. Frank est en ville. Voulez-vous m'accompagner ?

— Ce ne serait vraiment pas raisonnable aujourd'hui. Je pars pour l'Allemagne demain, voyez-vous.

— C'est vrai ? Je croyais que vous partiez la semaine prochaine.

— J'ai décidé d'expédier mon travail pour pouvoir voyager encore un peu avant de rentrer aux États-Unis.

— Oh, Taylor, vous allez tant me manquer ! Je sais ce que nous devons faire ce soir, dans ce cas. Nous nous retrouverons tous pour un dîner d'adieu.

— Ça me plairait bien. » Il agita la main puis ouvrit la porte du jardin. « À ce soir ! »

En traversant la petite ville, elle passa chez Estero commander un dîner de fête.

Installée au sommet de la colline, Mamah scruta le paysage vallonné qui s'étendait autour de Fiesole à la recherche de terrains où une maison anguleuse aux murs blancs pourrait se nicher dans un creux. Elle reproduisit le contour des collines sur son carnet et y traça des cercles irréguliers pour repérer les emplacements possibles.

Elle se laissa aller à rêver d'une vie avec Frank en Italie. Elle imagina que ses enfants passeraient la moitié de l'année ici. C'était la meilleure solution qu'elle pût raisonnablement envisager, et elle s'y voyait déjà : John et Martha accroupis dans la poussière joueraient aux billes avec d'autres enfants, leurs voix familières se mêleraient à d'autres et tous parleraient italien.

Il ne s'agirait pas d'une installation permanente, juste d'un exil volontaire d'un an ou deux. Dans l'intervalle, avec un peu de chance, Edwin et Catherine se résoudraient au divorce. Elle emmènerait Frank sur cette colline, demain peut-être, pour lui montrer les possibles emplacements de leur future maison.

« Quelle chaleur ! » Avec sa manche, Taylor essuya la sueur qui perlait sur son front. « C'est le dernier dessin et j'ai terriblement peur de le tacher. »

Mamah se tenait à quelques mètres de lui. Les yeux plissés, elle se pencha sur les tranches des livres rangés sur les rayonnages de l'atelier. Elle cherchait les *Vies* de Vasari ; elle avait vu Frank le lire quelques jours plus tôt mais n'arrivait pas à mettre la main dessus. Elle se redressa en tâtant ses poches, mit les lunettes qu'elle égarait sans cesse et ne tarda pas à l'apercevoir : *Les Vies du plus excellent des peintres, sculpteurs et architectes*. Frank avait parlé avec admiration du récit de Vasari qui évoquait Giotto, Brunelleschi et d'autres artistes italiens qui avaient transcendé les frontières entre peinture, sculpture et architecture.

Quand elle sortit le livre de la bibliothèque, une feuille de papier glissée dans la couverture s'en échappa. Une lettre que Frank avait écrite à un certain Walter mais qu'il n'avait jamais envoyée ; elle était datée du 10 juin 1910, à Fiesole. *Le jour où je signais le livre d'or dans la maison d'Ellen*, se dit Mamah.

Elle parcourut la lettre et chercha à en reconstituer les circonstances. On y lisait des reproches couchés dans la haute écriture de Frank. Walter avait fait circuler une rumeur selon laquelle Frank l'avait lésé. Elle comprit soudain qu'il s'agissait de Walter Griffin. Apparemment, Frank lui avait remboursé une dette en lui donnant des estampes japonaises et non de l'argent, mais son associé n'était pas satisfait de leur qualité.

Elle essaya de rassembler ses souvenirs. Walter Griffin travaillait déjà à l'atelier en 1903 quand Frank avait conçu les plans de la maison d'Oak Park. Elle se rappelait la voix douce du paysagiste ainsi que l'intensité d'un homme passionné par son métier.

Le ton de cette lettre inquiétait Mamah. Frank semblait très affecté par la trahison de Griffin. Bien qu'il eût écrit cette missive quelques jours à peine avant son arrivée à Fiesole, il ne lui avait jamais parlé de cette affaire.

« Taylor, demanda-t-elle, vous avez entendu parler d'une dette entre Mr Wright et Walter Griffin ? »

Taylor regarda Mamah puis la lettre qu'elle tenait à la main. Il eut soudain l'air soucieux.

« Je comprends ce que ma question peut avoir de gênant, Taylor, et je ne veux pas vous mettre dans l'embarras. Mais j'ai besoin de tirer la situation au clair.

— Eh bien, dit Taylor d'une voix hésitante, j'ai entendu des rumeurs.

— Et ?

— Quelle était la part de vérité, ça je l'ignore.

— Dites-moi. »

Il regarda par la fenêtre. « Cela s'est passé avant que je rejoigne l'atelier, à l'époque où Walter Griffin et Mr Wright étaient associés. Je crois que Mr Wright projetait d'aller au Japon avec… euh… Mrs Wright. Il a emprunté cinq mille dollars à Walter. Il lui a aussi confié la responsabilité de l'atelier en son absence. Je ne sais pas au juste à quand ça remonte.

— C'était en 1905. » Elle se rappelait précisément la date : un an après que Frank leur avait construit leur maison à Edwin et à elle. L'année où elle était tombée enceinte de Martha.

« Cela remonte à cinq ans alors, reprit Taylor. En tout cas, Mr Wright a, semble-t-il, remboursé Walter avec des estampes qu'il avait rapportées du Japon, ce que Walter a très mal pris. Il aurait préféré revoir son argent. Quant à Mr Wright, on raconte qu'il reprochait à Walter d'avoir perdu une grosse commande en son absence. Et d'avoir modifié certains de ses plans alors qu'il était chargé de veiller à leur bonne exécution.

— Il arrive à Mr Wright de régler ses dettes de cette façon, n'est-ce pas ? Je veux dire d'utiliser des gravures comme gage de remboursement. Comme monnaie d'échange. » Elle le savait parfaitement. Il lui avait dit lui-même avoir vendu une partie de sa collection pour financer son séjour en Europe. Le chèque de cette vente à un amateur d'art lui était parvenu quelques jours plus tôt.

« Je ne pourrais pas l'affirmer, madame.

— Mais, dans cette lettre, Frank écrit à Walter qu'il ne lui avait jamais dit que ce mode de remboursement ne lui convenait pas.

— Cela, je n'en sais rien. »

Bien qu'elle ne fût pas directement concernée, toute cette affaire mettait Mamah profondément mal à l'aise. Frank avait-il mal agi ? Le ton offensé de sa lettre laissait plutôt penser à un terrible malentendu. Elle était désolée pour lui : une fois de plus, ils faisaient les frais d'une humiliation publique. Elle se demanda pourquoi il n'avait pas posté ce courrier et elle comprit soudain qu'il n'était peut-être même pas en mesure de régler les intérêts qu'il proposait à Griffin dans sa lettre.

« Mr Wright payait-il ses employés dans les délais, à Oak Park ?

— Parfois, commença prudemment Taylor, nous devions attendre notre salaire. Certains clients prenaient leur temps pour régler, il pouvait y avoir des événements imprévus, le chantier prenait du retard. Il arrivait que… » Il s'affaira, rangea ses instruments de travail.

« Je ferais mieux d'y aller, maintenant.

— Taylor…

— Oui ?

— Je pense que vous pouvez me parler franchement. Comment est-ce de travailler pour Mr Wright ? C'est un patron difficile à vivre parfois ?

— Tout dépend de ce que vous entendez par "difficile". Exigeant ? Oui. J'ai appris des choses par ouï-dire. » Taylor sourit pour lui-même.

« Quelles choses ? »

Taylor réfléchit un instant. « Eh bien, un de ses dessinateurs venait de se marier. Je ne l'ai jamais connu, on m'a raconté l'histoire. Cet employé faisait de longues journées pour Mr Wright. Il nous est arrivé de dormir par terre, à l'atelier, quand nous avions une échéance importante, et, le lendemain matin au lever, on se remettait directement au travail. Apparemment, la femme de ce type s'est mise en rogne parce que son mari n'était jamais à la maison. On raconte qu'elle est venue à l'atelier, qu'elle s'est mise à hurler et qu'elle a décoché un coup de poing à Mr Wright. » Taylor gloussa. « Si je ne crois pas à cette histoire, c'est parce que Mr Wright ne contraindrait jamais un employé à rester. Mais il peut se montrer très persuasif, ça je vous l'accorde. Veut-il que le travail soit fait comme il l'entend ? Oui. Est-ce un original ? Ma foi, je suppose que Thomas Jefferson l'était aussi, à ses heures.

« La plupart des employés que je connaissais avaient choisi de rejoindre son atelier. Certains se sont lassés ou fâchés parce qu'ils ne s'estimaient pas reconnus à leur juste valeur et ils ont claqué la porte. C'est ainsi que les choses se passent dans un cabinet d'architecte :

un homme récolte tous les honneurs, on le sait dès le départ. Quant à moi, je m'estime heureux. Tout le monde n'a pas la chance de travailler pour un génie.

« Mr Wright est très en avance sur les autres architectes. Les gens associent uniquement son nom aux “maisons de la prairie”. Il représente tellement plus… En écoutant ce qu'il a à dire sur l'architecture organique, on pourrait construire des maisons en symbiose avec la nature partout dans le monde. Ses contemporains ne le comprennent pas encore, mais ça finira par arriver. »

Il prit son chapeau accroché à une patère près de la porte. « C'est un prophète, voilà ce que je veux dire. Ce qu'il présente dans cette monographie, personne n'a jamais rien vu de tel en Europe, si vous voulez mon avis. Il va révolutionner la conception de l'architecture. Tout simplement. »

Mamah sourit et Taylor fit de même. « Avec Mr Wright, on ne peut que s'accrocher à la queue de la comète. Si on tient bon, on atteint des sphères inouïes.

— Merci, Taylor. » Elle lui serra le bras au passage alors qu'il quittait l'atelier.

« Nous vous attendons à huit heures. »

Quand il rentra après avoir pris le tram, Frank avait le visage cramoisi et dégoulinant de sueur. Il trouva Mamah dans le jardin où elle était allée s'asseoir après son bain. Plein d'entrain, il arborait une nouvelle veste en lin beige. Il avait des paquets sous chaque bras, qu'il laissa tomber sur une chaise avant de se pencher pour l'embrasser.

« J'adore les somptueux emballages qu'on fait en Italie. » Il s'épongea le front avec un mouchoir et défit la ficelle d'un des paquets. Il contenait un pantalon assorti à sa veste. Sous les yeux de Mamah, il dégrafa celui qu'il portait et enfila l'autre, ajusté aux chevilles par des boutons. Puis il se pavana dans le jardin pour lui présenter son ensemble en prenant la pose avec sa canne et ses airs de dandy. « Très raffiné, n'est-ce pas ? » Il enleva la veste et lui en montra la plus exquise des finitions : le FLW brodé en cursive de style florentin sur la doublure en soie. « Le tailleur que j'ai déniché est un génie. On ne trouve rien de pareil à Chicago.

— Taylor vient dîner chez nous ce soir.

— Parfait. Je lui ai acheté un petit cadeau d'adieu. Mais elle te plaît, cette veste ? Elle n'est pas trop cintrée ?

— Non, elle te va à merveille. Pour qui sont les autres paquets ?

— Pour mes enfants. J'ai aussi un petit quelque chose pour toi. » Il posa une grande boîte emballée sur la table devant elle.

Mamah contempla le papier brun et ses motifs de lys. « Tu ne devrais pas dépenser ton argent pour moi, dit-elle doucement.

— Ouvre-la, ma chérie.

— Il faut que je te parle de cela. » Elle mit la main dans sa poche et en sortit la lettre. « Je l'ai trouvée aujourd'hui. »

Elle fut désolée de voir toute sa gaieté disparaître. « Eh bien quoi ?

— Qu'est-ce que cela veut dire ?

— Walter Griffin ne mérite plus que je lui adresse la parole.

— Pourquoi ne l'as-tu pas envoyée ? »

Il la dévisagea. « Pourquoi me poses-tu cette question ?

— Parce que j'ai peur.

— De quoi ?

— Que tu n'aies pas l'argent que tu veux lui expédier. Que tu aies des difficultés financières et que tu cherches à me protéger.

— La monographie va tout changer.

— Je pensais simplement… » D'un geste, elle indiqua les achats.

« Mamah, détends-toi un peu ! »

Elle le regarda, sceptique. « Donc, je ne devrais pas m'inquiéter. »

Frank soupira. « Non, je finis toujours par avoir des rentrées d'argent. Je n'ai jamais pratiqué l'architecture pour en gagner. Mais il permet d'acheter de belles choses et j'ai besoin de m'entourer de belles choses. Je suis un artiste, Mame. Toi plus que quiconque devrais le comprendre. Les belles choses me stimulent, elles m'inspirent. Regarde ceci. » Il lui montra les délicats points de couture sur les revers de la veste. « Je n'achète pas de la camelote. Quand j'achète, je veux la perfection ou rien, déclara-t-il. Tu ne me verras pas rentrer à la maison avec cinq costumes de mauvaise qualité, un pour chaque jour de la semaine. Je préfère avoir un costume parfait ou aucun. Celui-ci n'était même pas si cher. Tu vois, je suis tombé sur ce tailleur il y a une quinzaine de jours, avant ton arrivée. Si j'avais essayé de m'en faire tailler un pareil à Chicago… » Frank leva soudain les bras au ciel. « Bon sang, Mamah, nous sommes en Italie ! Nous serions complètement fous de ne pas acheter de vêtements dans ce pays !

— C'était simplement une question. »

Il lui donna un petit coup de coude dans le bras. « Vas-y maintenant, regarde ! »

Elle défit le paquet et sentit quelque chose de doux à l'intérieur. C'était une robe, ou plutôt deux : une très fine combinaison en satin avec de minuscules bretelles sur laquelle on portait une tunique taillée dans une soie couleur crème, incroyablement délicate, toute en transparence et brodée de perles, telle que Mamah n'en avait jamais vu.

« Elle est ravissante, Frank.

— Porte-la ce soir.

— Mais c'est une robe pour l'Opéra.

— Et ce soir est une occasion particulière. Nous avons terminé la monographie. J'ai envie de fêter ça. »

Le soir venu, Estero leur apporta le dîner. Elle déploya une nappe blanche sur la table de jardin, y disposa les assiettes et posa les plats sur une petite desserte.

« *Fettunta... bistecca...* » Elle nomma chaque plat, depuis le pain jusqu'au bœuf entouré de petits oignons grillés – tous étaient soit frottés, soit marinés, soit sautés avec de l'ail et de l'huile d'olive. Elle sortit un bol d'épinards ainsi que les crèmes au caramel individuelles qu'elle avait préparées pour le dessert. Ce faisant, elle secouait la tête. Ce n'est pas ainsi qu'elle aurait choisi de servir le repas – tout à la fois – mais elle savait qu'ils désiraient rester seuls.

Mamah devina que Frank avait donné des instructions vestimentaires à Taylor qui arriva en costume et cravate. Frank arborait son nouvel ensemble veste-pantalon. Il s'inclina gracieusement devant Mamah quand cette dernière apparut dans le jardin, vêtue de la robe qu'il lui avait offerte.

Elle s'amusa de tant de cérémonies. Il jouait le rôle du plus aimable des hôtes, les priant de bien vouloir prendre place avant de leur servir le repas préparé par Estero avec la solennité d'un majordome anglais.

Dans l'appartement voisin, les musiciens russes entamaient leur répétition du soir. « Ah ! » Frank interrompit le cérémonial du service, le nez au vent, l'air inspiré, comme s'il sentait les notes entrer par la fenêtre latérale. « Le menuet de Boccherini. »

« La plus simple des nourritures, dit-il en coupant son morceau de pain croustillant en deux, est la meilleure. Ma mère l'avait aussi bien compris que le paysan italien. Avez-vous remarqué que, d'instinct, les Italiens appliquent le même principe à la construction de leurs maisons ? » Il trempa son pain dans l'huile d'olive. « Ou êtes-vous passé à côté de ce détail à force de visiter des cathédrales surchargées de dorures, Woolley ?

— Non, je l'ai remarqué, monsieur.

— Et qu'avez-vous découvert ?

— L'architecture organique, monsieur.

— Vous avez trouvé des maisons faites de la même boue que celle qu'utilisaient les Étrusques, dit Frank. Des bâtiments tout droit sortis de la terre sur laquelle ils se dressent. » Il pointa sa fourchette sur Taylor. « Les huttes en terre constituent le folklore architectural des gens. Soyez attentif à ce patrimoine populaire, Woolley.

— Oui, monsieur.

— Vous retournez dans le désert. Où irez-vous puiser votre inspiration quand vous y serez ? » Frank n'attendit pas la réponse. « Vous regarderez ce désert, les montagnes. Vous vous demanderez quelle forme exerce le charme le plus puissant. La silhouette triangulaire des montagnes vues de loin, par exemple ? Votre grand temple mormon ne vous sera d'aucune aide. Mais chaque paysage possède sa poésie cachée. Laissez les contours de la terre et des plantes vous révéler la géométrie de leur âme. Puis, plongez vos mains dans la terre et familiarisez-vous avec ses trésors.

— Oui, monsieur.

— Je ne me fais aucun souci pour vous, Woolley.

— Merci, monsieur.

— À présent, dites-moi une chose. Ferez-vous le poids face à Wasmuth ? » Il se tourna vers Mamah. « Je lui ai demandé de rendre visite à ce vieil escroc. Ils font traîner les choses, j'en suis sûr. À peine treize planches imprimées sur soixante-seize ! » Il agita la main comme pour chasser un insecte. « Mais je n'ai pas envie de penser à Wasmuth ce soir. »

Ils burent et mangèrent tandis que Frank continuait à disserter et que les musiciens russes s'attaquaient à des danses bohémiennes.

« La plupart des cathédrales que nous avons visitées ici manquent d'âme, déclara Frank.

— Aucune ne t'a paru belle ? demanda Mamah.

— Je préfère chercher l'inspiration dans un pin. Il m'en apprend plus sur l'architecture que tout le marbre de Saint-Pierre. Un pin saura parler à mon âme. Quant à mon salut, vous connaissez ma position sur ce sujet.

— C'est reparti, Taylor ! Ah, la "mariolâtrie" ! » s'exclama-t-elle en tapant du poing sur la table pour imiter Frank en pleine tirade. C'était un des mots préférés de celui-ci ces derniers temps et tous trois éclatèrent de rire. Mamah, comme Taylor, avait maintes fois entendu ses discours sur les artistes de la Renaissance et leur obsession de la Vierge.

« Elle est partout, n'est-ce pas ? Je peux le comprendre. Mais c'est le résultat qui me laisse perplexe : des gens qui s'inclinent devant des statues. Où est Dieu dans tout cela ? » Il se leva et déboucha une autre bouteille de vin. Cela attira l'attention de Mamah qui s'était arrêtée d'en boire tandis que Taylor, en bon mormon, s'était contenté d'eau toute la soirée. D'ordinaire, Frank buvait peu, voire pas du tout.

« L'Italie est bien installée dans ses traditions, poursuivit-il en servant le vin. Il serait vraiment très difficile de pratiquer l'architecture moderne dans un pays où elles sont aussi fortes. Mais, en Amérique, c'est le moment ou jamais. Ses paysages vous offrent d'immenses espaces à construire. Vous êtes un jeune architecte plein d'avenir, Woolley, et sans obligations.

— On ne peut pas dire que vous soyez vieux, Mr Wright.

— Non, répondit Frank, songeur, et je n'ai pas l'intention de fermer boutique même si je connais une bonne dizaine de personnes qui s'en réjouiraient. Mais si nous voulons un jour développer une véritable architecture américaine – une architecture démocratique qui exprime l'esprit de notre pays –, il nous faut changer notre façon de former la jeune génération. Y a-t-il un seul architecte aux États-Unis dont on n'ait pas farci le crâne d'âneries inspirées des beaux-arts ? Ce sont tous des décorateurs, bon sang ! » Frank s'était mis à arpenter la terrasse. « Nous devons enseigner à nos étudiants que l'architecture ne se résume pas à la colonne grecque. Où est passée l'inspiration individualiste ? Bon Dieu, n'est-ce pas à son avènement que doit aboutir la démocratie ? Mais que font les architectes américains ? Ils imitent les canons architecturaux des monarchies ! »

Brusquement, il s'immobilisa, les yeux écarquillés.

« Je pourrais changer tout cela. Vraiment. Confiez-moi une poignée de jeunes esprits encore vierges et nous transformerons le visage de l'Amérique. Il ne serait question ni de cours ni de tableaux noirs. Ils auraient besoin d'un seul manuel, les *Entretiens sur l'architecture* de Viollet-le-Duc qu'ils pourraient lire tout seuls. Comme je l'ai fait. Pour le reste, ma table à dessin leur tiendrait lieu de classe. Je leur apprendrais à innover. Ils n'auraient qu'à me regarder ! Quand ils sauront résoudre les problèmes par eux-mêmes, ils seront dignes du titre d'architecte. Ils pourront alors partir et changer la face du monde. »

Frank s'assit et continua à discourir tandis que Taylor l'écoutait avidement. Mamah se sentit peu à peu exclue de la conversation. À présent, la musique qui provenait de la maison voisine jouait en sourdine. Mamah aurait voulu se rappeler cette nuit dans les moindres détails : ce repas, cette mélodie et leur camaraderie, la chemise blanche de Frank, éclairée par la lumière des bougies, la vallée plongée dans l'obscurité en contrebas et les lumières qui scintillaient sous leurs fenêtres. Il était près de onze heures quand elle s'aperçut qu'elle avait oublié les cadeaux.

Elle alla chercher les deux paquets qu'elle avait emballés : ses dictionnaires italien et allemand écornés portaient chacun une dédicace différente. Quand elle les donna à Taylor, il parut à la fois gêné et ravi. Frank lui offrit un beau stylo.

Les bougies se consumèrent et la conversation perdit de son entrain. Mais personne ne semblait avoir envie de quitter la table. Quand elle regarda Frank assis en face d'elle, elle s'aperçut qu'il avait le visage ruisselant de larmes.

Mamah se leva. « Je suis désolée de vous laisser, mais je suis très fatiguée, Taylor. Vous verrai-je demain matin ? » Elle aida Frank à se lever. Il se déroba et rentra dans la maison d'un pas chancelant.

« J'ai dit quelque chose de mal ? s'inquiéta Taylor.

— Non, non, ce n'est rien. Il est épuisé, je pense. »

Elle trouva Frank avachi sur le piano droit du petit salon, il jouait une vieille mélodie à tâtons. Elle s'approcha et lui posa la main sur l'épaule.

« Je rentre aux États-Unis », dit-il. Il s'arrêta de jouer.

Mamah s'immobilisa et attendit la suite.

Il se mit à se frotter les yeux. C'était une habitude, un tic qui lui venait lorsqu'il avait quelque chose de difficile à dire. « Je ne le fais pas pour Catherine, mais pour les enfants. Tu comprends ? »

Elle était incapable de parler.

« C'est la pagaille à l'atelier. Les architectes que j'ai formés me volent mon travail et font passer mes idées pour les leurs. » Son visage exprimait la souffrance plutôt que la colère. « Si l'un d'entre eux voulait travailler pour son compte, je l'y encouragerais, je lui offrirais un endroit où dessiner ses plans en fin de journée. Quand j'ai lancé ce cabinet, je me suis juré de ne jamais punir ceux qui se montreraient ambitieux, moi qui ai été renvoyé du cabinet de Sullivan parce que je travaillais à mes heures perdues. Mais il ne s'agit pas d'ambition. C'est du vol. »

Il leva les yeux et la regarda. « Je n'ai pas mis les pieds sur un chantier et ne me suis pas sali les mains au travail depuis un an. C'est contre ma nature, dit-il doucement. J'ai besoin de bâtir. Je suis assis là, dans une villa italienne, à disserter de l'architecture démocratique, c'est absurde ! Je ne peux pas rester en Italie.

— Pourquoi me l'as-tu laissé croire ? » Elle sentait une colère noire monter en elle.

Frank se mit à pleurer. « Je ne peux plus me regarder en face. Leurs lettres... »

Il parlait de celles de ses enfants. Mamah les avait vues, elles ressemblaient à celles qu'elle recevait : des mots d'enfants, une écriture maladroite et attendrissante, et quelques fautes parfois. *J'ai sept ans*, avait écrit John dans la dernière. Comme si elle avait pu l'oublier !

« J'ai reçu les mêmes », dit-elle. L'amertume qu'elle perçut dans sa propre voix lui fit horreur.

« Je n'ai jamais voulu les faire souffrir. J'ai toujours détesté qu'on m'appelle "papa". Mais maintenant... » Les épaules de Frank furent secouées par les sanglots. « Je pensais qu'il suffirait de leur montrer une vie honnête, consacrée à quelque chose, que ce serait la meilleure éducation que je pourrais leur apporter. » Avec le pouce, il écrasa une larme sur sa joue. « Je n'aurais jamais imaginé que les choses en arriveraient là. »

Tout le corps de Mamah vibrait de colère. Et elle avait honte de cette fureur. « Moi non plus », dit-elle.

Mamah dormit peu cette nuit-là. Avant l'aube, elle descendit à pas de loup dans l'atelier de Frank et s'approcha de sa table à dessin. Quand elle trouva sa première esquisse de la villa italienne rangée sous la version plus élaborée qu'il lui avait montrée, elle la sortit de la liasse, la roula et la mit de côté.

D'ici à quelques heures, Taylor viendrait récupérer ses dernières affaires avant de partir. Mamah avait envie de garder un souvenir de cet endroit avant que Frank commence à tout ranger, avant que l'atelier redevienne un autre camp que l'on démonte. Elle savait où il gardait sa correspondance : dans une boîte à cigares qui se trouvait dans le coin. La pointe de culpabilité qu'elle ressentit en lisant son courrier fut balayée par la colère qui bouillonnait toujours en elle.

En fouillant dans la boîte, elle ne trouva aucune lettre de Catherine. Mamah supposa qu'il les avait jetées car il en avait reçu. Mais il avait gardé les petits mots de ses enfants, ainsi qu'un billet de sa mère qui exprimait son chagrin de n'avoir aucune réponse à ses nombreuses missives.

Mamah remarqua une autre longue lettre d'un prêtre de Sewanee, dans le Tennessee, datée du 14 mai 1910. Elle ne put en déchiffrer la signature mais le ton était celui d'un vieil ami. Frank lui avait demandé conseil : dans la réponse qu'il lui avait adressée, il expliquait point par point pourquoi il devait rentrer dans le droit chemin et renoncer à Mamah.

L'homme d'Église connaissait assez bien Frank pour ne pas le sermonner en citant la Bible. Il avait plutôt choisi de contrer les idées d'Ellen Key que Frank avait manifestement évoquées dans une de ses lettres. Le prêtre soulignait à quel point il était répréhensible pour un être d'exception d'aller à l'encontre de l'ordre social. S'agissant d'un homme ordinaire, cela a peu de conséquences à long terme. Mais, pour Frank, une telle décision pourrait se révéler désastreuse : il épuiserait tout le talent que Dieu lui avait donné dans son combat contre la société. Et *cela* serait une perte immense pour le monde.

Quand bien même Mamah serait la plus divine des créatures, poursuivait le prêtre, et en admettant qu'ils obtiennent tous deux le divorce et parviennent à construire un merveilleux foyer ensemble, Frank priverait ses enfants d'une présence paternelle continue. Mieux valait entretenir une relation charnelle clandestine plutôt qu'essayer de changer l'ordre social pour vivre une liaison amoureuse au grand jour.

Mamah reposa la lettre avec les autres dans la boîte à cigares. *Nous y voilà*, se dit-elle.

Jusqu'à la veille au soir, Frank n'avait quasiment pas laissé transparaître le conflit intérieur qui le déchirait. Il avait fait preuve d'une telle détermination à Berlin quand la nouvelle du scandale infamant leur était parvenue par le courrier. Il s'était montré protecteur et aimant au moment où elle avait failli mettre fin à ses jours. C'est lui qui avait le plus insisté pour qu'ils continuent à vivre ensemble. Elle ne l'avait jamais vu aussi heureux qu'ici, à Fiesole.

Mais il ne lui avait caché que ce qu'elle lui avait dissimulé elle-même : le poids terrible du remords et du doute qui se rappelaient à eux chaque jour, parfois même à chaque heure. Hier soir, Frank avait décidé d'écouter la voix qui l'attirait auprès de sa famille.

Dessiner les plans d'une villa à Fiesole avait peut-être été un simple exercice pour lui. Pourquoi s'était-elle attendue à ce que ce rêve se concrétise alors qu'il relevait de l'impossible ? À présent, il prétendait renoncer pour ses enfants et non pour Catherine. Mais comment résisterait-il face à une telle levée de boucliers ?

Mamah n'était pas sûre d'en être capable elle-même. Si elle repartait en Amérique tout de suite, il y avait de grandes chances pour qu'elle se retrouve emprisonnée par la force des choses dans le rôle de madame Edwin Cheney. Les enfants avaient beau lui manquer, elle savait que, si elle retournait à Oak Park, le travail qu'elle avait entamé en Europe tomberait dans l'oubli d'un tiroir.

Ellen lui avait parlé d'une amie à Berlin qui pourrait lui trouver un poste de professeur si elle décidait de rester en Europe. Le scandale avait anéanti tout espoir d'exercer un emploi aux États-Unis et elle aurait bientôt besoin de gagner sa vie. Elle compta les mois depuis son départ. Quatorze du jour où elle avait pris le train à Boulder. En restant encore dix mois sur le Vieux Continent, elle obtiendrait le divorce malgré l'opposition d'Edwin. Cela ferait deux ans qu'elle aurait déserté le foyer conjugal.

Mamah devrait mettre Lizzie à contribution plus longtemps que prévu. C'était beaucoup demander. Peut-être pourrait-elle se contenter de prolonger son séjour de six mois jusqu'au printemps pour pouvoir entamer la procédure ?

Ce matin-là, quand Frank sortit dans le jardin, il vint s'asseoir en face d'elle. « Que vas-tu faire ? » demanda-t-il. Il avait des poches brunes sous les yeux.

« J'y ai réfléchi. » Elle contempla le brouillard qui commençait tout juste à se dissiper dans la vallée. « J'ai décidé de rester, du moins jusqu'au printemps. »

Frank remua son café au lait en évitant son regard. « Mais tu n'as pas un seul ami ici.

— Je vais demander à Edwin de laisser les enfants venir me voir. Louise pourrait les accompagner. » Elle ne put réprimer un léger mouvement de découragement en pensant à la fureur que cette idée déclencherait à Oak Park.

Frank croisa les bras et affronta son regard. « Je t'avais prévenue dès le départ que je ne resterais qu'un an en Europe.

— Oui, je sais.

— Pourquoi ne reviens-tu pas ? Tu pourrais prendre un appartement à Chicago.

— Pourquoi ne me dis-tu pas “Mamah, je t’aime” ? rétorqua-t-elle d’une voix tremblant de rage. Pourquoi ne me dis-tu pas “Garde la foi. Nous trouverons un moyen” ? Pourquoi es-tu incapable de prononcer ces paroles ? »

Frank lui caressa la joue du revers de la main. « Bien sûr que je t’aime. Tu connais mes projets nous concernant. Mais je ne peux rien promettre. Je rentre pratiquement ruiné dans une ville où on me méprise. Et le pire dans tout cela, c’est que je me fais un sang d’encre à l’idée de te laisser ici sans protection. Comment vas-tu te débrouiller ?

— Ellen dit qu’elle connaît des gens qui m’engageront comme professeur d’anglais dans un séminaire pour jeunes filles à Berlin. » Son exaspérante frustration commençait à reparaître. « Dès qu’elle m’autorisera à traduire *Le Mouvement des femmes*, je devrai travailler directement à partir du texte suédois. Je l’ai convaincue que j’en étais capable, mais il faudra que je me mette en immersion totale. »

Mamah sentit qu’il n’était pas dupe de sa bravoure de façade. « Je redoute de rester seule là-bas, admit-elle. Mais, à vrai dire, je ne suis pas prête à affronter la presse à scandale. Quand je retournerai en Amérique, je serai plus forte et cela vaudra mieux pour tout le monde. »

Pendant le petit déjeuner, ils discutèrent des semaines qu’il leur restait à passer ensemble. S’ils vivaient chichement, ils pourraient s’offrir un petit voyage en Autriche et en Allemagne et peut-être prendre Wasmuth au mot : ce dernier leur avait proposé d’organiser une rencontre avec Gustav Klimt. Au moment de repartir pour les États-Unis, Frank ferait une halte en Angleterre pour persuader son ami Ashbee de rédiger une introduction pour le recueil de photographies que préparait Wasmuth. Il apporterait également les traductions que Mamah avait faites de *La Morale au féminin* et de *De l'amour et de l'éthique* à son ami Ralph Seymour pour voir s'il pouvait envisager de les publier.

Il parla de ses projets de diviser la maison de Forest Avenue en deux. Il réaménagerait son atelier en appartement pour Catherine et les enfants, puis, à terme, il mettrait l'autre moitié de la maison en location pour leur assurer un revenu régulier en plus de celui qu'il leur versait. Le travail préparatoire prendrait du temps. Mais Mamah et lui n'auraient pas trop à attendre avant de pouvoir vivre ensemble, peut-être à Chicago.

Quand Taylor frappa à la grille, Frank le fit entrer dans le jardin. Mamah lui dit bonjour et rentra dans l'atelier prendre le dessin de la villa. Au petit matin, elle l'avait enroulé dans le papier orné de lys que Frank avait laissé traîner la veille au soir.

« Puis-je vous confier ceci, Taylor ? » demanda-t-elle en lui donnant le rouleau.

Il eut l'air aussi déconcerté que Frank. « Bien sûr, dit-il.

— C'est un petit souvenir de notre séjour en Italie. » Le visage solennel de Taylor la fit sourire.

« Une preuve que nous ne l'avons pas rêvé. Si vous en êtes le gardien, Taylor, je suis sûre de vous revoir un jour. »

29

28 octobre 1910

Ellen parle de mener une « existence terriblement raisonnable ». Elle dit que la loi morale n'est pas gravée dans la pierre mais dans la chair et le sang. En l'espace d'une année, j'ai quitté Oak Park pour Boulder, New York, Berlin, Paris, Leipzig, Florence et me voici de retour à Berlin. Je suis fatiguée. Je n'ai pas envie de m'ériger en modèle de vérité.

Mamah mit son journal intime de côté et s'apprêta à sortir. Emmitouflée dans son manteau, elle traversa le couloir sur la pointe des pieds, passa devant la porte fermée de Frau Boehm et le petit salon encombré de lourds meubles en bois sombre qui empestaient l'encaustique, puis elle franchit la porte d'entrée de la Pension Gottschalk. Dans la rue, elle enroula une écharpe autour de son cou pour se protéger du froid de ce mois d'octobre, longea le pâté de maisons et se dirigea vers le poste de police du quartier de Wilmersdorf, plus au nord. Toute personne qui séjournait à Berlin pendant plus de deux semaines devait être recensée par la police. Elle avait trop tardé à se présenter aux autorités et aujourd'hui, la perspective de perdre environ une heure à faire la queue l'agaçait.

« Mama… » L'officier de police écorcha son prénom en lisant son passeport.

« Il faut dire "May-mah". C'est difficile à prononcer dans toutes les langues », admit-elle.

Il ne leva même pas les yeux. « May-mah Borthwick Cheney. Oak Park, Illinois. États-Unis.

— Oui.

— Nom et prénom du père ?

— Marcus S. Borthwick.

— Profession ?

— La mienne ? »

Le policier la regarda à travers ses lunettes sales. « Non, la sienne.

— Réparateur de trains.

— Son lieu de naissance ?

— New York. »

L'officier de police se redressa, fit rouler ses épaules puis s'affala de nouveau sur son siège et tira sur sa cigarette. « Vous êtes mariée ? »

Mamah déglutit. « Oui.

— Nom et prénom du mari ?

— Edwin H. Cheney.

— Profession ?

— Président de la Wagner Electric.

— Lieu de naissance ?

— Le mien ?

— Le sien. »

Mamah sentit le feu lui monter aux joues. « Illinois. »

Le policier leva les sourcils derrière ses lunettes. « Il est ici avec vous ?

— Non.

— Confession ?

— Avez-vous besoin de le savoir ? »

L'homme leva les yeux et fronça les sourcils. « C'est la loi, madame.

— Protestante.

— Nombre de séjours en Allemagne ?

— Trois, poursuivit-elle en allemand.

— Raison de votre visite ?

— Je suis venue traduire des manuels d'éducation sexuelle, marmonna-t-elle en anglais. Et débaucher les ménagères allemandes.

— Hein ?

— Je suis ici pour étudier, répondit-elle en allemand.

— Combien de temps comptez-vous rester ?

— Trois ou quatre mois. »

Il lui tendit son passeport. « Vous pouvez partir. »

Oh, Frank, où es-tu quand j'ai tant besoin de toi ? pensa-t-elle. Elle l'aurait fait rire en lui décrivant la solennité du policier. Mais elle n'avait personne avec qui avoir une vraie conversation. Frank était rentré à Oak Park depuis un mois et il y livrait ses propres combats, bien plus redoutables que les siens. La seule missive qu'il lui avait envoyée était brève et accablante : *C'est officiel, ma chérie. Personne ne prend mon parti. Mes amis changent de trottoir plutôt que de m'adresser la parole.*

Debout sur les marches du poste de police, Mamah sentit son envie de venir à bout de sa liste de corvées la quitter. Tout cela pouvait attendre. Elle déposa ses lettres à Frank et à Lizzie à la poste puis reprit le chemin de la pension.

Elle était arrivée à la Pension Gottschalk grâce à Ellen qui en connaissait la propriétaire. Frau Boehm était une riche veuve qui donnait sans compter au Mouvement des femmes. Aussi généreuse qu'orgueilleuse, un énorme macaron au-dessus de chaque oreille, c'était une femme qui ne mâchait pas ses mots : elle aurait pu faire une amie pittoresque si leurs chemins s'étaient croisés à Oak Park. Mais ici, à Berlin, une distinction de classes s'était instaurée entre la logeuse et sa locataire, d'autant que Mamah avait choisi de louer une chambre au dernier étage, la moins chère de l'établissement.

Elle soupçonnait Frau Boehm de la considérer comme une juste cause, de s'imaginer qu'elle lui offrait un "asile". Et, bien qu'elle ne lui eût donné aucun détail sur sa vie personnelle, elle la suspectait de connaître son histoire grâce à Ellen Key.

Lors des dîners, la logeuse trônait en bout de table, arborant de regrettables imitations de robes françaises, sa tête volumineuse semblant flotter comme une montgolfière au-dessus de ses épaules. De temps à autre, elle s'interrompait au milieu de son repas pour proposer des sujets de discussion à ses trois pensionnaires, exclusivement des femmes. Toute célibataire a-t-elle le droit de devenir mère ? Devrait-on autoriser les filles à faire de l'exercice toutes nues dans les gymnases ? Mamah endurait ces dîners en silence. N'ayant que peu d'argent à dépenser en nourriture, elle devait compter avec la demi-pension.

Dès lors qu'elle s'était soustraite à cette intimité forcée, Mamah se sentait invisible à Berlin. Elle se réjouissait de cet anonymat. Ni le professeur de suédois de l'université ni la directrice du séminaire pour jeunes filles où elle enseignait l'anglais ne connaissaient son passé. Quand elle avait postulé, elle s'était présentée comme une Américaine lettrée encore célibataire. Sa nationalité étrangère dérangeait beaucoup moins que sa situation de femme mariée séparée de son conjoint.

En septembre, quand Frank l'avait laissée à Berlin, Mamah s'était réjouie de la solitude qui l'attendait parce que l'œuvre d'Ellen exigeait une rigueur et une détermination extrêmes. C'était un sacerdoce. À Nancy, quand elle s'était jetée à corps perdu dans *De l'amour et du mariage*, elle en était ressortie enrichie : le livre avait nourri son âme comme elle ne l'avait jamais été.

Si elle pouvait faire partager le sentiment qu'elle avait éprouvé, celui d'être fondamentalement reconnue, si elle pouvait rendre Ellen Key accessible aux Américaines, qui sait ce qui adviendrait ? Une révolution au sein du Mouvement des femmes, peut-être. Traduire ces formulations et ces arguments aux nuances subtiles du suédois en anglais lui demanderait toute la concentration dont elle était capable. La solitude y était indispensable. Elle ne désirait qu'une chose, retrouver le calme et l'assurance qu'elle avait éprouvés à Nancy.

Mais l'objectif qui lui paraissait clair en septembre l'était beaucoup moins en octobre. Après avoir enseigné au séminaire pour jeunes filles de sept heures du matin à une heure de l'après-midi, six jours par semaine, elle rentrait souvent à la pension étudier le suédois jusqu'à neuf ou dix heures du soir. En travaillant à la traduction du *Mouvement des femmes*, Mamah ne retrouva pas l'enthousiasme que lui avaient inspiré les autres textes d'Ellen Key.

Elle était épuisée, perturbée. Et pour la première fois depuis des mois, elle se surprit à remettre en question la série de décisions qui l'avaient conduite dans cette chambre minuscule de la Pension Gottschalk. Ses enfants lui manquaient atrocement. La nuit, allongée dans son lit, elle essayait de se rappeler l'odeur de la peau de bébé de sa petite Martha. Qu'était-ce au juste ? Celle de son talc au lilas ? Son haleine chargée de lait ? Mamah était incapable de reconstituer la senteur complexe dont elle raffolait jadis, cependant elle pouvait presque entendre le babil de sa fille s'élever de son berceau, au bout du couloir.

Elle se souvenait aussi de John à quatre ans. Qui rentrait du jardin à tout bout de champ avec son bocal à insectes. « Je suis le papa de ce ver de terre », avait-il annoncé un jour avant de le promener dans son petit chariot. Une autre fois, alors qu'elle était debout dans le salon, il était venu se coller contre sa hanche et avait déclaré : « Je t'aime aussi fort qu'une bombe qui explose. »

À Berlin, sans trouver le sommeil, elle passait du rire aux larmes.

Quand elle s'endormait enfin, les enfants peuplaient ses rêves. Les petits tourbillons que dessinaient les cheveux bruns de John sur sa nuque. La constellation de grains de beauté qui ressemblait à la Petite Ourse sur son dos. Elle revoyait la petite main de Martha enroulée autour d'un de ses doigts ; la fossette qui creusait délicatement le menton de la fillette ; ses yeux de bébé, encore bleus. Elle se réveillait pleine de regrets. De terreur parfois. Une nuit, par une fenêtre qu'elle n'arrivait pas à ouvrir, elle vit John se débattre près d'un nid de guêpes. Un cauchemar particulièrement traumatisant la visita deux nuits d'affilée. John lui apparaissait et disait : « Il y a un monsieur qui enterre Martha dans le sable. » Dans son rêve, Mamah essayait de se lever de sa chaise mais ses membres ne lui obéissaient pas.

Elle se mit à faire de longues promenades en passant par le Tiergarten qui s'étendait comme un pays enchanté entre sa pension et le centre de Berlin. Elle allait se poster au milieu des enfants devant les cages aux animaux, imaginait John et Martha émerveillés par leurs décors fantaisistes : les pélicans vivaient dans un temple japonais et les antilopes dans une maison de style mauresque aux murs ornés de majolique haute en couleur.

Quand elle écrivit à Edwin pour le supplier d'autoriser Louise à emmener les enfants lui rendre visite, il répondit par un non expéditif. Sa lettre la propulsa dans une spirale de désespoir. C'est cependant celle de Lizzie, à la fin de septembre, qui lui fit toucher le fond.

Très chère Mamah,

Je t'écris aujourd'hui avec l'espoir que ce que j'ai à te dire t'aidera à voir la vérité en face.

La semaine dernière, Frank Wright est revenu à Oak Park comme si de rien n'était et s'est donné en spectacle à toute la ville. On m'a dit qu'il avait réquisitionné le pauvre William Martin pour aller le chercher avec ses bagages à la gare, puis il a descendu Chicago Avenue en agitant son chapeau et en hélant tous ceux qu'il connaissait dans la rue, comme un homme politique à la fête de l'Indépendance. Ce serait presque amusant si sa famille n'était pas victime de l'attention humiliante attirée par son retour.

Ces derniers temps, des gens qui ne m'avaient jamais parlé de ta situation sont venus m'informer de certaines choses. Savais-tu que, quand il est parti pour l'Europe, Frank Wright a laissé Catherine avec 900 dollars de dettes chez l'épicier ? On m'a raconté qu'elle a été harcelée par des créanciers de toutes sortes pendant son absence, y compris par le shérif. Maintenant, toute la ville croit que Frank est revenu chez sa femme parce que c'est le bruit qu'il répand. Pourtant tes lettres ne me donnent aucune raison de croire que vous vous êtes séparés. Comment peux-tu faire confiance à un homme qui se comporte de la sorte ?

Quant à Edwin, il est profondément blessé. Mais je suis convaincue que, si tu envisageais de rentrer à Oak Park, il t'accueillerait à bras ouverts.

Contrairement à ce que tu as écrit dans ta dernière lettre, Mamah, les gens se souviennent de toi comme d'une personne bonne et gentille. Ils sont plus indulgents que tu ne le penses.

Ta dévouée,
Lizzie

De retour après sa visite au poste de police, Mamah accrocha son manteau dans la petite penderie et s'assit à son bureau. Il faisait froid dans la chambre parfaitement silencieuse, on n'y entendait que le grincement d'un tramway qui tournait au coin de la rue.

Mamah ne savait que penser de la lettre de Lizzie. Frank avait connu des difficultés financières par le passé ; l'histoire de la dette chez l'épicier pouvait être vraie. Pourtant ses problèmes d'argent semblaient toujours passagers : de nouveaux projets finissaient invariablement par se présenter. Mais cette fois-ci il essayait d'accomplir un miracle – relancer son cabinet d'architecte et faire imprimer sa monographie – avec très peu de moyens et il n'avait reçu aucune nouvelle commande depuis très longtemps.

La lettre qu'elle venait d'envoyer à Lizzie était la plus honnête qu'elle pouvait écrire sans admettre les doutes terribles que sa sœur avait fait naître en elle.

Chère Lizzie,

Je ne peux pas parler au nom de Frank. Mais je le connais assez bien pour comprendre que l'attitude que tu décris était la bravade d'un homme profondément blessé. Ses amis et ses clients l'ont abandonné. Je regrette sincèrement que votre douleur soit ravivée par les conséquences de son retour. Pourtant, s'il est revenu à Oak Park, c'est parce qu'il est le seul à subvenir aux besoins de sa famille. Quelles que puissent être ses dettes – j'ignore tout de cette "note d'épicerie", je soupçonne néanmoins la personne qui t'en a parlé d'avoir exagéré –, il est revenu par loyauté et par obligation, pour veiller au bien-être de ses enfants.

Pourquoi ne puis-je suivre son exemple ? me demanderas-tu. Ici, je me débats avec cette question à chaque heure du jour. Je ne peux te donner d'autre raison que l'absolue nécessité pour moi de rester seule à étudier, à travailler comme je le peux et à réfléchir à la situation sans être influencée par Frank ni, à vrai dire, par ma propre famille. Cette nécessité, je ne m'en réjouis pas, mais elle n'a pas disparu.

Une chose est sûre : si je peux rester ici, c'est grâce à toi, ma chère petite Liz. Sans toi, ce serait impossible. Ce temps qui m'est offert pour m'affermir dans mes résolutions loin des regards accusateurs est le plus grand des nombreux bienfaits dont tu m'as gratifiée. Je n'oublie pas que tu m'as promis de m'envoyer immédiatement un télégramme en cas d'urgence. Si cela arrive, je prendrai le prochain bateau pour l'Amérique. En attendant, je suis consciente que mon absence est une source perpétuelle de tristesse pour les enfants. Tu le comprends mieux que quiconque : chaque jour passé loin de John et de Martha me brise le cœur car je sais que je suis la cause de leur souffrance. Je sais que tu es assise à leurs côtés quand ils écrivent leurs précieuses lettres. Je vis dans l'espoir de leur visite et je te remercie.

Ta sœur qui t'aime,
Mamah

Dans cette lettre, Mamah n'avait pas tout dit sur sa situation. Elle était désespérément seule et pratiquement sans le sou. N'ayant pas les moyens de s'acheter du véritable papier à lettres, elle écrivait sa correspondance sur des feuilles d'école qu'elle dérobait au séminaire. Ses chaussures étaient trouées et il lui en faudrait une nouvelle paire pour les grands froids, mais avec quel argent ? Heureusement, ses vêtements d'hiver – deux tailleurs en laine et un solide manteau – avaient tenu bon. En la regardant, personne ne se serait douté que ses sous-vêtements étaient usés jusqu'à la corde.

Mener une existence spartiate n'était pas si difficile ; Mamah s'y astreignit volontiers. Pour la première fois depuis Port Huron, elle était économiquement indépendante. Avoir de nouveau un emploi du temps et un travail lui procura autant de plaisir qu'enseigner aux jeunes filles pleines d'enthousiasme qui souhaitaient devenir institutrices. Bien plus préoccupantes que la pauvreté étaient les crises de panique qui survenaient le matin, quand elle se réveillait dans sa chambre.

Dans ces moments, son cœur s'emballait si fort qu'elle prenait peur. Frank était-il rentré à Oak Park pour s'apercevoir que leurs rêves étaient insensés ? Ses enfants lui avaient-ils réservé un tel accueil qu'il avait amèrement regretté son départ ? Confrontée à ces accès de terreur, Mamah essayait de se montrer forte. Elle avait douté de lui deux ans plus tôt quand il avait accordé à Catherine l'année de réflexion qu'elle lui avait demandée. Mais il lui était revenu.

Quelles assurances avait-elle qu'il lui reviendrait à nouveau ? Et, s'il la quittait, comment pourrait-elle le lui reprocher ? Elle ne doutait pas qu'il l'aimait. Elle en était persuadée. Mais il était humain.

Dans ces moments de panique, elle faisait le compte des dégâts qu'ils avaient causés. Deux familles disloquées. Des enfants qui souffraient cruellement. Le cabinet de Frank au bord de la faillite. La réputation de Mamah, si notoirement détruite que ses chances de gagner sa vie seraient nulles aux États-Unis. Et tout cela pourquoi ? Pour rien, peut-être. Il était possible que Frank considère déjà leur histoire comme terminée. Estimait-il, comme Mamah commençait à le faire, que le prix à payer pour vivre leur amour était trop élevé ?

Elle n'en voulait pas à Frank. Elle s'était imposé cet exil. *Pourquoi ai-je eu l'impression que je n'avais pas le choix ?* se demanda-t-elle.

Elle quitta son bureau, alla s'agenouiller devant le lit et posa le front sur les couvertures. Elle avait perdu l'habitude de prier. Les seuls mots qui lui venaient à l'esprit étaient « je vous en prie ».

Elle avait longtemps cru que chacun, de la femme qui jardinait au charpentier qui plantait un clou, priait le ciel de l'aider. Aujourd'hui, cette idée lui paraissait émaner d'une femme naïve et gâtée par l'existence. Autrefois, au vu des tragédies qui agitaient le monde, il lui semblait égoïste de demander à Dieu de résoudre ses problèmes. C'est pourtant ce qu'elle fit ce jour-là.

Quand elle trouva une prière, elle ne s'étonna pas

de la voir prendre la forme d'un poème de Browning[1] qu'elle avait appris jadis.

Si je m'enfonce dans une mer profonde et terrible de nues,
Ce n'est que pour un temps. Je tiens la lampe de Dieu
Serrée contre mon sein. Sa splendeur, tôt ou tard,
Percera les ténèbres. Un jour, je renaîtrai.

Quand elle finit par se relever, ses genoux étaient ankylosés. Elle retourna à son bureau écrire la lettre qu'elle n'avait cessé de remettre à plus tard. Les phrases apparurent aussi vite sur le papier que si elles attendaient au bout des doigts.

Très chère Ellen Key,

Voici quelque temps que je souhaitais vous écrire pour vous dire à quel point vous comptez dans ma vie. Avant d'assister à votre conférence à Nancy, c'est à travers vos livres que je vous avais reconnue comme une véritable amie. À vrai dire, personne hormis Frank Lloyd Wright n'a autant infléchi le cours de mon existence. Vous n'imaginez pas à quel point votre parole a éclairé ma vie alors que je traversais des heures sombres. Je n'oublierai jamais la force de votre lumière ni la chaleur de votre présence amicale, alors que je m'efforçais de suivre une route sur laquelle je craignais de cheminer seule.

À vrai dire, j'éprouve encore de grandes difficultés à persévérer dans cette voie. Je ne suis pas sûre d'avoir la force requise pour vivre librement et ouvertement avec le seul véritable amour de ma vie. À cet instant précis,

---

1. *Paracelse*, traduction de Jean Poisson, Aubier, 1952.

le prix à payer me semble trop exorbitant pour toutes les personnes concernées si je poursuis ce but. Une chose est sûre. Vos paroles m'éclaireront et me montreront le chemin à suivre.

Votre dévouée disciple,
Mamah Bouton Borthwick
28 octobre 1910

30

Le lundi matin, la directrice l'arrêta dans le couloir, devant sa classe, et la prit par le poignet. *Me voici démasquée*, pensa Mamah. Quelque chose dans son comportement avait dû éveiller les soupçons. Son estomac se contracta tandis que la responsable scrutait son visage. « Appartenez-vous à une église ? » demanda-t-elle.

Mamah osait à peine respirer. « Je…

— Parce que, si ce n'est pas le cas, la mienne aurait grand besoin de vos services. Nous envoyons des bénévoles dans un asile de nuit dans le quartier de Wedding les dimanches après-midi.

— Qu'y faites-vous ? » Mamah sentit la tension refluer.

La directrice haussa les épaules. « Ce que nous pouvons.

— Vous faut-il une traductrice ?

— Oui. » La voix de sa supérieure s'adoucit quelque peu. « Pour écrire des lettres. Ce sont des ouvriers d'usine, voyez-vous. Des pauvres. Ils ont tous un cousin d'Amérique à retrouver. Ils rêvent d'y aller. » Elle rit. « Ils s'imaginent que la solution à tous leurs problèmes se trouve dans le Minnesota. »

Un œuf. Une longueur de ruban. Un mouchoir brodé. Des macarons de Noël. Mamah s'aperçut qu'on ne lui apportait pas des cadeaux mais une monnaie d'échange en rétribution de ses services. À la mi-novembre, le bruit avait couru qu'il y avait une Américaine prête à traduire des lettres dans un asile de nuit du quartier. La plupart du temps, à son arrivée, le petit vestibule était déjà bondé. On y venait débattre en famille de ce qu'il fallait écrire dans les lettres et manger les plats qu'on avait apportés. La pièce sentait le chou et les couches pleines. Les petits enfants trottinaient çà et là, le nez sale. L'air résonnait de toux grasses.

Tous tenaient à ce que leurs lettres soient rédigées en anglais alors que leurs destinataires lisaient l'allemand. Mamah comprit que beaucoup de ces gens ne voulaient pas admettre qu'ils étaient incapables d'écrire dans leur langue maternelle. Dès qu'une femme s'éloignait de la table, une autre prenait sa place. Souvent, une jeune fille de quatorze ou quinze ans l'escortait. Dès la première semaine, Mamah se fit une idée de la situation. Ces jeunes filles étaient les « domestiques » qui déchargeaient les Américaines aisées de toutes les corvées possibles : elles s'occupaient du ménage, des repas et des enfants pendant que ces dames se réunissaient dans leur club. Elles dormaient dans une chambre sous les combles et envoyaient leurs maigres émoluments en Allemagne.

« Dans le Wisconsin, dit la paysanne assise à côté de sa fille.

— Où ça dans le Wisconsin, Frau Westergren ? Avez-vous l'adresse ? »

La femme prit le stylo de Mamah entre ses doigts noueux et abîmés pour écrire six lettres : « R-A-C-I-N-E. »

« C'est tout ce que vous avez ? » lui demanda Mamah en allemand. Elle venait d'écrire une lettre au frère de Frau Westergren pour lui demander d'embaucher sa nièce comme gouvernante ou simple bonne.

« Oui.

— Mais vous avez dit que vous n'aviez pas vu votre frère depuis quinze ans. Comment savez-vous qu'il est toujours vivant ? Vous ne pouvez pas envoyer votre fille en Amérique sans avoir vérifié. »

La femme fit la moue. Mamah comprit qu'elle avait outrepassé son rôle. Elle examina la jeune fille. Âgée d'une quinzaine d'années, un certificat d'études en poche, elle était toute pâle, probablement épuisée par son travail de fileuse à l'usine. Elle gardait les yeux fixés sur ses genoux. Comment une mère pouvait-elle envoyer sa fille unique à sept mille kilomètres de là, de l'autre côté de l'océan, dans la ferme d'un frère avec lequel elle n'avait plus aucun contact ? Cela donnait la mesure de sa détresse. Ou de sa volonté d'espérer.

« Bon, nous enverrons la lettre à Mr Adolph Westergren à Racine, Wisconsin », finit par dire Mamah quand il apparut que la paysanne n'en dirait pas plus. « Nous verrons bien. »

Le lendemain, elle demanda à la directrice si elle connaissait Frau Westergren. « Oui, je vois qui c'est, je connais sa fille aussi. » Elle lança un regard entendu à Mamah. « Illégitime », chuchota-t-elle.

Mamah eut honte d'avoir mal jugé cette mère. Aimer son enfant assez fort pour envisager de s'en séparer, elle trouvait cela admirable. En Allemagne, la jeune fille était condamnée à la misère. En Amérique, elle aurait sa chance. Elle pourrait réinventer son avenir.

Mamah se sentait mieux quand elle revenait de l'asile de nuit. Il était réconfortant d'aider les autres à jeter leurs bouteilles à la mer dans l'espoir fou qu'il en ressortirait quelque chose de bon. Et cela arrivait de temps en temps. Des parents répondaient parfois pour leur offrir leur soutien financier. Un homme, maçon de son état, trouva une paroisse catholique à Chicago prête à l'employer pour construire sa nouvelle église.

Elle finit par attendre le dimanche avec impatience. Elle s'habitua à l'odeur de moisi de ces immeubles anciens, et l'ivrogne qui se soulageait de temps à autre dans le caniveau cessa de l'écœurer. Elle arrivait dans le quartier de Wedding curieuse de voir ce que lui réservait cette journée.

Un dimanche après-midi, elle était si fatiguée en rentrant chez elle qu'elle s'écroula sur son lit sans dîner. Elle se réveilla tout habillée, en tenue de ville, pour s'apercevoir qu'elle avait dormi douze heures. Elle se leva et s'approcha de la fenêtre. L'aube commençait à poindre et le soleil dessinait des capillaires roses dans un ciel qui était à la pluie. En regardant le jour poindre, Mamah se sentit étrangement optimiste. Elle en avait plus qu'assez de l'incertitude, de la peur et du remords.

Frank lui manquait. Il n'était pas parfait, elle l'aimait pourtant si fort qu'elle se demandait comment c'était humainement possible. Un jour, elle en était presque sûre, en repensant à toutes ces épreuves, ils se diraient : *Oui, c'était atroce, mais c'est derrière nous et nous en sommes ressortis plus forts.*

Les choses pouvaient se passer tout autrement et Mamah se força à envisager cette possibilité. Rien ne lui garantissait le retour de Frank. Il lui avait peut-être déjà dit adieu. Elle dérivait peut-être seule sur sa banquise sans le savoir.

Que ferait-elle si cela se produisait ? Edwin n'avait pas donné suite à sa demande de divorce. S'il était disposé à la reprendre, comme l'affirmait Lizzie, était-elle prête à lui revenir ? Quand elle essaya de se l'imaginer, elle comprit sur-le-champ que, si désespérée fût-elle, elle ne retournerait pas auprès d'Ed. Cette certitude lui procura un étrange apaisement. Elle avait certes quitté son mari pour Frank mais aussi parce que son mariage était une erreur depuis le début.

Avant qu'elle ne parte pour l'Allemagne, Mattie lui avait posé la question : « Que feras-tu si Frank retourne chez sa femme ? Tu n'auras rien. » Mais à présent, Mamah estimait que, si cela se produisait, elle ne se trouverait pas si démunie. Elle avait en elle-même la ressource nécessaire à sa survie. Ces derniers mois l'avaient réduite à son essence même. Quant au reste, il lui semblait qu'elle s'en était tout simplement délestée.

Contrairement à Edwin, elle n'avait jamais cru qu'il suffisait de simuler le bonheur pour l'éprouver. Mais il semblait futile de s'accrocher à son chagrin. Cela ne profiterait à personne qu'elle continue à être malheureuse comme si c'était la seule émotion qui convenait à la situation.

Les enfants ont besoin d'être entourés d'adultes heureux. Cette seule pensée constituait une raison valable de renoncer à toute la tristesse qu'elle avait cultivée. Ce jour-là, elle décida que, quoi qu'il advienne, quand elle retournerait en Amérique, elle obtiendrait le droit de voir John et Martha et aussi longtemps que possible, dût-elle négocier, quémander ou voler ce temps.

À l'approche de Noël, Mamah acheta des cadeaux chez les marchands qui installaient leurs petites baraques sur les trottoirs. Elle choisit une boîte de petits soldats peints pour John et, pour Martha, une minuscule bague ornée d'un saphir assorti à ses yeux. Mamah mit ces présents et quelques autres dans un paquet qu'elle posta à la mi-novembre.

En décembre, Frau Boehm érigea un immense sapin de Noël dans le petit salon et suspendit des guirlandes de branches de conifères et de noix dorées dans toute la maison. Pendant trois semaines, la bonne odeur de pin mena la vie dure à l'équilibre émotionnel de Mamah. Le jour de Noël, quand les locataires de la Pension Gottschalk s'attablèrent autour d'une dinde fumée, elle quitta sa chaise. Elle sortit par la porte de devant qui donnait sur Schaperstrasse, remonta Joachimstaler Strasse puis, quelques pâtés de maisons plus loin, retrouva Kurfürstendamm et le Café des Westens où elle pourrait passer cette soirée comme une autre, en compagnie d'artistes juifs.

31

Au Café des Westens, sur une petite estrade, une femme costumée attendait, immobile, tête baissée et une flûte aux lèvres, que le silence se fasse. Toutes les tables étaient occupées dans la salle enfumée. Une foule de gens étaient obligés de rester debout, un verre de bière à la main, adossés au mur couvert d'affiches.

Voyant qu'il ne restait aucune table libre, Mamah tourna les talons pour repartir, mais c'est alors qu'un serveur apparut et la conduisit jusqu'à une chaise vide. Les quatre messieurs assis autour de la table se levèrent quand elle prit place et les dames la saluèrent d'un signe de tête. Son voisin se pencha vers elle avec intérêt. Il était petit, tendu comme un ressort. Ses lunettes rondes grossissaient ses yeux intelligents. « Du vin ? proposa-t-il.

— Oui, merci », répondit-elle. Il lui dit autre chose qu'elle ne comprit pas à cause du brouhaha.

Mamah ne savait pas très bien ce que le costume de l'artiste était censé représenter. Elle portait un pantalon bouffant en satin noir qui descendait jusqu'à ses chevilles délicates et des bottines élégantes et féminines. Croisée sur sa poitrine comme un kimono, une veste courte assortie au pantalon était fermée par une large ceinture incrustée de coquillages. Ses cheveux raides et noirs étaient coupés au carré. Son visage ravissant et ses yeux aussi noirs que ses cheveux semblèrent étrangement familiers à Mamah.

« Ma femme la poétesse. » D'un signe de tête, son voisin indiqua la scène. « Else Lasker-Schüler. Ou Jussef, prince de Thèbes, selon son humeur. Elle aime donner libre cours à sa fantaisie. » Il lui tendit la main. « Herwarth Walden.

— Mamah Borthwick.

— Américaine ?

— Oui. »

Quand le serveur vint lui demander ce qu'elle souhaitait manger, Mamah parcourut le menu à la recherche d'un plat sans prétentions.

« Prenez le faisan aux airelles », lui conseilla Herwarth. Il se tourna vers le serveur. « Red, du faisan pour madame. » Mamah tripota nerveusement la bourse en tissu posée sur ses genoux. Ce dîner allait presque lui coûter jusqu'à son dernier sou. Son voisin essayait simplement de se montrer amical ; il n'empêche, sa familiarité l'agaçait. Elle allait parler, le son aigu de la flûte couvrit le brouhaha et le serveur s'esquiva. Le silence se fit. La poétesse se débarrassa de la flûte et contempla la foule à travers la fumée.

« Adieu », annonça-t-elle. Elle se tut, les yeux fixés sur l'homme assis à côté de Mamah.

« *Mais tu n'es point venu avec le soir*, commença-t-elle. *J'étais assise sous le manteau d'étoiles.* »

Mamah s'agita sur sa chaise, mal à l'aise.

« *Si à ma porte l'on frappait,* poursuivit l'artiste d'une voix rauque et désespérée, *même si ce n'était que mon propre cœur,*

Cela pend seulement à chaque montant de porte, à la tienne aussi ;

Entre les lampions d'une rose de feu au milieu du brun de la guirlande.

Avec mon sang je te peignais le ciel couleur mûre.

Mais tu ne vins jamais avec le soir…

Je me tenais dans mes chaussures dorées. »

L'intimité qui se dégageait de ce poème, manifestement destiné à son mari, fit naître en Mamah une profonde envie de quitter la salle. « Excusez-moi, dit-elle en se levant et en bousculant les gens qui applaudissaient et criaient : « Jussef ! Jussef ! » Elle se fraya un chemin dans la foule et sortit sur le trottoir où l'air glacé rafraîchit agréablement son visage en feu. Elle s'apprêtait à partir quand elle s'aperçut qu'elle avait bêtement oublié son étole sur le dossier de sa chaise. Elle allait devoir traverser de nouveau la salle bondée, régler le serveur et prétexter une indisposition pour pouvoir récupérer son vêtement et quitter ses compagnons de table.

« Alors, on s'encanaille, ce soir ? » dit une voix.

Mamah faillit sursauter en reconnaissant la poétesse à moins de deux mètres d'elle sur le trottoir ; ses lèvres peintes esquissaient une moue.

« Je vous connais, dit Mamah.

— Beaucoup de gens me connaissent.

— Vous m'avez aidée. Je ne suis venue que deux fois dans ce café. Ce jour-là, je venais d'apprendre la mort d'une amie et… »

La femme recula d'un pas et dévisagea Mamah. « Et vous vous êtes effondrée, voilà ce qui s'est passé. Je me suis souvent demandé ce que vous étiez devenue. Vous pleuriez à chaudes larmes. » Elle lui passa le bras autour des épaules et lui donna de petites tapes réconfortantes.

« Merci pour votre soutien, reprit Mamah. Je ne sais plus si je vous l'ai dit ce jour-là. »

La femme prit un paquet de cigarettes coincé sous sa ceinture à coquillages. Elle en vida le contenu dans sa paume : deux cigarettes et un biscuit au chocolat. « Allez-y, choisissez », dit-elle.

Mamah prit une cigarette.

« Appelez-moi Else. » Elle craqua une allumette. « Qu'est-ce qu'une Américaine bien habillée fait dans les rues de Berlin le soir de Noël ? Vous ne ressemblez en rien aux paumés qui fréquentent notre Café Megalomania.

— Je m'appelle Mamah Borthwick.

— Vous parlez bien l'allemand, Mamah Borthwick.

— Merci. Je suis venue étudier les langues pendant quelque temps, le suédois en fait. Je suis la traductrice américaine d'Ellen Key. » Mamah regretta immédiatement cette phrase prétentieuse. « Je reste en Allemagne en attendant de pouvoir divorcer. » À présent, elle s'en voulait d'en avoir trop dit sur elle-même.

« Eh bien ! » fit Else en haussant les sourcils. D'une chiquenaude, elle fit tomber un brin de tabac de son doigt. « D'où venez-vous ?

— De Chicago.

— Chicago ! J'ai une sœur là-bas ! »

Else la prit par la main et la ramena à l'intérieur. « Chers Modernes, lança-t-elle aux compagnons de table de Mamah, nous avons ce soir parmi nous une nouvelle amie. Je vous présente Mamah Borthwick de Chicago. La traductrice anglaise d'Ellen Key.

— À la liberté sexuelle ! s'écria l'une des femmes en levant son verre.

— Voici mes camarades de jeu. » Else fit le tour de la table. « Hedwig, Minn le Guerrier, Lucrèce Borzia, le petit Kurt, Martha la Sorcière et l'empereur Caïus-

Maïus… et mon mari, que vous connaissez déjà apparemment, ajouta-t-elle après un silence.

— Laisse-la manger son faisan, dit Herwarth, avec aigreur. Il est déjà froid. »

Else tira une chaise et s'assit à côté de Mamah. « Oh, j'adore le faisan froid ! » s'exclama-t-elle.

En partageant son assiette avec elle, Mamah écouta les autres discuter des artistes qui exposeraient peut-être leurs œuvres dans la nouvelle galerie qu'allait ouvrir Herwarth. Mamah avait entendu parler de quelques-uns d'entre eux, elle avait même vu les toiles de certains. Apparemment, Herwarth était aussi le rédacteur en chef du magazine *Der Sturm*. Elle avait lu cette publication bimensuelle une ou deux fois depuis son retour à Berlin et avait beaucoup aimé ses éditoriaux, dans lesquels il attaquait les goûts artistiques complètement dépassés du Kaiser. Mamah comprit qu'elle dînait en compagnie de l'avant-garde du mouvement moderniste allemand.

« Cette conversation vous ennuie ? lui demanda Else au bout d'un moment.

— Pas du tout. Je m'intéresse beaucoup à l'art moderne.

— Dans ce cas, Berlin est la ville qu'il vous faut. Les modernistes, les expressionnistes, les sécessionnistes. Sans parler des cubistes ! Cette ville est pleine de "istes" Les écrivains et les peintres viennent des quatre coins du monde et la rencontre est féconde. Au sens propre comme au figuré ! » D'un signe de tête, elle indiqua un couple dans un coin : l'homme tenait la main de sa délicieuse compagne comme s'il s'agissait d'un délicat petit oiseau. « Il est probablement en train de la séduire en citant Rudolph Steiner. »

Mamah se laissa aller en arrière sur sa chaise et éclata de rire. « Ah, quel soulagement !

— Quoi ?

— De pouvoir rire. De côtoyer des gens irrévérencieux. Je viens d'un milieu très différent.

— Chicago n'est pas une ville cosmopolite ?

— Je parle du village où j'habitais, près de Chicago. Mais vous avez raison, il y a des artistes à Chicago qui croient eux aussi que l'art va sauver le monde. En Amérique, ce sont les architectes qui constituent l'avant-garde moderniste. Ils se sont donné le nom d'école de Chicago. Ils bâtissent des immeubles à vous couper le souffle. Frank Lloyd Wright est le plus brillant de tous. »

La poétesse la dévisagea. « Une sorte d'Olbrich ou d'Adolf Loos ?

— Il ne ressemble à personne. »

Else se mit à lui poser des questions. Par bribes, Mamah lui avoua toute la vérité, soulagée de pouvoir se confier à quelqu'un qui ne la jugeait pas.

Quand elle retourna au café quelques jours plus tard, Mamah choisit une table près de la fenêtre. Elle reconnut deux des hommes qu'elle avait rencontrés le soir de Noël : assis dans un coin, penchés l'un vers l'autre, ils jouaient aux cartes. Quand ils l'aperçurent, ils lui adressèrent un signe de tête. Le serveur aux cheveux cuivrés lui apporta son thé et lui présenta un exemplaire de *Der Sturm* d'un geste à la fois théâtral et amical.

Était-ce son imagination ou quelque chose avait-il changé depuis deux jours ? La différence était nette : en ce moment même, les clients qui passaient la porte du café la saluaient.

Elle soupçonna que sa toute nouvelle amitié avec Else lui avait valu une mention « approuvée » dans ce cercle d'artistes. Elle s'en amusa. À Chicago, personne n'avait entendu parler d'Ellen Key. On n'aurait même pas offert une tasse de café à sa traductrice. Ici, au Café des Westens, c'était son laissez-passer.

Derrière la fenêtre, une kyrielle de jeunes employées de bureau marchaient bras dessus bras dessous. Sur le trottoir, des militaires à épaulettes côtoyaient des garçons de ferme au teint frais en bleu de travail, leur gamelle en étain à la main, des hommes d'affaires en chapeau mou, des grands-mères en robes noires et tresses grisonnantes, des infirmières, des vendeuses et des dames de la bonne société sorties pour prendre le thé. Puis une femme qui ne ressemblait à aucune autre se détacha de la foule et entra dans le café.

« Venir s'asseoir ici, c'est vendre son âme au diable ! » déclara-t-elle d'une voix haletante en s'installant en face de Mamah. Elle portait une cape violette parsemée de camées sertis de minuscules photos.

« Des membres de votre famille ? demanda Mamah en désignant un couple d'allure démodée.

— Oh, non, j'ai trouvé ces portraits dans un mont-de-piété. Ils semblaient tous me supplier de les acheter. » Else commanda du café ; quand elle fut servie, elle dit à Mamah : « Je viens d'un village, comme vous. J'étais mariée à un médecin. » Elle appuya sa tasse de café contre sa joue pour se réchauffer. « J'avais de la vaisselle en porcelaine fine. De beaux tapis. » Ses yeux bruns piquetés d'or étaient graves. « Un jour, au réveil, je me suis dit : *Qu'as-tu fait de tes dons ? Tu les as troqués contre des meubles !* » Elle posa la tasse contre son autre joue. « Comme vous le voyez, j'ai changé de tribu. D'ailleurs, je n'ai presque plus aucun meuble. Je dois de l'argent au serveur du matin, à celui du soir, et je me demande bien comment je vais payer mon loyer maintenant qu'Herwarth part… » Sa voix mourut.

« Où va-t-il votre mari ? »

Else posa sa tasse et regarda ailleurs. Quand elle se tourna de nouveau vers Mamah, elle plissa les yeux : « Voici ce que je sais de vous, Mamah Borthwick de Chicago. Vous êtes la traductrice des essais philosophiques d'Ellen Key sur la théorie des sexes. Vous avez quitté votre mari pour votre amant qui est artiste. Pourtant vous évoluez dans la société bourgeoise de Berlin. Vous êtes une énigme pour moi. »

Mamah se raidit comme si elle venait de surprendre quelqu'un en train de fouiller dans ses tiroirs. Elle croisa les bras. « Ma chambre est la moins chère de la pension, dit-elle.

— Vous n'avez pas à vous justifier. »

Mamah se sentit gênée. « J'admire la façon dont vous menez votre vie. Vous ne semblez pas vous soucier de l'approbation des autres. »

Else haussa les épaules. « Nous avons tous nos petits dilemmes. » Apparemment, cette réflexion lui donna une idée, car elle se leva brusquement. « Il faut que je travaille », expliqua-t-elle avant d'aller s'installer à une autre table. Elle sortit un carnet et se mit à écrire.

Pendant la semaine de vacances qui suivit, Mamah retourna tous les jours au Café des Westens. Elle avait toujours aimé l'odeur du café le matin et celle qui embaumait la salle la ravissait. À son arrivée, l'endroit était presque désert et la lumière crue du matin tombait sur un bric-à-brac de mauvais goût. Le buste du Kaiser était toujours juché, de guingois, sur la cabine téléphonique toute cabossée. Les coins des posters s'enroulaient sur eux-mêmes et les murs étaient maculés de marques de doigts. Mais, dès huit heures, les traces des chopes de bière avaient disparu des petites tables rondes en marbre et Mamah était heureuse de retrouver sa place près de la fenêtre de devant.

Elle écrivait des cartes postales à ses enfants et traduisait jusqu'à ce que les clients commencent à affluer. Parfois, un de ses nouveaux amis venait s'asseoir quelques minutes pour bavarder avec elle, mais la plupart du temps, les habitués prenaient leur café en lisant le journal. Quand les poètes et les écrivains arrivaient aux alentours de midi, le lieu résonnait de rires et de discussions intellectuelles.

Else arrivait vers deux heures de l'après-midi et allait s'installer à sa table, dans un coin au fond de la brasserie où elle tenait salon quand elle n'était pas occupée à écrire. Elle emmenait souvent son fils Paul, âgé de quatre ans, qui semblait ravi de faire des coloriages, assis en face de sa maman. Mamah était émue de les voir ainsi l'un près de l'autre.

« Il l'a quittée, raconta Hedwig à Mamah une après-midi en lançant un coup d'œil du côté d'Else.

— Herwarth ?

— Oui, il est parti. Pour une femme, une Suédoise à ce qu'on m'a dit. »

Cette nouvelle écœura profondément Mamah.

« Herwarth s'est toujours montré gentil avec le petit, mais il n'a aucune obligation envers lui, en fait. Il n'est pas son père, poursuivit Hedwig. Else raconte que c'est un cheik ou quelque chose dans ce genre. »

Quand Mamah les regarda de nouveau, elle fut bouleversée par la triste compagnie installée dans son coin.

Tandis que l'après-midi avançait, elle prêtait l'oreille

aux conversations autour d'elle. Liebermann, Kokoschka, Franz Marc, Kandinsky : les clients égrenaient les noms d'artistes comme une litanie de saints iconoclastes. À la tombée de la nuit, Red faisait le tour de la salle pour allumer des bougies. « Le monde change, disait quelqu'un.

— Oui, c'est vrai », acquiesçaient les autres.

Vers quatre heures, la salle s'emplissait de volutes de fumée bleue et s'animait considérablement à mesure que les clients commandaient des bouteilles de vin et de bière. Ils parlaient du futurisme italien, de Gaudí à Barcelone, de la « pensée mathématique » de Dieu. Ils discutaient de qui couchait avec qui, de politique, de la guerre, de magie et de socialisme.

Un soir, Mamah se joignit à la table d'Else qui gratifiait un groupe d'artistes de ses réflexions. « Voilà votre mission sacrée », disait-elle avec chaleur. Son fils n'était nulle part en vue. « Poursuivre l'œuvre créatrice que Dieu a laissée inachevée au soir du dernier jour. Déchiffrer le langage secret de la nature. Je suis intimement persuadée que, chaque fois que je creuse assez profondément pour ramener une parcelle de vérité ou de beauté, je suis l'instrument de Dieu. » Else lança un regard circulaire à ses compagnons de table. « Les artistes ont le pouvoir de sauver le monde. Mais nous sommes pressés par le temps, mes amis. Vous et moi sommes le salut de ce pays, pas ses généraux. »

Mamah se délectait des paroles échangées par ses compagnons autant qu'elle appréciait leur camaraderie. Elle but deux verres de vin ce soir-là, puis encore un autre ; elle eut l'impression de ne jamais s'être sentie aussi bien avec d'autres gens. Quand elle était arrivée à Berlin, elle venait d'un pays où elle n'existait pas, exactement comme eux.

La veille du jour où Mamah devait reprendre le travail, une tempête de neige recouvrit la ville d'un manteau blanc. Au réveil, elle apprit que des quartiers entiers étaient privés d'électricité et que son école était fermée pour la journée. Elle s'emmitoufla et se rendit chez le marchand de journaux. L'édition du jour sous le bras, elle poursuivit sa route jusqu'au bureau de poste qu'elle trouva ouvert mais sinistre et désert. Dans sa boîte, une enveloppe l'attendait. L'en-tête était celui d'un cabinet de juristes de Chicago. Mamah savait que Wagner Electric faisait appel à leurs services. À l'intérieur, elle découvrit ce qu'elle attendait : Edwin Cheney entamait une procédure de divorce à l'encontre de Mamah Borthwick Cheney. Motif de la demande : abandon du domicile conjugal.

Elle rangea la lettre dans son sac à main et reprit le chemin de la pension. Elle n'arrivait pas encore tout à fait à croire que cette étape cruciale pour son avenir avait été franchie. Elle avait envie de l'annoncer à Else, mais, quand elle passa au café, elle vit qu'il ne s'y trouvait qu'un seul autre client. Elle s'assit à sa table près de la fenêtre et regarda la rue.

« J'adore les grosses tempêtes de neige, lui confia Red en lui apportant le journal et une tasse de café. Tout le monde se retrouve bloqué. »

En haut de la première page, Mamah reconnut les mots que Red tamponnait chaque matin sur tous les journaux qui arrivaient au café : VOLÉ AU CAFÉ DES WESTENS. Elle sortit un crayon de son sac à main et écrivit un mot à Frank dans la petite section vierge, tout en haut.

10 janvier 1911

C'est officiel. Reçu notification de la demande de divorce ce jour.

Je t'aime, Mamah

« Y a-t-il une enveloppe quelque part ? » demanda-t-elle à Red en déchirant la bande de papier sur laquelle elle avait écrit.

Le serveur lui en apporta une ; elle inscrivit l'adresse, glissa le billet à l'intérieur et cacheta la lettre avant de retourner au bureau de poste sous la neige.

32

« Il y a un homme en bas qui désire vous voir. »

Mamah regarda Frau Boehm par-dessus ses lunettes ; la logeuse montait rarement jusqu'au troisième étage. « Qui est-ce ?

— Un Mr Wright. »

Mamah sauta sur ses pieds et descendit l'escalier deux à deux en laissant derrière elle une Frau Boehm effrayée.

Son chapeau dans les mains, Frank attendait en pardessus dans le petit salon.

« Tu ne m'avais rien dit ! s'exclama-t-elle en se jetant à son cou.

— J'avais peur que tu ne me dissuades de venir. »

Elle posa les mains sur son visage glacé. « On dirait que tu es venu de Chicago à pied. Tu as dormi au cours des dix derniers jours ?

— Quasiment pas.

— Le mal de mer ? »

Les narines de Frank frémirent. « Ne m'y fais pas repenser. » Il lui prit la main. « J'ai réservé une chambre, chuchota-t-il. Dans un petit hôtel à deux pas d'ici.

— Je vais chercher mon sac, dit-elle en lui offrant son plus grand sourire. J'en ai pour cinq minutes. »

Ils traversèrent le Tiergarten pour rejoindre l'hôtel.

L'humeur de Frank était grave, son humour malicieux semblait l'avoir déserté. Il était venu surprendre Wasmuth qui avait interrompu l'impression de sa monographie à la suite d'un désaccord entre eux. « La qualité du recueil de photos est exécrable et il a fait une erreur d'identification sur au moins deux bâtiments. Je lui ai dit tout net que je n'accepterais pas son travail. Et qu'est-ce qu'il fait ? Il bloque tout le fichu projet ! Il refuse de faire avancer la monographie tant que je ne donne pas mon aval au recueil de photos. » La voix âpre de Frank montrait à quel point il était blessé par cette injustice. « Je me suis trop investi dans cette entreprise pour reculer maintenant. Je vais devoir batailler pour qu'il accepte de signer un nouveau contrat. »

Outre le fait qu'il était devenu un paria et que plus personne ne voulait l'embaucher, il avait de sérieux ennuis à Chicago. Il s'apprêtait à engager des poursuites contre Hermann von Holst qui l'avait lésé des commissions liées au travail qu'il lui avait confié avant de partir. Il avait un peu neigé. Mamah observa les deux personnes qui marchaient devant eux laisser des empreintes sombres sur les dalles du trottoir en écoutant la triste litanie de Frank.

« Ils me haïssent, disait-il à présent, à propos de ses enfants.

— Mais tu m'avais écrit qu'ils étaient ravis de te revoir.

— Oh, il n'a pas fallu longtemps pour que la vérité éclate au grand jour. Catherine les a montés contre moi. » Il déglutit avec peine et retrouva sa voix. « Ces satanées récriminations, ce scandale public… rien de tout cela n'était nécessaire. Si seulement elle avait accepté l'idée d'un divorce.

— Edwin l'a fait, l'interrompit Mamah. Tu le savais ? Je t'ai écrit une lettre, mais tu es sans doute… »

Il eut l'air très surpris. « Non, je ne l'ai pas reçue.

— Eh bien, c'est fait. Il est d'accord pour me rencontrer en août afin de régler les détails. Je crois que je peux rentrer aux États-Unis maintenant. » Elle le regarda. « Peut-être que quand Catherine apprendra qu'Edwin s'y est résolu…

— N'y pense même pas, dit Frank. Cela n'arrivera jamais.

— Tu étais venu m'annoncer une nouvelle, n'est-ce pas ? Il s'agit d'une maison. Dans le Wisconsin.

— Suis-je transparent à ce point ?

— Tu en rêves depuis toujours.

— Ma mère a accepté d'acheter le terrain à son nom pour moi. Quinze hectares à Hillside, près de la ferme de mon grand-père. Exactement l'endroit dont je t'avais parlé. » Il s'immobilisa sur le trottoir. « Le moment est venu, Mamah. Ce sera la plus belle maison que tu auras jamais habitée. Tu ne regretteras même pas de ne pas pouvoir aller au théâtre. »

Son regard se posa sur les rangées d'arbres dénudés dans le parc, derrière Mamah. « Mais surtout, nous n'aurons plus à mener ces existences décousues. Notre identité personnelle, nos activités, ce que nous aimons, tous nos projets : diffuser les idéaux d'Ellen Key, enseigner l'architecture… tout cela se trouvera dans le mortier. Incorporé tout ensemble dans cette maison.

— Mais personne ne t'a donné de travail.

— Si Darwin Martin m'accorde un prêt – et il le fera – je pourrai commencer le chantier cet été. Quand elle sera construite, nous serons autonomes. Nous cultiverons de quoi subsister. Quelles que soient les difficultés. » Il se retourna et la surprit en train de se mordre nerveusement la lèvre supérieure. « Écoute, en Italie, tu ne rêvais que de nous construire un refuge, loin de tout. Eh bien, nous en aurons un tout aussi beau que celui de Fiesole. Je rembourserai Martin, ne t'inquiète pas. Quant aux fermiers des environs, je ne leur mentirai pas. Ils ne se montreront pas très amicaux dans les premiers temps. Ils commenceront par nous mettre sur des charbons ardents. Mais je te jure que nous ne vivrons pas dans le mensonge. Nous serons l'honnêteté incarnée.

— Tu me demandes de te suivre ? »

Frank posa un genou à terre et enleva un de ses gants. Avec l'index, il dessina trois lignes dans la neige. Mamah crut y reconnaître la représentation enfantine d'un soleil avec ses rayons.

« C'est le symbole druidique de *La vérité envers et contre tous.* » Il leva les yeux sur elle. « Consacrer notre vie à la vérité et à la beauté ne sera pas facile. La plupart des gens se moqueraient de moi s'ils m'entendaient. Mais je ne souhaite rien d'autre à présent. » Il se tut un instant. « Si tu acceptes de venir avec moi, Mamah, nous y parviendrons. Si tu acceptes d'y vivre avec moi. »

Elle sourit. « Tu me demandes de te suivre ? répéta-t-elle.

— Oui.

— D'accord, dit-elle, j'accepte. »

Troisième partie

33

Le petit visage renfrogné de Martha se tourna du côté que lui indiquait sa mère. « Tu le vois ? chuchota Mamah. Il est jaune vif. »

La fillette scruta les bois.

Elles étaient agenouillées sur un tapis d'aiguilles de pin, dans une petite clairière. Mamah tendit les jumelles à sa fille. « Là-haut, sur la branche. »

Martha les repoussa et contempla les arbres d'un air morne. « C'est papa qui raconte les oiseaux », dit-elle.

Mamah se raidit puis compta le nombre de mots que l'enfant avait prononcés. *Sept,* pensa-t-elle. *En progrès.*

À Berlin, l'idée de ces retrouvailles avec les enfants dans un camp de vacances au Canada lui avait paru excellente. Ils y seraient seuls – sans Louise ni Lizzie. Edwin les y conduirait et y resterait une journée, le temps de négocier les termes du divorce. Mamah s'était préparée à des moments difficiles pour elle comme pour les enfants, mais du moins seraient-ils à l'abri des regards indiscrets. Ils prendraient leur temps.

Au cours des deux dernières années, elle avait inondé les enfants de lettres et, récemment, leur avait envoyé un portrait d'elle. Pourtant, ils semblaient l'avoir oubliée.

Deux ans, autant dire une année-lumière dans la vie d'un enfant, songea-t-elle. Elle se rappela qu'à l'âge de huit ans, en se prélassant voluptueusement dans son bain, elle avait imaginé l'été incommensurable qui l'attendait. Et il avait bel et bien semblé durer un siècle, rien qu'à regarder les lucioles et à musarder tandis que jours et nuits se succédaient, rythmés par le chant ininterrompu des grillons.

Martha avait trois ans lorsque Mamah était partie, et John presque sept. En Italie et à Berlin, elle avait observé des enfants du même âge, remarqué leurs gestes et leur façon de se déplacer. Elle les avait écoutés parler. Mais ici, en chair et en os, son fils et sa fille étaient des étrangers.

John se souvenait un peu d'elle. C'était toujours le petit garçon qui se jetait dans ses bras à tout bout de champ, autrefois. Il ressemblait encore à Peter Pan, mais en plus grand et avec un bâton à présent. Depuis l'instant où elle l'avait revu, devant le chalet en rondins, il avait continuellement un morceau de bois à la main. Quand elle s'était avancée vers lui, il s'en servait pour remuer la terre. Il était resté là, tout sourire, pendant qu'elle le serrait dans ses bras.

Ses premières paroles furent pour demander : « Tu as peur des araignées ? » Il était entré dans le chalet pour en ressortir avec un grand bocal qui abritait une créature à rayures brunes. « Je l'ai trouvée dans la maison », lui annonça-t-il, manifestement ravi.

Quant à Martha, elle était restée près d'Edwin avec qui elle maintenait le contact en retenant le tissu de son pantalon entre le pouce et l'index de sa petite main. Elle portait un gros ruban sur la tête. Son visage avait changé du tout au tout. Ses joues rebondies de bébé avaient presque disparu. Les traits qui se dessinaient,

Martha les garderait toute sa vie, et c'étaient ceux d'une Borthwick : des pommettes hautes, une mâchoire carrée et deux coups de pinceau bruns au-dessus des yeux, exactement comme Mamah. Au moment des retrouvailles, devant le chalet, ces sourcils formaient de gros nuages noirs et bas. Martha s'était cachée derrière Edwin et avait refusé de se montrer quand sa mère s'était approchée. Edwin était resté planté là, immobile, et Mamah avait reculé.

Cette nuit-là, une fois les enfants couchés, Mamah et Edwin étaient allés s'asseoir dans les fauteuils à bascule de la véranda pour discuter à voix basse.

« Ils vivront avec moi, avait-il décrété.

— Je veux les voir.

— D'accord, mais à une fréquence appropriée.

— C'est-à-dire ? demanda-t-elle avec méfiance.

— Je ne m'oppose pas à ce qu'ils te rendent visite deux semaines en été.

— Pourquoi pas deux mois ?

— Peut-être quatre semaines, concéda-t-il. Il faudra voir comment cela se passe. Je ne sais pas ce que les enfants auront envie de faire. Ils ne sont pas plus rassurés l'un que l'autre. »

Dans les bois, les sauterelles faisaient crisser leur archet comme une poulie qui grincerait.

« Je n'ai jamais voulu toute cette souffrance », dit Mamah.

Ces paroles lui semblèrent tellement insuffisantes. Elles parurent cependant toucher Edwin qui était resté extrêmement guindé depuis l'arrivée de Mamah.

« Martha n'a rien compris à ce qui se passait à l'époque. C'est John qui a été le plus affecté. Par moments… » Edwin s'interrompit.

Mamah prit une inspiration. « Continue.

— À Boulder, après ton départ, il s'est perdu. Mattie était déjà malade. Il y avait beaucoup d'allées et venues dans la maison – des médecins, des voisins – et personne n'a remarqué qu'il avait disparu. Je ne devais venir les chercher qu'à la fin de la semaine. Quand la nurse s'est aperçue qu'il était introuvable, elle était au désespoir. »

Mamah eut l'impression d'avoir reçu un coup dans la poitrine.

« En fait, il ne s'était pas sauvé. Ils l'ont retrouvé qui errait dans Boulder cette nuit-là, à plusieurs kilomètres de la maison. Il te cherchait. »

Elle serra les lèvres et posa la main sur sa bouche pour ravaler un sanglot. Elle n'avait aucun droit de pleurer.

Quand Edwin retourna dormir au pavillon central du camp, Mamah resta éveillée dans son lit bien après minuit, à écouter respirer ses enfants de l'autre côté de la chambre. John dormait sur le lit du haut et Martha en bas.

Quatre semaines avec elle. Voilà ce qu'Edwin avait fini par accepter. Quatre semaines, pas plus, jusqu'à Noël où elle aurait un droit de visite de deux jours, à Oak Park, avant les vacances. Par la suite, elle pourrait les accueillir dans le Wisconsin quelques semaines chaque été et venir les voir à Oak Park aussi souvent qu'elle le voudrait.

Cette fois-ci, ils n'auraient qu'un mois à partager. Comment réparer les deux années passées en un mois ?

« Noooon ! » avait hurlé Martha quand Edwin était parti, le matin même, accrochée à la jambe de son père alors qu'il montait dans la voiture qui attendait. L'employé posté à l'accueil du pavillon central était sorti pour profiter du spectacle. « Elle a du coffre, la petite », avait-il commenté.

Aller observer les oiseaux. Quelle idée stupide ! Depuis quand les enfants s'intéressent-ils à l'ornithologie ? se dit Mamah. Elle se leva dans la clairière tapissée d'aiguilles cassantes qui embaumaient la résine. Boudeuse, Martha resta affalée à ses pieds.

« Qu'est-ce qu'on fait maintenant ? » demanda John.

Mamah n'avait pas prévu d'activité de repli. Elle regarda sa montre. Dix heures. Le petit garçon s'approcha du pin le plus proche et donna un grand coup de bâton dans le tronc.

« Retournons à l'accueil, déclara-t-elle. On pourra peut-être vous dégoter une promenade en canoë. »

Mamah n'avait pas l'intention d'inscrire les enfants aux cours que suivaient les autres petits vacanciers pendant la journée. Égoïstement, elle avait espéré les avoir tout à elle. Elle avait faim de la sensation qui lui avait le plus manqué : le contact de leur peau. En Europe, elle avait rêvé des petites jambes dodues de Martha qui pesaient sur son avant-bras quand elle la portait. Mais cela n'était pas près d'arriver. Pas encore. Peut-être pas avant longtemps.

De son côté, John cherchait à lui faire plaisir. Il ne prenait pas l'initiative mais se tenait à proximité de Mamah pour qu'elle puisse l'enlacer. Elle l'attirait contre elle, sentait ses côtes et ses petites fesses osseuses sur ses genoux. Un jour, comme il s'y attardait, elle essaya de lui parler.

« Je te demande pardon d'avoir mis si longtemps à revenir », commença-t-elle. Il sauta sur ses pieds avant qu'elle ait eu le temps de prononcer un mot de plus et fila retrouver des enfants de l'autre côté de la clairière.

Parfois, elle les observait depuis la berge du lac. Les autres parents partaient en excursion de leur côté pendant que leurs enfants allaient nager avec les jeunes animateurs. Avec l'impression d'espionner, Mamah rôdait derrière les arbres pour essayer de les regarder jouer sans qu'ils le sachent. John lui paraissait plein d'assurance ; il bavardait tant et plus en dérivant sur son pneu en caoutchouc et se lançait dans des batailles navales quand il entrait en collision avec ses camarades de jeux. Mais Martha semblait éperdue de solitude : assise sur sa bouée noire, elle promenait le même air inquiet au milieu des autres nageurs qu'auprès de sa mère.

Tapie au bord de l'eau, Mamah repensa au commentaire d'une de ses « connaissances », publié dans un article du *Tribune*, selon lequel elle ne passait que peu de temps avec ses enfants. Plus que tout le reste, cette remarque l'avait rendue folle de rage parce que c'était faux. Elle leur avait voué un amour sans bornes et leur avait consacré énormément de temps, plus que beaucoup d'autres mères qui confiaient toute l'éducation des enfants aux nurses. Mais elle avait refusé d'admettre qu'une vérité plus fondamentale se cachait derrière cette critique, une vérité désormais incontournable.

Vivre une histoire d'amour n'avait pas été de tout repos. Cette liaison avait accaparé son énergie et son esprit pendant toutes ces années à Oak Park. Même lorsqu'elle était auprès de ses enfants, elle pensait à Frank : comment pourraient-ils se voir la prochaine fois ? Que signifiait l'allusion qu'il avait faite l'autre jour ? C'était devenu une obsession pendant si longtemps qu'elle avait fini par s'y habituer. Les enfants étaient passés au second plan, peut-être pas physiquement, mais bel et bien dans ses préoccupations.

Il n'en était pas toujours allé ainsi. Mamah avait été exceptionnellement proche de John avant de rencontrer Frank. *Son fils n'avait pas été le plus négligé pendant ces années de double vie*, songea-t-elle. Non, c'était Martha. Mamah s'aperçut que, depuis la naissance de sa fille, ses pensées avaient été ailleurs. Du fait de sa dépression, d'abord, puis à cause de Frank. Martha avait un an quand leur liaison avait commencé.

La réalité de sa démission heurta Mamah de plein fouet. D'ordinaire, la culpabilité se cristallisait sur la même image fixe : le moment où elle avait quitté la chambre où dormaient Martha et John à Boulder. Invariablement, quand elle y repensait, elle se posait la même question, horrifiée : *Me suis-je au moins retournée pour les regarder une dernière fois ?*

Elle comprenait à présent qu'elle les avait abandonnés bien avant ce jour-là. Pendant de longues périodes au cours de ces premières années, ses yeux, ses oreilles et sa capacité à s'émerveiller – qui leur revenaient de droit – avaient été pour un autre.

Assise par terre, Mamah dépouillait un petit rameau de ses épines. D'une façon ou d'une autre, il lui faudrait réparer cela, mais elle ignorait comment. Des excuses ne signifieraient absolument rien pour Martha et John. Il faudrait du temps, des années peut-être, pour panser leurs blessures.

Elle se rappela les jours atroces qui avaient suivi celui où elle avait révélé son amour pour Frank à Edwin. « Toutes tes satanées balivernes t'ont fait perdre l'esprit, Mamah, lui avait-il crié. Même tes enfants sont devenus abstraits pour toi. »

Jamais elle ne lui avouerait qu'elle discernait le fond

de vérité que contenaient ses paroles. Assise dans les bois, elle s'en fit le reproche : *Je n'ai pas été là quand il le fallait. Loin s'en faut.*

Une après-midi vers la fin du mois de juillet, après le déjeuner, Mamah et les enfants s'attardèrent dans le pavillon central du camp déserté par tous les autres vacanciers. On leur avait appris à faire des nœuds et ils avaient fabriqué un bel amas de boucles. Assis sous un ventilateur, ils regardaient leur mère dénouer la ficelle tandis qu'un chien errait dans la salle à manger. La seule autre personne présente était un employé de cuisine portant un tablier qui empilait les assiettes sales dans un évier. Quand il vit l'animal, il fit de grands gestes pour le chasser.

John se leva et alla lui dire bonjour. De taille moyenne, tout noir, le chien avait un museau allongé, de longues oreilles et un paquet de poils qui lui pendait comme une barbe sous la gueule.

« Savez-vous à qui appartient ce chien ? demanda Mamah au plongeur, mue par une soudaine envie de protéger les enfants.

— Non, m'dame, répondit-il, jamais vu. »

Martha sur ses talons, elle alla voir l'animal de plus près. « Ne vous approchez pas trop », les prévint-elle. Mais John s'était déjà agenouillé et le chien lui léchait la figure.

« Il a soif », dit le petit garçon. Il se dirigea vers une pile de vaisselle sale et prit deux bols. Dans l'un il versa de l'eau et, dans l'autre, il déposa les restes d'un friand à la viande trouvés sur une assiette.

« Il a chaud, déclara Martha en gardant ses distances.

— Il faut dire qu'il porte un gros manteau, pas vrai ?

fit remarquer Mamah. Allons demander au directeur s'il le connaît. Il a l'air très propre. Je suis sûre qu'il manque à quelqu'un à l'heure qu'il est. »

John utilisa une de ses ficelles à nouer comme laisse. Quand ils se dirigèrent vers l'accueil, le chien trottina à côté du garçon comme s'ils se connaissaient depuis toujours.

« Jamais vu, dit le gérant. Et il n'appartient à aucun des pensionnaires du camp, j'ai repéré tous leurs animaux de compagnie.

— Et les voisins, ils n'en ont pas ?

— Pas à ma connaissance. Mais il y a beaucoup de fermes dans les parages. Il a pu se perdre.

— Nous pourrions peut-être mettre une affichette à l'accueil ?

— Bien sûr. En fait, le chauffeur peut vous conduire si vous voulez faire la tournée des voisins. »

De son petit index, Martha fit signe à sa maman d'approcher. Surprise, Mamah s'empressa de se pencher. « On peut le garder dans notre chalet cette nuit ? » lui chuchota la petite fille.

Mamah se releva. « Il dormira chez nous cette nuit », annonça-t-elle au gérant.

Ce dernier haussa les épaules. « C'est vous qui voyez. »

Ils emmenèrent l'animal et partirent accrocher des affichettes aux poteaux téléphoniques, le long de la route. Plus tard, le chauffeur du camp de vacances les conduisit jusqu'aux trois fermes voisines pour savoir si quelqu'un avait perdu un chien. Personne ne le connaissait.

« C'est peut-être un chien de chasse qui s'est sauvé, spécula le troisième fermier, mais la saison n'a pas encore commencé. Ou, sinon, quelqu'un l'a abandonné sur la route. Les gens de la ville font souvent ça : ils les amènent ici et ils les lâchent dans la nature. »

Les enfants s'étaient de nouveau agenouillés pour caresser l'animal. Le fermier lui souleva les oreilles, lui ouvrit la gueule pour l'examiner, leva sa queue pour scruter son anus puis inspecta ses pattes. Martha et John suivaient attentivement chacun de ses gestes.

« C'est un chiot, conclut le paysan. En assez bonne santé : je ne lui ai trouvé ni vers ni plaies. Ça fera un bon gros toutou.

— Il me fait un peu penser à un chien-loup, dit Mamah.

— À votre place, je le prendrais si personne ne vient le réclamer », lui conseilla-t-il.

En retournant au camp, John dit tout haut ce qu'ils pensaient tout bas : « Papa ne voudra pas qu'on ait un chien. »

Edwin n'en avait jamais voulu dans la maison. Ils le faisaient éternuer et laissaient des poils partout.

« Chéri, cet animal appartient à quelqu'un, expliqua Mamah. Il est trop propre pour avoir vécu dehors. » Elle était navrée de devoir ramener John sur terre mais il lui semblait plus cruel de le laisser espérer.

Ce soir-là, ils firent à leur protégé un lit par terre dans le chalet. Ils se procurèrent de la paille et une couverture dont ils garnirent une grande caisse qu'ils avaient trouvée derrière le pavillon central du camp. Puis ils s'allongèrent tous autour du chien et le couvrirent de caresses et de baisers. L'animal haletait patiemment tandis que Martha, pendue à son cou, lui susurrait : « Tu es un bon chien. »

En regardant les enfants, Mamah sut ce qu'elle allait faire. Elle laisserait les pancartes deux jours de plus. Peut-être un seul. Et, si aucun propriétaire ne se présentait (*Mon Dieu, je vous en prie, faites que personne ne vienne le réclamer !*), elle irait discrètement les décrocher.

Il leur restait deux semaines : quatorze journées entières pour nager avec le chien, lui apprendre à rapporter un bâton, lui donner un nom, dormir avec lui. En août, quand il faudrait partir, ils pourraient voyager en train avec leur nouveau compagnon. Si Edwin refusait de l'adopter – ce dont Mamah ne doutait pas –, elle l'emmènerait dans le Wisconsin.

Il était peut-être déloyal de le garder dans sa nouvelle maison pour donner envie à ses enfants d'y venir en visite. Edwin jugerait cela calculateur, il y verrait une ruse pour regagner leur cœur. Mais elle se fichait de ce qu'il pensait. À ses yeux, le chien représentait une seconde chance. Et elle était prête à faire feu de tout bois.

34

La voiture de Frank avançait en cahotant sur la route 14. Il signalait chaque point de repère à Mamah, les vieilles fermes ou les arbres qui signifiaient que Spring Green n'était plus qu'à une centaine de kilomètres. Le véhicule était chargé de cartons et de valises. Coincé au milieu, le chien que les enfants avaient appelé Lucky avait passé sa tête par la fenêtre malgré la bruine.

« Tu as vu cette enseigne ? » Frank lui indiqua une grange au loin.

On avait peint une publicité sur toute la longueur de la bâtisse. Quand ils arrivèrent à proximité, Mamah découvrit que le dessin réaliste représentait un pied nu, simplement accompagné de deux mots : ATHLETE'S FOOT.

« Ils sont pour ou contre ? » demanda-t-elle.

Frank éclata de rire. « Bienvenue dans le Wisconsin.

— Ma parole, tu as un accent depuis que nous avons quitté l'Illinois !

— Oh, dans un mois tu l'auras attrapé. »

Pendant la plus grande partie du trajet, Frank l'avait abreuvée d'histoires de sa famille maternelle. « Des unitariens radicaux, comme il disait. De véritables réformateurs. » Cinquante ans plus tôt, son grand-père s'était installé dans Helena Valley, un peu au sud du fleuve Wisconsin. Trois de ses fils – Enos, James et John – possédaient des fermes non loin de la colline où Frank faisait construire la nouvelle maison. Seul Jenkin Lloyd Jones était parti en ville se lancer dans une carrière de pasteur unitarien. Oncle Jenk vivait à Chicago où il jouissait d'une certaine renommée à présent, mais lui aussi avait acheté des terres dans la région : quelques hectares au bord du fleuve. Il appelait cet endroit Tower Hill et, chaque été, il y dirigeait un camp de vacances semblable à celui de Chautauqua. Tous les oncles et tantes de Frank avaient réussi. Malgré leurs différends, ils se montraient solidaires. Sa famille lui avait fourni ses premiers clients. Jeune architecte, il avait commencé par dessiner les plans d'une chapelle pour la vieille ferme de son grand-père et, par la suite, une école pour ses tantes institutrices.

L'anxiété de Mamah grandissait à mesure qu'il enchaînait les récits. *Oh, Seigneur !* pensa-t-elle. *Dans quoi est-ce que je m'embarque ?*

Frank avait promis de lui montrer une curiosité spectaculaire avant d'atteindre Spring Green. Il tendit le doigt vers une immense paroi de roches sédimentaires qui s'étendait au loin dans un champ. « Et voilà : les strates de la Création ! déclara-t-il. Nous ne sommes plus qu'à une quinzaine de kilomètres. »

Ils roulèrent en silence. Dehors, le paysage pluvieux ressemblait à une étude au fusain sur la perspective. La route ondulait comme un ruban noir à travers champs. Au premier plan, dans les fossés, des sumacs dressaient leurs rameaux deltoïdes couleur rouille et, dans le lointain, les collines s'étageaient dans un dégradé de gris. Des chevaux broutaient dans des pâturages vert pâle. De temps à autre, le panorama tout entier disparaissait derrière de gros amas rocheux hérissés de jeunes pousses de pins blancs qui avaient pris racine dans les failles.

Aux yeux de Mamah, avec ses paysages vallonnés qui n'avaient pas connu l'ère glaciaire, le sud-ouest du Wisconsin était le substrat de l'esprit créateur de Frank. Cette région avait toujours hanté son imagination, toile de fond ondoyante sur laquelle il n'avait qu'à dessiner la maison qui en épouserait les reliefs. Dans la grisaille pluvieuse de cette journée d'août, cependant, les collines avaient quelque chose de menaçant.

Voilà qui me change de l'Allemagne ! songea Mamah. À Berlin, son regard était toujours arrêté par une rangée de magasins ou de maisons, de l'autre côté de la rue. La nature semblait reléguée à la périphérie de la ville. Mais cela n'avait pas d'importance. Même la poussière des vieilles façades en brique ou en pierre y était revigorante.

« Tu as peur ?

— Un peu.

— Vraiment ?

— Pas de vivre avec toi. Mais de côtoyer ta mère, tes sœurs et tes cousins, oui. Cette idée me rend nerveuse.

— Tu sauras les conquérir. » Frank posa sa main sur celle de Mamah et la serra. « Contente-toi d'être toi-même et le reste suivra.

— Tu oublies que je connais ta mère. De l'Association des femmes du XIXe siècle. Elle est…

— Virulente ? »

Mamah repensa aux rares fois où elle avait vu Anna Wright en action. C'était une femme intelligente, influente, prompte à prendre ombrage. « Disons… redoutable », répondit-elle. Elle le regarda à la dérobée et vit qu'il affichait un sourire mauvais. « Tu as l'air réjoui à l'idée qu'elle puisse se montrer virulente.

— Cela peut en faire une alliée précieuse. C'est quelqu'un d'entier, dans bien des domaines, la loyauté en particulier. Elle a été obligée de choisir son camp. Et, dans les situations extrêmes, elle privilégie ses proches et sa terre. Laisse-lui un peu de temps. Elle s'habituera à toi.

— Et tes tantes, les directrices d'école ?

— Oh, elles sont adorables. Le cœur sur la main. Mais elles sont sans doute sur des charbons ardents à l'heure qu'il est.

— Elles craignent pour la réputation de leur établissement, maintenant que nous venons nous installer dans le voisinage ?

— Ne te fais pas de souci pour ça. Les fermiers d'ici ont beau être puritains, ce sont des gens corrects. Ils ne tarderont pas à venir nous offrir des kilos de cookies faits maison. »

À cet instant, Mamah aperçut un toit large, des murs en calcaire et les rectangles dorés du revêtement en stuc. À quelques mètres en contrebas d'une cime arrondie, la maison se dressait sur une colline dont elle épousait le relief. Frank arrêta la voiture au bord de la route. Il fit le tour pour lui ouvrir la portière et ils allèrent se poster dans les herbes hautes. Mamah se sentit gagnée par les frissons.

« J'aimerais l'appeler Taliesin, si tu es d'accord. Tu connais la pièce de Richard Hovey ? Sur le barde gallois qui se trouvait à la cour du roi Arthur[1] ? C'était un

---

1. *Taliesin : A Masque*, dernière pièce achevée de Richard Hovey, en 1900. (*N.d.T.*)

prophète en quête de vérité, ce Taliesin. Son nom signifie “front lumineux”. C’est assez approprié, à mon sens.

— Taliesin », prononça-t-elle à son tour en examinant la construction.

En effet, sa façade luisait malgré la grisaille environnante. Elle offrait un contraste étonnant avec les petites fermes qu’elle avait remarquées sur la route de Spring Green. La maison – ce mot ne convenait pas tout à fait – ne ressemblait à rien de ce qu’elle avait vu. Elle avait un aspect si moderne, si fonctionnel. Pourtant elle s’insérait harmonieusement dans le paysage vallonné : ses toits en avancée prolongeaient le dénivelé des reliefs environnants. En hauteur, isolée et à l’écart dans ce magnifique panorama mordoré, Taliesin évoquait plus les villas aux abords de Fiesole que tous les pavillons que Frank avait fait bâtir à Oak Park.

« Elle est magnifique », murmura-t-elle. Elle enleva ses lunettes, plissa les yeux puis les remit.

« Elle est pour toi », dit Frank.

Quand ils remontèrent en voiture, Frank contenait mal sa nervosité en négociant prudemment les virages jusqu’à l’entrée.

« “Roméo et Juliette”, dit-il en lui montrant un moulin à vent qu’il avait construit pour l’école de ses tantes, au loin. Tu vois comme les deux corps du bâtiment communiquent ?

— Comment deux institutrices ont-elles choisi un nom aussi romantique ?

— Oh, c’est moi qui l’ai trouvé, expliqua Frank en riant. Aucun Lloyd Jones n’avouera être fleur bleue. Nous préférons qu’on nous croie endurcis. » D’un signe de tête, il indiqua les collines environnantes parsemées de bâtisses. « Autrefois, quand j’étais jeune, une soixantaine de membres de la famille habitaient ici. Voici Tan-Y-Deri. »

Tan-Y-Deri était la maison de sa sœur Jennie. Mamah connaissait aussi cette histoire-là. Jennie avait insisté pour que Frank construise à sa famille une « maison de la prairie » pareille à celles d'Oak Park. Mais Frank préférait lui dessiner une maison « naturelle », plus adaptée à ce paysage vallonné. Lui qui pouvait se montrer si persuasif n'avait pas réussi à convaincre sa sœur cadette. *Jennie devait être aussi têtue que lui*, songea Mamah.

« Tan-Y-Deri signifie "sous les chênes" en gallois. » Il pointa son doigt vers le sud-ouest. « Oncle Enos habite par là.

— Pourquoi est-ce que tout cela me fait penser à l'Italie ?

— À toi de me le dire !

— J'ai l'impression que chacune des fermes de tes oncles est une sorte de fief, comme dans la Toscane d'autrefois.

— Tu n'es pas loin de la réalité, répondit Frank. Ce n'est pas pour rien que les gens appellent cet endroit la vallée des Jones tout-puissants ! »

La voiture gravit lentement la colline jusqu'à une massive colonne faite de blocs de pierre grossièrement assemblés. Une immense statue en plâtre se dressait au sommet de la pile. C'était un nu d'inspiration classique dont les courbes voluptueuses contrastaient avec les lignes droites du gratte-ciel érigé devant elle. La femme avait la tête baissée et, d'une main, elle posait un chaperon au sommet de l'immeuble.

« "Fleur dans le mur fissuré[1]", annonça Frank en l'indiquant d'un signe de tête. J'ai demandé à Bock de

1. Allusion à un poème de Tennyson. (*N.d.T.*)

m'en fabriquer une réplique pour Taliesin. » C'était la statue à laquelle Mamah avait vu travailler le sculpteur lors d'une de ses premières visites à l'atelier de Frank, à Oak Park.

« Elle est magnifique ici. On dirait un ange gardien. »

L'allée passait sous la corniche d'une porte cochère puis continuait entre la maison d'un côté et un terrain en pente de l'autre. Mamah voyait déjà les bouquets de jonquilles fleurir sur ce petit coteau. Devant eux, au bout de l'allée, elle aperçut des ouvriers qui s'affairaient dans une cour. Quand ils furent assez près, elle remarqua que toutes les fenêtres de derrière donnaient sur ce dégagement. Une cour privée !

Les ouvriers s'immobilisèrent, la main en visière, pour regarder la voiture avancer au pas. Quand Frank ouvrit la portière, ils se remirent au travail, redoublant d'efforts, qui avec son marteau, qui avec son mortier, comme s'ils n'avaient pas remarqué leur arrivée. Mamah avait envie de se précipiter dans la cour mais elle resta comme pétrifiée. Personne ne la regardait.

« Billy ! » s'écria Frank en voyant le contremaître venir à leur rencontre. Il était petit, le visage hâlé. Frank lui avait parlé de ce charpentier aux mains calleuses, capable d'arpenter un terrain muni d'une simple esquisse de l'architecte, et de le connaître si bien qu'il se passait de dessins avec des valeurs réelles.

« Billy, je veux vous présenter quelqu'un. La maîtresse de maison. »

Le pantalon de Billy Weston était tout usé aux genoux et à l'endroit où il accrochait son marteau. Il n'était pas vieux, trente-cinq ans peut-être, mais tout en lui semblait flétri. Même ses yeux bleus faisaient penser à des œufs délavés dans un nid à l'abandon.

Mamah lut la confusion dans son regard. À l'évidence, Frank n'avait donné aucune explication préalable.

« Ravi d'faire vot' connaissance, marmonna-t-il en hochant la tête.

— C'est à elle qu'il faudra s'adresser quand je ne serai pas là. »

Billy lui jeta un coup d'œil suspicieux puis acquiesça de nouveau. Frank lui avait raconté que le contremaître n'acceptait pas toujours volontiers ses instructions. Comment aurait-il pu se réjouir de recevoir des ordres de Mamah ?

« Bien, m'sieur. » Billy se gratta derrière l'oreille et se dandina d'un pied sur l'autre.

« Vous devriez avoir le temps de faire connaissance d'ici à ce que cette maison soit terminée.

— Terminée ? répéta Billy avec un grand sourire. Rien n'est jamais vraiment terminé avec vous, Mr Wright. »

Frank se mit à rire de bon cœur. « Sacré Billy ! dit-il à Mamah, tandis que l'ouvrier s'éloignait. Mais, comme charpentier, il n'a pas son pareil dans la région. »

Il lui fit parcourir toute la longueur de la maison construite de plain-pied. En fait, elle était composée de trois rectangles horizontaux qui formaient un U encastré dans la colline. L'une des ailes de ce U comprenait les chambres à coucher, et l'autre une écurie, une étable pour les vaches et un garage. Entre les deux se trouvait le corps de bâtiment dédié à la vie sociale et au travail, une suite de pièces dont les fenêtres offraient des perspectives dégagées sur la vallée en contrebas. De tous côtés, des portes vitrées s'ouvraient sur les terrasses qui entouraient la maison.

Ensuite, Frank lui fit visiter le salon, leur chambre puis celle qui accueillerait Martha et John quand ils viendraient leur rendre visite. Il l'aida à imaginer à quoi chaque pièce ressemblerait. La maison était conforme à la description qu'il en avait donnée : un havre ouvert sur la nature. Mamah la voyait déjà achevée. Les invités y accéderaient par une entrée basse de plafond qui comprimait l'espace et créait une sorte de tension. Le soulagement et la joie remplaceraient ce malaise dès l'instant où ils pénétreraient dans le salon grandiose, largement ouvert sur d'immenses pans de ciel et de verdure qui s'étendaient à perte de vue.

Mais, pour l'instant, on voyait surtout des clous et des planches à nu. Des trous béants à la place des futures portes et fenêtres. Des cuves où l'on mélangeait le plâtre. Des sacs de sable. Des chevalets pour scier le bois. Et de la poussière partout : de la sciure, du plâtre broyé et de la terre.

Frank répondit à la question qui se lisait sur le visage de Mamah. « Dans quelques semaines…

— Où allons-nous dormir ?

— Chez Jennie.

— Mais… » Elle ne formula pas sa pensée. *Habiter dans la même maison que les enfants de Jennie, celle où logeait tante Catherine quand elle séjournait ici avec Frank ? Sous le même toit qu'Anna Wright ?*

À cet instant précis, la sœur de Frank fit son entrée avec un panier garni pour le déjeuner. Elle le posa par terre puis s'approcha de Mamah et lui tendit la main.

« Mamah, dit-elle d'un ton chaleureux, quel plaisir de vous rencontrer ! »

Mamah sentit presque ses genoux vaciller de gratitude. Frank lui avait dit que Jennie se montrerait gentille. Brune, avec une raie au milieu et un chignon bien serré sur la nuque, elle ressemblait à leur mère, en plus jolie. Mais personne ne l'aurait prise pour la sœur de

Frank. Ses manières timides étaient compensées par un regard pénétrant : ses yeux sombres s'attardaient un instant de trop sur la personne qui venait de parler comme si ses propos recelaient une vérité cachée.

« Je vous ai préparé une chambre à la maison, dit-elle.

— Je crois que nous dormirons ici ce soir, répondit Frank.

— Par terre ? Vous êtes sûrs ? » Jennie sonda les yeux de son frère.

« Je vais monter le lit que j'avais entreposé dans la remise.

— Bon, d'accord, si tu y tiens. À demain matin. »

Soulagée, Mamah la regarda s'éloigner entre les piles de bois de construction. « La rencontre n'a pas été si gênante, dit-elle. Ça doit lui faire tout drôle.

— Considère-la comme une amie. »

Le chien sur leurs talons, Mamah et Frank descendirent jusqu'au fleuve Wisconsin, un peu plus bas. Il avait cessé de pleuvoir. Sur les rives du cours d'eau, des bouleaux blancs perdaient leur écorce comme une peau morte sous laquelle apparaissaient des taches roses. Ils mangèrent les sandwichs que Jennie leur avait apportés en regardant les ouvriers charger leurs brouettes de sable.

Au bout d'un moment, ils leur emboîtèrent le pas et remontèrent en haut de la colline. Dans la cour, les ouvriers mélangeaient du sable, de la chaux et de l'eau pour former une sorte de boue brune. Un jeune plâtrier en emporta un seau dans la maison pour l'étaler sur un pan de mur, dans le salon, comme sous-couche. Pendant qu'elle séchait, Frank retourna à la voiture chercher des pigments qu'il avait achetés à Chicago. Il versa divers dosages d'ocre et de terre d'ombre dans une série de seaux et créa toute une palette de nuances à utiliser sur différents murs « en fonction de leur ensoleillement », expliqua-t-il au plâtrier qui avait observé l'opération avec méfiance.

« Comment ferez-vous pour retrouver la même couleur sans mesurer et noter les quantités de colorants ? demanda ce dernier. Vous avez six formules différentes, là.

— Je n'ai pas besoin de tomber dans une cuve de teinture pour savoir à quelle couleur j'ai affaire, répondit Frank. Il me suffit de regarder le ton d'un mur pour reproduire le mélange. »

Le jeune homme haussa les sourcils, impressionné.

Mamah passa le reste de la journée à prêter main-forte aux ouvriers qui déchargeaient ses cartons pour les entreposer dans une remise, à laver et à récurer pour essayer de débarrasser la chambre où ils devaient dormir de la poussière et des gravats. La pièce n'avait pas encore de fenêtres. « En totale symbiose avec la nature », dit-elle pour taquiner Frank en faisant le lit.

Cette nuit-là, quand ils se couchèrent, Frank passa son bras autour de sa taille. Il lui montra Orion par une ouverture béante dans le mur, et s'endormit presque immédiatement. Pendant la nuit, elle se leva pour utiliser le seau qu'il avait placé de son côté du lit. Au moment où elle s'accroupissait en soulevant sa chemise de nuit, une chauve-souris voleta à quelques centimètres de son épaule. D'un bond, elle se réfugia dans le lit et rabattit la couverture sur sa tête.

Frank se retourna dans son sommeil, marmonna un « allez, au boulot ! » et se mit à ronfler.

35

« Merde alors ! Ça, c'est l'bouquet.

— C'est ce qu'il a dit : c'est elle qui commande quand il n'est pas là.

— Et il n'est pas beaucoup là, ça non !

— Il y sera plus souvent maintenant. C'est une sacrée belle femme.

— Ta gueule, Murphy ! Tu ferais mieux de ne pas regarder. »

Mamah entendait les ouvriers s'affairer dans le salon. Ils traînaient quelque chose au sol.

« Sapristi, je ne me suis pas réveillé ! » Frank s'assit sur le lit et posa les pieds par terre. « Ils ne savent pas que nous dormons ici », dit-il en attrapant son pantalon.

Elle le retint par le bras. « Chut ! Ce n'est pas grave, chuchota-t-elle. Ne leur dis rien. » Elle avait reconnu la voix de Billy mais n'arrivait pas à mettre un visage sur les deux autres.

« J'ai pas besoin qu'une bonne femme vienne me dire comment on enfonce un putain de clou. »

Le bruit d'une scie couvrit leurs voix, puis elles s'élevèrent de nouveau.

« Faut pas scier quand t'es en rogne, Billy. Tu vas encore te couper un doigt.

— Oh, ça fait près d'un mois que c'est pas arrivé ! »
Éclats de rire.

« En tout cas, j'ai encore mon zob, tout le monde peut pas en dire autant. »

« Ils sont trente-six pour le moment, expliqua Jennie Porter. Cela varie en fonction des chantiers que Frank met en route. Ils dorment dans des cabanes autour de la maison toute la semaine et ils rentrent chez eux le week-end. »

Mamah et elle étaient debout entre la table de la cuisine et le fourneau. Avec l'aide de son fils, Jennie roulait des morceaux de bœuf dans la farine avant de les plonger dans un chaudron en fer rempli d'huile bouillante. « Frank a engagé une cuisinière en ville, mais il y a trop de travail pour une seule personne, reprit Jennie. Il faut lui préparer une partie des ingrédients pour que le déjeuner soit prêt vers une heure.

« Frankie, dit-elle, montre-lui où sont les carottes, tu veux ? »

Cette seule phrase suffit à confirmer les soupçons de Mamah. C'était à elle d'assumer l'intendance dont Jennie s'était chargée jusqu'à présent.

Il n'y avait rien de plus normal, bien sûr. Ce n'était pas la maison de Jennie qu'ils construisaient, pensa Mamah en récoltant carottes et pommes de terre dans l'immense potager des Porter. Elle ne voyait aucun inconvénient à superviser les opérations, mais elle ne savait quasiment pas cuisiner.

« Tout est écrit, lui assura Jennie. Toutes mes recettes peuvent nourrir jusqu'à quarante personnes. »

À dix ans, lorsqu'elle était retournée à Boone pour les vacances, Mamah avait accompagné un cousin et une tante dans les champs pendant la moisson. Ils avaient fait le trajet dans une charrette chargée de gamelles recouvertes de torchons. Quand ils avaient trouvé les ouvriers agricoles, ils avaient disposé les marmites et les cruches à l'arrière de la charrette pour qu'ils viennent se servir. Mamah se rappelait la tâche qui lui incombait ce jour-là : verser des louches de ragoût dans des tasses en étain. Dès l'enfance, elle avait été abasourdie par la quantité de nourriture qu'engloutissaient ces hommes.

« Ah, les moissons ! » s'était contentée de dire sa mère quand Mamah lui avait décrit la scène à son retour. Dans l'Iowa, tout le monde savait ce que cela signifiait : les ouvriers fauchaient et récoltaient les céréales, s'occupaient des chevaux ; ils trimaient si dur qu'ils avaient les mains en sang. Les femmes n'étaient pas en reste : elles cuisinaient sans relâche toute la journée.

Mamah orchestra la préparation des repas avec Jennie Porter, comme si le temps de la récolte était venu à Taliesin. Elle découvrit qu'il s'agissait de préparer deux gros repas et non un seul. Au petit déjeuner, les ouvriers mangeaient du porridge et avalaient des litres de café. À midi, ils dévoraient des plâtrées de ragoût et des petits gâteaux à n'en plus finir. Le soir, ils engouffraient un autre plantureux repas composé de poulet, de purée de pommes de terre et parfois de légumes verts. Ils se resservaient de tout avant de passer au dessert.

Lil, la cuisinière au visage fatigué de Spring Green, arrivait chaque jour avec de nouvelles provisions achetées chez l'épicier de la petite ville. Ils ne pillaient qu'exceptionnellement le potager de Jennie ; il n'y poussait pas assez de pommes de terre et de légumes verts pour autant de personnes. Mamah commençait à préparer le dessert avant l'arrivée de Lil. D'ordinaire, il s'agissait de gâteaux à la noix de coco ou de quatre-quarts avec un glaçage au chocolat, les deux seules pâtisseries qu'elle savait faire du temps où elle était mère de famille. On n'avait jamais attendu d'elle – ni d'aucune de ses voisines d'Oak Park – qu'elle ait plus d'une spécialité culinaire. Dans le milieu où elle évoluait, une femme mariée recourait invariablement à la même recette pour recevoir à dîner ou apporter un plat à quelque amie malade. La cuisinière ou l'employée de maison se chargeait du reste.

Lil enseigna à Mamah les secrets d'une bonne pâte à tarte : elle lui apprit à pétrir le saindoux, le sel et la farine à la fourchette pour obtenir un mélange friable à souhait auquel on ajoutait ensuite de l'eau froide. Elle lui montra comment pincer la pâte pour façonner de jolis bords plissés.

Au cours de cette première semaine, les ouvriers adressèrent à peine la parole à Mamah pendant les repas. Un peu en retrait, avec Lil et Jennie, elle les regardait engloutir d'énormes marmites les unes après les autres. Quand elle décida de mettre un vase de fleurs sur la table, Mamah fut blessée par les regards amusés que suscita la frivolité de cette initiative. Ils n'en mangèrent pas moins ses gâteaux en poussant des grognements approbateurs, sans jamais oublier de dire « merci » quand ils quittaient la table. Mais c'était tout.

« Ah, la pâte à tarte ! » répondrait-elle à Frank, quelques semaines plus tard, quand il lui demanderait comment les ouvriers avaient commencé à engager la conversation avec elle. À l'instar des moissons, cela se passait de commentaire. Frank connaissait la valeur d'une bonne tarte dans les campagnes du Wisconsin. Aucune femme ne voulait qu'on trouve les siennes ratées. Mais les cuisinières qui les réussissaient vraiment valaient leur pesant d'or !

« Dimanche dernier, notre pasteur nous a mis en garde contre la fréquentation de ceux qui vivent dans le péché. Il n'a cité aucun nom mais… »

Mamah se trouvait dans la cuisine de la nouvelle maison. Dans les jours qui avaient suivi son arrivée, cette pièce était devenue une priorité. Elle avait été récurée et Mamah y avait trouvé un bloc de marbre en guise de planche à pâtisserie. Elle était occupée à pétrir ses pâtes à tarte quand des voix s'élevèrent derrière la fenêtre. Cette fois-ci, elle reconnut la plus juvénile d'entre elles. C'était celle d'un ouvrier au visage poupin, marié depuis peu et originaire d'une petite ville voisine.

« Tu te fais du mouron pour un rien, entendit-elle Murphy répondre avec son accent irlandais à couper au couteau.

— Ma foi, les gens jasent.

— Tu passes cinq jours par semaine loin de ta p'tite femme, Jimmy. Elle reste toute seule à Mineral Point avec ces tailleurs de pierre de Cornouailles. C'est ça dont je m'inquiéterais à ta place. N'importe quel homme sait ce que veut une jeune mariée. Une bonne queue bien dure ! »

Les hommes partirent d'un rire tonitruant dans la cour.

Les gens jasent. Il fallait s'y attendre. Elle était arrivée incognito sans pour autant passer inaperçue. Frank avait délibérément évité de la présenter par son nom, même à Billy. Mais les ouvriers n'avaient qu'à ouvrir les yeux pour comprendre qu'elle était bien plus qu'une intendante. Ils l'appelaient « m'dame », si toutefois ils lui adressaient la parole.

« Je regrette, mais nous n'avons pas le choix. Tu le comprends, n'est-ce pas ? lui avait dit Frank par la suite. Il serait désastreux qu'on parle de nous dans les journaux à ce stade. Pas seulement pour nous. Tante Nell et tante Jennie ne veulent surtout pas attirer l'attention, ne serait-ce qu'à cause de leur école toute proche. Je suis certain que c'est pour cette raison qu'elles et le reste de la famille gardent leurs distances. »

Les habitants de la région n'ignoraient sans doute pas qu'il se trouvait une étrangère parmi eux – et pas n'importe laquelle. Un jour qu'elle se promenait dans les champs sur le cheval de Frank, Mamah était tombée sur deux fermiers qui traversaient leur propriété. Comme ils s'étaient arrêtés pour la dévisager, elle avait préféré leur tirer sa révérence plutôt que d'aller les saluer et de leur laisser deviner son identité.

Le moment venu, elle devrait se présenter officiellement à la communauté. Dans son for intérieur, elle continuait d'espérer que Catherine se résoudrait au divorce. Ensuite, Mamah et Frank se marieraient, même s'ils affirmaient l'un et l'autre que ce n'était pas une obligation. Comme ce morceau de parchemin leur faciliterait la vie !

Pour l'instant, elle évitait d'aller à Spring Green en voiture. Quand elle décida qu'il lui fallait absolument de gros souliers d'ouvrier pour fouler le sol boueux du chantier, Frank emporta une de ses chaussures en ville et lui acheta une paire de brodequins.

Deux semaines après leur arrivée à Taliesin, Frank partit pour son cabinet de Chicago. Il avait un projet en cours sur sa table à dessin : une résidence d'été dans le Minnesota commandée par de vieux clients, les Little, qui lui rapporterait l'argent dont il avait désespérément besoin.

Il partit un samedi pour avoir le temps de rendre visite à ses enfants. Le dimanche matin, Mamah se leva et alla petit-déjeuner avec Jennie, Andrew son mari, leurs enfants et Anna Wright. Chez les Porter, la mère de Frank avait évité Mamah autant que possible et disparaissait dans sa chambre de longues heures. Ce jour-là, elles se retrouvèrent assises l'une en face de l'autre, tandis que Jennie leur servait des œufs.

« Elle n'en prendra pas », déclara Anna Wright. Mince, le buste droit, l'air sévère, elle portait ses cheveux gris plomb noués en chignon sur la nuque. Tout en elle, jusqu'à son haleine, respirait l'aigreur.

Mamah s'aperçut qu'Anna parlait d'elle. Ses lèvres pincées lui barraient le visage d'un trait. La peau toute plissée aux commissures donnait la mesure de l'offense que représentait à ses yeux la présence de Mamah.

« Oh, j'en veux bien aujourd'hui », s'empressa-t-elle de dire.

Comme si elle s'adressait à sa joue, Anna lui répondit : « Il y a trop de travail pour chipoter. »

Avec le sentiment d'avoir été rappelée à l'ordre, Mamah sala et poivra ses œufs.

« Je ne crois pas aux vertus du poivre, commenta Anna. Et Frank refuse d'en avaler. C'est mauvais pour la digestion. »

En tout cas, elle ne m'a pas appelée Mrs Cheney comme chaque fois que Frank avait le dos tourné la semaine dernière, se dit Mamah un peu plus tard.

« Anna, avait-elle fini par lui expliquer, la troisième fois que cela s'était produit, j'ai légalement repris le nom de Borthwick. » Désormais, comme les ouvriers, la vieille dame évitait de l'interpeller directement par son nom.

Il n'était pas très difficile de comprendre le fonctionnement de la famille Wright. Anna traitait Jennie avec un mélange de familiarité et de détachement. Mais, dès que Frank entrait dans la pièce, elle semblait s'éclairer. Son visage flasque aux joues tombantes s'animait dès qu'elle le voyait et elle le questionnait alors comme s'il s'agissait d'une vedette.

Mamah savait qu'Anna était une femme intelligente, spirituelle même, pour l'avoir vue au club d'Oak Park. Cette même Anna, cofondatrice de l'Association des femmes du XIXe siècle, « madame Wright[1] » comme elle aimait se faire appeler, ne redevenait elle-même qu'en présence de Frank. Elle le dorlotait, garnissait ses assiettes de mets spécialement choisis pour lui, lui signalait les articles de journaux dont elle avait envie de discuter avec lui. À table, elle racontait d'interminables anecdotes sur son enfance et il l'écoutait en gloussant comme si ces vieilles histoires l'amusaient sincèrement. Ses sœurs Jennie et Maginel y jouaient d'ordinaire des rôles accessoires, pourtant même Jennie souriait à ces récits.

Frank avait grandi entouré de femmes qui l'adoraient. Ses sœurs et Anna – surtout Anna – le choyaient depuis sa naissance. Mamah eut l'impression d'être une mariée d'âge mûr qui arrive dans une famille où le fils a toujours été le préféré de sa maman. C'était une expérience inédite. Elle n'avait connu que la mère d'Edwin qui avait pris l'habitude de s'incliner devant elle sans qu'elle sût vraiment pourquoi.

1. En français dans le texte. (*N.d.T.*)

Frank avait dit à Mamah que Mrs Wright se montrerait disposée à l'accepter, mais manifestement il avait pris ses désirs pour la réalité. Pourtant, même Mamah avait espéré de meilleures relations. Elle s'était représenté Anna comme une mère idéale et pleine de sagesse, de celles dont l'éducation s'adaptait au tempérament et aux centres d'intérêt de leur enfant. Après quelques heures passées en sa compagnie, cependant, elle s'était demandé comment elle supporterait la cohabitation ; Frank lui ayant déjà réservé une chambre à Taliesin.

Le lendemain, un lundi, il régnait une chaleur si humide et étouffante qu'elle mit tout le monde de mauvaise humeur. Mamah pétrissait du pain et des pâtes à tartes quand la mère de Frank apparut dans la cuisine. En la voyant dérouler sa pâte à tarte, la vieille dame lui lança un regard glacial. Anna ne croyait aux vertus du sucre que s'il entrait dans la composition de quelque remède empirique, comme un sirop pour la toux. Elle avait fait plus d'une remarque au sujet des « gens » qui nuisaient à la santé des autres en leur préparant tartes et gâteaux. Mamah avait cru que le pain aux céréales lui donnerait satisfaction puisqu'il s'agissait là de l'une de ses recettes. Mais la douairière ne manifesta aucune approbation quand elle la vit l'enfourner.

Anna faisait chauffer du café quand Lil arriva de la ville avec les provisions pour la journée. En voyant Mamah et la cuisinière apporter six caisses de légumes dans la maison, « madame Wright » s'approcha pour les examiner.

« Ne me dites pas que vous avez acheté cet affreux chou ! s'exclama-t-elle d'un ton à la fois aigre et caustique. Il est plein de vers.

— C'est tout ce qu'il y avait, répondit Lil. Nous sommes lundi. L'épicerie est approvisionnée le samedi.

— Vous ne l'avez pas payé au prix fort tout de même ?

— Si.

— Il faut marchander dans ces cas-là, lui asséna-t-elle d'un ton cassant, ou ne rien acheter du tout. »

Lil s'arrêta net. « Il n'y avait rien d'autre. Que mangeraient les ouvriers si je n'achetais rien ? »

Anna ne répondit pas. Elle continuait à fouiller dans les caisses. « Qu'est-ce que c'est que ça ? » Elle brandit un bouquet d'oignons. « Ils sont humides ! On dirait qu'ils ont croupi dans l'eau. » Elle s'empara d'une botte de poireaux aux tiges flétries. « Comment avez-vous réussi à trouver des légumes si peu frais en septembre ? Ils sont couverts de moisissures ! »

Lil lança un regard noir à la vieille dame. « Eh bien, nous les pèlerons. »

Cette réponse rendit Anna furieuse ; elle jeta les poireaux dans le tonneau qui servait de poubelle. « Tout le monde sait que la peau est la partie la plus importante ! »

Lil avait de petits yeux bouffis qui lui donnaient l'air endormi, mais Mamah savait qu'elle était loin d'être stupide. Comme beaucoup de paysannes, elle était éreintée par une vie passée à récurer et à trimer. Elle avait beau être harassée, elle n'était pas femme à se laisser houspiller. Elle sortit la facture de l'épicerie de sa poche et la fit claquer sur le plan de travail. « Vous me devez cinq dollars, dit-elle en rendant son regard furibond à Anna.

— Eh bien, répondit cette dernière, nous verrons ce qu'en dira Mr Wright. Pour ma part, je ne récompense pas le manque de jugeote. »

Lil enleva son tablier et le jeta à terre. Elle sortit de la cuisine avec fracas et remonta dans sa camionnette. Mamah regarda le véhicule cabossé s'éloigner dans l'allée dans un nuage de poussière brune et s'engager sur la route.

« Bon débarras », marmonna Anna quand Mamah revint dans la cuisine. La mère de Frank enfila un vieux tablier et commença à s'affairer avec entrain dans la pièce surchauffée. « Nous mangerons de la blanquette de poulet ce soir », annonça-t-elle sur un ton presque enjoué. Elle sortit dans la courette, prit une hachette sur le billot et se dirigea vers le poulailler. Une demi-heure plus tard, elle en revint avec six poulets décapités qu'elle retenait d'une main dans son tablier ensanglanté tandis que, dans l'autre, elle portait un bouquet d'herbes aromatiques. Son accrochage avec Lil semblait l'avoir mise de meilleure humeur car elle commença à bavarder avec Mamah, selon toute évidence, puisqu'il n'y avait personne d'autre dans la cuisine.

« Même à la campagne, les gens cherchent toujours à profiter de vous, déclara-t-elle avec un accent gallois aussi prononcé que tenace. Surtout s'ils vous considèrent comme étrangère à la région. » Un petit sourire satisfait sur les lèvres, Anna entreprit de plumer les volailles. « Cette femme ne sait pas à qui elle a affaire. » Avec sa manche, elle essuya prestement la sueur qui perlait sur sa lèvre supérieure. « Sinon, elle n'essaierait pas de me raconter ces sornettes. Elle a sans doute obtenu un bon prix de ces légumes et elle essaie de nous rouler. »

Mamah se racla la gorge et essaya de changer de sujet. « Frank m'a raconté que votre père est venu s'installer dans cette région. »

Anna quitta le plan de travail des yeux et posa de

nouveau un regard fuyant sur le visage de Mamah. « Mon père… » Elle s'interrompit comme si elle hésitait à souiller l'histoire de son père en la lui racontant. « Il n'avait rien quand il est arrivé ici. » Sa tête tremblait un peu sous l'effet de l'indignation. « Rien ! À part une femme et une flopée d'enfants en âge de travailler. Tous avaient été chassés du pays de Galles par des persécutions religieuses.

— Une famille de pasteurs unitariens, c'est cela ?

— On ne pouvait pas en vivre. Les Lloyd Jones étaient fermiers, pour la plupart. Et mon père chapelier de son état. De grands hommes. Brillants. Mais incompris dans leur propre patrie, traités comme des hérétiques par leurs compatriotes. Des gens qui avaient peur de penser par eux-mêmes. Mon père fut forcé de quitter l'église du village pour avoir remis en cause la divinité du Christ. La plupart des doctrines ne tolèrent pas les libres-penseurs. Mon père a exprimé ses idées à haute voix. Il a fait état de ses convictions. » Anna secoua la tête. « Ah, si vous saviez quelles persécutions ils ont endurées, mère et lui !

— Donc ils sont partis, dit Mamah.

— Mon père avait une sœur dans le Wisconsin. Au début, nous avons dû trimer dur. Un bébé ne s'en est pas sorti : il est mort pendant le voyage, en venant de New York. » Anna rinçait son tablier plein de sang à l'eau froide. « Au fil des ans, les Lloyd Jones ont fini par posséder toute la vallée. »

Elle sortit de la cuisine, laissant le grand chaudron tout fumant sur le fourneau.

Il n'y avait aucune raison d'espérer que la mère de Frank changerait un jour d'avis. Mamah se rappela l'anecdote que Catherine lui avait racontée. Le jour de son mariage avec Frank, celle-ci s'était comportée comme si elle assistait à un enterrement, allant jusqu'à s'évanouir pendant la cérémonie. Depuis ce jour, elle n'avait cessé de s'opposer en tout à sa belle-fille. Pourtant, elle avait toujours vécu près de Frank. Environ un an après qu'il eut quitté le Wisconsin pour tenter sa chance à Chicago comme jeune architecte, Anna l'y avait suivi et s'était installée en ville avec ses deux filles. À vrai dire, les trois femmes vivaient à ses crochets.

Frank s'était ensuite fait bâtir une maison sur Chicago Avenue, à côté de celle qu'occupaient sa mère et ses sœurs. À Oak Park, Anna s'était fabriqué une existence et fait connaître comme madame Wright, la mère du brillant architecte.

Mamah s'aperçut que Frank n'avait jamais vécu loin de sa mère, sauf pendant un an, en Europe. Quelle que fût l'adoration que lui vouait sa famille, il travaillait comme une bête de somme depuis qu'il avait dix-neuf ou vingt ans. Tout en pelant les pommes de terre dans sa cuisine, Mamah devina sans peine comment les événements s'étaient enchaînés au cours des derniers mois. Anna Wright était venue ici acheter ce terrain pour Frank car elle le connaissait assez bien pour savoir qu'il ne resterait pas auprès de Catherine. Qu'allait-elle devenir si elle continuait à vivre aux côtés de la belle-fille qu'il avait abandonnée ? Non, la mère devait une fois de plus associer son destin à celui de son fils, par loyauté sans doute, mais aussi parce qu'elle n'avait pas d'autre choix.

D'après les bribes d'informations que Mamah avait pu glaner auprès de Frank à la grande loterie de l'existence, Anna Wright avait misé sur le mauvais cheval. Quand elle s'était mariée, elle avait choisi un pasteur veuf d'une compagnie très agréable et doué pour la musique. Anna avait fini par envoyer les enfants issus du premier lit vivre dans leur famille maternelle pour pouvoir fonder la sienne avec William Wright. Mais le père de Frank avait la bougeotte : il avait sillonné le pays, courant de paroisse en paroisse, toutes plus mal rémunérées les unes que les autres. Un jour, quand elle en avait eu assez, Anna avait exclu William de sa vie. Elle l'avait banni dans une mansarde sans plus le soigner, alors qu'il était malade, et l'avait mis au défi de demander le divorce.

Quelle humiliation pour une femme telle qu'Anna de devoir retourner vivre aux crochets de ses frères ! En effet, c'étaient eux les propriétaires terriens. En suivant Frank à Chicago, Anna avait échangé une dépendance contre une autre. Aujourd'hui, une fois de plus, elle se retrouvait dans la vallée des Jones tout-puissants.

Anna y goûtait peut-être un peu de répit après le scandale qui avait fait la une des journaux. Pour avoir lu les lettres qu'elle avait écrites à son fils, Mamah savait qu'Anna avait été profondément affligée par cette humiliation publique. Revenir dans la vallée chère à sa famille comme propriétaire – du moins à travers Frank – avait dû lui rendre un peu de sa dignité. Et, avec Jennie comme voisine, Anna pouvait enfin prétendre à une partie de l'héritage familial.

À Berlin, en écoutant Frank évoquer leur vie à Taliesin, Mamah avait omis d'y inclure Anna. Il lui apparut que madame Wright prendrait beaucoup de place dans son existence une fois que Taliesin serait achevée.

Quand Anna revint à la cuisine surveiller la cuisson de sa blanquette, Mamah fit une nouvelle tentative pour engager la discussion : « Frank affirme qu'en réalité, c'est vous qui l'avez conduit à l'architecture.

— J'avais accroché des dessins de cathédrales aux murs autour de son berceau », raconta Anna. Elle remua le contenu du chaudron bouillonnant à l'aide d'une écumoire. « Et, bien sûr, je lui ai fait découvrir les cubes de Fröbel avec lesquels il a joué pendant toute son enfance. »

Mamah se rappela une remarque qu'avait faite Catherine à leur pendaison de crémaillère, des années auparavant : « Sa mère s'attribue tout le mérite de son génie. Ça me met en rogne. »

« Toutes les mères n'ont pas de telles idées, dit Mamah à Anna avec sollicitude. Vous étiez une éducatrice éclairée.

— Ma foi, ce n'était vraiment pas courant en 1867, quand il est né, mais j'ai tout de suite senti que cet enfant voyait des choses qui échappaient au commun des mortels.

— En 1867, dites-vous ?

— Oui, à Richland Center. »

Mamah n'insista pas, mais Frank lui avait dit qu'il était né en 1869. Elle étudia le visage de la vieille dame. *Anna doit avoir au moins soixante-quinze ans,* pensa-t-elle. *Il est possible qu'elle devienne sénile, ce qui expliquerait sa mauvaise humeur continuelle.* Mamah se souvint des premières pertes de mémoire de sa grand-mère, qui avait commencé par confondre les époques et les dates, et de ses accès de colère. Tout à coup, elle ressentit une certaine tendresse pour Anna Wright.

36

Septembre 1911

Frank Wright, quelle énigme et quelle joie tu es pour moi ! Chaque matin et chaque soir, je te surprends assis sur la banquette, à la fenêtre. Je sais pourquoi tu contemples la vallée. Tu observes les feuillages aux couleurs changeantes. Tu penses aux pruniers et aux vignes. Aux vaches qui paîtront dans les collines. Lesquelles sont les plus pittoresques ? Nous ne pouvons pas choisir n'importe quelles vaches pour Taliesin. Certainement pas ! « Seules les Guernesey conviennent à ces coteaux vert émeraude », m'expliques-tu.

L'instant d'après, tu es debout et tu m'entraînes vers le fleuve. Peu importe l'heure du dîner. Allons pêcher ! Quand tu tires deux poissons de l'eau, tu as à nouveau douze ans.

Pendant la journée, tu cours de tous côtés comme un châtelain qui serait tombé dans une porcherie. À peine descendu du train de Chicago, encore en costume, tu arpentes le chantier de construction avec panache. Et, quand tu devrais t'habiller, tu ne le fais pas. Il y a quelques semaines, à Spring Green, tu t'es même rendu à la banque pieds nus ! Je suis restée dans la voiture en essayant de passer inaperçue pendant que tu rencontrais ton banquier, accoutré comme Huckleberry Finn.

Était-ce un test ? Cherchais-tu à savoir si j'ai assez de cran pour essuyer les tempêtes à tes côtés ? Ou enfreignais-tu simplement les règles parce que tu te sens plus vivant quand tu as un ennemi à combattre ?

Tu es revenu ici pour réaliser tes rêves d'enfant, Frank. Tu m'as si souvent parlé de cette colline où tu allais t'asseoir après que ton oncle t'avait fait travailler aux champs comme une bête de somme, et de ton rêve de construire une maison ici même. Voilà, tu l'as concrétisé. Tu as accompli ton destin.

Un jour prochain, je trouverai le courage de te dire ce que je t'écris aujourd'hui : tu n'as pas besoin d'éprouver la loyauté des habitants de la région. Tu mets déjà l'amour de ta famille à rude épreuve en venant t'installer ici avec moi. Cessons un peu de vivre pieds nus.

Armé d'une tapette, Frank tournait en rond dans la cuisine. Il suivait des yeux une grosse mouche noire qui voletait au-dessus de la table avant de venir se poser sur un reste de toast.

« Griffin ! » cria Frank, frappant l'insecte avec une telle fureur que l'assiette glissa sur la table et serait tombée s'il ne l'avait pas rattrapée juste à temps. Il prit soin d'écraser la bête morte sur l'assiette, de ramasser le pain grillé qui était tombé par terre et de jeter le tout aux ordures. L'instant d'après, il bondissait en hurlant « Harriet Monroe ! » Tchac ! La tapette à mouches s'écrasa sur la fenêtre de la cuisine. Quand il leva de nouveau le bras, une grosse tache noire resta collée à la vitre.

« Que t'a donc fait Harriet Monroe ? demanda Mamah.

— Elle a écrit une critique exécrable dans le *Chicago Tribune*.

— Tu ne m'en avais pas parlé. Quand ça ?

— C'était il y a quatre ans. » À pas de loup, Frank s'approcha d'un petit placard couvert de mouches. « William Drummond ! » grommela-t-il. Tchac ! « Elmslie. Purcell. » Tchac ! Tchac ! Il renversa une chaise en exécutant les deux derniers insectes qui portaient les noms d'anciens dessinateurs. Dans ses moments de désespoir, il avait parlé à Mamah de ces deux anciens associés de confiance qui copiaient désormais son style.

« Je vais à Spring Green. »

Frank cessa d'écraser les bestioles à tout va. « La raison de cette imprudence, ma chérie ?

— Ta mère. Je vais apporter à Lil les cinq dollars que nous lui devons et j'espère la convaincre de reprendre du service parce que je n'ai vraiment pas envie de me charger seule de toute la cuisine. »

Frank posa la tapette et s'approcha de Mamah. Il alla se poster derrière elle pour lui masser les épaules. « Elle habite au-dessus de l'épicerie-quincaillerie, dit-il en l'embrassant sur l'oreille. Tu veux bien m'y prendre deux ou trois choses ?

— Donne-moi une liste et de l'argent. »

Frank griffonna quelques mots sur un bout de papier. Il mit la main dans sa poche droite et en vida le contenu par poignées : un amas chiffonné de billets de banque, d'enveloppes et de vieux chèques jamais encaissés ainsi que deux crayons à papier et une gomme. Il défroissa quatre billets de cinq dollars. « C'est assez ?

— Je pense. Je ferai aussi quelques courses. »

Mamah se coiffa de son chapeau de soleil et monta en voiture. En ce 23 septembre, la chaleur était encore torride. Les mouches noires tournoyaient dans la cour et les ouvriers commençaient à arriver.

« Pouvez-vous me dire où habite Lil Sullivan ? » demanda Mamah. Elle se trouvait au rayon tissu quand le propriétaire du magasin apparut.

« C'est au fond, en haut de l'escalier, répondit-il. Elle devrait être chez elle. »

Lil ouvrit la porte, vêtue d'une robe froissée. Quelque part derrière elle, un enfant pleurait. Elle parut stupéfaite de voir Mamah sur le seuil.

« Je voulais vous présenter mes excuses. J'aurais dû venir plus tôt vous apporter cet argent, mais… en tout cas, le voici. » Mamah lui tendit les cinq dollars.

« Merci.

— On n'aurait pas dû vous traiter de la sorte l'autre jour. C'était à moi d'intervenir et je ne me suis pas pardonné mon silence. Lil, je me disais que, si vous reveniez – si vous l'acceptez –, je ferais tout mon possible pour éloigner Mrs Wright de la cuisine. J'en parlerai à Mr Wright et nous trouverons un moyen.

— Qui c'est ? demanda une voix d'homme.

— Je peux reprendre mon travail, dit Lil. Demain, ça vous va ?

— Demain, merveilleux ! Ce sera parfait. Merci. »

Mamah était tellement soulagée qu'elle faillit oublier de s'arrêter pour faire les courses. Elle alla prendre sa place dans la file d'attente, derrière deux fermiers assez discrets pour ne pas dévisager l'inconnue qui se trouvait dans le magasin. Quand vint son tour, elle tendit la liste de Frank au propriétaire : plusieurs kilos de clous noirs en métal galvanisé, des longueurs de tuyaux et autres gribouillages auxquels elle ne comprenait rien. L'homme partit dans l'arrière-boutique et revint avec le matériel.

« Vous avez un compte chez nous, madame ? demanda l'homme replet au visage allongé et marqué de profondes rides verticales.

— Nous en avons un. » Par bonheur, le magasin était désert à présent. « Celui de Frank Lloyd Wright. » Elle retint son souffle et regarda l'homme droit dans les yeux. S'il avait entendu parler de « la femme » qui vivait à Taliesin avec Frank, il n'en montra rien. Il lui tourna le dos, se baissa pour sortir son livre de comptes, l'ouvrit et posa le doigt sur la page marquée WRIGHT, F.

« Mr Wright nous doit de l'argent, dit-il froidement. Il a payé la moitié de la somme en juin mais n'est jamais venu régler le reste. Cinquante-huit dollars. »

Mamah sentit ses yeux devenir brûlants. « Dans ce cas, je reviendrai acheter le matériel un autre jour », dit-elle. Elle prit les quinze dollars restants, y ajouta le peu d'argent personnel qu'elle avait sur elle et tendit le tout au commerçant. « Nous vous apporterons les quarante dollars manquants très bientôt. » Elle sortit du magasin et, en gardant la tête baissée, monta en voiture.

Au volant du véhicule, Mamah quitta lentement la ville. Arrivée à la route du comté, elle se mit à conduire pied au plancher et prépara une suite de phrases cinglantes qu'elle assénerait à Frank dès son retour.

Quand elle s'engagea dans l'allée, elle l'aperçut avec les ouvriers, assis sur leurs talons et réunis autour des plans de la maison sans doute. En s'approchant, elle vit qu'ils étaient accroupis autour d'un assortiment d'œufs, tous placés debout.

« Mamah ! appela Frank lorsqu'il la remarqua. Tu arrives juste à temps. Dans quelques instants, ce sera fini. »

Les charpentiers et les plâtriers affichaient un grand sourire : ils avaient beau se sentir un peu bêtes, ils étaient manifestement amusés par le tour artistique que Frank avait donné au petit jeu de l'équinoxe. En effet, il avait pris soin de décorer chaque œuf de motifs géométriques complexes et différents, dessinés au crayon de couleur. Le résultat était époustouflant : ils ressemblaient à des diamants chamarrés.

« Le monde n'est pas souvent en parfait équilibre, messieurs, déclara Frank. Profitez du spectacle.

— Tu es un menteur ! lâcha-t-elle dès qu'ils se retrouvèrent seuls. Vivre une telle humiliation et revenir ici pour… » Elle leva les bras, exaspérée. « Qu'est-ce qui t'a pris de m'envoyer à la quincaillerie en sachant que tu leur devais de l'argent ? »

Frank haussa les épaules. « Écoute, il faut que tu m'aides. Je ne m'en sors pas avec le financement du chantier.

— Je refuse de vivre comme ça, Frank. Je veux que tu rembourses tes dettes. Toutes ! Jusqu'au dernier dollar ! Ou que tu paies tout en espèces.

— Je le fais. Souvent.

— Et si tu n'en as pas les moyens, eh bien, n'achète pas !

— Nous devons terminer la maison avant l'hiver, protesta-t-il. Il me faut le matériel, tout de suite.

— Je préfère mourir plutôt que d'acheter à crédit.

— Écoute, si tu es prête à t'en charger, je te laisse t'occuper de la comptabilité. » Il se grattait le dos au chambranle de la porte.

« Tu veux bien t'asseoir pour me parler ? »

Il se laissa tomber sur une chaise.

« Frank, ce n'est pas ainsi que nous allons nous établir ici, laisse-moi te le dire. Certaines personnes aimeraient beaucoup nous voir échouer.

— Je sais, dit-il. Je sais. »

Elle tira une chaise et s'approcha si près que leurs genoux se touchaient presque. « Ne leur donnons pas ce plaisir. Qu'en dis-tu ? »

Il baissa les yeux.

« Il y a autre chose. »

Frank s'agita sur sa chaise comme s'il savait qu'on l'y retiendrait un bon moment.

« Lil revient travailler à Taliesin.

— Félicitations ! Comment t'y es-tu prise ?

— Je lui ai promis que ta mère ne mettrait plus les pieds dans la cuisine. »

Il pencha la tête en avant et se couvrit les yeux. « Dois-je charger ma mère d'attraper les vaches au lasso ? » Il releva la tête avec un soupir. « Ou de faire les foins ?

— Je parle sérieusement. Tu veux bien veiller à ce qu'elle laisse Lil tranquille ?

— Je trouverai un moyen.

— Je n'ai pas terminé.

— Oui, m'dame, dit-il comme un petit garçon.

— Frank. » Elle hésita. « Quelle est ton année de naissance ?

— Ah, Mamah ! » Frank se laissa aller contre le dossier de sa chaise et leva les mains comme pour se rendre. « 1867, répondit-il, non sans une certaine défiance.

— Tu m'avais dit que tu étais né la même année que moi, en 1869.

— Et voilà, fit-il.

— Comment cela, "et voilà" ?

— J'étais amoureux. Que veux-tu que je te dise ? Cela venait du cœur. Notre rencontre relevait un peu du miracle pour moi. Je le pense toujours. Cela ne m'a pas semblé être un si gros…

— Mensonge ?

— Cela m'est venu tout naturellement. Je ne l'avais pas prémédité et tu semblais si heureuse. Je me suis dit que, même si ce n'était pas vrai, ça aurait dû l'être. »

Drôle de mystification ! songea Mamah quand elle se retrouva seule. Tricher sur un détail aussi insignifiant. Ce n'était pourtant pas la première fois qu'elle le surprenait à mentir ou à déformer la vérité. Il romançait la réalité. Il ne savait pas résister au plaisir de camper ses clients en preux chevaliers et nobles héroïnes de ses légendes arthuriennes. Aujourd'hui, dans la cour, il était Merlin l'Enchanteur dont la magie éblouissait ses ouvriers. Il adorait présenter les choses sous un aspect dramatique. Cela rendait la vie tellement plus intéressante !

Il n'était pas facile d'en vouloir à Frank Wright. Mamah devrait trouver un moyen de lui faire comprendre qu'il n'avait pas besoin de tout exagérer. Il était déjà bien assez extraordinaire.

37

28 octobre 1911

Frank m'a annoncé une mauvaise nouvelle hier soir. Il m'a montré un article du Chicago Examiner datant de début septembre. C'était sordide : il parlait de notre « nid d'amour », de Catherine « abandonnée dans une situation difficile » et ainsi de suite. Qu'aucun autre journal n'ait saisi l'occasion de crier au scandale relève du miracle, je suppose. Cette fois-ci, je n'en veux pas à Frank de m'avoir caché toute l'affaire jusqu'à aujourd'hui. Il est moins terrible de recevoir une mauvaise nouvelle avec retard, quand le moment de redouter la suite des événements est bel et bien derrière nous. Quant à Lizzie, si elle était au courant, elle ne m'en a pas soufflé mot.

La vie continue. Wasmuth a enfin envoyé la monographie au cabinet de Frank, à Chicago. Il ne s'en est vendu que quelques exemplaires aux États-Unis, mais Frank est soulagé et optimiste. Taliesin marque notre nouveau départ. La monographie est un tournant dans la carrière de Frank. Pas le temps de célébrer tout cela. Trop occupés.

Je me sens chaque jour plus coupable de n'avoir écrit qu'une seule lettre à Ellen depuis mon arrivée à Taliesin. Dire que j'ai été trop accaparée par la maison pour penser à écrire est une bien piètre excuse. Dieu merci, j'ai de bonnes nouvelles à lui annoncer à présent : De l'amour et de l'éthique *sera bientôt publié. Ellen n'imagine pas à quel point les gens sont provinciaux en Amérique. Elle ne comprend pas très bien pourquoi Frank a dû avancer l'argent pour convaincre Ralph Seymour d'éditer* De l'amour et de l'éthique *et* La Morale au féminin. *J'ai essayé de lui expliquer gentiment qu'aucun autre éditeur n'en voudrait. Je n'ai pas envie de lui raconter le mauvais accueil qui m'a été réservé chez Putman, à New York, l'été dernier. Ils ont refusé tout net ma proposition de faire paraître en anglais ses essais sur « la liberté personnelle ». Ils ont argué que leurs bureaux londoniens se chargeaient de toutes les versions anglaises. Manifestement, elle ne leur a pas expliqué que je traduirais ses œuvres pour le public américain. À vrai dire, j'ai senti autre chose dans leur désintérêt, de la peur. Trop polémique.*

La semaine dernière, j'ai reçu une lettre inquiétante d'un certain Huebsch de New York ; il soutient qu'Ellen Key lui a donné l'exclusivité pour la publication de De l'amour et de l'éthique *en Amérique. Comme c'est étrange ! Qui aurait cru que la traduction était une activité aussi peu reluisante que la contrebande ? Nous autres traducteurs gagnons si mal notre vie, pourquoi se donnerait-on la peine de se voler les uns les autres ?*

Frank a commencé à construire un barrage pour doter le domaine d'une source d'électricité. Il dit que nous aurons aussi une mare pour le gibier d'eau. Taliesin prend forme. J'y aurai bientôt mon bureau !

Ce matin-là, Frank se leva à l'aube, comme tous les autres jours. Quand il sortit couper du bois, le ciel était encore rose au-dessus de l'horizon pâle. La chaudière ne fonctionnait pas encore – il manquait quelques pièces pour terminer le mastodonte –, mais Mamah pensait que Frank s'en fichait éperdument. Il aimait faire ronfler le fourneau et les cheminées. Elle resta au lit jusqu'à ce qu'elle se sente trop coupable, puis sortit un pied de sous les couvertures pour tester la température de l'air. Glaciale. Dans un petit moment, il lui apporterait les chaussettes, la robe et les sous-vêtements en laine qu'elle avait rangés en évidence la veille. Depuis une semaine, il mettait ses vêtements à réchauffer près du feu. Quand il les lui apportait, elle se levait d'un bond, s'habillait en sautillant sur le sol glacé et allait mettre le percolateur à chauffer sur le fourneau.

Vers huit heures et demie, il partit prendre le train pour Chicago et elle le regarda s'éloigner sur la route. En passant près d'un fossé où poussaient des cannes de jonc, sa voiture effraya un troupeau de grues du Canada. Elles s'envolèrent en craquetant, allongeant leur long cou et leur bec pour former des flèches parfaites, et prirent au sud, comme Frank.

Bien décidée à profiter de son absence pour finir de s'installer, Mamah alla chercher le restant de ses affaires entreposées dans la remise. Elle y emporta une bougie et ouvrit la porte en grand pour y faire entrer un peu de jour. Elle poussa un gémissement en découvrant le désastre. Des lambeaux de papiers et de tissus jonchaient le sol autour des cartons éventrés par les animaux qui en avaient grignoté le contenu.

Elle tomba à genoux et fouilla dans ce qui restait d'un carton de vieilles photos. Des ratons laveurs – si l'on se fiait aux déjections éparpillées à terre – en avaient rongé les coins. Elle pensait pouvoir sauver les photos en les découpant et en les encadrant, mais, quand elle se mit à trier le contenu de la boîte, elle sentit son cœur se serrer. Elle trouva un portrait de famille vieux de vingt ans tout déchiqueté : les jambes de ses parents et de ses sœurs avaient disparu.

Mamah avait la nausée, elle transporta ce qui restait de ses affaires dans la maison. Elle ne regrettait guère ses vêtements, la destruction du portrait lui causait cependant un profond chagrin. Et elle était terrifiée à l'idée d'ouvrir le carton qui contenait ses traductions inachevées.

Dix mois s'étaient écoulés depuis que Frank était venu la chercher à Berlin, débordant d'espoir et de projets pour leur retour dans le Wisconsin. À l'époque, elle s'était imaginée heureuse comme une reine, occupée à traduire, assise à son secrétaire dans une chambre avec vue sur les montagnes – une image qu'elle aurait pu intituler LA VOIX D'ELLEN KEY EN AMÉRIQUE, AU TRAVAIL. Aujourd'hui, ouvrir la boîte qui contenait ses manuscrits et les trouver intacts suffit à la combler de joie.

Cette frayeur ébranla Mamah. Elle décida de reprendre ses traductions sans plus tarder et s'assit pour écrire à Ellen Key la lettre qu'elle avait déjà en tête. Elle lui promit d'envoyer certains de ses essais au magazine *The American* pour les faire connaître du grand public et joignit l'étrange missive de Huebsch à son courrier. Pour finir, elle lui assura qu'elle s'était remise au travail.

Alors qu'elle pliait sa lettre, un des ouvriers frappa à la cloison au bout du couloir pour attirer son attention. « Mrs Borthwick ? » entendit-elle. Ils s'étaient mis à l'appeler ainsi, à sa demande, mais ce nom lui paraissait toujours étrange.

« Josiah est là aujourd'hui. » C'était la voix de Billy. « Vous voulez lui parler ou est-ce à moi de le faire ?

— Je m'en charge, dit Mamah. Dites-lui de me rejoindre au salon. »

Josiah était un jeune apprenti charpentier qui, depuis quelques mois qu'il travaillait à Taliesin, avait manifesté un talent considérable et un penchant pour la boisson. En août et en septembre, il avait oublié de se présenter sur le chantier certains lundis matin. Mais, à la fin du mois d'octobre, il était absent deux jours sur cinq et cela s'était encore produit la veille.

Petit, sec et nerveux, Josiah avait un beau visage, des cheveux blonds très clairs et il était par ailleurs d'une grande timidité. Son chapeau dans les mains, la tête baissée, il lui lança un regard contrit par-dessous. Ses yeux étaient gris sous ses sourcils broussailleux.

« Nous avons bien regretté votre absence hier, Josiah.

— Toutes mes excuses, m'dame, dit-il. J'étais très malade. J'ai dû manger quelque chose de gâté. »

Mamah étudia le visage rougeaud du jeune homme. Un de ses yeux était tuméfié, d'un vert jaunâtre : encore une bagarre d'ivrognes. Elle n'avait aucune envie que Frank se retrouve dans l'obligation de le renvoyer.

« Eh bien, Josiah, pour tout vous dire, nous avons désespérément besoin de vous ici. Vous êtes un des meilleurs apprentis charpentiers avec qui Mr Wright a eu le plaisir de travailler. »

Le jeune homme baissa la tête. « Je vais faire un effort.

— Bien sûr. Je n'en doute pas. »

Après cette conversation, Mamah se sentit découragée. Elle comprit que, pour conserver sa foi en l'œuvre d'Ellen Key, elle devrait éviter de se laisser accaparer par les décisions et les corvées qui rythmaient la vie quotidienne à Taliesin. Désormais, l'équipe d'ouvriers était suffisamment réduite pour que Lil se charge seule de la préparation des repas. Prendre un peu de distance ne semblait pas prématuré à ce stade.

Les travaux avaient bien progressé depuis que Mamah était arrivée au mois d'août. On avait monté les fenêtres, de grandes vitres et non pas des vitraux qui auraient caché la vue. On avait fait les plâtres. Il y avait des poutres apparentes en chêne brut et des cloisons en pierre meulière.

Quelle différence avec la maison d'East Avenue ! pensa-t-elle. Les constructions que Frank avait conçues pour Oak Park avaient beau s'appeler des « maisons de la prairie », elles s'organisaient autour du foyer et de la vie de famille et tournaient le dos à la rue, parce qu'il ne s'y trouvait aucune prairie mais seulement d'autres maisons.

Ici, Taliesin était grande ouverte sur l'extérieur : le soleil, le ciel, les collines verdoyantes et la terre noire. Bien plus que la maison d'East Avenue, celle-ci contenait une promesse de bonheur. Elle était vraiment faite pour Mamah, avec ses terrasses, ses cours et ses jardins qui rappelaient tant les villas italiennes chères à son cœur. Pourtant Taliesin n'avait rien d'italien. Elle présentait les caractéristiques d'une « maison de la prairie » sans en être une. C'était une construction originale qui ne ressemblait à aucune autre, selon Mamah, un pur produit de l'architecture organique en totale symbiose avec la colline.

Mamah s'émerveillait surtout de l'espace qui s'offrait à l'intérieur de la maison ; on y découvrait un univers à part. Rien n'exprimait mieux l'idéal américain qu'une demeure où l'on se sentait à l'abri tout en restant libre. Mamah adorait s'asseoir devant la cheminée pour contempler le spacieux salon largement ouvert sur les champs et, au-delà, sur l'horizon. Comme s'il n'y avait pas de murs pour arrêter le regard, les pensées et l'esprit pouvaient vagabonder toujours plus loin. Cette maison incarnait le rêve que poursuivait Frank depuis qu'elle le connaissait, celui d'une « architecture démocratique ». Elle l'avait souvent entendu dire que la réalité d'un bâtiment réside dans sa dimension intérieure. Votre façon de meubler cet espace influence votre façon de vivre et votre devenir. Ici, à Taliesin, il n'avait pas envie d'encombrer l'espace d'objets qui n'élèveraient pas leurs âmes. Mamah non plus.

Elle imaginait sans peine le jour où il avait gravi cette colline avec le projet de Taliesin en tête. Loin des contraintes liées à un site urbain, il était libre d'associer le soleil, les brises et les paysages à son idée. Elle le voyait debout, le nez au vent, à l'affût, contempler les lieux comme il le faisait si souvent lorsqu'une idée prenait corps dans son esprit. Bientôt, les carrés et les rectangles, les cercles et les triangles commençaient à s'agencer sous ses yeux. Il pouvait se passer des semaines avant qu'il ne prenne un crayon et du papier. Mais, quand il le faisait, il lui suffisait parfois de dessiner fébrilement pendant une heure pour produire une esquisse fabuleuse. Combien de fois ne l'avait-elle pas entendu affirmer, un peu par bravade, « je l'avais au bout des doigts », comme si c'était la chose la plus facile au monde, alors que les plans étaient en gestation depuis des semaines ? D'autres fois, il sortait son compas, son équerre en T et s'amusait à agencer les formes sur le papier pendant des heures, dessinant et modifiant ses plans comme il avait dû le faire, enfant, avec ses cubes de Fröbel.

Elle ne comprenait ce processus créatif que jusqu'à un certain point. « Même pour moi, c'est un mystère », lui avait-il avoué un jour. En effet, une fois achevées, ses constructions lui procuraient une joie enfantine. Il semblait s'en émerveiller tout autant qu'un parfait inconnu qui les découvrait pour la première fois.

Les ouvriers qui avaient bâti Taliesin en tiraient une immense fierté, cela ne faisait aucun doute. Tous étaient entièrement dévoués à Frank, sans doute parce qu'il ne leur aurait jamais demandé de se charger d'une corvée qu'il n'était pas prêt à faire lui-même. Il les estimait aussi bien en tant qu'artisans qu'à titre personnel et ils le lui rendaient bien. Ils l'appelaient toujours « Mr Wright », jamais « Frank ». Mais ils n'hésitaient pas à se plaindre du manque d'épure et de cette manie qu'il avait de changer d'avis à tout bout de champ. Ils avaient beau le respecter, cela ne les empêchait pas de lui demander de partir quand il leur tournait autour pendant qu'ils travaillaient. Les plus sceptiques avaient été conquis en contemplant l'étrange beauté de Taliesin, la maison « organique » qu'ils avaient façonnée de leurs mains avec la roche, le sable et les arbres du Wisconsin.

En novembre, le salon était devenu un lieu aussi convivial que le hall d'accueil d'un camp de vacances. Presque tous les soirs, les ouvriers séparés de leur famille se réunissaient autour de la cheminée sans quitter leurs manteaux et leurs casquettes pour se tenir chaud. Un jeune homme timide qui secondait le tailleur de pierre norvégien ne venait jamais sans son flûtiau.

Un soir, Mamah installa l'appareil photo dans la pièce et demanda aux hommes de s'asseoir. Leur faire garder la pose ne fut pas facile. Ils continuaient à plaisanter, à rire et à taquiner l'un d'eux, marié depuis peu, en prétendant qu'il aurait l'air gros sur la photo. « P'têt qu'i se languit de sa p'tite femme, dit quelqu'un, mais ça l'empêche pas de bien manger ! » Ces blagues montraient à quel point les ouvriers se sentaient désormais à l'aise en présence de Mamah. Pourtant ils étaient respectueux, voire protecteurs avec elle. Si l'un d'eux se lançait dans une histoire scabreuse alors qu'elle se trouvait à portée de voix, les autres s'empressaient de le faire taire.

En les regardant à travers l'objectif, elle regretta que l'obturateur ne puisse pas immortaliser l'accent des Irlandais et des Norvégiens, ni le parler des natifs du Wisconsin. La douce mélodie, aiguë et mélancolique, du flûtiau. L'odeur de tabac que dégageaient les hommes et celle de la sueur sous leurs vêtements en laine. Mais l'appareil se souviendrait de leurs pipes fumantes et de leurs mains calleuses. De leurs yeux pétillants et de leurs sourires mutins. À cet instant, Mamah sut ce qu'elle voulait offrir à Frank pour Noël. Ce portrait collectif rejoindrait d'autres clichés dans un album qui raconterait la construction de Taliesin.

Le temps était compté, la neige s'annonçait. Elle réfléchit à la liste de ce qu'elle souhaitait prendre en photo : des vues panoramiques de tous les horizons, puis des plans plus serrés de l'atelier de Frank, du dortoir des ouvriers, des chambres et du salon. Pour rendre les volumes de cette dernière pièce, elle prendrait trois photos et les réunirait en un triptyque, sur le modèle du paravent japonais. Il adorerait cela ! Elle photographierait aussi les formes dépouillées des tables, des chaises et des lits en chêne que Frank avait fait fabriquer pour la maison. Sans oublier la « Fleur dans le mur fissuré » qui veillait comme un ange gardien à l'entrée.

À la mi-novembre, Jennie, la sœur de Frank, téléphona pour les prévenir qu'une lettre d'Ellen Key était arrivée chez elle. Mamah gravit la colline au pas de course jusqu'à Tan-Y-Deri, serra Jennie dans ses bras et rentra chez elle en toute hâte pour lire la lettre. En l'ouvrant, elle trouva une missive aussi prolixe et touffue que les essais d'Ellen.

Chère Mamah,

*Voici quelque temps que je suis sans nouvelles de vous et je souhaite savoir comment progressent certaines questions que nous avions abordées lors de votre visite à Strand, en juin dernier. Dans votre dernière lettre, vous m'appreniez que Mr Putman n'était pas à son bureau lors de votre passage à New York et que vous aviez dû vous entretenir avec son assistant. Vous me dites que les articles rassemblés sous le titre « La liberté individuelle » n'ont guère suscité d'intérêt. Peut-être pourrions-nous en compiler une autre sélection et les soumettre à Mr Putman sous un autre titre ? Je suis prête à envisager un tel remaniement. Avez-vous cherché à rencontrer mon amie Miss Emmy Sanders à New York ? Avez-vous envoyé certains de mes essais à l'*Atlantic Monthly *? À l'*American *? Vous m'aviez également écrit que le manuscrit de* Lieb und Ethik[1] *se trouvait entre les mains de Mr Seymour, mais qu'en est-il de sa publication ?*

En lisant cette liste de questions, Mamah eut envie de disparaître sous terre. Il lui faudrait répondre surle-champ à Ellen pour la rassurer point par point.

Le paragraphe suivant, au contraire, la fit presque

1. *De l'amour et de l'éthique.* (*N.d.T.*)

sauter de joie : *Je vous autorise à commencer à traduire* Missbrauchte Frauenkraft[1] *et* Frauenbewegung[2] *dès à présent.*

Cela signifiait qu'Ellen n'avait pas renoncé à leur collaboration. Vers la fin de sa lettre, elle s'enquérait de sa vie à Taliesin.

J'ai été désolée d'apprendre que votre relation avec Frank Wright avait suscité tant de critiques dans les médias. En lisant le récit de votre départ des États-Unis, il y a deux ans, je m'avoue très inquiète des choix que vous avez faits. J'ai toujours cru et professé que le droit à l'amour libre, si légitime soit-il, ne sera jamais acceptable s'il s'exerce au détriment de l'amour maternel. Je suis profondément affligée à l'idée que les discours que je vous ai tenus aient pu être mal interprétés. Je vous prie instamment de revenir sur votre décision et de retourner auprès de vos enfants si leur bonheur est en péril.

Vous savez quelle estime j'ai pour vous. Je ne doute pas que vous ferez ce choix en votre âme et conscience.

Ellen Key

Mamah ne tenait plus sur ses jambes. Elle emporta la lettre dans le bureau fraîchement enduit de stuc et s'assit, la posa sur ses genoux, pour essayer de reprendre son souffle. L'odeur de chaux que dégageait l'enduit encore humide, à moins que ce ne fût l'envoi lui-même, lui laissait un goût amer dans la bouche. Perchée sur sa chaise, elle ferma les yeux de toutes ses forces ; comme elle se sentait bête et égoïste ! Elle avait gâché tant de vies ! Si elle avait attendu quelques années de plus… si elle s'était tout simplement installée à Boul-

1. *Du mauvais usage du travail féminin.* (N.d.T.)
2. *Le Mouvement des femmes.* (N.d.T.)

der avec les enfants… Mais de quoi auraient-ils vécu ? Elle avait l'impression de se cogner la tête contre un mur, toujours le même.

La colère monta en elle. La contradiction inhérente à la philosophie d'Ellen Key lui apparut. Mamah avait relevé des incohérences au fil de sa traduction, mais aucune n'était aussi démoralisante et troublante que celle-là. Que voulait-elle donc la voir faire ? Retourner auprès d'Edwin pour le bien des enfants ? Quelle ironie, si l'on repensait à ce qu'elle avait écrit sur les mariages sans amour, qu'elle assimilait à de la prostitution !

« J'ai l'impression que je viens de perdre une amie », dit Frank lorsque Mamah lui lut la lettre à haute voix. Fatigué par le voyage en train depuis Chicago, il avait étendu ses jambes devant la cheminée. « Tu as raison, tu sais. On dirait vraiment qu'elle veut que tu retournes vivre avec Edwin.

— Le plus étrange, c'est que je pensais lui avoir clairement exposé ma situation. Je pensais qu'elle savait que je n'en avais nullement l'intention.

— Lui avais-tu dit que tu comptais venir dans le Wisconsin à ton retour d'Europe ?

— Non. Elle ne m'a pas posé la question. Nous avons essentiellement parlé de travail pendant que j'étais à Strand. Elle me donnait toutes sortes d'instructions et de nouvelles responsabilités. Rien que de très positif. Elle disait : “Vous serez ma porte-parole en Amérique.” La porte-parole. Je me rappelle l'expression parce qu'elle m'avait paru tellement incongrue dans sa bouche. Nous élaborions toute une stratégie pour diffuser ses idées dans ce pays, c'était très excitant.

— Quelqu'un s'en est mêlé. Huebsch lui a peut-être envoyé l'article de l'*Examiner* pour te discréditer.

— Eh bien, je comprends qu'Ellen ne voie plus notre collaboration d'un très bon œil. Je ne voulais pas me l'avouer, mais il y a eu d'autres indices ces derniers temps. Par exemple, elle sous-entend dans ses lettres que toi et moi avons tiré profit de ses livres à son insu. C'est risible, n'est-ce pas ? Et puis il y a Huebsch. Lui a-t-elle vraiment cédé les droits de traduction ? Je me demande si elle se rappelle les promesses qu'elle a faites aux uns et aux autres. Une chose est sûre, vis-à-vis de moi, elle a du mal à tenir ses engagements. » Mamah secoua la tête. « J'en viens à me demander si je la connais vraiment. Avant même de la rencontrer, rien qu'en lisant ses livres, je me sentais plus proche d'elle que je ne l'avais jamais été de quiconque, ou presque, à part toi. Et ensuite, quand elle m'a accueillie chez elle en Suède, presque comme sa fille... c'était merveilleux. Mais aujourd'hui j'ai l'impression d'être tombée en disgrâce. »

Frank secoua la tête. « Non, attends. Elle t'a demandé de traduire de nouveaux essais. À Strand, elle t'a dit que tu serais sa porte-parole. Veux-tu toujours être son unique traductrice américaine ?

— Plus que tout au monde. Je lui ai dit dès le début que cela m'importait plus que l'argent. Tu sais tout ça, Frank. Je pense vraiment que personne ne comprend son œuvre comme moi. Et j'ai toujours rêvé de diffuser ses idées.

— Alors ne laisse pas passer ta chance. De toute façon, tu adores Ellen Key. Même moi, je l'adore, alors que je ne l'ai jamais vue.

— Oh, Frank ! » dit-elle tristement.

Il alimentait l'âtre en bois fraîchement coupé et odorant. Il se servit d'une bûche comme tisonnier pour pousser les autres et le feu cracha des braises rougeoyantes qui tombèrent à ses pieds.

« Tu ne m'en veux pas si je lui réponds tout de suite ?

— Va, dit-il. Je vais finir de préparer le dîner. »

Chère Ellen Key. Contrairement à son habitude, Mamah n'adressa pas sa lettre à sa *Très chère amie.* Pour commencer, elle parla affaires et reprit chaque sujet d'inquiétude l'un après l'autre, ainsi que les termes de leur accord, à savoir qu'Ellen l'avait désignée comme seule et unique traductrice pour le public américain. Mamah lui parla de la traduction pirate de Huebsch que l'éditeur affirmait avoir reçu l'autorisation de publier. Elle prit le temps de réfléchir à la formulation de ce qui allait suivre. Elle n'avait pas été très explicite quant à ses projets lors de son séjour chez Ellen au mois de juin et cette pensée la rongeait à présent. Elle ne devait pas mâcher ses mots, quelles qu'en soient les conséquences.

J'ai, comme vous l'espériez, « fait un choix en mon âme et conscience » – en ce qui me concerne, ce choix, je l'avais fait depuis longtemps –, celui de me séparer définitivement de Mr Cheney. Le divorce a été prononcé l'été dernier et j'ai légalement repris mon nom de jeune fille. Depuis lors, j'ai également fait un autre choix, conforme à mes aspirations les plus profondes et, je le crois, à celles de Frank Wright : je m'occupe désormais de sa maison. Sur cette colline, aussi belle dans son genre que l'était la campagne autour de Strand, il a construit Taliesin, une maison d'été : je n'ai jamais rien vu de plus beau en ce monde que cette rencontre entre un site et une habitation. Nous espérons avoir très bientôt des photographies à vous envoyer. J'ai la conviction que ce lieu s'inspire de l'idéal amoureux d'Ellen Key. Notre voisine la plus proche, à quelque huit cents mètres d'ici, est la sœur de Frank, chez laquelle j'ai séjourné lorsque je suis arrivée. Elle a loyalement pris fait et cause pour notre amour, qu'elle tient pour essentiel au bonheur de son frère… Quant à mes enfants, j'espère les accueillir ici de temps à autre, mais cela reste impossible pour l'instant. J'ai passé un bel été seule avec eux dans la forêt canadienne…

Il me reste à vous souhaiter un très joyeux Noël et à vous annoncer que Frank vous a envoyé une petite estampe d'Hiroshige ; j'espère que vous l'aimerez assez pour l'exposer dans votre nouvelle maison.

Je vous suis profondément reconnaissante pour vos paroles amicales et j'espère et crois pouvoir vivre ma vie de telle sorte que vous puissiez la considérer sans rougir comme un hommage à la beauté, à la pureté et à la noblesse de vos idées.

Votre disciple et amie,
Mamah Bouton Borthwick
Taliesin
Spring Green, Wisconsin
États-Unis

38

23 décembre 1911

Qu'il a été douloureux ce « Noël anticipé » avec les enfants la semaine dernière, à Chicago. Nous étions tous si peu à notre aise dans cette chambre d'hôtel. Et Edwin, soudain amical, qui m'a prise à part à la fin de ma journée et demie de visite autorisée pour me confier joyeusement son secret. Il ne l'a même pas encore annoncé à John et à Martha, mais il projette d'épouser une certaine Elinor Millor au mois d'août. Si c'est vraiment une des meilleures amies de Lizzie, comment se fait-il que je n'aie jamais entendu parler d'elle ? Edwin s'est trouvé très magnanime quand il m'a proposé de me laisser les enfants un mois de plus l'été prochain pendant son voyage de noces.

Je devrais être contente pour lui. Je devrais me réjouir de l'entendre dire que sa future femme ne témoigne que tendresse et sollicitude aux enfants. Au lieu de cela, je l'avoue honteusement, je me sens bêtement trahie. Remplacée plutôt. Mais je ne dois pas y penser sans quoi je deviendrais folle.

Frank a lui aussi pris quelques jours de « vacances » : il a mangé sa tranche de dinde dans un restaurant de Chicago avec Catherine et les enfants avant de tous les emmener faire des courses. Il ne retournera pas à Oak Park le jour de Noël : cela ne ferait qu'entretenir Catherine dans ses illusions, selon lui. Aussi passerons-nous une soirée tranquille en tête à tête demain – notre premier Noël à Taliesin.

Une magnifique dentelle de stalactites translucides s'est formée tout autour de la maison. Elle descend du toit jusqu'au manteau de neige qui recouvre le sol. Frank a accroché aux murs des estampes japonaises et d'autres gravures achetées à Berlin. On commence à se sentir vraiment chez nous dans cette maison. Il n'y a aucun tapis et peu de meubles, mais ici et là il a rassemblé des objets naturels : grosses pierres, branches de pin et rameaux chargés de baies. C'est ravissant.

Mamah remarqua d'abord la monture du visiteur. Elle préparait le café quand elle entendit hennir au-dehors. Depuis une semaine, les routes étaient impraticables autour de Taliesin et les ouvriers y venaient désormais à cheval. Mais aujourd'hui, c'était samedi, l'avant-veille de Noël. Tout le monde était parti, même la mère de Frank qui avait décidé de passer la semaine à Oak Park.

Mamah alla à la porte et se trouva nez à nez avec un jeune homme aux joues rouges qui regardait à l'intérieur et s'apprêtait à frapper au carreau.

« Bonjour », lança-t-il d'un ton enjoué. Elle l'examina de la tête aux pieds puis ouvrit la porte. Il portait des habits propres et s'exprimait bien. « Mr Wright est ici ?

— Entrez, dit-elle.

— Dites donc, ça sent sacrément bon. » Son visage ne lui disait rien, mais à ses façons elle pensa que c'était là un fils d'ouvrier, revenu à la maison pour les vacances, qui cherchait du travail.

« Il est là. Attendez-moi un instant. » Mamah trouva Frank agenouillé devant la cheminée. « Quelqu'un te demande. »

Frank se releva et alla dans la cuisine en s'essuyant les mains sur son pantalon.

« Je m'appelle Lester Cowden, dit le visiteur en tendant la main. Du *Chicago Journal.* »

Frank retira sa main. « Que voulez-vous ?

— Monsieur, il paraît que Mrs Cheney vit ici et on m'a demandé de confirmer cette information. » Le jeune homme ne semblait nullement honteux de l'objet de sa visite.

« Je ne vous dirai rien ! » cria Frank. Il ouvrit la porte brutalement et tira l'intrus par la manche pour le mettre dehors. « Allez, sortez d'ici ! » Il claqua la porte puis attendit que le journaliste soit remonté à cheval et se soit éloigné dans l'allée. « Ils sont répugnants ! grommela-t-il.

— Je n'ai pas réfléchi. Il avait l'air de te connaître.

— N'adresse la parole à aucun d'entre eux, Mamah. Ne laisse entrer aucun étranger. »

Plus tard dans l'après-midi, alors que Frank s'occupait des chevaux dans l'écurie, le téléphone sonna.

« Mamah ? demanda une voix d'homme. Mrs Cheney ? »

Elle raccrocha, enfila son manteau en toute hâte et alla prévenir Frank.

« La vermine est de retour », dit-il.

Ce soir-là, ils mangèrent sans appétit l'agneau et les haricots verts qu'elle avait cuisinés. Quand le téléphone se remit à sonner, ils sursautèrent l'un et l'autre. Frank se leva pour aller répondre. « Très bien, dit-il. Lisez-le-moi. »

Mamah savait qu'il s'agissait d'un télégramme. C'était ainsi qu'ils devaient accepter de les recevoir à Taliesin s'ils voulaient éviter d'aller jusqu'à la gare de Spring Green. Un système aussi peu satisfaisant pour les messages à caractère professionnel que pour les câbles plus personnels, puisque l'appel du télégraphe était relayé par une standardiste qui le transférait sur une ligne rurale commune à plusieurs abonnés. « On aurait aussi vite fait de publier la nouvelle dans le *Weekly Home News* », grommelait souvent Frank après ce genre de communication.

« Le *Chicago Tribune*, dites-vous, pas le *Journal* ? demanda-t-il en se bouchant la deuxième oreille. Non. Non. Attendez une minute, Selma. Juste une minute. » Il regarda Mamah. « Le *Tribune* est aussi sur le coup maintenant. Que veux-tu faire ? »

Mamah se mordit la joue. « Rappelle-les plus tard.

— Je vous rappelle, Selma… Comment ça ? Eh bien, je me fiche éperdument de leur ultimatum. » Frank reposa le combiné et se laissa tomber dans un fauteuil.

« Donc, ils savent tous que je suis ici, dit Mamah.

— Ce n'est plus qu'une question de temps.

— Alors, que fait-on ?

— Continuons simplement à vivre comme avant. On ne va pas se laisser ébranler chaque fois qu'ils se présentent ici.

— Pourquoi ne leur livres-tu pas une bribe d'information, Frank ? Dis-leur que je suis divorcée. Explique-leur que nous menons une vie tranquille et que nous ne souhaitons pas être dérangés. Quelque chose dans ce genre. Ils auront une déclaration à se mettre sous la dent et l'affaire sera réglée. »

Il prit le téléphone et appela le bureau du télégraphe. « Ici Frank Wright. Dites, à propos de ce télégramme du *Tribune*. Renvoyez-leur celui-ci de ma part, voulez-vous ? : "Évitons tout malentendu. En ce qui me concerne, Mrs E. H. Cheney n'a jamais existé et, à vrai dire, elle n'a plus d'existence légale. Mais Mamah Borthwick est bien ici, et j'ai l'intention de veiller sur elle." »

Frank écouta l'employée lui relire son message à l'autre bout du fil. « B-O-R-T-H-W-I-C-K, épela-t-il. Non, c'est tout. N'oubliez pas de signer : Frank Lloyd Wright. »

Le lendemain, un Frank morose fit le guet à la fenêtre du bureau de Mamah. De son poste d'observation, il avait une vue dégagée sur l'allée. À dix heures, un détachement de trois hommes à cheval quitta la route et s'approcha de la maison.

« Reste ici », lui ordonna Frank.

Quand ils frappèrent à la porte de la cuisine, il alla répondre. On leur avait envoyé le reporter du *Journal*, un journaliste du *Chicago Record Herald* et un autre du *Tribune*. Le représentant du *Journal* avait été désigné comme porte-parole du groupe.

Mamah se glissa dans le couloir pour mieux entendre.

« Personne n'a envie de passer ses vacances de Noël en faction ici, Mr Wright. À titre personnel, vous avez tout notre respect et notre sympathie. Mais le fait est que nos rédacteurs en chef pensent que le scandale fait vendre. C'est ce que veulent nos lecteurs.

— Je ne me prêterai pas à ce petit jeu, dit Frank.

— C'est déjà fait, monsieur. Voici les journaux d'aujourd'hui. »

Mamah entendit Frank pousser un juron.

« Mr Wright, si vous nous donniez votre version de l'histoire ? Je pense sincèrement que les lecteurs seraient bien disposés à votre égard et cela pourrait mettre fin à cette affaire.

— Tout à fait », renchérirent les deux autres.

Elle entendit Frank claquer la porte et le regarda emporter les journaux dans le salon d'un air malheureux. Quand elle le rejoignit et prit celui qui se trouvait au sommet de la pile, il était glacé. Comme un cauchemar familier, elle retrouva son portrait en première page du *Journal*. À côté de sa tête, la « nouvelle » s'étalait en lettres noires :

NOUVELLE FUGUE AMOUREUSE
DE MRS CHENEY ET MR WRIGHT.
LE CÉLÈBRE ARCHITECTE DE CHICAGO ET LA DIVORCÉE
VIVENT RETIRÉS DU MONDE À HILLSIDE, WISCONSIN ;
IL ABANDONNE SON ÉPOUSE
QUI LUI AVAIT PARDONNÉ SA PREMIÈRE ESCAPADE
ET CLOUE UN PANNEAU « À LOUER » SUR LEUR RÉSIDENCE.

Elle regarda le *Chicago Tribune* de ce dimanche. Sur toute une colonne, au milieu de la première page, s'étalaient des titres similaires. En frissonnant, elle lut une énième version de leur rencontre, deux ans plus tôt. Mais, grâce à un tuyau, le journaliste du *Tribune* s'était rendu au cabinet de l'avocat des Wright, Sherman Booth ; là, il était tombé sur Catherine qui lui avait soutenu que la femme du Wisconsin était la mère de Frank et non Mamah. Lorsqu'il lui avait demandé pourquoi Frank avait fait construire un mur entre son atelier et la maison, Catherine avait prétendu que l'architecte en louait une partie parce qu'il trouvait qu'elle était devenue trop grande.

Mamah se demanda soudain si Catherine n'était pas dérangée. Sinon, pourquoi s'obstinait-elle à vivre cette fiction ?

« Ces salauds ont tendu une embuscade à ma fille », grogna Frank d'un ton assassin.

Mamah parcourut le paragraphe qu'il lui indiqua dans le *Tribune*.

> « À leur pavillon, la fille de Wright, âgée de dix-sept ans, a répondu à toutes nos questions par un simple "Nous n'avons rien à dire". Quand nous lui avons montré un exemplaire de l'article qui exploitait la nouvelle disgrâce de son père, elle a semblé surprise et amusée.
>
> « Nous sommes devenus indifférents aux aspects les plus sordides de cette affaire, a-t-elle déclaré avec un sourire. Nous avons fini par ne plus y prêter attention. Écrivez donc au nom de Mr et Mrs Wright et de tous les enfants Wright que nous ignorions tout de cette horrible histoire et qu'elle est sans doute inventée de toutes pièces. »

L'effronterie de la jeune Catherine dans ce dernier paragraphe fendit le cœur de Mamah. Elle se rappelait la jolie jeune fille blonde et son extrême timidité.

« Frank, tes enfants t'attendent-ils vraiment pour Noël ?

— J'ai dit très clairement à Catherine que je ne retournerais pas à Oak Park pour le réveillon.

— Mais l'as-tu expliqué à tes enfants ? »

Frank leva les mains dans un geste d'impuissance. « J'ai essayé de parler à mes enfants.

— Mais Catherine sait que tu vis ici avec moi, n'est-ce pas ? Elle ne croit pas vraiment que tu as fait construire cette maison pour ta mère…

— Mais non, bon sang ! Bien sûr que non. Elle nous entraîne tous dans sa folie. Il ne me restera plus un seul client après cette histoire. »

Un regard par la fenêtre de la cuisine confirma Mamah dans ses soupçons : les journalistes n'étaient pas partis. « Viens, asseyons-nous un moment, dit-elle en revenant au salon. Essayons de trouver une solution ensemble. À mon avis, ces reporters ont peut-être raison. Une partie de moi estime que nous devrions fermer la porte à clé et ne plus jamais leur adresser la parole. Mais je n'arrête pas de me dire qu'il est peut-être temps de leur donner notre version des faits une bonne fois pour toutes. » À présent, c'était elle qui faisait les cent pas. « Imagine juste un instant ce qui se passerait si nous répondions dignement à cette chasse aux sorcières en livrant de sincères explications. Je crois que cela arrangerait la situation.

— Tu as une bien haute opinion de l'homme de la rue !

— Je suis sérieuse, combien de fois avons-nous parlé de faire connaître les idéaux d'Ellen – les nôtres – au grand public. Si je monte sur une estrade pour vanter les mérites d'une existence honnête et authentique, aucun journal n'en parlera. Mais en ce moment, grâce à cette situation absurde, nous tenons peut-être notre unique chance de nous expliquer.

— Les prendre à leur propre jeu ?

— Je ne veux utiliser le nom d'Ellen en aucune circonstance. Nous exprimerons nos propres idées. »

Frank resta un long moment assis à réfléchir, puis il se leva et alla dans la cuisine. Mamah perçut le soulagement dans la voix des journalistes qui se bousculèrent à la porte de la cuisine. Ils étaient sans doute quasiment gelés. « Revenez demain, l'entendit-elle dire. Je vous parlerai demain matin. Soyez là à dix heures. » Il les laissa se réchauffer quelques minutes avant de les renvoyer.

« Tu crois que c'est une bonne idée de les faire venir le jour de Noël ? demanda-t-elle après leur départ. Nous devrions peut-être attendre après-demain.

— Si nous nous décidons à parler, nous ne pouvons pas multiplier les précautions. Et si cela implique de donner une conférence de presse le jour de Noël, qu'il en soit ainsi. »

Pendant toute l'après-midi et jusque tard dans la soirée, ils s'efforcèrent de trouver les mots justes et de les coucher sur le papier.

« C'est moi qui prendrai la parole, décida Frank. Si tu le fais, ils vont te massacrer. »

Il cherchait à la protéger. En le voyant assis là, les bras croisés, elle comprit qu'il ne céderait pas sur ce point. « Dans ce cas, dis-leur que je suis en accord avec toutes tes déclarations.

— Entendu. »

Il lui lut les phrases à mesure qu'il les composait et Mamah joua alors le rôle de l'éditeur en discutant les termes qu'il choisissait pour expliquer comment ils avaient décidé de se mettre en accord avec eux-mêmes. À neuf heures, Frank était épuisé. Dans leur lit, les yeux grands ouverts dans le noir, Mamah attendit l'oubli qu'apporte le sommeil.

Le lendemain matin, Frank fit du feu dans les cheminées et alla prendre un bain. Il ressortit de la salle d'eau vêtu de sa robe de chambre rouge vif qu'il avait nouée par-dessus une chemise blanche et son bas de pyjama. « Nous allons fêter Noël, même si ça ne doit durer que dix minutes », déclara-t-il. Elle prit elle-même un bain, s'habilla et se dépêcha de le rejoindre au bout du couloir. Il ne restait plus beaucoup de temps avant l'arrivée des journalistes. Quand elle vit qu'un cadeau l'attendait sous le sapin, elle se précipita dans la chambre pour aller chercher le paquet contenant l'album photo qu'elle avait caché sous le lit.

Ils savourèrent ces dix minutes : Frank étudia l'histoire illustrée de Taliesin et elle admira le kimono de l'ère Genroku qu'il lui avait acheté. Sur l'étoffe teinte aux couleurs exquises, des pins, des glycines et des escarpements rocheux étaient finement brodés.

Mamah l'emporta dans leur chambre et l'étala sur le lit. Si cela avait été un matin de Noël ordinaire, elle l'aurait mis pour faire plaisir à Frank. Et à elle-même. Elle hésita, le tint contre elle et se regarda dans le miroir en pied de la penderie. Quelques secondes plus tard, elle enlevait sa robe et enfilait le kimono.

Dans la cuisine, elle remplit deux cafetières et envisagea un instant de sortir des gâteaux, mais se ravisa. Elle ne s'abaisserait pas à leur en offrir.

Pendant qu'elle préparait la bouillie d'avoine, Frank vint s'asseoir à table et parcourut les journaux qu'Andrew, le mari de Jennie, avait rapportés de la gare de Spring Green le matin même. « Je rends grâce à Mrs Upton Sinclair, dit-il. C'est elle qui fait la une. »

Mamah lut par-dessus son épaule. À côté d'un portrait de la malheureuse, le titre de l'article annonçait : L'ÂME SŒUR DU POÈTE DÉCLARE NE RECHERCHER QUE LA

LIBERTÉ D'AGIR COMME BON LUI SEMBLE. Mamah fut révulsée par les mots « âme sœur ». La presse à scandale avait transformé cette belle expression en arme, un code qui signifiait « traînée ridicule ».

« Bravo, ma fille ! murmura Frank.

— Qu'y a-t-il ?

— Elle ne mâche pas ses mots. Écoute : "Je me contrefiche des liens du mariage et du divorce, des décisions du tribunal et autres arbitrages, a déclaré Mrs Upton Sinclair, épouse du romancier. Je suis si épuisée par la procédure de divorce que j'ai décidé de vivre ma vie avec Harry Kemp comme je l'entends. Nous nous sommes retirés dans un banal petit pavillon où nos nobles sentiments sont en parfaite harmonie…" » Frank regarda Mamah. « Seigneur ! Tous ces journaleux sortent-ils de la même école de la médiocrité ?

— Personne ne parle comme ça, dit Mamah. Personne ne dit "nous vivons retirés dans un banal petit pavillon".

— Tu ne le savais donc pas ? Toutes les âmes sœurs s'expriment de la même façon ! Et elles vivent forcément dans des pavillons. Les rédacteurs en chef ne veulent pas entendre un autre son de cloche.

— À mon avis, elle a commis une erreur.

— Mrs Sinclair ?

— Elle n'aurait pas dû tout leur balancer comme ça. Je la comprends, mais il y avait une façon plus digne de procéder. » Mamah alla chercher les déclarations qu'ils avaient rédigées la veille au soir. « Fais tout comme nous avons dit, mon chéri, d'accord ? lui recommanda-t-elle en lui donnant la feuille.

— Je ne suis pas bon en récitation. » Il soupira, mais en voyant l'expression inquiète de Mamah, il marmonna : « D'accord, je vais lire ce maudit papier. »

À dix heures, six reporters étaient installés autour de la cheminée, envoyés par des journaux de Chicago, de Milwaukee, de Madison et de Spring Green. Ces journalistes, pourtant réputés pour leur sens aigu de la compétition, se comportaient comme de vieux copains. Ils semblaient unis par la camaraderie improvisée des voyageurs qui ont échoué ensemble dans une contrée étrange. Frank prit place devant eux dans son long peignoir rouge, un coude sur le manteau de la cheminée. Quand Mamah entra dans la pièce, les visiteurs se retournèrent d'un seul mouvement puis se mirent à griffonner furieusement dans leurs carnets. Mamah s'assit dans un fauteuil et Frank prit la parole.

« Tout d'abord, je n'ai ni abandonné mes enfants ni quitté une femme, pas plus que je ne me suis enfui avec l'épouse d'un autre. L'affaire qui nous occupe n'a rien de clandestin, à aucun égard. J'ai essayé de mener une vie honnête. En fait, j'ai mené une vie honnête.

« Mrs E. H. Cheney n'a jamais existé pour moi. Je l'ai toujours considérée comme Mamah Borthwick, un individu à part entière qui n'appartient à aucun homme. »

Frank jeta un coup d'œil à Mamah qui lui répondit par un signe de tête. Il semblait en pleine possession de ses facultés, presque content d'être face à un public.

« Les enfants, mes enfants, sont tout autant à l'abri du besoin qu'autrefois. Je les aime aussi fort que peut aimer un papa, même si je suppose que je n'ai pas été un bon père de famille.

« Bien sûr, je considère que les événements ont pris un tour tragique mais je ne pourrais agir différemment si c'était à refaire. Mrs Wright a désiré ces enfants, elle les aimait, les comprenait. Ils sont toute sa vie. Elle jouait avec eux et tirait plaisir de leur compagnie.

Mais… quant à moi, toute ma vie était dans mon travail. »

Frank posa ses notes sur le manteau de la cheminée. « Vous voyez, j'ai commencé à formuler certains principes architecturaux. Je voulais créer des bâtiments organiques, des constructions saines et solides. L'incarnation de l'esprit américain, quelque chose de beau si possible. Je crois avoir réussi dans ce domaine. D'une certaine façon, mes maisons sont mes enfants. »

Mamah tressaillit. Elle savait ce qu'il voulait dire, mais les lecteurs des journaux ne le comprendraient pas, elle en était certaine. Et qu'éprouveraient ses enfants en lisant cela ? Elle se racla la gorge. Frank la regarda et reprit.

« Si j'avais pu mettre de côté mon désir de mener ma vie comme je conçois mes maisons – comme une ouverture sur le monde –, j'aurais peut-être réussi à me persuader que nos sacrifices profitent à nos proches… Si j'avais pu me *mentir* à moi-même, j'aurais peut-être pu rester auprès des miens. »

Le reporter du *Journal* sauta sur l'occasion : « Comment pouvez-vous justifier votre départ alors que vous avez des enfants ? »

Frank garda son calme. « Je pense pouvoir contribuer au progrès de la société sans m'obstiner dans cette petite existence bourgeoise… J'ai eu envie d'être fidèle à moi-même avant toute chose et de ne m'occuper du reste que dans un second temps. Je peux apporter beaucoup plus à mes enfants aujourd'hui que si je leur avais sacrifié ce qui représente la vie elle-même à mes yeux. J'ai foi en eux mais aucun parent ne peut vivre à travers ses enfants. À ce jeu-là, on gâche leur existence plus souvent qu'on ne la préserve. Je ne souhaite pas être un modèle pour eux. Je veux qu'ils aient assez de place pour devenir eux-mêmes.

« Je ne les ai lésés en rien et ne le ferai pas plus à l'avenir. Ma capacité à gagner de l'argent reste à leur service au même titre qu'avant. J'espère être une source d'inspiration utile à leur avenir. Quand ils seront un peu plus grands, j'espère qu'ils verront la situation d'un autre œil.

— Et Mrs Wright ?

— Mrs Wright possède une âme propre, et des questions autrement plus importantes que tout cela occupent son cœur et son esprit. Ce n'est pas à moi à dire ce qu'elle fera. »

Frank regarda ailleurs, pensif, puis affronta de nouveau le regard des journalistes. « Écoutez, dit-il, laisser ce scandale me priver de mon travail reviendrait à détruire un bien précieux et utile à la société. Je me suis battu pour donner corps à une architecture américaine authentique. J'ai quelque chose à donner. Il serait très regrettable que le monde décide de ne pas recevoir ce que j'ai à offrir.

« De manière générale, j'ai une chose à dire concernant cette affaire : les règles et les lois sont faites pour les gens ordinaires. »

Mamah se leva brusquement. Elle savait ce qui allait suivre. Elle essaya d'attirer l'attention de Frank, mais il poursuivit sur sa lancée.

« Les gens ordinaires sont incapables de vivre sans règles pour guider leur conduite. Il est infiniment plus difficile de vivre sans règles, mais cette existence-là est la plus honnête, la plus sincère et la plus réfléchie qu'un homme puisse mener. Et j'estime que, quand un homme a manifesté des aptitudes spirituelles, quand il a prouvé sa capacité à voir et à sentir des réalités plus nobles et plus élevées, nous devrions réfléchir à deux fois avant de décider qu'il a mal agi. »

Mamah lui lança un regard noir. N'avait-il donc pas entendu ce qu'elle lui avait dit le matin même ? Rien ne fait aussi bien vendre les journaux qu'un homme qui s'estime plus important que le commun des mortels. C'était comme se jeter dans la fosse aux lions.

« C'est tout ce que je suis disposé à vous dire, messieurs, conclut-il, quand il finit par croiser son regard. Si vous souhaitez voir ce que j'ai accompli ici, je vais vous faire visiter Taliesin. »

Pendant que Frank allait se changer, les journalistes patientèrent devant le foyer. Mamah devina qu'il les faisait attendre à dessein, sans doute pour les empêcher de remettre leurs articles dans les délais. Elle rassembla les tasses à café et se posta près de la cloison pour les écouter.

Au début, ils ne dirent rien puis elle entendit leurs ricanements d'écoliers. Pétrifiée, elle tendit l'oreille. Elle distingua les mots « kimono » et « rouge », puis leurs petits gloussements firent place à des rires étouffés.

Mamah s'enfuit dans la cuisine.

« Je me disais que l'interview s'était plutôt bien passée », déclara Frank quand il apparut enfin.

Elle le regarda debout devant elle, le port altier, dans le costume qu'il s'était dessiné lui-même. Elle le vit soudain tel que les reporters avaient dû le percevoir : un homme excentrique qui se prenait bien trop au sérieux. À cet instant, elle sut que rien ne leur serait épargné.

« Débarrasse-nous de ces gens », dit-elle.

39

La matinée du 26 décembre commença par un attroupement de journalistes au portail. Josiah apporta les journaux qu'ils lui avaient mis entre les mains à son arrivée. Mamah parcourut un article en s'attardant sur les passages blessants.

> « Mr Wright n'a exprimé aucun regret d'avoir déserté son foyer d'Oak Park au lieu de passer Noël avec son épouse légitime et leurs six enfants. Quant à Mamah Borthwick, elle semblait avoir oublié les réveillons qu'elle célébrait avec son mari et ses enfants. »

« Qu'est-ce qu'on doit faire ? demanda Josiah.

— Ignorez ces chiens, reprenez le travail comme avant, dit Frank. Et ne leur adressez pas la parole, c'est compris ? Dites à tous les ouvriers que ce sont mes ordres.

— Oui, monsieur.

— À la réflexion, faites-les tous déguerpir.

— Bien, monsieur. »

Mamah se leva pour aller regarder Josiah s'approcher des reporters. Il ouvrit la grille pour leur parler. Au bout d'un moment, il se mit à feinter et à esquisser des mouvements d'attaque comme un boxeur ; puis il referma la grille et revint sur ses pas, l'air extrêmement frustré. Les intrus remontèrent à cheval et s'éloignèrent dans l'allée mais remirent pied à terre à l'entrée de la route qui conduisait à Taliesin.

Quand le téléphone sonna, Mamah alla répondre, non sans crainte. C'était Jennie : certains journalistes étaient déjà venus chez elle et s'étaient rendus à Hillside School pour assiéger les tantes de Frank à l'ouverture de l'école. Tante Jenny et tante Nell étaient aux abois et suppliaient Frank de venir immédiatement à Hillside.

Ce matin-là, Frank avait enfilé sa tenue d'équitation et sellé son cheval pour aller prendre l'air. Il enfourcha Champion et parcourut le kilomètre et demi qui séparait la maison de l'école. Quand il revint une heure plus tard, il enrageait. « Elles sont terrifiées ! Des parents d'élèves sont venus aujourd'hui, ils ont menacé de retirer leurs enfants de l'école si les choses continuaient comme ça.

— Tu crois que…

— Oui, je crois que le pire pourrait arriver. Les finances de Jenny et de Nell ne sont déjà pas bien brillantes. Elles essaient de racheter l'école à oncle Jenk. Il les avait renflouées alors qu'elles étaient en faillite il y a deux ans, mais ce scandale pourrait mettre fin à tous leurs espoirs. » Frank lui tourna le dos et ressortit.

« Où vas-tu ?

— Chercher le fusil.

— Mais quel fusil ?

— J'ai une carabine quelque part. Dans la grange, je crois. »

Mamah se dirigea vers le bureau et regarda par la fenêtre. À l'entrée, l'attroupement de reporters avait grossi et une partie d'entre eux remontaient en selle.

Horrifiée, elle les vit longer l'allée jusqu'à la grille. Elle courut jusqu'à la grange où elle trouva Frank occupé à remonter une vieille arme à feu.

« Frank, si tu m'aimes, ne fais rien d'insensé. Écoute-moi : range cette arme dans son étui.

— Laisse tomber, Mamah, ce satané engin ne marche même pas !

— Rentre à la maison avec moi. Les reporters reviennent par ici. »

Frank sauta sur ses pieds, attrapa son vieux Stetson cabossé sur un crochet et sortit de la remise au pas de charge. Il alla se camper devant la grille, les bras croisés.

« Décampez, bande d'imbéciles ! »

Les reporters continuèrent d'avancer. Quand ils arrivèrent à sa hauteur, ils tentèrent visiblement de plaider leur cause. Mamah sortit sur le seuil de la cuisine pour essayer de distinguer leurs paroles. « Si vous continuez à m'importuner, l'entendit-elle crier, je n'aurai plus qu'un seul recours : mon revolver. » Il tourna les talons et rentra dans la maison.

« Nous avons un gros problème, dit-il en se glissant dans la cuisine. Ils affirment que certains habitants de Spring Green sont furieux et que l'un d'eux a porté plainte contre moi. Ils m'assurent que le shérif Pengally de Dodgeville est en route pour m'arrêter. »

Mamah dut se retenir au dossier d'une chaise.

« Eh bien, qu'il vienne ! » dit Frank en se grattant rageusement la nuque. Tout rouge, il se mit à arpenter la cuisine. « Il n'arrêtera personne, aucune chance !

— Tu as aussi un revolver ? demanda Mamah.

— Bien sûr que non, répondit Frank. Je n'ai même pas un lance-pierre digne de ce nom. »

Ils se réfugièrent dans la chambre. Toute tremblante,

elle se glissa sous les couvertures. Frank avait laissé le feu s'éteindre dans les cheminées.

« Tu as vu ce qu'ils ont fait, Mamah ? reprit-il. Ils ont écrit leurs papiers, se sont précipités à la gare pour les câbler à leurs rédacteurs en chef hier après-midi et sont ensuite allés harceler le shérif du chef-lieu de l'Iowa pour qu'il réagisse. L'un d'eux m'a raconté qu'une pétition circulait pour nous pousser à quitter la région. Allons, qui est à l'origine de cette initiative, à ton avis ? Un de ces foutus imbéciles qui attendent dehors, voilà qui ! Ils s'en mettent plein les poches parce que nous faisons vendre leurs journaux. Nous alimentons leur compétition à qui aura le meilleur tirage.

— Nous avons assez de nourriture pour tenir quelques jours ici. » Elle frissonna. « Si nous ne sortons pas, ils s'en iront. »

Il s'était assis au bord du lit, prostré. « Ma famille vit dans cette vallée depuis cinquante ans. Mes tantes… »

Elle le secoua par les épaules. « Frank, dit-elle doucement. Frank. T'es-tu adressé directement au shérif Pengally ?

— Non.

— Alors appelle-le sans plus tarder, pour l'amour de Dieu ! »

Plus tard, chaque fois qu'elle repenserait à cette semaine de décembre, elle reverrait Josiah aux prises avec les journalistes. En essayant de les faire disparaître, Frank et elle se retrouvèrent entraînés dans la même danse. Chaque jour, un nouveau rebondissement obligeait l'un des deux camps à battre en retraite pour revenir à l'assaut le lendemain avec un nouveau stratagème ou une nouvelle riposte. Au téléphone, Pengally confirma que les reporters avaient fait pression sur lui. Ils s'en étaient ensuite pris au procureur de la République pour qu'il consulte les lois de l'État, mais le magistrat aux abois ne trouva pas matière à présenter l'affaire à un jury de mise en accusation. « Ne vous inquiétez pas, dit le shérif à Frank, je vais les faire décamper. » Pourtant, les amants continuèrent à figurer à la une des journaux. LE GRAND AMOUR POURRAIT S'ACHEVER DANS UNE PRISON SORDIDE, titrait un article. Un autre présentait Taliesin comme une « jungle de la passion ». Un autre encore prétendait qu'« un groupe d'hommes en armes avait fait un raid sur "l'Antre de l'Amour" de F. L. Wright ».

Aucune milice n'était venue, finalement. Mais, sur le moment, même les ouvriers qui travaillaient pour Frank s'étaient demandé si un détachement conduit par le shérif marchait sur Taliesin. Au plus fort de la crise, ils avaient rapporté des fusils de chez eux et ils prirent l'initiative de patrouiller aux abords du domaine. À l'idée que ces hommes de la campagne, profondément attachés à la famille et à l'Église, avaient assez de loyauté pour essayer de les protéger, Frank et elle, Mamah s'était sentie à la fois reconnaissante et extrêmement gênée.

Au désespoir, Frank rédigea une autre déclaration publique sur leur position et la transmit à la presse avant d'annoncer qu'il allait demander à Catherine et à Edwin de se joindre à un "conseil de famille" pour signer un accord stipulant que tous étaient en paix les uns avec les autres. Le 31 décembre, alors qu'il se préparait à se rendre à Oak Park pour recueillir leurs signatures, le journal du matin leur apprit que ce voyage était inutile. Catherine Wright clamait haut et fort qu'elle n'avait entendu parler d'aucune réunion de conciliation et n'avait aucune intention de signer quoi que ce soit. « Je ne divorcerai pas de mon mari, déclarait-elle, et je ne lui permettrai pas d'en épouser une autre. Il sera toujours le bienvenu dans cette maison ; je serai toujours heureuse de le voir. »

Mamah n'avait pas entendu la voix de Catherine depuis quelque temps, mais ces paroles ressemblaient à la femme qu'elle avait connue. Elles lui étaient destinées, Mamah n'en doutait pas. Elle comprit soudain que les journaux étaient devenus un service de messageries entre elles.

Une fois de plus, elle eut l'impression d'être le personnage d'une fable morale : la presse distribuait les rôles et les lecteurs assistaient au spectacle. Cela sautait aux yeux, tout particulièrement dans l'interview de Grace Majors, l'ancienne secrétaire de Frank, qui parut le lendemain. Elle y décrivait Catherine comme une femme alliant une force de caractère admirable à une grande beauté. Dotée d'un teint éclatant, rose et ivoire, elle était particulièrement rayonnante dans cette robe en mousseline assortie à ses cheveux auburn, que Frank lui avait dessinée. Selon la secrétaire, quand on la complimentait sur son apparence, Catherine répondait invariablement : « Si cette robe est belle, tout le mérite en revient à mon époux. »

Miss Majors ne dit rien du physique de Mamah, mais la discrédita d'emblée en la présentant comme une fervente adepte d'Ibsen, son guide spirituel. Ce passage arracha un rire amer à Mamah. Elle n'avait jamais rencontré cette secrétaire. Certes, elle avait lu des œuvres d'Ibsen, mais le décrire comme son guide spirituel ! Quel sens donner à cette expression, pour commencer ?

Qu'elle eût un sens ou pas, les lecteurs comprenaient

parfaitement le message de l'article : *Catherine est un ange*, pensa Mamah. *Et moi le diable*.

Pendant toute une semaine, la presse cria au scandale. Quelques parents retirèrent leurs enfants d'Hillside School de peur qu'ils ne soient contaminés par la proximité de Taliesin. De Madison à Chicago, des hommes d'Église de toutes confessions fustigeaient Taliesin. La paroisse qu'avait fréquentée Mamah à Oak Park la raya même de ses listes.

Au début de leur siège, les reporters étaient venus déposer les derniers journaux devant leur porte, comme des appâts. Et, chaque jour, Frank et elle les avaient lus. Les journalistes avaient obtenu l'effet recherché : une réaction à chaud qu'ils publiaient le lendemain.

Maintenant que les ouvriers faisaient des rondes autour de la maison, les nouvelles n'apparaissaient plus sur le seuil. Frank était soulagé mais la presse manquait à Mamah. Mrs Upton Sinclair était peut-être assez forte pour refuser de lire les quotidiens, mais pas Mamah. Les articles avaient beau déformer la réalité à chaque ligne, ils contenaient aussi des parcelles de vérité : des dates exactes, des déclarations authentiques.

Elle demanda à Josiah de lui apporter tous les journaux de Chicago qu'il pourrait trouver à la gare. Il posa sur elle un regard navré. « Ils sont pleins de mensonges, admit-elle, mais ne pas savoir ce qu'ils racontent est pire que tout. »

Le 3 janvier, un froid glacial s'abattit sur tout le Wisconsin. Au réveil, ils trouvèrent le bol d'eau de Lucky tout gelé dans la cuisine. Emmitouflé dans plusieurs épaisseurs de lainages, Frank maudit la chaudière et sortit couper du bois. Par la fenêtre, elle le regarda se pencher et ramasser de la neige à pleines mains pour se laver le visage. Il rassembla une brassée de bûches, rentra dans la maison puis démarra le fourneau et alluma une belle flambée dans le salon.

Mamah laissa la porte du four ouverte jusqu'à ce que ses doigts soient moins gourds. Assise dans la cuisine, elle évalua la situation. Il y avait des auréoles sales sur la surface de la cuisinière. Dans le salon, elle avait remarqué des traces de pas et de la cendre tout autour de l'âtre. Il fallait changer les draps et récurer la salle de bains.

Quand elle se fut assez réchauffée, elle ouvrit la porte d'entrée et vit que Josiah lui avait laissé un journal. Comme ils n'en avaient plus lu depuis deux jours, elle avait commencé à espérer que l'assaut était passé. Mais là, à la une du *Chicago Journal*, dans la colonne du milieu, un rédacteur en chef avait décoché la flèche du Parthe :

L'EXIL DES AMANTS
BRISE LE CŒUR DES ENFANTS

LA PROGÉNITURE DE MRS CHENEY
PRIE POUR SON RETOUR,
MAIS SEUL UN DES TROIS Y CROIT ENCORE

Mamah laissa tomber le journal sur la table de la cuisine, croisa les bras et les serra fort sur sa cage thoracique avant de poursuivre sa lecture.

« Les trois enfants d'Edwin H. Cheney et de Mamah Bouton Borthwick, dont il a divorcé, ont abandonné tout espoir de retrouver leur mère.

« “Je ne pense pas qu'elle va revenir”, nous a

confié le petit John, neuf ans, sur le chemin de Holmes School, à Oak Park.

« “Nous, les enfants, on prie pour elle tous les soirs mais, à mon avis, Dieu ne nous entend pas, ou alors il y a un problème parce que, de nous tous, Martha est la seule à croire qu'elle reviendra.”

« “Dès qu'on peut, Jessie et moi, nous lisons beaucoup d'articles sur elle dans les journaux, mais en général les grands les cachent et il y a beaucoup de choses que nous ne comprenons pas. Martha est trop petite pour lire les journaux, alors elle continue à attendre maman. Elle en parle presque tout le temps.” »

Le cri de douleur de Mamah attira Frank qui se trouvait au salon. Après avoir lu l'article, il déclara : « Ils ont tout inventé. Une cruauté pareille est inconcevable, ils ont mis ces mots dans la bouche de John.

— Comment le sais-tu ?

— John ne parle pas comme ça. »

Elle leva sur lui un regard rempli de crainte. « C'est vrai, mais certains faits sont exacts. Le nom de Holmes School, par exemple. »

Mamah parcourut un paragraphe après l'autre. LES ENFANTS SE MOQUENT DES PETITS CHENEY. LES PETITS CHENEY CHOYÉS PAR LEUR TANTE. « Ils ont interviewé Lizzie, dit Mamah.

— Maintenant je suis sûr que c'est un tissu de mensonges, rétorqua Frank. Elle n'a jamais parlé à un seul journaliste.

— Lis ça. » Mamah lui indiqua un paragraphe, en deuxième page du journal. Son portrait y apparaissait une fois de plus, en plein milieu.

MAMAH ÉTAIT UNE ENFANT BRILLANTE

« Il n'y a vraiment rien à raconter, nous a déclaré Miss Borthwick. J'ai élevé ma sœur, je l'aime toujours ; je n'ai jamais pu m'en empêcher, pas plus que les autres, car la connaître, c'est l'aimer. J'ai l'intention d'être une mère pour ses enfants. Mr Cheney n'a jamais eu une parole contre son ex-femme, même quand il se confiait à ses amis les plus proches. S'il ne la condamne pas, pourquoi devrais-je le faire ?

« Dès sa plus tendre enfance, Mamah était une petite fille brillante qui maîtrisait trois langues à un âge où certains savent à peine construire une phrase correcte dans la leur. Grâce à mon emploi d'institutrice, j'ai financé ses études à Ann Arbor. »

Frank leva les yeux. « C'est vrai ?

— Oui », confirma Mamah en s'enfonçant les ongles dans la peau.

« Mamah a obtenu son diplôme de fin d'études avec mention. Ensuite, elle a travaillé dans une bibliothèque de Port Huron. On la considérait non seulement comme une femme brillante mais comme l'une des plus cultivées d'Amérique. Mamah était aussi une bibliothécaire efficace. C'est tout ce qu'il y a à en dire.

« Il ne me reste qu'à assumer le rôle de la femme, c'est-à-dire accomplir mon devoir envers les pauvres enfants de ma sœur malavisée : les chérir et m'occuper d'eux pour les aider à combler le vide laissé par l'absence de leur mère, dans leur existence comme dans celle de Mr Cheney. »

« Ce n'est pas d'elle, dit Frank. N'en lis pas plus. »

Quand il essaya de prendre le journal, Mamah s'en empara à son tour pour ne plus le lâcher. Pendant quelques instants, ce fut une lutte acharnée puis il céda. Il retourna au salon en soupirant, et la laissa lire et relire le terrible article.

Non, Lizzie ne parlait pas ainsi. Mais certains passages contenaient des informations connues d'elle et de quelques autres seulement. À savoir que Mamah parlait trois langues à la maternelle. Que Lizzie l'avait aidée à payer ses études de troisième cycle. Et les commentaires sur son érudition ; il ne manquait que la chute, ce que Lizzie avait coutume d'ajouter : « Alors, comment se fait-il que tu ne saches même pas où tu as posé tes lunettes ? »

Mamah se leva précipitamment et alla laver ses casseroles dans l'évier. Elle imaginait les moqueries qu'avaient endurées les enfants. Quelle torture était pire pour John que de voir sa mère présentée comme une traînée à la une des journaux ? Les camarades pouvaient se montrer très cruels dans la cour de l'école. Sa propre souffrance était quantité négligeable comparée à celles de John, de Martha et de Jessie.

À cet instant, si elle avait pu, elle aurait pris le fusil d'un des ouvriers pour aller abattre le journaliste qui était allé rouvrir les blessures de son fils.

Elle se rappela le jour où, pendant leurs vacances au Canada, elle avait essayé de lui expliquer le sens du mot divorce. Il s'était agité dans ses bras jusqu'à ce qu'elle le laisse aller jouer. C'était le problème avec les enfants. John avait hoché la tête et affirmé qu'il avait compris, mais cela ne voulait rien dire. *Il a neuf ans*, pensa-t-elle. *Il ne connaît que ce qu'il ressent au fond de lui, un terrible sentiment d'abandon. Qu'est-ce que le mot « divorce » peut réellement signifier pour un enfant de cet âge ? Pour Martha ?* L'image de la fillette qui attendait, espérait et continuait d'y croire était terrifiante pour Mamah. Comment Martha le supportait-elle ?

Mamah envisagea de sauter dans le prochain train pour Chicago et d'aller serrer ses enfants dans ses bras. Elle avait envie de répéter inlassablement à Martha et à Jessie que tout finirait par s'arranger. Elle avait désespérément besoin de sentir la chaleur de John, son corps fluet, de caresser ses cheveux et de lui dire qu'il représentait tout au monde et plus encore à ses yeux.

Elle s'approcha de la fenêtre de la cuisine et contempla l'allée. Elle était toute verglacée. La voiture ne démarrerait sans doute pas. Il faisait trop froid et le terrain était trop glissant pour essayer de parcourir une trop grande distance à cheval.

Et quand bien même elle irait à Oak Park, en admettant qu'elle trouve un moyen de s'y rendre, à qui cela rendrait-il service ?

À moi seule, pensa-t-elle.

À cet instant, une vérité nouvelle lui apparut. La plus grande preuve d'amour qu'elle pouvait leur donner était de les laisser tranquilles. Se précipiter à Oak Park ne servirait qu'à raviver leurs blessures, puisqu'une fois les retrouvailles terminées elle devrait repartir. Ce qu'il leur fallait à présent pour guérir, c'était rester éloignés d'elle et de ce tourbillon d'événements. Ils avaient besoin d'une vie de famille normale, de l'amour constant et de la sollicitude d'Edwin, de Louise et de Lizzie. Et d'Elinor Millor.

Mamah prit conscience de ce qu'elle avait perdu. Elle avait renoncé à son droit d'être celle que les enfants aimaient le plus. Les petits offices quotidiens, tous ces gestes d'amour qui la liaient à ses enfants – lacer leurs chaussures, peigner leurs cheveux, leur raconter une histoire à l'heure du coucher – ne relevaient plus de ses prérogatives. Comment osait-elle chercher auprès d'eux l'affection qui la réconfortait tant, jadis ? Entretenir la nostalgie d'une mère qu'ils ne voyaient que rarement, à cause de choix qu'elle avait faits, serait les condamner à une vie de souffrance.

Son devoir était de leur accorder un peu de tranquillité pour qu'ils s'habituent peu à peu à l'idée qu'elle ne reviendrait pas à la maison. Elle ne leur imposerait pas sa présence physique. Aller les voir maintenant, si elle y parvenait, entraînerait une nouvelle intrusion de la presse dans leur existence.

Au lieu de cela, elle pouvait leur écrire et leur dire tout son amour. Elle pouvait leur demander pardon et tenter une fois de plus de leur expliquer la situation. Les mots couchés sur le papier duraient plus longtemps que les paroles glissées à l'oreille d'un enfant. Pourvu qu'ils comprennent un jour, pria-t-elle, quand ils seront grands.

40

Mamah était assise dans son bureau, la nouvelle traduction du *Livre de Taliesin* sur les genoux. Elle l'avait commandé quelques mois plus tôt pour l'offrir à Frank le jour de Noël. Il n'était arrivé que la veille et le 25 décembre était un souvenir douloureux auquel elle préférait ne plus penser.

Février était là et pourtant elle avait l'impression qu'ils pansaient encore leurs plaies. Frank avait vu juste. À la suite des articles publiés dans les journaux, les clients, comme les chantiers potentiels, s'étaient réduits à la portion congrue. Depuis décembre, il avait passé beaucoup de temps à écrire à ceux dont les projets se trouvaient sur sa table à dessin pour les convaincre de ne pas lui tourner le dos.

Frank lui avait laissé entrevoir un désespoir tel qu'elle ne lui en avait jamais connu. Au plus fort de l'offensive médiatique, il avait même craint de périr sous les coups des attaques. À la fin de décembre, il avait souscrit une assurance-vie de cinquante mille dollars et désigné Mamah comme bénéficiaire. Il lui avait dit que c'était simplement pour la protéger, mais cela cachait quelque chose, un profond sentiment d'échec qui faisait pendant à sa foi en son destin d'artiste.

Mamah lut un passage du poème.

J'étais un héros dans la tourmente ;
J'étais un immense courant qui dévale les pentes ;
J'étais un navire sur les flots dévastateurs ;
J'étais un captif sur la croix…

Il ne ferait qu'assombrir l'humeur de Frank. Mamah referma le volume et le posa sur sa bibliothèque. Elle devait se montrer prudente. Elle le lui offrirait peut-être dans un ou deux mois. Pour l'instant, cela risquait de l'enfoncer encore plus dans sa dépression.

« Je ne peux pas rester assis là à dessiner indéfiniment, répétait-il au cours de ces longues journées de février. Il y a des bouches à nourrir. » Il sortait casser du bois jusqu'à ce qu'il n'ait plus la force de lever les bras et finissait par rentrer, toujours furieux.

Il avait besoin de bâtir, disait-il, en entassant de nouvelles bûches dans le salon avec fracas. Sinon, il n'était plus rien. Il avait besoin de partenaires, de clients qui financeraient le matériel nécessaire à son art et fourniraient leur personnalité et leurs rêves, matières premières de son inspiration. Voir disparaître cette clientèle signifiait bien plus qu'une perte de revenus. La mort d'une dynamique essentielle. Il continuerait à dessiner ; comment aurait-il pu s'en empêcher ? Mais construire, travailler en interaction avec un lieu et ses matériaux, prendre de nouvelles décisions en cours de route qui donnaient corps et vie à l'espace…

Il serait très regrettable que le monde décide de ne pas recevoir ce que j'ai à offrir. Mamah était hantée par la déclaration qu'il avait faite aux journalistes.

Le soir, il ruminait à haute voix devant le feu, comparait le degré de loyauté d'anciens clients. Darwin Martin. Les Little. Les Coonley. Des gens qui avaient eu le courage de rêver avec Frank par le passé. Ils représentaient plus que de l'argent à ses yeux. Ils étaient ses véritables fidèles, ceux qui avaient cru ou croyaient encore en lui. Désormais, au cours de ces sombres soirées, il faisait le compte de ses amis et de ses ennemis.

« J'aurais dû suivre mon instinct », lui confia Mamah un soir. Le chien était couché à ses pieds, au coin de la cheminée.

« Je préférerais que tu évites de faire ça », dit Frank quand il vit qu'elle avait apporté des restes du dîner et glissait des morceaux de bœuf dans la gueule de l'animal. « Il a son écuelle.

— Je m'en veux. »

Frank balaya cet aveu d'un geste de la main. « Tu ne croyais pas à l'intuition féminine, si je me souviens bien. »

C'était exact. Cette expression l'agaçait : comme si les femmes n'avaient pas recours à l'intelligence et à l'expérience – à l'instar des hommes – pour prendre des décisions avisées. Edwin lui-même lui avait reproché de trop cogiter. Mais il lui arrivait parfois d'écouter simplement son instinct. Cette fois-ci, elle regrettait de ne pas avoir suivi ses conseils : fermer la porte à clé et ne parler à personne. Elle avait encouragé Frank à ouvrir son cœur aux journalistes puis l'avait vu s'adonner à un petit jeu pervers avec la presse. Une fois engagé sur cette pente, il avait semblé incapable de se retenir. Au bout du compte, c'est lui qui avait été tourné en ridicule, plus qu'elle.

On ne pouvait plus rien y changer. Ce mois de janvier avait été un cauchemar qu'elle voulait oublier. Il n'avait eu qu'une conséquence positive mineure : à son retour d'Oak Park, Anna avait élu domicile chez sa fille Jennie plutôt que chez Frank et Mamah.

« Que se passe-t-il au cabinet ? s'enquit Mamah.

— Eh bien, Sherman m'a laissé tomber. Il continue le chantier Glencoe. Il me reste quelques collaborateurs fidèles. Fred expédie ma monographie aux libraires qui l'ont commandée, mais cela prend beaucoup de temps. » Fred était son chef de bureau. Mamah se demanda comment Frank arrivait à payer le loyer d'Orchestra Hall, sans parler du salaire du jeune architecte et de toutes ses autres obligations financières.

« Et les enfants ? » lui demanda-t-elle. Il n'en avait pas parlé depuis son retour.

« Ils me détestent encore un peu. »

Elle le soupçonnait de se rationner : il ne devait s'accorder que de courts moments en leur compagnie ou pour penser à eux. C'était ainsi qu'elle arrivait au bout de chaque journée. Sortir les lettres de John et de Martha de son secrétaire chaque fois qu'elle en avait envie était trop dangereux. Si elle cédait à cette tentation, elle serait à ramasser à la petite cuiller.

« Quand dois-tu les voir ?

— Tout dépend de ce que tu entends par "voir". D'ici à une semaine, j'aurai peut-être l'occasion d'aller leur rendre visite. » Il n'en dit pas plus.

« Oui ? » Sa main alla rejoindre celle de Frank sur l'accoudoir.

« Mais parfois… le soir, quand il fait nuit… je prends le train jusqu'à Oak Park. »

Elle attendit en écoutant le bois humide siffler dans l'âtre.

« Les lumières sont toujours allumées et, si je m'avance sur la terrasse, je les vois par les fenêtres. Llewellyn et Frances sont deux petits fous. La plupart du temps, ils courent partout. Parfois je reste simplement là, à les regarder. » Il secoua la tête et se tut.

Derrière la fenêtre de son bureau, le ciel de février était gris perle. Rien ne bougeait. Même l'herbe flétrie qui pointait dans la neige avait cessé de frissonner dans le vent. Elle se ratatinait, gelée sur pied par la dernière tempête de pluie verglaçante. Mamah chaussa ses lunettes pour scruter le paysage. Où étaient les lièvres qu'elle avait aperçus par dizaines au printemps dernier ? En train de rêver dans leurs terriers, sans doute.

De sa table de travail, elle avait une vue dégagée sur le sud et l'ouest ; elle pouvait suivre les allées et venues de chacun. Aujourd'hui, il n'y avait que les ouvriers ou des membres de la famille de Jennie. Mais il était toujours utile d'avoir une perspective dégagée sur les environs. Mamah repensa aux maisons qui se dressaient comme des forteresses sur les collines autour de Sienne, en des recoins stratégiques qui permettaient de voir approcher l'ennemi.

Frank s'était-il douté qu'ils seraient assiégés à Hillside ? Avait-il conçu Taliesin comme une sorte de citadelle ? L'idée semblait en totale contradiction avec son ouverture sur l'extérieur. Un an plus tôt, quand il était arrivé à Berlin si enthousiaste à l'idée de bâtir Taliesin, il avait déjà compris une chose qui échappait encore à Mamah. Il avait reçu en pleine figure la haine implacable que lui vouaient certaines personnes. Voilà pourquoi il avait tant insisté pour commencer sans tarder à construire la maison. Il n'avait pas pu anticiper les tortures qu'ils avaient endurées ces deux derniers mois, même s'il s'y était préparé.

En tout cas, nous avons chaud maintenant, pensa-t-elle. Cela représentait un progrès considérable. Un don du ciel, à vrai dire. Les gens tenaient la chaleur pour acquise jusqu'au jour où elle leur faisait brusquement défaut. De quoi avait-on besoin pour survivre ? De nourriture. D'eau. D'un abri. Et de chaleur en hiver. Ces choses toutes simples aidaient Frank et Mamah à panser leurs blessures.

Il y avait les livres aussi. En janvier, Frank avait embauché Josiah pour fabriquer des bibliothèques destinées au bureau de Mamah. Le jeune homme était employé sur un autre chantier, mais il était venu travailler à Taliesin le soir et les week-ends jusqu'à ce que les étagères soient terminées. Elle avait pu déballer ses livres, les épousseter et les ranger par thème et par auteur sur les magnifiques étagères neuves tout en pensant aux volumes qu'elle pourrait acheter lorsqu'elle aurait un peu d'argent. Elle disposa ses journaux intimes côte à côte sur une rangée : des carnets remplis de pensées et de citations, et de petits papiers sur lesquels elle avait noté d'autres pensées et d'autres citations. Au cours des six derniers mois, elle avait à peine eu le temps d'ouvrir les magazines auxquels elle était abonnée et qu'elle avait fait envoyer chez Jennie. Ils étaient désormais empilés en bon ordre dans un panier : six mois de réflexion sur la condition féminine et de fiction, qui attendaient qu'on les déguste comme des chocolats de luxe.

Ils étaient pratiquement à cours d'argent. Mais le plaisir de s'asseoir au milieu des livres au dos imprimé de lettres d'or, en compagnie de George Eliot, Ibsen, Shakespeare, Platon, Emerson, Freud et Emma Goldman était réconfortant.

Frank trouvait son apaisement ailleurs. Quand il n'était pas à Chicago, il restait avec elle à Taliesin, où ses pensées vagabondaient quelque part dans la campagne de Kyoto, sur les ponts et les montagnes enneigées des paysages d'Hiroshige. Il allait dans la chambre forte, en sortait les estampes pour les examiner dans son atelier, en se levant de temps à autre pour remonter son gramophone et écouter les structures musicales limpides de Mozart ou de Bach. Les estampes et la musique soulageaient bien mieux ses nerfs que les médicaments.

« Tu devrais écrire sur l'art japonais », lui suggéra-t-elle un soir. Une fois de plus, ils étaient assis devant la cheminée. Il avait jeté son dévolu sur un fauteuil à larges accoudoirs plats dessiné par William Morris ; celui de Mamah était de proportions plus modestes, le dossier et les bras rembourrés et recouverts de velours pourpre. « Tu es devenu un expert en la matière, poursuivit-elle. C'est l'occasion d'en faire profiter les autres. Tu n'en auras peut-être plus jamais le temps. »

Il frotta la barbe naissante qui lui hérissait le menton en réfléchissant. De profil, son visage rappelait à Mamah un beau buste de Beethoven : le nez et les lèvres bien dessinés, un front de penseur et la longue chevelure rejetée en arrière. Depuis huit ans qu'elle le connaissait, il avait embelli et ses cheveux grisonnants lui conféraient de plus en plus d'ascendant et de dignité.

« Tu me répètes que tu perdrais de l'argent en revendant ces estampes maintenant, que tu dois les conserver quelque temps pour que l'opération soit rentable, reprit-elle. Eh bien, je vois un autre moyen de les valoriser. Le Japon fait fureur. Pourquoi n'écrirais-tu pas un livre didactique sur l'estampe japonaise ? »

En moins d'une heure, il s'était lancé dans ce nouveau projet.

Une fois bien installée et organisée, Mamah s'était elle aussi remise au travail. Au mois de novembre, Ellen avait joint à sa désagréable lettre deux essais à traduire.

Mamah avait commencé par *Missbrauchte Frauenkraft* ou « Du mauvais usage du travail féminin ». Ellen l'avait publié en Suède dix-sept ans plus tôt, en 1895. Mamah n'en avait guère entendu parler. Au bout de quelques pages de traduction, elle se sentit de plus en plus mal à l'aise.

Ellen y soutenait que les femmes devaient consacrer leur énergie à élever leurs enfants et que les suffragettes avaient tort de s'obstiner à obtenir le droit de travailler et l'égalité des salaires, alors que la maternité constituait leur vocation légitime. La femme qui cherchait à occuper des emplois d'homme désertait son poste, à la maison, près du berceau où sa mission consistait à façonner l'humanité. Il valait bien mieux, expliquait Ellen, que les émancipatrices s'emploient à promouvoir et à revaloriser le « métier de mère ».

Ce n'était pas la première fois que Mamah rencontrait cet argument. Ellen y recourait également dans *De l'amour et de l'éthique*. Mais il n'y occupait pas une place centrale.

« Elle tire à vue sur les suffragettes dans cet essai. » Debout devant le fourneau, Mamah faisait frire des oignons. Frank était assis à la table de la cuisine où il taillait la mine tendre de ses crayons à dessin en pointes parfaites.

« C'est drôle, reprit Mamah, je me rappelle que, le jour où j'ai rencontré Else au Café des Westens, une de ses amies – une certaine Hedwig – avait parlé d'Ellen comme de "l'absurde prophétesse du Mouvement des femmes". Cela m'avait déconcertée sur le moment, mais il se passait tellement de choses ce soir-là…

« Environ un mois plus tard, je suis tombée sur Hedwig. Je suis allée m'asseoir à sa table et je lui ai demandé ce qu'elle avait voulu dire. Elle m'a expliqué que, dans toute l'Europe, on portait Ellen aux nues comme l'apôtre du nouvel ordre moral, mais que les suffragettes la détestaient à cause d'un événement qui remontait à 1896. À l'occasion d'un congrès féministe, elle aurait fait un discours où elle s'en serait prise à l'ensemble du mouvement suffragiste : elle estimait que ses militants plaçaient l'égalité des salaires et le vote au-dessus du rôle de mère, qu'elle considérait comme le seul véritable emploi légitime des femmes. Cette allocution aurait eu des répercussions dans toute l'Europe. Ellen avait énormément de disciples, mais ses propos auraient détourné beaucoup d'entre elles de la lutte pour le droit de vote. D'après Hedwig, elle aurait fait prendre dix ans de retard à ce combat en Allemagne.

— Ellen Key ? » Frank leva des yeux incrédules sur Mamah.

« Oui. Je pense que, lorsqu'elle est venue à Berlin apporter son soutien aux suffragettes quelques années plus tard, le mal était fait. Le mouvement essaie encore de se remettre du schisme qu'elle a causé.

« Et voici le plus intéressant : ce fameux discours qu'elle a prononcé en 1896 n'est autre que *Missbrauchte Frauenkraft*. Le document que j'ai actuellement sur mon bureau. L'essai qu'elle souhaite me voir traduire et faire connaître aux Américaines.

— Et, si tu le diffuses, tu crains qu'il n'affaiblisse le Mouvement des femmes ici aussi.

— Absolument. Je n'ai qu'une envie, le jeter au feu, mais de toute évidence elle veut que je le révèle au grand public. Ce qui ne laisse pas de m'étonner, c'est qu'elle croit encore à ces idées en 1912.

— Les gens ont des œillères.

— Mais c'est en totale contradiction avec tout ce qu'elle a écrit sur la liberté personnelle ! Ellen est très écoutée aujourd'hui. Voilà ce que je voulais t'expliquer. Les femmes lisent ses livres maintenant.

— Vraiment ? Ça, c'est une nouvelle ! Comment le sais-tu ?

— Je l'ai lu dans un ou deux articles de magazines. Incroyable, n'est-ce pas ? Ellen Key est très en vogue. Toutes sortes de gens n'ont que ce nom à la bouche, depuis qu'elle s'est opposée à Charlotte Perkins Gilman dans le débat sur le travail et la maternité. Gilman a toujours soutenu que les femmes devaient prendre part à la vie active. C'est une porte-parole très en vue du mouvement suffragiste et depuis très longtemps. Mais, du jour au lendemain, Ellen Key est devenue la coqueluche des gens de lettres.

— Grâce à nous ?

— On dirait bien. Sinon, comment la connaîtraient-ils ?

— Dans ce cas, pourquoi ses livres se vendent-ils si mal ? J'ai grassement payé Ralph Seymour pour leur publication et je n'ai pas reçu un seul centime en retour.

— Eh bien, peut-être que les gens n'ont pas acheté *La Moralité au féminin* ou *De l'amour et de l'éthique* en masse. Mais les collaborateurs des magazines, si. En tout cas, les idées d'Ellen commencent à être diffusées. C'était notre but initial, et voilà, elles se propagent.

— Je crois que ça mérite un toast.

— Je fêterais volontiers cette nouvelle si je n'étais pas atterrée par l'essai que je traduis.

— Tu n'es pas obligée d'être d'accord avec tout ce qu'elle écrit.

— Non. Mais je suis perplexe. Ellen est entrée dans ma vie à une époque où j'étais au fond du gouffre et elle m'a lancé une bouée. Depuis, je ne rêve que de faire lire ses livres aux Américaines. Mais cet essai…

c'est l'eugénisme romantique d'Ellen dans toute sa splendeur. Elle dépeint des femmes qui, dans cent ans, seront pleinement épanouies dans leur rôle de pondeuses, de mères poules d'une race supérieure et qui n'aspireront à rien d'autre. J'aurais presque honte d'envoyer ces lignes à quelqu'un. »

Frank soupira. « Mais Ellen Key n'est pas Mamah Borthwick. Et Mamah Borthwick n'est pas Ellen Key. Tu es sa traductrice. Tu peux décider de prendre ou de refuser ce travail mais tu ne peux pas la censurer. Comme je le dis souvent, laissons la vie décider de l'avenir. »

Mamah secoua la tête. « Je ne sais pas. Quelle ironie ! Ellen Key n'a jamais été mariée et n'a pas eu d'enfant, mais elle s'arroge le droit de disserter sur la maternité. C'est assez arrogant !

— Et l'arrogance est un vilain défaut. » Un sourire narquois sur les lèvres, Franck se mit à tailler un autre crayon.

« Imagine un peu toutes les prérogatives dont jouit Ellen en tant qu'intellectuelle reconnue. Elle dîne en compagnie de chefs d'État. Elle entretient une correspondance avec les personnalités en vue des quatre coins du monde. Pourtant elle pleure sa malchance en amour parce qu'elle n'a pas pu avoir d'enfant. Je n'arrive pas à y croire ! Elle a une brillante carrière à son actif, une carrière qu'elle n'aurait pas eue si elle avait été le genre de mère à plein-temps qu'elle porte aux nues.

— On dirait presque que tu lui en veux. »

Ce soir-là, allongée dans son lit, Mamah se demanda comment elle avait pu faire la sourde oreille quand Hedwig l'avait mise en garde contre Ellen. Elle avait écouté son récit et l'avait rangé dans un coin de sa mémoire. Sa propre réaction la mettait mal à l'aise.

La remarque de Frank sur son statut de traductrice l'avait également ébranlée. Avait-elle confondu sa propre identité avec celle d'Ellen ? La philosophe avait une très forte personnalité. Son esprit était une hache acérée et bien aiguisée. Il ne serait pas facile de discuter avec elle des dégâts que pouvait causer cet article aux États-Unis, au moment même où les diverses factions du Mouvement des femmes oubliaient leurs différences et se fédéraient dans leur combat pour le suffrage. Avant de rencontrer Frank, pendant des années, Mamah avait été une fervente militante de ce mouvement. Elle se demanda ce qu'il était advenu de cette jeune femme engagée.

Le lendemain matin, elle retourna dans son bureau et referma la version suédoise du *Mauvais usage du travail féminin*. Peut-être le traduirait-elle, bien à contrecœur. Peut-être même dirait-elle à Ellen qu'aucun rédacteur en chef n'en voulait. Elle scruta sa bibliothèque à la recherche d'un endroit où ranger le livret, qu'elle finit par glisser sur le côté – ce qui était toujours mieux que de l'oublier dans un tiroir.

Dehors, le soleil avait fait disparaître les nuages gris. Entre les stalactites qui étincelaient comme des cristaux ruisselants, le ciel était d'un bleu limpide. Mamah crut apercevoir une forme blanche se déplacer entre les herbes gelées du champ. Un lièvre, sans doute, à la recherche d'un fragment d'écorce, de brindilles ou de bourgeons sur les branches. Frank lui avait dit que ces animaux devenaient tout blancs en hiver, un camouflage contre les prédateurs. Mais ils étaient sortis, poussés par la faim.

Mamah prit ses jumelles sur l'étagère, enfila ses bottes et son manteau et se hâta de sortir dans la neige.

Elle longea l'allée verglacée à petits pas, presque en patinant, et ne se retourna qu'une fois : la frange de stalactites de Taliesin scintillait. Oh, que c'était bon de se retrouver en plein air ! Quand elle rentrerait, elle emmènerait Frank dehors voir le « front lumineux » de la maison resplendir au soleil.

Elle se dirigea vers le champ où la pellicule de glace se brisa sous ses pas et s'enfonça dans la neige jusqu'aux genoux. Elle poursuivit sa route, tête baissée, les jumelles autour du cou. Quand elle releva les yeux pour s'orienter, le soleil inonda son visage. Le temps que ses pupilles se contractent dans la lumière aveuglante, elle ne vit que des ondes blanches. En regardant derrière elle, elle ne distingua aucune forme précise. Rien de distinct, nulle part. Elle ne voyait même pas ses pieds. *Quelle imbécile tu fais !* pensa-t-elle en éclatant de rire. *Dans la neige jusqu'aux genoux et complètement éblouie.*

Elle ferma les yeux et attendit.

41

Vers la fin du mois d'avril, le printemps bourgeonna sur les branches encore engourdies et la verdure pointa dans la boue. De minuscules poings verts se déplièrent. Mamah espéra contre tout espoir que cette saison durerait au lieu de reprendre ses senteurs et de se retirer.

Les catalogues de semences étaient parvenus en février. Quand les quelques paquets qu'elle en avait acheté arrivèrent dans la boîte aux lettres à la mi-mars, Mamah les planta dans des pots à café qu'elle aligna derrière les fenêtres de son bureau, orientées au sud.

Tout au long des mois de février et de mars, chaque fois que Frank et elle se retrouvaient, ils discutaient de leurs projets de jardinage. Frank consultait ses propres catalogues qui offraient diverses variétés de pruniers et de pommiers. « Tu vois cette pomme “Transparente Jaune” ? lui demanda-t-il un jour. Nous l'appelions “la pomme des moissons” quand j'étais petit, parce qu'elle mûrit au moment où l'on bat le blé. » Une fois lancé, il lui racontait les tartes que préparaient ses tantes à cette époque de l'année et les ouvriers saisonniers qui les mangeaient.

Mamah avait déjà connu cette fièvre printanière. Même dans sa pension berlinoise, sans la moindre parcelle de terre, elle s'était amusée à imaginer quelle plante elle ferait pousser si elle ne devait en choisir qu'une. Elle s'était décidée pour une pivoine japonaise qu'elle avait vue dans un livre, une variété à fleurs blanches, d'une beauté renversante, au parfum divin.

À présent, ces rêves d'horticulture pouvaient se réaliser à une échelle colossale, sur une quinzaine d'hectares qui comprenaient aussi un verger et des vignes. Il y avait également le jardin en terrasses qui s'étageait à flanc de colline : Frank y avait fait bâtir un muret circulaire en grès calcaire autour de deux chênes majestueux et aménager un coin pour le thé. Par ailleurs, des parterres avaient été plantés tout autour de la maison.

Frank avait pris conseil auprès de son ami Jens Jensen au sujet du verger et de la vigne. Il s'était fié aux sélections de pommiers et de raisins suggérées par ce dernier et y avait ajouté ses variétés préférées. Quant à Mamah, elle avait ses propres sources, principalement la botaniste anglaise Gertrude Jekyll. Mamah connaissait bien le travail de Jensen, le paysagiste des « maisons de la prairie », et elle l'admirait. Cependant, les hautes herbes ne l'émouvaient pas autant que les roses. D'autres catalogues arrivèrent et Mamah s'enivra des descriptions des spécimens qui avaient reçu le premier prix à la foire du comté.

« Ces petits œillets tigrés ne sont-ils pas ravissants ? demanda-t-elle dans un moment d'abandon, en désignant une aquarelle sur la couverture d'un catalogue.

— Une bizarrerie de la nature, commenta Frank.

— Mais des roses trémières, ce serait joli sur les murs en stuc », suggéra-t-elle à tout hasard.

Il se mit à grincer des dents comme s'il avait marché dans des ronces. « Je n'aime pas ces plantations paysagères. »

Mamah s'agita sur sa chaise et tenta une autre tactique. « Je sais, mais en fait les roses trémières ont quelque chose d'architectural. Les plantes volumineuses structurent un jardin comme de magnifiques sculptures. Gertrude Jekyll y a souvent recours. »

Il ne répondit pas. Elle savait ce qu'il voulait : la végétation naturelle qui poussait dans la région. Dès le début, il avait déclaré que Taliesin devait avoir une certaine cohérence. Que les bois, les champs, le verger, le jardin et la maison devaient s'imbriquer harmonieusement pour former un tout.

« Ce n'est pas que je veuille du sumac partout, commença-t-il, mais…

— Mais chaque détail contribue à l'effet d'ensemble. Je sais. Tu ne crois pas que je l'ai compris après tout ce temps ?

— Ce sont des considérations esthétiques.

— Je n'ai aucun goût, c'est ça ? Je te rappelle que j'ai fait appel à tes services, autrefois. »

Il se passa la main dans les cheveux.

« Je pense que tu es effrayé à l'idée de ne pas tout contrôler. »

Il resta tout déconfit. « J'ai fait construire cette maison pour toi, Mamah.

— Alors n'oublie pas qui est ta cliente, mon cher. Une femme qui a visité l'Angleterre en été. Je ne vois pas pourquoi on ne pourrait pas avoir des fleurs et des herbages. » Elle se leva et le prit dans ses bras. « Faut-il vraiment que tout soit toujours parfait ? Ne peut-on pas s'amuser un peu ? N'ai-je pas droit à l'erreur dans mes expériences végétales ? »

Il s'autorisa à sourire. « Pas de rose, alors. Et limite le nombre d'espèces étrangères, d'accord ?

— Des fleurs rouges et jaunes seraient splendides.

— C'est toi la jardinière », dit-il en se dirigeant vers son atelier.

Mamah étudia la question des parterres sous tous les angles possibles. Elle observa l'ensoleillement de la colline sur laquelle était aménagé le coin pour le thé à différentes heures de la journée. Elle étudia les descriptions des catalogues en s'efforçant de mémoriser tous les détails : fleurs, feuillage et baies des diverses plantes. Elle reprit les plans d'ensemble de Taliesin qu'avait dessinés Frank et conçut ses propres schémas où fleurs et saisons se rencontraient pour créer des vagues de couleurs successives.

Ne sachant que choisir, elle finit par sélectionner les plantes qu'elle avait toujours préférées et d'autres, totalement inconnues. Elle opta pour des coquelicots de type phlox – douze pieds – à cause de leur couleur identique à celle du pavot orange ; puis elle se décida pour trois autres variétés de fleurs, inspirée par leurs noms autant que par leurs teintes, en espérant que la Fraülein G. von Lassburg mettrait bien en valeur le General von Heutsze. Elle commanda vingt pieds de roses rugosa, vingt seringas et dix viornes obiers, dont les fleurs formaient comme des boules de neige aussi grosses que des assiettes. De nombreuses variétés vinrent s'ajouter à cette sélection, à fleurs rouges et orange pour la plupart.

Mamah craignit d'avoir commandé trop de choses jusqu'au moment où elle découvrit la liste de Frank pour le verger. Deux cent quatre-vingt-cinq pommiers de douze variétés différentes, sans parler des vingt pruniers, des deux dizaines de poiriers, des trois cents plants de groseilliers et des deux cents mûriers. S'y ajoutaient cent soixante-quinze framboisiers, deux cents plants de raisins de Corinthe et autres cépages pour le vignoble. Mamah haussa les sourcils. « Un marin aviné doublé d'un grand amateur de tartes aurait-il rempli ce formulaire ?

— Il s'agit de poser les fondations de nos jardins, lui rappela-t-il, avec une note d'impatience dans la voix. C'est une garantie d'autonomie. De toute façon, Jensen achète tout ça à bas prix. Il s'agit d'arbrisseaux, et si on ne les plante pas maintenant… »

Il parcourut la sélection de Mamah et y ajouta vingt massifs de sumac.

Une après-midi, à la mi-mai, Frank lui annonça que les plants arriveraient dans un jour ou deux. Il avait loué deux camions pour les acheminer de la gare de Spring Green à Taliesin et ils auraient besoin d'aide pour les décharger.

« Il y a les deux fils de la ferme Barton, suggéra Josiah.

— Vous les connaissez ? demanda Mamah.

— C'est une famille bien, répondit-il. Les garçons vont à l'école jusqu'en milieu d'après-midi, mais je pourrais aller les chercher vers cette heure-ci pour commencer à creuser.

— Vous voulez bien organiser ça ?

— Oui, madame. » Josiah alla téléphoner dans la cuisine.

« Dites-leur que je passerai prendre les garçons demain, lui chuchota-t-elle pendant qu'il appelait les Barton.

— Je peux y aller.

— C'est gentil, Josiah, mais je m'en chargerai. »

Mamah avait observé la petite ferme chaque fois qu'elle avait emprunté la route de campagne. Elle ressemblait à toutes les autres fermettes de la région : une maison en bois blanchie à la chaux avec une meule de foin à l'avant, un brise-vent au nord et des champs de céréales qui jouxtaient la cour. Mamah se rappela la première fois où elle l'avait remarquée en particulier. En passant au volant de sa voiture, elle avait vu une toute petite fille perchée au sommet de la barrière blanche, qui tendait un bout de ficelle à un chat. Quelqu'un avait mis des peaux de lapins à sécher sur la clôture, à quelques mètres d'elle.

Mamah avait demandé à Josiah de dire explicitement qui elle était à Mrs Barton qui décrocha le téléphone. Si ses fils étaient disponibles pour aider aux travaux de plantation de Taliesin, Mamah Borthwick, qui résidait chez Mr Wright, passerait les chercher. Debout à côté de l'appareil, Mamah s'attendit à un refus poli.

« Ils seront prêts à trois heures », dit Josiah.

Mamah cessa de retenir son souffle. « Oh ! s'exclama-t-elle. Formidable ! »

« Ravie de vous rencontrer. » Une femme trapue mais plus jeune que Mamah vint ouvrir en s'essuyant les mains sur son tablier. « Dorothea Barton. Entrez donc. » Elle conduisit Mamah dans un minuscule salon où elle lui offrit deux gros bocaux de confiture de mûres ornés d'un ruban. « J'avais l'intention de passer vous souhaiter la bienvenue. »

Mamah resta plantée là, abasourdie par l'attitude amicale de la fermière.

« La grippe vous est pas tombée dessus à vous autres, cet hiver ? » enchaîna Mrs Barton.

C'est la presse qui nous est tombée dessus, eut envie de répondre Mamah. Mais cette femme n'était pas Mattie, Else ou Lizzie. « Non, Dieu merci », dit-elle simplement.

Pendant que Dorothea Barton sortait dans la cour appeler ses fils, Mamah regarda autour d'elle. Des assiettes en porcelaine dépareillées, à motifs bleus, disposées sur un présentoir au-dessus d'un buffet. Un antique portrait d'art qui représentait une famille d'antan. Un vieil orgue sur lequel on avait jeté un châle à franges. Un canapé de crin de cheval, noir et tout luisant. Une tenture brodée suspendue au-dessus de l'orgue : LA DILIGENCE EST MÈRE DE LA BONNE FORTUNE.

Dorothea revint, suivie de deux adolescents dégingandés qui se présentèrent comme Leo et Fred.

« Vous avez vu mon Emma en arrivant ? » La femme tenait une petite fille par la main. « Emma, dis ton âge à Mrs Borthwick.

— Six ans.

— Vous avez une fille qui a à peu près son âge, c'est ça ? demanda Dorothea à Mamah.

— Oui. » *Elle a lu l'histoire de Martha et de John dans les journaux*, pensa-t-elle. « Elle passera tout l'été ici. Je suis sûre qu'elle aimerait beaucoup faire ta connaissance », dit Mamah à la fillette.

En s'éloignant dans l'allée qui menait à la ferme, Mamah remarqua que les boutures de Dorothea Barton donnaient déjà de petites fleurs. À quelques pas de là, des treillis en forme d'arceaux soutenaient de magnifiques vignes. « Où avez-vous trouvé ces tuteurs ? demanda-t-elle aux garçons.

— C'est 'pa qui les fabrique avec des cerceaux, expliqua Leo. Il sait faire des tas de choses avec un tonneau. »

Dès qu'elle fut rentrée à Taliesin, elle partit à la recherche de Frank. Elle l'appela, mais il n'était pas à proximité de la maison. Elle enleva son manteau et retourna dans son bureau. Là, elle trouva ses pots à café et ses plants posés par terre. Elle resta perplexe quelques instants, puis elle comprit. Frank les avait certainement enlevés parce qu'ils se voyaient de l'extérieur. Ils encombraient les lignes des fenêtres et devaient le rendre fou depuis des semaines.

Elle se sentit blessée, un peu comme si on lui avait tapé sur les doigts, mais elle s'empressa d'oublier cet affront. Les températures étaient assez clémentes pour ne pas durcir les plants. Elle rassembla les pots en fer-blanc sur un plateau et les emporta dehors. Elle ne parlerait pas des cerceaux à Frank : il penserait qu'elle avait perdu l'esprit.

Le lendemain, quand le camion arriva avec les plantes, Mamah téléphona aux Barton. Samuel, leur père, les conduisit à Taliesin et descendit de voiture pour jeter un coup d'œil à la livraison. Il était grand, émacié et portait une moustache en brosse.

« Pourries », déclara-t-il tandis que ses fils commençaient à décharger les plantes vivaces. Les chrysanthèmes, les physostegias et les coréopsis étaient tous morts. Sur les soixante plants de phlox que Mamah avait commandés, seuls quatorze avaient survécu au voyage. Les Fraülein von Lassburg et les General von Heutsze avaient également péri. Les vingt rosiers étaient complètement flétris et inutilisables.

« Je ne peux plus rien faire pour vos fleurs, dit Samuel, mais, si on travaille assez vite, on pourra sauver les baies et les pommiers. Combien d'hommes vous avez ici ? »

Il y avait Josiah, Billy Weston et son fils, les deux jeunes Barton auxquels s'ajouterait Frank qui était allé à Madison acheter du matériel de construction. Mamah retourna dans la maison chercher le plan de la propriété dont les minuscules croix indiquaient l'emplacement des arbres ; ces derniers devaient s'aligner pour former un quadrillage de losanges sur les collines. Elle ne dit rien des paysages qui lui avaient inspiré ce motif : dans la vallée de l'Arno, au-dessous de Fiesole, des cyprès dessinaient des carrés à l'intérieur desquels poussaient d'autres arbres. Elle évita d'évoquer les champs ondoyants de l'Ombrie et les plantations ingénieusement aménagées en terrasses des Japonais.

Mamah à son côté, Samuel descendit dans les jardins en pente. Il s'arrêta à mi-chemin sur la colline, les mains dans ses poches arrière. « Vous voulez faire les choses en grand, pas vrai ? » commenta-t-il.

Une fois le camion complètement déchargé, Mamah et les ouvriers se retrouvèrent au milieu d'une forêt d'arbrisseaux. Elle fut soulagée de voir Frank arriver. Quant à lui, il sembla ravi de voir un voisin donner des instructions sur l'art et la manière de planter les arbres. Il n'aurait pas su lui-même qu'il fallait les tailler avant de les mettre en terre, comme Samuel Barton le rappelait à tous. Enfiévré par ses rêves d'autarcie, Frank avait vu trop grand pour Taliesin. Il n'avait pas anticipé la tâche herculéenne à laquelle ils devaient faire face à présent – mais il ne l'admettrait jamais. Il alla se changer et rejoignit les autres dans le champ.

Ils plantèrent les jeunes pousses pendant trois jours. Mamah fit appel à Lil qui vint préparer deux marmites de rôtis pour nourrir les travailleurs à leur retour. Pendant ce temps, elle se mit en devoir de repiquer les fleurs qui avaient survécu. Au matin du deuxième jour, Dorothea Barton arriva avec le reste de sa famille ; ils déchargèrent des caisses entières de plantes qu'elle avait prélevées dans son jardin. « Sam m'a raconté que vous aviez perdu certaines des vôtres, alors en voici quelques-unes pour les remplacer. Les pâquerettes viennent du jardin des Wilkins. C'est la ferme après la nôtre. Ah, si vous voyiez leur jardin ! Je vous y emmènerai quand il sera en fleurs. » Les femmes travaillèrent côte à côte en parlant jardinage et enfants.

« Vos fils sont de beaux jeunes hommes, Dorothea », dit Mamah.

Mrs Barton leva vers elle un visage radieux. « Merci », dit-elle.

À la fin de leur dernier jour de labeur, Dorothea et sa famille visitèrent la maison. Ils quittèrent leurs chaussures à l'entrée et passèrent d'une pièce à l'autre comme s'ils exploraient une étrange cathédrale. Dorothea parut déconcertée par les arrangements de pierres et de mousses de Frank, mais trouva le vase Ming qu'il avait rempli de branches de saules « mignon ».

Samuel ne fit aucun commentaire jusqu'à ce qu'il arrive devant la fenêtre de la chambre. « Elle est sacrément belle », déclara-t-il en admirant la vue.

Mamah crut qu'il parlait des parcelles qu'ils venaient de planter. Petits points de croix noirs sur un édredon rustique, les arbrisseaux étaient déjà gracieux et prometteurs. Quel panorama extraordinaire ils offriraient dans six ou sept ans, avec leurs nuages de fleurs !

Mais, quand elle vit qu'il avait les larmes aux yeux, elle comprit qu'il parlait de sa propre ferme. « Je ne l'ai jamais trouvée aussi jolie », s'émerveilla-t-il.

42

1913

Taylor Woolley sortit une esquisse d'un tube en carton et la déroula sur la table à dessin. Il en lissa les bords, posa une boîte de crayons d'un côté et retint les autres avec divers objets qu'il trouva dans l'atelier : une équerre en T, un vase. Emil Brodelle, le dessinateur qui travaillait à l'autre table, s'approcha pour y jeter un coup d'œil.

« La "villa de l'artiste", dit-il en lisant la vignette au bas de la feuille. Je l'ai vue dans le portfolio. »

Tous trois contemplèrent longuement le dessin.

« J'y reconnais Taliesin, reprit Emil. Sa façon d'épouser la colline. Ses jardins en terrasses. »

Quand ils furent seuls, Mamah sourit à Taylor. « Vous y avez pensé.

— C'est la première chose que j'ai mise dans mes bagages.

— Rien qu'en le regardant, je sens l'odeur des pins autour de Fiesole.

— L'Italie vous manque ?

— Oh, je regrette les moments que nous y avons passés. Mais j'adore Taliesin. N'est-ce pas drôle ? Moi qui n'avais aucune envie de venir dans le Wisconsin, je ne veux plus le quitter.

— Vous y avez pris racine ?

— De profondes racines, répondit-elle. Depuis notre retour du Japon, dès que je regarde autour de moi, je vois mille choses qui réclament mon attention. Mon jardin par exemple. Vous n'imaginez pas combien je suis heureuse d'avoir un endroit qui a besoin de moi. » Elle roula le dessin et le plaça dans l'étui. « Venez avec moi. Je vais le ranger dans la chambre forte et j'ai d'autres choses à vous montrer. »

Elle le conduisit dans le caveau en pierre où Frank conservait ses précieuses estampes japonaises. « Images du monde flottant », dit-elle avec un petit geste théâtral. Taylor resta bouche bée tandis qu'elle ouvrait un coffret après l'autre. Elle lui présenta des portraits hauts en couleur d'acteurs de kabuki, sabres tirés, de geishas au parasol et des vues du mont Fuji sous la neige.

« Mr Wright s'est établi marchand d'estampes, dit-elle.

— J'ai toujours su qu'il en était fou, mais…

— Plus que fou. Il se sent obligé de vous expliquer ce qu'elles signifient. Oh, il adore les soirées gravures ! Nous en ferons une tout à l'heure, rien que nous trois. Et il vous parlera de chacune en particulier. Jusqu'à ce que vous regrettiez d'avoir abordé le sujet !

— Ma parole, il y en a des milliers !

— Et ce ne sont que des restes. La plupart ont été expédiées à Boston.

— Mr Wright a parlé de certains collectionneurs.

— Oui, répondit Mamah en refermant la porte de la chambre forte. Les frères Spaulding de Boston. En fait, c'est grâce à eux que nous avons pu rester aussi longtemps au Japon. Ils ont donné carte blanche à Frank pour acheter tout ce qu'il voulait. » Elle s'abstint de divulguer la somme que les deux frères avaient confiée à Frank : vingt-cinq mille dollars. Ce chiffre paraîtrait insensé à un jeune homme qui avait toutes les peines du monde à gagner sa vie comme architecte. Taylor était venu aider son ancien patron à préparer des dessins pour une exposition et Mamah savait très bien qu'il ne gagnerait pas beaucoup d'argent pendant son séjour à Taliesin.

« Vous voulez faire une promenade autour de la maison en attendant Frank ? Son train arrive dans une heure et demie.

— C'est une excellente idée.

— C'était un coup de chance, raconta Mamah tandis qu'ils se dirigeaient vers les jardins. Nous avions déjà prévu d'aller au Japon en janvier pour que Frank puisse discuter de l'Hôtel Impérial avec les représentants du gouvernement. Mais vous connaissez cette partie de l'histoire, n'est-ce pas ?

— J'avais entendu dire qu'il était pressenti pour ce chantier. Une très grosse commande.

— Eh bien, ce n'est pas encore décidé, mais nous avons très bon espoir. Tout s'est bien passé de ce côté-là. Et cela ne pourrait pas arriver à un meilleur moment, si ça se concrétise. » Elle s'immobilisa un instant et regarda Taylor dans les yeux. « Je n'ai pas envie de vous mentir. Le fait est que Frank n'a pratiquement plus de travail. On dirait qu'il y a toujours un projet sur la table à dessin, mais quand il s'agit de commencer les travaux… » Sans rien dire, Taylor lui posa la main sur le coude. Ce jeune homme était l'employé de Frank ; elle ne devait pas lui parler de leurs finances.

« Bref, ces frères Spaulding ont entendu dire que Frank partait pour le Japon. Il avait déjà l'intention d'y chercher des estampes. Vous le connaissez. Mais, du jour au lendemain, il s'est retrouvé avec tout cet argent à dépenser en leur nom. Apparemment, Frank passe pour un expert dans ce domaine. Et pour un connaisseur qui sait les dénicher. » Elle lui lança un regard amusé par-dessus ses lunettes.

« Quelle aventure, hein ? » commenta Taylor, un sourire entendu sur les lèvres. À une ou deux occasions en Italie, il avait accompagné Frank dans ses coûteuses expéditions.

« Je me demandais toujours ce que le lendemain nous réservait, lui confia-t-elle. Nous bavardions avec un marchand d'art dans une boutique tout à fait respectable et l'instant d'après Frank s'enfonçait dans les sous-sols enfumés de l'appartement attenant à la boutique – pour une "descente", comme il dit – où s'entassaient des collections époustouflantes d'estampes *ukiyo-e*. Remarquez, elles n'étaient pas aussi impeccables que celles du rez-de-chaussée. Mais Frank se fiche des feuilles écornées ou tachées. Il ne voit que l'art et la géométrie des formes, c'est sans doute la raison pour laquelle il sait si bien choisir ces gravures. Il affirme qu'elles sont plus modernes que le modernisme. »

Ils s'assirent sur le muret circulaire qui délimitait le coin thé.

« Comment ça s'est passé ici ? » Taylor posa la question comme on parle de la pluie et du beau temps. Mais Mamah comprit qu'il pensait au désastre causé par la presse.

« Vous en avez entendu parler ? »

Il hocha la tête. « Seulement par un ami de Chicago.

Je n'ai rien lu personnellement. Les journaux n'en parlaient pas à Salt Lake City. »

Mamah soupira. « Merci, Taylor. » Elle lui tapota la main. « Les gens se sont montrés étonnamment charitables. Personne n'y fait la moindre allusion. Enfin, ceux qui nous adressent la parole.

— Et vous ? Comment allez-vous ?

— Très bien. J'essaie simplement de retrouver mes repères depuis notre retour.

— Vous traduisez toujours ?

— Pas pour l'instant. C'est une longue histoire.

— Et vos enfants, ils sont venus vous rendre visite ? »

Un grand sourire éclaira le visage de Mamah. « Oui. Je me suis fait un sang d'encre à cause du scandale dans les journaux. Mais ma fille Martha s'est tout de suite liée d'amitié avec une petite Emma de la ferme voisine, qui a un cousin du même âge que mon John. Tout s'est bien mieux passé que je ne l'aurais pensé. Vers la fin de l'été, ils s'étaient beaucoup attachés à Frank, je crois. Il les a emmenés faire des promenades à cheval, pêcher, et les a gâtés, bien sûr.

« Nous avons reçu énormément de visiteurs l'été dernier. Des gens qui apercevaient la maison depuis la route principale et venaient voir par curiosité. Et puis il y a eu des voyages organisés. Nous avons accueilli un groupe d'étudiants de l'école normale avec leurs professeurs. Et même une classe de catéchisme ! Incroyable, non ?

— C'est intéressant de voir que les gens s'adaptent à tout avec un peu de temps.

— Cela vaut aussi pour moi. Je me sens ici chez moi, Taylor.

— Que ferez-vous si vous devez retourner au Japon ? »

Elle s'agita sur le banc, pensive. « J'affronterai ce problème en temps voulu, je suppose. »

Ils lézardèrent au soleil en appréciant sa tiédeur en l'agréable compagnie l'un de l'autre. Au bout d'un moment, Taylor retourna installer ses affaires dans l'atelier et Mamah resta dans le jardin. C'était l'époque idéale de l'année dans le Wisconsin : la deuxième semaine de mai. Quand Frank et elle étaient revenus à Taliesin en avril, elle s'était grandement réjouie d'être rentrée à temps pour voir les premières pivoines pointer comme des asperges et humer le lilas fraîchement éclos. Presque tous les arbres fruitiers avaient survécu et ils étaient couverts de feuilles. La maison paraissait plus belle que jamais. Frank avait rapporté des vases, des paravents et de magnifiques kimonos en soie qu'il disposa avec art dans les différentes pièces. L'Extrême-Orient se laissa marier au Middle West américain sans l'ombre d'une protestation. L'histoire commune de Mamah et de Frank – la « maison de la prairie », l'Italie, le Japon et même un peu d'Allemagne – semblait imprégner chaque centimètre carré de Taliesin.

Certains des aspects les plus pénibles de cet endroit restaient bel et bien présents. Mamah ne pouvait pas regarder l'allée sans revoir les journalistes s'approcher de la maison. La mère de Frank, qui avait vidé sa chambre à leur retour du Japon, affichait une mine renfrognée et adressait à peine la parole à Mamah quand celle-ci allait rendre visite à Jennie. Il n'empêche, Mamah s'était réjouie de revoir la sœur de Frank, une amie aussi douce et enjouée qu'elle pouvait l'espérer. Elle était aussi revenue enchantée à la perspective d'accueillir ses enfants à Taliesin quelques semaines plus tard et de retrouver le petit cercle d'amis qui commençait à se former.

Elle avait également du travail si elle décidait de le mener à bien. *Frauenbewegung*, le « Mouvement des femmes », l'attendait. Elle n'avait rien traduit pour Ellen pendant son séjour au Japon. Elle avait quitté les États-Unis très en colère contre la philosophe. Au début du mois de janvier, ils étaient prêts à partir pour la Californie, d'où leur bateau appareillerait pour le Japon. Quand ils apprirent que les frères Spaulding souhaitaient rencontrer Frank avant son départ, un petit voyage sur la côte est fut organisé. Ils passèrent presque toute la semaine à Boston mais, à la demande de Mamah, ils se rendirent à New York pour affronter Mr Huebsch, l'homme qui avait publié la traduction piratée de *De l'amour et de l'éthique*. Si Mamah souhaitait régler ce conflit, c'était certes pour le principe mais également pour des raisons pratiques. Le public de cet ouvrage était trop restreint pour que deux versions paraissent sur le marché. Celle de Huebsch expliquait certainement les ventes limitées de sa propre traduction. Frank l'avait encouragée à tirer l'affaire au clair.

Quelle n'avait pas été sa déception lorsqu'elle avait mis la main sur Huebsch, l'homme qu'elle avait tant diabolisé ! Il avait produit un chèque d'Ellen Key, preuve qu'elle l'avait non seulement autorisé à publier son livre, mais payé pour cela.

Inutile de se voiler la face : Ellen lui avait tout simplement menti. Plus déconcertante encore fut une remarque de l'assistant servile de l'éditeur, alors que Mamah et Frank s'apprêtaient à prendre congé. « Sans vouloir vous offenser, Mrs Borthwick, dit l'employé d'une maigreur ascétique – la ceinture de son pantalon lui remontait jusqu'à la poitrine –, mon homologue chez Putman affirme qu'Ellen Key préfère nos traductions de ses œuvres à toute autre. Et les représentants de Putman à Londres partagent cet avis.

— Pauvre ver de terre ! avait répliqué Frank, écumant de rage. Espèce de minable…

— Allons-y », dit Mamah qui se dirigea vers la porte en le tirant par le bras.

Ils avaient pris le premier train pour Spring Green et avaient rapidement refait leurs bagages avant de repartir en Californie dès le lendemain matin. Très affectée, Mamah avait emporté les deux versions anglaises de *De l'amour et de l'éthique* pour les lire pendant le voyage. En fait, elle eut tout le loisir de les étudier car ils ratèrent le bateau pour le Japon et durent attendre deux semaines de plus en Californie. Frank et elle en profitèrent pour comparer les deux traductions ligne à ligne. Mamah fut forcée d'admettre que le texte publié par Huebsch était meilleur par endroits, mais elle estimait l'avoir surpassé dans le rendu d'autres passages. Pour finir, elle laissa les deux livres sur le secrétaire de leur chambre d'hôtel et embarqua, bien décidée à ne plus penser à Ellen Key pendant les six prochains mois.

Elle avait presque réussi à l'oublier. Chaque jour de leur traversée fut consacré à Frank qu'il fallait distraire de son terrible mal de mer. Mais, dès qu'il posa les pieds sur la terre ferme à Tokyo, il fut accaparé par ses réunions avec des représentants du gouvernement et, à ses heures perdues, par la quête d'estampes.

Il avait un guide tout à fait remarquable en la personne de Hiromichi Shugio, un homme d'affaires aux manières exquises formé à Oxford, qui avait des relations dans toutes les couches de la société japonaise, des plus hauts dignitaires aux humbles artisans. Au bout d'un certain temps, Mamah cessa de les accompagner dans les quartiers commerçants, surtout après la tombée de la nuit. Elle n'aimait pas voir le regard vitreux de Frank lorsqu'il s'arrêtait, échangeait quelques mots avec Shugio sur le perron d'une boutique et y faisait une descente, manifestement aussi excité qu'un renard devant un poulailler. De toute façon, la présence de Mamah compliquait les transactions. En tant que femme occidentale et bien habillée, elle imposait une certaine dignité à ces messieurs. « Vous ne pourrez pas marchander si je suis là, dit-elle à ses compagnons après quelques expéditions. Il vaut mieux que vous y alliez seuls. »

Sans elle, Frank était libre de s'affubler d'un des costumes qui, estimait-il, l'aidaient à se faire passer pour… Pour quoi ? Un artiste ? Certainement pas un homme du cru. Aucun de ceux qu'elle avait vus dans les rues de Tokyo ne se promenait en culotte courte et bouffante, fermée par des boutons, et coiffé du large béret à la hollandaise que lui avait confectionné un tailleur de la ville. Où avait-il trouvé des chaussures avec d'aussi hauts talons en bois ? Elles le grandissaient mais, dans leur genre, elles étaient aussi extravagantes que celles des geishas dans les salons de thé. À voir son accoutrement, elle se sentait gênée et inexplicablement agacée alors qu'elle l'aurait trouvé charmant autrefois.

Les dernières tractations auxquelles elle avait assisté avaient achevé de la dégoûter du commerce. Ils étaient descendus dans un sous-sol et attendaient un marchand qui était allé chercher ses estampes dans une arrière-salle quand Frank aperçut un grand vase très à son goût sur une table le long du mur. Il s'en était approché et lui avait donné un petit coup avec la canne en bambou qu'il avait trouvée à Tokyo. Il manqua de le faire tomber. « Combien en voulez-vous ? » avait-il demandé à l'épouse du boutiquier horrifiée qui regardait le vase vaciller avant de s'immobiliser. Elle avait baissé la tête et murmuré quelque chose. « Il n'est pas à vendre, avait traduit Shugio. Il appartient à sa famille depuis plusieurs générations. »

Les artifices de la négociation qui s'ensuivit avaient mis Mamah encore plus mal à l'aise. Frank avait joué les offensés lorsque le vendeur avait annoncé son prix. Le pauvre vieux était allé s'entretenir avec sa femme au fond de la pièce. Frank s'était employé à s'attirer ses bonnes grâces à force de cajoleries et de petites plaisanteries que Shugio rendait avec finesse en gommant ses maladresses. Ils étaient repartis avec des estampes qui ne leur avaient quasiment rien coûté, comparé à ce que les frères Spaulding en donneraient à Frank. Ces pratiques de mercenaires avaient laissé un goût amer à Mamah.

« Les Japonais ne considèrent pas ces gravures comme du grand art », lui avait un jour assuré Frank, alors qu'il s'apprêtait à envoyer un nouveau télégramme aux Spaulding pour leur réclamer plus d'argent. « C'est l'art du commun des mortels. Le marchand n'a pas l'impression de faire un sacrifice. À vrai dire, c'est lui qui croit profiter de moi. »

Malgré le malaise que faisaient naître en elle ces expéditions nocturnes, Mamah ne pouvait s'empêcher de rire quand il revenait de si bonne humeur, avec toutes sortes d'anecdotes étonnantes. Il ne rentra qu'une seule fois extrêmement inquiet. Il avait été suivi jusqu'à l'hôtel par un homme à l'air menaçant qui semblait attendre le bon moment pour passer à l'attaque.

À l'évidence, le bruit avait couru qu'un acheteur farfelu sillonnait Tokyo avec de l'argent plein les poches. Shugio et Frank avaient voulu le faire savoir aux marchands d'art, mais les pickpockets avaient eu vent de leur présence, eux aussi. Après cela, Mamah ne fut rassurée que lorsqu'il était bien à l'abri, sain et sauf, dans leur chambre.

« Quand retrouverai-je enfin mon architecte ? » lui demanda-t-elle doucement, un soir qu'il était rentré les mains vides et d'humeur chagrine.

Lorsqu'il lui répondit, tout son corps exprima sa déception : « Toi qui es si brillante, comment peux-tu refuser de comprendre cette facette de ma personnalité ? Cela me pèse énormément. » Il s'essuya les lèvres avec une serviette et recula sa chaise.

« Mais je comprends, simplement je… »

Frank balaya sa réponse d'un geste de la main. « C'est notre gagne-pain à l'heure qu'il est. Mais les choses rentreront bientôt dans l'ordre. J'estime avoir acheté presque toutes les plus belles estampes anciennes de ce pays. Elles deviennent de plus en plus difficiles à trouver. »

Passé les premières semaines, sans traduction pour occuper son esprit ni aucun autre but précis, Mamah se sentit partir à la dérive à Tokyo. Elle prit soin de cacher sa mélancolie à Frank. Elle n'avait pas envie de jouer les malheureuses Griselda comme l'avait fait Catherine lorsqu'elle avait accompagné Frank au Japon : sa femme avait passé des heures assise dans leur chambre d'hôtel à se demander quand il reviendrait. Dans les récits que Catherine lui avait faits de ses « déceptions », Mamah avait cru comprendre à demi-mot que Frank avait profité de ses absences pour s'aventurer dans le quartier des plaisirs. Y était-il retourné ? Était-il allé passer une après-midi entière dans les bras d'une femme au visage blafard et aux lèvres rouges ? Elle savait à quel point il adorait les estampes érotiques de geishas qu'il avait dénichées. Elle fut forcée d'admettre que c'était possible. Ces derniers temps, il était si préoccupé qu'il lui adressait à peine la parole.

« Partons à la campagne aujourd'hui, rien que toi et moi, lui proposa-t-elle un matin.

— Impossible, répondit-il. Shugio a trouvé quelqu'un…

— Frank. » Elle posa les mains sur ses épaules. « Un fossé se creuse entre nous. Je t'ai à peine vu ces deux dernières semaines. »

Il poussa un grognement exaspéré. « J'ai été obsédé par mes recherches, je l'avoue. Mais, Seigneur, j'ai dégoté de ces choses ! Il faut que tu sois patiente.

— J'essaie. »

Il lui massa les tempes du bout des doigts. « Que se passe-t-il là-dedans ? lui demanda-t-il.

— Je ne fais que broyer du noir, j'en ai peur. » Elle s'efforça de garder un ton léger.

« Par exemple ?

— Oh, Frank, je n'arrête pas de penser à tout ce que j'ai raté. À commencer par ce qu'ils ont dit de ma traduction, chez Huebsch…

— Tu vas croire ces sornettes ? Si tu as des doutes, pose tout de suite la question à Ellen.

— Et puis…

— Oui ?

— Je songe à tout le temps que j'aurai passé loin des enfants à la fin de ce voyage. Six mois, c'est beaucoup trop long.

— Mais à combien de visites aurais-tu eu droit ces six derniers mois ? À quelques week-ends.

— Je n'arrête pas de penser à Martha.

— Oui, eh bien ?

— Tu sais, quand je suis passée à Chicago juste avant notre départ pour l'Orient ? Enfin, pour la Californie.

— Oui ?

— Eh bien, le dimanche matin, une fois levée et habillée, au moment de descendre rejoindre Edwin dans le hall, impossible de retrouver mes chaussures. J'ai cherché partout dans la chambre et j'ai fini par les découvrir dans la salle de bains, derrière un radiateur. C'est Martha qui les avait cachées. » Les yeux de Mamah se remplirent de larmes. « Elle ne voulait pas que je m'en aille. Et moi, je suis partie. »

Frank la prit dans ses bras pour la bercer.

« Je sais, reprit-elle, et les larmes se mirent à couler. Je t'avais dit que les enfants avaient besoin de ne plus me voir pour aller mieux. Mais je n'arrête pas d'imaginer ce qui se passera si tu décroches ce contrat au Japon. Si je reviens ici avec toi et que je reste loin d'eux pendant une année entière. Pourront-ils supporter une telle séparation ? Je ne suis pas sûre d'en être capable moi-même !

— Ne nous emballons pas ! Bon, écoute. Ce soir, je rentrerai tôt et nous organiserons un petit voyage à Kyoto. Tu vas adorer cette ville.

— Ce que j'essaie de te dire est une bonne nouvelle, Frank. Je me sens chez moi à Taliesin maintenant. Après tant de mois et d'années à me demander où aller, où j'avais envie de vivre, je ne pense plus qu'à retourner là-bas.

— Patience, dit-il en lui posant un baiser sur le front. Les estampes nous feront vivre en attendant l'Hôtel Impérial. Ce sera un chantier à sept millions de dollars. Quatre ou cinq cent mille dollars d'honoraires pour l'architecte. Alors, qui veux-tu voir décrocher ce contrat ?

— Toi, dit-elle, bien sûr. »

43

« Organisons un pique-nique avant le départ de Taylor », avait proposé Frank ce matin-là.

Depuis leur retour du Japon, il parlait d'aller pêcher dans la rivière. Mamah sourit en le voyant marcher devant, en grande conversation avec ses deux jeunes dessinateurs qui buvaient ses paroles.

Quand il finit par trouver un endroit à son goût, ils étalèrent les couvertures et enlevèrent leurs chaussures. Mamah sortit le fromage et les saucisses et distribua les quatre assiettes.

Frank ôta ses chaussettes. « Alors, que s'est-il passé dans le milieu de l'architecture américaine en mon absence, messieurs ? demanda-t-il. Dites-moi qu'il y a eu une révolution de palais ! »

Mamah écouta d'une oreille distraite les noms qu'ils évoquaient et les constructions qu'ils décrivaient. C'était l'une des plus belles journées qu'elle avait connues dans le Wisconsin. Des nuages bas couraient dans le ciel, au-dessus des collines, la lumière intermittente qui éclairait les herbages verdoyants rappelait celle d'un projecteur. Elle s'allongea sur le côté et ferma les yeux, plus attentive aux intonations qu'au contenu de la conversation. Elle remarqua le ton respectueux qu'adoptaient Taylor et Emil avec Frank et comme ils riaient de ses plaisanteries. Elle n'avait pas besoin de le voir, elle savait qu'il était heureux. C'était cette scène qu'il avait imaginée en Italie quand il lui avait expliqué comment il formerait de jeunes architectes. Pas de salles de classe, rien que sa table à dessiner. Et les pique-niques. Il avait oublié les pique-niques !

Un soir au Japon, la trahison de quelques-uns de ses collaborateurs l'avait profondément abattu. Dans un accès de colère, il avait déclaré qu'il ne recourrait plus jamais aux services de ses anciens dessinateurs. À compter de ce jour, il n'embaucherait plus que des Allemands et des Autrichiens, des jeunes gens capables de supporter les contraintes de l'apprentissage. Mais Taylor était bel et bien là : l'exception qui confirme la règle, pensa-t-elle. Tout comme Emil Brodelle, un jeune homme de Milwaukee sans aucune ascendance germanique, soupçonnait Mamah.

Mais ce public suffisait à Frank. Bientôt, on n'entendit plus que sa voix qui discourait sans fin d'architecture européenne, japonaise et américaine. Mamah remarqua que, lorsque ses compagnons glissaient quelques mots dans la conversation, il les écoutait à peine. Pas plus qu'il ne riait de leurs traits d'humour. Il suivait d'une oreille distraite et semblait préparer sa prochaine boutade.

Profitant d'une pause dans la conversation, Emil se lança : « Que pensez-vous de la victoire de Walter Griffin au concours organisé pour dessiner les plans de Canberra ? J'ai entendu dire qu'il s'était déjà installé en Australie avec Marion Mahony. C'est pas rien, ça ! Concevoir la capitale d'un pays ! »

Mamah ouvrit les yeux et croisa le regard de Taylor. Frank savait que Marion avait épousé Walter Griffin. Elle jeta un coup d'œil de son côté : s'il avait entendu, il n'en laissa rien paraître. Il beurrait un morceau de pain.

Le silence se prolongea et Emil s'agita, mal à l'aise. « Ils ont tous les deux travaillé pour vous, dans le temps, pas vrai, m'sieur ? »

Frank mastiqua pensivement son pain. « Griffin s'est formé dans mon atelier pendant quelque temps ; depuis il plagie mon style. Quant à Marion, c'était plus une illustratrice qu'une architecte. »

Mamah s'offusqua de ces propos. Les griefs contre Griffin n'avaient rien de nouveau. Mais elle fut peinée de l'entendre dénigrer injustement Marion. Elle était tout de même titulaire d'un diplôme d'architecture du MIT. Elle avait secondé Frank au cabinet d'Oak Park quasiment depuis le début. À vrai dire, c'est le dessin de présentation de Marion, avec ses feuillages luxuriants et ses troncs d'arbres, qui avait convaincu Mamah et Edwin d'embaucher Frank.

« Frank ! intervint Mamah avec douceur. Allons, Frank. Tu sais très bien qu'elle était ton bras droit. Marion est une architecte à part entière. »

Frank se tourna vers la rivière. Il se leva et alla chercher sa canne à pêche. « Qui attrapera le premier poisson, les gars ? »

Ils allèrent s'asseoir côte à côte au bord de l'eau et lancèrent leurs lignes. Au bout de dix ou quinze minutes, des cris de joie et des acclamations se firent entendre. Frank avait une prise.

À la maison, en entrant dans la cuisine, Mamah le trouva devant le plan de travail, occupé à vider son poisson-spatule. Quand elle s'approcha de lui, il s'interrompit. Il se figea, son couteau effilé en suspens au-dessus du cadavre humide jusqu'à ce qu'instinctivement elle recule d'un pas. Il planta de nouveau sa lame dans le ventre renflé du poisson et finit de le nettoyer.

Mamah se sentit gagnée par la perplexité. L'espace d'un instant, il avait semblé furieux contre elle. Elle supposa qu'il lui en voulait de l'avoir contredit devant ses dessinateurs. Ce n'était pas la première fois qu'elle avait eu l'impression que son contact l'insupportait. Parfois, lorsque leurs pieds se rencontraient sous la table du dîner, il éloignait ostensiblement le sien en se déplaçant sur sa chaise comme pour lui dire : *Tu as bientôt fini ?*

Il semblait particulièrement sensible à l'espace et aux objets, comme les chauves-souris. Elle se rappela les nombreux soirs où, à peine attablé pour le dîner, il écartait l'argenterie d'un geste impatient. Mamah trouvait cette habitude grossière, presque insultante pour elle qui venait de dresser le couvert.

« Pourquoi fais-tu cela, lui avait-elle demandé un jour.

— Quoi donc ?

— Tu repousses ta vaisselle comme si tu étais en colère.

— J'ai horreur de ce fatras.

— L'argenterie, du fatras ?

— Oui, tant qu'elle ne me sert à rien. »

Ce soir-là, lovée en chien de fusil contre sa poitrine qui lui réchauffait le dos, elle décida qu'elle avait mal interprété son geste. Il avait simplement besoin de place pour s'affairer dans la cuisine. *Un petit défaut de plus à accepter*, pensa-t-elle. *À quoi bon vouloir le changer ? Autant essayer de modifier la couleur de ses yeux ou la forme de son nez.*

44

Le lendemain matin, Darby et Joan étaient déjà attelés quand Mamah sortit de la maison. Frank avait dû demander à Tom Brunker, l'homme à tout faire, de s'en charger la veille au soir car le chariot était prêt à partir.

« Il va p't être pleuvoir, dit Tom à Mamah en passant la main sur la hanche d'un des deux alezans. Z'avez l'intention de rester dehors longtemps ?

— Quelques heures. Je ne veux pas rater les premières fleurs cette année. J'ai entendu dire qu'il y en avait tout un tapis dans les bois près de la ferme des Paulson. »

Mamah prit les rênes et fit avancer les chevaux dans l'allée pour rejoindre la route. À la campagne, la floraison constituait un événement aussi important que la première d'une pièce de théâtre, en ville. Cela lui rappela le jour où, des années plus tôt, Mattie l'avait persuadée de prendre le petit train qui reliait Boulder au mont Ward. Les enfants et elle étaient revenus avec plusieurs bouquets de fleurs.

En arrivant à proximité du bois, Mamah aperçut une multitude de polygales roses. Elle descendit du chariot, s'approcha à pas lents et se pencha pour examiner les pétales en forme d'ailes et les douces petites fleurs qui pointaient entre les feuilles mortes et les bogues toutes cassantes d'un marron délavé par l'hiver. Elle n'en cueillerait aucune : elles étaient absolument parfaites là où elles se trouvaient. Mamah alla s'asseoir dans l'herbe et repensa à Mattie. Que dirait-elle de la tournure qu'avaient prise les événements ?

Un an plus tôt, Mamah avait écrit à Alden pour lui demander de ses nouvelles et savoir comment allaient les enfants. Elle n'avait pas reçu de réponse. Pour finir, une lettre de Lincoln, le frère de Mattie, était arrivée : c'est lui qui élevait son neveu et ses nièces. « Alden travaille dans une mine en Amérique du Sud, lui avait-il annoncé, en Colombie. »

Alden avait suivi l'exemple de tant d'autres veufs et confié ses enfants à un proche épaulé par une femme qui avait les reins solides. Mattie aurait-elle été déçue par son mari ? Longtemps après la mort de son amie, Mamah avait été hantée par sa voix, une voix qui la jugeait. Là, au milieu des fleurs, elle s'aperçut soudain qu'elle ne l'avait pas entendue depuis des années.

Mamah rentra à Taliesin sans se presser. Frank et Taylor avaient pris le train pour Chicago d'où le jeune dessinateur repartirait pour Salt Lake City. « Vous l'avez eue, votre villa », avait-il dit en la serrant dans ses bras pour prendre congé. Elle l'avait regardé s'éloigner, submergée par une vague de tristesse.

Elle n'avait aucune obligation sinon une brève entrevue dans la soirée : deux paroissiennes devaient venir lui rendre visite. Par l'entremise de Dorothea, Mamah avait proposé de donner des cours d'anglais aux filles de ferme suédoises et allemandes des environs. À sa surprise, les réponses avaient été positives.

En passant sous la porte cochère, Mamah vit un camion de livraison garé dans l'allée, derrière la maison.

Il ressemblait à celui dans lequel les plantes étaient arrivées, un an plus tôt, aussi pensa-t-elle tout d'abord que Frank avait commandé de nouveaux arbres sans lui en parler.

« Pourquoi ce camion ? demanda-t-elle à Billy qui se trouvait près du véhicule.

— Une livraison de Marshall Field's.

— Je ne suis pas au courant.

— Tout a été payé, apparemment. » Il lui tendit la facture. « Par Mr Wright.

— Qu'est-ce que c'est ?

— Des meubles. » Billy se dandinait, les yeux baissés. « J'espère que vous ne le prendrez pas mal, mais les livreurs ont suivi les instructions. Mr Wright leur avait fait un schéma pour qu'ils installent tout à la bonne place. »

Comment ça, tout ? pensa-t-elle. Elle entra dans le hall et se dirigea vers le salon. Un grand tapis de Chine occupait le centre de la pièce. Un autre avait été déroulé sous la table de la salle à manger entourée d'une, deux, trois… six chaises neuves. Et six autres, disposées ici et là. Un piano à queue miroitait dans un coin.

Billy était venu se poster derrière elle. « Vous voulez que je les mette par là-bas ? » suggéra-t-il en désignant un tas de neuf ou dix tapis de tailles diverses qu'on n'avait pas encore déroulés. « Leur place n'était pas indiquée sur le dessin. »

Mamah avait le visage en feu. « Non, Billy. Je vous remercie. Vous voulez bien demander à Tom de rentrer les chevaux ?

— Oui, madame.

— Et donnez-moi la facture, voulez-vous ? »

Il la lui tendit et sortit.

Le prix des meubles n'y figurait pas : c'était une

simple liste des marchandises expédiées. Frank ne reviendrait de Chicago que dans deux jours. Avant de partir, il avait évoqué – comme une possibilité, une simple possibilité ! – un gros contrat dont il devait discuter avec un contact. Une sorte de guinguette, un parc de loisirs, avait-il dit. Il pouvait se passer deux à trois jours avant son retour, cela dépendait de ses réunions.

Mamah s'approcha de la pile de tapis et déroula le plus petit. Tissé au Turkménistan, il était rouge et bleu avec un losange enchâssé dans un carré, un motif que Frank avait également utilisé. Elle savait la raison de son choix. Elle le roula à nouveau et ôta ses chaussures avant de marcher sur le tapis chinois. Elle savait également pourquoi il avait acheté celui-ci plutôt qu'un autre : pour son fond bleu indigo et ses bordures aux motifs ivoire représentant des grues et des vignes sinueuses.

Elle s'assit sur la banquette près de la fenêtre et regarda autour d'elle. Elle comprit ce qu'il avait imaginé en sélectionnant chaque meuble. Avec leur dossier en cuir rembourré, les chaises en chêne brut pouvaient servir à l'heure du dîner ou être déplacées pour asseoir de nombreuses personnes. Il y en avait douze, toutes identiques – quel luxe ! – et aussi parfaitement assorties à la salle à manger que si Frank les avait dessinées lui-même. Les tapis harmonisés avec les couleurs du kimono accroché au mur donnaient à cette pièce la profondeur qu'il recherchait.

Et le piano. Mamah voyait déjà Frank debout devant l'instrument, inspiré par la musique de Beethoven et de Mozart. Il avait dû se dire qu'il quitterait sa table à dessin pour jouer du Bach tout en réfléchissant à quelque problème d'architecture. Il avait dû imaginer des invités illustres – des musiciens en tournée venus se produire à Madison peut-être –, honorés de venir voir le légendaire architecte et sa demeure, déjà célèbre elle aussi ; ils s'assiéraient devant son magnifique Steinway et joueraient pour ces messieurs et ces dames en tenue de soirée qui, fascinés, prendraient la mesure de ces moments exceptionnels. Frank avait dû estimer qu'il avait parfaitement choisi chacun de ces objets.

Mamah imaginait le regard de Frank chez Marshall Field's tandis qu'il achetait meubles et tapis aussi vite que ses estampes japonaises. Un regard fiévreux, tout excité à l'idée de posséder les superbes objets qu'il avait trouvés.

Mais elle ne comprenait pas comment il les avait payés.

Une fine pluie d'été s'était mise à tomber. Elle ouvrit les fenêtres en grand pour aérer la salle à manger pleine des odeurs étranges des nouveaux meubles. Puis elle alla téléphoner aux deux paroissiennes avec lesquelles elle avait rendez-vous et annula en prétextant une indisposition. Impossible de les recevoir à Taliesin. Comment pourrait-elle y inviter des gens de la campagne qui vivaient dans des fermes exiguës ? Non, leur rencontre devrait avoir lieu chez l'une d'elles.

Quand on frappa à la porte, Mamah sursauta.

« Josiah ! s'exclama-t-elle en l'ouvrant. Je n'attendais personne. Quel plaisir de vous voir. Entrez. »

Le jeune homme traversa le hall et entra dans le salon. « Mrs Borthwick, la salua-t-il avec un signe de tête.

— Asseyez-vous. Il y a si longtemps que je ne vous ai vu. »

Josiah enleva son chapeau mais préféra rester debout. Il se tut un instant, commença par regarder le plafond et caressa le chambranle en chêne verni.

Elle sourit. « C'est magnifique, n'est-ce pas ? Vous avez fait du beau travail.

— Ça, on peut le dire. » Il pétrit les bords de son chapeau. « Mr Wright est par là ?

— Non. Il est à Chicago jusqu'à demain. De quoi avez-vous besoin ? Je peux peut-être vous aider. »

Josiah détourna le regard. C'est alors qu'il découvrit le nouveau piano. Il lâcha un sifflement admiratif. Elle remarqua qu'il oscillait légèrement et devina qu'il avait bu.

« Il me doit de l'argent, dit-il, pour la bibliothèque.

— Celle de mon bureau ?

— Oui, madame.

— Mais c'était il y a un an, Josiah.

— Plus d'un an.

— Vous êtes sûr ?

— Oh, tout ce qu'il y a de plus sûr. J'ai pas touché un sou.

— Vous lui en avez certainement parlé.

— Trois fois.

— Et qu'a-t-il dit ? »

Josiah grogna puis répondit : « Les deux premières fois, il a prétendu qu'il avait juste oublié. Mais, la troisième, il a dit que je devais considérer comme un privilège de travailler pour lui… Comment qu'il a dit déjà ? » Josiah fronça les sourcils et balaya la pièce du regard. « … d'ajouter ma créativité à Taliesin. Il a dit que ça devrait amplement me suffire. Et après, raconta-t-il en se mettant à rire, il m'a remercié pour ma contribution » !

Mamah sentit son estomac se nouer. « Je lui en parlerai dès son retour. Vous aurez votre argent, Josiah.

— Merci, madame. »

Cette nuit-là, elle se réveilla paniquée. Elle n'avait pas la moindre idée de l'état de leurs finances. Frank avait affirmé qu'ils étaient en fonds depuis leur voyage au Japon. Elle s'aperçut qu'elle doutait de sa parole.

Quelques mois plus tôt, elle lui avait préparé un livre de comptes pour l'atelier de Taliesin et pour les dépenses de la maison. Elle y avait consigné les sommes engagées pour les courses et pour le cabinet d'architecte. Mais Frank n'avait pas reçu beaucoup de commandes ; ensuite ils étaient partis six mois au Japon. Combien d'argent avaient-ils dépensé pour y vivre, sans parler des tissus et des œuvres d'art qu'ils y avaient achetés ? Elle ne le savait pas vraiment.

Allongée dans son lit, en essayant de calculer leurs revenus et leurs dépenses, elle ne put penser qu'au coût de tout ce qui l'entourait. Elle savait qu'il y avait un emprunt à rembourser à Darwin Martin pour Taliesin et une hypothèque sur la maison d'Oak Park ; les études supérieures de deux des enfants de Frank et tout ce dont avait besoin sa famille : chaussures, vêtements, nourriture, fournitures scolaires, visites chez le médecin ; le loyer de son cabinet à Orchestra Hall ; le salaire de son employé de bureau et celui d'Emil, qui travaillait sur place, sans compter les ouvriers de Taliesin. Elle trembla à l'idée que Billy et les autres n'avaient sans doute toujours pas reçu leur dû dans les délais. Mais seraient-ils encore là s'ils n'avaient pas été payés du tout ?

Il y avait aussi les expositions auxquelles participait Frank et dont les préparatifs coûtaient toujours de l'argent. Voilà ce à quoi il dépensait ses dollars ces temps-ci, en maquettes et dessins qui seraient présentés à l'Art Institute. Par ailleurs, elle le soupçonnait de verser une sorte de rente à sa mère. Et il parlait d'acheter quinze hectares de terrains supplémentaires à Jennie et à son mari pour agrandir Taliesin. La transaction avait-elle déjà eu lieu ? Mamah l'ignorait.

Venaient ensuite les largesses dont elle avait bénéficié : Frank avait financé la publication des trois premières traductions des livres d'Ellen et ils n'étaient jamais rentrés dans leurs frais. Il la nourrissait. Seigneur, tant de gens dépendaient de lui pour leur survie ! Sans oublier les animaux : chevaux et vaches. Mamah ne voulait même pas recenser toutes les bouches qu'il avait à nourrir.

Mais sur quels revenus pouvaient-ils compter ? La maison d'été des Little. Celle de Sherman Booth. Il y aurait peut-être une banque à Madison. À part les ventes d'estampes, c'était tout. Frank avait touché une commission sur ses achats, mais il avait partagé l'argent avec Shugio. Dans les télégrammes qu'il envoyait aux frères Spaulding pour demander des fonds, les montants évoqués ne cessaient de changer et Mamah avait supposé que sa rémunération était proportionnelle aux transactions menées pour eux. Combien Frank avait-il gagné au juste ? Elle n'avait pas voulu lui poser la question. Elle ignorait tant de choses de ses affaires. Il rencontrait des gens à son cabinet de Chicago, d'autres contacts venaient à Taliesin, en repartaient. Il empochait et déboursait aussi facilement les liasses de billets que le caissier d'une banque, mais sans la moindre comptabilité à la fin de la journée. Un jour, elle avait trouvé des chèques tout froissés rédigés quatre mois plus tôt et des billets oubliés dans le manteau d'hiver de Frank.

Elle regarda le réveil en cuivre sur sa table de chevet. Trois heures du matin. Elle se leva, drapa un châle par-dessus sa chemise de nuit et alla dans l'atelier.

Frank utilisait en guise de bureau une longue table recouverte d'un tissu. Les cartons où il rangeait son courrier et quelques dossiers au nom de ses clients et autres correspondants réguliers se trouvaient en dessous. Darwin Martin avait un carton à part. Mamah lut quelques-unes de ses lettres. La plupart étaient des réponses aux demandes de Frank qui sollicitait un prêt, souhaitait lui vendre une estampe ou lui proposait d'en accepter une comme caution pour un autre prêt. À sa surprise, Mamah constata que Martin capitulait presque chaque fois, mais elle fut également frappée par son ton condescendant et par la liberté avec laquelle il se permettait de conseiller ou de réprimander son client sur sa vie personnelle.

Pendant les trois heures suivantes, elle fouilla dans les boîtes en essayant d'y comprendre quelque chose. Pour un apôtre de l'harmonie, Frank laissait ses papiers dans un désordre proche du chaos, qui n'était pas sans rappeler les poches de ses pantalons. Dans un carton, glissé entre deux dossiers, elle trouva toutes ses reconnaissances de dettes des cinq dernières années, des chèques annulés, des lettres de ses enfants et de ses clients ainsi que des formulaires de demande de prêt qui semblaient officiels. Et des factures, encore des factures, toujours des factures. Une autre boîte contenait essentiellement celles de la scierie et du fournisseur de matériaux de construction. Mamah empila d'un côté les notes réglées et de l'autre celles qui ne l'étaient pas ou en partie seulement. Elle se mit à frissonner en voyant le tas des impayés grossir à vue d'œil. Certains remontaient à l'été où l'on avait creusé les fondations de Taliesin. La plupart portaient des inscriptions manuscrites de créanciers qui suppliaient Frank de les payer.

Les lettres les plus virulentes avaient été postées de

villes voisines. Elles contenaient les factures les plus anciennes : Richland Center, Spring Green. Une tendance se dégageait. Les dettes les plus récentes avaient été contractées à Mineral Point et à Madison. Mamah soupçonna Frank d'envoyer ses ouvriers s'approvisionner en bois de construction de plus en plus loin parce qu'il n'avait pas payé ses fournisseurs des villes voisines.

Quand elle prit la mesure de son endettement, elle en eut le souffle coupé. À l'idée qu'elle était aussi coupable que lui – elle qui vivait dans cette maison extraordinaire, voyageait à l'étranger, menait une existence privilégiée pendant que leurs bailleurs de fonds payaient les pots cassés –, elle eut envie de disparaître sous terre et, l'instant d'après, de casser quelque chose.

Frank creusait leur tombe : ils n'en ressortiraient jamais. Elle était surtout horrifiée à l'idée que la plupart des créanciers trahis étaient de ses amis. Dans un dossier qui portait le nom de SHUGIO, elle trouva une lettre assez récente du guide japonais qui réclamait plus d'argent et affirmait, en termes très courtois, avoir été lésé.

Si Frank était ici, pensa-t-elle, *je l'étranglerais de mes propres mains.*

Le vendredi matin, quand Billy arriva, Mamah alla à sa rencontre dans l'allée.

« Il y a quelque chose qui me tracasse, Billy, il faut que je vous en parle. »

Le charpentier, imperturbable d'ordinaire, eut l'air étonné.

« Vous achetez sans cesse du matériel pour Frank, n'est-ce pas ?

— Oui, madame.

— J'ai découvert des factures cette nuit, beaucoup de factures, pour du bois et des matériaux de construction. Il semble qu'elles n'aient pas été payées. Il faut me dire la vérité. Frank fait-il des dettes ? »

Billy pencha la tête sur le côté pour se masser les tendons du cou qu'il avait aussi solides et épais que des cordes. « Moi, il me paie toujours en temps et en heure.

— Je sais que vous savez, Billy. Je ne voulais pas vous mettre mal à l'aise, mais il est déjà trop tard. Alors dites-moi simplement oui ou non. Quand vous irez vous réapprovisionner, les fournisseurs vous feront-ils crédit ?

— Je ne peux pas vous répondre..., dit-il en relevant les yeux. Je ne suis qu'un employé. »

Ce soir-là, Mamah attendit Frank. Quand il partait pour Chicago, il laissait sa voiture à la gare de Spring Green. Il ne serait pas rentré à Taliesin avant sept heures. En général, le vendredi, elle laissait leur dîner au chaud dans le four. En hiver, avant de se mettre à table, ils s'asseyaient dans leurs fauteuils devant la cheminée pour échanger des nouvelles. En été, Mamah s'était mise à l'attendre dans le coin thé du jardin. Mais, ce soir-là, elle avait décidé de rester à l'intérieur. Elle s'installa sur la banquette, à la fenêtre du salon, et fuma cigarette sur cigarette.

Quand Frank franchit le seuil, il comprit la situation au premier coup d'œil.

« Je voulais être là quand tout ça arriverait, dit-il, mais ils ont catégoriquement refusé de me donner une date de livraison précise. » Il posa son porte-documents, se promena dans la pièce et alla examiner les tapis toujours roulés et le piano. Puis il s'immobilisa et la regarda. Il n'avait pas l'habitude de la voir fumer. Quand il s'approcha d'elle pour lui poser un baiser sur la tête comme il avait coutume de le faire à son retour, elle tendit la main pour l'arrêter.

Il recula. « Je sais ce que tu penses, mais j'ai réglé la note. Tout est payé. » Il fronça les sourcils. « Voilà deux ans que nous habitons ici. Il était temps d'acheter des tapis, tu ne crois pas ?

— Et un piano à queue ?

— Il me fallait un bon piano. Ça m'aide à travailler. » L'air soudain décontenancé, il lui montra le tapis de Chine. « Je pensais que tu l'adorerais. »

Mamah se leva, alla dans l'atelier de Frank et en revint avec une pleine poignée de factures impayées. Elle les jeta par terre puis se pencha pour en ramasser une. « Et si nous invitions Mr Howard Fuller à une petite fête ? Nous pourrions lui demander si le tapis lui plaît. Après tout, tu lui dois deux cents dollars. J'estime qu'il l'a en partie financé.

— Mamah…

— Comment peux-tu gâcher le peu de bonne volonté dont ces gens font preuve à notre égard ? Tu ne connais donc pas la honte ? »

Il se détourna. « Je m'expliquerai quand tu seras prête à discuter calmement. »

Mamah l'attrapa par l'épaule et l'obligea à se retourner avec une force qui les étonna l'un et l'autre. « Tu vas t'expliquer maintenant, dit-elle entre ses dents. Et tu vas tout arranger. Tout ! » Elle balaya le salon d'un grand geste. « Tu vas rendre tous ces meubles et tu rembourseras les gens à qui tu dois de l'argent. Tu vas leur demander pardon pour l'arrogance avec laquelle tu les as fait attendre. À commencer par Josiah. Tu m'as bien comprise ? »

Il la regardait, incrédule.

« C'est compris ? » cria-t-elle.

Il poussa un soupir et leva les mains. « Très bien.

— Catherine savait une chose que j'ignorais. Que tu n'honores pas tes dettes. Voilà pourquoi elle ne veut pas divorcer, n'est-ce pas ? Elle a peur, peur de ne plus toucher un seul sou dès que tu seras libre, hein ? »

Le silence de Frank augmenta sa colère.

« Comment oses-tu parler d'"architecture démocratique" ? Espèce d'hypocrite ! Tu n'as que mépris pour les petites gens et tu les floues dès que tu en as l'occasion. Je n'arrive pas à comprendre comment tu as pu escroquer Josiah après tout ce qu'il a fait pour nous. » Elle essuya une larme sur sa joue. « Enfin, je suppose que si. Tu es un homme à la sensibilité si raffinée ! Il te faut absolument de beaux objets. »

Mamah tourna les talons et partit dans la chambre. Elle s'allongea, le bras sur le visage. De gros sanglots la secouaient par vagues.

Au bout d'un moment, Frank vint à la porte. « Mame, supplia-t-il.

— Quelle erreur j'ai commise ! s'écria-t-elle. J'ai abandonné mes enfants pour un menteur.

— Je ne vois pas pourquoi…

— Sors d'ici ! Va dormir chez Jennie. Demain matin, je serai partie.

— Où iras-tu ?

— Je n'en sais rien. » Elle reposa son bras sur ses yeux.

« Je t'en prie, ne fais pas ça… »

Mais elle refusa de continuer à lui parler. Quand bien même il aurait passé toute la nuit planté là, elle n'aurait pas dit un mot de plus. Finalement, elle l'entendit longer le couloir d'un pas traînant et sortir de la maison.

Le lendemain matin, Mamah rangea quelques affaires dans un sac de voyage. Elle lui emprunterait la clé du local où il dormait quand il travaillait à Chicago. Elle s'aperçut soudain qu'elle n'avait nulle part où aller. Il ne lui restait plus un seul ami proche vers qui se tourner.

Quand elle entra dans le salon, il l'attendait, rasé de frais.

« On peut parler ? demanda-t-il.

— Dans la voiture. Tu n'as qu'à me conduire à la gare.

— Tu vas à Chicago ?

— Oui. Il me faut la clé de ton pied-à-terre. »

Frank conduisit lentement jusqu'à Spring Green. « Si je n'ai pas bien géré mes finances, dit-il, et si j'ai laissé d'autres payer les pots cassés, ce n'était pas à dessein.

— Pourquoi achètes-tu, si tu n'en as pas les moyens ? Cela te donne l'impression d'être important ? »

Il secoua tristement la tête. « Une sensation de plénitude.

— Oh, je t'en prie, Frank !

— Quand je trouve de beaux objets, j'ai l'impression qu'ils deviennent des accessoires indispensables à ma vie. Je ne supporte pas d'être entouré de vieilleries, elles troublent ma quiétude. Je préfère encore un espace nu. Nous habitons à Taliesin depuis deux ans ; quand j'ai vu ces chaises et ces tapis, je n'ai pas pu résister, il me les fallait, pour mon équilibre mental, Mamah. Peux-tu essayer de comprendre cela ? Ils sont les touches finales d'une œuvre d'art. »

Elle regarda par la fenêtre. « Où as-tu trouvé l'argent ? »

Frank poussa un grand soupir.

« Je veux la vérité.

— J'avais des arriérés de loyer à Orchestra Hall.

— Combien ?

— Mille cinq cents dollars. J'avais le créancier sur le dos et il y a environ dix jours, le shérif est venu me menacer de... » Frank se passa la main sur les lèvres. « Et figure-toi que William Spaulding est entré dans mon bureau à cet instant précis. Alors John – mon fils était là ce jour-là – a détourné l'attention du shérif pendant que je vendais une série de gravures à William.

— Combien t'en a-t-il donné ? »

Frank se tut et se racla la gorge.

« C'est ton unique chance de me raconter ce qui s'est passé, Frank. Si tu ne me dis pas tout, c'est terminé entre nous.

— Dix mille. Il m'en a donné dix mille dollars. Il s'agissait d'estampes rares.

— Et ensuite ?

— J'ai payé les mille cinq cents dollars que je devais au gérant d'Orchestra Hall. » Frank resta silencieux le temps de régler le rétroviseur. « Puis je suis sorti avec John. J'avais l'intention de rembourser d'autres dettes. Mais nous sommes allés farfouiller chez Lyon & Healy, juste pour voir. Et, sans même avoir eu le temps de m'en apercevoir, j'ai acheté les pianos.

— Il y a plus d'un piano ? »

La voix de Frank se mit à trembler. « J'en ai acheté trois. Deux d'entre eux sont fabriqués sur commande.

— Trois pianos à queue. » Elle se sentit gagnée par une effrayante envie de rire. « Tu as dépensé tout ce qu'il te restait chez Marshall Field's ?

— Oui. » Il se tut un moment. « Je n'ai pas eu l'occasion de t'en parler, mais je vais bientôt gagner beaucoup d'argent. On va me confier un gros chantier très urgent à Chicago. Un immense parc dédié à la musique, un peu comme ces guinguettes que nous avons vues à Berlin. Mais beaucoup plus grand. Midway Gardens. J'ai déjà commencé à y travailler.

— Tu as été payé ?

— Non, pas encore. »

Mamah continua à regarder par la fenêtre.

« Je sais, reprit-il, c'est de la folie. » Il secoua la tête. « Tu ne peux pas imaginer ce que c'est. Je me retiens, puis ce désir réprimé d'acheter reprend le dessus. Je ne m'attends pas à ce que tu comprennes, mais tout jaillit du même élan : le bon et le mauvais. Du besoin d'organiser les choses dans l'espace et de créer l'harmonie rassemblant des objets choisis. Que dire ? C'est un besoin insatiable…

— Une affection, le corrigea-t-elle. C'est une maladie, Frank. Tu ne peux pas invoquer ton talent comme excuse pour léser autrui. Je ne vois aucune harmonie dans le fait de ne pas payer son dû au marchand de bois pour t'offrir un piano à queue. Penses-tu que ton génie te dégage de tes responsabilités ? Tu es parfaitement maître de tes actes. »

Ils n'échangèrent plus une parole pendant le reste du trajet. À la gare, quand elle ouvrit la portière, il la retint par la main. « Cela n'arrivera plus jamais. »

Elle descendit de voiture. « Il ne s'agit pas que de tes dépenses. Tu as bien d'autres défauts. Et je ne suis pas sûre que tu sois capable de changer. » Elle referma la portière et tourna les talons.

« Mamah ! » lança-t-il tandis qu'elle s'éloignait. Elle entra dans la gare et n'entendit pas la suite.

45

Quand Mamah arriva à Chicago, elle acheta deux boîtes de bonbons à la gare, prit un taxi jusqu'au pied-à-terre de Cedar Street où elle laissa son sac de voyage, puis retourna dans le taxi qui l'attendait. « Au coin de Wabash et de Washington, s'il vous plaît », dit-elle.

Elle monta sur le quai du métro aérien pour se rendre à Oak Park en regardant les quartiers ouest de Chicago défiler par la fenêtre. La ville avait énormément changé depuis qu'elle avait emprunté cette ligne la dernière fois. Il y avait de nouveaux immeubles, des parterres magnifiques autour du jardin d'hiver de Garfield Park. Et quand le train atteignit les faubourgs, Mamah s'aperçut qu'Oak Park aussi s'était transformé. Les ormes et les chênes qui bordaient les rues étaient aussi beaux que dans son souvenir mais, partout, de nouvelles maisons étaient apparues entre les constructions plus anciennes. Elle regarda vers le nord, du côté de la prairie où chaque année au mois de juin elle avait emmené John cueillir des fraises et où elle s'était allongée, une nuit, sous la lune, avec Frank. Ces champs étaient désormais recouverts de toitures neuves.

D'un pas vif, Mamah se dirigea vers East Avenue en lançant des regards furtifs aux passants qu'elle croisait. Pendant quatre ans, elle avait redouté ce moment ; pourtant elle ne reconnut aucun visage familier. Autrefois, dès qu'elle sortait dans cette rue, quelqu'un la hélait.

En cette période de vacances d'été, Lizzie serait peut-être partie. Mamah s'arrêta devant la maison. Tout était exactement comme avant, même les jardins. Elle leva les yeux sur la fenêtre d'où les filles Belknap avaient dû la regarder faire l'amour avec Frank. Elle frissonna. La fenêtre était toujours condamnée. Le charpentier avait soigné son travail, ces planches attiraient pourtant le regard. Mamah s'empressa de baisser la tête, de crainte que Lulu Belknap ne soit en train de l'observer.

Elle poussa la grille, longea l'allée et contourna la maison. Quand elle toqua à la porte vitrée, aucune Lizzie ne vint répondre. Mamah put constater que sa sœur n'était pas dans l'appartement. À l'intérieur, rien n'avait changé. Elle rebroussa chemin, rassembla son courage et frappa à la porte à moustiquaire. L'instant d'après, une jolie blonde apparut.

Elinor Millor, la nouvelle Mrs Cheney, faillit tomber à la renverse. « Mamah ?

— Oui, c'est moi.

— Entrez, dit-elle en lui tenant la porte.

— Vous devez être Elinor.

— En effet. » L'épouse d'Edwin jouait nerveusement avec les petits plis de son col, l'air sidéré.

« Je ne veux pas vous importuner. J'étais simplement venue voir Lizzie et les enfants, s'ils sont là. Je sais que j'aurais dû vous téléphoner.

— Lizzie était ici il y a une demi-heure. Elle vit au rez-de-chaussée.

— Je sais.

— Oui, bien sûr. Où avais-je la tête ! » Elinor écarta les fines mèches de cheveux qui lui tombaient sur le front. « Les enfants ne sont pas là. Martha est avec son père. Ils sont allés au lac. John avait un match de baseball. Sur le terrain de l'école.

— Je vois.

— Je vais aller voir où est Lizzie. Asseyez-vous, je vous en prie. »

Mamah regarda autour d'elle. D'une propreté impeccable, le salon n'avait quasiment pas changé depuis son départ. On y avait apporté quelques touches de nouveauté. Une nappe en dentelle sur la table du coin salle à manger. Des rideaux à œillets devant les vitrines de la bibliothèque.

« Elle a dû aller à l'épicerie. Elle a dit qu'elle voulait y faire un saut tout à l'heure. Vous pouvez l'attendre. Cela ne pose aucun problème. En fait, je viens de faire de la citronnade.

— Merci. »

Quand Elinor revint, elle s'assit en face de Mamah devant la cheminée. Elle s'affaira avec les verres et les serviettes, et prit le temps après cela de boire une longue gorgée avant de prendre la parole : « Le jardin que vous avez planté est magnifique.

— Elinor, dit Mamah, c'est si gentil à vous de m'inviter. Lizzie et Edwin m'ont parlé de vous avec tant d'amour. Je voulais que vous sachiez combien j'apprécie votre attitude bienveillante envers mes enfants. »

Elinor secoua la tête. « Oh, non, je vous en prie. C'est si facile. Je les adore. » Les lèvres entrouvertes, elle sembla sur le point de dire autre chose, mais aucun son ne sortit de sa bouche. Un silence gêné s'ensuivit.

« J'ai apporté quelque chose pour John et Martha, reprit Mamah. Juste une petite attention : les gommes à mâcher qu'ils adorent. Je peux aller les poser sur leurs lits ? »

Si Elinor perça à jour cette ruse grossière pour aller

voir leurs chambres, elle n'en montra rien. « Bien sûr. Allez-y. »

Mamah commença par celle de John au bout du couloir. Elle entra et laissa le temps à ses yeux de s'accoutumer à la pénombre. La chambre avait changé. C'était celle d'un garçon de onze ans, avec des fanions de base-ball aux murs et un sac de vendeur de journaux accroché par la bandoulière au dossier de sa chaise. Aucune trace du petit train aux couleurs vives qui avait enchanté son enfance, ni des dizaines de cadeaux qu'elle lui avait envoyés d'Allemagne et d'Italie. Tandis qu'elle regardait autour d'elle, une brise tiède souleva les rideaux et découvrit une rangée de blocs de grès incrustés de fossiles sur le bord de la fenêtre. Elle les contempla, tout heureuse, la gorge nouée. Les quelques fossiles qu'ils avaient ramassés ensemble quand John avait six ans faisaient désormais partie d'une collection.

« El ! » C'est alors que Mamah entendit la voix de Lizzie qui appelait de l'extérieur. « Tu peux venir m'ouvrir, s'il te plaît ? J'ai des paquets plein les bras.

— J'arrive », répondit Elinor.

Avec le sentiment d'être une intruse, Mamah se dirigea en toute hâte vers la porte de Martha. Elle déposa la boîte de bonbons sur le couvre-lit à fanfreluches. La chambre de sa fille avait désormais un papier peint orné d'un motif à fleurs très gai. Il y avait des poupées partout.

Mamah en ressortit et longea le couloir jusqu'à la cuisine où Lizzie sortait les courses de deux grands sacs en papier. Quand cette dernière l'aperçut, son sourire s'effaça.

« Je vais t'aider », dit Mamah.

Elles sortirent de la maison et remontèrent East Avenue. « J'avais terriblement besoin de te voir, Liz. Il y a si longtemps que nous ne nous sommes pas parlé. » Sa sœur observa un silence taciturne. « Tu m'as tant manqué. »

Lizzie marchait lentement en évitant le regard de Mamah. Elle avait vieilli. Les années avaient limé les quelques rondeurs de son visage bien charpenté. Il était à présent tout osseux et anguleux.

« En fait, je suis venue te demander pardon pour tous les ennuis que je t'ai causés. Je te l'ai déjà dit, mais je ne le répéterai jamais assez. Je te bénis chaque jour d'avoir été là pour prendre soin des enfants. Je n'aurais jamais pu rester à Berlin sans ton aide.

— Je l'ai fait pour John et Martha, c'est tout. »

Mamah n'osait plus respirer. La mâchoire carrée de Lizzie, qui ressemblait tant à la sienne, était crispée.

« Tu crois que je ne sais pas combien ils ont souffert ?

— J'ignore ce que tu sais ou pas, aujourd'hui, Mamah.

— Je suis consciente de ce que tu as enduré, toi aussi, Liz. Toi toujours si digne et réservée. Je ne peux qu'imaginer le harcèlement auquel tu as été soumise. On ne nous a pas lâchés d'une semelle, nous non plus. Des reporters venaient nous épier par les fenêtres à Taliesin…

— Oh, vraiment ? » Le ton sarcastique de Lizzie la heurta de plein fouet.

« Je n'ai jamais voulu te faire porter un tel fardeau. Tu dois bien le savoir. Toute ma vie je t'ai aimée et admirée. Tu es ma seule véritable héroïne. Je te dois tout. »

Lizzie leva la main et arracha les feuilles d'un petit

rameau, sur un arbre. « Tu as toujours voulu accomplir quelque chose de grand. Quelque chose d'important.

— Est-ce un crime ? C'est toi-même qui m'as dit un jour que ce monde ne tolère pas l'ambition des femmes.

— Je n'ai jamais eu l'occasion de le savoir. Les miennes n'ont jamais semblé devoir se concrétiser. Tu étais partie à l'université quand mère est tombée malade, donc c'est Jessie et moi qui l'avons soignée. Et tu étais déjà mariée quand Jessie est morte. Ta vie était toute tracée. Soudain, il y avait une nièce à élever et ensuite… » Lizzie se tut. « Ensuite tu devais partir à la découverte de ta propre personnalité. » Elle se mit à arracher les feuilles par poignées. « Tu avais tout. Un mari fantastique qui t'adorait, de beaux enfants en bonne santé. La liberté. Aucun souci financier. Une gouvernante et une bonne. Tu n'avais pas besoin de travailler et Edwin n'exigeait jamais rien de toi. As-tu conscience de tout ce que tu as abandonné pour Frank Wright ? Le genre d'existence dont rêvent la plupart des femmes, y compris les féministes ! »

Elles continuèrent à marcher en silence. Mamah chercha désespérément un nouveau sujet de conversation. « Et pour Jessie, ça se passe bien avec sa famille paternelle ? finit-elle par demander.

— Jessie… s'adapte comme elle peut. J'ai pensé qu'il valait mieux qu'elle aille vivre chez eux, du moins pour l'instant. Elle n'est pas la fille d'Edwin. Quant à moi, je travaille toute la journée. Et maintenant que Louise n'est plus là…

— Comment ça ? »

Lizzie la regarda, interloquée. « Louise ne travaille plus chez nous. Je croyais que tu étais au courant. Elinor a estimé que nous n'avions plus besoin de ses services. Elle lui a donné son congé. »

Mamah retint son souffle. *Oh, Louise, tu dois être au désespoir !* pensa-t-elle. Comment cette femme avait-elle pu renvoyer la gouvernante ? Elle qui avait été une deuxième mère pour John depuis qu'il était bébé. Et pour Martha. « Où est-elle maintenant ?

— Elle est allée vivre chez son frère. Elle cherche une autre famille pour qui travailler. J'espère qu'elle trouvera, mais elle a cinquante et un ans. Elle sera peut-être obligée de vivre aux crochets de son frère. » Lizzie s'essuya le front avec un mouchoir. « Je vais finir par déménager moi aussi. Ils ne me l'ont pas demandé, mais Elinor a bien droit à son intimité. » Elles avaient fait le tour du pâté de maisons et se tenaient à présent devant la grille latérale. Lizzie plissa les yeux. « Qu'est-ce que tu veux de moi ? »

Mamah prit la main de sa sœur. « Je sais que c'est beaucoup demander, Lizzie, mais ne me repousse pas, s'il te plaît. Je t'en prie, pardonne-moi de ne pas avoir plus tenu compte de tes sentiments. » La main de Lizzie resta toute molle, fuyante, entre ses doigts.

Elinor apparut, souriante. « Eh bien, dit-elle, quelle journée magnifique ! Je l'avais à peine remarqué. »

Lorsqu'elle se détourna pour repartir, Mamah aperçut John qui rentrait à la maison ; tête baissée, il traversait les pelouses à grandes enjambées en remuant les lèvres comme s'il chantonnait pour lui-même. Il semblait encore plus grand qu'en avril lorsqu'elle l'avait revu à son retour du Japon. Quand il leva la tête et aperçut sa mère dans la cour, il ouvrit des yeux comme des soucoupes. Il s'arrêta net.

« Johnny ! » Mamah s'approcha de lui et l'attira vers elle ; tout raide, il se laissa gauchement serrer dans les bras. « J'ai failli te rater. Et si je t'emmenais manger une glace ? »

Le petit garçon eut l'air perdu. Mamah fut peinée de voir son regard passer de Lizzie à Elinor. Elle se retourna et les vit acquiescer.

« D'accord, dit John en lançant son gant de base-ball à Lizzie.

— Tu veux qu'on aille chez Petersen's ?

— Non, répondit-il en se dandinant. Ç'est trop loin. »

Il a honte, pensa Mamah. Ses camarades devaient se retrouver chez ce glacier.

« Il y a une épicerie qui vend des glaces, dit-il, c'est à deux pâtés de maisons. Tu la connais ?

— Oui. Allons-y. »

Ils longèrent la rue vers le sud. John vit Mamah lever les yeux vers la fenêtre des Belknap. « Ellis n'habite plus ici. Sa famille est partie s'installer dans le Wisconsin.

— Ça, par exemple !

— Ils m'ont invité à venir passer une semaine chez eux à Waukesha cet été. Papa a dit que je pourrai prendre le train de là-bas jusqu'à Spring Green pour venir te voir. » Son regard s'illumina. « Tout seul ! »

Mamah ne fut pas rassurée à cette idée. Mais elle ravala sa peur et s'efforça de prendre un ton enjoué. « Dis donc, comme un grand ! »

Elle jeta encore un coup d'œil à l'immense demeure victorienne, désormais débarrassée de son ennemie. Au cours des quatre années passées, chaque fois qu'elle pensait à Oak Park, elle entendait Lulu Belknap accompagner ses filles au piano dans la maison d'à côté, le dimanche soir, tandis qu'elles entonnaient « Jésus, mon Sauveur et mon Guide ». Comme c'était étrange de savoir que les Belknap étaient partis. Et que Louise n'était plus là.

« J'ai cru comprendre que tu es devenu un vrai collectionneur de fossiles, dit Mamah en effleurant le bras de John.

— Oui, oui », répondit-il, les yeux baissés. Il s'éloigna imperceptiblement d'elle sur le trottoir. « C'est tante Lizzie qui nous emmène en chercher. »

Mamah eut mal à la tête pendant tout le trajet du retour jusqu'à Chicago. La migraine s'était déclarée au moment où elle avait dit au revoir à John et l'avait regardé rentrer dans la maison. À cet instant, une colère informe l'avait envahie. Si bien qu'en montant dans le métro aérien, quand elle trouva une place, elle eut envie d'en marteler le siège, d'en voir le cuir se fendre sous ses coups.

Elle s'accouda à la fenêtre ouverte et cala son poing contre ses lèvres. En bas, sur une pelouse humide, des enfants en maillot de bain s'aspergeaient avec un tuyau d'arrosage.

Il y avait tant de choses auxquelles elle avait évité de penser. Mais, désormais, certaines images resteraient gravées dans sa mémoire.

Elinor Millor s'était glissée dans son ancienne vie comme dans une robe agréable à porter. Debout sur le perron de la véranda, elle donnait l'impression d'avoir toujours vécu dans cette maison. Tout en bavardant avec Lizzie, elle ébouriffa les cheveux de John qui filait à l'intérieur, suivi par le claquement de la porte à moustiquaire.

« Tu as toujours voulu accomplir quelque chose de grand. » Les paroles cinglantes de Lizzie résonnaient encore à ses oreilles. Sa sœur avait raison. Mamah avait toujours voulu marquer son temps, évoluer dans un monde plus vaste que Boone, Port Huron ou Oak Park.

Mais qu'avait-elle fait de toute cette ambition ? Elle

avait uni son destin à celui de deux personnalités colossales. Elle s'était consacrée tout entière à Frank Lloyd Wright et à Ellen Key dont l'œuvre n'aurait pas été moins importante s'ils ne l'avaient pas connue. Elle avait investi toute son âme dans la défense de la sacro-sainte liberté individuelle pendant que John et Martha s'éloignaient progressivement d'elle.

« Tu veux bien me parler ? » Frank était debout près du fauteuil où elle s'était assoupie.

Sa voix fit sursauter Mamah. À quelques détails près, elle venait de revivre l'après-midi qu'elle avait passée à Oak Park dans les moindres détails. Sauf que, dans son rêve, Catherine Wright la croisait dans la rue, la suivait partout comme un fantôme et se retrouvait assise en face d'elle dans le métropolitain.

Elle regarda autour d'elle et comprit qu'elle se trouvait dans le pied-à-terre de Chicago. « Depuis quand es-tu ici ?

— Je viens d'entrer. »

D'un regard, elle lui indiqua une chaise qu'il approcha pour s'asseoir en face d'elle.

« Je n'en ai pas pour longtemps ; je sais que tu es venue ici pour être seule. J'avais juste une chose à te dire. »

Sous ses paupières tombantes, les yeux de Frank étaient pleins de larmes. Elle hocha la tête.

« Je n'ai jamais été un ami fiable, pour personne. Je ne sais pas comment on fait. J'ai une déficience dans ce domaine. J'ai toujours cru pouvoir prendre ce que je voulais parce que je le méritais. Je considérais cela comme ma récompense. » Il baissa la tête et, pendant quelques instants, il appuya son pouce et son index sur ses paupières closes. « Pour tout le travail que j'avais fourni, pour ce que j'avais donné au monde. Et la vie a mis des personnes bonnes et indulgentes sur ma route, des gens qui m'ont pardonné mes erreurs et m'ont soutenu au lieu de me laisser faire la culbute quand il le fallait. C'est mon talent, vois-tu, qui pousse les gens à se montrer compréhensifs. » Il sourit tristement. « Je le sais bien. Contrairement à ce que tu penses, ma conscience me hante. Certaines nuits, en pensant à tout le mal que j'ai fait, je n'arrive pas à dormir. » Il secoua la tête. « Je regrette tout cela. Je suis désolé d'avoir trahi ton amitié. Surtout la tienne. »

Mamah le regarda, impassible.

Comme elle ne réagissait pas, il se leva. « Je vais essayer de mettre un peu d'ordre dans cette pagaille qui me tient lieu d'âme. Je comprendrais que tu ne veuilles plus jamais me revoir. Je ne peux pas te dire à quel point je regrette de t'avoir poussée à cette extrémité. »

On étouffait dans la pièce. Mamah sentait l'odeur d'un pamplemousse qui moisissait dans un bol, comme elle l'avait remarqué la veille au soir.

Elle poussa un soupir. « Aide-moi à me lever. » En lui tendant le bras, elle le trouva lourd comme du plomb. « J'ai besoin de prendre l'air. »

Ils allèrent se promener au bord du lac dont ils firent le tour par le nord en s'écartant parfois du chemin pour s'enfoncer dans le sable.

« Tu dois entendre certaines vérités, Frank. Pour être franche, je ne suis pas sûre que tu puisses éviter le pire. Tu t'es mis dans un beau pétrin. Nous sommes tous les deux dans l'impasse.

« En ce moment, j'ai l'impression que mon univers s'est considérablement rétréci. Et qu'il ne vaut plus grand-chose. J'ai commis la même erreur que toi : je me suis coupée du monde. Nous nous sommes érigé un trône sur notre colline – Taliesin – comme des gardiens de la vraie morale en leur royaume. Mais nous savons à présent que les monarques sont nus sous leur couronne.

« J'ai beaucoup de choses à me reprocher. J'ai été la reine des aveugles. Mais toi… »

Ils s'étaient arrêtés de marcher, face à l'est, où le soleil faisait étinceler les vaguelettes du lac.

« Regarde-toi. Toi, si talentueux, tu t'es enterré à Taliesin où tu passes ton temps à maudire les architectes qui travaillaient pour toi avec une arrogance stupide. Comment oses-tu dénigrer Marion Mahony ? Ça m'est égal qu'elle ait épousé Walter Griffin. Marion était ta traductrice, Frank. Elle rendait ton travail accessible aux gens qui ne le comprenaient pas. Elle t'a aidé à te vendre et elle a accompagné chacun de tes projets. Pourquoi es-tu incapable de reconnaître le mérite des autres ? Es-tu si fragile ? »

Mamah attendit sa réponse, mais il regardait droit devant lui en s'essuyant les yeux avec le dos de la main. Elle s'aperçut qu'il se laissait tyranniser dans ses moments d'abattement, mais elle ne put s'empêcher de poursuivre son réquisitoire.

« Tu t'es donné le rôle du héros tragique. Tantôt tu te sens persécuté et tantôt tu es l'apôtre de Dieu sur terre. » Elle donna un coup de pied dans le sable humide. « Pourquoi faut-il que tu aies la folie des grandeurs ? Pourquoi achètes-tu des objets qui sont au-dessus de tes moyens ? Tu ne paies pas les gens… les petites gens ! Ils devraient être les premiers à toucher leur argent. »

Exaspérée, elle secoua la tête. « Tu prétends être à

la croisée des chemins. Nous verrons bien. Je pense que tu es sur la mauvaise pente depuis bien longtemps. Je sais que ton père est parti, que ta mère t'a tout passé et que ta sacro-sainte famille a été persécutée. Rien de tout cela n'excuse ton comportement. Combien de fois m'as-tu répété : "C'est l'espace intérieur qui fait l'essence d'une maison" ? Et ce qui s'y trouve façonne notre existence. Mais bon Dieu, Frank ! Tu ne vois donc pas que cela vaut aussi pour ton cœur ? »

Ils parcoururent ce qui leur parut être des kilomètres sans qu'il ne prononce un seul mot ; il avait l'air accablé. Pendant un moment, Mamah avait trouvé son explosion de colère justifiée. Depuis dix ans qu'elle connaissait Frank, elle ne lui avait jamais parlé aussi durement qu'au cours de ces deux derniers jours. Quant à lui, il ne s'était jamais montré aussi contrit. Mais, loin de jouir de cette humiliation, elle se sentait épuisée.

« Écoute, reprit-elle quand ils firent halte pour rebrousser chemin. Tu es un adulte et c'est à toi de choisir quel genre d'homme tu veux être. Tu peux continuer à naviguer d'une crise financière à l'autre. Tu peux continuer à flouer les gens et à te ridiculiser chaque fois que tu parles de te conformer à de plus hautes exigences morales que le commun des mortels. Tu peux aussi prendre véritablement acte de ce que je viens de te dire. »

Arrivés devant le pied-à-terre, ils s'arrêtèrent devant la porte. « Reviens à Taliesin », dit-il.

Elle s'assit sur le muret pour essuyer ses chaussures pleines de sable. Vus d'en bas, les cernes bruns de Frank lui semblèrent encore plus sombres.

« Non, dit-elle. Tu as besoin de temps pour réfléchir à tous les problèmes que tu dois résoudre. C'est un changement radical que tu dois opérer si tu veux rester avec moi. »

Les jours suivants, Mamah sillonna les rues de Chicago, tout heureuse de l'anonymat qu'elles lui offraient. Côtoyer ces passants au visage avenant, qui vaquaient à leurs occupations, la changeait agréablement. Frank et elle étaient devenus sauvages à force d'isolement et d'égocentrisme. Cette semaine-là, elle alla lire de la poésie à la bibliothèque. Elle tomba sur quelques vers de Wordsworth qui semblaient décrire Frank Lloyd Wright : « Il est un obscur et mystérieux travail qui rassemble les éléments discordants et les unit en un seul tout[1]. » Frank était tout cela à la fois : un homme-orchestre capable de créer une harmonie transcendantale, aussi bien qu'une cacophonie de cymbales.

Mamah avait toujours cru que l'âme de Frank se reflétait dans son œuvre. Qu'il était bien l'homme qu'il croyait être : aussi fidèle à ses idéaux qu'on pouvait humainement l'être. Mais elle n'avait pas vu les zones d'ombre de sa personnalité. Quel obscur et mystérieux travail avait pu entamer à ce point sa conscience morale ? Frank mentait-il par manque d'assurance, parce qu'il n'avait jamais fini ses études ? S'était-il érigé en génie hors normes, faute de diplôme universitaire ?

Tout cela était possible mais peu probable. Il ne doutait pas de son talent. Elle repensa à une anecdote de Catherine ; les événements remontaient aux débuts de leur mariage. Le grand Daniel Burnham était venu trouver Frank pour lui proposer de l'envoyer se former

1. *Le Prélude*. (*N.d.T.*)

à l'École des beaux-arts de Paris. Se voir ainsi distingué par un architecte aussi puissant et brillant était un immense honneur. Un tel parcours aurait assuré une existence confortable à Frank et à sa famille.

« Et Frank a dit non », répétait Catherine avec une exaspération feinte chaque fois qu'elle racontait cette histoire. Les deux fois où Mamah était présente, ce récit avait beaucoup diverti les convives qui s'étaient amusés à imaginer à quoi ressemblerait Oak Park si Frank avait reçu une formation classique.

Quel courage chez un tout jeune homme ! avait pensé Mamah. Quelle confiance dans ses propres intuitions artistiques. Combien de fois ne l'avait-elle pas entendu dire : « Je préfère être franchement arrogant que d'une modestie hypocrite » ? Il fallait se considérer comme supérieur aux autres pour renoncer aux honneurs que lui auraient valus des choix plus conformes à l'ordre établi.

Malheureusement, cette attitude faisait désormais partie de son personnage : il ne jurait plus que par cette indépendance d'esprit. Il avait fini par confondre l'originalité de son talent et l'excentricité de son caractère.

Avec le souvenir de l'histoire de Daniel Burnham, celui de Catherine s'insinua, tenace, dans son esprit. Mamah avait renoncé à tout espoir de pouvoir un jour s'asseoir et discuter avec elle. Catherine ne capitulerait jamais : elle refuserait tout compromis et maintiendrait Mamah dans sa situation de femme illégitime jusqu'à ce qu'ils soient tous redevenus poussière. L'une et l'autre avaient payé au prix fort leur amour pour Frank.

Le sixième jour, Frank se présenta à sa porte, un bouquet de fleurs à la main. « Elles viennent de ton jardin », dit-il. Tout dans son attitude exprimait la contrition.

Pendant qu'ils se promenaient sur la rive du Lac Michigan, un grand vent se leva. Cette fois-ci, Frank prit la parole.

« Autrefois, nous nous étions promis de nous aider l'un l'autre à vivre honnêtement. Si tu reviens à Taliesin avec moi, je peux changer. Je vais me débarrasser de la pourriture qui me ronge, Mame. Mais je n'y arriverai pas sans toi. J'ai besoin de toi à mes côtés pour me rappeler chaque jour où est la vérité. »

Sous les rafales, Mamah s'accrochait à son chapeau. Il était réconfortant de marcher à côté de Frank. Elle essaya d'imaginer à quoi ressembleraient leurs vies si elle le quittait. Elle avait voulu l'épouser jadis. Non qu'un certificat de mariage eût la moindre importance à ses yeux, mais cette union semblait être la seule façon de changer de statut et de mener une vie normale. L'unique solution à tous leurs problèmes. « Si seulement Catherine pouvait céder », s'étaient-ils longtemps répété comme une incantation. Aujourd'hui, Mamah comprenait mieux le dilemme de cette dernière. Elle ne voulait pas divorcer de peur que Frank ne leur verse aucune pension alimentaire, aux enfants et à elle. C'était aussi une revanche, bien sûr : en refusant de lui rendre sa liberté après vingt ans passés à satisfaire son ego, elle lui extorquait le remboursement d'une dette morale colossale. Mais cela ne s'arrêtait pas là. Catherine campait sur ses positions parce qu'elle l'aimait toujours et n'avait pas oublié le bonheur d'être aimée de lui. Rien au monde ne valait la joie incandescente que Frank procurait à l'élue de son cœur.

Quelle perte cela aurait été de ne pas l'avoir rencontré ou de ne pas avoir connu son amour ! pensa Mamah.

Pourtant, si elle avait pu l'épouser aujourd'hui, elle ne l'aurait sans doute pas fait. En admettant qu'elle retourne à Taliesin, elle devrait exiger une gestion séparée de leurs finances ou se charger de tenir leur comptabilité. Dans un cas comme dans l'autre, ce serait une épreuve pour elle.

Le cran de son père et la foi de sa mère : telles étaient les qualités requises pour traverser les moments difficiles qui les attendaient.

« Le plus important, ce sont mes enfants maintenant, dit-elle. Il y a beaucoup à réparer s'ils m'y autorisent. Je ne peux pas passer mon temps à me demander si tu as payé tes factures.

— Je comprends », dit-il.

Sur le lac, un bateau à voiles essayait de rejoindre le port. Soudain, une bourrasque le fit gîter. Mamah s'arrêta pour le regarder jusqu'à ce qu'il se redresse.

« La semaine dernière, je suis allée à Oak Park implorer Lizzie de me pardonner d'avoir fait passer sa vie après la mienne. J'ignore si elle y parviendra un jour. Mais j'avais désespérément envie qu'elle voie que je ne suis pas foncièrement mauvaise. Je crois que c'est ce que tu attends de moi, Frank.

« Si tu m'avais demandé pardon il y a seulement deux jours, j'aurais dit non. Mais si je ne te crois pas capable de changer, comment puis-je espérer y arriver moi-même ? Comment puis-je demander à Lizzie d'oublier mes torts si je ne t'aime pas assez pour t'absoudre ? »

Mamah vit la joie détendre le visage renfrogné de Frank. Quelle métamorphose ! Elle était le miroir de son âme. Frank Wright était capable de tant de noblesse, de courage et de bonté ! Mamah était peut-être la dernière des imbéciles, mais elle savait qu'elle retournerait à Taliesin pour essayer de prendre un nouveau départ avec lui.

Mais, à compter de ce jour, elle ne relâcherait plus sa vigilance.

Debout sur la rive du lac, en regardant le visage de Frank, elle sentit son cœur déborder d'un sentiment qui était bel et bien de l'amour. Elle ne put résister à l'envie de croire que cet amour, plus que tout le reste, leur ouvrirait la voie.

46

1914

John furetait dans le salon en examinant les objets qui y étaient apparus depuis l'été précédent. Les tapis et les chaises qu'avait achetés Frank avaient disparu depuis longtemps ; le Steinway était le seul rescapé de sa frénésie d'acquisitions. Il restait tout de même toutes sortes d'objets exotiques susceptibles d'intéresser le petit garçon. Il souleva le couvercle d'un pot à encens qu'il renifla, puis fit courir son doigt sur la longue table jusqu'à ce qu'il rencontre une statue de Bouddha dont il massa le ventre. Il explora la pièce et finit par y trouver ce qu'il décréta être l'objet le plus intéressant : une peau de renard jetée sur le dossier d'une chaise.

Assise au bord de la banquette encastrée sous la fenêtre, Martha caressait la grosse tête de Lucky. Penchée vers lui, elle contemplait de ses yeux mélancoliques bordés de longs cils noirs la mine si expressive du chien. Il avait un air canaille avec ses sourcils broussailleux, sa barbiche en bataille et sa gueule aux babines tombantes qui donnait envie d'y glisser une pipe. Mamah connaissait toutes les ruses de Lucky : ce mendiant plein de charme savait extorquer des restes aux tablées les plus endurcies. Et Martha était tout sauf endurcie, excepté à l'égard de sa mère.

La fillette avait gardé son manteau en prétextant qu'elle avait froid. Ses jambes ballantes étaient couvertes par des bas et des bottes noires vernies à bout pointu. Quelle belle petite fille, si solennelle ! Mamah avait envie de l'enlacer et de la dévorer de baisers. Au lieu de cela, elle prit une lettre sur la table et fit semblant de la lire.

Deux heures plus tôt, quand Edwin avait déposé les enfants à Spring Green, il les avait regardés se précipiter sur l'animal pour le serrer dans leurs bras. « C'est Martha qui a choisi ces bottines », dit-il en hochant la tête dans sa direction. Il avait haussé les épaules en souriant. « Elle sait ce qu'elle veut en matière de vêtements. »

Mamah avait éclaté de rire. « Apparemment, elle aime être chic ! »

Cette conversation était un bon début : si brève fût-elle, elle donna l'impression à Mamah qu'ils avaient jeté un pont sur l'océan. Elle avait eu envie de la prolonger. De dire que Martha était grande, comme tous les Cheney, et John d'une gentillesse naturelle qui rappelait celle de son père. Mais cela aurait été trop intime. Jadis, parler de John et de Martha faisait partie de leurs grands plaisirs mais elle n'y avait plus droit. Pourtant, un lien avait été renoué sur le quai de la gare. La prochaine fois, elle en dirait un peu plus.

Une fois Edwin dans le train qui le ramènerait à Chicago, Mamah avait emmené les enfants au magasin de vêtements. « Nous allons vous acheter une salopette et des bottes, leur avait-elle annoncé. Vous êtes à la campagne, maintenant. »

Martha avait fait la moue quand sa mère avait choisi

d'épaisses bottes marron sur un rayonnage le long du mur. « Elles sont affreuses.

— Essaie-les, Martha. La boue et les bouses de vaches pourraient très vite abîmer tes jolies bottines. » La petite fille s'était exécutée à contrecœur.

« Les tiennes sont à la bonne taille ? » avait demandé Mamah à John.

Il avait l'air content. « Parfait ! »

Sur le trottoir, Mamah s'était immobilisée en reconnaissant le trille rauque qui retentissait au-dessus de leurs têtes. Plus loin dans la rue, un fermier bedonnant pointait du doigt quelque chose dans le ciel. « Les grues sont de retour. »

« Il y a un écureuil dans la maison ! » dit John, le doigt tendu vers le tas de bois.

En effet, un écureuil était entré par l'une des fenêtres. Perché sur une bûche, il tenait une longue tige de blé – probablement chapardée dans l'un des arrangements de Frank – entre ses minuscules pattes. L'animal rongeait les grains dans leur enveloppe comme un enfant grignoterait un épi de maïs. Des flocons de paille tombaient sur le bois tout autour de lui. Quand Mamah s'en approcha, il se figea, la bouche pleine.

De l'autre côté de la pièce, aussi immobile que l'écureuil, Martha observait la scène. Mamah s'était habituée à ces visites mais manifestement l'apparition du rongeur effrayait les enfants. À vrai dire, même le tas de bûches sur lequel il était juché devait leur paraître insolite. Taliesin tenait à la fois du camp de bûcheron et de la galerie d'art. À Oak Park, les gens n'entassaient pas des stères de bois dans leur salon comme le faisait Frank. En regardant bien, Martha et John y trouveraient des araignées qui tissaient allègrement leurs toiles dans les bûches fissurées, chose qu'Elinor ne tolérerait certainement pas dans sa maison. Pas plus qu'elle n'accrocherait un kimono en soie peinte au mur.

Mamah ouvrit la porte et se mit en devoir de chasser l'écureuil, mais l'animal sauta par terre et rejoignit la banquette sous la fenêtre en quelques bonds. Quand Martha se leva en hurlant et se réfugia à l'autre bout de la pièce, le chien se mit à aboyer. À cet instant, Mamah se revit à neuf ans : une Sarah Bernhardt en herbe. Un chat perdu, une insulte imaginaire et elle fondait en larmes ou entrait dans une colère noire, puis se précipitait dans sa chambre où elle lisait des romans de quatre sous pendant des heures.

« Si nous ouvrons toutes les portes, dit Mamah qui s'empressa de joindre le geste à la parole, il trouvera la sortie lui-même. » Martha continua à pousser les hauts cris jusqu'à ce que l'animal se fût enfui.

Si tout leur paraissait bizarre, c'était en partie parce qu'ils étaient à Taliesin hors saison. L'année précédente, au cours de leur séjour prolongé dans le Wisconsin, ils s'étaient habitués à leurs petits camarades des vacances d'été et à la chaleur estivale. Cette fois-ci, on était au printemps et il faisait frais. Des inconnus allaient et venaient dans la cour, et toute la maison était en ébullition.

Une semaine plus tôt, Mamah s'était demandé si elle avait pris la bonne décision en invitant les enfants pour Pâques. Le chantier de Midway Gardens s'était transformé en cauchemar. Les propriétaires voulaient que le parc ouvre le 1er juin. Sur le site, dans le sud de Chicago, les ouvriers n'avaient commencé à creuser les fondations et entamé la construction qu'au début du mois de mars. Même à ce stade, Frank ne cessait de changer d'avis sur les détails.

Il avait embauché Emil Brodelle pour dessiner les esquisses préparatoires et la tension était palpable dans l'atelier où Frank n'en finissait pas de modifier les plans du bâtiment. Un jour, Mamah était entrée dans la pièce au moment où Frank arrachait le dernier dessin qu'Emil avait sur sa table. « Bon sang ! » s'était-il écrié en le froissant pour ensuite l'envoyer dans la corbeille. Elle était ressortie en toute hâte et était allée faire la cuisine. Elle évitait soigneusement toute intrusion dans le domaine de Frank. Ils prenaient désormais mille précautions l'un vis-à-vis de l'autre.

Emil n'était pas le seul nouveau visage à Taliesin. Il y avait aussi David Lindblom, un jeune immigré suédois qui s'occupait du verger et des jardins. Tom Brunker et Billy Weston venaient également y travailler. Billy amenait parfois son fils Ernest pour les aider, comme aujourd'hui. Un autre nouveau venu ne tarderait pas à se joindre à cette foule d'inconnus : lors de leur dernier séjour à Tokyo, Frank avait engagé un cuisinier japonais. Mais son arrivée aux États-Unis était sans cesse retardée ; en attendant, Mamah se voyait de nouveau chargée de nourrir toute une maisonnée.

La grande famille de Taliesin ne cessait de changer, tout comme les enfants. Martha était devenue une vraie petite cavalière, elle avait passé l'été dernier à faire de l'équitation. Mamah put constater que sa fille avait désormais une vie intérieure et un jardin secret. Tout comme John. En le voyant descendre du train, elle avait eu un choc. Il portait une raie au milieu, signe patent qu'il avait commencé à se regarder dans la glace. Un sentiment d'urgence s'était emparé de Mamah. Elle avait perdu tant de temps, il leur restait tellement de choses à faire ensemble ! Comment transformer leurs séjours à Taliesin en un condensé des activités auxquelles elle trouvait tant de plaisir quand elle était petite ? Cette fois-ci, elle avait prévu d'inviter les enfants des voisins pour monter une pièce de théâtre ou un spectacle, et peut-être dessiner les plans d'une cabane dans les arbres, qu'ils construiraient l'été prochain. Mais elle n'osait rien organiser. Leurs retrouvailles nécessitaient chaque fois un lent processus d'acclimatation avant que tous respirent librement en présence les uns des autres.

« Frank », chuchota Mamah. Assis à sa table, la tête dans la main, il était perdu dans ses pensées.

Emil vit Mamah et les enfants sur le seuil de l'atelier. « Mr Wright », dit-il.

Frank leva sur eux un regard absent.

« Ce n'est pas le moment ? demanda-t-elle.

— Martha ! John ! » s'écria-t-il. Il se leva et s'avança vers eux les bras ouverts. En voyant la petite fille se raidir, il se reprit, leur tendit la main à chacun puis s'inclina légèrement devant Martha. « C'est toujours le moment, pour vous.

— Je me suis dit que tu aimerais peut-être leur montrer sur quoi tu travailles.

— Ça a déjà l'air de les passionner, dit Frank, une lueur taquine dans les yeux.

— Tout à fait », acquiesça très poliment John. Martha arrondit les épaules et courba le dos, déçue.

« Frank dessine les plans d'un endroit qui se trouve à Chicago ; je vous y emmènerai quand il sera construit. C'est un immense bâtiment qui abritera un jardin d'hiver pour les concerts de la saison froide et un espace en plein air avec une guinguette et une conque pour y installer un orchestre.

— Comme le parc d'attractions de Forest Park ? demanda John.

— Oui, sans les montagnes russes et les manèges, répondit-elle. Ça ne ressemblera à rien de ce que vous avez déjà vu. Vous avez entendu parler des jardins suspendus de Babylone, non ?

— Au cours élémentaire, précisa John.

— Eh bien, Midway Gardens évoquera un peu les représentations de ces jardins. Ce sera très étagé…

— Vous avez toujours ce cheval, celui qui s'appelle Champion ? demanda soudain Martha.

— Oui, répondit Frank.

— On pourra aller faire une promenade ?

— Oui.

— Quand ? »

Frank se tourna vers la fenêtre comme pour estimer combien de temps il restait avant la tombée de la nuit.

« Les grues sont de retour, lui dit Mamah.

— Pourquoi ne me l'avais-tu pas dit ? Allons-y tout de suite ! »

Emil leva les yeux, incrédule. « Monsieur, Mueller a dit qu'ils ne peuvent pas faire avancer le chantier tant que… »

Frank mit son chapeau. « Vous savez bien que Paul Mueller et moi avons construit Unity Temple, Brodelle.

— Oui, monsieur.

— Mueller sait attendre. »

Ils descendirent tous les quatre l'allée à cheval pour rejoindre la route du comté puis Frank s'engagea sur un petit chemin. Ils longèrent des bois et des champs jusqu'à une zone marécageuse presque entièrement immergée. Frank trouva un bouquet d'arbres, il y attacha leurs montures.

« Ce n'est pas très loin à pied. » Il regarda par terre autour de lui et trouva quatre branches bien droites. « N'allez pas tomber dans la boue », recommanda-t-il en leur tendant les bâtons. Il s'enfonça le premier dans les hautes herbes, suivi par les enfants. Mamah fermait la marche, juste derrière Martha dont les bottes neuves s'enlisaient dans deux à cinq centimètres de vase à chaque pas. Frank se retourna vers eux et posa le doigt sur ses lèvres. Ils ne tardèrent pas à déboucher dans une clairière.

Devant eux s'étendait une prairie herbeuse avec, ici et là, quelques nappes d'eau stagnante. Une douzaine de grues du Canada barbotaient dans ces grandes flaques. Deux d'entre elles s'apprêtaient justement à se poser : les ailes déployées, elles entamèrent leur descente en allongeant leurs longues pattes osseuses, comme des parachutistes. Celles qui se trouvaient dans l'eau rejetèrent leur tête rouge en arrière et se mirent à craqueter.

« C'est ici que je venais quand j'étais petit, leur chuchota Frank. Mais il n'y a plus autant de grues maintenant. C'est à cause des chasseurs. Je ne sais pas si leur chair est bonne. Je n'en ai jamais goûté. »

Mamah leur passa les jumelles qu'elle avait apportées. Chacun à son tour, ils regardèrent les oiseaux tendre leur cou et leur bec vers le ciel comme des flèches d'église.

« Celles-là se rendent sans doute tout droit en Amérique du Sud, dit Frank en désignant celles qui venaient de se poser. C'est leur habitude. Chaque année, elles parcourent des milliers de kilomètres vers le sud. Elles pourraient sans doute s'arrêter en Californie ou dans le

Mississippi pour y passer l'hiver, mais elles continuent leur chemin.

— Pourquoi ? demanda Martha.

— C'est dans leur nature. Elles font ce que leur dicte leur instinct. »

Mamah braquait ses jumelles sur le troupeau de volatiles. « La question qui me passionne, c'est comment savent-elles ce qu'elles savent ? »

Frank la regarda sans comprendre.

« Voilà ce que je veux dire : elles se fichent sans doute complètement de nous. Pour elles, nous sommes des fourmis, tout au plus. Elles ignorent tout de nos gouvernements, de l'art culinaire, des journaux et des religions. Elles ne voient que l'eau, les champs et le ciel. Mais, contrairement à nous, elles n'ont pas de mots pour les décrire. Pourtant, elles les connaissent. Et elles partagent toutes sortes d'acquis qui nous sont totalement inconnus, sur les vents, la manière de retrouver certains lieux sur leur itinéraire pour y retourner chaque année. Elles ont peut-être un langage secret. Leur expérience de cette planète est entièrement différente de la nôtre, mais tout aussi réelle.

— Avec un peu de chance, nous allons les voir danser, dit Frank.

— Elles dansent ? demanda Martha.

— Parfois. Elles se trouvent un partenaire pour la vie et, quand la saison des amours arrive, elles font une parade nuptiale. »

Tous quatre s'accroupirent et attendirent. Au bout d'un moment, les jambes tout endolories, ils se relevèrent pour rentrer à la maison.

« Regardez ! » s'écria Mamah.

Dans les hautes herbes, les grues avaient entamé une sorte de menuet : elles s'inclinaient, sautaient et battaient des ailes. Puis elles s'interrompirent, rejetèrent la tête en arrière, y allèrent de leur craquètement et se mirent à feinter une blessure ou à déterrer des paquets d'herbe dans la boue.

« La ponte est pour bientôt », dit Frank.

47

Au mois de mai, il était désormais clair qu'ils n'auraient pas de cuisinier japonais ! Le chef qui avait fait leurs délices à Tokyo n'avait pris aucun retard : dans une brève missive rédigée en anglais, il leur expliqua qu'il n'avait pas du tout envie de venir travailler dans le Wisconsin. Mamah devrait se remettre en quête d'un employé et, à l'approche de l'été, elle était loin d'être la seule à chercher. Quelques jours après que la lettre de désistement était arrivée du Japon, Frank lui annonça qu'il avait trouvé une nouvelle recrue potentielle. John Vogelsang, le gérant du restaurant de Midway Gardens, avait affirmé avoir la solution à leur problème en la personne de Gertrude, une extraordinaire cuisinière originaire de la Barbade.

« D'après lui, elle sait préparer tous les plats traditionnels et de succulents desserts, confia Frank à Mamah un soir. Son mari viendrait avec elle. Vogelsang l'a décrit comme un homme instruit, toujours prêt à donner un coup de main et très bricoleur. Nous n'aurions pas trop d'un deuxième homme à tout faire, tu ne crois pas ?

— Pourquoi Vogelsang accepte-t-il de s'en séparer ?

— Avec ses relations, il peut trouver tous les employés de qualité qu'il veut à Chicago. C'est aussi un peu pour nous rendre service, j'imagine. Et puis il pense que ce couple aimerait bien vivre à la campagne. »

Mamah hésita. Il s'agissait d'embaucher non pas une mais deux personnes. Comme toujours, leurs rentrées d'argent étaient incertaines. Frank avait obtenu une petite avance sur le contrat de Midway Gardens. Il y aurait aussi les revenus de l'Hôtel Impérial de Tokyo, mais personne ne pouvait dire quand Frank serait payé.

« Pourquoi ne les inviterais-tu pas à venir travailler ici un week-end ? suggéra-t-elle. Nous jugerons sur pièces. »

Gertrude Carlton arriva de Chicago avec une taie d'oreiller pleine de nourriture. C'était une jeune femme à la peau brune et satinée qui se signalait par ses manières douces et pleines d'assurance. Vêtue d'un chemisier blanc et d'une jupe en serge bleue, elle portait une ombrelle en plus de son chapeau du dimanche.

Mamah lui montra la cuisine et le jardin. Les poings sur les hanches, la jeune employée contempla le carré de légumes et un air approbateur flotta un instant sur son visage. « Des poivrons, dit-elle.

— Ils ne sont pas tout à fait mûrs.

— Ne vous inquiétez pas, j'en ai apporté, de premier choix. » Elle se pencha pour arracher une poignée de ciboulette et de persil.

De retour dans la cuisine, après avoir revêtu le tablier qu'elle avait apporté, Gertrude enroula une écharpe bariolée autour de sa tête. Mamah resta bouche bée en la voyant sortir de sa taie d'oreiller des goyaves, des okras et des citrons verts.

« Incroyable ! Où les avez-vous trouvés ? »

Gertrude se mit à rire : « Mr Carlton a beaucoup

d'amis. » Sa voix prenait des inflexions chantantes et ensoleillées. À cet instant, Mamah eut l'impression que c'était une jeune fille plutôt qu'une femme. Quel âge pouvait-elle avoir ? Vingt-deux ans ?

Quand Gertrude sortit ses bocaux d'épices rouges et jaunes, Mamah poussa un soupir mélancolique. « Mr Wright préfère les repas simples. Le poisson, le poulet. Les pommes de terre. »

Gertrude sourit. « Attendez un peu. Je sais faire des repas simples.

— Nous élevons des poulets. Vous voulez en préparer un pour ce soir ?

— Demain. Ce soir, du poisson de la rivière. Mr Carlton va en attraper.

— Mr Wright n'aime pas la friture.

— Je ne le ferai pas frire, madame.

— Ni les épices. »

Gertrude prit un air indulgent. « Juste un peu, su'l poisson, madame. »

Julian Carlton semblait mal assorti à sa femme. La trentaine, c'était un homme de petite taille mais bien bâti, au physique agréable et d'un sérieux qu'accentuaient encore sa chemise d'un blanc immaculé et sa cravate. Il parlait en détachant chaque syllabe dans un anglais très britannique qui contrastait avec les intonations mélodieuses et le parler de sa femme.

Dans la cour, Frank lui montrait les vitres qui avaient besoin d'être nettoyées.

« Laisse Julian aller à la rivière, lui lança Mamah. Il doit pêcher notre plat de résistance. »

Le couple de domestiques passa ce samedi à s'affairer sans relâche. À deux heures de l'après-midi, Julian avait attrapé six poissons. Des odeurs d'ail, d'oignons et de curry ne tardèrent pas à se propager de la cuisine au salon où elles se mêlèrent au parfum citronné de l'encaustique que Julian utilisait pour faire reluire table et chaises. Au cours des deux dernières heures, il n'avait cessé d'aller et venir, astiquant l'argenterie, repassant le linge de maison et grimpant à une échelle pour laver les carreaux.

À l'heure du dîner, en entrant dans le salon, Mamah et Frank le trouvèrent vêtu d'une veste blanche.

« Madame », dit-il en s'inclinant légèrement. Frank sur ses talons, il escorta Mamah jusqu'à la table où il lui présenta sa chaise avant d'en tirer une pour son compagnon. Les serviettes qu'il avait repassées l'après-midi même étaient pliées avec art sur leurs assiettes. Quelques instants plus tard, il revenait avec leur repas posé sur un plateau qu'il tenait sur le plat de la paume, bien au-dessus de son épaule. Quand il repartit à la cuisine, Mamah lança un regard inquiet à Frank.

« C'est trop, dit-elle. Cette maison n'est pas assez grande pour qu'on y fasse tant de cérémonies. »

Mais, quand ils goûtèrent le poisson, ils lui trouvèrent une chair tendre et savoureuse, délicatement assaisonnée selon une recette exotique qui devait venir des Antilles. Lorsque le dessert arriva – une simple tarte aux pommes, mais sans doute la meilleure qu'ils eussent jamais mangée l'un et l'autre –, ils se regardèrent avec un sourire béat.

« Où Gertrude a-t-elle appris à cuisiner comme ça ? demanda Mamah à Julian quand il revint débarrasser les assiettes.

— Le dessert est de moi ce soir, madame.

— Mais quand en avez-vous trouvé le temps ? Et où avez-vous appris à faire les tartes aux pommes ?

— J'ai été employé des wagons-lits Pullman, madame, avant de travailler pour les Vogelsang. J'ai appris à faire tout ce que les clients pouvaient désirer.

— Tout s'explique, chuchota-t-elle dès que Julian se fut éloigné. Ses manières cérémonieuses, sa façon de porter le plateau. Mon père disait toujours que les garçons des wagons-lits Pullman étaient plus qualifiés que les meilleurs serveurs du monde. Et cette veste blanche qu'il porte. C'est une veste de livrée. Ils doivent se les acheter quand Pullman les embauche. »

Le père de Mamah était un grand admirateur des employés des wagons-lits. Soudain, elle trouva le style de Julian certes guindé, mais familier et plus sympathique. Son port était digne, respectueux sans rien de servile.

« Je sais d'où viennent les goyaves, ajouta-t-elle. De La Nouvelle-Orléans. Je parie que ses anciens collègues lui apportent de la nourriture quand ils sont de passage à Chicago.

— En tout cas, le poisson était un délice, dit Frank. Alors qu'en dis-tu ? Est-ce qu'on les embauche ?

— S'ils veulent de nous comme patrons. »

Pendant que les Carlton faisaient le ménage dans la maison, Mamah et Frank allèrent s'asseoir sous le grand chêne dans le jardin. Le mois de juin ne faisait que commencer, aussi les moustiques n'étaient-ils pas encore une menace. Frank revenait rarement à Taliesin ces derniers temps. Midway Gardens devait ouvrir ses portes le 23 juin et le parc était encore loin d'être fini. Du contremaître au chef d'orchestre en passant par les investisseurs, la panique les gagnait tous, lui raconta-t-il.

Frank la régala d'anecdotes sur la vie de chantier,

sur la jeune femme aux allures de sylphide qui servait de modèle à Iannelli, le sculpteur du moule dans lequel seraient coulés les elfes en béton du jardin d'hiver. Il lui rapporta que chaque jour elle passait tête haute devant les ouvriers aux regards libidineux pour aller s'enfermer dans la cabane du sculpteur. Iannelli lui tournait le dos pendant qu'elle se déshabillait et attendait son signal pour se retourner. Puis la jeune fille passait des heures debout, les bras au-dessus de la tête, une sphère imaginaire dans les mains, tandis que l'artiste façonnait ses seins ronds et ses cuisses musclées dans son bloc de cire.

« Quel professionnalisme ! commenta Mamah d'un ton admiratif.

— J'aimerais qu'il se prenne moins au sérieux.

— Pourquoi dis-tu cela ?

— Oh, c'est une tête de mule. Je lui ai dit précisément comment modifier l'inclinaison de la tête et il a ignoré mes conseils. Il a passé toute une semaine à préparer un second modèle qui n'était pas meilleur que le premier.

— Que lui as-tu dit ?

— Lui parler ne sert à rien. »

Mamah haussa les sourcils en voyant Frank s'empourprer. « Comment t'y es-tu pris ? »

Il s'agita sur sa chaise à lames et joua avec les plis de son pantalon. « J'ai fait quelques trous dans sa maudite sculpture. »

Mamah poussa un « Oh ! » et attendit la suite. Frank lui livra quelques bribes d'informations qui lui permirent d'imaginer la scène. Il était entré dans la cabane vide, avait soulevé le tissu qui protégeait le modèle en cire et découvert que la nouvelle version de la statue était aussi mauvaise que la précédente. Sans y penser, il lui avait enfoncé sa canne dans les yeux avant de la recouvrir, réservant ainsi une fort mauvaise surprise à l'artiste.

« J'ai perdu la tête », avoua-t-il.

Mamah réfléchit à la dispute qui s'annonçait en se demandant si le jeu en valait la chandelle. Frank était sous pression ; sur le chantier, tout le monde s'emportait pour un oui ou pour un non. Elle commença à parler puis se ravisa. Cette querelle ne la concernait pas.

« Lundi, je repartirai d'un bon pied avec lui : je vais lui présenter mes excuses », dit Frank.

Mamah se détendit et se laissa aller contre le dossier de sa chaise.

Dans le silence du soir, ils n'entendaient que les bruits de casseroles provenant de la cuisine. Puis la lumière s'alluma dans la chambre d'amis.

« Tu crois qu'ils survivront ici ?

— Ils veulent vraiment cet emploi. Vogelsang m'a dit qu'ils étaient très pieux. Je suis sûr qu'ils vont s'intégrer par le biais d'une Église.

— Justement. À Chicago ou même à Oak Park, il y a l'Église baptiste des gens de couleur. Ils s'y feraient des amis, pourraient sortir le soir. Mais j'ignore quel accueil on leur réservera dans la région.

— Ils s'en sortiront. Je ne me fais pas de souci pour eux. » Il lui caressa l'avant-bras. « Que vas-tu faire de ton temps libre, maintenant ? »

Elle poussa un soupir satisfait. « Voilà un luxe qui mérite qu'on y réfléchisse.

— Ellen est-elle toujours en disgrâce ?

— Tu veux savoir si je vais me remettre à traduire ses essais ? La réponse est oui.

— Sans te préoccuper de savoir qui est le traducteur attitré ?

— Oh, je ne vais pas la laisser s'en tirer si facilement sur cette question. Et Dieu sait si je m'oppose à l'idée selon laquelle les femmes voueront l'humanité à sa perte si elles se mettent à travailler en masse. Il n'empêche, à mon sens, aucun penseur n'a aussi bien écrit sur la liberté personnelle et la nécessité de réformer l'institution du mariage. Que dire ? Ellen n'est pas parfaite, mais je ne peux pas oublier ce qu'elle a fait pour moi.

— C'est elle qui devrait t'être reconnaissante. Ralph Seymour a appelé à mon cabinet cette semaine pour annoncer que *Le Mouvement des femmes* se vend très bien.

— Ah, j'exulte ! » Mamah se mit à rire sous cape. « C'est une bonne nouvelle pour Ralph aussi. Je me rappelle le jour où son correcteur en chef est venu le trouver, après avoir relu la moitié de *De l'amour et de l'éthique* : "Mr Seymour, je travaille pour vous depuis vingt ans, mais je préfère vous donner ma démission plutôt que de terminer ce livre." Ralph a eu le courage de publier Ellen quand personne n'était prêt à en prendre le risque.

— Il est entièrement d'accord avec nous. Ellen Key est l'étoile montante du mouvement féministe dans ce pays. Elle n'aurait jamais accédé à ce statut si tu n'avais pas traduit ses livres.

— Elle pourrait avoir l'obligeance de le reconnaître ! Nous verrons bien. J'ai encore quelques essais inédits en anglais. Mais j'ai pratiquement fini ceux que je suis autorisée à traduire. De toute façon, je pensais à écrire moi aussi. »

Le visage de Frank s'éclaira. « C'est drôle que tu évoques cette possibilité. Ce matin, en arrivant, je suis tombé sur Arnell Potter à la gare. Il s'apprête à prendre sa retraite. Il vend le journal. Et je me disais justement :

pourquoi ne pas le racheter ? Et si tu devenais la nouvelle rédactrice en chef du *Weekly Home News* ? Tu ferais des merveilles. Je pourrais y commettre un éditorial de temps à autre. »

Mamah s'esclaffa. « Tu n'es pas sérieux.

— Attends, ne dis pas encore non. Réfléchis à la question.

— Ah, quelle ironie !

— Je sais, un journal de campagne n'a rien de prestigieux. Mais pense à tout ce qui deviendrait possible. Si tu écrivais tes propres articles – ce qui serait sans doute le cas dans les premiers temps –, tu aurais une raison officielle de te présenter chez les gens pour demander : « Je peux aller dans la cour admirer ce cochon qui a été primé à la foire ? Tout le monde en parle. »

Mamah sourit à cette idée.

« Tu crois que je plaisante, mais je suis sérieux. Tu ferais une journaliste fantastique. Dès que les gens te rencontrent, ils t'adorent. Où que tu ailles. Et tu t'intéresses vraiment à leurs fichus cochons. Je te connais. Bref, c'est une activité qui pourrait te convenir, surtout si tu n'as pas l'intention de rester au Japon aussi longtemps que moi. »

Mamah lui avait déjà annoncé qu'elle n'y séjournerait pas pendant tout le temps que durerait la construction de l'Hôtel Impérial. Sa décision était prise. Les six mois qu'elle y avait passés avaient été trop longs. Frank n'avait pas bien réagi à cette nouvelle, mais il en reparlait, signe que l'idée faisait son chemin.

« Écoute, Mame, si tu veux te lancer dans un projet à toi, celui-ci est formidable. Dieu sait si ça changerait la façon dont on te perçoit dans la région. Et puis tu ne serais pas obligée de marcher sur les traces d'Arnell.

Innove : fais découvrir Ellen Key à ces dames du comté. Mets leurs esprits en ébullition avec des articles sur l'amour érotique. »

Mamah éclata de rire. « Ah, en voilà une idée !

— La nuit porte conseil : laisse passer un ou deux jours. C'est tout ce que je dis. »

Mamah n'en dormit pas de la nuit.

Elle joua avec l'idée d'être rédactrice en chef, s'imagina en train de lire les messages de l'agence de presse, qui faisaient crépiter le télégraphe. Quelle victoire serait plus douce que de se retrouver aux commandes du navire ennemi ? Cependant, une autre idée s'était emparée de son esprit. Elle se sentait prête à écrire son propre livre.

Liberté de la personnalité. Elle prononça les mots à voix haute. Trop lourd comme titre, pensa-t-elle en l'entendant. Mais ce serait le thème de son ouvrage. Il serait moins philosophique et touffu que la pensée d'Ellen. Plus simple, plus abordable.

Au matin, elle avait trouvé un nouveau concept. Son livre raconterait la vie de ses contemporaines : toutes sortes de femmes qui s'étaient battues contre vents et marées pour mener une existence authentique.

Cette idée fit bondir son cœur de joie. Aller interviewer ses sujets coûterait trop cher. Elle commencerait dès à présent à rédiger une liste de questions qu'elle enverrait aux personnes qui lui venaient spontanément à l'esprit. Ellen Key, Charlotte Perkins Gilman, Else Lasker-Schüler. Mais également à de parfaites inconnues. Si leurs relations s'amélioraient, elle aurait aussi un entretien avec Lizzie.

Mais elle ne mentirait pas. Elle ne parlerait pas que des victoires. Elle décrirait les écueils : la façon dont certaines confondaient liberté sexuelle et quête de soi.

Elle évoquerait les murs et les obstacles qui attendaient d'être renversés. Les erreurs. La culpabilité et le regret. Non seulement les moments où les femmes avaient saisi leur chance mais les occasions manquées.

Le défaut des ouvrages d'Ellen était leur prose trop philosophique et leur manque d'exemples tirés de la vie réelle. À Berlin, que n'aurait pas donné Mamah pour pouvoir lire des récits véridiques qui retraçaient le cheminement d'autres femmes en quête de liberté personnelle ? Si elle parvenait à rédiger ces témoignages de femmes qui avaient surmonté leurs peurs, affronté le mépris et les médisances pour découvrir de quoi elles étaient capables hors de la sphère domestique et inventer leur propre destin, quelle force cela donnerait à son livre !

Il lui faudrait également écrire sa propre histoire, mais par où commencer ? Pour l'instant, elle se contenterait de prendre des notes dans son journal pour accumuler le matériau nécessaire. Voici ce qu'elle ferait : elle imaginerait le regard que porterait Else sur sa vie, assise en face d'elle au Café des Westens.

Mamah se sentit portée par un élan d'enthousiasme qu'elle n'avait plus ressenti depuis qu'elle avait découvert l'œuvre d'Ellen Key. Les idées fusaient comme des étincelles dans sa tête, si bien qu'elle eut peur de les oublier. En se précipitant hors de la chambre pour aller chercher un stylo et du papier, elle faillit renverser Julian qu'elle eut la surprise de trouver dans le couloir où, sans un bruit, il redressait une estampe japonaise accrochée au mur.

48

23 juin 1914
Fais prendre l'air à la robe à perles.
F.

Le télégramme était arrivé la veille du jour où Mamah devait partir pour Chicago. Elle avait dit à Frank qu'elle porterait cette robe le 27 juin. Ce qu'il ignorait, c'est que l'ensemble qu'il lui avait acheté en Italie avait « pris l'air » à maintes reprises. Au cours du mois précédent, elle avait enfilé la combinaison et la tunique transparente cousue de perles une bonne dizaine de fois et s'était retournée devant sa glace pour examiner son dos, puis sa silhouette, en se demandant si elle la porterait à l'inauguration de Midway Gardens. Depuis quatre ans, la tenue qu'il lui avait offerte était restée suspendue dans une série d'armoires, cependant que les formes de Mamah changeaient peu à peu.

Elle avait toujours eu la vanité des femmes d'âge mûr en horreur. Mattie et elle s'étaient promis d'accueillir la vieillesse avec grâce sans recourir ni au henné ni à la poudre de riz. Mais désormais, chaque fois qu'elle contemplait son reflet, elle était horrifiée. Moins par la robe, qui était ample et masquait les rondeurs, que par la femme un peu plus flasque, à l'éclat un peu passé et à l'allure légèrement démodée qui lui rendait son regard. À quarante-cinq ans, elle ne se souciait guère de ses cheveux grisonnants ou de la ride qui se creusait entre ses sourcils. Mais elle était révulsée par l'affaissement que causait la vieillesse : il lui donnait l'air fatigué alors qu'elle se sentait jeune et l'esprit aussi vif qu'à vingt-cinq ans.

Elle enleva la robe, la plia et la rangea dans sa valise. Son apparence était sans importance. Cette soirée tant attendue était dédiée à Frank.

Il n'était pas revenu à Taliesin depuis deux semaines et n'y avait séjourné qu'occasionnellement au cours du mois précédent. Ils n'avaient pas pu fêter leurs anniversaires ensemble. Dans les derniers jours avant l'ouverture, au lieu de retourner à son pied-à-terre, Frank avait dormi dans le parc d'attractions, sur un tas de couvertures molletonnées et Dieu sait quoi d'autre. Il travaillait tard dans la nuit jusqu'à ce qu'il tombe de fatigue, puis se relevait à six heures du matin.

Lors de son dernier passage, il avait donné libre cours à ses inquiétudes en marchant de long en large. N'ayant pas réussi à rassembler les fonds nécessaires pour financer le projet, les promoteurs immobiliers avaient péché par excès de confiance et entamé la construction de Midway Gardens malgré tout. Ils avaient payé cinq mille dollars d'avance à Frank mais parlaient à présent de lui régler son solde en actions. Le vendredi, l'entrepreneur, ce pauvre Mueller, s'était vu obligé d'annoncer à ses ouvriers que leurs salaires de la semaine leur seraient versés en retard.

En tout cas, les travaux avançaient, lui dit-il. Dieu merci, ils avançaient. Chaque jour, peintres, sculpteurs, maîtres d'œuvre, ingénieurs, musiciens et chefs cuisiniers se réunissaient sur le site ! Tous plus doués les uns que les autres, ils se surpassaient en espérant donner la mesure de leur talent. Entre les artistes et les plus virulents des ouvriers syndiqués, le chantier comptait plus de divas qu'une troupe d'opéra. Outre Iannelli, Frank se demandait avec angoisse s'il n'avait pas commis une terrible erreur en embauchant deux peintres modernistes très en vue pour réaliser les peintures murales du jardin. Il leur avait exposé l'idée générale du projet et imposé des couleurs bien précises. Mais, pour l'instant, ce qu'il avait vu ne correspondait en rien à ses recommandations.

« Les fresques vont jurer avec l'architecture, confia-t-il à Mamah. Je le sais déjà.

— Dans ce cas, ne cède pas, lui conseilla-t-elle. Tu es épuisé mais ce n'est pas le moment de faiblir, pas pour un contrat aussi important. Ce sera la première fois que le grand public aura vraiment accès à l'une de tes constructions. Cela va ouvrir les yeux de milliers de gens – de millions, au fil du temps ! Pourquoi commander des peintures murales qui ne te donnent pas satisfaction ? Tu pourras les ajouter plus tard.

— Bien sûr, tu as raison », dit Frank en serrant sa main dans la sienne.

Mamah savait qu'il n'avait pas besoin de ses conseils. Il fallait un ego démesuré pour bâtir une structure de dimensions telles qu'on n'en avait encore jamais vu, sans jamais cesser d'assurer aux sceptiques que le résultat serait fabuleux. Mais cela demandait aussi le courage d'un visionnaire. Frank avait besoin du soutien de sa compagne et elle le lui donnait de façon inconditionnelle.

Fais prendre l'air à la robe à perles. Mamah s'esclaffa. Alors qu'il devait satisfaire les artistes comme les maçons, Franck n'en planifiait pas moins la soirée d'ouverture jusque dans les moindres détails, sans oublier la tenue de Mamah. C'était lui tout craché : il voulait tout orchestrer. Le message de ce télégramme confirmait aussi à Mamah une chose qu'ils savaient l'un et l'autre : cet événement leur donnerait l'occasion de paraître sur la scène mondaine de Chicago. L'inauguration de son premier bâtiment public coïnciderait avec leur première apparition en société depuis le scandale. Il voulait que tout soit absolument parfait, y compris Mamah.

En arrivant à Chicago, elle alla déposer ses sacs dans le pied-à-terre puis sauta dans le métro aérien pour se rendre dans le quartier de South Side. Elle en descendit à l'intersection de la 59e Rue et de Jackson Park, l'arrêt qui était le sien au temps où elle suivait des cours à l'université. En regardant les jeunes gens qu'elle croisa sur Midway Plaisance, elle se dit que les autres étudiants avaient dû la considérer comme une curiosité dix ans plus tôt, quand elle étudiait l'art du roman avec Robert Herrick. Elle qui avait cru se retrouver au milieu de ses pairs. Était-elle devenue si vieille ou n'avait-elle pas remarqué quels gamins ils étaient, à l'époque ?

De loin, elle nota que les deux tours carrées qui flanquaient le long édifice en briques jaunes avaient gagné en hauteur depuis son dernier passage à Chicago. Frank avait accumulé les étages et les balcons comme autant de glorieux exploits. Il décrivait ces tours comme des belvédères et, en effet, le panorama devait être magnifique de là-haut, songea Mamah. Au sommet, un toit *cantilever* semblait flotter au-dessus du bâtiment.

En s'approchant, Mamah distingua la texture complexe de son revêtement. Frank s'était amusé à décorer chaque plan avec un motif différent, depuis la base en briques jaunes jusqu'aux murs en béton peints de manière à imiter la trame d'un tissu. Comme avant-goût de la légèreté qui régnait à l'intérieur, il avait fait ériger deux statues d'elfes de part et d'autre de l'entrée principale. Tête baissée, les sylphes semblèrent lancer un clin d'œil à Mamah quand elle entra.

Dans l'un des deux belvédères, sur un échafaudage, un artiste donnait les premiers coups de pinceau à la peinture murale qui avait suscité tant d'appréhensions. Mamah en aperçut les contours dessinés sur le mur sans pourtant y voir la catastrophe annoncée par Frank. Elle poursuivit sa route, longea un couloir interminable et déboucha dans l'immense jardin d'hiver où des loges s'étageaient tout autour d'elle jusqu'à une hauteur impressionnante.

On entendait le grondement d'une bétonnière installée au milieu de la salle. La vapeur que dégageait le mortier humide voilait la lumière qui entrait par les fenêtres. Un vieux livreur encore alerte ôta son chapeau en passant près d'elle au pas de charge, précédé par une charrette de fleurs et de plantes vertes. « Ça a de la gueule, hein ? » lui lança-t-il.

Mamah essaya d'imaginer à quoi ressembleraient ces loggias le lendemain soir. Depuis leurs tables, les dîneurs auraient une vue plongeante sur la piste de danse en damier, au centre de la salle. Tous les balcons seraient ornés de guirlandes de lierre. L'endroit évoquait bel et bien les jardins suspendus de Babylone ! Frank lui avait raconté que certains l'avaient comparé aux pyramides aztèques.

Mamah y voyait bien plus que cela : les guinguettes que Frank et elle avaient fréquentées à Berlin et à Potsdam, les jardins en terrasses dans lesquels ils s'étaient promenés en Italie. Les statues de femmes qu'il avait choisies pour délimiter les jardins en contrebas lui rappelèrent les piliers en pierre surmontés de têtes sculptées qu'elle avait aperçus dans des jardins toscans. Mais leurs coiffes anguleuses, semblables à des perruques stylisées de geishas, éveillaient aussi des souvenirs du Japon. Frank avait rassemblé ce qu'il avait vu et vécu pour créer un endroit totalement neuf, un univers plein de fantaisie.

Mamah fut surtout frappée par l'allégresse absolue qui se dégageait de Midway Gardens. Après tant de modifications, l'édifice semblait se jouer de la pesanteur aussi facilement que les elfes qui en gardaient l'entrée. C'était un endroit où « passer de bons moments ». Il ferait la joie d'une foule de gens.

Mamah reconnaissait l'esprit malicieux de l'architecte. Tout là-haut, au sommet, le mur était surmonté d'une frise de vitraux où des cerfs-volants rouges à queue noire se détachaient sur le fond bleu du ciel au-dehors. Elle imagina Frank qui en faisait voler plusieurs à la fois, enchanté, comme tous ceux qui jouaient avec le vent.

« May-mah ! » John Vogelsang traversait le jardin d'hiver au pas de course quand il l'aperçut et se pencha pour lui poser un gros baiser sur la joue. « Comment allez-vous ? Frank sait que vous êtes ici ?

— Non, je suis venue incognito pour avoir un avant-goût de ce qui se prépare.

— Ne m'en parlez pas. Pour ma part, j'en ai déjà soupé !

— Vous êtes prêts ? »

Il haussa les épaules. « Si les serveurs, le cuisinier et le public sont au rendez-vous, oui.

— Le public sera là.

— Dites-moi, comment cela se passe-t-il avec les Carlton ?

— Ils sont fantastiques mais je pense que Gertrude se sent un peu isolée à la campagne. Quand je suis partie, elle m'a avoué qu'elle aurait aimé aller à Chicago elle aussi.

— Sacrée cuisinière, pas vrai ?

— Elle fait des miracles.

— Demandez-lui de vous faire du *callalloo*. Nous ne nous en lassions pas à la maison. Comme elle ne trouve pas de véritable amarante par ici, elle utilise des épinards. » L'air inquiet, un homme s'approcha de Vogelsang et le restaurateur la pria de l'excuser. « Et le gombo à la chair de crabe ! lui lança-t-il en agitant la main. Un délice ! »

Mamah sortit sur un balcon qui donnait sur le jardin d'été. L'orchestre répétait dans le pavillon, elle écouta attentivement la musique. Ils jouaient du Saint-Saëns, c'était exquis. Elle comprit qu'en aménageant ces terrasses en pente et ces loggias, Frank avait voulu créer une sorte de symphonie architecturale. De là où elle était, malgré le vacarme des voitures sur Cottage Grove Avenue, elle entendait aussi bien la musique qu'au premier balcon de l'Opéra de Berlin.

Elle aperçut Frank en bas ; il examinait des plans avec un homme barbu qui devait être Paul Mueller. Sur la vaste esplanade, les chaises et les tables étaient alignées en rangées parfaites. En les contemplant, Mamah sentit un agréable frisson d'excitation lui courir le long des bras. Seigneur, il y avait si longtemps qu'elle n'était pas allée à une fête ! Elle qui les adorait ! Elle repensa à la robe à perles et à la perspective effrayante d'être dévisagée par les curieux qui se demandaient à quoi ressemblait l'âme sœur de Frank. Elle tourna les talons, se précipita vers la sortie et courut jusqu'à l'arrêt du métro.

Une demi-heure plus tard, Mamah était assise dans un salon de coiffure de Palmer House. Un jour, à l'occasion d'un passage à Chicago pour voir les enfants, elle s'y était fait couper les cheveux par une jeune femme adorable. Mais celle-ci n'était nulle part en vue. C'est un jeune homme qui se tenait devant Mamah avec la photo qu'elle avait repérée dans la vitrine. Elle était venue sans idée précise, en rêvant simplement d'une coiffure qui l'aiderait à se sentir à nouveau jeune et belle. Elle était tombée en arrêt devant le portrait exposé dans la devanture. Sur l'illustration, on voyait une femme aux cheveux coupés court, à la hauteur du menton. La même coiffure qu'Else.

« On appelle ça "le rideau", madame », expliqua le coiffeur. L'attitude solennelle de l'employé contrastait avec le prénom brodé sur sa blouse : Curly. Ses cheveux très bouclés, qu'il avait décidé de sublimer plutôt que de les contrarier, étaient manifestement à l'origine de son surnom. Il portait une raie à gauche et, de l'autre côté, ses frisettes formaient un cône bancal dont la pointe se trouvait à une bonne vingtaine de centimètres de son crâne.

Mamah s'agita sur le siège en cuir rouge du salon. En levant les yeux sur cette coupe incongrue, elle regrettait d'être venue ici sur un coup de tête. Maudite vanité ! Elle se demanda si la coiffure de Curly portait un nom, elle aussi.

Il enroula une bande de papier adhésif autour de son cou et lui jeta une cape sur les épaules. Mamah inspira un grand coup et désigna l'illustration du « rideau ». « Je veux ça, dit-elle.

— Mais, madame, vous n'avez pas les cheveux raides ! protesta-t-il.

— Ils le sont bien assez, répondit-elle. Je prends le risque. »

Il se mit à couper des mèches de trente centimètres puis égalisa l'épaisse crinière de Mamah. Choquée, elle vit ses cheveux bruns tomber en tas comme de la paille. Juché sur un tabouret bas à roulettes, le coiffeur se déplaçait autour d'elle en donnant de petits coups de ciseaux par en dessous. La situation lui paraissait des plus étranges et pourtant elle se surprit à parler de l'inauguration et de la tenue qu'elle avait prévu de porter.

Quand il se releva, il alla prendre un peigne effilé dans un bocal plein d'alcool, le rinça dans l'évier puis l'essuya avant de lui faire une belle raie au milieu. Dans le miroir, une femme qui ressemblait à Else lui rendit son regard. Un sourire éclaira le visage de Mamah. Sa nouvelle coupe était fantastique : tout à la fois sobre, originale et jolie.

« Très européen, dit le coiffeur, content de lui. Penchez la tête en avant. »

Elle obéit et ses cheveux masquèrent son visage. « Vous voyez le rideau ? Maintenant levez le menton. » Il sourit de toutes ses dents. « Et vous voici dévoilée », déclara-t-il d'un ton triomphant.

49

Mamah aurait voulu ne jamais oublier certains souvenirs de cette soirée inaugurale. La musique, bien sûr. Le parfum des petits bouquets de fleurs qui ornaient les corsages et l'odeur du ciment encore humide. Le sentiment partagé d'avoir l'insigne privilège de se trouver dans ce lieu magique à ce moment précis.

D'autres images ne s'effaceraient jamais, quand bien même elle l'aurait voulu. L'éclairage, par exemple. Midway Gardens était une féerie de lumières à la nuit tombée. Dans le jardin d'hiver, des globes lumineux semblables à de gros lampions sphériques en papier plissé étaient suspendus dans les coins au-dessus de la piste de danse. Dehors, les murs étaient bardés de perches constellées de petites ampoules blanches, qui se dressaient vers le ciel comme des aiguilles scintillantes. Des chandelles clignotaient sur les balcons étagés.

Frank appelait Midway Gardens sa « ville au bord de la mer ». Il n'y avait pourtant ni ville ni mer. Mais si l'on plissait légèrement les yeux comme Mamah le fit ce soir-là, sans ses lunettes, les petites flammes des bougies évoquaient les paysages qu'elle avait contemplés depuis le pont d'un navire : des villages accrochés aux flancs des montagnes, des lampes qui scintillaient aux fenêtres de leurs chalets.

Elle n'oublierait jamais l'accueil chaleureux qu'on lui réserva ce soir-là. Frank se tenait à ses côtés, les joues en feu, et la présentait courageusement à chaque invité. Parmi eux se trouvait Margaret Anderson, propriétaire de la *Little Review*.

« Il y a quelque temps, Frank m'a montré le poème de Goethe que vous avez traduit », dit cette belle femme qui la dominait de sa haute stature. Elle tira sur une petite cigarette et lança un clin d'œil à l'architecte : « Belle conquête ! » commenta-t-elle à son intention.

Mamah éclata de rire. « Il en est assez fier. Il faut dire qu'il m'a mise dans sa poche !

— J'aimerais publier cet "Hymne à la nature". Notre calendrier est complet pour les six mois à venir, mais pourquoi pas après le premier de l'An ? proposa-t-elle tout en parcourant la salle de ses yeux gris et vifs. Qu'en dites-vous ? »

Frank eut l'air radieux. Mamah revint sur terre le temps de répondre : « Ce serait si gentil à vous. » Quand Margaret Anderson s'éloigna, Mamah chuchota à Frank, tout excitée : « Elle publie Sandburg et Amy Lowell, tu te rends compte ? Je n'arrive pas à croire que…

— Elle sait reconnaître un talent littéraire quand elle en voit un. »

Il la prit par la main pour l'emmener dans le jardin d'hiver. C'était un tourbillon de mouvement et de couleurs où les robes de soirée virevoltaient de tous côtés. Il y avait si longtemps qu'elle n'avait plus dansé avec Frank qu'elle avait oublié la grâce avec laquelle il se déplaçait sur la piste. Ils valsèrent à plusieurs reprises. « Ta nouvelle coupe de cheveux est sublime avec cette robe, lui murmura-t-il, le visage tout contre son oreille. T'ai-je dit que tu es la plus belle de toutes les femmes qui se trouvent ici ce soir ? »

Mamah se mit à rire. « “À Xanadu, Kubla Khan ordonna/ De bâtir un majestueux palais…” Quelle est la suite ? “… Des murs et des tours… et des jardins étincelants[1]…”

— Tu m’as entendu ? »

Elle recula pour le regarder en face. Plus tôt dans la soirée, alors qu’il s’entretenait avec des journalistes, il avait levé le menton et les avait littéralement pris de haut ; par la suite, elle avait surpris une lueur mauvaise dans son regard pendant qu’il plaisantait en aparté avec Ed Waller, un des commanditaires de Midway Gardens. Mais, à cet instant précis, son visage était empreint d’une tendresse familière.

« Oui, répondit-elle. Merci. »

Le souvenir qui se détacherait de tous les autres, quand elle repenserait à cette fête, serait celui de John Wright. Le fils de Frank avait travaillé sans relâche aux côtés de son père pendant la construction du parc. Il devait être aussi épuisé que Frank et pourtant, de l’autre côté de la salle, il manifestait une joie exubérante et riait avec ses amis. Cette soirée était aussi la sienne.

La dernière fois que Mamah l’avait vu, il devait avoir seize ans. Aujourd’hui, c’était un beau jeune homme qui avait le teint de Catherine. Quand il l’aperçut de loin, il n’hésita pas un instant. Il s’avança immédiatement vers elle.

« Comment allez-vous ce soir, Mamah ? » demanda-t-il en prenant sa main entre les siennes.

Pendant quelques instants, ils échangèrent des propos amicaux mais superficiels qui ne touchaient aucune corde sensible.

---

1. « Kubla Khan », de Samuel Taylor Coleridge. (*N.d.T.*)

Rien qu'en restant dans la même pièce que Mamah, John allait à l'encontre d'une règle établie par sa mère. Mais c'était un homme à présent et, de toute évidence, un homme maître de ses décisions, car il se montra courtois : apparemment, il ne s'offusquait ni de la voir à moins d'un mètre de lui ni des regards furtifs que suscitait leur proximité. Au moment de prendre congé, il la regarda dans les yeux.

« Mon père est heureux », dit-il.

Mamah dut retenir ses larmes.

50

Je m'appelle Mamah Borthwick. Mamah est un diminutif de Martha, qui se prononce « May-mah ». C'est un prénom qui commence par déconcerter les gens. Ils demandent invariablement : « Mama, comme dans "maman" ? » Chaque nouvelle rencontre débute, comme celle-ci, par une explication.

Mes parents n'ont pas plus trouvé ce prénom dans la Bible qu'ils ne l'ont emprunté à quelque tante bien-aimée. À ma connaissance, je suis la seule et unique Mamah. J'aimerais que ce choix ait été inspiré par une grande figure historique, mais ce n'est pas le cas. Il s'agit simplement d'un sobriquet affectueux que m'a donné ma grand-mère.

Ce nom pourrait cependant réveiller un souvenir chez quelques-uns de mes lecteurs. Ils se rappelleront peut-être l'avoir lu à la une de certains journaux : leurs gros titres infamants parlaient d'une Mamah dont la liaison avec un homme marié fut de celles dont rêvent les rédacteurs en chef. Je suis cette femme et ce livre comporte ma version des événements qui furent à l'origine de ce douloureux scandale.

J'ai traversé bien des épreuves depuis que la presse à scandale a fait couler tant d'encre sur moi. Pourtant, aux heures les plus sombres de mon humiliation, j'ai retrouvé l'espoir en lisant les écrits d'une merveilleuse philosophe suédoise. Je les ai traduits pour que d'autres puissent profiter de sa sagesse. Mais j'ai fini par comprendre qu'au cours de ma vie de nombreuses femmes m'ont aidée à aller de l'avant. Je suis immensément redevable à toutes.

Dans les pages qui vont suivre, vous trouverez les histoires de femmes qui se battent pour vivre au plus près de la vérité et donner un sens à leur existence, même si notre sexe ne jouit pas pleinement et entièrement du droit de vote, de l'égalité des salaires ou des libertés personnelles que les hommes estiment leur revenir de droit. Ce livre cherche à mettre des noms sur ces combats. Collectivement, nous parlons trop souvent du droit de vote quand nous évoquons la question féminine. Mais l'épanouissement de notre individualité passe par bien d'autres conquêtes.

Les femmes sont des conteuses. C'est notre façon de nous apporter sagesse et réconfort. D'où le format du présent ouvrage. Il s'en trouvera parmi vous qui chercheront dans le récit de ma vie le détail de mes malheurs bien mérités. Vous en découvrirez beaucoup. J'espère que vous saurez aussi reconnaître les moments d'amour et de grâce. Si je peux éclairer un peu la route de quelque voyageuse, si une autre femme puise le courage de mener ses propres batailles dans la lecture des témoignages réunis dans ce volume, il n'aura pas été écrit en vain.

Mamah se pencha sur sa machine à écrire pour relire l'introduction de son livre. Elle y changea quelques mots puis leva les bras et s'étira. *Pas trop mal pour un premier jet*, se dit-elle.

Dehors, quand les sabots des chevaux claquèrent dans la cour, Lucky se mit à aboyer. Les enfants rentraient de chez les Barton. Depuis leur arrivée à Taliesin, une semaine plus tôt, ils avaient passé presque tout leur temps à cheval, soit pour aller visiter les Porter soit pour se rendre à la ferme toute proche des Barton. Par la fenêtre, Mamah aperçut quatre enfants, les siens ainsi qu'Emma Barton et Frankie, le fils de Jennie et d'Andrew. Quand ils n'étaient pas en promenade, ils traînaient dans l'écurie où ils aidaient Tom Brunker à soigner les chevaux. Ce veuf, père de jeunes enfants qui vivaient à Milwaukee, se montrait plein de sollicitude avec eux. Mais Martha et John avaient une autre bonne raison de fréquenter l'écurie : la naissance imminente d'un poulain.

« Vous avez vu ce ventre ? dit Tom quand Mamah y entra à son tour. Pour être pleine, elle est pleine ! Une semaine que ses mamelles sont couvertes de cire. »

John désigna une croûte sous la panse de la jument : « Ça empêche le lait de couler tant que le bébé cheval ne sait pas téter », expliqua-t-il. Il se tourna vers sa mère, manifestement fier d'être le détenteur de cette information.

De temps en temps, la jument essayait de mordre son ventre distendu.

« Il n'y en a plus pour longtemps, dit Tom en mâchonnant sa pipe.

— C'est pour aujourd'hui ? » demanda Martha. Assise sur ses talons, elle essayait d'y voir à travers la barrière ajourée.

« Possible. »

Pendant toute la matinée, les enfants retournèrent régulièrement à l'écurie. Tout excités, ils ne tenaient pas en place, couraient partout dans la maison, dans l'atelier, et allaient souvent tourner autour de la cuisinière qui était à ses fourneaux.

En écoutant Gertrude leur réciter une amusante comptine en bajan, le créole anglais de la Barbade, Mamah se rappela une conversation qu'elle avait eue en Italie avec Frank ; ils parlaient de venir s'installer dans le Wisconsin. « Est-ce que tu survivras sans Opéra ni galeries d'art ? lui avait-elle demandé d'un ton narquois.

— Nous ferons venir la culture à nous », lui avait-il promis et il avait tenu parole. La musique et la poésie avaient souvent été au rendez-vous à Taliesin. Mais Mamah estimait qu'à leur façon les Carlton avaient jeté un pont entre Spring Green et le vaste monde qui s'étendait au-delà et elle était ravie que les enfants en profitent.

Quand ils descendirent à la rivière avec leurs cannes à pêche, Mamah les accompagna. Elle s'allongea sur un rocher plat et posa son chapeau sur son visage.

Pendant l'été, les enfants avaient trouvé leur rythme de croisière à la ferme. Si John était arrivé de Waukesha d'excellente humeur après son séjour chez les Belknap, Martha s'était montrée anxieuse dans les premiers temps. Sans doute parce que Lizzie avait fait le voyage avec elle et semblait extrêmement tendue à leur arrivée, pensait Mamah. Fort heureusement, Frank ne se trouvait pas à Taliesin à ce moment-là. Lizzie n'avait fait quasiment aucun commentaire sur la maison et la ferme, mais Mamah l'avait surprise à tout inspecter.

Mamah aurait voulu retrouver leur familiarité d'autrefois, les soirées qu'elles passaient à bavarder, bien après minuit, de leurs parents, de Jessie, de l'amour, de la vie, des ambitions d'une femme dans un monde d'hommes. Mais Lizzie gardait ses distances. Elle restait très affectueuse avec les enfants. Ils l'adoraient et, au bout de quelques jours, ils l'aidèrent à se radoucir. À une ou deux occasions, lorsque Mamah hasarda un « Tu te rappelles… ? » Lizzie se prêta à ces évocations de leur enfance, un passé où elles se sentaient en lieu sûr.

Quand sa sœur repartit, une paix fragile s'était installée entre elles. Mamah craignait d'espérer trop vite. Elle s'inquiétait de ce que l'avenir réservait à Lizzie. Elle comprenait à présent à quel point son départ avait détruit l'univers de cette dernière.

Quand Mamah avait épousé Edwin et proposé à sa sœur de venir s'installer chez eux, Lizzie avait assumé avec joie le rôle de la tante excentrique qui habite au sous-sol. À présent, par égard pour la nouvelle Mrs Cheney, elle avait quitté son appartement dans la maison d'Oak Park. Même isolée, une célibataire engagée dans la vie active telle que Lizzie conservait une certaine position sociale : ses vieilles amies continueraient à l'inviter à dîner. Les enfants ne cesseraient jamais de l'aimer. Pourtant Mamah ne pouvait pas nier l'évidence : sa sœur avait subi une perte irrémédiable.

Deux heures plus tard, quand Mamah et les enfants revinrent à la maison, en voyant le remue-ménage qui régnait aux abords de l'écurie, Martha et John se mirent à courir. Mamah pressa le pas et les rejoignit à l'intérieur.

« C'est un mâle ! » cria Tom quand ils s'approchèrent de la stalle.

Le poulain était allongé dans la paille. Sa mère lui léchait les yeux et les naseaux. Tom se tenait dans le coin du box. Ils admirèrent le petit se dresser sur ses jambes vacillantes puis se mettre à téter.

« J'ai eu qu'à regarder », raconta le palefrenier. Il

tapota la croupe de la jument. « Maman a fait tout le travail. »

Serrée contre Martha et John près de la barrière, Mamah savoura leur présence. L'odeur de leurs petits corps mêlée à celle du foin était si suave ! Ensemble, ils observèrent les chevaux pendant un long moment puis elle retourna à la maison.

Dans la cuisine, elle fut consternée de trouver Gertrude en larmes.

« Nous ferions mieux de partir, dit celle-ci en s'essuyant les yeux avec son tablier. Ça ne va pas si bien.

— Chicago vous manque ? demanda Mamah.

— Oui. C'est mieux là-bas.

— Votre travail vous plaît ?

— Oui, dit Gertrude. Ce n'est pas le problème.

— Alors, si vous alliez à Chicago le week-end prochain ? Ce n'est pas difficile. Julian l'a fait une ou deux fois, pourquoi pas vous ? » Mamah posa la main sur l'épaule de la domestique. « Nous trouvons votre cuisine extraordinaire. Nous aimerions beaucoup vous voir rester. »

La jeune femme haussa les épaules. « Merci, madame. »

Cette nuit-là, Mamah se glissa dans le lit de Martha. À l'autre bout de la chambre, John avait laissé Lucky se faufiler sous les couvertures.

« John, tu es réveillé ? demanda Mamah.

— Oui.

— Et toi, Martha ?

— Hum-hum.

— J'ai quelque chose à vous demander. La maison vous manque, parfois, quand vous êtes à Taliesin ? »

Il y eut un long silence.

« Hum-hum, finit par dire Martha.

— Oui, ça doit être difficile pour vous de quitter vos amis tous les étés pour venir ici. »

La voix de John se fit entendre dans l'obscurité. « Et toi, Oak Park ne te manque jamais ? »

Cette question prit Mamah au dépourvu. Elle comprit qu'il était en train de lui demander : *Nous ne te manquons jamais ?*

« Il ne se passe pas un jour sans que vous me manquiez. Et parfois… eh bien, je regrette un passé qui n'a plus lieu d'exister. Mais, où que j'aille, je vous emporte dans mon cœur. C'est drôle, c'est comme si j'avais une petite chambre à l'intérieur de moi : chaque fois que j'y vais, je vous y retrouve. Cela me procure une sérénité incroyable. »

Plus personne ne souffla mot après cela. On n'entendait que la respiration sifflante du chien.

51

« Je n'arrête pas de me demander si Else a quitté Berlin », lança Mamah à Frank, installée dans un coin de la salle à manger où elle grattait les bottes boueuses de Martha au-dessus d'une poubelle. Son amie ne quittait plus ses pensées depuis que l'assassinat du prince autrichien faisait la une des journaux. Après avoir lu tout le *Dodgeville Chronicle* à la recherche des quelques bribes d'informations internationales susceptibles de s'y trouver, elle avait dû attendre que Frank rapporte les quotidiens de Chicago pour se mettre au courant de la crise diplomatique qui secouait l'Europe. Ceux de vendredi soir ne parlaient que des femmes et des enfants qui affluaient dans les gares de Berlin pour essayer de quitter le pays.

« J'avais l'intention de lui écrire pour lui demander si je pouvais l'inclure dans mon livre. Si elle voulait bien répondre à certaines questions, tu vois. Maintenant… » Mamah se mit à brosser les bottes avant de les graisser. « Je ne peux pas m'empêcher de penser à tous ces jeunes hommes qui fréquentaient le café, y discutaient d'art et de philosophie. Ils ont probablement tous été appelés sous les drapeaux à l'heure qu'il est. » Elle secoua la tête. « Chaque fois que je songe à Else et à son fils ou à Berlin, je me surprends à prier. »

C'était un mardi matin et Frank avalait un petit déjeuner rapide avant d'aller prendre le train. Il devait retourner terminer le chantier de Midway Gardens où il retrouverait Herb Fritz. En venant prêter renfort à Emil pour la préparation de l'exposition de San Francisco, Herb s'était préparé à un agréable séjour à la campagne. Mais le temps était affreusement humide dans le Wisconsin. Le matin même, quand elle était allée ouvrir son secrétaire, Mamah en avait trouvé les tiroirs désespérément coincés dans leur logement.

Elle sortit dire au revoir à Frank. « Emmène les enfants voir le battage du blé, lui suggéra-t-il en lui posant un petit baiser sur la joue.

— Je comptais y aller. » Elle agita la main tandis que la voiture s'éloignait dans l'allée et disparaissait sur la route au milieu des champs. Sillonnant la campagne au volant d'énormes batteuses, des ouvriers agricoles étaient attendus dans les fermes voisines.

Après son départ, Mamah alla au jardin humer le parfum du romarin qu'elle avait planté. Un nombre étonnant de fleurs y poussaient à foison. Attirée par l'agitation qui régnait autour d'un massif de grande camomille, elle s'en approcha. Des papillons blancs virevoltaient à une allure folle et une centaine d'abeilles entraient et sortaient de ses entrailles où elles puisaient du pollen. Quand elle enleva ses lunettes pour essuyer la sueur qui emperlait l'arête de son nez, tout le buisson sembla vibrer, comme doté d'une vie propre.

D'ordinaire, à cette époque de l'année, elle ne pouvait pas regarder son jardin sans avoir envie d'y travailler. Avec 90 % d'humidité dans l'air, certaines fleurs s'étiolaient. Il y avait des asters et des bleuets fanés à enlever. Les feuilles des pivoines viraient au rouge foncé : il fallait les arracher.

« David, appela-t-elle en apercevant le jardinier. Ces feuillages ont grand besoin de vos soins. » Elle lui montra la végétation flétrie.

« Je m'en occupe », dit-il. David Lindblom s'essuya la figure avec sa manche. « J'ai quelque chose à vous dire, Mrs Borthwick.

— Bien sûr. » Elle alla s'asseoir sur un banc à l'ombre et lui indiqua une chaise non loin d'elle.

« Je ne veux plus que Julian Carlton vienne aider au jardin. Il a mauvais caractère. Je ne peux pas travailler avec lui. »

Elle fronça les sourcils. « Qu'est-ce qu'il y a ?

— Il dit qu'il n'a d'ordres à recevoir que de Mr Wright. Il devient fou furieux quand je lui demande de faire quelque chose.

— En avez-vous parlé à Mr Wright ?

— J'en avais l'intention mais il est parti avant que j'en aie eu le temps. Je crois que Carlton pose aussi des problèmes à Emil.

— Dès que vous verrez Julian, dites-lui de venir me voir, voulez-vous ?

— Oui, madame. »

Quelques minutes plus tard, Julian arriva, le visage couvert de minuscules perles de sueur. Il se planta devant elle, aussi raide que s'il passait une inspection. Il était impeccable, comme toujours, mais son attitude trahissait un malaise. Il avait l'air terrifié.

« Ils me cherchent tous des noises. Emil a dressé tout le monde contre moi. Il pousse les autres employés à aller raconter des mensonges à Mr Wright.

— Ce n'est pas vrai, intervint Mamah. Mr Wright

ne m'a jamais rien dit de tel. Mais pourquoi vous disputez-vous avec Emil et David ?

— Ils n'arrêtent pas de me commander. Certains m'appellent George. Je suis un homme. Je n'ai pas à endurer ça. »

Mamah savait que ce prénom était une insulte pour un employé des wagons-lits Pullman. Une insulte des plus communes qui signifiait : « Tu n'as pas de nom. »

« Je travaille pour eux ou pour Mr Wright ?

— Pour Mr Wright et pour moi, bien sûr. Mais, au jardin, il vous faut suivre les instructions de David. Et à l'écurie, c'est Tom le patron. Vous allez devoir trouver le moyen de vous entendre. Nous ne pouvons pas accepter que nos employés se disputent tout le temps. Je vais aller en toucher un mot à Emil. »

Un sourire satisfait éclaira le visage de Julian. « Très bien, madame », dit-il.

Le jeudi après-midi, Mamah alla à l'écurie voir le poulain avec les enfants. Comme à leur habitude, ils s'accroupirent dans la semi-obscurité de l'allée centrale pour regarder à travers la barrière.

« Selle-le ! » C'était la voix d'Emil. Dans la pénombre, Mamah l'aperçut, debout près d'un cheval. De l'autre côté de la monture, elle distinguait les jambes de Julian.

« Je ne travaille pas pour toi, le blanc ! répondit Julian d'une voix tremblant de rage.

— J'ai dit, selle-le, sale nègre !

— D'accord, je vais le faire, s'écria Julian. Allez au diable, toi et ton foutu cheval ! »

Certaine que les deux hommes allaient en venir aux mains, Mamah retint son souffle. Les mains plaquées sur les oreilles, Martha se blottit contre sa hanche. Quand Julian tourna les talons et sortit de l'écurie en courant, Emil monta en selle et s'éloigna, puis Mamah demanda aux enfants de la suivre.

Un peu plus tard, dans l'atelier, elle trouva Emil dans tous ses états en train de raconter l'incident à Herb.

« Ce type a un grain, dit Emil à Mamah. Il s'emporte pour un rien. Il menace les gens. David a peur de lui depuis le premier jour.

— J'ai interrogé David pas plus tard qu'hier. Il n'a pas parlé de peur.

— Avant même que je rencontre Carlton, David m'a conseillé de l'éviter. Il l'a décrit comme un vrai démon, colérique et rancunier. Eh bien..., Emil inspira un grand coup, ...c'est tout à fait lui. »

Dans la cour, Billy Weston confirma les dires du dessinateur. « Julian est intelligent et se montre poli, mais il a un côté désespéré. Il est incapable de s'entendre avec nous autres. »

Mamah alla dans sa chambre s'asseoir à son secrétaire pour mettre de l'ordre dans ses pensées. Au bout de quelques instants, elle avait pris sa décision. Elle allait devoir congédier les Carlton.

Elle ne pouvait que regretter cette situation. Gertrude était la meilleure cuisinière qu'il lui eût été donné de connaître et une femme adorable. Même Julian était un domestique idéal. Mais il ne travaillait à Taliesin que depuis quelques semaines, à peine assez pour sonder quelqu'un. Il avait un tempérament atrabilaire qu'il avait manifestement réussi à cacher aux Vogelsang tant qu'il était resté à leur service. Elle ne se faisait aucune illusion sur sa capacité à changer.

Toutefois, pour Gertrude et Julian, s'adapter à tant de personnalités différentes n'avait sans doute pas été chose facile. Mamah se rappela les premiers mois qu'elle avait passés à Taliesin. Elle essaya d'imaginer ce que devait ressentir un nouveau venu, et un homme de couleur par-dessus le marché, au milieu de ces employés. Elle s'en voulut d'avoir été assez naïve pour croire qu'une douzaine de personnes pouvaient cohabiter sans heurts. Que les ennuis n'aient pas commencé plus tôt, voilà qui relevait du miracle !

Bien que réunis au gré des circonstances, les gens qui vivaient à Taliesin formaient une véritable communauté. Des liens solides unissaient ces hommes. Pour Mamah, ils faisaient partie de la famille. Ils lui avaient parlé de leurs fiancées, de leurs épouses, de leurs enfants et de leurs soucis. Quelques-uns étaient déjà là au plus fort du scandale causé par la presse. Elle n'oublierait jamais la façon dont ils s'étaient mobilisés pour les défendre, Frank et elle, quand le petit détachement du shérif était censé venir à Taliesin.

Faisaient-ils preuve de cruauté les uns envers les autres ? Mamah n'avait jamais eu l'occasion de le constater et pourtant elle pensait assez bien les connaître. Cela avait pris du temps, mais elle s'était intégrée. Ils l'acceptaient comme patronne quand Frank n'était pas là. Hier encore, Emil était venu la consulter au sujet des dessins pour l'exposition et Billy pour un problème de construction. Elle avait été en mesure de leur donner des instructions à tous deux. S'agissant de la gestion de la ferme, elle s'affirmait chaque jour un peu plus. « C'est parfait », avait commenté Frank les quelques fois où elle avait pris une décision en son absence.

Malgré tout, elle regretta qu'il ne fût pas à Taliesin cette fois-ci.

Après dîner, elle fit venir Julian dans la cuisine où Gertrude lavait la vaisselle.

« Je ne vous tiens pas pour responsable de tous les ennuis que nous avons eus ici, Julian, dit-elle. Vous travaillez bien et la cuisine de Gertrude est excellente. Mais, apparemment, vous avez trop d'incompatibilité d'humeur avec les autres employés. Cette maison n'est pas aussi grande qu'il y paraît : quand il y a des mésententes, cela pèse à tout le monde. Je suis désolée, mais je crois qu'il vaudrait mieux que vous retourniez à Chicago, Gertrude et vous. »

Quand Julian prit la parole, sa voix tremblait comme s'il était au bord des larmes. « Mr Wright est au courant ?

— Je parle au nom de Mr Wright, répondit-elle. Samedi soir, quand vous aurez fini votre semaine, votre séjour ici sera terminé. Dimanche, quelqu'un vous reconduira à la gare de Spring Green. »

Gertrude avait gardé la tête baissée pendant que Mamah parlait. Elle jeta un coup d'œil craintif à Julian. Dans cet unique regard, Mamah lut toute leur relation. Elle fut certaine que Julian se montrait parfois brutal avec sa femme.

« Très bien », finit-il par dire.

Mamah effleura le bras de Gertrude avant de tourner les talons pour quitter la cuisine.

Ce soir-là, elle n'arriva pas à s'endormir. Elle alla dans la chambre des enfants et se glissa tout contre le petit corps en sueur de Martha. À la campagne, Mamah dormait toujours d'un profond sommeil. Mais, cette nuit-là, elle écouta le souffle brûlant de la brise agiter les feuilles des chênes derrière la fenêtre. Les arbres s'ébrouaient par intermittence, faisaient bruisser leur feuillage puis retombaient dans leur torpeur.

Mamah resta allongée, bercée par les trilles aigus des grenouilles et des insectes. Pendant quelques minutes, elle redevint la petite fille d'autrefois, couchée bras et jambes écartés dans sa fine chemise de nuit de coton, aussi immobile que possible dans l'humidité étouffante de la nuit. Tous ces bruits relevaient de l'évidence, à l'époque. Enfant, elle ne s'était jamais donné la peine de se demander quels insectes prenaient part au raffut nocturne. Il lui apparaissait désormais comme l'essence même de ces débuts d'été. Elle repensa aux maisons du quartier où elle habitait, enfant. Aux voix qui émanaient des vérandas enténébrées. Aux familles assises sur le perron, à leurs chuchotements, à leurs rires. Aux certitudes qui sous-tendaient cet univers.

Mamah écarta les mèches de cheveux mouillés qui tombaient sur le front de Martha. *Quelle enfance magique j'ai eue !* pensa-t-elle. Alors qu'elle commençait à s'endormir, elle se dit qu'il était temps pour sa fille d'apprendre le français. Elle se promit de lui trouver un professeur à Oak Park dès l'automne.

Le vendredi se passa sans aucune dispute. À l'heure du déjeuner, quand Julian servit les hommes dans la salle à manger, personne ne laissa transparaître la moindre rancœur.

Le lendemain, à huit heures du matin, Mamah entendit quelqu'un frapper à la porte de sa chambre. C'était Gertrude. Elle avait le même regard inquiet que l'avant-veille. « Il y a quelqu'un pour vous au téléphone, madame, dit-elle.

— Les ouvriers sont là avec leurs batteuses ! » Au bout du fil, la voix de Dorothea Barton ressemblait à celle d'une petite fille. « Vous venez les voir ?

— Nous ne voudrions pas manquer ça !

— Pouvez-vous attendre cette après-midi ? Ils veulent tout préparer.

— Vers une heure ?

— C'est parfait. Dites, j'espère que vous resterez à dîner. Nous organisons toujours une petite fête pour l'occasion. Sam joue du violon et on danse. Vous voyez comme notre plancher s'enfonce un peu d'un côté ? Eh bien, à la fin de la soirée, on est tous agglutinés dans ce coin ! Oh, mais qu'est-ce qu'on rigole !

— Que pouvons-nous apporter ?

— Rien que vous ! Mais si vous avez un des gâteaux de Gertrude, ça ne serait pas de refus. »

Mamah jeta un coup d'œil à la cuisinière renfrognée qui faisait frire du bacon. « Je ne peux rien vous promettre, mais nous essaierons. » Quand elle eut raccroché, elle envisagea de parler à Gertrude puis se ravisa et alla dans la salle à manger où Julian dressait la table du petit déjeuner.

« Bonjour, lui dit-elle.

— Bonjour. » Julian n'avait plus son air larmoyant de l'avant-veille. Aussi grand qu'elle, il la toisa d'un regard froid et arrogant. Il arborait la veste blanche qu'il mettait toujours pour assurer le service, mais autre chose attira l'attention de Mamah : le domestique portait un pantalon en lin appartenant à Frank.

Mamah alla dans la cour et essaya de reprendre son calme. Elle fit le tour de la maison à la recherche des employés sans en trouver aucun. Étaient-ils allés aider aux champs ? Elle retourna à l'intérieur et se rendit dans la cuisine. « Les enfants et moi prendrons notre petit déjeuner dehors », annonça-t-elle, puis elle rejoignit la chambre en toute hâte pour se changer et réveiller Martha et John.

Quelques minutes plus tard, ils se mettaient en route avec des biscuits et du bacon que Gertrude leur avait enveloppés dans des serviettes. Mamah se sentit mieux dès l'instant où ils passèrent le seuil de la maison.

« Maman, pourquoi Gertrude est fâchée ? » demanda John quand ils furent dans la voiture. La cuisinière n'avait pas répondu à son bonjour du matin.

« Julian et elle vont partir, mon chéri. Ils ne font pas l'affaire. Julian se dispute avec tout le monde, apparemment.

— Ah.

— Tu es triste de les voir partir ?

— Elle, oui. Lui, non, répondit John.

— Où on va ? demanda Martha.

— Nous ne sommes invités chez les Barton qu'à une heure. Nous pourrions nous trouver un nouvel endroit pour pêcher. »

Ils déjeunèrent sur la berge sablonneuse de la rivière puis se mirent à creuser pour trouver des vers. Quand les enfants eurent leur provision d'appâts, Mamah s'assit sur une couverture près d'une touffe de carottes fourragères et en arracha une.

Frank avait peut-être donné ce pantalon à Julian. Possible, mais peu probable car il s'agissait de l'ensemble qu'il s'était fait tailler en Italie. Non, Julian était probablement allé se servir dans l'armoire de son patron. Cette idée apparut à Mamah comme une violation intolérable. Julian avait dû se glisser dans leur chambre pendant qu'ils étaient sortis. Elle ne voulait même pas y penser. Mais elle se doutait que les choses avaient dû se passer ainsi.

Vers onze heures et demie, ils s'entassèrent de nouveau dans la voiture ; un nuage de poussière dans leur sillage, ils prirent la route cahoteuse et pleine d'ornières pour rentrer à Taliesin. Devant eux, la chaleur faisait vibrer le paysage ; des carouges à épaulettes qui nichaient dans les massifs de joncs s'envolaient à leur approche. Quand Mamah et les enfants passèrent devant la ferme des Barton, le bruit du moteur à vapeur devint assourdissant. L'odeur portée par la brise n'était plus celle du purin mais du gazole. Comment avait-elle pu se passionner pour le battage du blé l'été dernier ? Force lui fut d'admettre que c'était un moment de solidarité et d'entraide entre voisins. Mais, ce jour-là, cette opération lui sembla sale et bruyante. Dans le champ, le moteur déroulait un panache de fumée noire qui souillait le ciel. Elle ne voulait pas que Martha et John s'approchent de la machine : on pouvait y laisser un bras ou une jambe en un clin d'œil. Il lui faudrait les surveiller à chaque instant pour les en empêcher.

En arrivant à la maison, Mamah se mit à la recherche de Julian. Il mettait le couvert dans la salle à manger provisoire des employés, près de son bureau. Quand elle s'adressa à lui, il la regarda d'un œil torve.

« Julian, à la réflexion, je pense que vous pourriez très bien partir dès aujourd'hui, dit-elle. Nous vous paierons la semaine entière. Gertrude et vous n'aurez qu'à préparer vos bagages après déjeuner.

— Nous finirons notre service tout comme il faut, répondit-il d'un ton neutre. Nous avions l'intention d'aller à l'église de Milwaukee demain matin avant de prendre le train pour Chicago pour nous rendre chez la sœur de Gertrude.

— Je vois », dit-elle.

L'idée de passer encore une nuit sous le même toit

que Julian l'effrayait. Si elle n'arrivait pas à se débarrasser de lui, Frank y parviendrait.

Par bonheur, quand Mamah entra dans la cuisine, Gertrude ne s'y trouvait pas. Elle prit le téléphone.

« Selma, dit-elle quand l'opératrice finit par prendre la communication. Je voudrais être mise en relation avec le bureau du télégraphe. »

Une série de déclics se fit entendre puis un homme répondit.

« Charley, ici Mamah Borthwick de Taliesin. Je dois envoyer un message à Frank sans délai. Il est à Midway Gardens, à Chicago.

— Ça marche ! Que voulez-vous lui dire ?

— Ceci : "Viens dès que possible. Avons besoin de toi à Taliesin de toute urgence."

— Très bien, Mrs Borthwick. Je peux faire quelque chose pour vous aider ? demanda l'employé, soudain sérieux.

— Non, non », répondit Mamah d'une voix distraite. Peut-être exagérait-elle la gravité de la situation. Elle hésita à reformuler son télégramme. « Rien que des agissements bizarres. Et une maison pleine d'hommes. Tout va bien. Mais envoyez-le-lui sur-le-champ, voulez-vous ?

— Bien madame », dit-il avant de raccrocher.

Frank recevrait le câble à deux heures, estima-t-elle, et arriverait tard ce soir s'il prenait un train dans l'après-midi.

Mamah se ressaisit et alla au salon. Les ouvriers entraient dans la maison en file indienne et longeaient le couloir jusqu'à leur salle à manger, située dans l'aile ouest. Mamah étudia leurs visages. Aucun ne dégageait de malaise comme celui de Julian. Ils s'asticotaient gentiment, comme à l'accoutumée.

Soudain, Julian fut à côté d'elle, prêt à l'escorter jusqu'à sa chaise. Elle voulait déjeuner sans s'exposer à une nouvelle confrontation. Ensuite, elle irait demander à Billy de conduire les Carlton à Spring Green dans l'après-midi de manière qu'ils soient partis quand elle reviendrait de chez les Barton. *En comptant Ernest et le nouveau dessinateur, il y a six hommes, au bout du couloir*, songea-t-elle pour se rassurer encore une fois.

« Je peux aller m'asseoir seule », dit Mamah à Julian. Elle traversa la salle à manger familiale et entra dans la véranda ombragée où les enfants étaient déjà attablés. C'est là qu'ils préféraient prendre leurs repas en été. Quand elle les rejoignit, elle sentit une très légère brise monter de la rivière et souffler sur le bassin. Mamah s'essuya le front avec sa serviette avant de la poser sur ses genoux.

En attendant qu'on les serve, Mamah essaya de décrire les batteuses à Martha et à John. Comment leur expliquer le fonctionnement des courroies de ventilateur, des roues dentées, des poulies et des moteurs à vapeur ?

« Cette machine sort les grains des céréales de leur enveloppe, dit-elle. On relie la batteuse au moteur avec une courroie et... »

En levant les yeux, dans la pénombre, elle vit Julian traverser la salle à manger, un plateau au-dessus de l'épaule. Il portait une sorte de seau dans l'autre main. Mamah sentit son estomac se nouer. *Que se passe-t-il encore ?* pensa-t-elle en mettant ses lunettes. Comme il s'approchait de la véranda, la lumière tomba sur son visage. Il avait les yeux écarquillés et le regard sauvage d'un daim blessé à mort. Une tache – de l'urine ? –

souillait l'avant de son pantalon. La vérité la heurta de plein fouet : elle regardait la figure d'un fou.

Le cœur battant, elle le vit s'arrêter, poser le plateau et soulever l'objet qui se trouvait dessus. C'est alors qu'elle reconnut l'instrument : un merlin. La lame de la hache étincela quand Julian la brandit.

« Sauvez-vous ! » cria Mamah aux enfants. Dehors, elle entendit comme une porte qui claquait. L'instant d'après, un mur de flammes s'éleva derrière les cloisons de la véranda. En reconnaissant l'odeur de l'essence, elle comprit ce qui se passait. Haletante, elle sentit une force soudaine s'emparer d'elle.

« Sauvez-vous ! » hurla-t-elle encore. John se leva d'un bond. Elle vit Martha sauter sur ses pieds et la fumée s'engouffrer dans la loggia à travers les moustiquaires.

Julian se précipita sur eux ; sa veste blanche déboutonnée lui tombait sur les bras. « Putain ! » cria-t-il.

Mamah était debout, coincée entre la table et sa chaise. « Arrêtez ! » Son cri implorant couvrit le crépitement du bois en combustion.

Julian se jeta sur elle. Il l'empoigna à la gorge. Ses mains empestaient l'essence. « Putain ! fulmina-t-il, le regard fou. Putain ! »

Mamah saisit le bras qui tenait la hache. De toutes ses forces, elle tira et poussa Julian pour essayer de le renverser. Mais son corps était dur comme fer et il la repoussa. Elle tomba à la renverse sur sa chaise. Elle sentit qu'il aspergeait sa tête d'essence avec le seau.

« Meurs ! vociféra-t-il. Brûle ! »

Julian prit la hache à deux mains et la leva bien haut. John s'agrippa à sa jambe pour essayer de le faire tomber. Mamah se releva d'un bond et tendit la main gauche pour protéger son fils. De la main droite, elle essaya de parer le coup et pencha la tête. Elle vit la lame au-dessus d'elle, son tranchant acéré en suspens comme un sombre couperet, puis ce fut le brouillard tandis que les coups pleuvaient.

Mamah recula en titubant et s'effondra sur le sol. Elle avait du sang plein les yeux. Malgré le ronflement des flammes, elle entendit John l'appeler. Elle se mit à ramper vers cette voix.

52

« Allez, descends, John, tu ne peux pas faire deux choses à la fois. » Debout dans la taverne de Midway Gardens, Frank Lloyd Wright regarde son deuxième fils, à genoux sur un échafaudage. Le jeune homme mange un sandwich tout en peignant les cercles de la nouvelle fresque.

« Tu distingues assez bien le tracé ? demande John.

— Oui, répond Frank en s'appuyant sur la vitrine du présentoir à cigares. Le dessin est bon. »

Frank est soulagé de voir la peinture murale précédente, jamais achevée, enfin recouverte. Son échelle ridiculement disproportionnée, ses silhouettes en toges de style grec en total désaccord avec le reste du parc le rendaient fou. Il a dessiné lui-même le nouveau motif : une série de cercles qui s'entrecroisent comme des bulles ou des ballons qui s'envolent. Léger, aérien, abstrait, festif.

Frank est affamé. Il aurait besoin de prendre un bain. Son fils aussi. John et lui ont dormi deux nuits de suite à Midway Gardens sur un tas de copeaux de bois recouvert d'une bâche.

Il n'y a plus d'argent. Tout le monde ici travaille à crédit. La décoration du mur est l'une des dernières choses qu'ils peuvent terminer sans engager de nouvelles dépenses. Ed Waller n'arrive pas à comprendre pourquoi Frank s'obstine à vouloir effacer cette fresque épatante qu'ils doivent à l'un des meilleurs peintres de Chicago. Mais Waller sait maintenant qu'il ne fera pas capituler Frank Wright comme n'importe quel autre associé. Par ailleurs, il a bien assez de soucis sans se préoccuper de ce mur. Ses créanciers ne le lâchent pas d'une semelle. Terminé ou pas, le parc devra ouvrir ses portes.

Pour la centième fois, Frank se remémore l'inauguration dans toute sa splendeur. Quel délicieux hommage ! Il revoit le visage d'Harriet Monroe : elle a levé les yeux sur les balcons avant de contempler la foule des danseurs en tenue de soirée qui évoluait sur la piste pendant que l'orchestre jouait.

« Magnifique ! s'est-elle exclamée. L'architecture de Chicago a atteint de nouveaux sommets. »

Quand la redoutable critique d'art a tourné les talons, Mamah a regardé Frank avec un sourire narquois : « Une mouche de moins à écraser ! »

« Téléphone, Mr Wright. » Un employé du bureau de Waller le tire de sa rêverie.

Il regarde John. « Descends de là, fiston, et assieds-toi pour déjeuner. »

Frank et l'assistant de Waller traversent le jardin d'hiver puis empruntent l'escalier qui mène à un bureau au sous-sol.

« Wright à l'appareil, dit-il en prenant le combiné.

— Frank », dit une voix.

On dirait celle de son ami Frank Roth de Madison. Pourquoi l'appelle-t-il ici ?

« Espèce de branquignol ! s'exclame Frank. Comment vas-tu ? »

Son ami hésite. « Frank, répète-t-il. Personne ne t'a téléphoné ? Taliesin est en train de brûler.

— Comment ? Qu'est-ce qui se passe ?

— Quelque chose de terrible...

— Où est Mamah ? Il y avait quelqu'un dans la maison ?

— Je n'en sais rien. Je viens juste de l'apprendre par un ami qui travaille pour le journal. Tu n'as pas reçu de télégramme ?

— Non ! C'est grave ?

— Je crois que c'est un gros incendie.

— J'arrive dès que possible. »

Il raccroche et appelle Mamah. Il a beau attendre, il n'entend qu'une suite de déclics et n'obtient même pas l'opératrice. Il jette le combiné et traverse le bâtiment au pas de course. Quand il arrive près de John, il est hors d'haleine.

« Qu'est-ce qu'il y a ? » lui lance son fils.

Frank empoigne une table en poussant un gémissement. « Il y a un incendie à Taliesin. »

Ils hèlent un taxi pour aller à la gare et se précipitent vers l'entrée du quai numéro 5, celui d'où part Frank chaque fois qu'il rentre à Spring Green. Mais il est près de deux heures.

« C'est un omnibus, leur annonce l'employé des chemins de fer.

— Oh, non ! s'écrie Frank. Il y en a un autre ?

— Non, monsieur. »

Frank connaît ce train. Il l'a déjà pris et s'est juré de ne plus le faire. L'omnibus s'arrête dans chaque fichu patelin entre Chicago et Madison. Ils ne seront pas à Spring Green avant dix heures.

« On n'a pas le choix, papa », dit John d'un ton grave.

Frank regarde la foule qui se presse devant eux. Une fois à bord, ils ne pourront sans doute pas s'asseoir l'un près de l'autre. Les gens montent lentement dans le train. Ils portent qui des sacs de provisions, qui des valises et qui des enfants. Dans la cohue, un homme tourne la tête et regarde Frank droit dans les yeux. C'est Edwin Cheney.

Frank s'approche de lui. Cheney est blême et ses lèvres presque bleues. « Ed, demande Frank avec inquiétude en serrant convulsivement sa main, que savez-vous ?

— On m'a appelé pour me dire que la maison est en flammes. Mes enfants sont là-bas.

— Je sais. »

John Wright s'est frayé un chemin jusqu'à l'avant de la file d'attente. Il parle au chef de train avec intensité. Les têtes se tournent vers les deux hommes. John fait signe à son père et à Edwin de le rejoindre. Sous les regards contrariés des autres voyageurs, ils longent le quai puis le conducteur les hisse sur le marchepied.

Edwin s'effondre sur un siège, Frank sur un autre. John s'occupe de ranger les valises dans le compartiment à bagages au-dessus de leurs têtes.

« Ils étaient certainement dehors, suggère Edwin, entre question et affirmation.

— J'en suis sûr, répond Frank. Ils sont sans doute chez les Barton. On y bat le blé à cette époque de l'année. » Il lance un coup d'œil à Edwin. « Et même s'ils se trouvaient dans la maison, il y a des portes partout. »

Il se passe encore vingt minutes avant que l'omnibus quitte la gare en haletant. Il traverse les faubourgs nord de la ville à la même allure qu'un petit train pour touristes. Au bout d'une heure, il marque l'arrêt pour la première fois. À partir de maintenant, il va ralentir et s'arrêter, ralentir et s'arrêter pendant tout le trajet pour laisser monter ou descendre les voyageurs dans chaque petite ville du sud du Wisconsin.

On étouffe dans le compartiment. L'un après l'autre, les hommes se lèvent pour enlever leur veste car on manque de place. En face de Frank, Edwin est en sueur et son épais visage est crispé par l'inquiétude. Avec l'âge, il a pris de l'embonpoint, ce qui lui fait une grosse tête ronde. De temps à autre, le train a des soubresauts et leurs genoux se cognent.

Un peu après Beloit, un homme frappe à la vitre. John entrouvre la porte.

Frank entend l'intrus mentionner le *Milwaukee Journal.*

« Allez-vous-en, dit John.

— Attendez ! » Edwin se lève. « Demandez-lui ce qu'il sait. »

John ouvre la portière.

Le journaliste examine attentivement les trois voyageurs et son regard se pose sur Frank. Son visage s'illumine : c'est l'homme qu'on lui a demandé de trouver.

« Que savez-vous ? grogne ce dernier.

— Mon rédacteur en chef m'a dit que la maison brûle depuis plusieurs heures. Les pompiers de Spring Green sont sur place. Et tout un tas de gens essaient d'éteindre l'incendie.

— Mais les habitants ? Il y avait quelqu'un à l'intérieur ? »

Le reporter semble déconcerté. Mal à l'aise, il se balance d'un pied sur l'autre. Il s'attendait à être celui qui observe et pose les questions, pas le porteur de nouvelles.

« Mes informations remontent à deux heures. » Il regarde les trois passagers. « Il y a des morts », dit-il.

Edwin empoigne les revers de son veston à deux mains. « Qui ? Qui est mort ? »

La peur se lit sur le visage du journaliste. « On m'a dit que trois personnes avaient été assassinées.

— Assassinées ? s'écrie Frank, incrédule. Quelqu'un a mis le feu à la maison ? »

L'homme regarde autour de lui et déglutit péniblement. « Le Nègre. Le domestique. Apparemment, il a verrouillé toutes les issues. Il a versé de l'essence autour de l'aile où tout le monde déjeunait. Je pense que l'incendie s'est déclaré… – il fit claquer ses doigts – …comme ça. Quand ils sont tous sortis en courant par la seule porte qu'il n'avait pas fermée à clé, il les a tués à coups de hache. Puis il a pris la fuite. On est à sa recherche. »

À reculons, l'homme essaie de sortir du compartiment. Désespéré, Frank l'attrape par la manche. « La maîtresse de maison, dit-il, Mamah ? »

L'air horrifié, le journaliste hésite. « Monsieur, on m'a dit qu'elle était… elle n'a pas survécu. »

Frank vacille et retombe sur la banquette.

Edwin s'élance vers le reporter et le retient par l'autre manche. « Ses deux enfants sont là-bas en ce moment. Un garçon et une fille… je suis leur père… »

L'envoyé spécial du *Milwaukee Journal* baisse la tête. « Le garçon reste introuvable, monsieur. Quant à la fille… je crois qu'elle est gravement brûlée. »

Edwin pousse un cri et donne un coup de poing dans la cloison du compartiment. Tout son corps est secoué par les sanglots. Dans le coin, les bras et les jambes de Frank se mettent à trembler furieusement. John jette sa veste sur les genoux de son père.

L'air brûlant s'engouffre par la fenêtre. Les mouches tourbillonnent dans le compartiment. Le train entre en gare de Madison. Sur le quai, près d'un lampadaire, Frank aperçoit ses tantes Nell et Jenny ainsi que son cousin Richard.

« Ils sont venus nous chercher », dit John qui aide son père à se lever.

Dans les allées, les passagers n'ont pas encore commencé à avancer vers la sortie. Les trois hommes vont attendre dans le couloir.

« Édition spéciale ! » crie un petit vendeur de journaux sur le quai. Edwin sort des pièces de sa poche et se penche par la fenêtre pour acheter un exemplaire du *Wisconsin State Journal* au garçon qui le lui tend à grand-peine. Il déploie l'édition du soir et la tient de façon à permettre à Frank de la lire aussi. « LE FORCENÉ NOIR TUE TROIS PERSONNES ET MET LE FEU À LA MAISON DE FRANK LLOYD WRIGHT. »

Frank cherche immédiatement les noms des victimes dans le paragraphe suivant.

> « Morts : Mrs Mamah Borthwick, qui a eu le crâne fracassé, et deux employés de maison. Blessés : la fille de Mrs Borthwick, âgée de neuf ans, qui a reçu des coups de hache dans la tête, est gravement brûlée. Introuvables : le fils de Mrs Borthwick, douze ans, et Julian Carlton, le meurtrier. »

En descendant du train, Frank sent ses genoux se dérober sous lui. Son cousin Richard le rattrape et le secoue violemment. « Ressaisis-toi, crie-t-il comme si

Frank ne l'entendait pas. C'est pas beau à voir, là-haut, vraiment pas. Ne te laisse pas aller. » Il conduit les trois hommes jusqu'à sa voiture.

« Ils ont retrouvé mon fils ? demande Edwin qui a pris place sur la banquette arrière, l'air hébété.

— Non, répond Richard. Il était dans la maison, apparemment. L'histoire de l'enlèvement n'est qu'une spéculation liée à la disparition de Carlton.

— Et Martha, ma fille ?

— Je suis vraiment désolé, Mr Cheney. » Richard s'étrangle et fait un effort pour continuer : « Elle est morte cette après-midi. »

Frank ne voit pas le visage d'Edwin Cheney. « Qui d'autre ? demande-t-il en pleurant après un silence.

— Un jeune garçon de treize ans. Ernest Weston, répond son cousin.

— Le fils de Billy, dit Frank, sous le choc. Il aidait au jardin. Et Billy ?

— Il est blessé mais vivant. L'autre victime est un dessinateur, explique Richard. Celui-là est mort.

— Brodelle ? Emil Brodelle ?

— Oui. »

Sur la route qui mène à Taliesin, dans l'ombre, les collines dessinent de vastes ondulations noires sous les étoiles, comme toujours au mois d'août. Quand la voiture arrive à proximité de la maison, les astres disparaissent derrière un voile de fumée. En bas, des centaines de lanternes clignotent dans la nuit. Au moment où la voiture débouche d'un virage, Frank constate malgré l'obscurité que la moitié de la maison a été détruite. Des nuages de fumée s'élèvent au-dessus du cratère calciné qui entaille la colline. Quand leur véhicule quitte la route principale, il aperçoit des hommes armés de carabines et des chiens qui repartent à pied de Taliesin.

Par la suite, il apprendra que sept cents personnes sont venues en renfort. Abandonnant leurs tracteurs et leurs batteuses, les hommes se sont précipités à Taliesin. Les femmes se sont ruées hors de leurs cuisines avec des marmites et des seaux d'eau pour essayer d'éteindre l'incendie.

Dans les champs de maïs, la battue est terminée, mais Frank ne le sait pas encore. Des voisins et des policiers ont déjà retrouvé Julian Carlton caché dans la chaudière du sous-sol, muet et affaibli par l'acide muriatique qu'il a avalé. Le shérif Pengally a déjà soustrait le forcené à la foule qui ne demandait qu'à le lyncher. À présent, Frank ne voit plus que les visages sales et fatigués de ses voisins qui reprennent le chemin de leurs fermes en s'éclairant à la lanterne.

Pendant longtemps, Frank essaiera d'effacer de sa mémoire les images qu'il va voir dans la maison de sa sœur Jennie, où l'on a transporté les morts et les blessés : le cadavre de Mamah sous le drap, son crâne fendu en deux, ses cheveux tout brûlés, les chairs boursouflées qui se détachent des os ; le corps sans vie et calciné de Martha Cheney, dont on ne peut identifier que la bague de saphir ; Tom Brunker et David Lindblom, atrocement mutilés, toujours vivants mais inconscients. Par la suite, le Taliesin qu'il s'apprête à découvrir lui rappellera les champs de bataille de la Grande Guerre. Il s'efforcera d'oublier l'angoisse qui l'attend. Demain, Edwin creusera les décombres encore chauds à mains nues pour y trouver une preuve, les ossements de son fils. À midi, il les aura mis au jour.

53

Au réveil, Frank ne sait pas où il se trouve. Couché sur le côté, en position fœtale, sur la colline, il entend les battements sourds de son cœur dans l'oreille qui repose sur le sol. L'odeur lui emplit les narines, celle de l'herbe mouillée dont il sent les brins se décoller de sa joue quand il s'assied. Le bras sur lequel il était appuyé pendant la nuit est tout engourdi. Il le déplie et le secoue jusqu'à ce qu'il se mette à fourmiller.

Les souvenirs affluent en même temps que le sang dans son bras. En apercevant la maison de Jennie, il comprend qu'il a passé la nuit dans le pré d'à côté. Cette pensée prend forme dans son esprit puis une autre la remplace.

Mamah est morte.

Frank se rappelle les événements de la veille au soir. Il a commencé par aller se reposer quelque temps dans la chambre d'amis de sa sœur. En bas, la salle à manger s'est transformée en infirmerie où les hommes, blessés en luttant contre l'incendie, sont allongés sur des lits de camp. Hier, en arrivant dans la maison, il a commencé par aller voir Mamah. Puis Tom et David qui agonisaient sous ses yeux. Il s'est agenouillé près du lit de chacun des hommes qui se sont si vaillamment battus contre les flammes et les a remerciés pour leur courage.

Un voisin qu'il ne connaissait pas personnellement a posé la main sur son épaule d'un geste tendre, comme pour le bénir.

Pendant la nuit, leurs plaintes lui parvenaient de l'étage inférieur. Il a quitté sa chambre, à cause des gémissements, et attiré par le corps de Mamah, allongé par terre sous un drap dans la salle à manger. Et, à côté d'elle, Martha, sous un linceul, elle aussi. Il a descendu l'escalier en pleine nuit et s'est arrêté devant la porte, sur le point d'aller s'asseoir près d'elles. Mais une peur terrible s'est emparée de lui : s'il entrait dans cette pièce, s'il revoyait Mamah telle qu'il l'avait découverte quelques heures auparavant, cela effacerait à jamais tous ses autres souvenirs d'elle.

En regardant le soleil se lever, il se reproche d'avoir manqué à ses devoirs envers elle. Il imagine la terreur qui a dû être la sienne. Tout le monde dit que sa mort a été rapide, comme si cela en atténuait l'horreur. Pour la centième fois, Frank se figure les choses qui auraient pu se passer s'il avait été là. Il se voit attraper Julian Carlton par les jambes, le faucher et lui arracher la hache des mains pendant que les autres s'enfuient.

Le parfum de l'herbe est remplacé par l'odeur de la fumée. Elle est partout, elle imprègne ses vêtements, ses cheveux. Elle lui remonte dans la gorge. Il tousse à n'en plus finir puis se lève. S'il ne pense pas à autre chose, il respirera de nouveau des relents de chairs brûlées et passera sa journée terrassé par la nausée.

Tout le monde dort encore quand il entre dans la maison de Jennie. Il monte à l'étage, dans la salle de bains où il ne fait couler que quelques centimètres d'eau. Il ne sera pas le seul à avoir besoin d'eau chaude ce matin. Assis dans la baignoire, il sent le poids des événements s'abattre sur sa poitrine comme un sac de pierres. Ses bras et ses jambes sont si lourds qu'il se demande comment il va pouvoir sortir de son bain. Pourtant il doit s'habiller et aller fabriquer un cercueil pour Mamah.

Il s'imagine debout. « Lève-toi », dit-il à haute voix, et son corps obéit. Dans sa chambre, il trouve une chemise propre, des chaussettes et des sous-vêtements étalés sur le couvre-lit.

Edwin est attablé dans la cuisine ; son visage paraît dix ans plus vieux que la veille. Andrew, le mari de Jennie, est assis en silence à côté de lui ; il y a aussi leur fils, Frankie, qui lève des yeux écarquillés de son bol de céréales. Jennie était à Madison quand l'incendie s'est déclaré. Elle dort à présent car elle a passé la nuit à soigner les blessés.

Edwin a déjà annoncé son intention d'enterrer ses enfants à Oak Park et de les y ramener dès qu'un cercueil sera prêt pour transporter leurs dépouilles.

« Nous pourrions célébrer l'office de Mamah ici, dans la maison, hasarde Andrew.

— Non, répond Frank. Je l'enterrerai aujourd'hui. »

Il évite de dire tout haut devant Edwin que l'idée de recourir aux services des pompes funèbres et d'organiser une veillée est un blasphème à ses yeux. Il ne veut pas des paroles mensongères d'un inconnu. Mamah était tout sauf mensonge. Cette cérémonie, elle la voudrait simple.

« J'emmène Frankie en ville acheter le bois pour les cercueils, dit Andrew. Lequel veux-tu ?

— Du pin. Du pin blanc sans nœuds. »

Edwin hoche la tête.

Quand Frank arrive à Taliesin, les ouvriers arrosent encore les décombres de la maison. Le soleil matinal apparaît par moments derrière les nuages.

Ces mêmes hommes, qui ont posé brique après brique pour lui et charrié du sable depuis le fleuve pour fabriquer le stuc dont ils ont enduit ses murs, viennent à présent lui présenter leurs condoléances. Eux aussi pleurent leurs amis, morts ou blessés, et Mamah qu'ils avaient appris à respecter. Hier, ils étaient tous ici à combattre l'incendie. Ils sont hagards, fatigués et voudraient comprendre ce qui s'est passé. Les mains dans les poches, ils forment une sorte de cercle. L'un d'eux pose tout haut la question qui occupe tous les esprits : comment un seul homme a-t-il pu venir à bout de sept personnes, dont trois hommes vigoureux, et réduire une maison en cendres ?

Danny Murphy, un charpentier, a interrogé Herb Fritz et Billy Weston avant qu'on les transporte à l'hôpital. Il a essayé de mettre bout à bout les bribes d'informations qu'il a glanées. « Les employés déjeunaient dans leur salle à manger, raconte-t-il aux autres. Madame Borthwick et les enfants étaient sur la véranda qui donne sur le salon. Carlton fait asseoir tout le monde et les sert comme d'habitude, puis il va trouver Billy et lui demande s'il peut aller nettoyer des tapis. Billy ne se doute de rien. Il dit oui. » Danny soupire. « C'est pour ça qu'ils n'ont pas eu de soupçons en sentant l'odeur de l'essence. »

Il continue à reconstituer le carnage. Julian a fait le tour de la maison et verrouillé toutes les issues, à part une fenêtre dans la salle à manger des employés. Ensuite, de l'extérieur, il a aspergé d'essence les murs de l'aile où se trouvaient Mamah et ses enfants. Il a craqué une allumette, s'est précipité dans la véranda pour tuer Mamah puis John à coups de hache. Martha s'est enfuie pendant qu'il arrosait les cadavres d'essence.

Danny est sûr que les choses se sont passées ainsi. « Julian a rattrapé la petite. Elle n'est pas seulement morte de ses brûlures, dit-il d'une voix assourdie, il suffit de regarder les trois grosses entailles qu'elle a au-dessus de l'oreille. Comment a-t-elle pu survivre si longtemps à ses blessures ? » Il secoue la tête.

Frank a envie de vomir. Il est soulagé qu'Edwin ne soit pas là.

« Et après, ce salaud est allé mettre le feu de l'autre côté, où les hommes étaient attablés. L'un après l'autre, ils sortent par la porte-fenêtre et il les cueille au passage. C'était un merlin qu'il avait et Billy dit qu'il était fort comme trois ou quatre hommes. Tom Brunker était juste devant Billy quand ils ont fini par déguerpir. Julian lui a défoncé le crâne… » Il s'interrompt et un gémissement sifflant s'échappe de sa poitrine. « Par chance, reprend-il en secouant la tête, Dieu merci, Billy a trébuché en sortant ; l'autre démon s'en est pris à lui mais il ne l'a pas tué, c'est le principal. Dehors, il a trouvé David tout coupé de partout mais encore debout et ils ont couru jusqu'à la ferme la plus proche. Ensuite, je suppose que David… » Il secoue tristement la tête et essuie une larme. « Il s'est effondré. Il n'en pouvait plus. »

Un autre ouvrier continue le récit. Il dit son admiration pour Billy, qui a trouvé son fils Ernest mort dans la cour. « Billy hurlait et pleurait, raconte Herb. Mais ensuite, vous savez ce qu'il a fait ? Il a pris le tuyau d'arrosage pour lutter contre les flammes jusqu'à ce que les gens arrivent. »

Le silence se prolonge quelques instants, puis ils essaient de s'expliquer le comportement de Gertrude.

Hier, on l'a retrouvée qui longeait la route principale dans ses habits du dimanche. « Elle a avoué au shérif que Julian avait dormi avec sa hache sous l'oreiller pendant trois jours avant de passer à l'acte. Elle a affirmé qu'elle était terrorisée par son mari.

— Mais pourquoi était-elle habillée comme si elle était au courant ? demande quelqu'un. Elle aurait pu empêcher tout ça. » Ils se réjouissent de la savoir en prison, elle aussi.

En secouant la tête, ils parlent des causes de la tuerie. Mamah avait renvoyé Julian. Il se sentait injustement persécuté. L'esprit de Frank est accaparé par d'autres questions. Il se demande comment un domestique raisonnable a pu devenir un meurtrier en l'espace de trois jours. Cet homme instable a-t-il été poussé au crime par quelque prédicateur de son église et ses sermons sur le mal et les gens qui vivent dans le péché ? A-t-il cru, dans sa folie, préparer un sacrifice justifié par la morale quand il a verrouillé toutes les issues ?

« Il était fou », dit Frank pour lui-même. Les ouvriers se tournent vers lui, étonnés qu'il se joigne soudain à la conversation.

Danny est d'accord. « Avant de mourir, David a dit à Billy qu'avant-hier Carlton avait fait irruption dans la cabane du jardinier, un couteau de boucher à la main, il délirait. »

Si seulement David en avait parlé à Billy avant qu'il ne soit trop tard. Si seulement Gertrude avait parlé de la hache à quelqu'un. Les hommes donnent des coups de botte dans la cendre en échafaudant des hypothèses et en imaginant les différentes tournures qu'auraient pu prendre les événements.

« À quoi bon ? » marmonne Frank.

Les spéculations s'arrêtent. L'un des hommes demande : « On peut commencer à nettoyer, Mr Wright ?

— Non, dit-il. Ne touchez à rien. Pas encore. »

Edwin apparaît au sommet d'une colline et descend vers eux. Arrivé près de la maison, il demande où se trouvait la véranda dans laquelle étaient assis son fils et sa fille quand l'incendie a éclaté. Frank lui en indique l'emplacement : un cratère d'où s'élèvent encore de petits panaches de fumée.

Par respect, il s'éloigne tandis qu'Edwin se met à creuser dans les gravats.

En début d'après-midi, Edwin a transporté les ossements de son fils dans la maison de Jennie. Quand Andrew revient avec le bois pour les cercueils, les ouvriers se mettent au travail. En baissant les yeux, Frank s'aperçoit qu'il porte des bottes qui ne lui appartiennent pas. Il ne se rappelle pas les avoir enfilées. Sous ses pieds, la terrasse en calcaire porte encore des traces de sang.

Il marche au milieu des décombres, à l'affût. Ici et là, des éclats de poterie étincellent au soleil comme des coquillages sur une plage. Il ramasse ceux qui sont encore reconnaissables même si tout est en morceaux, y compris les objets qui ont été sauvés des flammes. Son piano, jeté par une porte, n'a plus de pieds. On l'a transporté dans son atelier et posé sur des cales en bois. Quelques chaises y ont aussi atterri après l'incendie ainsi que deux urnes chinoises, noircies par la suie. Seuls trente des cinq cents exemplaires de sa monographie entreposés au sous-sol sont intacts. Tous les autres sont partis en fumée. Même le chien des enfants a disparu, réduit en cendres, suppose Frank, comme tout le reste.

Il passe toute l'après-midi à fouiller les gravats tandis que Danny Murphy cloue les cercueils à coups de marteau. Frank trouve un fragment de journal intime, pas plus gros que le pouce ; on peut encore y lire quelques mots couchés dans l'écriture élégante de Mamah... *si contente que...* Il cherche une phrase complète mais n'en trouve que des bribes. *Cette idée me plaît beaucoup...* Quelle était-elle, cette idée ? Quelle perspective la réjouissait tant lorsqu'elle a écrit ces lignes ?

Quelqu'un lui donne une boîte où déposer les restes qu'il a recueillis.

Les heures passent. Frank ne touche pas à la nourriture qu'on lui apporte. Oncle Enos fait son apparition dans l'après-midi et lui annonce qu'il ne voit aucun inconvénient à enterrer Mamah dans la concession familiale, près de la chapelle des Lloyd Jones. Frank regarde le vieil homme aussi ridé et chenu que l'était son grand-père juste avant sa mort. Il pense aux générations d'ancêtres qui ont fait de ces collines un territoire familial sacré. Par amour et par générosité, ce patriarche à l'esprit clanique accepte qu'une étrangère à la famille ait sa place dans le cimetière familial.

« Merci », dit Frank.

Il regarde Danny et ses compagnons terminer les deux cercueils en pin, l'un pour Mamah et l'autre pour les enfants. Quand ils ont fini, son fils John et lui retournent à Tan-Y-Deri en camion et, devant la maison, voient les ouvriers transporter la plus petite des deux bières dans le salon. Une voiture stationne, elle doit ramener Edwin et les restes de ses enfants à Spring Green.

Edwin sort de la maison, dans le même costume que la veille, les yeux rouges et boursouflés. Tous attendent en silence pendant qu'on hisse le petit cercueil dans l'automobile. Puis Edwin se tourne vers Frank et lui tend la main. Ce dernier la serre entre les siennes. Les deux hommes restent longtemps immobiles. Frank voudrait dire : *C'étaient des enfants merveilleux. Je les adorais, moi aussi*. Mais, venant de lui, de telles paroles seraient sacrilèges pour leur père.

« Au revoir, Frank, finit par dire Edwin.

— Au revoir, Ed. »

Les deux hommes se regardent encore une fois dans les yeux, puis Edwin tourne les talons.

Quand les ouvriers apportent le grand cercueil dans la maison de Jennie, Frank et John marchent derrière eux. Le père et le fils soulèvent doucement le corps calciné et mutilé de Mamah pour l'y déposer.

« Retrouve-moi à la maison », dit Frank à John.

Il retourne à Taliesin, à pied, tremblant et nauséeux, tout en essayant de se ressaisir. Il ne veut pas s'effondrer à nouveau devant son fils, si bon et courageux. Devant lui sur la colline, le cratère noirci apparaît, comme un reflet de son cœur dévasté.

Outre son atelier, seule l'écurie est encore intacte. Il y trouve un de ses cousins à qui il demande de seller Darby et Joan, puis il va chercher une faucille et se rend dans le jardin de Mamah. Comme par miracle, il a presque entièrement été épargné par l'incendie. Certaines des roses de Mamah viennent d'éclore.

Frank tombe à genoux au milieu des fleurs ; en

silence, il s'adresse à Mamah et espère entendre à nouveau sa voix. Mais son esprit n'est pas ici, pas même dans son jardin. Il s'accroupit et hume le parfum d'une demi-douzaine de plantes différentes pour essayer d'y trouver un peu de réconfort.

Au bout d'un moment, il prend sa faucille et coupe les fleurs qu'elle aimait. John ouvre le cercueil en pin pour que son père puisse couvrir la dépouille de roses trémières, de roses, de tournesols et de zinnias. Puis il le referme et ils le hissent sur le chariot à l'arrière duquel ils jettent de pleines brassées de coquelicots et de pâquerettes.

Quand ils sont enfin prêts à partir pour le cimetière attenant à leur chapelle, le soir tombe. Dans le ciel, des nuages orageux déversent de grosses gouttes de pluie sur Frank et John qui marchent à côté du chariot de ferme pour guider les alezans. Une fois arrivés, deux cousins de Frank l'aident à descendre le cercueil dans la tombe fraîchement creusée. Il est étonnamment lourd. L'air résonne de leurs soupirs et du bruit des cordes qui frottent contre le bois. Quand la bière est installée au fond de la fosse, le père et le fils y jettent assez de fleurs pour recouvrir le cercueil de pétales jaunes, bleus et rouges. Ensuite, Frank demande à rester seul.

Debout devant la tombe ouverte, il s'adresse à Mamah. « Tu as tout enduré avec un tel courage, mon amie. » Ils avaient si souvent parlé de leurs esprits et de leurs âmes comme de réalités tangibles. Aujourd'hui, Frank ne perçoit aucune présence, mais il poursuit : « Tu étais une femme merveilleuse, Mamah. La meilleure qui soit. »

Avant que la nuit tombe tout à fait, il sort la traduction manuscrite du poème de Goethe qu'ils avaient rédigée ensemble. Il en connaît une partie par cœur et lit le reste.

Ô Nature !

Elle nous encercle et nous englobe, nous ne pouvons ni nous en déprendre ni pénétrer ses secrets plus avant.

Sans nous y avoir invités et sans crier gare, elle nous entraîne dans sa ronde et nous virevoltons à son bras jusqu'à l'épuisement.

D'une voix tremblante, Frank déclame le long poème jusqu'au bout ; sur son visage, la pluie fraîche se mêle à ses larmes brûlantes.

Elle m'a mise en ce monde, elle m'emmènera ailleurs…

Je suis entre ses mains.

Elle peut faire de moi ce qu'elle veut : elle ne reniera pas son œuvre.

Je ne me prononce pas sur elle. Non, elle a elle-même tout décrété, le vrai et le faux.

Tout le mal vient d'elle, elle est toute la splendeur.

54

Recroquevillé dans le lit de la petite chambre à coucher située à l'arrière de son atelier, Frank revit la semaine qui vient de s'écouler. Mardi, Tom et David ont succombé à leurs blessures et, mercredi, Frank a inhumé David dans le cimetière des Lloyd Jones. En tout, sept personnes ont disparu. Seuls Billy et Herb ont survécu.

Quand il parvient à s'endormir, c'est d'un sommeil agité de soubresauts car il rêve qu'il essaie de frapper le visage fou de Julian Carlton. Il revoit le crâne brûlé de Mamah, ses épais cheveux dont il ne reste que quelques mèches hirsutes, comme des touffes d'herbe. Terrifié, il bondit du lit, se rue hors de la chambre et va se coucher par terre, mais dehors tout est trempé. Il a plu à verse depuis qu'il l'a enterrée. Dimanche soir, il tombait même des grêlons.

Pour certains, la grêle comme le cauchemar qu'ils ont vécu sont la manifestation du jugement divin qui s'est abattu sur Mamah. Frank n'a pas besoin d'entendre les gens dire : « C'était la main de Dieu », il sait que ces paroles sont sur toutes les lèvres. Le lundi suivant, quand il lit le compte rendu de la tragédie dans l'édition du dimanche du *Chicago Tribune*, une sentence implicite lui saute aux yeux à chaque ligne : le châtiment divin.

Dans un accès de rage, il rédige une lettre pour le *Weekly Home News*. En écrivant, il déchire presque le papier avec la pointe de son stylo.

À mes voisins,

À vous qui vous êtes si courageusement et si utilement portés à notre secours, à vous qui vous êtes toujours montrés bons envers nous, j'adresse cette défense d'une femme aussi vaillante qu'adorable, souillée par la pestilence des articles que publie la presse pour l'homme de la rue, alors même qu'elle repose en terre tout comme les fidèles ouvriers qui ont péri et n'auraient pas hésité à donner leur vie pour la protéger. Il m'est insupportable de taire des souvenirs susceptibles de rendre hommage à sa mémoire. Mais certaines choses ne doivent pas être rendues publiques. Je remercie tous ceux qui se sont montrés gentils ou simplement polis à son égard – et ils sont nombreux. Aucune autre communauté de voisins n'aurait fait face aux circonstances éprouvantes qui ont suivi son arrivée ici avec autant de grandeur d'âme. À ma connaissance, vous ne lui avez manifesté que de la courtoisie et de la compassion au cours des années où elle vous a côtoyés. Cela, elle le doit à sa dignité naturelle et à la douceur de son caractère, mais un autre voisinage – tout autre voisinage, peut-être – l'aurait vue à travers les yeux des journalistes qui, aujourd'hui encore, s'attachent avant toute chose à associer sa mort à l'idée qu'elle fut jadis la femme d'un autre homme, une « épouse qui a abandonné ses enfants ».

En effet, il ne faut pas oublier que, dans ce monde d'hommes, l'épouse est toujours la « propriété » de son mari. Pourtant, nul ne se soucie aujourd'hui du fait bien connu qu'une autre femme porte aujourd'hui le nom et le titre qui étaient les siens. À sa mort comme de son vivant, elle aura été assaillie par les vautours. (...) Mais cette noble personne avait une âme unique, qui plaçait sa liberté de femme au-dessus de ses devoirs d'épouse et de mère. Une femme qui ne doit sa capacité à aimer et à vivre pleinement qu'à (...) un courage supérieur, un idéal de chasteté, plus pur, plus complexe et plus exigeant que les impératifs de la « morale » et les convenances ; pour cela, elle a dû sacrifier tout ce que la société tient pour sacré et essentiel, à savoir (...).

Au cours de notre vie commune, nous n'avons jamais songé à nous dissimuler quoi que ce fût, à part pour nous protéger mutuellement de l'infamie répandue par les journaux ; et nous n'avons jamais prétendu jouir d'un statut qui n'était pas le nôtre. Nous avons vécu honnêtement et sincèrement, fidèles à nos principes, et nous avons essayé d'aider les autres à mener une existence conforme à leurs idéaux.

Aucun de nous ne s'attendait à exercer une influence marquante sur sa progéniture, et avec raison. Nos enfants n'ont pas grandi auprès de parents unis par un amour idéal, mais, à part cela, ils n'ont manqué d'aucune des choses nécessaires à leur développement. Combien d'enfants issus de couples conventionnels ont plus que cela ? Ceux de Mamah étaient à ses côtés quand elle est morte. Ils lui rendaient visite chaque été. En tant que mère, elle estimait faire plus pour eux en portant l'étendard de sa liberté de femme qu'en la leur sacrifiant. La tragédie est que la vie l'ait obligée à choisir entre ces deux bienfaits. (...)

Mamah n'a jamais eu l'intention de consacrer son existence à des théories ou à des doctrines. Elle adorait Ellen Key comme tous ceux qui la connaissent. Le seul amour libre est l'amour véritable, aucun autre amour n'est ou ne sera jamais libre. La « liberté » que nous avons choisie s'est avérée infiniment plus exigeante que l'aurait été toute forme d'obéissance à des coutumes. Rares sont ceux qui se risqueront sur cette voie. Les existences qui s'élèvent à un tel degré d'exigence ne sauraient être une menace pour le bien-être de la société. Non, elles ne peuvent que l'enrichir. (...)

Mamah et moi avons eu nos luttes, nos divergences, nous avons jalousement craint de l'autre pour notre idéal – dans toute relation intime, de tels moments ne manquent pas –, mais ils n'ont contribué qu'à nous lier plus étroitement encore. Jusque dans nos tristesses passagères, nous étions plus que simplement heureux. (...)

Son âme est en moi et ne me quittera plus.

Vous mesdames, avec vos certificats de mariage, qu'il vous soit donné d'aimer ou d'êtres aimées autant que Mamah Borthwick l'a été ! Vous autres, pères et mères de petites filles, soyez heureux si la vie que vous leur avez insufflée atteint un jour d'aussi hauts sommets que celle de cette adorable femme. Elle a été victime d'une tragédie dont le couperet n'est retenu que par le fil ténu de la raison, un fil qui peut se rompre à tout moment, dans n'importe quel foyer, et avec des conséquences tout aussi désastreuses. (...)

Elle est morte. Je l'ai ensevelie dans le petit cimetière qui appartient à ma famille... et puisque la maison où elle a vécu à mes côtés n'est plus qu'une ruine noire et calcinée, puisque les menus objets de notre vie quotidienne ont disparu, peu à peu je reconstituerai tout, aussi fidèlement que possible. Je rebâtirai cet endroit à la mémoire des mortels qui y ont vécu et qui l'ont aimé – et j'y vivrai à nouveau. J'y serai toujours chez moi.

Frank Lloyd Wright Taliesin 20 août 1914

Une fois la lettre finie, il est épuisé. Il la confie à l'un des ouvriers pour qu'il l'emporte à Spring Green, puis il se recouche.

Il aimerait tant retrouver l'existence qui était la leur. Même pour quelques minutes, ce serait un tel bonheur ! Seigneur, que leur vie était belle ! Ils étaient vivants. Ensemble. L'espace d'un instant, il revoit précisément le vert de ses yeux. En été, elle portait toujours des robes bleu pâle et ses yeux prenaient une nuance bleu-vert.

Il se souvient d'un matin, il y a quelques semaines. Il avait quitté le chaos de Midway Gardens pour prendre un jour de repos à Taliesin. « Allons faire une promenade à cheval demain », avait-elle proposé dès qu'elle l'avait vu, en devinant qu'il avait désespérément besoin d'échapper au mortier, au ciment et à la tension qui régnait sur le chantier.

Le lendemain, ils s'étaient mis en route pour une prairie avec un pique-nique dans une sacoche, sur le flanc de Champion, comme toujours. C'était par une splendide matinée d'été, il ne s'en rappelle pas de plus belle. Même les chevaux semblaient pleins d'entrain. Ils avaient suivi une piste sur deux ou trois kilomètres puis ils s'étaient enfoncés dans la verge d'or et les asters mauves et avaient fait halte dans une petite clairière. Mamah portait sa vieille culotte d'équitation. Elle était descendue de sa monture et avait pris son sac de pique-nique.

Frank avait emmené les chevaux un peu plus loin pour les attacher à un chêne. Quand l'un des deux avait lâché un gros jet d'urine, Mamah avait lancé : « C'est toi, Frank ? » Elle le taquinait, bien sûr, mais elle savait de quoi il était capable. Elle s'amusait souvent de le voir marquer son territoire dans les bois, comme un chien, chaque fois qu'il flairait un site de construction potentiel.

« Je ne faisais que repérer les lieux, chérie », avait-il répondu. Gertrude avait préparé des sandwichs sans rien d'autre que d'épaisses tranches de fromage. En mordant dans le sien, Frank avait froncé les sourcils. « Elle devait être en train de lire des bandes dessinées quand elle les a faits.

— Attends, tu vas voir le dessert ! » l'avait prévenu Mamah. Elle avait déballé les appétissants cookies aux noix de pécan. Ils les avaient tous dévorés.

« Des gentianes bleues », avait-elle dit au bout d'un moment en observant une petite fleur près de leur couverture, derrière ses lunettes en écaille.

« Est-ce que tu portais tout le temps tes lunettes quand je suis tombé amoureux de toi ?

— Je ne crois pas. »

Il avait tendu la main pour les lui enlever. « Tu sais, en faisant travailler tes yeux, tu pourrais t'en passer. »

Elle était partie d'un grand rire en cascade. « Tu te laisses influencer par les théories les plus stupides, je ne te l'ai jamais dit ?

— Et ces grosses bottes, c'est une nouvelle mode ? avait-il enchaîné. Quand je pense que je te les ai achetées ! Toi qui portais de délicates petites bottines en cuir. » Il les avait délacées pour les lui enlever. « Et regarde-moi ces chaussettes ! Nous ne vivons pourtant pas en Crimée ! » Il lui avait retiré ses épais bas en coton. Ensuite, à genoux derrière elle, il avait déboutonné son ample chemisier puis son caraco. Mamah lui avait souri.

« La voilà enfin ! » s'était-il écrié en lui ôtant son chapeau de paille cabossé. Il dévoila sa chevelure brun sombre striée de mèches grises. Une femme de quarante-cinq ans, assise à moitié nue sous un soleil implacable. Et pourtant, Seigneur, elle était absolument ravissante !

Il l'avait allongée sur la couverture. Puis il avait levé les yeux un instant. Le ciel était presque de la même couleur que la gentiane, le plus immense et le plus bleu qu'il eût jamais vu. Le vent avait agité les herbages qui s'étaient mis à bruisser comme des vagues.

Frank ouvre les yeux. Tout autour de son lit, il voit des objets hors d'usage tirés de l'incendie : un tapis roulé qui empeste la fumée, les deux fauteuils dans lesquels ils s'asseyaient au coin du feu et auxquels il manque désormais des pieds. Ce qu'il ignore, c'est qu'à l'avenir il n'arrivera plus à la ressusciter comme il vient de le faire. Il essaiera. Il se dira : *Elle adorait plaisanter, elle avait un rire merveilleux*. Mais il ne l'entendra plus, pas avant très longtemps.

L'hébétude qui lui a permis d'affronter l'enterrement de Mamah, les funérailles de David et d'Ernest et les autres terribles scènes de désespoir – quand la famille de Tom Brunker et la fiancée d'Emil Brodelle sont venus chercher leurs corps –, l'a quitté. À présent, il oscille entre deux états : la souffrance et, quand il parvient à dormir, l'absence. Deux semaines ont passé depuis qu'il est revenu de Chicago pour découvrir

Taliesin dévastée. Quand il ne trouve pas le sommeil, il se lève au beau milieu de la nuit et va s'asseoir dehors dans le noir. L'odeur de la mort peut se rappeler à lui à tout moment, lui emplir les narines et lui soulever l'estomac. Son dos et son cou se sont couverts de furoncles. Il est maigre et hagard. Même son cœur ne bat plus au même rythme. Il s'emballe soudain et cogne contre sa poitrine pendant plusieurs minutes d'affilée. L'accès de rage qui l'a poussé à écrire la lettre s'est réduit à un chagrin dur comme la pierre au creux de son ventre.

Pourquoi ? Pourquoi une femme aussi bonne, qui ne demandait qu'à réussir sa vie ? Pourquoi maintenant, après tant de luttes, au moment où la vie commune à laquelle ils aspiraient était enfin à portée de main ?

Il n'entrevoit aucune réponse. Il se demande si une logique cosmique explique tout cela : ceux qui s'élèvent le plus haut sont les premiers frappés par la foudre. Mais il balaie cette idée avec impatience. Il serait tout aussi borné de croire au châtiment divin. Non, la tragédie a été causée par le genre de malchance que la vie distribue au hasard. Mamah s'est trouvée sur le chemin d'un fou. Il n'y a pas de meilleure explication.

Dans les semaines qui suivent, Frank lit que Julian Carlton, trop faible pour comparaître devant le tribunal, est mort en prison sans avoir rien révélé sur les motifs de son geste, à part sa colère contre Emil. Il est mort de faim, à cause des dégâts causés par l'acide, ou parce qu'il voulait mourir. Gertrude est déclarée innocente et libérée. Pour les habitants du comté de l'Iowa qui ont connu l'effroi pendant quelques heures en ce jour d'août, la vie reprend son cours. Mais, pour Frank, le cauchemar continue.

Il ne laisse aucun membre de sa famille l'approcher.

Anna Wright vient lui rendre visite à tout bout de champ mais sa gentillesse, comme celle de Jennie et de ses enfants, lui est insupportable. Chaque fois qu'elle apparaît, l'air pourtant très affligé, il la congédie d'un geste de la main. Elle a pris l'habitude de lui déposer une assiette par terre, devant sa porte. Désormais, quand il parle, c'est aux ouvriers qui sont venus déblayer les décombres de la maison. Seul le travail soulage Frank du chagrin écrasant.

Essayer de communiquer avec l'esprit de Mamah est sans espoir. Tout au plus parvient-il à se demander : *Qu'aurait-elle voulu que je fasse ?* Il n'a pas besoin d'entendre sa voix. Il connaît la réponse à cette question.

Quand on vient frapper à sa porte un matin, il s'attend à voir le visage de sa mère. À sa surprise, c'est Billy Weston. Le charpentier est planté sur le seuil, jambes écartées, la tête et un bras bandés. Frank ne l'avait pas revu depuis l'enterrement de son fils Ernest.

« Entrez », dit-il.

Billy fait quelques pas dans l'atelier. Il regarde autour de lui : la pièce est encombrée d'objets dépareillés qui ont échappé aux flammes. Ses yeux se posent sur le piano abîmé puis il prend la parole : « J'ai entendu dire que vous pensiez reconstruire la maison.

— On vous a bien informé. » Frank lui montre le plan étalé sur sa table à dessin. Billy Weston n'a besoin d'aucune explication. En posant le doigt sur l'emplacement de la nouvelle loggia, Frank n'a pas besoin de dire : *C'est ici que le pire est arrivé.* Il n'a pas besoin d'expliquer qu'il a effectué certaines modifications pour ne pas se rappeler le meurtre. Un jour, de cette loggia, il apercevra la chapelle des Lloyd Jones et le cimetière au loin. Billy l'a compris.

« Vous sentez-vous capable de bâtir un nouveau Taliesin ? » demande Frank.

Billy se redresse et lève le menton. « Un homme doit travailler.

— Et votre bras ?

— C'est momentané.

— Vous pourriez revenir ici tous les jours après ce qui s'est passé ? »

Billy ne répond pas. Son regard bleu s'embue de larmes. Il se détourne et découvre la boîte remplie d'éclats de verre et de fragments de papier. Il s'approche et prend un tesson de poterie. « Vous allez recoller tout ça ou quoi ?

— Je vais l'intégrer dans la nouvelle maison. Peut-être l'incorporer au béton des fondations.

— C'est tout à fait possible », acquiesce Billy. Ses yeux en disent long. « Tout à fait possible. »

Frank roule le plan. Dehors, il le déploie et le tend à Billy. Le charpentier l'étudie et, côte à côte, les deux hommes commencent à arpenter le périmètre.

Composition réalisée par PCA

Achevé d'imprimer en janvier 2011 en Espagne par
LITOGRAFIA ROSÉS S.A.
08850 Gavá
Dépôt légal 1re publication : février 2011
Librairie Générale Française – 31, rue de Fleurus – 75278 Paris Cedex 06

31/3349/3